U0782928

《白鹿洞书院志续编（1901—2016）》编委会

主　　编：孙家骅

常务副主编：黎　华

副主编：郭宏达　陈冬花　高　峰　任赣生　闵正国　涂长林

顾　　问：李科友

编委（按拼音排序）：陈　岌　陈　礼　樊　宾　付柳青　滑红彬

　　　　　　　　　　黄风雷　李革民　李学军　裴凌云　任奇志

　　　　　　　　　　沈家溪　王满林　伍火观　俞　晖　虞成峰

编志办主任：陈冬花（兼）

白鹿洞书院志续编

（1901—2016）

主编　孙家骅

江西人民出版社
Jiangxi People's Publishing House

全国百佳出版社

图书在版编目（CIP）数据

白鹿洞书院志续编：1901—2016 / 孙家骅主编 . --
南昌：江西人民出版社，2023.11
ISBN 978-7-210-14120-4

Ⅰ . ①白… Ⅱ . ①孙… Ⅲ . ①白鹿洞书院—教育史—
1901-2016 Ⅳ . ① G649.299.56

中国版本图书馆 CIP 数据核字（2022）第 165421 号

白鹿洞书院志续编（1901—2016）
BAILUDONG SHUYUAN ZHI XUBIAN (1901—2016)

孙家骅　主编

责 任 编 辑：李月华
书 籍 设 计：章　雷

江西人民出版社　出版发行
Jiangxi People's Publishing House
全国百佳出版社

地　　　　址：江西省南昌市三经路 47 号附 1 号（330006）
网　　　　址：www.jxpph.com
电 子 信 箱：270446326@qq.com
编辑部电话：0791-86898143
发行部电话：0791-86898815
承　印　　厂：江西润达印务有限公司
经　　　销：各地新华书店

开　　　　本：710 毫米 × 1000 毫米　1/16
印　　　　张：55.25
字　　　　数：877 千字
版　　　　次：2023 年 11 月第 1 版
印　　　　次：2023 年 11 月第 1 次印刷
书　　　　号：ISBN 978-7-210-14120-4
定　　　　价：288.00 元
赣版权登字 –01-2023-442

版权所有　侵权必究
赣人版图书凡属印刷、装订错误，请随时与江西人民出版社联系调换。
服务电话：0791-86898820

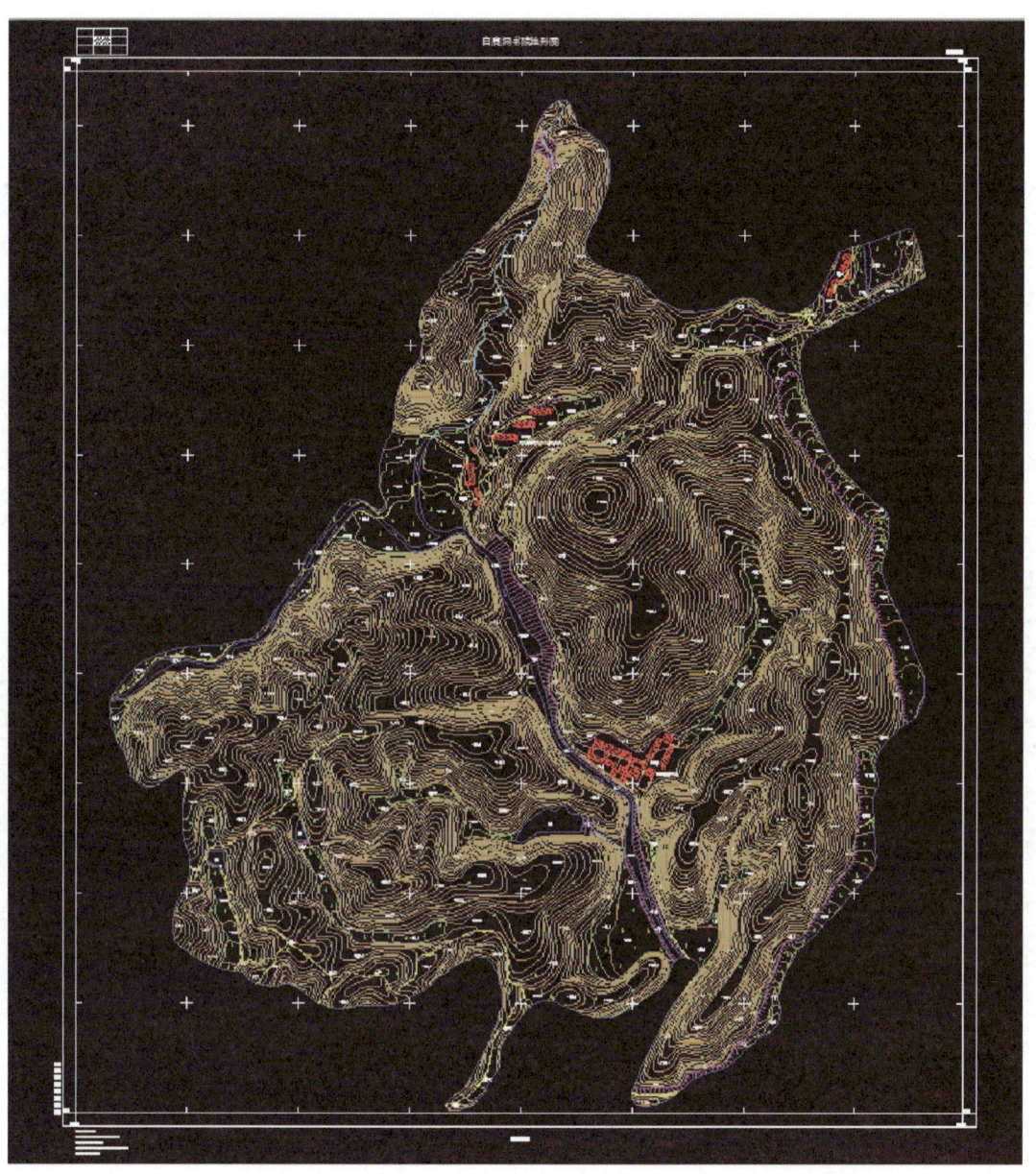

白鹿洞书院三千亩区域图

白鹿洞书院卫星航拍图

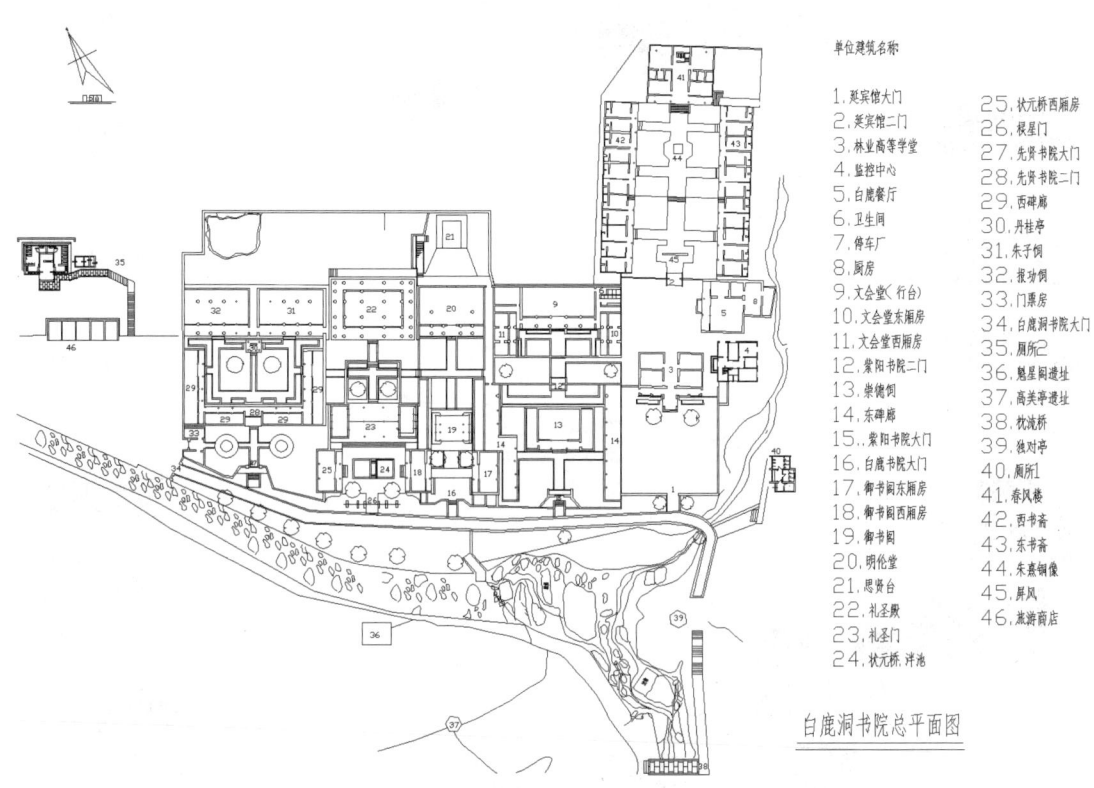

单位建筑名称

1. 慰宾馆大门
2. 延宾馆二门
3. 林业高等学堂
4. 监控中心
5. 白鹿餐厅
6. 卫生间
7. 停车厂
8. 厨房
9. 文会堂（行台）
10. 文会堂东厢房
11. 文会堂西厢房
12. 紫阳书院二门
13. 崇德祠
14. 东碑廊
15. 紫阳书院大门
16. 白鹿书院大门
17. 御书阁东厢房
18. 御书阁西厢房
19. 御书阁
20. 明伦堂
21. 思贤台
22. 礼圣殿
23. 礼圣门
24. 状元桥、泮池

25. 状元桥西厢房
26. 棂星门
27. 先贤书院大门
28. 先贤书院二门
29. 西碑廊
30. 丹桂亭
31. 朱子祠
32. 报功祠
33. 门票房
34. 白鹿洞书院大门
35. 厕所2
36. 魁星阁遗址
37. 高美亭遗址
38. 枕流桥
39. 独对亭
40. 厕所1
41. 春风楼
42. 西书斋
43. 东书斋
44. 朱熹铜像
45. 昇风
46. 旅游商店

白鹿洞书院总平面图

白鹿洞书院总平面图

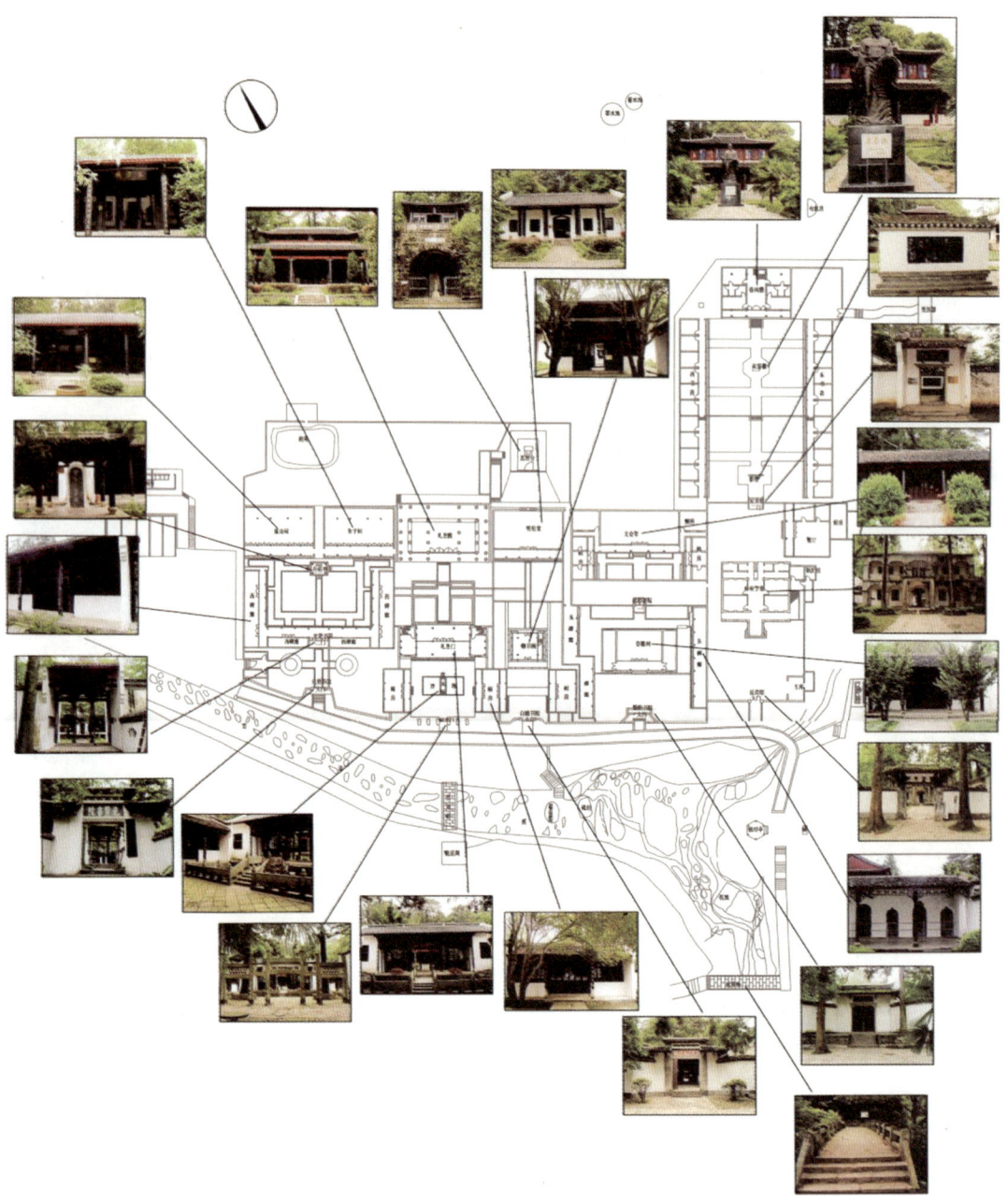

白鹿洞书院建筑分布图

白鹿洞书院建筑群效果图

五老峰下白鹿洞书院（一）

五老峰下白鹿洞书院（二）

白鹿洞书院新建牌坊（赵朴初题词）

白鹿洞书院入口处

先贤书院门楼

丹桂亭

西碑廊（一）

西碑廊（二）

报功祠

朱子祠（一）

朱子祠（二）

航拍棂星门、泮池和正学之门

棂星门牌坊

泮池和正学之门

第三院落白鹿洞书院外景

第三院落白鹿洞书院门楼（赵朴初题词）

御书阁

明伦堂（一）

明伦堂（二）

明伦堂（三）

航拍白鹿洞与思贤台

白鹿洞与思贤台

石雕白鹿

紫阳书院门楼

崇德祠

文会堂周敦颐像

文会堂

东碑廊（一）

东碑廊（二）

延宾馆门楼

高等林业学堂

延宾馆全景

春风楼

园门票房

林业防火瞭望塔

工艺美术厂（原职工宿舍）

员工宿舍区

航拍贯道溪（一）

贯道溪（二）

独对亭

枕流桥（一）

枕流桥（二）

枕流桥（三）

流芳桥

江西进士榜（一）

江西进士榜（二）

高美亭与状元柱

中华女子诗词碑苑

卓尔湖（一）

卓尔湖（二）

老鹿洞（一）

老鹿洞（二）

安防消防控制室

配电房

林业管理所（老林站）

花口粉彩瓷碗（嘉庆官窑）（拍卖公司拍品）

绿彩"庐山白鹿洞"瓷板（江西省文物商店藏品）

清道光年粉彩"白鹿古洞"瓷盘（白鹿洞书院藏品）

民国年粉彩"白鹿古洞"笔筒（白鹿洞书院藏品）

《白鹿洞书院志续编（1901—2016）》编委会全体成员合影

前排左起：黄风雷、沈家溪、黎华、孙家骅、李科友、任赣生、闵正国、
　　　　　高峰、郭宏达、陈岌

后排左起：陈冬花、付柳青、任奇志、裴凌云、李革民、樊宾、虞成峰、
　　　　　俞晖、王满林、滑红彬、李学军、涂长林、陈礼

（2018 年 8 月 17 日于白鹿洞书院正学之门前）

白鹿洞书院志至今有 13 种版本，除鲁铎纂《白鹿洞志》，明弘治七年（1494）版 8 卷本失传外，其余皆存世。最早的是李梦阳纂《白鹿洞书院新志》，明正德（1506—1521）8 卷本，嘉靖四年（1525）补刻本，一函六册，藏美国国会图书馆。随后有明朝的郑廷鹄、周伟、李应升，清朝的廖文英、毛德琦、周兆兰均纂有志书。其中有的虽为地方主官身份，但多为私修属性。清朝同治（1862—1874）、光绪（1875—1908）、宣统（1909—1911）年间对周伟、毛德琦等所纂志书补刻流通后，1995 年 11 月，朱瑞熙、孙家骅主编的《白鹿洞书院古志五种》（李梦阳、郑廷鹄、周伟、李应升、毛德琦）上、下册共 110 万字，由中华书局出版。2015 年 11 月，江西人民出版社出版吴国富主编的《新纂白鹿洞书院志》，全书 80 万字。《白鹿洞书院古志五种》是对旧《志》的点校整理；《新纂白鹿洞书院志》则是按新的体例进行分类梳理，增加了中华民国时期（1912—1949）的相关内容。从以上可知，清朝宣统（1909—1911）补刻本之后，严格意义来说没有编纂白鹿洞书院志了。那么，白鹿洞书院志续编就显得尤其紧迫和重要了。

2018 年，白鹿洞书院管理委员会正式启动续编工作。同时，我邀约几位志同道合的朋友，搜集整理研究出版《白鹿洞书院百年纪事》，为院志续编作了部分资料储备。这次白鹿洞书院志续编，上限从 1901 年始，下限定在庐山市成立的 2016 年。

白鹿洞书院从 1901 年至 2016 年，经历了一个风云激荡的时代，是一段变化发展的历史。有以下几个大的事件：

一、白鹿洞书院与林农教科。白鹿洞书院从 1911 年改设江西高等森林学堂至 1979 年划归文化部门期间，虽然归属部门和名称十多次更换，但与林农情缘始终没变。

二、蒋介石与白鹿洞书院。我们查到蒋介石与白鹿洞书院的史料 16 条，他 11 次到白鹿洞书院，其中 6 次住宿 1 次夜话。蒋介石1933 年 7 月 31 日在第 2 期"庐山军官训练团"发表演讲时，对工兵营砍伐白鹿洞书院的树木表示极大的愤怒，指令对当事人要依法严办，告诫大家这是军官训练团最大的耻辱。

三、白鹿洞书院藏书遭焚。白鹿洞书院藏书 1903 年转至南康府中学保存，1921 年 3 月设立白鹿洞图书馆，8 月 27 日晚该馆被火烧毁。星子县和省内外有识之士，强烈呼吁要求查办此案。遗憾的是案件未侦破，此案件不了了之，成为白鹿洞书院藏书被焚之谜。

四、白鹿洞书院与星子暴动。1927 年 9 月，中共九江特委书记林修杰，以白鹿洞书院为联系点，召集星子县委领导人举行会议，研究制定星子"秋收起义"暴动计划。10 月 3 日，起义成功，救出江西省农协筹备委员淦克合与数百名革命群众，次日率领部队到岷山成立了赣北红军游击队。

五、刘少奇与白鹿洞书院。1927 年大革命失败后，刘少奇 7 月份在庐山休养，为避开汪精卫的搜捕转移至白鹿洞书院。1959 年"庐山会议"期间的 8 月 19 日，刘少奇与夫人王光美在方志纯陪同下视察白鹿洞书院，对白鹿洞书院的保护、旅游、发展作出指示。

六、白鹿洞书院遭日军破坏。1938 年 4 月，白鹿洞书院沦陷为日军兵营；1943 年至 1944 年，日军砍伐古松甚多，用作铁路枕木和桥梁；1944 年，一名日军侵略者在碑记上刻画"奈良县生驹

郡昭和刺额田部　昭和十九年九月二十八日"文字，留下破坏文物的罪证。

七、中华民国中正大学与白鹿洞书院。1946年8月29日，蒋介石指令中正大学迁址海会寺、白鹿洞一带，教育部和省政府着手勘探、规划、筹款，后因蒋介石败退台湾终止。

八、改革开放春风吹拂白鹿洞书院。1979年，白鹿洞书院划归文化部门管理，随即进行文物保护、建筑维修、展示开放。1988年1月13日，国务院公布白鹿书院为全国重点文物保护单位。1990年，庐山管理局批准成立白鹿洞书院管理委员会，中心工作由"古建维修"向"文化学术研究"转移，实行文物保护、教育培训、学术研究、旅游接待、林园管理"五位一体"发展模式。1996年5月6日至7日，联合国庐山世界遗产考察专家对白鹿洞书院评价极高，德拉甘妮·德席尔瓦题词："这个地方有优美的自然环境和古代建筑，是中国文明的标志。"白鹿洞书院为庐山成功列入世界文化景观名录增添了光彩。

九、白鹿洞书院揭示精神传播海外。日本国冈山县井原市兴让馆高等学校的校训是《白鹿洞书院揭示》，该校一直认为：心中的故里在庐山，白鹿洞精神是他们的教育渊源。他们多次组团访问白鹿洞书院，1993年9月29日至10月4日，白鹿洞书院人员应邀赴日参加兴让馆高等学校140周年庆典系列活动。韩国博约会、绍修书院与白鹿洞书院多次互访交流。

十、文化名人纷至沓来。陈衍、高鹤年、黄炎培、侯过、康白情、庄俞、古直、傅增湘、马一浮、熊十力、张君劢、胡适、陈东原、钱穆、龙榆生、陈荣捷等先后访问白鹿洞书院。周谷城、赵朴初、冯友兰先后欣然题写白鹿洞书院匾额。

这次续编，是白鹿洞书院百年一遇的文化工程。白鹿洞书院管理委员会班子成员和中层干部、历任院领导和曾在书院工作的同仁、对白鹿洞书院素有研究的专家学者，都表示极大的兴趣和热情。于是，我们组建了一个多学科、跨行业的编委会。编委们分工明确，相互合作，反复讨论，力求史料齐全、史实准确，尽量符合志书的要求和标准。但是，由于志书出自众人之手，水平不一，质量不均，统稿艰难。我想，这也是志书编纂的通例吧！

在白鹿洞书院志续编过程中，得到庐山管理局副局长张国宏老同事老朋友的关心和支持，我曾约请他为本志作序，他非常诚恳而谦虚的以不是地方主官不便为由而婉拒。院志编纂过程中，正值庐山市（局）主要领导交替，地方主官作序一事也就免了。庐山农垦系统老领导王耀洲对白鹿洞书院情有独钟，积极主动提供了有关资料。中共九江市委宣传部对白鹿洞书院志续编高度重视，拨专款12万元用于编纂和出版。以上这些，令人十分感动！

当《白鹿洞书院志续编》完成之时，我们启动了上下"通"千年的《白鹿洞书院通志》编纂工作，编委们又迎来一次艰辛而宏大的"文化苦旅"。

凡
例

一、本志所记史事的时间上、下限为 1901—2016 年。

二、本志运用历史唯物主义和辩证唯物主义的观点和方法，尽力搜集相关的史料，实事求是地记载 1901—2016 年白鹿洞书院发展的全过程。

三、鉴于白鹿洞书院近现代功能的变化，本志体例不延续旧志按实际情况制定纲目。

四、本志行文规范一律使用现代语体文（引文除外）。

关于成立《续编白鹿洞书院志（1901—2016）》
编纂委员会的通知

院直各部门：

志书是地情资料的最佳载体，具有资治、教化、存史的功能。为弥补白鹿洞书院一百多年（1901—2016）的历史记载空白，本着保存资料、传承文化、服务当代、垂鉴后世的责任，庐山白鹿洞书院管理委员会决定续编《白鹿洞书院志（1901—2016）》。经 2018 年 8 月 2 日庐山白鹿洞书院管理委员会主任办公会研究决定：成立《续编白鹿洞书院志（1901—2016）》编纂委员会。

主　　编：孙家骅

常务副主编：黎　华

副主编：郭宏达　陈冬花　高　峰　任赣生　闵正国　涂长林

顾　问：李科友

编　委：陈炭　陈礼　樊宾　付柳青　滑红彬　黄风雷

　　　　李革民　李学军　裴凌云　任奇志　沈家溪　王满林

　　　　伍火观　俞　晖　虞成峰（按拼音字母排序）

下设编志办公室，主任陈冬花。

特此通知

庐山白鹿洞书院管理委员会

2018 年 8 月 2 日

关于成立《续编白鹿洞书院志（1901—2016）》
工作领导小组的通知

院直各部门：

志书是地情资料的最佳载体，具有资治、教化、存史的功能。为弥补白鹿洞书院一百多年（1901—2016）的历史记载空白，本着保存资料、传承文化、服务当代、垂鉴后世的责任，庐山白鹿洞书院管理委员会决定续编《白鹿洞书院志（1901—2016）》。经 2018 年 8 月 2 日庐山白鹿洞书院管理委员会主任办公会研究决定：成立《续编白鹿洞书院志（1901—2016）》工作领导小组。

组　长：黎　华

副组长：郭宏达（常务）　陈冬花

成　员：裴凌云　陈　礼　虞成峰　任奇志　付柳青　王满林　李学军　程加红　陈　晶

下设办公室，主任陈冬花。

特此通知

庐山白鹿洞书院管理委员会

2018 年 8 月 2 日

关于成立《续编白鹿洞书院志（1901-2016）》
编纂委员会的通知

院直各部门：

　　志书是地情资料的最佳载体，具有资治、教化、存史的功能。为弥补白鹿洞书院一百多年（1901-2016）的历史记载空白，本着保存资料、传承文化、服务当代、垂鉴后世的责任，庐山白鹿洞书院管理委员会决定续编《白鹿洞书院志（1901-2016）》。经2018年8月2日，庐山白鹿洞书院管理委员会主任办公会研究决定：成立《续编白鹿洞书院志（1901-2016）》编纂委员会。

主　编：孙家骅

常务副主编：黎　华

副主编：郭宏达　陈冬花　高　峰　任赣生　闵正国　涂长林

顾　问：李科友

编　委：陈　友　陈　礼　樊　宾　付柳青　滑红彬　黄凤富
　　　　李华民　李学军　裴凌云　任奇志　沈家溪　王满林
　　　　伍火观　俞　晖　虞成峰（按拼音字母排序）

　　下设编志办公室，主任陈冬花。

　　特此通知。

庐山白鹿洞书院管理委员会
2018年8月2日

抄报：张国宏副局长　庐山世界文化遗产管理办公室

关于成立《续编白鹿洞书院志（1901-2016）》
工作领导小组的通知

院直各部门：

　　志书是地情资料的最佳载体，具有资治、教化、存史的功能。为弥补白鹿洞书院一百多年（1901-2016）的历史记载空白，本着保存资料、传承文化、服务当代、垂鉴后世的责任，庐山白鹿洞书院管理委员会决定续编《白鹿洞书院志（1901-2016）》。经2018年8月2日，庐山白鹿洞书院管理委员会主任办公会研究决定：成立《续编白鹿洞书院志（1901-2016）》工作领导小组。

组　长：黎　华

副组长：郭宏达（常务）　陈冬花

成　员：裴凌云　陈　礼　虞成峰　任奇志　付柳青　王满林
　　　　李学军　程加红　陈　晶

　　下设办公室，主任陈冬花。

　　特此通知。

庐山白鹿洞书院管理委员会
2018年8月2日

抄报：张国宏副局长　庐山世界文化遗产管理办公室

关于成立《续编白鹿洞书院志（1901—2016）》
编纂委员会的通知

关于成立《续编白鹿洞书院志（1901—2016）》
工作领导小组的通知

目 录

第一章

概述与大事记

第一节　概述

白鹿洞书院，是中国历史上时间最为悠久、影响极为深远的学府之一。李渤（773—831）开辟于中唐时期，南唐升元年间（937—942）称"庐山国学"（又称"白鹿国学"），距今有一千余年的历史。盛于南宋淳熙六年（1179）朱熹重建，时称"白鹿洞书院""白鹿书院"，因朱熹之故也称"朱晦翁书院""紫阳书院"。元代至正十一年（1351）毁于战火，中断办学八十余年。明代正统三年（1438），南康知府翟溥福重建，直至清代光绪二十九年（1903）停办。至此，以白鹿洞书院为代表的传统教育正式退出历史舞台。

本志书的时间上限由 1901 年清政府颁发政令改书院为学堂始，下限至 2016 年 5 月庐山市的成立止。纵观白鹿洞书院这段百年的发展历史，经历了两个历史时期，即清末至中华民国时期、1949 年中华人民共和国建立后的新的历史发展时期。

一

白鹿洞书院在第一个历史发展阶段中，主体管理混乱，归属经常变动，长期被林业部门利用。主要表现在有识之士对白鹿洞书院的哀怨惋惜之情，以及社会各界对书院衰落的感叹。

1901 年 8 月，清政府颁发政令称："著将各省所有书院，于省城均改设大学堂，各府、州、厅直隶州均设中学堂。各州、县均设小学堂并多设蒙养学堂。" 1903 年白鹿洞书院随后停办，社会各界人士多次提出恢复白鹿洞书院的教育功能，先后有设立江西省优级"师范学堂""存古学堂"以及将南昌的"明经书院"迁至白鹿洞书院的动议均未实现。1911 年 2 月，江西提学使王同愈提议白鹿洞书院改设为江西林业学堂。次年，白鹿洞书院部分房屋与全部山场划拨于江西省农业院，设为江西高等森林学堂。甚是遗憾的是，此地最后只是成为学堂的演习林区，一方教育圣地沦落为植树之圃，不禁令人唏嘘。随着新文化运动的兴起，1923 年，天津人臧佑宸在白鹿洞书院创办私立鹿洞小学，新式教育也算是在千年书院里落了地，不久由于生源等因素停办。1933 年 8 月，熊式辉、邵元冲等社会名流倡议重建庐山白鹿洞书院，并拟定设立白鹿洞小学校，提出"醵金修葺，以崇古贤，而保胜迹，一时应者如响。将来白鹿洞小学及白鹿洞书院建成，定为本省文物生色不少也"，但未能实施。1946 年 8 月，蒋介石指令中正大学校长萧蘧："庐山风景清幽，研究学术之优良环境，允宜设置大学，为国育，该校迁此最为合适。如择定海会寺，可将白鹿洞划入。"设立中正大学新校址，虽进入实质性的操作阶段，由于时局变化也未能实现。

白鹿洞书院的藏书，是庐山藏书史上值得称道的事。1903 年书院停办后所藏 100 余万卷"多系经史子集"的书籍，全部移交到南康府中学保存。1921 年 3 月，在爱莲池畔建立白鹿洞书院图书馆并订立章程。虽然这是庐山文化发展史上第一个具有现代意义的公共图书馆，然而，这些价值连城的图书，同年 8 月遭人盗取并纵火灭迹。此事件引起江西省政府以及社会各界极大关注，成为白鹿洞书院历史上一起影响巨大的公案。1932 年星子县县长伊嵩绅向全国募捐图书，江西督军蔡成勋捐书籍若干，亦难复旧藏，"图书馆"有名无实。皮之不存，毛将焉附。白鹿洞书院不仅教学停滞、藏书无存、管理无序，就是引以为傲的建筑，也是"黉舍塌毁，荆榛寒庭，循览一周，阴寂荒颓殊甚"（凡傅增湘《藏园游记·再游庐山日记》）。1920 年江西省省长戚扬、星子县知事吴品瑀重修大成殿、先贤祠等建筑。1931 年上海义赈会捐款修缮文会堂、独对亭、名教乐地坊等处，难以改变"一切屋宇倾颓殆尽"（吴宗慈《庐山续志稿》）的破败之状。1935 年江西教育厅厅长程时煃和熊育锡等联名发起重修白鹿洞书院提议，省政府同意由建设厅会同教育厅等部门组织，但未能实施。1938 年 8 月庐山沦陷，在以后的 7 年里白鹿洞书院成为日本侵略者的兵营，山林、建筑、文物等遭到了有史以来最为惨重的破坏。1945 年抗战胜利后，庐山管理局接管白鹿洞书院，于当年 12 月由庐山警察署抽调警员成立了白鹿洞书院历史上第一个派出所，驻留白鹿洞书院维护社会治安，保护森林名胜资源。1948 年 3 月，江西省政府主席王陵基签署训令，中正大学"奉中央指令设于庐山海会寺及白鹿洞一带"，为永久校址，白鹿洞书院交由中正大学筹备处。

这一时期的白鹿洞书院，虽然难现以往莘莘学子鱼贯而行的场景，然而并不缺名家大儒的造访。先后有陈衍、高鹤年、黄炎培、尹铭绶、侯过、熊十力、张镜澄、陈镇襄、康白情、庄俞、古直、倪文宙、邵祖平、傅增湘、胡适、龙榆生、朱偰、任鸿隽、竺可桢、周仁、梅贻琦、顾景炎、孙玉声、张劲秋、方树梅、钱穆、陈啸湖等到访，他们或作文赋诗，或凭吊怀古，或研习修学，他们的活动使白鹿洞书院始终没有离开人们的视野。同时，陈云章、陈夏常等人编著的庐山旅游指南，均设"白鹿洞"专节列入庐山导览之中，将白鹿洞书院从教育圣地拓展为历史文化名胜，在中国文化史上又一次以新的容貌彰显风范。以白鹿洞书院为题的文学创作贯穿始终，留下了数以百计诗词歌赋、数十篇传世文章。同时，新文化运动也在这里留下了深深的印迹。被胡适称赞的新月派领军诗人康白情，他在1922年出版的代表诗集《草儿》中，第三十九首就以"记游白鹿洞书院"为题创作，这是庐山文化史上第一首白话长诗。最为可贵的是同期出现了对白鹿洞书院的系统化介绍与研究，例如：黄炎培自1913年始就先后三次到访并以游记或书籍的方式全面介绍白鹿洞书院；高鹤年、庄俞、眠云山人等人也在游记或专著中辟出专题予以阐述；最具代表性的是陈东原，他在1926年出版的《白鹿洞书院沿革考》中，用七大章节对白鹿洞书院文化现象进行了深入的分析，这是庐山历史上首次对书院文化进行全面而系统的研究。

白鹿洞书院不仅传承着中华传统文化的血脉，也是一处具有红色革命精神的胜地。1927年大革命时期刘少奇曾在这里疗疴修养，为白鹿洞书院文化注入了中国共产党人的时代精神。同年9月底，中共赣北特委书记林修杰，以白鹿洞书院为联络点，召集中共星子县委卢英瑰、黄石子、干剑、欧阳春、黄益毅等人举行会议，研究制定了"星子暴动"计划。10月3日，由林修杰和沈剑华分别任总指挥、副总指挥的起义队伍，一举攻下星子县城，救出江西省农协筹备委员淦克金及革命群众数十人。次日，率领部队来到岷山成立了赣北红军游击队。中国共产党人在这里将坚忍不拔、不畏困苦、勇于探索的精神，牢牢根植于厚重的白鹿洞书院文化之中，使得白鹿洞书院精神极具时代特征，这是中国书院发展史上鲜见的。

20世纪30年代庐山成为国民政府"夏都"后，白鹿洞书院也引起了政坛人物的关注，先后有谭延闿、戴季陶、孙科、熊式辉、邵元冲、汪精卫、陈璧君等人到访。这些人中，有的为白鹿洞书院修复鼓噪，有的为教育复苏呼喊，有的则是访贤寻古，他们的作为客观上推动了白鹿洞书院的保护与利用。值得一提的是，这一时期的白鹿洞书院得到了蒋介石的关注。1926年12月10日，蒋介石在庐山召开第一次"庐山会议"后首次进入白鹿洞书院，至1933年9月间，他先后11次造访，6次下榻在这里。在贯道溪边他说："朱子当日所听者，亦此音耳！余能闻朱子所闻之水音，岂不能得朱子所得之道心？继往开来，当自任焉。"同时，在海会寺对第二期庐山军官训练团学员发表的演讲中，他强调指出："因为白鹿洞是有名的古迹，是古人讲学论道不可多得的所在，凡是一草一木，皆值得后人特别爱保。"（见蒋介石《军人唯一的宗旨为仁民爱物》）这也是历史上第一次由政府主要官员对白鹿洞书院的保护提出要求。

这一时期的白鹿洞书院虽然在教育领域渐失风采，但是它却以别样的风貌展现在世人面前。虽然藏书、建筑、文物等遭受了极其严重的破坏，但千年来圣人先贤们在这里积淀下的人文财富，早已化作"白鹿洞书院精神"，不仅深深影响了华夏民族文化的历史发展，同时在东亚乃至亚洲文化圈中影响广泛。胡适1928年夏游历白鹿洞书院后，他在《庐山游记》中阐述，"白鹿洞代表中国近世七百年的宋学发展大趋势"，给予了白鹿洞书院历史地位以客观公正、高屋建瓴的评价。

二

中华人民共和国成立后，白鹿洞书院进入一个新的发展时期。1949年，江西省人民政府接管并主持庐山植物园和庐山林场合并的工作，改称庐山植物研究所，白鹿洞书院成为其分区之一。1951年在省人民政府的协调下，所属庐山林场白鹿洞林区划拨为南昌大学森林系作为学生演习林场。初期仍然沿袭旧制，白鹿洞书院先后归属于林业、农垦部门管辖，其间白鹿洞书院被称作"苗圃队""林业科学研究所"，甚至在"文化大革命"期间被改称为"连"。

1949年至2016年这一时期，白鹿洞书院的历史大致可划分三个发展阶段：第一个阶段，从中华人民共和国成立开始直至1979年3月成立庐山白鹿洞书院文物管理所（归属庐山文化处管理），主要表现为管理无序、发展停滞。第二个阶段，至 1988 年被国务院公布为第三批全国重点文物保护单位止，是理顺关系、维修保护阶段，白鹿洞书院逐步走上文物保护与旅游相结合，同时进行文化研究的发展之路。第三个阶段，在经过多年的摸索、积累、总结发展经验的基础上，1990 年提出并确定了"文物管理、教育培训、学术研究、旅游接待、林园管理"五位一体的管理方式，最终促进文化旅游经济发展繁荣与打造国内外文化学术交流和研究中心成为白鹿洞书院的发展目标，并围绕这个目标不断努力奋进。

在第一个历史发展阶段中，白鹿洞书院的管理受限于林业、农垦部门，教育职能始终得不到应有的关注，经营管理上也是粗放型的。初期白鹿洞书院作为南昌大学森林系的演习林场，主要从事山林的管理与苗圃基地经营。1959 年划归庐山共产主义劳动大学作为教学点，直到 1972 年撤销。其后整体交由庐山林业局管理，成立庐山林业科学研究所，主要从事林业与农业生产。期间，由于白鹿洞书院所处的行政区划之管理职权引发争议，1962 年 4 月经江西省人民委员会批复，白鹿洞书院"系在庐山海会境内，便于庐山管理，此处文物仍由庐山负责保护管理"（〔62〕会文字第 007 号《省人民委员会关于观音桥、白鹿洞、秀峰寺管理职权问题的批复》），从此确定了白鹿洞书院归属庐山管理。1978 年再次调整为庐山垦殖总厂海会园艺场代管。在这种管理机构频繁更替的情况之下，白鹿洞书院保护没有得到应有的重视，事业趋于停滞，进入了一个尴尬的发展瓶颈期。

这一阶段白鹿洞书院虽为历史文化名胜，但并没有作为旅游景区向世人推介，只有政府接待安排或历史爱好者们慕名来访，然而这些并不能掩盖白鹿洞书院的辉煌历史。1952 年 4 月，时任中央人民政府副主席的宋庆龄在视察九江期间来到白鹿洞书院参观，这也是白鹿洞书院自新中国成立以来首次接待国家领导人。1953 年 7 月，共和国开国元帅聂荣臻也来到这里参观。尤其是 1959 年中国共产党第一次庐山会议期间，先后迎来了中华人民共和国主席刘少奇和夫人王光美，全国人大常委会委员长朱德，国家副主席董必武，以及彭德怀、黄克诚、张闻天、周小舟等党和国家领导人的视察。

1949 年后，国家有关部门加大了对白鹿洞书院的保护力度。1953 年，中南行政委员会庐山特区人民政府文教科组织收集白鹿洞书院碑刻 150 余通，建立东、西两个简易碑廊并进行了文物登记工作。1959 年，白鹿洞书院被江西省人民政府公布为省级文物保护单位，名列第一批省级文物保护单位。但是文物保护工作并没有引起社会各界的关注与重视，尤其是在"文革"期间白鹿洞书院被当作"封资修"的"老巢"，遭受了历史上又一次人为的冲击与破坏。1969年夏，江西共产主义劳动大学庐山分校报经星子县林业局批准，在白鹿洞书院回流山以次生林改造名义，砍伐直径40厘米左右的松树一批，致使大面积的风景林遭到破坏。白鹿洞书院的保护与合理利用成为迫切需要解决的问题，同时亟待找到一条适合白鹿洞书院自己的发展之路。

三

随着改革开放大潮的到来，白鹿洞书院迎来了命运的转机。1979年3月，经庐山革命委员会批复，"庐山白鹿洞书院文物管理所"挂牌成立。同年9月，庐山农垦处将白鹿洞书院整体移交庐山文化处管理，由此白鹿洞书院进入了新时期发展的第二阶段。同年，庐山文化处委托同济大学庐山规划组编制《白鹿洞书院修复规划》，保护维修工作进入了实质性的操作阶段，成为这一阶段中的主要工作。全部维修工程分四期进行，由国家文物事业管理局与江西省文化厅共同投资近百万元，历时6年，至1986年8月完成全部修复工程。历经"九废十兴"的白鹿洞书院建筑，全面重现往日风采。同期，开辟"白鹿洞书院""朱熹"等基本陈列展，完善对外开放的必备条件，正式作为旅游景区对外开放。

在满足开放的前提下，景区加大了基础设施建设。先后完成连接九星公路沥青路面的铺设，架设万伏高压输电专线，开通程控电话。兴建水井、储水池，购置高压离心水泵、泡沫灭火器等消防器具，院内加装消防栓，加大对文物保护的力度，致力平安景区建设。同时，在社会各界关心支持下，逐步理顺各种关系，1982年9月，九江市庐山区人民政府"第二十五次区长办公会议研究，同意将白鹿洞文物管理所定为国家事业单位，并按全民和国营、农垦两种情况分别设立户头，现在所有的农垦工仍保留农垦性质不变"。1985年底完成了职工宿舍的兴建，解决了部分员工的后顾之忧。

坚持边维修边开放边听取各方的建议，探索白鹿洞书院发展方向。加大对外宣传力度，与北京科学教育电影制片厂合作，拍摄以白鹿洞书院为主题的《千年书院》专题纪录片，在媒体广泛播出扩大影响。国内外各界人士闻风而至，他们留题赋诗、作文写记，书院呈现出重生的景象。这一时期对外交流频繁。继 1983 年美国哥伦比亚大学教授、朱子学专家陈荣捷到访后，1985 年日本冈山县井原市兴让馆高等学校——以《白鹿洞书院揭示》立学的学校——以"白鹿洞书院访问团"的名义，两次到访并交流学术研究成果。同期，江西教育学院书院史研究室主任李才栋撰写的《白鹿洞书院考略》与湖北师范学院哲学系副教授李邦国撰写的《朱熹和白鹿洞书院》完稿出版，白鹿洞书院再次得到了专家学者们的关注。

白鹿洞书院在艰难中奋进，各项工作逐步走向正轨。借助学术界以及社会力量促进白鹿洞书院发展，成为这一时期创新工作的主要方式。1988 年 4 月，庐山风景名胜区管理局决定恢复"白鹿洞书院"建制，制定了《重建白鹿洞书院章程》。全国人大常委会副委员长、历史学家周谷城担任总顾问，上海师范大学古籍整理研究所研究员、中国宋史研究会副会长朱瑞熙担任院长，冯友兰、邓广铭、蔡美彪、汤一介、姚公骞等著名学者担任顾问，从全国科研机构、出版社以及高校聘请 20 余位知名学者，组成白鹿洞书院组织机构，成为白鹿洞书院发展的"智囊团"。当年 11 月，在白鹿洞书院举行的"庆祝白鹿洞书院重建大会暨首届顾问教授座谈会"上，专家们提出广泛联络各地有志之士深入开展书院教育、加强朱陆学说和中国传统文化的研究和交流等意见，为白鹿洞书院的可持续发展提供了可资借鉴的经验与资源，也为白鹿洞书院文化发展开创出一条新路。

四

"白鹿洞书院"复名恢复学府建制，成为白鹿洞书院历史进程中具有标志性意义的大事，也是新时期第三阶段的发端。随后各种学术讨论会、推介会成为常态，客观上扩大了白鹿洞书院的影响力，也带动了社会各界的关注。然而，没有明确的发展方向与目标，是难以得到可持续发展的能力与后劲的。通过几年的实践摸索，1990 年 3 月，庐山风景名胜区管理局党委召开首次白鹿洞书院现场办公会。管理局党委书记、局长姚洪瑞以及管理局党政领导及有关部门负责同志参加会议，时任白鹿洞书院主要负责人孙家骅提出了"文物管理、教育培训、学术研究、旅游接待、林园管理"五位一体的管理和发展模式，确定最终成为文化旅游与国内外文化学术交流和研究中心的发展目标，得到了各级领导与同志们的一致赞同。同年，庐山管理局批准成立"庐山白鹿洞书院管理委员会"，与"庐山白鹿洞文物管理所"合署办公。这一举措不仅是名称的变化，更重要的是进一步明确了白鹿洞书院的山林、学田等周边辖区全部纳入有序规范管理，成为与周边乡镇和谐相处共同发展的保障，避免了不必要矛盾的发生，使其不再成为白鹿洞书院发展的掣肘。同时，成立了学术部、文物管理所、教务部、治安消防所、旅游接待部、综合服务部、林业管理站、办公室等部门，在组织以及机构建制等方面进一步理顺，形成人人有事干、个个有奔头的新风尚。1992 年 3 月，经庐山风景名胜区管理局机构编制委员会批准，白鹿洞书院管理委员会升格为正科级事业单位。

　　事业的发展离不开高素质的人才。其时，在资金极度紧张的情况下，聘用了一批具有大专以上文化水平的专业人才，充实人才队伍，夯实发展后劲，这批人士后来均成为白鹿洞书院发展的中坚力量。江西省考古队前队长、副研究馆员李科友受聘担当顾问，挑起了学术研究的大梁，一干就是十年。沈家溪受聘学术部主任。江西省社会科学院樊宾、俞晖两位青年学者来白鹿洞书院文化研究所挂职锻炼，将文化研习推向了一个蓬勃向上良性发展的阶段。这一阶段中各种学习班、研讨会、讲习会、竞赛活动接力而来，由国内著名学者担纲的"白鹿洞书院讲坛"如期举行，极大带动了学术研究的热潮。其间专业学术期刊《白鹿洞书院通讯》《白鹿洞书院学报》《白鹿洞书院论坛》应运而生，成为书院文化研究的高地，并先后出版了《白鹿洞书院摩崖碑刻选集》《白鹿洞书院古志五种》《千年学府——白鹿洞书院》等专著，学术成果斐然。

　　学术研究的发展带动了社会各界对白鹿洞书院的极大热情，引发了广泛关注，党和国家机关、各部委领导人以及学术界知名人士纷至沓来，白鹿洞书院文化旅游事业呈现前所未有的发展态势，社会各界亦从更高的层面上对白鹿洞书院寄予着希望与要求。1992 年 5 月，时任中共中央政治局委员、国务委员、国家教委主任的李铁映在视察白鹿洞书院后，对文物保护、传承和弘扬传统文化以及藏书、开发等方面作出明确指示，并提出与省市合作资助建立白鹿洞书院图书馆。尤其是在谈到人才的问题时指出："除了保护和抢救文物之外，还有一个培养和抢救人才的问题。要以自己收藏的文物及文献资料作为教材，以文物专家作为教员，要以馆学结合、院校结合等方式，把书院办成学府，不要办成行政机关。"这一要求的提出与当年 11 月江西省委宣传部向江西省委提出的《关于建立白鹿洞书院研究所的请示》不谋而合。请示从管理方式、人员构成、经费来源等方面做了详尽说明，强调"除开展学术研究、古籍整理及图书典藏阅览外，尚包括文物保护、旅游接待、展览陈列、举办多种讲习班等，并可与有学位授予权的高等院校合作培训高级研究人才"。这份操作性极强并通过专家论证的报告，甚为遗憾的是由于各种原因未能实现。对白鹿洞书院而言失去了一次跨越式发展的机会，对于庐山文化发展来说却是失去了成为全国书院文化研究中心的机缘。同年，以白鹿洞书院为法人代表单位的江西省书院研究会在庐山成立，弥补了些许遗憾。这是国内书院界首个专业性研究会，在白鹿洞书院的主导下每年一次的学术研讨会成为常态，促进了书院文化的前沿性研究，成为江西乃至全国书院界高层学术论坛与研究方向的"风向标"，为 2014 年中国书院协会的成立奠定了基础，开拓了方向，提供了不可或缺的经验。

文物的保护工作从前期的大规模古建维修，进入了文物征集、复建与日常维护阶段。这一时期在白鹿洞书院入口处复建牌坊一座。牌坊为钢筋水泥仿木结构，四柱三间两层，柱础饰抱鼓石。镶嵌全国人大常委会副委员长、历史学家周谷城题写的"白鹿洞书院"额以及"圣域""贤关"两匾，再现往昔风采。随后，日常维护中发现的"延宾馆"遗址，在国家、省、市文物部门的支持下，被列入保护复建规划。1994 年 2 月由江西省文物保护中心设计，福建省泉州晋江古建维修队实施修缮，次年 5 月竣工，并通过专家组验收交付使用。延宾馆，取周公"一饭三吐哺，一沐三握发"礼待贤士之意，始建于南宋淳熙（1131—1189）年间，亦称白鹿洞馆、白鹿憩馆。完全按照历史资料记载与考古发现为依据复建的延宾馆，为四合院式建筑，由春风楼、照壁、厢房与东西两侧的逸园与状元泉组成，建筑形制、工程质量得到了国家文物事业管理局古建筑专家组组长罗哲文的高度认可。这一组有着悠久历史的建筑，不仅复原了南宋鼎盛时期的盛况，也见证了当代白鹿洞书院走向新阶段的历程。1996 年庐山申报世界遗产时，白鹿洞书院成为联合国教科文组织专家考察的第一站，延宾馆成为接待考察组一行的首选之地。5

月 6 日晚，联合国教科文组织遗产委员会官员桑塞尔以及德席尔瓦夫妇下榻春风楼，这也是春风楼复建后第一次开门迎客。次日在考察白鹿洞书院时，联合国教科文组织专家对这里的自然环境、文化遗产保护非常满意并给予高度评价。桑塞尔题词："我希望我们的学校也有如此学习和反思的环境。谢谢你们给我的回顾。"德席尔瓦题词："为了全人类和将来，要保护文化和自然，我非常喜欢这个地方。"德席尔瓦夫人题词："这个地方有优美的自然环境和古代建筑，是中国文明的标志。"庐山申遗成功后，我们看到了世界遗产委员会在对庐山的评价中，是这样描述白鹿洞书院的：

> 江西庐山是中华文明的发祥地之一。这里的佛教和道教庙观，代表理学观念的白鹿洞书院，以其独特的方式融汇在具有突出价值的自然美之中，形成了具有极高美学价值的，与中华民族精神和文化生活紧密相连的文化景观。

联合国教科文组织给予白鹿洞书院充分的肯定，也是对白鹿洞书院在保护中华遗产、弘扬中华文明方面所做出的贡献的极高褒扬。同时，白鹿洞书院不再仅为"海内书院第一""天下书院之首"的理学圣地，俨然是一座中华民族精神的航标。

在文物保护与利用上，充分将自身的优势与地方文化特色无缝对接，使文物遗存变"死古董"为"活历史"，最终赋予文物时代意义并使其价值最大化。利用修复建筑的历史内涵，先后举办"历史名人蜡像馆""刘少奇旧居纪念室""历代名人与书院""中国科举制度史"等专题陈列展。1995 年，为呼应世界妇女代表大会在北京召开，修复苑墙建立的中华女子诗词碑苑，成为一处新的景观。同时由孙自诚主编的《半边天诗词选》举行首发式。2007 年，高美亭修复完成并配饰 6 根大理石"状元柱"，镌刻中国历代状元名录。完成枕流桥古道修复并在路旁增设江西历代进士榜，收录江西省历代进士名录。这些文物修复活动不仅是对文物遗存科学的有效保护，更是将文物的合理利用与景区的打造有机融合在一起，成为白鹿洞书院这一阶段文物保护管理工作的亮点。另外，通过内引外联、征集等方式丰富文物的展示、收藏。香港孔教学院院长汤恩佳先生捐赠的朱熹铜像，周氏后裔、旅美华人周祥先生捐赠的周敦颐铜像先后落成。福建省高峰书院院长、黄榦第 25 代嫡孙黄宏飞出资镌刻黄榦撰《南康军新修白鹿书院记》《南康白鹿书院》立碑。书院征集清代光绪年间"白鹿洞书院试卷"2份和教材抄本1册。骆明曦将祖辈骆应炳书写的白鹿洞书院《春风楼记》手稿复印件赠予白鹿洞书院。搜集明代李梦阳《大意亭碑记》(残碑)、明代唐龙《六合亭碑记》(残碑)碑以及清代旗杆石1对、六合亭柱子6根,使得遗址的修复有了实物的支撑与保证。再者,文物管理也进一步规范化、标准化。1995年6月,经国家文物鉴定委员会专家评审,白鹿洞书院所藏明代胡俨撰《重建白鹿洞书院记》,李梦阳撰《白鹿洞书院宗儒祠记》,王守仁撰《修道说》《中庸古本》《大学古本》《大学古本序》,娄性撰《白鹿洞学田记》,清代刻朱熹撰《白鹿洞书院揭示》(又称朱子教条)碑刻以及清代"白鹿洞书院试卷"两份共6件文物被鉴定为国家一级文物。由于文物保管条件的限制,2004年8月,白鹿洞书院将藏品清道光年制款粉彩"白鹿古洞"图瓷盘1件、中华民国粉彩"白鹿古洞"图笔筒1件,手抄楷书《晋书》《梁书》教材1件,白鹿洞书院学生高巨轮、李郁荪试卷各1件,共计5件藏品委托庐山博物馆保管。2013年12月,国家文物局先后批复《白鹿洞书院消防工程设计方案》《白鹿洞书院安全防范工程》《白鹿洞书院防雷工程》立项。中华人民共和国财政部下达国家重点文物保护专项补助资金898万元,为白鹿洞书院筑起了一道安全坚实的"防火墙"。随着各项配套设施的完善,白鹿洞书院的文物保护由"人防"跨入"技防"的数字化时代。

　　文物的有效保护与具有特色的利用,带动了学术交流的快速发展,白鹿洞书院在国际上的知名度显著提升。日本兴让馆高等学校访问团于1992年12月再次访问白鹿洞书院。次年9月,庐山文教卫生处副处长、庐山白鹿洞书院管理委员会书记、主任孙家骅,江西教育学院书院史研究室研究员李才栋,江西省海外旅游总公司日本部部长张宜南,应邀去日本国冈山县井原市兴让馆高等学校进行回访,参加该校建校140周年庆典活动并讲学一周。2008年日本国冈山县井原市兴让馆高等学校副校长小谷彰吾为团长的访问团,2011年日本国冈山县日中友好经济交流协会事务局与兴让馆高等学校联合访问团,先后访问白鹿洞书院。随后,朝鲜、韩国儒学机构博约会、美国国家公园管理局、国际地质科学联合会"世界地质公园"专家组、世界地质公园评估专家组等学术团体专程到白鹿洞书院考察。2008年,韩国绍修书院(原白云洞书院)访问团到访,并与白鹿洞书院缔结为姊妹书院。2010年8

月，韩国书院联合会常任理事朴成镇访问白鹿洞书院。当年9月，庐山风景名胜区管理局副局长王迎春，庐山文化处处长洪建国，白鹿洞书院管理委员会书记、副主任黎华，主任助理陈冬花，原主任高峰，应邀对韩国绍修书院回访，并与绍修书院缔结为友好书院。2011年，韩国绍修书院儒林代表团再次来白鹿洞书院进行访问。2013年2月，韩国玄风道东书院全守永、屏山书院郝时柱问学白鹿洞书院。广泛深入地开展对外文化交流，不仅扩大了白鹿洞书院的影响力，更重要的是主动走出山门，将博大渊深的"白鹿洞书院精神"用现代交流的方式传播，对接世界文明，相互借鉴，共同发展。这种文化交流方式成为卓有成效的"新常态"，并取得了实际的成果。

在联合展览方面，1994年4月，与湖北荆州博物馆联合举办"楚汉文物精品展"和"楚汉漆器展"。1995年7月，与故宫博物院联合在承乾宫举办《庐山白鹿洞书院碑刻摩崖题刻展》。2003年7月，与南昌"八大山人纪念馆"举办《白鹿洞书院碑刻摩崖石刻拓片展》等。在学术交流方面，于"迎进来"中重现"义利之辨"的"会讲"风雅。1991年9月，中国作协诗刊社、诗歌艺术培训中心举办的"白鹿洞诗歌笔会"。2004年6月，澳亚比较哲学学会第十四次国际学术会议暨首届"国际白鹿洞讲坛"开幕，来自11个国家的近百名学者参加，南昌大学副校长邵鸿与成中英、马丁菲尔德分别作主题演讲。2006年8月，与江西省社会科学院、江西省社会科学界联合会、江西师范大学、江西教育学院联合举办"纪念白鹿洞书院建院1030年暨全国'书院与理学传播'学术研讨会"。同年，与中国人民大学哲学院、江西省社科院哲学所、江西师范大学教育学院联合举办"白鹿洞书院论坛"。2007年7月，台湾、香港与大陆知名大学组成的"白鹿洞书院国学研习营"开营。2008年4月，"中国庐山白鹿洞书院讲座"开讲，刘梦溪作首次主旨演讲"国学与传统文化"。可谓是活动异彩纷呈。在合作办学方面，重视"强强联手"，传承《白鹿洞书院揭示》千古教育圭臬的不朽精神。2007年4月"江西师范大学白鹿洞书院""九江学院白鹿洞书院文化研究所"，2007年7月中国人民大学"教育实习基地"，2008年12月与清华艺友文化发展有限公司合作成立的"庐山白鹿洞书院国学院"，2012年7月九江学院"大学生文化素质教育人文实践基地"，2015年12月九江职业技术学院"大学生素质教育基地"，先后挂牌。白鹿洞书院成为教学、研习基地在这一发展阶段中规模初现，以往发展中的"短板"逐渐成为最具青春活力的"强项"。

步入新千年的白鹿洞书院再次以山水之美、环境之幽、文物之雅、学研之丰称雄于书院文化之坛，自然园林化的书院院落成为中国书院文化中不可多得的"模本"。2000年，庐山管理局完成勘定白鹿洞书院山界，对现存古松进行普查造册、登记挂牌。2002年起获得国家生态公益林补偿款，运用于山林的保护。同年，庐山风景名胜区管理局党委研究决定每年拨专款10万元，用于森林防火等林地保护。白鹿洞书院由原来单一的文物保护进入了全方位保护的新阶段。中央电视台、香港中文卫视、北京电视台、江西省电视台、日本民俗映像社、中国台湾东森电视台等主流媒体分别拍摄《白鹿洞书院》电视记录片、专题片在国内外播出，加之白鹿洞书院网站适时开通上线，使宣传从传统媒体时代迈入全媒体时代。2014年9月，与江西电视台、湖南电视台、河南电视台在白鹿洞书院举行全国"四大书院"联合直播活动，在推广与光大书院文化上进行了一次大胆的尝试，取得了可资借鉴的经验。

在当今文化与旅游融合发展成为重要趋势与潮流的大环境中，白鹿洞书院无疑走在了潮头。在北京、上海、南京、武汉、南昌等主要客源地召开各类旅游推介会，全方位着力营销书院旅游资源。2006年起与九江市春天旅行社合作营销，合作期限5年。2007年经白鹿洞书院职工大会讨论通过，白鹿洞书院与三叠泉景区联票营销，试行一年后建立起长期的营销合作机制。这是白鹿洞书院有史以来第一次主动将文化与旅游"联姻"，成为庐山乃至省内文化界第一个"吃螃蟹"的人，不但保持了较大的客流量，成了庐山景区中的"网红打卡地"，也为白鹿洞书院的可持续发展夯实了经济基础与发展后劲。

五

白鹿洞书院自1903年停止办学后，管理无序，甚至一度无人问津，"海内书院第一"竟沦为植树育苗之地。虽有有识之士的大声呼吁，仍然难以恢复教化圣地的祈愿。1948年，国民政府决议白鹿洞书院为中正大学永久校址，也因时局等因素而不了了之。中华人民共和国成立后，白鹿洞书院从残破荒凉中艰难地崛起。1979年庐山管理局文化处全面接管后，进行了近十年的大规模维修保护，再现了往昔理学胜地的风采，使白鹿洞书院成为著名的旅游文化圣地。1988 年成立旨在恢复书院教育功能的学术机构，拟将白鹿洞书院逐步建成以教化育人、学术研究、文化传播为主要职能的文化阵地。在着眼于提高书院文化价值体系认知之下，1990 年白鹿洞书院正式提出"文物管理、教育培训、学术研究、旅游接待、林园管理"五位一体的管理发展模式，确定最终成为文化旅游与国内外文化学术交流和研究中心的发展目标。该目标在实践中不断充实与完善，实践证明这是行之有效并适应白鹿洞书院特质的管理发展模式。

近四十年来的努力探索，书院在广泛提高文物保护意识之外，大力开展文物的有效保护与合理利用，走出了一条以书院文化特色为基础，融合地域文化的展示、收藏与传播的自我更新、不断发展的道路。依托高校、科研文化机构和社会专业工作者的力量，与兄弟书院携手在学术研究上有了长足的发展，以《中国书院论坛》为主阵地，出版和发表了一批有重要影响的学术成果，在学术界获得了较高的学术地位。同时，在大力弘扬传统文化的基础上，充分发挥《白鹿洞书院揭示》为核心的以德育人、经世致用、学术创新、社会教化的书院精神，在进行爱国主义、革命传统教育以及构建社会主义核心价值观中的积极作用，增强了人们对中华优秀传统文化的自信。白鹿洞书院文化不再受地域性局限，由山间一隅传播到全国乃至海外，由"象牙之塔"深入社会各阶层，由文化高层人士的青睐转化为社会大众的共识。

在不断完善保护书院机制探索中，规划先行成为白鹿洞书院的出发点，高起点、高规格、高品位的规划得到了国家及省市等有关部门的大力支持与帮助，逐渐建立起白鹿洞书院文化资源、自然资源的有效保护机制并将其制度化。在有效保护、合理利用上，采取以培养社会主义核心价值观为引领，激活书院传统文化基因中尚德修身、名人讲学、尊师重教、齐家济世的教育理念和人文精神，从文化战略发展的高度上为新时代价值体系传播、文化建设提供动力。强化书院文化与经济融合发展，促进文化与旅游产业的深度融合。在文化中融入经济要素，在经济发展中增加文化含量，两者互为基础、互为依托，是白鹿洞书院在旅游经济发展中具有创新意义的实践。

近百年来历经坎坷的白鹿洞书院没有从这块土地上消逝，又重新站立起来并以全新的面貌屹立于民族文化之林，再次彰显出中华民族文化生生不息的生命力。同时说明一种文化的活力不是抛弃传统，而是如何与当代文化不断融合创新，其合理的文化内核逐渐积淀为中华民族最深沉的精神追求和价值指引。习近平总书记在谈及中国传统文化时指出："文化自信是一个国家、一个民族发展中更基本、更深沉、更持久的力量。"只有坚定的文化自信，才能有自觉的责任担当，才能有自觉于文化的传承和发展，创造性转化和创新性发展才是传承发展中华优秀传统文化的根本之路。

第二节　大事记

1901 年

3 月 29 日　白鹿洞书院甄别肄业生童。

9 月　清政府颁发政令改书院为学堂。同年，白鹿洞书院停办（有 1903 年、1909 年停办之说）。

1903 年

白鹿洞书院藏书送至南康府（今庐山市）中学保存。

1904 年

6 月　福建侯官（今福州市）人陈衍自南昌经鄱阳湖水路至星子游庐山山南诸景，盘桓白鹿洞书院，作《至鹿洞书院》五言诗："路转峰回处，苍松各不群。一溪都见底，五老尚横云。海外多奇字，山中只旧闻。流芳桥上伫，水石本清芬。"

1906 年

江苏观察使、江西人崔敬郭上书两江督院，感叹白鹿洞书院："无讲学之人，不复弦歌之盛，而讲堂文室亦已上漏旁穿，鞠为灌莽。夫以前贤胜域，先哲典型，竟致湮没。"建议将白鹿洞书院改建为师范学堂，请求"租税拨归该书院重修之用，以后逐年再收租税，亦可提充该书院常年经费，想以庐山租界之利供庐山学界所需"，用作复兴、修缮与办学经费。

1907 年

10月 南康知府王以慜拟将白鹿洞书院修葺改办为存古学堂，由于"财政竭蹶，无力筹助"，未果。

同年 江西提学使林开暮提议将南昌明经学堂改设在白鹿洞书院。

1909 年

白鹿洞书院取消月课，其田租除酌留祭祀费外，均拨充南康府官立中学堂经费。

1910 年

冬 江西提学使王同愈提议将白鹿洞书院改设为江西林业学堂。

1911 年

是年 白鹿洞书院部分房屋与全部山场划拨给江西省农业院，设为江西高等森林学堂（1912 年 1 月更名江西高等农林学校，7 月再更名为江西农林专门学校。1913 年定为该校演习林）。

1912 年

5月22日 江苏兴化人高鹤年于十五日起游历庐山。二十一日宿海会寺，二十二日到访白鹿洞书院，"余游到此，觉苍松翠柏，尽是真如，鸟语花香，无非般若"。

1913 年

6月30日 江苏省川沙县（今上海市浦东新区）人黄炎培首次游历庐山，撰写了《中国名胜——庐山》一书。他在日记中写道，白鹿洞"南唐立为国学，宋初为四大书院之一。及朱晦庵知南康军，辟舍置田，讲学其中，时称极盛。厥后兴废不常，清末废书院，旋改为高等农林学校，光复后未续办，仅保管而已"。

1915 年

湖南茶陵人尹铭绶游览庐山，随后在《宗圣学报》上发表《白鹿洞怀古》诗一首。

1916 年

秋　侯过任教江西农林专门学校，每年率领学生前来庐山白鹿洞演习林实习，并开辟太乙新村。1921 年离开庐山。

1917 年

同年　教育部发布《本部视学视察江西公立农林专门学校报告书》。报告对该校在庐山白鹿洞演习林实习情况作了详细调查，并对白鹿洞书院的现状、学田等情况进行实地核查。报告指出："演习林在庐山白鹿洞，面积两千亩大小，树株一万四千余株，树木郁苍，山谷幽邃，林业实习最为适宜。"

同年　《宗圣学报》第二卷第六期，刊载明代潮阳学者周孚先《白鹿洞怀古》诗一首。

1918 年

5 月　国立武昌高等师范学院张镜澄教师，带领博物部一年级 18 名学生，在白鹿洞附近采集植物标本有元宝草、化香树、金线钓乌龟、绥草、金鸡脚、瓦带、紫花耳搔草等。

5 月 26 日　陈镇襄带领学生在白鹿洞书院采集标本。在他撰写的《庐山植物修学旅行九日记》中，写道："白鹿洞，为宋朱子讲学处，现改为江西省立农业专门学校演习林事务所。洞在山之南麓，距牯牛岭约四十余里，环山带水，秀色可餐。院内有孔圣庙及朱子庙，四壁石镌碑帖题词殆遍。"

夏　现代诗人康白情游览庐山并作《庐山纪游三十七首》，收入其诗集《草儿》，1922 年出版。其中，第二十九首为记游白鹿洞书院。

10 月 23 日　上海出版的《大公报》刊载佚名的《重访白鹿洞》诗。

1919 年

10 月 30 日　江苏武进人庄俞游览白鹿洞书院。在他撰写的《庐山记》中，指出："今之游者，往往知朱而不知李矣，清代改白鹿洞书院以课士子。院前有坊，题'名教乐地'四字，屋凡数十楹。曾设江西高等农业学校。民国初元，因乱迁省城，闻明年仍须移此。现设演习林事务所，为林业学校所办。"

同年 庄俞以其字"我一"，在《武进月报》第二卷第十期发表《白鹿洞书院》诗一首。

1920 年

4 月 江西省省长戚扬、星子县知事吴品珣重修白鹿洞书院，工程历时 5 月余。戚扬撰写《重修白鹿洞祠宇碑记》记述原委，记中写道："至于今日，群焉以诈力相高，以亡耻相导，至谓中国古学不适于时用，藉以自盖其荒陋，于此，而与谭朱陆之指，义利之辨，真无异猿猱之冠服，爰居之钟鼓矣，可胜忾哉。"

1921 年

2 月 因友人侯过的劝谕，广东梅州人古直赴庐山隐居。初住白鹿洞，后移居独马楼僧舍。

3 月 成立白鹿洞图书馆，并订立《白鹿洞图书馆章程》，规定人事、机构设置、开放时间、阅览规则等。指出：白鹿洞图书馆"暂在县城（今庐山市）分别设立藏书处并阅览室"。"本馆储藏各书，多系经史子集"，"藏书室取用书籍，每日开馆时，由馆员向馆长领钥开锁开馆后，即缴还，非取书籍不得开锁"。并明确规定："原有白鹿洞书院各书籍均应盖钤编号并粘贴书签，标明门类，其征集之书品即加盖征集品字样藉以志别。"

8 月 27 日 白鹿洞书院藏书（已转星子县城）遭人为焚毁。

11 月 8 日 中华民国政府下发训令于江西省教育厅，指出，"据江西省教育联合会代表龙钦海、桂汝舟、吴树楠等来电，略称鹿洞藏书焚毁一案，业经调查，确有情弊，此种藏书无虑数万卷，多为先贤朱陆阳明亲笔批点，乃竟有人私售外国"，"查图书馆在爱莲池中□立之亭楼，四面为池，并无接近房屋，楼中无人居住，何至失火。且藏书数千万卷焚后竟无堆积纸灰，尤为可疑"，应"从严根究，毋稍瞻循，以重国粹，实为公便"。

同年 倪文宙游历白鹿洞书院并作《庐山中的一日》。"白鹿洞傍村枕麓，入山不深，而岩壑溪泉，窈然深邃，却抱有深山的趣味。""白鹿洞书院在前清时已改为农林学校，今校额虽存，而学校则已移往南昌，惟演习林事务所尚有人长驻其中，管理林事。""至今除礼圣殿中偶像漆饰尚觉鲜明夺目以外，其余都是鼠穿虫蚀、栋折榱崩。"

1923 年

3月3日 天津人臧佑宸在白鹿洞书院创办的私立鹿洞小学开学。

6月 江西督军蔡成勋致民国政府教育部函，称"白鹿洞藏书全毁于火，特搜罗书肆补购齐全。近更访求江西先哲私家著述及官书刊刻版本，一并□查著录捐资付印，以广流传"。同时，江西省省长亦致函教育部："近查江西白鹿洞所藏书籍于旧岁完全焚毁。现已搜求书肆，照旧捐补齐全。此外，江西先哲私家著述及古书刊刻板本亦经一并调查著录捐资付印，设法流行，一俟印有成书，当陆续分送贵部，暨各省拨给贮存，以为官家保古学府，考文之一助。"

同月 星子、都昌、永修、安义旅浔同乡会议决，呈报江西省督理（督军）蔡成勋，请求对白鹿洞书院图书馆馆长梁亦谦、胡亨等盗卖图书、借火灭迹一案"严行究办，勒令赔偿，以彰国法而维圣道"。

8月13日 傅增湘再游庐山到访白鹿洞书院，"黉舍塌毁，荆榛寒庭，循览一周，阴寂荒颓殊甚。诸公入洞摩碑，余坐独对亭待之，良久乃发"。并作《再游庐山日记》。

同年 谭延闿游览白鹿洞书院，作《白鹿洞》诗。

1924 年

6月 白鹿洞书院管理员陈彭年致友人信函，指出"我白鹿洞书院为朱陆讲学之区，亦为宋室文学复兴之地"。白鹿洞书院经费被占用，"此费既拨鹿洞书院，无形灭亡"。"而此院图书馆之被焚，海内人士，莫不愤激，可见此院有心存之要也"。请友人"如能代呼海内人士，或代请教部能存斯院之一隅。则对此院之功，不在朱公下矣"。

同年 《海音潮》杂志，刊载燕思材的《庐山杂诗十二首》，其中有《白鹿洞》五言律诗一首。

同年 《射南新报》第二十五期，刊载江苏武进人邓春澍《游白鹿洞仰五老峰，宿南康泛彭蠡，舟中用友人罗承先书诗扇韵》七律诗一首。

1926 年

12 月 10 日 蒋介石在庐山召开第一次"庐山会议"后，与参加会议的军政人员，从仙岩旅舍出发，过含鄱口，登太乙峰，经栖贤寺、玉渊潭、三峡桥、金井，到白鹿洞书院游览。蒋介石见书院遗址犹存，曰："缅怀朱子，景仰曷已。"徘徊小溪之旁良久，又曰："晦翁、阳明二大贤之手迹俨然，真令人心向往之矣。"

同年 《政治家》杂志第一卷第十四号刊载江苏宝山（今上海市宝山区）人、学者张君劢的《游白鹿洞》五言诗。

同年 《文铎》杂志第一、二卷连载安徽省合肥人、教育家陈东原撰《庐山白鹿洞书院沿革考》。

1927 年

9 月 中共赣北特委书记林修杰，以白鹿洞书院为联络点，召集中共星子县委卢英瑰、黄石子、干剑、欧阳春、黄益毅等人举行会议，研究制定星子暴动计划。10 月 3 日，由林修杰和沈剑华分别任总指挥、副总指挥的起义队伍，一举攻下星子县城，救出江西省农协筹备委员淦克金与革命群众数十人。后队伍来到九江、瑞昌、德安交界地岷山，成立了赣北红军游击队。

同年 刘少奇在庐山养病，得知汪精卫等人上庐山，经由海会寺转至白鹿洞书院继续休养。

1928 年

4 月 9 日 思想家胡适游历白鹿洞书院。在他撰写的《庐山游记》中，记述："书院旧址前清时用作江西高等农业学校，添有校舍，建筑简陋潦草，真不成个样子！""白鹿洞本无洞；正德中，南康守王溱开后山作洞，知府何濬凿石鹿置洞中。这两人真是大笨伯！"指出："他（朱熹）定的《白鹿洞规》，简要明白，遂成为后世七百年的教育宗旨。"并提出："庐山有三处史迹代表三大趋势：（一）慧远的东林，代表中国'佛教化'与佛教'中国化'

的大趋势。（二）白鹿洞，代表中国近世七百年的宋学大趋势。（三）牯岭，代表西方文化侵入中国的大趋势。"

1929 年

8 月 10 日　江西万载词人龙榆生游历庐山，到访白鹿洞书院。"观其屋舍纵横，蛛网尘封，想朱元晦之遗规，不胜慨叹。院内本富藏书，元晦手迹，闻亦颇有存者。数年前毁于火。或谓主其事者盗卖东瀛，终乃假一炬以灭迹。询之彼土人士，亦疑莫能明也。"

同年　《集美周刊》第一九九期，刊载可愚的《庐山绝句三十首示龙榆生、何达安》，其中收录《白鹿洞》七绝一首。

同年　《浙江大学工学院月刊》第十期，刊载邵祖平的《初至白鹿洞作歌，用紫霞真人发端句发之》诗。

1930 年

5 月 12 日　星子县长刘世长转呈白鹿洞管理员报告与江西省政府，请求拨款修复白鹿洞书院。

12 月 16 日　蒋介石再游含鄱口、栖贤寺、玉渊、观音桥、金井后，与同行人员到白鹿洞书院午餐并游览海会寺，当晚留宿白鹿洞书院。

12 月 17 日　蒋介石游历归宗寺、温泉，当晚留宿白鹿洞书院。

同年　《国闻周报》第 7 卷第 28 期，刊载苍虬的《拟游白鹿洞未果》的诗作。

1931 年

牛克敬游白鹿洞书院并撰《匡庐山南游记》。指出"盛极一时，厥后兴衰无恒"的白鹿洞书院，"会文堂前，建一西式屋，至所谓唐宋学府，已成沧桑之感。至于礼圣殿、彝伦堂、宗儒祠、御书阁等，多已败颓"，"殿所供之圣贤大儒偶像，仿如城隍，衣冠不饰，面目可悲"。

1932 年

3 月 26 日　《江西省政府公报》刊载《令饬会拟修理白鹿洞殿宇办法》，

指出，"白鹿洞无尺寸之地，仅留南康府星都永安四邑洞租，每岁租金，不过千余元，星子只有六七百元，除完粮春秋祭祀管理看守薪水辛工外，余作大修小修岁修"；"而数千年圣象古迹，历代名人墨宝石刻，上关国体，下系人心，中外人士注意，不能不保存现状"；"从速转呈省政府拨款修理，保全圣像，存留古迹，以崇国体，而慰人心"。

4月13日 星子县将修葺白鹿洞书院估价明细表，报送省政府相关部门。

10月7日 江西省政府训令星子县县长，"查兴修白鹿洞殿宇一案，叠据该县呈请到府，并据造县修葺估价一览表，恳请核示前来，均经令行民政、建设、教育三厅会同并案核办"。

11月 江西省教育厅呈请拨款修复白鹿洞书院："星子县白鹿洞，原为本省藏书之所，被焚之后，大部尚未恢复。兹闻教育厅，以白鹿洞，为中外观瞻所属，亟应修复，昨特呈请省政府请求拨给公款，俾资兴修云。"得到省政府批准并进行修葺。

同年 上海义赈会拨款修葺白鹿洞书院文会堂、独对亭、名教乐地坊，新建五老亭等处。

1933 年

5月21日 星子县县长伊嵩绅呈报江西省政府主席熊式辉《白鹿洞书院屋宇颓朽不堪势将倒塌，请拨修葺藉保名胜古迹》公文，强调："惟因白鹿洞屋宇年代久远，风摧蚁蚀，日坏一日，倘不急于修理，殊为可危。""如本年梅雨时节，风雹交加，不堪支持，必定倒塌，届时名贤古迹一旦荡然无存，转瞬炎暑，中外人士游踪毕至，观瞻所系于国光国故系至钜，不独士君子嗟叹惋惜已也！"

6月27日 国民政府决定：于白鹿洞书院举办"暑期党政人员训练所"，受训人员计一千名。定于8月8日开学。

6月29日 庐山管理局长周象贤呈报《饬议修葺白鹿洞书院请将整理庐山计划全文颁发》与江西省政府主席熊式辉，指出："整理庐山整个计划尚未奉颁到局，修理费原预算亦未蒙附发，职局无从核办理合备文。"

8月 熊式辉、邵元冲等倡议重建庐山白鹿洞书院，并拟定设立白鹿洞小学校。"逮于今兹，则败瓦颓垣，无复旧以光景"，"倡议醵金修葺，以崇古贤，而保胜迹，一时应者如响。将来白鹿洞小学及白鹿洞书院建成，定为本省文物生色不少也"。

同月 浙江绍兴人、散文家孙福熙《庐山避暑》记述："书院旁设农林学校，但书院与专祠房屋，坍倒不堪。""李梦阳的诗中说'白鹿昔成群，鹿去谁复来'，到现在更是不胜盛衰之感了。"

同年 易水寒《庐山游记》，对白鹿洞书院的历史以及现状进行记述，指出："然而我徘徊于书院中者久之，欲找得一点朱子当时设教的遗迹，终不可得。"

同年 江西农林专科学校设森林科分校于庐山白鹿洞书院。同年，星子县县长伊蒿绅呈报江西省教育厅《请恢复白鹿洞图书馆呈送征集图书简章启》公文，强调："原有鹿洞图书馆一所，庋藏原有书籍甚多，今书院既形同废置，图书馆亦亟待扩充，实与提倡文化保存国粹之本旨不相违背。"并附《星子县白鹿洞图书馆征集图书暂行简章》。

同年 吴宗慈主修的《庐山志》出版，第四卷中单列"白鹿洞书院"一节，指出：白鹿洞书院"一切屋宇倾颓殆尽，现星子县设奉圣管理员、洞丁各一人，从前书籍典守者，自云焚毁悉尽后，于民国十二三年，时江西督理蔡成勋拨捐书籍若干，即现存图书馆也"。

1934 年

4月21日 傅增湘再次到访白鹿洞书院。他感叹："余昔年曾三度经此，虚寂无人，室宇荒颓，今则风雨穿漏，荒秽益甚，惟左院有新楼三楹，县立小学于此，若因其址而扩充之，创设专科学校，以丕振文风，不特贤哲之风徽得以长留，即山川亦为之生色矣。"

5月22日 蒋介石批复由星子县县长王斌转呈的关于《白鹿洞书院永久禁止驻军》布告，并附白鹿洞书院管理员卢英森呈报的"拨款修理白鹿洞书院并请颁发布告禁止驻军"的公文。

6月 陈云章、陈夏常《增订庐山指南》指出：白鹿洞书院"今为江西省立农业学校演习林事务所；近并在文会堂前添建新式讲堂；每年春夏间，省校教师必率学生数十人来此实地演习林学，月余始去"。"由今思昔，良用怃然!"并对现存状况进行了介绍。

7月 浙江海盐人、财经专家朱偰避暑庐山作《匡庐纪游》。书中第二十四节以"白鹿洞"为题,写道:"综观鹿洞形胜,并无高山大水,奇迹异境,然而佳木长松,翳云蔽日,清流潺潺,风泉泠泠,倘亦所谓'山不在高,有仙则灵'者哉!"

7月31日 蒋介石在对庐山军官训练团全体人员训话中,对工兵营砍伐白鹿洞后山树木的行为予以痛斥与批评。

8月24日 中国科学社年会在庐山召开期间,任鸿隽、竺可桢、周仁、梅贻琦同游栖贤寺、观音桥、白鹿洞书院等名胜。

同年 《铁路月刊:津浦线》第四卷第九期,刊载颖人的《自归宗寺冒风雨至白鹿洞》。

同年 《江西省农业院附设农艺专科学校概况》发表,指出:"林学专门科第一班三年级生,以将届毕业须充分演习,乃由林科主任及教员率同赴鹿洞山场实习,为期约三个月,后遂著为定例,凡林科三年级生,均须赴鹿洞实习一次,而前高等森林学堂之所在地,自是遂定为本校之演习林矣。"

同年 戴季陶、孙科、陈璧君游览白鹿洞书院,各摹拓《白鹿洞歌》一幅。顾景炎与孙玉声、张劲秋同游白鹿洞书院,作《白鹿洞二首》。

1935 年

1月 江西教育厅厅长程时烺、熊育钖等联名发起重修白鹿洞书院的……省政府同意并交由江西省建设厅组织实施。

5月18日 云南晋宁人方树梅游览庐山到访白鹿洞书院。在其所作《北游搜访文献日记》指出:"鹿洞后倚五老,前临深涧,左右两峰包围,实最佳讲学地。"并作《白鹿洞谒紫阳祠》诗一首。

同年 《国闻周报》第十二卷第三十七期,刊载朗溪的《雨中过白鹿洞展朱文公像》七律一首。

同年 《兴华周刊》第32卷第1期发表《江西修白鹿洞书院》。指出"白鹿洞书院内多壁书石刻,皆属历代鸿儒名士所留之遗迹","惟该白鹿洞书院房舍年久失修,半成墟坯"。

同年 福建晋江人黄九如撰《游庐山》。在记述到访白鹿洞书院时,写道："这地方是出乎我们意料之外的荒凉，倘然它是一个古刹，也许还保存得好一点罢？因为一般人的尊崇宗教，似乎远在尊崇学术之上。"

1936 年

8月12日 浙江绍兴人邵元冲游览白鹿洞书院，记述"贯道桥，有名教乐坊额，其内即为鹿洞书院。今为江西农业学校事务所，犹贮有旧书院所存经史各书数十筐"。

夏 历史学家钱穆游庐山，寓于汤用彤（锡予）家中。在庐山十余日里，游历三叠泉、东林寺、大林寺、白鹿洞、植物园、五乳寺等景点。

同年 陈啸湖游览白鹿洞书院，作《白鹿洞谒朱子像》诗一首。

同年 王存统、原一撰《游白鹿洞记》，感叹："民国以来，当道者少所爱惜，胜迹荒芜，流风已歇，不禁感慨系之！"

同年 庐山林场主任熊兆黑向江西省农业院作《（两年来）庐山林场工作》报告，将"江西农艺专科学校白鹿洞演习林，改为鹿洞区，划归庐山林场所属的第四区"。

同年 将白鹿洞分区移交中央陆军军官学校特别训练班接管。暑期将原本在海会寺、白鹿洞书院的庐山军官训练团一部分，迁至庐山传习学舍（庐山大厦）继续举行。

1937 年

9月19日 浙江山阴县人虞愚游览白鹿洞书院，作《中秋夜游白鹿洞》诗一首。

1938 年

4月 九江沦陷，白鹿洞书院沦为日军兵营，直至抗战胜利。

同年 俞敏良撰《白鹿洞书院之研究》。文中指出："书院制度在中国教育史上占重要地位，其起源始于汉，经晋魏六朝，至唐更具规模，及宋则达极盛时代，蔚成时代文化中心，支配当时学术思想，当时有所谓四大书院：白鹿、岳麓、应天、嵩阳者。其中以白鹿洞书院为最著名。"

1943 年

白鹿洞书院古松遭日本侵略者砍伐甚多,用作铁路枕木及桥梁。延续至1944年。日本侵略者还在明代石牌坊(棂星门)梁架交界处凿洞以安装木门,以防备中国人袭击。

1944 年

9 月 侵华日军101师团波田支队非法进占白鹿洞书院,肆意损坏文物。其中明代成化二年(1466)由李贤撰文《重修白鹿洞书院记》碑,遭日军士兵刻"奈良县生驹郡昭和村额田部,昭和十九年九月二十八日"等字。

1945 年

12 月 14 日 庐山管理局局长吴仕汉下达训令,责成庐山警察署长钟国桢抽调警员驻留白鹿洞书院保护森林名胜资源。

12 月 庐山警察署白鹿洞书院派出所成立。同年,庐山林场在白鹿洞书院建育苗队,利用闲散土地育苗造林。1958年秋撤离。

1946 年

8 月 29 日 蒋介石指令中正大学校长萧蓬:"庐山风景清幽,研究学术之优良环境,允宜设置大学为国育才,该校迁此最为合适。如择定海会寺,可将白鹿洞划入。"

9 月 3 日 教育部部长朱家骅与中正大学校长萧蓬、四川大学校长黄季陆,前往白鹿洞一带勘测国立中正大学校址。

9 月 15 日 白鹿洞书院遭遇大风袭击,折断古松三十余株。

同月 蒋介石决定中正大学迁建庐山白鹿洞书院、海会寺一带。

同年 中正大学校刊《正大校友》,刊发题为"海会正气白鹿遗风,母校校址永设庐山"的综述。

1947 年

1 月 6 日 教育部部长朱家骅呈文行政院备案,并咨请江西省政府协助办理中正大学"迁设庐山海会寺、白鹿洞一带"。

7月 国立中正大学扩充为五院二十系，农学院将先期迁往庐山海会寺、白鹿洞书院校址。

8月 中正大学迁建庐山已获建设费120亿。

10月 中正大学校长林一民称"其迁建费已由赣籍旅京人士策动筹募中，期短期内迁庐山上课"。

11月4日 江西省政府主席王陵基致函中正大学，称："兹以白鹿洞附近房屋园林土地多属公产，请转饬查明系由何机关管理，以便洽谈交接手续等由，查此案前准教育部咨请协助，我府当经分饬九江星子两县县政府及庐山管理局随时协助。""贵校所需白鹿洞附近所有土地及房屋，应请将坐落地段面积及现在使用机关等详为开列，并绘具图说，以便转饬洽办。"

12月5日 江西省林业学校白鹿洞书院林场人员陈对怀致友人的信函，指出"先将林场界址认清，以后只须注意逡巡，则彼盗木者有所顾虑矣"，并"追加合办繁殖苗圃事业费"。

同年 吴宗慈主修《庐山续志稿》刊行，在卷二以"白鹿洞书院"专题记述自1933年以来白鹿洞书院的变迁以及建筑存废状况。

1948 年

1月23日 中正大学校长林一民表示新校址已定海会寺、白鹿洞一带，正在规划设计之中。

1月30日 中正大学校长林一民致江西省政府"请转饬庐山管理局拨交白鹿洞一带公产以为本校永久校址之用"公函。指出"所有房产土地林木悉数拨交本校接收，办理在案，本校为整理修建，以便及时布置本校农学院林场"。

同月 中正大学建校工程费拟向国内外筹募。

3月18日 江西省地政局局长刘已达致江西省政府转中正大学"洽商查勘庐山白鹿洞附件地址"公函，称"本局会同贵校暨庐山管理局、星子县政府查勘报核"。

3月20日 宋相成致函中正大学校长林一民，告知"庐山白鹿洞一带公产接收兴建等，已提交省务会议决定交地政局约同贵校及星子县政府、庐山管理局查勘"。

3月25日　江西省政府主席王陵基签署训令，明示中正大学"业奉中央指令设于庐山海会寺及白鹿洞一带"。

同月　中正大学庐山新校址平面设计图完成，决定分三期进行。

7月　中正大学迁建庐山，经费难筹未实现。

1949 年

5月18日　庐山解放。

同年　江西省人民政府派廖国桢等人，接管并主持庐山植物园和庐山林场合并的工作，改称庐山植物研究所。白鹿洞为其分区之一。

1951 年

1月13日　江西省人民政府农林厅致函庐山管理局，征求是否同意将白鹿洞林区拨交南昌大学管理。

1月18日　庐山管理局局长沈坚复函江西省农林厅，同意将白鹿洞林区划拨给南昌大学森林系作为演习林。

是日　庐山管理局局长沈坚签署通知于庐山林场，"本局辖区白鹿洞林区，如系你南昌大学原有演习林场，自应拨归南大接管，并经省府农林厅应允拨交，我局亦同意划拨该校作为演习林业场所"，"即造具白鹿洞林场之清册及应移交至手续办妥"。

2月10日　江西省人民政府主席邵式平签署政府令，"将庐山林场属白鹿洞之部分林区拨交南大森林系作演习林场之用"。

3月15日　庐山林场主任廖国桢呈报庐山管理局局长沈坚，"白鹿洞分区奉令移交南昌大学，遵于三月十二日会同南大森林系副教授熊志奇同志点交接受竣事"，"各项移交造具清册备文请鉴核转呈农林厅备案"。

1952 年

4月　中华人民共和国中央人民政府副主席宋庆龄视察白鹿洞书院。

1953 年

7月　人民革命军事委员会副主席、中国人民解放军代总参谋长聂荣臻来九江视察并游览白鹿洞书院等地。

同年 江西省人民政府组成文物普查队，对庐山地区古迹、寺庙以及文物单位进行普查登记。

1954 年

同年 中南行政委员会庐山特区人民政府文教科组织人员收集白鹿洞书院碑刻 140 余通，建立东、西两个简易碑廊，总长 190 余米。

1955 年

11 月 庐山林场于白鹿洞书院林区建苗圃队。

1958 年

同年 白鹿洞书院苗圃队由庐山综合垦殖总场海会分场所属海会林场管理，有职工 30 余人。

1959 年

5 月 白鹿洞书院划归江西共产主义劳动大学庐山分校管辖。

8 月 19 日 中华人民共和国主席刘少奇和夫人王光美，在江西省委书记方志纯等的陪同下重访白鹿洞书院。

8 月 中共中央在庐山召开第八届中央委员会第八次全体会议期间，全国人大常委会委员长朱德、国务院总理周恩来、国家副主席董必武以及彭德怀、黄克诚、张闻天、周小舟等先后视察白鹿洞书院。

11 月 30 日 江西省人民委员会公布白鹿洞书院为省级文物保护单位。

1961 年

同年 唐圭璋游览白鹿洞书院，作《清平乐·宿白鹿洞贯道溪畔》一首。

同年 白鹿洞书院连接九星公路干线 1.5 公里简易公路竣工。

1962 年

3 月 26 日 江西省文化厅致函庐山管理局，征询白鹿洞书院管理职权问题。

4月17日 江西省人民委员会批复,白鹿洞书院"系在庐山海会境内,便于庐山管理,此处文物仍由庐山负责保护管理"。

1965 年

5月7日 江西共产主义劳动大学庐山分校,在白鹿洞书院设林学系,后转设农机系。

1969 年

夏 江西共产主义劳动大学庐山分校报经星子县林业局批准,在白鹿洞书院回流山,以次生林改造名义,砍伐直径40厘米左右的松树一批,致使大面积的风景林遭到破坏。

1970 年

3月 江西共产主义劳动大学庐山分校编制为一个营,白鹿洞书院为四连。下设2个排,为农业、机械专业,共有学生113人。

1972 年

4月15日 庐山革委会计划组、庐山林业局、共产主义劳动大学庐山分校革命委员会联合呈文庐山革委会,请示将"庐山共大管理的白鹿洞书院和林区(约3700余亩),由共大划出来,单独成立'庐山林业科学研究所',直属林业局领导"。

4月18日 中共江西省庐山革命委员会党委决定白鹿洞书院林区移交庐山林业局管理,成立庐山林业科学研究所。同时,江西共产主义劳动大学庐山分校白鹿洞书院教学点取消。

5月1日 白鹿洞书院更名为庐山林业科学研究所。

1976 年

7月 白鹿洞书院大面积松林受松毛虫危害,受害树木达3000余立方米,其中古松11株。

1977 年

11 月　中共江西省庐山革命委员会书记李春铎，主持召开修复白鹿洞书院等重点文物保护单位会议。建设处长熊茂松、文化处长王天民、接待处长彭毓炎等出席。

1978 年

4 月　庐山林业科学研究所划归庐山海会园艺场代管。

5 月 3 日　庐山革命委员会《关于修复白鹿洞书院的意见》报告国家文物事业管理局、江西省革命委员会文化教育办公室，要求拨款修复白鹿洞书院及东林寺两处省级重点文物保护单位。

1979 年

3 月 26 日　"庐山白鹿洞文物管理所"成立。

9 月 3 日　庐山革命委员会在白鹿洞书院召开交接专题会议。中共庐山革命委员会临时党组书记沈振铭主持会议，宣传部长于泽民、文化处长王天民、农垦处长花友起等参加会议。庐山农垦处与庐山文化处达成《关于交接白鹿洞书院的协议》，协定：原有庐山园艺场管理的白鹿洞书院内所有文物古迹和山林土地等，自协议生效之日起，移交白鹿洞书院文物管理所管理。白鹿洞文物管理所工作人员定为 12 人（包括护林员在内）。白鹿洞书院原有农垦职工，不改变身份性质。由农垦处每年支付护林费 2000 元，每年 1 月份一次拨完，不足部分由文化处解决。

9 月 18 日　庐山革命委员会批复农垦处与文化处《关于交接白鹿洞书院的协议》，白鹿洞书院交由庐山文化处管理。

11 月　庐山文化处为白鹿洞书院购置手扶拖拉机 1 辆、24 寸彩色电视机 1 台、自行车及板车各 1 辆。

同月　庐山文化处处长王天民、副处长王炳如、干事周家驹和鞠静维在白鹿洞书院与农垦处正式办理白鹿洞书院交接手续。陈鹤兴任庐山白鹿洞书院文物管理所所长。

同年　同济大学庐山规划组编制《白鹿洞书院修复规划》。江西省文化局拨白鹿洞书院第一期修复经费 6.5 万元。《庐山恋》电影剧组在白鹿洞书院取景拍摄。

1980 年

1 月　江西省庐山革命委员会在白鹿洞书院召开"保护森林和文物座谈会"。庐山管理局党委委员、宣传部长余泽民，文化处、农垦处负责人，星子县委、宣传部、外办和文化部门负责人以及附近乡村的干部 40 余人到会。

3 月　白鹿洞书院第一期修复工程开工。项目为两座门楼、泮池、状元桥、厢房三栋，礼圣门、思贤台、明伦堂、独对亭等建筑。由福建省惠安县施工队施工。

5 月　日中友好文化代表团一行 10 余人访问白鹿洞书院。这是白鹿洞书院恢复对外开放以来，接待的第一个外宾访问团体。

7 月 1 日　白鹿洞书院第一期修复工程竣工。

8 月　白鹿洞书院大门门楼完成修复，镶嵌李梦阳手书的"白鹿洞书院"匾额。

12 月　国家文物事业管理局副局长金紫光、古建专家陶宗宸，检查白鹿洞书院第一期修复工程。

同月　白鹿洞书院对御书阁建筑进行维修。

1981 年

6 月 30 日　作家姚雪垠考察白鹿洞书院，留题七律《白鹿洞书院》一首。

7 月　国家文物事业管理局拨专款 1 万元维修枕流桥。

8 月　白鹿洞书院程控电话开通。

10 月 5 日　国家文物事业管理局长任质斌一行 5 人，视察白鹿洞书院。

同月　白鹿洞书院第二期修复工程启动。重点修复礼圣殿，同时对部分碑刻进行保护处理，总计耗资 8 万余元。由福建省惠安县古建工程队施工。

1982 年

5 月　白鹿洞书院停车场与旱厕修建完成。

8 月 25 日　白鹿洞书院礼圣殿修复竣工。

8 月 28 日　庐山区文教卫生处呈报九江市庐山区人民政府《关于要求将白鹿洞书院体制定为国家事业单位的请示》，要求将白鹿洞文管所正式下文定为国家事业单位，其职工仍保留全民、农垦两种性质。

9月1日 中共九江市庐山区委员会任命李学语为白鹿洞文物管理所所长。

9月11日 九江市庐山区人民政府第二十五次区长办公会议研究，同意将白鹿洞文物管理所定为国家事业单位，并按全民和国营、农垦两种情况分别设立户头，当时所里的农垦工仍保留农垦性质不变。

9月28日 白鹿洞书院在清理礼圣殿后石坡坎发现明代石雕白鹿一尊，出土时石鹿右角断为两截、左角破碎，经复原立于明伦堂后"白鹿洞"中。

1983 年

1月 白鹿洞书院对原"高等林业学堂"建筑进行维修。

5月 白鹿洞书院连接九星公路的 1.5 公里沥青路面铺设完工。

10月 美国哥伦比亚大学教授、朱子学专家陈荣捷访问白鹿洞书院，题词："朱陆融洽，义利分明。"

1984 年

6月 明伦堂后"白鹿洞"建筑顶部进深两米处出现 10 厘米宽的裂缝，采取紧急加固处理。

6月16日 中共中央组织部副部长赵振清考察白鹿洞书院，题词"求知"。

7月 白鹿洞书院立"孔子行教像"碑于礼圣殿，立"游白鹿洞歌"碑于西碑廊。

8月 国家计划委员会副主任胡风兰考察白鹿洞书院，题词："千古白鹿洞，育才寄后生。"

10月19日 国家第六机械工业部副部长罗日运考察白鹿洞书院，题词"风华正茂"。

1985 年

1月 江西省人民政府批准在白鹿洞书院筹建朱熹纪念馆。

4月 江西教育学院书院史研究室主任李才栋撰写的《白鹿洞书院考略》，在《江西教育学院学刊》（内刊，总第 18 期），以专刊形式发表。湖北师范学院哲学系副教授李邦国撰写的《朱熹和白鹿洞书院》完稿。

5 月 日本冈山县井原市兴让馆高等学校白鹿洞书院访问团一行 20 余人，在团长、原校长本山资郎及副团长山下五树的带领下访问白鹿洞书院。

6 月 13 日 北京市公安局局长慕寒韵参观白鹿洞书院，题词："白鹿书院胜庐山，历代藏书有万卷。建国需要知识广，保存古物做贡献。"

同月 最高人民法院党组成员、副院长王怀安参观白鹿洞书院，题词："文明古国，崇尚讲学，造就人才，需靠教育。"

7 月 4 日 白鹿洞书院购天津产 132 双排座汽车 1 辆。

7 月 16 日 中国国民党革命委员会第五届中央副主席贾亦斌视察白鹿洞书院，题词："明天理，去人欲，见贤思齐。"同日，全国政协文史资料研究委员会专员文强参观白鹿洞书院，题词："白鹿冠书院，名山不朽传。"

9 月 《人民政协报》总编辑王禹时参观白鹿洞书院，题词："人来思白鹿，我去忆梅香。"

10 月 由江西省文化厅拨款 28.5 万元的白鹿洞书院第三期修复工程开工。修复西碑廊、朱子祠、报功祠、先贤书院大门、丹桂亭等，由福建省惠安县后龙乡古建工程队施工。

12 月 白鹿洞书院兴建的 500 平方米职工宿舍竣工。

1986 年

4 月 19 日 江西省人民政府副省长陈癸尊在省文化厅会议室召集省文化厅、江西教育学院、庐山管理局以及白鹿洞文物管理所负责人，商讨"白鹿洞书院学术讨论会"筹备工作。

6 月 30 日 中共中央书记处书记邓力群，在中共江西省委副书记刘方仁陪同下视察白鹿洞书院。同日，全国政协常委孙作宾考察白鹿洞书院，题词"读书求进步"。

同月 日本首任驻华大使小川平四郎与夫人小川嘉子访问白鹿洞书院。

7 月 6 日 中国军事博物馆研究员李铎参观白鹿洞书院，题词："源头活水，鹿洞书声。"

7 月 23 日 中共中央对外宣传小组组长朱穆之考察白鹿洞书院，题词"更想读书"。同日，中共江西省委宣传部副部长周銮书考察白鹿洞书院。

7 月 28 日 国家文物事业管理局原局长孙轶青与全国政协常委、副秘书长汪秀峰考察白鹿洞书院。汪秀峰题词:"读圣贤书勿乱于礼礼圣殿,做圣贤事行成于思思贤台。""自古神州重读书。"

7月31日 中共江西省委原书记傅雨田考察白鹿洞书院。

同月 白鹿洞书院"朱熹""白鹿洞书院"专题陈列完成开放。大纲由上饶市文物管理所林友鹤撰写,庐山文教卫生处副处长王炳如审定。九江市博物馆陈尚秋和庐山文化馆夏梅生负责版面设计。展板说明由庐山文教卫生处文化科徐顺民编撰。美工制作为庐山文化馆夏梅生、周绍信与星子县文物站站长胡大鹏、星子县文化馆馆长赖书麟、星子县文联陈家国等人。

同月 清康熙皇帝手书的"学达性天"匾,悬挂在朱子祠内朱子石刻像上方。清康熙皇帝手书的"万世师表"匾,悬挂在礼圣殿孔子石刻像上方。中国军事博物馆研究员、中国书法家协会理事李铎补书"朱子祠"匾。中国书法家协会会员曹晓补书"报功祠"匾。江西省社会科学院副院长姚公骞补书明伦堂旧联:"鹿豕与游物我相忘之地,泉峰交映智仁独得之天。"撰书报功祠联:"白鹿无踪与唐文宋理都成陈迹,青山常在共民生国运大启新图。"李铎补书朱子祠旧联:"白鹿洞开泉谷烟霞竞秀,紫阳道在圣贤师友同归。""列嶂成垣永护考亭之遗迹,环溪作泮遥通泗水之真源。"

8月3日 江西教育学院主办为期5天的"朱熹与白鹿洞书院学术讨论会",在庐山秀峰和白鹿洞书院举行。北京大学教授冯友兰题:"祠尊紫阳院纪白鹿,道致广大学尽精微。"复旦大学教授蔡尚思题"书院宗师"。中国高等教育学会副会长于北辰题:"总结书院经验,发展教育事业。"

同月 白鹿洞书院第三期修复工程竣工。

9月29日 国家文物事业管理局副局长沈竹、国家文物鉴定委员会副主任史树青考察白鹿洞书院。史树青题《七律·白鹿洞书院》一首。

11月7日 新加坡国家检察院总检察长陈文德一行10人访问白鹿洞书院,题词"孔曰成仁"。

1987 年

3月29日 国家文物事业管理局局长吕济民,在江西省文化厅副厅长刘恕忱陪同下考察白鹿洞书院,题词:"发扬优秀传统,建设精神文明。"

4月 庐山风景名胜区管理局批准"白鹿洞书院"复名,恢复学术建制。

5月17日 中共中央纪律检查委员会副书记陈达三，在江西省纪委书记王铁陪同下考察白鹿洞书院。分别题词"文渊智海""书艺千秋"。

同月 恢复部分建筑对联：礼圣门外柱联"诏有格言，求真才于正学；教无异术，体至理于常行"，九江市博物馆陈尚秋补书。礼圣门内柱联"古往今来先圣后贤同脉络，天高地下四时百物共流行"，江西画院副院长刘俭补书。礼圣殿内联"书院中，你讲一场我讲一场，众言淆乱折诸圣，宗门大启；庐山上，释家几处道家几处，二氏逃归斯受之，庙貌赫临"，河南大学图书馆石如灿补书。礼圣殿外柱联"德冠生民溯地辟天开咸尊首望；道隆群圣统金声玉振共仰大成"，江西省计委主任骆凤田补书。报功祠前厢联"千古余波流圣泽，四围深翠护儒关"，文化部夏桐郁补书。朱子祠前厢房联"十步之内有芳草；广厦所育皆英才"，江西社科院副院长姚公骞撰文并书。"丹桂亭"，江西画院副院长吴齐书。

6月9日 中顾委委员胡立教考察白鹿洞书院。

6月10日 中顾委委员、南京军区原政委杜平考察白鹿洞书院。

7月29日 江西省省长吴官正视察白鹿洞书院。同日，杜平题写"生民未有""正学之门"赠予白鹿洞书院。

8月4日 南京军区司令员向守志考察白鹿洞书院。

8月9日 中共中央对外联络部副部长张致祥考察白鹿洞书院，题词："院中约开讲席，墙外犹飘书香。"

8月22日 江西省副省长黄璜考察白鹿洞书院。影视作家张笑天参观白鹿洞书院，题词："呦呦鹿鸣，琅琅书声。礼义之邦，斯文长驻。"

10月1日 白鹿洞书院1公里万伏高压输电专线架设完成。

同月 白鹿洞书院完善消防设施。开掘日出水量35立方米水井1口、兴建45立方米水池1座，购置高压离心水泵、潜水泵各1台、泡沫灭火器22个、消防栓4个。

1988年

1月13日 国务院公布白鹿洞书院为第三批全国重点文物保护单位。

5月11日 日本冈山县井原市兴让馆高等学校白鹿洞书院访问团一行22人，在团长本山资郎、副团长山下五树的带领下访问白鹿洞书院。

5月25日 白鹿洞书院邀请北京科学教育电影制片厂，拍摄以白鹿洞书院为题材的《千年书院》专题片。编导郁向晨。科学顾问李才栋、王炳如。

8月5日 日本冈山县井原市兴让馆高等学校井上裕之一行4人，访问白鹿洞书院。校长山下五树转赠白鹿洞书院《朱子哲学论考》《兴让馆百二十年史》。白鹿洞书院回赠《白鹿洞考略》。

8月8日 国务院参事室参事陈修和（陈毅堂兄）、中央文史馆馆员戴巍光考察白鹿洞书院，分别题词："文学圣地，先贤所营；勤学好问，启迪后人。""三楚云雾挥袖底，九江风雨落樽前。"

同月 李才栋撰文、许怀林校阅的《白鹿洞修复朱子祠记》碑，立于朱子祠内。

9月1日 庐山文化教育卫生处副处长王炳如，白鹿洞书院文物管理所所长李学语、副所长任赣生，上海师范大学研究员朱瑞熙，江西省人民政府决策咨询委员会委员、江西大学历史系副教授俞兆鹏，德安县人民政府秘书孙家骅，在庐山白鹿洞书院召开座谈会，商定关于聘请白鹿洞书院顾问、教授名单与开展学术活动等事项。

10月13日 白鹿洞书院实施第四期维修工程，修复行台（文会堂）、崇德祠、紫阳书院大门、东碑廊等。由庐山区海会乡建筑公司施工。

同月 中顾委委员、中共江西省委原书记白栋材，为白鹿洞书院"朱熹陈列馆"题写馆名。

11月15日 日本熊本县日中友好协会会长鹤野六良访问白鹿洞书院，题词"中日友好万古长青"。

11月16日 为期5天的"庆祝白鹿洞书院重建大会暨首届顾问教授座谈会"在白鹿洞书院召开。上海、江西、江苏、浙江、山东、福建、广东、安徽等省市30多位顾问、教授参加会议，制定《重建白鹿洞书院章程》。白鹿洞书院总顾问、全国人大常委会副委员长周谷城题"白鹿洞书院"匾额。白鹿洞书院顾问、北京大学教授冯友兰题"紫阳书院"匾额和书朱熹《观书有感》诗一首。

11月19日 晚，白鹿洞书院院长朱瑞熙主持召开第一次院务工作会议。副院长兼教务长王炳如，副院长兼总务长李学语，副教务长许怀林、俞兆鹏、李才栋，副总务长任赣生，院长助理孙家骅参加会议。副教务长顾吉辰因事缺席。

11月20日 白鹿洞书院立"重建白鹿洞书院章程""庆祝白鹿洞书院重建大会暨首届顾问教授座谈会纪念"碑。

12月14日 白鹿洞书院在南京师范大学南山宾馆举行推介会。副院长王炳如、李学语分别介绍了白鹿洞书院的历史沿革与重建情况。应邀出席的有江苏省社科院、江苏省社科联、江苏省史学会、六朝史研究会、《江海学刊》编辑部、南京大学、南京师范大学、苏州大学、苏州铁师、扬州师范学校、徐州师范学校、南京教育学院、徐州教育学院、苏州师范专科学校、南京博物院、南京市博物馆、连云港市博物馆、南京市地方志编委会、徐州市地方志编委会、中国第二档案馆、华东师范大学等单位的专家学者50余人。《江苏史学》《江海学刊》进行了报道。

12月16日 中共庐山风景名胜区管理局党委书记、局长姚洪瑞与副局长钟福银等，检查白鹿洞书院古建群保护、防火以及山林安全，要求与周边的镇（乡）、村、组加强防火协作联防。

1989 年

1月4日 中共庐山风景名胜区管理局党委宣传部批准白鹿洞书院出版不定期内部刊物《白鹿洞书院通讯》。

1月14日 白鹿洞书院院长朱瑞熙在上海师范大学主持召开学术讨论会，在沪白鹿洞书院顾问、教授以及有关专家学者参加会议。《解放日报》《新民晚报》《文汇报》等作了报道。

2月15日 白鹿洞书院教授、上海师范大学副研究员吴绍烈题写的"尚有源头水，潺湲出洞来。风模延万世，清气率先开"，在日本《咏吟新风》月刊发表。

3月22日 白鹿洞书院与《求实》编辑部联合在中共江西省委党校召开为期3天的"传统文化与现代化建设"研讨会。白鹿洞书院顾问、江西社科院副院长姚公骞，白鹿洞书院教授、中共江西省委党校副校长焦克明，以及在南昌的白鹿洞书院顾问、教授和有关专家学者20余人参加研讨。《信息日报》《江西日报》《理论信息报》《求实》等媒体进行了报道。

同月　香港中文大学博士李弘祺参观白鹿洞书院，并与李才栋进行学术交流。

5月3日　胡耀邦原秘书余世光与胡耀邦之子胡德平、女李恒参观白鹿洞书院，余世光题词："儒学新意，书院绵长。"

5月8日　白鹿洞书院文物保护范围划定：1.以书院院墙向外自然延伸50米为核心保护范围。2.核心保护范围以外，凡属书院所有的山林、土地为一般保护范围。

5月10日　白鹿洞书院举办第一期"中国古典诗词"讲习班。白鹿洞书院教授、上海师范大学文学研究所副研究员、上海诗词学会理事吴绍烈，白鹿洞书院教授、上海师范大学古籍所副研究员陈慧星，上海诗词学会会员、记者张宗廉授课。年内共举办两期。

5月13日　日本学者平坂谦二访问白鹿洞书院，赠《白鹿洞书院揭示读本》和中日两种文字的《白鹿洞书院揭示》长卷各一幅。

6月20日　中国钱币学会、江西省钱币学会联合举办为期20天的"钱币专业干部培训班"，在白鹿洞书院开班。白鹿洞书院教授、中国钱币学会秘书长、国家文物鉴定委员会委员戴志强主讲。

7月9日　暴雨造成枕流桥东北侧一棵直径1.2米的古松倾倒。

8月　《白鹿洞书院通讯》第一期发行。设有"朱陆学说研究""书院文史""传统文化与现代化""白鹿洞书院拾零""顾问教授学术成果介绍""动态与信息"等栏目。

9月10日　全国政协京外常委视察团一行50余人，在团长邓兆祥带领下考察白鹿洞书院。常委苏赫题词："理学宗师称大贤，禁锢中华八百年。金瓯半缺无事事，悠然自得隐深山。"朝鲜族常委金甲泰题词："往昔白鹿已无踪，琅琅书声绕耳中。前贤遗训今犹在，后学精研感无穷。"

10月7日　白鹿洞书院副院长王炳如在庐山主持召开第二次院务工作会议，李学语、许怀林、俞兆鹏、李才栋、任赣生、孙家骅参加。商定出版第二期《白鹿洞书院通讯》，举办"庆祝白鹿洞书院修复十周年""庆祝白鹿洞书院立学1050周年"等系列活动，召开"中国传统文化与现代化"学术研讨会。

10月28日　日本学者平坂谦二所著《白鹿洞散步》（中文、日文各一本）寄赠白鹿洞书院。

1990 年

2 月 15 日 德安县高塘乡党委副书记、纪委书记孙家骅，调任庐山白鹿洞书院文物管理所党支部书记、所长。

3 月 17 日 白鹿洞书院工艺美术厂创办，生产白鹿洞书院文创产品以及办公用品等。

3 月 31 日 庐山风景名胜区管理局党委召开首次白鹿洞书院现场办公会。庐山风景名胜区管理局党委书记、局长姚洪瑞以及管理局党政领导及有关部门负责人参加会议，听取孙家骅的工作汇报。汇报要点为：工作重点由"古建修复"向"开展文化学术交流和研究"转移，逐步改变经济不发达、人才不齐全、教研不配套、设施不完善的院情，把书院建成集"文物管理、教学、学术研究、旅游接待、林园管理"五位一体的综合体，使之最终成为文化旅游与国内外文化学术交流和研究中心。为此，建议将"庐山白鹿洞书院文物管理所"更名为"庐山白鹿洞书院管理委员会"。

4 月 18 日 庐山风景名胜管理局机构编制委员会批准成立"庐山白鹿洞书院管理委员会"，与"庐山白鹿洞文物管理所"合署办公，机构规格和人员编制不变。

4 月 20 日 庐山白鹿洞书院管理委员会成立学术部、文物管理所、教务部、治安消防所、旅游接待部、综合服务部、林业管理站、办公室等部门。

同月 江西省全日制民办赣江大学毕业生黎华、李学军、石明发、胡喜凤、郭宏达、陈冬花、夏阳等应聘来白鹿洞书院工作。

5 月 19 日 白鹿洞书院召开"纪念白鹿洞修复十周年"座谈会。中共江西省委宣传部副部长周銮书发来贺信，江西省社科院副院长姚公骞题写"飞""好学深思""山水清音"。

6 月 4 日 中顾委原委员、"两弹一艇"元勋刘杰与全国政协委员李宝光考察白鹿洞书院。分别题写"文化宝库""神州瑰宝"。

7 月 15 日 江西省文化艺术志编撰工作会议在白鹿洞书院召开。

7 月 21 日 江西省历史学会 1990 年年会在白鹿洞书院召开。会议由省历史学会会长姚公骞主持，中共江西省委宣传部副部长周銮书作专题报告。

8 月 8 日 中国古典诗词研讨会在白鹿洞书院举行。来自全国 19 个省、市、自治区的诗人、学者 43 人参加会议，会期 4 天。

8月14日　由白鹿洞书院、江西省社会科学院、中国周易研究会等联合举办的"《周易》与中国文化研究会"在白鹿洞书院召开。全国各高等院校和社会科学团体专家学者113人参加会议，会期5天。

同月　庐山白鹿洞书院管理委员会聘请江西省考古队原队长、副研究馆员李科友为白鹿洞书院管委会顾问（常驻），协助管委会分管文化学术研究工作。至2000年12月22日结束，前后十年。

10月10日　九江市文化局在白鹿洞书院举办古建测绘学习班，各市、县的学员20人参加学习，学期10天。

10月28日　白鹿洞书院举办"庆祝白鹿洞书院立学1050周年大会暨学术研讨会"，中共九江市委书记钟起煌参加开幕式，院长朱瑞熙和日本学者平坂谦二等，120余名专家学者参加会议。中顾委委员白栋材、全国政协委员王光美致电祝贺。会期4天，立纪念碑一块。《人民日报（海外版）》《中国文物报》以及江西人民广播电台、九江电视台作了报道。

同月　国家文物事业管理局副局长沈竹，在江西省文物局局长杨凤光陪同下考察白鹿洞书院。

1991 年

4月　白鹿洞书院增修100吨贮水塔一座。

5月　白鹿洞书院管理委员会聘请沈家溪任白鹿洞书院文化研究所所长。

5月21日　庐山文化教育卫生处副处长王炳如、白鹿洞书院管理委员会主任孙家骅，专程去北京拜访刘少奇夫人王光美。王光美赠送两套《刘少奇选集》和一部《共和国主席刘少奇》大型画册予白鹿洞书院，并与二人合影留念。

5月26日　第七届全国政协副秘书长卢之超、中共中央宣传部理论局局长靳辉明，在中共江西省委常委、宣传部长王太华，江西省出版局局长桂晓风，中共九江市委常委、秘书长严晴瑞，市委宣传部长段德虞的陪同下考察白鹿洞书院。

5月29日　白鹿洞书院举办第一期"当代中华诗词研讨会暨白鹿诗词大奖赛"。17省市的诗人和诗词作者60余人参加，会期5天。后又连续举办3期。第四期与会者共有20多省市的诗词作者200余人。

5月30日 第七届全国政协秘书长宋德敏，在江西省政协秘书长孙殿甲、九江市政协主席王佐良陪同下考察白鹿洞书院。

5月31日 中顾委委员、周恩来办公室原主任罗青长，在庐山风景名胜区管理局副局长陆金保等人的陪同下考察白鹿洞书院。罗青长题词："弘扬优秀文化传统，古为今用振兴中华。"

6月5日 第六届全国人大常委会副委员长廖汉生偕夫人白林，在江西省人大常委会主任许勤、九江市人大常委会主任程金发的陪同下视察白鹿洞书院。廖汉生题词："古为今用，推陈出新。"

6月11日 日本冈山县井原市兴让馆高等学校校友会"白鹿洞书院专访团"一行6人，访问白鹿洞书院。冈山县议会议长、兴让馆理事鸟越号题词"和敬"。

6月12日 湖口县刘文政收集的白鹿洞书院清代光绪年间试卷两份和教材抄本一册，捐赠白鹿洞书院。

7月5日 白鹿洞书院联合江西省儿童心理学会、江西省妇联开办为期10天的"现代家庭教育与管理学习班"，以及白鹿洞书院、江西省家庭教育学会、江西省儿童教育心理学研究会联合举办为期5天的"家庭教育、老年管理研讨班"，在白鹿洞书院开班。

7月24日 第七届全国人大常委会常委、副秘书长曹志一行4人，在九江市人大常委会主任程金发的陪同下考察白鹿洞书院。

8月 "全国高校文摘报、图书馆资料员讲习班"在白鹿洞书院开班。

9月4日 白鹿洞书院与九江市作协联合举办"首届庐山白鹿诗会"。九江诗词作者和《诗歌报》《广州日报》《星火》《南昌晚报》《江西青年报》等报刊的编辑共50余人与会。会期4天。

10月20日 九江县骆明曦将祖辈骆应炳书写的白鹿洞书院《春风楼记》手稿复印件，赠予白鹿洞书院。

11月11日 庐山风景名胜区管理局党委召开第二次白鹿洞书院现场办公会。党委书记、局长姚洪瑞和管理局相关领导、单位负责人，听取孙家骅的工作汇报，汇报要点：将白鹿洞书院保护区五十米之外的三千亩控制地带，作为文化旅游开发区；引进大学毕业生、专业技术人才等。

1992 年

3 月 5 日　白鹿洞书院召开"《白鹿洞书院新志》编纂委员会"第一次会议。中共江西省委宣传部副部长周銮书、江西省文物局局长杨凤光以及书院史、教育史研究专家 26 人与会。研讨《白鹿洞书院新志》编纂和明清白鹿洞志整理，会期 2 天。

3 月 16 日　庐山风景名胜区管理局机构编制委员会批准，庐山白鹿洞书院管理委员会升格为正科级事业单位。

同月　孙仁贵主编《崛起的赣北》，刊载署名程云溪的报告文学《匡庐复闻白鹿鸣》。

同月　江西省社会科学院樊宾、俞晖两位青年学者来白鹿洞书院文化研究所挂职锻炼两年。

4 月 29 日　中共庐山风景名胜区管理局党委任命孙家骅为庐山白鹿洞书院管理委员会党支部书记、主任。

5 月 30 日　中共中央政治局委员、国务委员、国家教委主任李铁映，在中共江西省委副书记刘方仁，中共九江市委常委、庐山风景名胜区管理局党委书记、局长姚洪瑞，副局长陆金保陪同下视察白鹿洞书院。李铁映对白鹿洞书院的保护、传承、弘扬、利用以及人才培养、藏书、开发等方面作出重要指示，并题词："兴学尊师，重教兴国。"同时，为朱熹纪念馆题写馆名，抄录朱熹《次卜掌书落成白鹿佳句》诗留赠白鹿洞书院。

6 月 3 日　第七届全国政协副主席叶选平偕夫人吴小兰一行 4 人，在江西省政协主席吴平等人的陪同下视察白鹿洞书院，题词"为弘扬中华文化再努力"。

6 月 4 日　中顾委委员、中共云南省委原书记李启明偕夫人李宁一行 8 人，在九江市人大常委会副主任江会森陪同下考察白鹿洞书院。

同月　"白鹿洞书院古志整理委员会"成立。

7 月 1 日　中共江苏省顾问委员会主任柳林及夫人葛江一行 6 人，参观白鹿洞书院。

7 月 28 日　上海市市长黄菊及夫人一行 4 人，在中共庐山风景名胜区管理局党委书记、局长姚洪瑞等陪同下参观白鹿洞书院。

同月　中顾委委员、中国体协顾问荣高棠一行 8 人参观白鹿洞书院。

8月3日　白鹿洞书院与福建南安武荣诗社在福建联合举办首次"中华诗词吟诵艺术研讨会",应邀代表近百人,会期5天,收到论文30余篇、诗作数百首。

8月4日　白鹿洞书院举办"全国龙舟杯书画大奖赛"获奖作品颁奖仪式。

8月14日　江西省文物局在白鹿洞书院举办为期5天的"我爱家乡"文物讲解比赛。

同月　江西省文物局在白鹿洞书院举办"文物管理干部培训班",培训3期,共120余人参加。

9月7日　庐山白鹿洞书院文化旅游开发新闻发布会召开,新华社、《人民日报》、《光明日报》等30余家新闻媒体参加。

10月1日　北京军区原政委吴烈一行9人参观白鹿洞书院。

10月5日　白鹿洞书院与福建武荣诗社联合举办的"首届中华女子诗词创作研讨会",在白鹿洞书院召开。全国21个省、市的女诗人、词人及有关方面的专家学者116人与会,会期5天。

10月15日　13时,在离白鹿洞书院林区100米远的九星公路西侧,因农民烧火粪引发火灾被及时扑灭。

11月7日　江西省人民政府决策咨询委员会委员、江西大学历史系副教授俞兆鹏,江西教育学院书院史研究室主任、研究员李才栋,新华社江西分社采编主任、主任记者蒋秋生,《光明日报》驻江西记者站原站长、高级记者雷良钧共同拟定的《关于建立白鹿洞书院研究所的请示》一文,由中共江西省委宣传部报请江西省委、省政府,建议成立"白鹿洞书院研究所",由省委宣传部直接管理。

10月25日　7时40分,村民因抽烟丢火柴引起火灾。山火蔓延至白鹿洞书院林区,烧毁票房东南侧山林两亩,后被及时扑灭。

同月　白鹿洞书院新建仿古牌坊一座。牌坊为钢筋水泥仿古结构,四柱三间两层,柱础饰抱鼓石。宽10.8米,中柱高8.24米,两侧柱高7.10米。横额嵌全国人大常委会副委员长、历史学家周谷城题写的"白鹿洞书院",两侧镶"圣域""贤关"。

同月　对外经济贸易部驻广州办事处原特派员、九江专署原专员朱冰,参观白鹿洞书院并撰文《忆刘少奇同志游白鹿洞书院》，并题诗一首。

11月2日 江西省书院研究会筹备会议在江西省博物馆召开。会议推举白鹿洞书院管委会顾问李科友为常务副会长和法人代表，决定秘书处常设白鹿洞书院。

11月15日 白鹿洞书院在海南举办"中华诗词表现艺术研讨会暨海南行吟诗会"。来自包括台湾在内的18个省、市的90余名代表参加，会期5天。会议共收到论文30余篇、诗词数百首。

11月20日 白鹿洞书院林业管理所新办公楼交付使用。

12月22日 日本兴让馆高等学校访问团一行6人访问白鹿洞书院。

1993 年

2月15日 国家文物事业管理局根据李铁映的指示，拨图书资料专款15万元予白鹿洞书院。

2月24日 中共江西省庐山风景名胜区管理局委员会呈文中共江西省委《关于解决新建白鹿洞图书馆所需经费问题的请示》，"根据中共中央政治局委员、国务委员、国家教委主任李铁映同志视察白鹿洞书院时关于由国家出资购书、省出资建馆、市出资购设备，三级共建书院专业图书馆的指示"，"请示省委，拨专款133.87万元，新建白鹿洞图书馆"。

3月24日 孙家骅调任庐山风景名胜区管理局文教卫生处副处长，兼白鹿洞书院管委会党支部书记、主任。

4月16日 江西省庐山风景名胜区管理局批准同意孙家骅赴日本访问。

5月20日 白鹿洞书院"历史名人蜡像馆"开放。蜡像由福建南平樟溪游乐场设计制作。

7月22日 庐山风景名胜区管理局总工会批复白鹿洞书院工会委员会成立。

8月26日 "江西省文化厅直系统思想政治工作研讨会"在白鹿洞书院召开，会期6天。

9月29日 庐山文教卫生处副处长、庐山白鹿洞书院管理委员会党支部书记、主任孙家骅，江西教育学院书院史研究室研究员李才栋，江西省海外旅游总公司日本部部长张宜南，应邀去日本冈山县兴让馆高等学校访问讲学一周。

10 月 17 日 "江西省书院研究会成立大会暨学术讨论会"在庐山召开。江西省社会科学院院长、省社会科学界联合会主席周銮书讲话，庐山风景名胜区管理局副局长钟福银致欢迎词。选举姚公骞为会长，李国强、钟福银、杨凤光、李才栋、陈述勤、李科友（常务）为副会长，孙家骅为秘书长，闵正国为副秘书长，周銮书、周树人、雷良钧为名誉顾问。同时，选举产生理事机构并通过《江西省书院研究会章程》。

10 月 20 日 朝鲜友好参观团一行 15 人访问白鹿洞书院。团长蔡和夔题词："我们朝鲜友好参观团参观书院，印象颇深。谨祝书院全体人员在工作上取得更大成就，朝中友谊万古长青。"

同月 何满子、邹荻帆、冀汸、曾卓、绿原、孙自诚等应邀访问白鹿洞书院。何满子与孙自诚以诗相赠。

11 月 《白鹿洞书院通讯》改刊名为《白鹿洞书院学报》，设有"书院研究""宋明理学研究""中国传统文化研究""书院历史名人研究""书院拾零""书院研究动态和信息"等栏目。

1994 年

年初 中共中央书记处原书记、中央统战部部长阎明复一行参观白鹿洞书院。

同年 文化部常务副部长高占祥参观白鹿洞书院，并题词："世上多能人，何必觅先贤。"

4 月 白鹿洞书院与湖北荆州博物馆，在庐山联合举办"楚汉文物精品展"和"楚汉漆器展"。

9 月 14 日 九江市土地管理局批复白鹿洞书院土地"向庐山区土地管理局申报登记，由庐山区人民政府颁发《国有土地使用证》"。

同月 孙家骅、李科友主编的《白鹿洞书院碑刻摩崖选集》由北京燕山出版社出版。

10 月 1 日 白鹿洞书院主办的"刘少奇旧居纪念室"专题展对外开放。

10 月 18 日 《解放日报》刊载何满子《庐山诗纪》一文。文中记述"应白鹿洞书院之邀，邹荻帆、绿原自京至汉，会同曾卓、薛如茵伉俪；冀汸、殷云先伉俪自杭至沪，会同吴仲华与我，分别乘江轮上下行聚集于九江，同登庐山""在白鹿洞书院住四天"。

同月 白鹿洞书院延宾馆实施修缮。由江西省文物保护中心设计，福建省泉州晋江古建维修队施工。

1995 年

3月13日 晚，白鹿洞书院抓获盗窃森林不法分子2人，缴回木材1立方米，收缴盗伐工具14件。

6月 国家文物鉴定委员会专家评审，白鹿洞书院六件文物鉴定为一级文物：《重建白鹿洞书院记》碑、《朱子白鹿洞书院教条》碑、《白鹿洞书院宗儒祠记》碑、《修道说、中庸古本、大学古本序、大学古本》碑、《白鹿洞学田记》碑、白鹿洞书院学生试卷二份。

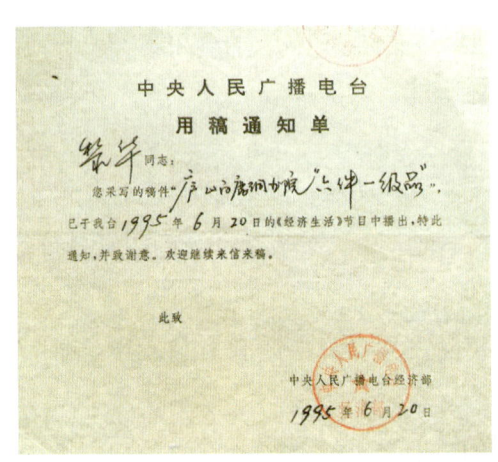

中央人民广播电台宣传庐山白鹿洞书院六件一级文物

初夏 江西省文化厅厅长叶春上庐山陪同文化部部长助理高运甲、部办公厅主任胡珍。其间叶厅长考察并宿白鹿洞书院，题诗一首。

7月30日 白鹿洞书院与故宫博物院联合举办为期3个月的"庐山白鹿洞书院碑刻摩崖题刻"展览，在故宫承乾宫展出。

8月8日至11日 在庐山竹泉山庄举办"95庐山跨世纪素质教育研讨会"。

9月5日 白鹿洞书院"中华女子诗词碑苑"竣工开放。同日，由孙自诚主编的《半边天诗词选》，在白鹿洞书院举行首发式。

9月16日　白鹿洞书院在湖南张家界有色山庄举办"当代诗词"笔会。

10月23日　江西省审计厅驻庐山管理局审计处对白鹿洞书院管理委员会1994年度财务收支情况出具审计意见："进一步完善了内控制度，合理调配资金，积极开展增收节支活动，切实加强预算内外资金的管理与使用；完成或超额完成了年度各项主要经济指标，取得了较好社会效益和经济效益。"

11月　庐山工商物价局批复白鹿洞书院门票收费标准由每人8元调整为每人12元。

11月8日　白鹿洞书院与白鹭洲书院联合举办的"江西省书院研究会第二届年会暨学术研讨会"在吉安市召开，会长姚公骞，副会长李才栋、李科友，秘书长孙家骅等参加会议。

1996 年

1月　江西电视台庐山业务工程处，为白鹿洞书院安装有线电视系统。

1月3日　中共江西省委宣传部副部长、庐山申报世界自然与文化遗产专家组组长周銮书，率专家组考察白鹿洞书院"申遗"工作。

1月30日　国务院副秘书长徐志坚考察白鹿洞书院。

同月　中共江西省委宣传部副部长周銮书撰《逸园记》。记述春风楼"其左侧旷地，方广数丈，围以墙垣，名曰逸园"，"遥观庐阜远影，近赏古松参天，内外风光，浑为一体。林下石凳、石案，错落有致，或憩于此，或弈其间，逸兴湍飞，野趣天成"。

4月26日　由中共庐山管理局委员会、庐山风景名胜区管理局撰文《延宾馆记》，镶嵌于延宾馆照壁。

同月　白鹿洞书院延宾馆修复竣工。

4月30日　国家文物事业管理局古建筑专家组组长罗哲文一行，对白鹿洞书院迎接联合国教科文组织专家考察白鹿洞书院的线路进行踏勘。

5月6日　联合国教科文组织遗产委员会官员桑塞尔以及德席尔瓦夫妇下榻春风楼。

5月7日 联合国教科文组织遗产委员会专家——加拿大的桑塞尔、斯里兰卡的德席尔瓦夫妇考察白鹿洞书院。

是日 《九江日报》第1版发表孙仁贵《白鹿洞书院迎检工作步步到位》的报道。

5月8日 《江西日报》第1版发表吴昌林《千年学府添新词》的报道，谓："千年学府白鹿洞有众多古今名流的题词，而今天又多了几份联合国专家的赞美。"

5月16日 白鹿洞书院举行由陈立夫题签、中华书局出版的《白鹿洞书院古志五种》（上、下册）首发式暨延宾馆建成开业庆典。

5月21日 马来西亚世界朱氏联谊会会长朱祥南访问白鹿洞书院，并现场捐款1000元。

6月24日 中央电视台"中华文明之光"摄制组在白鹿洞书院拍摄第98集专题片《书院》。

9月2日 香港孔教学院院长汤恩佳夫妇和羊涤生、陈修林教授参观白鹿洞书院，承诺捐赠白鹿洞书院朱子铜像一尊。

11月 孙家骅调任庐山风景名胜区管理局文化广播电视处党总支书记、处长，不再担任白鹿洞管理委员会党支部书记、主任职务。

1997 年

3月14日 香港中文卫视在白鹿洞书院拍摄电视片专题片《朱熹与白鹿洞》。

4月 白鹿洞书院荣获"庐山世界文化遗产申报十佳先进单位"，颁发了奖杯和奖状。

5月18日 闵正国任庐山白鹿洞书院管理委员会党支部副书记、副主任（主持工作），任赣生不再担任庐山白鹿洞书院管理委员会党支部副书记、副主任。

7月27日 日本冈山县井原市兴让馆高等学校代表团访问白鹿洞书院。

10月 白鹿洞书院第三幢宿舍完工交付使用。

1998 年

1 月 1 日　白鹿洞书院园门管理所实施经济责任制管理，延宾馆实施租赁承包经营，时间两年。

3 月 27 日　中国广播电影电视总局局长田聪明考察白鹿洞书院。

4 月 29 日　中国邮政总公司发行的《古代书院——白鹿洞书院》邮票，在白鹿洞书院举行首发式。

5 月 8 日　全国政协常委、济南军区原司令员张太恒考察白鹿洞书院。

5 月 9 日　江西省文化厅厅长钟健华及文艺处处长李玉英等考察白鹿洞书院。

5 月 18 日　以格里芬为团长的美国国家公园管理局代表团一行 8 人访问白鹿洞书院。

9 月　自筹约 8 万元在宿舍区新建车库两间，修通往宿舍区的水泥小道一条，开挖压水式机井两口。

10 月 10 日　江西省政府秘书长王飚一行 10 人，在庐山风景名胜区管理局党委书记张勖任陪同下考察白鹿洞书院。

10 月 12 日　中央电视台"人与自然"摄制组，在白鹿洞书院拍摄专题片。

11 月 5 日　庐山文化广播电视处副处长（主持工作）张国宏，检查白鹿洞书院防火工作并对急须维修的古建进行实地勘察。

10 月 13 日　九江市历史学会年会在白鹿洞书院召开。

1999 年

1 月 10 日　中央电视台电视片《今日中国》摄制组，在白鹿洞书院拍摄《白鹿洞书院》专题片。

4 月 3 日　庐山风景名胜区管理局局长张启元检查白鹿洞书院工作。

4 月 5 日　15 时 40 分，与白鹿洞书院毗邻的杨家山突发山火，19 时扑灭。

4 月 6 日　"白鹿洞书院史陈列"（报功祠内）经修改后再次开放。

6 月 1 日　白鹿洞书院举行朱熹铜像落成揭幕仪式。铜像高 3.13 米，底座高 1.72 米，重 1 吨，由香港孔教学院院长汤恩佳捐赠，山东潍坊陈修林雕塑。

7月5日 白鹿洞书院耗资23.87万元的礼圣殿维修工程竣工。

10月6日 江西省副省长张逢雨考察白鹿洞书院。

10月30日 中共江西省委常委、组织部部长傅克诚考察白鹿洞书院。

12月2日 庐山管理局林业局检查白鹿洞书院林地、山界核定情况。

12月16日 江西省电视台《千年的故事》摄制组，在白鹿洞书院拍摄《千年书院》专题片。

2000 年

1月4日 中共江西省庐山风景名胜区管理局党委书记张勰任，在白鹿洞书院主持召开现场办公会。管理局党委副书记、局长张启元，副书记冯静，副局长钟福银、吴崇新、曹运枝、张家鉴，党委委员管理局办公室主任王迎春、财政处长余忠民、文化广播电视处副处长（主持工作）姚美媛出席。会议决定：1. 白鹿洞书院门票由每人12元提高到每人20元；2. 拨付维修经费40万元，用于御书阁、思贤台、正学之门、朱子祠的修缮。

3月初 动工修建森林防火瞭望塔，耗时四个月，投资20余万元。

3月27日 白鹿洞书院举办"白鹿洞书院历史与沿革"导游培训班。

3月28日 庐山风景名胜区管理局勘定白鹿洞书院山界。

4月5日 北京电视台"世界遗产地"摄制组，在白鹿洞书院拍摄《白鹿洞书院》专题片。

4月6日 刘少奇的女儿刘爱琴、女婿沃宝田一行5人，参观白鹿洞书院，赠送《刘少奇同志》画册一本。

4月16日 中共中央组织部《党政领导干部选拔任用工作暂行条例》贯彻执行情况组组长王其超等一行10余人，在中共九江市委书记刘上洋、市长刘积福陪同下考察白鹿洞书院。

5月11日 北京电视台受世界教科文组织的委托，在白鹿洞书院拍摄世界遗产地电视专题片。

5月15日 中央"三讲教育"巡视检查组组长关敦，在中共江西省委副书记钟起煌、九江市委书记刘上洋陪同下考察白鹿洞书院。

8月30日 白鹿洞书院主办的"纪念朱熹诞辰870周年学术研讨会"在白鹿洞书院举行。

9月16日 中国作协诗刊社、诗歌艺术培训中心在白鹿洞书院举办"白鹿洞诗歌笔会"。

9月23日 白鹿洞书院闵正国、李科友应香港孔教学院邀请，出席在香港九龙召开的"孔子思想与中国统一大业国际学术研讨会"，提交文章在研讨会上交流。

10月2日 中共江西省委宣传部副部长郑守华，在江西省文物局局长孙家骅陪同下考察白鹿洞书院。

10月12日 白鹿洞书院闵正国等5人应邀赴武夷山参加"纪念朱熹逝世800周年国际学术研讨会"。

10月22日 星子县白鹿镇交通村部分村民，上午8点半强行挖断了白鹿洞书院的进院公路。25日下午3时，九江市市政府副秘书长裴木春在白鹿镇召开市、县、镇、村与白鹿洞书院协调会。30日，恢复通车。

12月27日 庐山管理局拨款6.5万元维修朱子祠，耗时一个半月后竣工开放。

同年 《白鹿洞书院学报》改刊名《中国书院论坛》，正式出版发行。

2001 年

3月17日 白鹿洞（网上）大学网站设立，以收集整理儒家文献为主，还设立网上论坛，为世界各地学者提供交流平台。

4月9日 延宾馆装修改造工程完工，耗资10余万元。

4月中旬 白鹿洞书院枕流桥、贯道溪坡坎与公路坡坎整修完成。

4月30日 白鹿洞书院明伦堂、西碑廊维修工程竣工，耗资20万元。新建旅游公厕一座，耗资14万元。

5月8日 白鹿洞书院被庐山管理局党委、庐山管理局授予"2000—2001年度全山十佳文明单位"称号。

5月27日 白鹿洞书院管理委员会副主任闵正国、办公室主任涂长林、文管所所长黄风雷赴国家文物局争取白鹿洞书院维修经费。

6月6日 第九届全国政协常委、江西省原省长舒圣佑考察白鹿洞书院。

7月12日 中共江西省委常委、宣传部长张克迅考察白鹿洞书院。

7月13日 澳门特别行政区人大代表一行10余人，参观白鹿洞书院。

9月10日 国家广播电视总局、中华广播影视交流协会组织的日本民俗映像社《长江纪行》摄制组，在白鹿洞书院拍摄。

9月19日 第九届全国政协副主席王文元考察白鹿洞书院，题词"藏幽""鹿鸣伴书声""鹿鸣山更幽"。

2002 年

5月14日 文化部副部长郑欣淼在省文化厅副厅长曹国庆、省文物局局长孙家骅陪同下考察白鹿洞书院。

8月1日 白鹿洞书院最高建筑礼圣殿落架维修完工。

8月28日 白鹿洞书院御书阁（落架）维修工程开工，施工单位为海会建筑工程公司。

9月 白鹿洞书院获国家生态公益林补偿款6069元。

同月 闵正国、高峰等一行5人，专往湖南岳麓书院、岳阳楼学习考察。

10月 白鹿洞书院管理委员会副主任闵正国、高峰，主任助理郭宏达应邀赴南京参加全国旅游推介会。白鹿洞书院建筑群电路改造完成。同月，闵正国、郭宏达应邀出席在福建南平召开的"首届闽台游酢文化研讨会"，提交论文入选论文选。

11月 白鹿洞书院礼圣门（落架）及西厢房、思贤台（落架）维修工程竣工，施工单位为海会建筑工程公司和星子县建筑工程队。

11月30日 白鹿洞书院闵正国、黎华参加在江西南城麻姑山景区举行的"全国首届李觏学术思想研讨会"（由南昌大学主办）。

2003 年

3 月　闵正国代表省书院研究会参加在南昌召开的"江西省第七次社科工作者代表大会"，会上省书院研究会获得先进单位，闵正国获得"先进工作者"荣誉称号，并被选为省社科联理事。

3 月　教育部副部长张保庆考察白鹿洞书院，题词"洞贤天下"，并承诺拨付维修费用 20 万元。

6 月 20 日　白鹿洞书院在南昌召开旅游推介会，并在《信息日报》头版下方刊发广告一周。

7 月 5 日　白鹿洞书院《摩崖石刻拓片展》，在南昌八大山人纪念馆展出。

7 月 20 日　江西省人大常委会副主任朱英培考察白鹿洞书院。

8 月 10 日　白鹿洞书院一棵古松遭雷击，树枝断落砸坏报功祠屋面约 12 平方米。

8 月 20 日　庐山管理局先期拨款 5 万元，对报功祠屋面进行维修，整个维修预算 8.5 万元。

9 月 3 日　上午，《人民日报》副总编梁衡、教科文卫版主任李新彦在九江市委常委、宣传部长程来安，星子县委书记潘熙宁，县长熊起栋等陪同下来白鹿洞书院考察。

10 月 9 日　首届"白鹿杯"书画大赛暨书院论坛在白鹿洞书院举行。

11 月 10 日　国际地质科学联合会世界地质公园专家组考察白鹿洞书院。庐山管理局在书院举行欢送仪式。

11 月 14 日　作家贾平凹、毕淑敏、叶广芩、苏童、池莉、毕飞寿、方方等一行 7 人参观白鹿洞书院。

12 月 2 日　闵正国应邀参加在江西南昌召开的"朱熹源流研究专业委员会成立大会"，被聘为研究会副主任委员。

2004 年

2 月 7 日　14 时，距离白鹿洞书院一公里的余家村发生山火，逼近白鹿洞书院山林。白鹿洞书院、庐山管理局、庐山区扑火专业队进行有效的扑灭，山火没有对白鹿洞书院造成影响。

2月26日 国家文物局文物处许言、计财处谭平，在江西省文物局局长孙家骅、庐山管理局副局长王迎春陪同下检查白鹿洞书院工作。

3月 白鹿洞书院被庐山管理局党委、庐山管理局授予"2002—2003年度全山十佳文明单位"称号。

4月7日 江西师范大学副校长傅修延及教授赵明、方志远、王东林、胡青，在白鹿洞书院商议合作办学事宜。

6月27日 澳亚比较哲学学会（ASACP）第十四次国际学术会议暨首届国际白鹿洞讲坛在白鹿洞书院举行。中国、澳大利亚、美国、日本、法国、新加坡等11个国家的近百名学者参加，南昌大学副校长邵鸿与成中英、马丁菲尔德分别作主题演讲。

8月8日 "江西师范大学白鹿洞书院"揭牌。傅修延、赵明、方志远、王东林、胡青参加。

8月13日 白鹿洞书院5件文物存放庐山博物馆。

10月12日 由庐山风景名胜区管理局调研员李延国领队，组织部、纪检委、文化处等部门人员组成的调研组，针对白鹿洞书院如何突破发展瓶颈及人事等问题，进行为期7天的调研。

10月27日 国家文物局局长单霁翔视察白鹿洞书院。

11月21日 中共中央组织部原部长张全景考察白鹿洞书院。

12月 白鹿洞书院闵正国参加在江西金溪召开的"全国陆学与江右思想家学术思想研讨会"，该会由南昌大学、南昌航空工业学院、抚州师院、金溪县政府主办。

2005 年

1月18日 白鹿洞书院在文会堂前举行周敦颐铜像安放揭幕仪式。铜像为周氏后裔旅美华人周祥捐赠，像高2.12米，底座高0.44米。

1月26日　白鹿洞书院消防机动泵、电热器、饮水机被盗。

4月30日　中共庐山风景名胜区管理局组织部任命：闵正国任庐山社会科学联合会副主席（未到任）；高峰任白鹿洞书院管理委员会主任；黎华任白鹿洞书院管理委员会党支部书记、副主任；涂长林任白鹿洞书院管理委员会副主任。

5月2日　江西省副省长胡振鹏考察白鹿洞书院。

5月17日　庐山风景名胜区管理局物价局批准白鹿洞书院门票由每人20元调整为每人30元。

6月1日　白鹿洞书院文会堂及两厢、崇德祠维修。河北（珠海）古建公司施工。

6月4日　中共江西省委副书记王君、组织部长董君舒考察白鹿洞书院。

6月16日　第十一届全国政协副主席白立忱视察白鹿洞书院。

6月19日　南开大学终身教授范曾参观白鹿洞书院。

6月22日　陕西白鹿书院院长陈忠实邀请白鹿洞书院出席"白鹿书院"成立大会。

7月2日　中共庐山风景名胜区管理局党委研究决定每年拨专款10万元，用于白鹿洞书院森林防火工作。

7月8日　白鹿洞书院"高等林业学堂"维修。河北（珠海）古建公司施工。

8月23日　北京大学历史系与白鹿洞书院商谈联合办学、开展文化研究活动事宜。

8月25日　白鹿洞书院管理委员会决定自2006年1月1日起与九江市春天旅行社合作营销，合作期限5年。

9月23日　白鹿洞书院"高等林业学堂"维修竣工。

10月16日　白鹿洞书院出资2万元征集书法作品7幅。

11月8日　白鹿洞书院聘请世界朱氏联合会副会长、广东省朱熹思想研究会副会长、朱熹第28代嫡孙朱述贤为白鹿洞书院教授。

10月26日 九江地区瑞昌发生5.7级地震，白鹿洞书院古建筑群、文物均未受损。

12月5日 中国科学院院士、湖口籍人士杨叔子教授参观白鹿洞书院。

2006 年

2月20日 中央委员、中央农村工作组副组长、中共黑龙江省委原书记徐有芳考察白鹿洞书院。

3月12日 "泰利"台风刮倒古松一棵，造成文会堂后墙、屋面垮塌。

3月23日 江西省文化厅副厅长曹国庆，省文物局局长孙家骅、副局长尹亚江，九江市文化局局长郭建林，查看白鹿洞书院文会堂受损及维修情况。

4月2日 中共庐山风景名胜区管理局党委书记欧阳泉华，局长余晓明，副书记张家鉴，副局长涂林、王迎春等，在白鹿洞书院召开现场办公会。决定：1.明伦堂科举制度陈列由财政出资10万元；2.书院工作用车由财政补贴6万元；3.白鹿洞书院三年免交财政门票提成；4.环山路口征地由财政出资列入预算计划。同时，决定成立中国庐山白鹿洞书院院务委员会。

4月3日 劳动和社会保障部部长田成平，在江西省副省长、中共九江市委书记赵智勇陪同下考察白鹿洞书院。

5月1日 白鹿洞书院互联网站建成开通。

6月2日 白鹿洞书院对古建筑群以及周边山林进行白蚁防治。

同月 白鹿洞书院管理委员会主任高峰任江西省书院研究会常务副会长（法人），主任助理郭宏达任秘书长。

8月16日 福建省高峰书院院长、黄榦第25代嫡孙黄宏飞出资镌刻的黄榦撰《南康军新修白鹿书院记》《南康白鹿书院》两通石碑，捐赠白鹿洞书院。

8月20日 江西省社会科学院、江西省社会科学界联合会、江西师范大学、江西教育学院、白鹿洞书院联合举办"纪念白鹿洞书院建院1030年暨全国'书院与理学传播'学术研讨会"。

8月22日　中国人民大学哲学院、江西省社会科学院哲学所、江西师范大学教育学院、庐山白鹿洞书院联合举办"白鹿洞书院论坛"。

8月25日　白鹿洞书院"中国科举制度"专题陈列正式展出。

9月3日　中国人物画画家、书法家范曾参观白鹿洞书院，书朱熹《观书有感》赠白鹿洞书院。

9月5日　台湾诗人余光中参观白鹿洞书院，题词："圣域有幸窥，贤关岂敢叩。"

11月16日　作家蒋子龙、邓刚参观白鹿洞书院，题词"仁智之源"。

2007 年

1月20日　中共庐山风景名胜区管理局党委书记郑翔在白鹿洞书院调研。要求白鹿洞书院：1. 建成宋明理学的研究与展示中心；2. 恢复高美亭，建江西历代状元榜。

1月23日　台湾东森电视台在白鹿洞书院拍摄电视专题片。

3月19日　白鹿洞书院职工大会讨论通过，与三叠泉景区联票营销。试行一年。

3月21日　韩国儒学机构博约会一行260余人，在白鹿洞书院进行文化交流。

4月29日　白鹿洞书院与九江学院联合成立的"九江学院白鹿洞书院文化研究所"，在白鹿洞书院挂牌。

5月2日　中共江西省委常委、宣传部长刘上洋，对白鹿洞书院发展、利用、保护和管理体制进行专题调研。

7月1日　中国人民大学与庐山管理局合作开发白鹿洞书院文化资源签约仪式，在白鹿洞书院举行。

7月8日　《光明日报》、中国人民大学、中央电视台和九江市委、市政府联合举办的"百城赋"研讨会在白鹿洞书院举行。中国人民大学向庐山白鹿洞书院授"中国人民大学教育实习基地"匾牌。光明日报社向白鹿洞书院赠《光明日报》创刊号纪念版。

7月11日　中国台湾地区、香港特别行政区与内地知名大学组成的"白鹿洞书院国学研习营",在白鹿洞书院开营。

8月3日　外交部部长杨洁篪考察白鹿洞书院,题词:"白鹿腾飞,承前启后。"

8月14日　白鹿洞书院、九江学院联合主办"第三届陶渊明学术研讨会",在白鹿洞书院举行。

9月4日　江西省社会科学院新招聘的30名硕士生,在白鹿洞书院礼圣殿举行祭孔和拜师仪式。

9月20日　庐山风景名胜区管理局副局长王迎春、文化处处长洪建国,在白鹿洞书院管理委员会主任高峰陪同下,专程拜访著名红学家冯其庸。

10月22日　北京大学教授陈来参观白鹿洞书院,题词"千年学统"。

12月16日　白鹿洞书院高美亭修复完成,状元桥东厢的"历代名人与书院"专题陈列正式展出。

2008 年

2月16日　日本冈山县井原市兴让馆高等学校副校长小谷彰吾一行5人,访问白鹿洞书院。

4月16日　教育部评估专家组参观考察白鹿洞书院,听取九江学院与白鹿洞书院合作共建教育实习基地情况汇报。

4月28日　白鹿洞书院举办"中国庐山白鹿洞书院讲座"。刘梦溪作"国学与传统文化"主旨演讲。

5月12日　第十一届全国人大常委会常委、环境与资源保护委员会副主任委员、原国家冶金工业局局长蒲海清参观白鹿洞书院,题词"千年学府惠泽中华大地"。

5月14日　白鹿洞书院在星子县白鹿镇交通村上坂李村,搜集明代李梦阳《大意亭碑记》(残碑)、明代唐龙《六合亭碑记》(残碑)以及旗杆石1对、六合亭柱子6根。

5月27日 白鹿洞书院邀请江西农业大学、九江市园林局、庐山园林局的专家对白鹿洞书院古松保护方案进行论证。

6月28日 学期一年的《论语》研习班在白鹿洞书院开班。

9月9日 韩国绍修书院(原白云洞书院)朴成镇、姜振声等访问白鹿洞书院,两书院缔结为姊妹书院。

11月12日 白鹿洞书院"江西历代进士榜"专题陈列正式展出。

11月15日 郑州大学、九江学院联合举办的"嵩阳—白鹿文化之旅"演讲活动,在白鹿洞书院举行。

12月4日 国际地质科学联合会专家尼古拉斯、国土资源部环境司副司长陈小宁等考察白鹿洞书院。

12月18日 白鹿洞书院管理委员会与清华艺友科技文化发展有限公司签订合作协议,成立"庐山白鹿洞书院国学院"。

2009 年

5月12日 根据民政部的要求,原挂靠白鹿洞书院管理委员会的江西省书院研究会挂靠庐山风景名胜区管理局。研究会的管理体制不变,白鹿洞书院派员担任法人代表,秘书处常设白鹿洞书院。

5月20日 中共江西省委常委、纪委书记尚勇考察白鹿洞书院。

6月30日 南京军区副司令员王教成参观白鹿洞书院。

7月18日 正大集团副总裁、广东潮州砚峰书院院长李闻海,在白鹿洞书院讲学并题词"固本清源"。

11月4日 韩国儒学机构博约会300余人访问团访问白鹿洞书院。

11月13日 中国台湾地区监察机构原负责人陈履安参观白鹿洞书院。

11月18日 庐山白鹿洞书院国学院在北京首次举办"白鹿洞讲坛"。

2010 年

3 月 15 日　清华大学艺友科技文化发展有限公司总裁杨世盐、执行总裁八思巴班觉等一行在白鹿洞书院考察"中国书院文化园"项目。

3 月 17 日　外交部原部长李肇星考察白鹿洞书院，题词"邦旧命新"。

4 月 20 日　台湾知名学者、朱熹第 26 代嫡孙朱高正在白鹿洞书院讲学三天。

5 月 19 日　北京师范大学教授于丹参观白鹿洞书院。

7 月 16 日　安徽省朱熹思想研究会代表团一行 30 余人参观白鹿洞书院。

8 月 11 日　白鹿洞书院、江西省书院研究会、鹅湖书院管委会共同举办的"纪念朱子诞辰 880 周年暨鹅湖书院建院 760 周年学术研讨会"在江西铅山鹅湖书院召开。

8 月 26 日　韩国书院联合会常任理事朴成镇访问白鹿洞书院。

9 月 30 日　庐山风景名胜区管理局副局长王迎春，庐山文化处处长洪建国，白鹿洞书院管理委员会书记、副主任黎华，主任助理陈冬花，原主任高峰，应邀对韩国绍修书院进行为期一周的访问，并与绍修书院缔结为友好书院。

10 月 5 日　白鹿洞书院与庐山白鹿洞书画院联合举办"中国首届庐山杯文学艺术大奖赛"。

11 月 18 日　白鹿洞书院、江西省书院研究会、贵溪市象山学校共同主办的"纪念书院改制 110 周年暨象山思想研究学术研讨会"在象山书院举行。

11 月 19 日　庐山白鹿洞书院管理委员会与大德汇通投资控股有限责任公司签署《庐山白鹿洞书院文化园》项目合作协议。

同月　白鹿洞书院林业管理所对白鹿洞书院古松进行普查、造册、登记挂牌、取样送检。

2011 年

6 月 13 日　韩国绍修书院儒林访问团 19 人访问白鹿洞书院。

6月25日　厦门大学教授易中天参观白鹿洞书院。

8月5日　世界朱氏联合会会长朱茂男夫妇，华东师范大学出版社社长、世界朱氏联合会副会长兼秘书长朱杰人教授，世界朱氏联合会常务理事、广东省朱熹思想研究会会长、江西省书院研究会顾问朱述贤教授，世界朱氏联合会常务理事朱相、朱小试参观白鹿洞书院。

8月18日　日本冈山县井原日中友好经济交流协会事务局局长高桥雅广、日本兴让馆高等学校理事长井上数马一行8人访问白鹿洞书院。

10月3日　庐山风景名胜区管理局副局长王迎春，文化处处长洪建国，白鹿洞书院管理委员会副主任黄赞华、郭宏达，庐山画院院长夏梅生应台湾朱氏宗亲联合会邀请，前往台湾进行为期9天的文化交流。

10月6日　中共中央宣传部副部长王晨考察白鹿洞书院。

10月19日　南昌大学在白鹿洞书院举办会期4天的"哲学与时代：朱子学国际学术研讨会"。

11月24日　江西省文化厅副厅长徐琳琳考察白鹿洞书院。

2012年

3月　湖北麻城白蚁防治所对白鹿洞书院古建院落进行白蚁防治。

4月25日　《白鹿书院文物保护规划编制》通过国家文物局立项，下达文物保护资金120万元。

5月27日　郑州大学与九江学院共同举办的"嵩阳—白鹿洞书院之旅暨书院文化知识竞赛"在白鹿洞书院举行。

7月9日　世界地质公园评估专家组考察白鹿洞书院。约翰·加洛韦博士题词："学习与引导的一个地方，谁不会灵感勃发？"易普拉欣·库姆博士题词："我今天学到了新的东西，我们每个人从这个地方了解地质公园。"

7月17日　九江学院"大学生文化素质教育人文实践基地"在白鹿洞书院挂牌。

8月1日　中央电视台纪录频道在白鹿洞书院拍摄《科举中国》专题片。

11月25日 中共庐山风景名胜区管理局党委书记杨健在白鹿洞书院调研。提出：1.进院公路拓宽并修建一仿古牌坊；2.院内增加标识牌；3.原则上同意给白鹿洞书院增加两名历史、古建方面专业人才编制。

11月28日 白鹿洞书院、江西省书院研究会、鹅湖书院、白鹭洲书院、豫章书院联合举办为期3天的"全国书院学术研讨会暨书院文化在当代人文环境下的传承与发展论坛"，在铅山鹅湖书院举行。

2013年

2月22日 韩国玄风道东书院全守永、屏山书院郝时柱访问白鹿洞书院。

2月28日 白鹿洞书院管理委员会副主任郭宏达应台湾大学文学院、新竹县朱子学堂邀请，前往台湾进行为期15天的讲学活动。

4月28日 庐山风景名胜管理局机构编制委员会核定白鹿洞书院领导职数，主任1名、副主任3名。

5月8日 白鹿洞书院遭遇50年一遇的特大暴雨袭击，造成院落周边塌方20余处，山体滑坡4处，公路约200平方米路面受损。职工宿舍住户渗入淤泥5厘米深，部分游步道、水管冲毁。倾倒直径70厘米的古松一棵，其他树木百余棵。延宾馆西厢房屋面被倾倒的树木压坏约150平方米，山体滑坡压垮进士榜碑刻3块，造成直接经济损失约30余万元。

8月20日 庐山风景名胜区管理局投资180万元，在白鹿洞书院入口处新建牌坊一座，对入院公路进行拓宽改造。

12月31日 国家文物局批复白鹿洞书院消防工程设计方案。

2014年

1月8日 国家文物局批复白鹿洞书院安全防范工程方案。

5月21日 国家文物局批复白鹿洞书院防雷工程立项。

8月18日 国家财政部下达国家重点文物保护专项补助资金898万元。其中，白鹿洞书院安全防范工程专项补助资金450余万元，白鹿洞书院消防工程专项补助资金393万余元，白鹿洞书院防雷工程立项及方案设计费55万元。

8月20日 白鹿洞书院原顾问李科友撰写的《白鹿洞书院的秘密》，由江西人民出版社出版发行。

9月1日 国务院新闻办公室原主任赵启正参观白鹿洞书院。

9月28日 江西电视台、湖南电视台、河南电视台，在白鹿洞书院举行全国"四大书院"联合直播活动。

同日 白鹿洞书院管理委员会副主任、党支部书记黎华参加在湖南长沙岳麓书院召开的中国书院学会成立大会。黎华被大会推选为副会长，郭宏达为理事。

11月25日 国家文物局批复白鹿洞书院消防工程方案。

2015 年

1月16日 中共庐山风景名胜区管理局任命黎华为白鹿洞书院管理委员会主任。

4月28日 江西省文物局批复白鹿洞书院防雷工程设计方案。

5月26日 中国常驻联合国教科文组织前大使衔代表尤少忠参观白鹿洞书院。

6月14日 南京军区司令员蔡英挺参观白鹿洞书院。

8月1日 美籍华人学者成中英参观白鹿洞书院。

8月7日 江西省人民政府省长鹿心社视察白鹿洞书院。

8月11日 中共江西省委书记强卫视察白鹿洞书院

8月20日 杨利伟少将、翟志刚、刘伯明大校参观白鹿洞书院。

8月27日 财政部下拨白鹿洞书院安防、消防、防雷工程专项经费573万元。

9月13日 中共江西省委常委、省政府党组副书记毛伟明考察白鹿洞书院。

10 月 18 日　中共中央政治局委员、北京市委原书记刘淇考察白鹿洞书院。

10 月 30 日　白鹿洞书院安防、消防指挥监控中心竣工投入使用。

12 月 16 日　九江职业技术学院"大学生素质教育基地"在白鹿洞书院挂牌。

2016 年

1 月 16 日　民政部副部长宫蒲光，在中共九江市委常委、庐山管理局党委书记杨健的陪同下考察白鹿洞书院。

3 月 29 日　国务院批准同意撤销江西省九江市星子县，设立县级庐山市。将九江市庐山区牯岭镇划入庐山市管辖。以原星子县和庐山区牯岭镇的行政区域为庐山市的行政区域，庐山市人民政府驻南康镇紫阳南路 45 号。庐山市由江西省直辖、九江市代管。（国函〔2016〕58 号）

4 月 7 日　中共江西省委原书记万绍芬，中央政治局委员、中央书记处书记习仲勋原秘书张志功考察白鹿洞书院。

5 月 30 日　庐山市成立大会在庐山市人民会堂隆重举行。

7 月 24 日　中共江西省委副书记、代省长刘奇视察白鹿洞书院。

8 月 12 日　第十二届全国政协副主席、中国农工民主党中央常务副主席刘晓峰考察白鹿洞书院。

8 月 17 日　白鹿洞书院、江西省社会科学院文化研究所联合举办的"首届白鹿洞书院文化论坛"在白鹿洞书院举行。

11 月 25 日　白鹿洞书院、江西省书院研究会、豫章书院联合举办为期 3 天的"纪念江西豫章书院建院 885 年暨江西书院研究会学术研讨会"在南昌豫章书院召开。

第三节　院歌

《白鹿洞书院院歌》创作于1994年。歌曲豪迈昂扬、悠远稳重、悦耳动听。院歌中体现了书院的地域特色、文化环境和悠久历史，反映了时代精神、历史积淀以及对未来的憧憬。

词作者孙自诚，江西德安人，地方史学者、作家、诗人，副编审。为中国作家协会江西分会会员、中华诗词学会会员，江西省第一届考古学会名誉理事，江西省考古学会会员、历史学会会员。学养厚重的他有数百万字作品在《人民日报》《大公报》《江西文艺》《文物》等报刊发表，主编《德安县志》《半边天诗词选》《清寒斋吟草》等。《白鹿洞书院院歌》歌词的创作，结合书院文化背景、历史价值，采用骈白结合的方法，词句抑扬顿挫，易于吟咏传诵。既有传统诗词的韵律又有当代语言的清雅，是精心创作而成的作品。

曲作者余隆禧，江西九江人，中国音乐家协会会员，江西省戏剧音乐学会理事，江西省音乐家协会会员、戏剧家协会会员。在国家、省级音乐刊物上发表歌曲近百首，多次获得国内各种奖项。出版有《武宁采茶戏》《余隆禧音乐作品选》《儿童歌曲123》等。院歌以民歌音乐为基调，兼以流行的古风来表达情感。渐进式的音乐编排，营造出有层次的空间感，极具"情境音乐"之韵，使其既能独唱也能合唱。

首唱者周伟，女，副教授，江西九江人，九江市音乐家协会副秘书长、声乐学会副会长。就职于九江职业技术学院，曾获"金钟奖"全国声乐大赛江西选拔赛三等奖，江西省庆祝建党九十周年红歌大赛中青年组综合类三等奖，江西省第二届青年教师音乐舞蹈电视大赛高校教师声乐类一等奖，鄂赣皖民间歌手擂台赛美声组一等奖。曾参与本土原创音乐专辑《好歌唱九江》的录制，代表作《水韵家园》《庐山居》《春天来了，鄱湖笑了》《幸福明灯》《妙音之歌》《九江工商之歌》《柴桑桃园美》等。

白鹿洞书院院歌

孙自诚词
余隆禧曲

1=D 4/4 3/4

稍慢 庄严 雄伟

第二章 ——

地理环境

第一节　地形地貌

白鹿洞区域位于庐山五老峰南麓。东经115°59'—116°07'，北纬29°26'—29°36'之间。属低山丘陵地带。西北较东南略高，东边的大排岭海拔284米，南边的排山岭海拔252.6米，北边的庐山五老峰海拔1358米，西北的汉阳峰海拔1473.8米。书院处于四山环合的盆地中，海拔约50米。有山、岩、溪、谷、洞、泉、垄等，地形地貌复杂多样。

山

白鹿洞以大院背后后屏山为中心，呈"莲花瓣"分布。主要山头13座。

后屏山　又称后山，位于大院背后。山南部海拔158米，山北部海拔188米。

左翼山　位于大院东旁，东西走向，海拔154米。

卓尔山　位于大院对面山，以成语"卓尔不群"命名确有深意，古称书院"案山"，呈南北走向，海拔153米。

李家山　位于后屏山北，海拔196米。山北面森林防火隔离带、水渠与伍家半岭农田交界。书院公路穿坡入内。书院园门管理所在山路旁。

谷麦山　又称骨脉山，亦称蛇山。上八担田垄北，今书院职工宿舍背后，海拔168米。

滴水崖山　位于白鹿洞区域最北处，海拔210米。山东南防火隔离带与伍家半岭山交界。

回流山　位于流芳桥东，上畈李村庄（东边）背后，海拔126米。山脚与上畈李村庄交界。

东边山　位卓尔山东，呈南北走向。北连李家山，南接小垄东面烧火山，海拔155米。此山与熊门岭山分水为界。

烧火山　位于卓尔山顶隔小垄相望处，海拔150米。

谢家头山 位于毛家垄南，海拔 142 米。山南面与玉京村村民山分水为界。

杉树包山 位于翟家垄村庄后山（祖坟山）北。以防火隔离带与翟山交界，海拔 168 米。山东坡至山谷有人工营造杉林数十亩，故名。

高家堰山 太阳墩村庄对面山，为书院工艺厂对面山北部。呈东西走向，海拔 164 米。

华盖山 位于流芳桥北，上畈李村庄后山北，山背有防火隔离带与李山交界，西部山顶海拔 124 米。

溪

贯道溪 位于大院山前，白鹿洞区域最大溪流。源于五老峰二水，一为折桂涧水，从滴水崖经杨家庄谷入老鹿洞前；一为青牛谷之水，从伍家岭出与犀牛塘水合经翟家垄、太阳墩、高家堰与东水汇一，即贯道溪。再经老鹿洞、大院门前、枕流崖至流芳桥出白鹿洞区域。

小三叠 位大院东侧，源于后屏山与东边山之间谷地深处，经谷中沼泽从大院东侧汇入贯道溪。入汇处有三级石崖，故称"小三叠"。

卓尔溪 位于卓尔山西边山杨家垄。经卓尔山南流入贯道溪。1968 年于谷口处建小水库，今称"卓尔湖"。

谷

鹿眠处 位于大院北，后屏山与卓尔山之间谷地，贯道溪穿过。溪东有沼泽和荒地数块。

杨家庄 位于谷麦山与尖山之间，三山环合，是本区域最大的谷地。相传曾有杨姓人家在此建庄园，后废，谷内有田地数十亩，今为林地。

上八担 又称李家山垄。位于李家山与谷麦山之间。古代有学田数亩于垄上段，收稻谷八担，故其名。1993 年书院建职工宿舍于此，今大部为林地。

下八担 位于后屏山与尖山之间。古有学田数亩，收稻谷八担，故称"下八担"。20 世纪 80 年代后分配给书院驻院职工作为菜地。1985 年建职工宿舍一栋，1994 年改为书院工艺厂，现停办。

回垄 位于回流山与左翼山之间，古有学田数亩。20 世纪 80 年代末渐荒芜。

毛家垄 位于谢家山北，翟家垄至上畈李山路旁。20 世纪 60 年代至 80

年代有旱地数亩，20世纪80年代末荒废。

东边洼　位于大院东边山谷。后屏山、李家山、东边山、左翼山四围合。谷内大面积为沼泽，谷底为"小三叠"发源地。

杨家垄　位于卓尔山西谷。谷口有杨家垄水库，后称"卓尔湖"。

洞

老鹿洞　位于大院北，卓尔北端东边山脚处，贯道溪岸边。此洞为天然石洞，面积约2平方米，洞旁有摩崖石刻"鹿洞"二字，为明李梦阳书。

滴水洞　位于滴水崖东崖壁。此洞为天然崖洞，面积约3平方米。旧时猎樵者藏于此可避风霜雨雪。

岩

滴水岩　又称滴水崖。位于杨家庄谷底深处。两面峭壁相对成峡，崖高数十米。溪水直下成瀑。古称"圣泽源"。

枕流岩　亦称枕流崖。位于独对亭西墈。崖底有摩崖石刻"枕流"，为宋代朱熹所书。崖上清代建石拱桥。

泉

状元泉　位于春风楼西侧。泉眼四周石砌成圆形水井，常年不涸。

后屏泉　位于后屏山西坡，今公路旁。20世纪90年代院人围泉眼砌一小池蓄水，便于人们取之饮用。

第二节　森林植被

本区域属东南亚季风区，气候受庐山与鄱阳湖影响，光照充足，雨量充沛，气候温和，四季分明。因而有丰富多样的原始森林和原生植被。

中华民国初期，虽然外围山林因大量建筑用材与薪炭所需曾一度乱砍滥伐，但本域森林幸存。

抗日战争时期，日军将大院附近及贯道溪两岸巨松砍伐甚多，用作铁路枕木和桥梁，森林惨遭严重破坏。

新中国成立后，森林资源保护得到加强，森林覆盖率有所提高。

"文革"时期，因机构涣散，管理松懈，偷伐滥伐现象常有发生。20世纪70年代，松毛虫灾害严重，受灾面积达80%，损失惨重。1980年后，森林之天灾人祸得到有效控制。1982年，实行林业"三定"政策，本区域由庐山区人民政府发放林权证书，确定白鹿洞书院为法定林权单位。山林面积为2778亩。2007年，实行"林改"时，按航拍图确定山林面积为1760亩。

本区域森林结构及分布属自然生态。大部分为马尾松林，约占总面积80%。松杉混合林约占50%。阔叶林、常绿阔叶林与松杉混交林约占30%。灌木林约占10%。其中松杉阔叶混交林大多分布于贯道溪两岸及大院附近。位于翟家垄后山交界处有数十亩人工营造杉林。杨家庄北坡为灌木林。

1994年，经庐山区林业局专家考察测定，白鹿洞书院所属区域森林覆盖率为89%。

第三节　水系、水利

一、水系

白鹿洞书院区域水系以贯道溪为主流。各山谷之水均汇入贯道溪。

背头垄之水经春风楼旁入贯道溪。

陂头洼之水经老鹿洞旁入贯道溪。

杨家垄之水经卓尔湖水库入贯道溪。

毛家垄之水经茶园至华盖松旁入贯道溪。

回垄之水经回垄堰入贯道溪。

二、水利

（一）山塘

卓尔山塘　位于卓尔山西边杨家垄，初称杨垄水库，后又称卓尔山水库，今称卓尔湖。1968 年建，当时全国大兴水利，交通村村民为灌溉农田，在书院辖区杨家山建小水库一座。库坝为土坝石墈结构，高 10 米，长 38 米。坝底管道石砌结构，坝内横管为阶梯式混凝土结构。坝西有溢洪道排洪，卓尔山脊溢洪道被废。水库总容量 3 万立方米，常年蓄水量约 1 万至 1.5 万立方米。至今，水库功能正常。

苗圃水塘　位于老苗圃（今茶园与诗碑园处）。中华民国初期人工开挖成水塘，面积约百平方米，用于蓄水浇灌苗木。20 世纪 80 年代后渐废。

毛家垄山塘　位于毛家西北处。20 世纪 60 年代建，由人工挑土筑坝而成，用于蓄水浇灌毛家垄荒地作物。由于水源不足，20 世纪 70 年代渐废。

（二）堰渠

回垄堰　位于回垄田墈下，贯道溪北岸处。引贯道溪水入渠，流经回流山脚，用于灌溉农田。至今仍具引水灌溉功能。

下八担堰　位于杨家庄山口处，引洞水入渠，用于灌溉书院下八担田和伍家岭尖山脚农田。今全部农田改种旱作物，此堰停用。

第四节　动物

白鹿洞书院属国家级自然保护区范围，北靠庐山，南临鄱阳湖，有着丰富的动物资源。

走兽类：云豹、野猪、獐、麂、野兔、豪猪、狗獾、猪獾、松鼠、刺猬、黄鼬、红毛狗等。

飞禽类：苍鹰、白鹇、白鹳、鹭鸶、锦鸡，角雉、竹鸡、鸳鸯、野鸭、猫头鹰、相思鸟、杜鹃、灰喜鹊、八哥、麻雀、画眉、大嘴乌鸦等。

爬行动物：金环蛇、银环蛇、竹叶青、眼镜蛇、菜花蛇、乌梢蛇、两头蛇、蟒蛇、尖吻蝮（五步蛇）、蝮蛇、小蜥蜴、壁虎等。

两栖动物：穿山甲、水獭、乌龟、中华鳖（甲鱼）、青蛙、土蛙、牛蛙、蟾蜍等。

水产类：鲤鱼、石鱼、棍子鱼、娃娃鱼、秤星鱼、黄鳝、泥鳅、米虾、青虾、溪蟹、田螺等。

白鹿

白鹿　1999 年 1 月 4 日，经江西省林业厅批准，白鹿洞书院从广东深圳动物园引进两头白鹿，品种学名黇鹿，拉丁学名 Dama dama，属国家二级保护动物。后因饲养不慎死亡。2002 年又从四川成都动物园引进两头白鹿（一公一母），驯养人白鹿镇交通村上畈李平耀、陶杏春夫妇。驯养繁殖至今已达 10 余头。白鹿的引入，使白鹿洞书院名实相符，亦为书院增加一大景观。

第五节　植物

白鹿洞书院属于亚热带季风气候，全年雨量充沛，是植物生长的温床，其中马尾松占林地面积 80%—90%，100—300 年树龄的古松有 100 多棵，是国内古松群最为集中的区域之一。土壤类型为红壤。区内除马尾松以外，主要树种有杉树、樟树、枫树、柏树、水杉、柳杉、檀树、株树、梧桐、鹅掌楸、栗子树、梅花、桂花、玉兰等乔木。灌木有茶树、檵木、黄杨、赤楠、绣花针、六月雪、杜荆（黄金柴）、杜鹃、栀子花等。藤类有爬山虎、紫藤、薜荔、茯苓、木通、猕猴桃、金银花、凌霄花等。草本有蕨类、冬青、菖蒲、玉簪、黄精、吊兰、兰花、艾叶等。

第六节 古树名木

白鹿洞书院古松于 1993 年 4 月 5 日建档，共计 106 棵，树龄在 100—300 年之间，树龄数据由"中国科学院地球环境研究所"提供。由于松材线虫的肆虐，截至 2016 年 3 月，全山仅留存 35 棵。

1 号古松，位于林业学堂门前溪沟南岸，距大院 15 米，树高 11 米，树冠 43 平方米，胸围 2.24 米，树龄约 200 年。1993 年 6 月以土石方、混凝土墙、石墙加固苑部，钢丝绳拉护树冠部。2006 年清除主干冠部藤蔓，部分枝叶枯黄。2008 年 5 月上旬全部枯黄、死亡。

2 号古松，位于独对亭东 7 米处，距离大院方向南 25 米，树高 18 米，树冠 56 平方米，胸围 3.3 米，树龄约 280 年，自然歪斜生长，根部部分裸露。1993 年 5 月 2 日 16 时被强风刮倒伏地。

3 号古松，位于枕流桥东 8 米处，山边小路旁，距离大院方向南 30 米，树高 15 米，树冠 55 平方米，胸围 3.4 米，树龄约 270 年，主干稍歪斜，支根部分裸露，白蚁危害较轻。1994 年钢丝绳拉护主干部，土石方 30 立方米加固坡坎。2015 年枯萎死亡。

4 号古松，位于大院至林管所小路旁，距离大院南 40 米，树高 15 米，树冠 55 平方米，胸围 1.8 米，树龄 100 年，白蚁危害严重。1992 年取白蚁巢 3 个，用药 80 克，诱杀坑一个。2014 年枯萎死亡。

5 号古松，位于大院至林管所小路边，距离大院南 33 米，树高 13 米，树冠 50 平方米，胸围 1.85 米，树龄约 100 年，主干 3 米处分两叉，白蚁危害较轻。1992 年取白蚁巢 2 个，用药 80 克，诱杀坑 1 个。2013 年枯萎死亡。

6 号古松，位于大院至林管所小路边，距离大院南 45 米，树高 18 米，树冠 45 平方米，胸围 1.9 米，树龄约 150 年，白蚁危害较重。1992 年取白蚁巢 3 个，2015 年枯萎死亡。

7 号古松，位于大院至林管所小路边，距离大院南 50 米，树高 18 米，树冠 55 平方米，胸围 1.85 米，树龄约 150 年。2015 年枯萎死亡。

8 号古松，位于大院至林管所小路边，距离大院南 55 米，树高 15 米，树冠 50 平方米，胸围 1.80 米，树龄约 150 年。2013 年枯萎死亡。

9 号古松，位于大院至林管所小路北，距离大院东南 80 米，树高 12 米，树冠 120 平方米，胸围 3.50 米，树龄约 250 年，枝干虬曲，形态特异，有白蚁危害。1992 年取白蚁巢 1 个。现长势旺盛。

10 号古松，位于大院至林管所北洼处，距离大院东 85 米，树高 20 米，树冠 50 平方米，胸围 2.4 米，树龄约 180 年。2013 年枯萎死亡。

11 号古松，位于大院至林管所北洼深处，距离大院东 60 米，树高 20 米，树冠 100 平方米，胸围 3.2 米，树龄约 260 年，根部部分裸露。1992 年取白蚁巢 3 个。2013 年枯萎死亡。

12 号古松，位于大院至林管所路北坡，距离大院东 75 米，树高 23 米，树冠 150 平方米，胸围 3.25 米，树龄约 260 年，主干 3.2 米处双叉主干。1991 年取白蚁巢 2 个。2014 年枯萎死亡。

13 号古松，位于大院至林管所路北双叉松上 20 米处，距离大院东 80 米，树高 16 米，树冠 62 平方米，胸围 3.3 米，树龄约 260 年，主干自然弯曲。1991 年取白蚁巢 2 个。现仍存活。

14 号古松，林管所屋背后洼，距离大院东 80 米，树高 32 米，树冠 160 平方米，胸围 3.60 米，树龄约 260 年，分枝多。1991 年取白蚁巢 3 个。2014 年死亡。

15 号古松，位于 14 号古松北 30 米处，距离大院东 110 米，树高 16 米，树冠 70 平方米，胸围 2.40 米，树龄约 160 年。2014 年死亡。

16 号古松，位于配电房东上 40 米处，距离大院东 50 米，树高 16 米，树冠 60 平方米，胸围 2.80 米，树龄约 160 年，主干自然弯曲，长势良好。

17 号古松，位于林管所屋北路边，距离大院东北 90 米，树高 16 米，树冠 50 平方米，胸围 2.60 米，树龄约 160 年，主干弯曲，长势良好。

18 号古松，位于林管所东北 40 米处，小路下边，誉为"树王"，距离大院东北 120 米，树高 18 米，树冠 200 平方米，胸围 4.4 米，树龄约 290 年，树冠特大，平冠顶。1992 年取白蚁巢 2 个。2013 年 8 月松针枯黄死亡。2014 年伐倒。

19 号古松，位于 18 号古松东北 30 米处，距离大院东 140 米，树高 15 米，树冠 50 平方米，胸围 2.4 米，树龄约 130 年。2013 年死亡。

20 号古松，位于 19 号古松下边 50 米处，距离大院东 150 米，树高 41 米，树冠 80 平方米，胸围 2.2 米，树龄约 150 年。2013 年死亡。

21 号古松，位于 020 号古松下边 3 米处，距离大院东 150 米，树高 38 米，树冠 40 平方米，胸围 2.3 米，树龄约 150 年。2013 年死亡。

22 号古松，位于林管所屋后洼底，距离大院东 200 米，树高 21 米，树冠 60 平方米，胸围 2.5 米，树龄约 160 年。1992 年取白蚁巢 2 个。2014 年死亡。

23 号古松，位于文会堂后坎上，距离大院东北 10 米，树高 15 米，树冠 80 平方米，胸围 2.5 米，树龄约 255 年，主干歪斜，冠半扁状，平顶冠。1993 年用土石、混凝土墙加固蔸部。2007 年钢丝绳拉护主干。列为特别保护（急救）树木。

24 号古松，位于文会堂后 30 米，距离大院东北 50 米，树高 24 米，树冠 240 平方米，胸围 4.5 米，树龄约 270 年，主干歪斜严重，蔸部有空洞及裂缝。胸围最大古松之一。分枝较多，白蚁危害严重。1992 年取白蚁巢 3 个，用药 150 克，诱杀坑 2 个。1993 年 8 月用钢丝绳拉护主干。2006 年 3 月 12 日上午 11：00 左右，被台风吹倒，蔸部破裂，空洞长 3 米，直径达 0.80 米。倒伏靠地，冠部压在文会堂屋顶，房屋压垮，树梢部落在屋前走道。

25 号古松，位于思贤台后 10 米处，距离大院北 10 米，树高 20 米，树冠 60 平方米，胸围 3 米，树龄约 200 年。1994 年 7 月用钢丝绳拉护主干部。2007 年钢丝绳拉护，列为特级保护树木。

26 号古松，位于礼圣殿后 16 米处，距离大院北 10 米，树高 25 米，树冠 150 平方米，胸围 4.2 米，胸围最大树之一，树龄约 270 年，主干歪斜。1992 年取白蚁巢 3 个，用药 100 克，诱杀坑 3 个，1994 年 7 月拉钢丝绳护主干。2007 年钢丝绳拉护主干。列为特级保护树木。

27 号古松，位于朱子祠背后，距离大院北 10 米，树高 18 米，树冠 50 平方米，胸围 2.8 米，树龄约 150 年，主干歪斜，冠偏西北，白蚁危害严重，取白蚁巢 2 个。1994 年 7 月钢丝绳拉护。2012 年死亡。

28 号古松，位于报功祠背后，围墙内、水塘旁，树高 30 米，树冠 130 平方米，胸围 3.1 米，树龄约 220 年，主干歪斜，主干中断有明显洞口。致洞原因：臭蚂蚁。1997 年钢丝绳拉护主干。2007 年再次拉护。列为特级保护树木。

29 号古松，位于报功祠背后，鹿苑内、水塘旁，树高 25 米，树冠 120 平方米，胸围 3.4 米，树龄约 250 年，主干歪斜，冠偏西南，1993 年 8 月用钢丝绳拉护。2007 年再次拉护。2009 年用铁栅栏围护，防止白鹿撞击。列为特级保护树木。

30 号古松，位于朱子祠背后 40 米处，老水井旁，距离大院北 40 米，树高 20 米，树冠 40 平方米，胸围 2.4 米，树龄约 150 年，冠半偏，偏南，主干歪斜。2013 年死亡。

31 号古松，位于朱子祠背后 45 米处，老水井旁，距离大院北 45 米，树高 20 米，树冠 30 平方米，胸围 2.9 米，树龄约 150 年，冠小，半偏，主干歪斜。1992 年取白蚁巢 1 个，用药 80 克。2013 年死亡。

32 号古松，位于 30 号古松西 4 米处，距离大院北 45 米，树高 20 米，树冠 40 平方米，胸围 2.9 米，树龄约 150 年，平顶冠。2014 年死亡。

33 号古松，位于 32 号古松北 8 米处，距离大院北 50 米，树高 20 米，树冠 40 平方米，胸围 2.9 米，树龄约 150 年，主干歪斜。2014 年死亡。

34 号古松，位于 33 号古松西 5 米处，报功祠后、老水井旁，距离大院北 45 米，树高 20 米，树冠 35 平方米，胸围 2.4 米，树龄约 140 年，主干歪斜，树枝少，冠小。2013 年死亡。

35 号古松，位于 34 号古松西 3 米处，报功祠后、老水井旁，距离大院北 45 米，树高 20 米，树冠 100 平方米，胸围 3.1 米，树龄约 240 年，主干歪斜。2013 年死亡。

36 号古松，位于 33 号古松东北 8 米处，老水井旁，距离大院北 50 米，树高 18 米，树冠 70 平方米，胸围 2.7 米，树龄约 160 年。

37 号古松，位于 33 号古松北上边 15 米处，距离大院北 70 米，树高 20 米，树冠 45 平方米，胸围 2.2 米，树龄约 120 年，主干 10 米处双叉。2013 年死亡。

38 号古松，位于 37 号古松北 5 米处，距离大院北 75 米，树高 20 米，树冠 140 平方米，胸围 2.9 米，树龄约 160 年，树枝密，长势旺。

39 号古松，位于 38 号古松北上边 8 米处，距离大院北 85 米，树高 18 米，树冠 100 平方米，胸围 2.7 米，树龄约 160 年，主干正，分枝密，长势旺。

40 号古松，位于 38 号古松西 15 米处，距离大院北 80 米，树高 18 米，树冠 50 平方米，胸围 2.6 米，树龄约 160 年，冠小，枝少，半偏。2006 年 9 月死亡，12 月由庐山森防站组织施工采伐运走。

41 号古松，位于 40 号古松下边 15 米处，距离大院北 80 米，树高 20

米，树冠60平方米，胸围2.8米，树龄约160年，主干15米处分双叉。2014年死亡。

42号古松，位于41号古松下边15米处，距离大院北90米，树高20米，树冠60平方米，胸围3.6米，树龄约200年，冠半偏西，长势良好。

43号古松，位于42号古松西10米处，沟内，距离大院北90米，树高20米，树冠50平方米，胸围2.8米，树龄约160年，主干自然大弯曲，冠小，树枝少，长势良好。

44号古松，位于停车场北，老厕所背后30米处，距离大院北100米，树高20米，树冠80平方米，胸围3.14米，树龄约200年，主干6米处双叉，长势良好。

45号古松，位于老水井北3米处，距离大院北15米，树高20米，树冠40平方米，胸围2.8米，树龄约160年，主干弯曲。2012年枯萎死亡。

46号古松，位于停车场老厕所4米处，距离大院西北10米，树高20米，树冠60平方米，胸围3.2米，树龄约160年，白蚁危害严重。1992年取白蚁巢3个。2012年枯萎死亡。

47号古松，位于停车场新老厕所之间，距离大院西北10米，树高24米，树冠150平方米，胸围3.54米，树龄约260年，白蚁危害严重。1992年取白蚁巢3个。2007年钢丝绳加固，长势旺盛。

48号古松，位于停车场北20米、厕所北8米，距离大院西北20米，树高25米，树冠150平方米，胸围3.00米，树龄约250年，白蚁危害严重。1992年取白蚁巢2个，长势旺盛。

49号古松，位于48号古松旁3米处，距离大院北23米，树高25米，树冠40平方米，胸围2.2米，树龄约150年，白蚁危害严重。1992年取白蚁巢2个。2013年死亡。

50号古松，位于停车场厕所旁西3米处，距离大院西北20米，树高25米，树冠150平方米，胸围3.5米，树龄约260年，主干正直，主干10米处双叉，白蚁危害严重。1992年取白蚁巢2个，长势旺盛，冠大，分枝密。列为特别保护树木。

51号古松，位于停车场北约50米处、公路边，距离大院北约70米，树高18米，树冠80平方米，胸围2.4米，树龄约150年，白蚁危害严重。1992

年取白蚁巢 3 个。2009 年 8 月死亡，8 月 6 日取样送检，疑似松材线虫病。

52 号古松，位于 51 号古松东北上 20 米处，距离大院北约 100 米，树高 20 米，树冠 80 平方米，胸围 2.2 米，树龄约 150 年，白蚁危害较轻，2013 年死亡。

53 号古松，位于出院公路东二洼、路上边 30 米处，距离大院北 130 米，树高 20 米，树冠 80 平方米，胸围 2.9 米，树龄约 160 年，长势良好。

54 号古松，位于 53 号古松上边 25 米处、小停车场塝上，距离大院北约 150 米，树高 20 米，树冠 80 平方米，胸围 3.2 米，树龄约 200 年，长势良好。

55 号古松，位于 53 号古松上边 30 米处、小停车场塝上，距离大院北约 150 米，树高 25 米，树冠 150 平方米，胸围 3.5 米，树龄约 200 年，长势良好。

56 号古松，位于公路第三洼（大洼）路边塝上，距离大院北约 200 米，树高 15 米，树冠 40 平方米，胸围 2.2 米，树龄约 120 年，主干歪斜，冠偏，紧靠另一古松，俗称"姊妹松"。20 世纪 60 年代修路时断其根。1993 年以土石墙加固坡坎，遮护根部。长势弱。

57 号古松，位于 56 号古松东北上边坡 50 米处，距离大院北约 200 米，树高 22 米，树冠 100 平方米，胸围 2.8 米，树龄约 150 年。2013 年死亡。

58 号古松，位于工艺厂公路口对面、路塝上处，距离大院北约 300 米，树高 16 米，树冠 100 平方米，胸围 2.8 米，树龄约 150 年，根部分裸、断。1993 年 7 月土石墙保护。2016 年 2 月针叶枯黄，死亡。

59 号古松，位于 58 号古松上边坡 30 米处，距离大院北约 350 米，树高 20 米，树冠 120 平方米，胸围 3.1 米，树龄约 160 年。2015 年 9 月针叶开始枯黄。2016 年元月死亡。

60 号古松，位于 59 号古松北 20 米处、公路边，距离大院北约 370 米，树高 13 米，树冠 100 平方米，胸围 2.3 米，树龄约 150 年，部分根部裸露，少数根断。1993 年 7 月土石墙保护，8 月钢丝绳拉护。2015 年 12 月大部分针叶枯萎、终至死亡。

61 号古松，位于工艺厂路口，路边西，距离大院北 350 米，树高 10 米，树冠 40 平方米，胸围 1.7 米，树龄约 100 年，主干弯曲。2013 年死亡。

62 号古松，位于枫树湾南公路塝上，距离大院北约 600 米，树高 18 米，树冠 300 平方米，胸围 3.3 米，树龄约 200 年，冠大、枝密，长势良好。

63 号古松，位于 62 号古松东北 40 米处，公路沟边，距离大院北约 650 米，树高 15 米，树冠 30 平方米，胸围 1.5 米，树龄约 100 年，根裸露，部分根断。2014 年死亡。

64 号古松，位于枫树湾公路北，路边，距离大院北约 700 米，树高 20 米，树冠 150 平方米，胸围 2.5 米，树龄约 150 年，主干 5 米处双叉。2015 年枯萎死亡。

65 号古松，位于上八担、现宿舍区南约 20 米处，距离大院北约 600 米，树高 20 米，树冠 150 平方米，胸围 3.2 米，树龄约 150 年，平顶冠。2014 年死亡。

66 号古松，位于工艺厂屋后东北约 40 米处，距离大院北约 550 米，树高 15 米，树冠 80 平方米，胸围 2.8 米，树龄约 150 年，平顶。2014 年死亡。

67 号古松，位于 66 号古松东北 30 米处，距离大院北约 600 米，树高 13 米，树冠 50 平方米，胸围 2.0 米，树龄约 100 年，主干 7 米处双支干，主干歪斜，冠偏。2012 年死亡。

68 号古松，位于工艺厂对面垄、高家堰山脚，距离大院西北约 800 米，树高 15 米，树冠 200 平方米，胸围 3.8 米，树龄约 250 年，主干挺拔。2015 年死亡。

69 号古松，位于老鹿洞路边、工艺厂东南约 50 米处，距离大院西北 500 米，树高 20 米，树冠 200 平方米，胸围 2.8 米，树龄约 120 年，冠大、主干歪斜，长势旺、分枝密。1994 年钢丝绳拉护。

70 号古松，位于 69 号古松南 30 米处，距离大院西北约 560 米，树高 20 米，树冠 120 平方米，胸围 2.7 米，树龄约 150 年，长势良好。

71 号古松，位于 70 号古松南 20 米处，距离大院西北约 540 米，树高 30 米，树冠 60 平方米，胸围 3.2 米，树龄约 150 年，长势良好。

72 号古松，位于 71 号古松南 10 米处，距离大院西北约 550 米，树高 26 米，树冠 30 平方米，胸围 2.3 米，树龄约 100 年，长势良好。

73 号古松，位于 71 号古松对面、路东北上边 7 米处，距离大院西北 600 米，树高 18 米，树冠 100 平方米，胸围 2.2 米，树龄约 100 年。2012 年死亡。

74 号古松，位于 72 号古松南 20 米处、溪边，距离大院西北约 600 米，树高 15 米，树冠 100 平方米，胸围 2.3 米，树龄约 100 年，平顶冠，2015

年死亡。

75 号古松，位于老鹿洞对面坡，距离大院西北约 400 米，树高 12 米，树冠 80 平方米，胸围 2.4 米，树龄约 100 年，树枝呈游龙状下垂，形态怪异。1993 年 7 月土石墙护蔸部，8 月围栏（钢管维护），列为特级保护树木。

76 号古松，位于老鹿洞对面坡、怪松东南 20 米处，距离大院西北约 400 米，树高 20 米，树冠 100 平方米，胸围 3.7 米，树龄约 250 年，平冠、枝下垂，1993 年 8 月土石墙护蔸；钢管围栏围护；钢丝绳拉护。1998 年夏针叶渐枯黄，经逐级报告，上级派员查看后批准清理，当年年底清理。

77 号古松，位于迴龙老粪缸上处 5 米处，距离大院东南约 400 米，树高 15 米，树冠 80 平方米，胸围 2.8 米，树龄约 150 年，主干歪斜。2015 年死亡。

78 号古松，位于迴龙北山嘴处、田塍上，距离大院东南约 450 米，树高 16 米，树冠 100 平方米，胸围 2.9 米，树龄约 150 年，主干歪斜。1993 年 7 月 28 日晚，大风将主干折断，同年 9 月清理。

79 号古松，位于 78 号古松东 8 米处，距离大院东南约 450 米，树高 15 米，树冠 120 平方米，胸围 3.19 米，树龄约 200 年，主干 3 米处分双叉，长势旺、分枝多。2015 年死亡。

80 号古松，位于 79 号古松东北 30 米处，距离大院东南约 500 米，树高 18 米，树冠 150 平方米，胸围 2.9 米，树龄约 150 年，主干 3 米处分双叉，长势旺。2013 年死亡。

81 号古松，位于书院至上畈李路边、溪西边，距离大院东南约 450 米，树高 12 米，树冠 80 平方米，胸围 2.8 米，树龄约 150 年，平冠顶、主干歪曲、枝下垂。1994 年 7 月土石墙围护蔸部，钢丝绳拉护。长势良好，列为特级保护树木。

82 号古松，位于上畈李（东）屋后 5 米处，距离大院东南约 550 米，树高 12 米，树冠 100 平方米，胸围 3.0 米，树龄约 220 年，平冠顶、主干挺拔，紧靠小路，路面全是裸露树根，1994 年 7 月以混凝土浆砌石阶路，保护根部。2013 年部分针叶枯萎。2014 年彻底死亡。

83 号古松，位于枕流桥下边 40 米处、溪西边，距离大院南约 150 米，树高 12 米，树冠 70 平方米，胸围 2.3 米，树龄约 100 年，平顶冠，长势良好。2014 年死亡。

84号古松，位于83号古松西北10米处，距离大院南约160米，树高13米，树冠60平方米，胸围2.1米，树龄约100年。2013年死亡。

85号古松，位于高美亭东南50米处，距离大院南偏西约100米，树高25米，树冠200平方米，胸围3.2米，树龄约150年，平顶冠。2013年死亡。

86号古松，位于高美亭东约40米处，距离大院南偏西约120米，树高25米，树冠150平方米，胸围3.1米，树龄约150年。2007年7月上旬叶黄，中旬死亡。

87号古松，位于高美亭东约30米处，距离大院南偏西约110米，树高25米，树冠200平方米，胸围3.4米，树龄约200年。2008年8月枯死。

88号古松，位于高美亭东约8米处，距离大院南偏西约120米，树高18米，树冠150平方米，胸围3.1米，树龄约180年，白蚁危害严重。1993年取白蚁巢3个，用药100克。1997年7月用药200克施于洞内，同年8月用药200克施于洞内。1998年针叶枯黄而死亡，同年清理。

89号古松，位于高美亭西北约8米处，距离大院南偏西约150米，树高18米，树冠200平方米，胸围2.9米，树龄约150年，白蚁危害严重。2008年8月枯死，同年底清理。

90号古松，位于棂星门对面，溪西岸，距离大院南偏西20米，树高25米，树冠100平方米，胸围3.1米，树龄约150年，主干歪斜，靠溪水的根被洪水冲刷后，部分裸露。1993年9月土石护蔸部，防止溪水冲刷。2006年8月死亡。

91号古松，位于先贤书院对面，溪西岸，距离大院南偏西20米，树高25米，树冠100平方米，胸围3.02米，树龄约150年，长势良好。2013年土石坡坎围根保护。列为特级保护树木。

92号古松，位于先贤书院对面，溪西岸，距离大院南偏西20米，树高18米，树冠80平方米，胸围2.4米，树龄约120年，长势良好，列为重点保护树木。

93号古松，位于停车场院大门对面、溪西岸、进士榜旁，距离大院南偏西20米，树高24米，树冠150平方米，胸围2.8米，树龄约140年，长势良好，列为重点保护树木。

94号古松，位于93号古松西北5米处，距离大院南偏西约25米，树高

18 米，树冠 80 平方米，胸围 2.7 米，树龄约 130 年。2014 年死亡。

95 号古松，位于卓尔湖东北 5 米处，距离大院南偏西约 50 米，树高 20 米，树冠 120 平方米，胸围 2.7 米，树龄约 130 年。2014 年死亡。

96 号古松，位于卓尔湖北岸、小路南，距离大院南偏西约 80 米，树高 20 米，树冠 100 平方米，胸围 2.5 米，树龄约 140 年。2013 年死亡。

97 号古松，位于老鹿洞背后、溪西约 40 米处，距离大院西约 200 米，树高 16 米，树冠 80 平方米，胸围 2.1 米，树龄约 120 年。2014 年死亡。

98 号古松，位于 97 号古松北 20 米处，距离大院西约 200 米，树高 22 米，树冠 200 平方米，胸围 3.05 米，树龄约 180 年，长势良好，列为重点保护树木。

99 号古松，位于 98 号古松西 20 米处，距离大院西北约 250 米，树高 21 米，树冠 200 平方米，胸围 3.2 米，树龄约 200 年，平顶冠。2015 年死亡。

100 号古松，位于 99 号古松北 10 米处，距离大院西北约 250 米，树高 20 米，树冠 150 平方米，胸围 2.9 米，树龄约 180 年。2014 年死亡。

101 号古松，位于 100 号古松南 15 米处，距离大院西北约 250 米，树高 19 米，树冠 100 平方米，胸围 2.6 米，树龄约 150 年，长势良好，重点保护。

102 号古松，位于 100 号古松西南 30 米处、洼内，距离大院西北约 300 米，树高 20 米，树冠 150 平方米，胸围 3.2 米，树龄约 200 年，长势旺盛，树枝密。2014 年死亡。

103 号古松，位于工艺厂斜对面、溪西 15 米处，距离大院西北约 300 米，树高 20 米，树冠 150 平方米，胸围 2.8 米，树龄约 150 年，长势旺盛，树枝密。2013 年死亡。

104 号古松，位于 103 号古松西 20 米处，距离大院西北约 620 米，树高 19 米，树冠 150 平方米，胸围 2.6 米，树龄约 120 年。2015 年死亡。

105 号古松，位于 104 号古松北 40 米处，距离大院西北约 650 米，树高 24 米，树冠 250 平方米，胸围 3.4 米，树龄约 250 年，平顶冠。2014 年死亡。

106 号古松，位于杨家山，距离大院西北约 750 米，树高 20 米，树冠 100 平方米，胸围 3.1 米，树龄约 200 年。2012 年死亡。

1993 年 5 月 31 日，经院主任办公会研究决定，对一号古松进行护坡保护。1994 年对 16 棵古松进行二期、三期重点保护。2008 年 5 月 27 日，来自江西农业大学、市园林局、庐山园林处的专家 10 余人对院内古松保护方案进行论证。斥资 20 余万元，对大院周边 14 棵古松采用护苑、培土以及钢丝绳拉固等手段进行保护。

书院其他古树名木登记造册 10 余株，分别是：

1 号桂花树（银桂），位于丹桂亭东 3 米，树高 6 米，树冠 35 平方米，胸围 1.6 米，树龄约 100 年，已建圆形土台护苑，长势正常。

2 号桂花树（金桂），位于丹桂亭西 3 米，树高 5 米，树冠 30 平方米，一苑两干，胸围 0.8 米、0.9 米，树龄约 50 年，已建圆形土台护苑，长势正常。

3 号桂花树（银桂），位于御书阁前、东 3 米，树高 8 米，树冠 50 平方米，一苑三干，苑围 2 米，三主干大小不一，分别为 1.2 米、0.9 米、0.6 米，树龄约 120 年，根部四周为四方地池（旱地），长势正常。

4 号桂花树（银桂），位于御书阁前、西 3 米，树高 9 米，树冠 55 平方米，胸围 1.6 米，树龄约 120 年，根部四方地池（旱地），长势正常。

5 号柳杉，位于状元桥前、东 5 米，树高 18 米，树冠 40 平方米，胸围 2.2 米，树龄约 100 年，根部用砖砌圆形土坛护苑保护，长势正常。

6 号柳杉，位于状元桥前、西 5 米，树高 19 米，树冠 50 平方米，胸围 2.85 米，树龄约 100 年，根部圆形土坛护苑。1996 年在根部取白蚁巢一个，长势正常。

7 号柳杉，位于"逝者如斯"石刻北坡坎上临溪，树高 20 米，树冠 50 平方米，胸围 2.45 米，树龄约 100 年，主干挺直，根部鹅卵石地面，留有土地，长势良好。

8 号香樟树，位于棂星门前场地上，树高 8 米，树冠 50 平方米，胸围 1.45 米树龄约 80 年，主干弯曲，根部鹅卵石地面，留有土地，长势良好。

9 号鹅掌楸，位于延宾馆门前、东 6 米，树高 9 米，树冠 50 平方米，胸围 1.65 米，树龄约 100 年，根部铺石地面，留有土地。

10 号鹅掌楸，位于林业学堂门东 5 米，树高 10 米，树冠 40 平方米，胸围 1.45 米，树龄约 90 年，根部圆形土坛护苑，长势良好。

11 号水杉，位于延宾馆门前、西 3 米，树高 40 米，树冠锥形，胸围 2.75 米，树龄约 65 年，根部圆形土坛护苑，长势良好。书院现存水杉均为 20 世纪 50 年代末至 60 年代初人工种植，大小共有 45 棵。此树种为国家一级保护植物，被称为"植物的活化石"。此树在白鹿洞生长茂盛，是一自然景观。

第三章

建制区划

第一节　区域面积

区域

　　白鹿洞书院地处江西省北部，庐山五老峰的东南麓。此地介于东经 115°59'—116°07'，北纬 29°26'—29°36'之间，山峰至此环回，形似莲花状，四周地势高，形状如丘；中间地势低凹，平坦如磐，为一倾斜河谷小盆地。前有卓尔山，海拔 164.3 米，逶迤西下，山背屈伏，似玉几状。后有后屏山，海拔 188 米，原有古松突兀，或高大直上，或斜伏庭阴，郁郁葱葱，环匝一片，像一座屏风。今因染松材线虫病，多棵古松毁之不存。东有左翼山，海拔 155 米，青松绿竹覆盖，下临峡流川急，溪流有声。东南一华里，有回流山，海拔 126 米，溪流至此回环激荡。

　　白鹿洞书院区域地势西高东低，西北背靠庐山五老峰，东南面临鄱阳湖，冈岭起伏，林谷幽邃，葱绿满目，风泉云壑。一水中通，水从庐山五老峰凌霄峰来，经书院门前，潺潺流淌，注入鄱阳湖。

　　白鹿洞书院周边有三叠泉、海会寺、栖贤寺、观音桥、秀峰景区映带左右。与庐山市海会镇人民政府、白鹿镇人民政府、原九江海会师范、原九江星庐瓷土矿毗邻。被上畈李、伍家半岭、熊门岭、翟家垄、尖山脚自然村相围合。北去九江市 30 公里，南至庐山市 10 公里，距庐山牯岭 40 公里。

面积

白鹿洞书院辖区总面积 2900 余亩，平面面积 1760 亩。其中学田 60亩，茶园 30 亩。山塘约 20 余亩，贯道溪溪流面积约 80 亩。森林面积约2778 亩。

核心保护区面积约 300 亩，相对保护区约 1000 亩，监控地带 1600 亩。

古建筑群占地面积约 13000 平方米。

职工住房建筑面积 2500 平方米。

第二节　行政区划

1910 年至 1912 年 12 月，白鹿洞书院隶属江西省南康府星子县管辖。

1913 年至 1949 年 9 月，白鹿洞书院隶属江西省九江行政区星子县管辖。

1949 年 10 月至 1955 年，白鹿洞书院隶属江西省九江行署星子县管辖，归口星子县文教部门管理。

1955 年至 1978 年，白鹿洞书院隶属庐山管理局，归口林业、共大分校、农垦部门管理。

1979 年，成立"庐山白鹿洞书院文物管理所"，归口庐山管理局文教卫生处管理。

1992 年，成立"庐山白鹿洞书院管理委员会"，与"庐山白鹿洞书院文物管理所"合署办公，归口庐山管理局文教卫生处管理。

1997 年，白鹿洞书院归口庐山管理局文化广播电视处管理。

2016 年 5 月，庐山管理局与星子县机构改革，成立"庐山市"，庐山管理局名称不变，星子县名取消。庐山白鹿洞书院管理委员会隶属关系不变，仍归庐山管理局管理。

第三节　建筑

一、建筑环境

白鹿洞书院在庐山东南面，五老峰脚下，鄱阳湖之滨。

白鹿洞书院，青瓦白墙，掩映在群山环抱的绿荫丛中。书院背靠后屏山，前临贯道溪，卓尔山雄峙在前面，右面有一座较低矮山。右面山上曾建有朋来亭。右面山与卓尔山，两山交织，贯道溪从两山的山涧流过。贯道溪旁，右面山脚曾有一钓台亭。左面稍高山峰名叫左翼山。左翼山上有闻泉亭。其山脚处，贯道溪之上有一数十平方米的平台，平台之上建有独对亭。左翼山与卓尔山相接处，有一峡谷，峭壁悬崖，贯道溪从此峡谷中流过，奔腾而下，其上有枕流桥。左翼山曲折向东南方延伸，形成回流山。

回流山顶平坦空阔，可以四下瞭望，曾建有六合亭（今毁）。贯道溪从五老峰下的犀牛塘、圣泽源发源，汇合右面山西面山涧溪流，流经鹿眠场、钓台亭旧址，流入书院门前，从独对亭下面汇合后屏山与左翼山之涧水，转而折向南，流经枕流桥下。然后，又稍折向东，流经回流山，转而折向南，穿过流芳桥。又顺着山脚流过一处数十亩的平地，来到罗汉岭脚下。罗汉岭高约百仞，是书院的朝山。溪流至罗汉岭处又转折向东，至梅溪湖进入鄱阳湖。在入梅溪湖水口处有两山夹峙。贯道溪进入书院山林后，两山相对，风景如画，许多历史名人都在溪边或溪中的岩石上留下石刻。

白鹿洞书院总平面图

白鹿洞书院总平面图

二、建筑概况

书院建筑由五个院落组成，每个院落分工明确，功能完善，有的祭祀孔子，有的祭祀先贤，有的藏书讲学，有的会友会讲，有的是师生生活休息场所。与古代书院建筑布局大体一致，唯一独特的是依山就势，一字排开，院院相通，各有千秋。到1901年书院停办，改为江西高等林业学堂时，在延宾馆院内增建了一座两层楼的西洋建筑，此栋建筑应该是林科所实习生的办公楼。后来书院又经战乱，再次荒废。这些老照片中的建筑大多是后期修复起来的。中华人民共和国成立后，白鹿洞书院曾经作为庐山农垦场，培育苗木，部分建筑遭到损毁。1959年公布为省级文物保护单位。1980年开始白鹿洞书院建筑群的全面维修工作。1988年公布为全国重点文物保护单位，管理机构相应变更为白鹿洞书院文管所、管委会（正科级）。此后继续申请国家经费维修书院原有建筑，基本恢复原有建筑规模。为适应白鹿洞书院林业管理及旅游发展，相继修建林业管理所办公楼、园门管理所办公楼、瞭望塔、工艺厂、员工宿舍等一批新建筑。

近代白鹿洞书院全景

近代礼圣殿正面

近代白鹿洞和思贤台

近代棂星门

近代枕流桥与独对亭

近代白鹿洞

近代文公祠

江西高等林业学堂时期的白鹿洞书院

三、历史建筑

白鹿洞书院古建筑群占地约 13000 平方米，由五个院落组成，即是礼圣殿建筑组群（1608 平方米）、先贤书院建筑组群（1890 平方米）、白鹿洞书院建筑组群（1390 平方米）、紫阳书院建筑组群（2000 平方米）及延宾馆建筑组群（4180 平方米）。

（一）礼圣殿建筑组群

礼圣殿建筑组群是整个书院建筑中的最主要部分，是用来祭祀孔子及其弟子的场所。孔子是被历代皇帝追封的圣人，地位尊崇。其祭祀的殿堂叫大成殿或礼圣殿，一般都是书院建筑组群中最重要的建筑。其院落平面为长方形。中轴线上建筑从前至后依次为棂星门、泮池（又称莲池，其上有泮桥）、礼圣门和礼圣殿，在泮池两侧对称分布东西厢房。

1. 棂星门

书院棂星门始建于明成化三年（1467），为南康知府何濬所建。明弘治十一年（1498），南康知府苏葵重建。初为木构建筑，后南康知府周祖尧改作石柱，即现在的石柱牌坊，它是白鹿洞书院现存最古老的建筑之一。棂星门前为贯道溪，后为泮池。在棂星门与泮池之间，中轴线两侧各种有一株柳杉。棂星门占地面积约 100 平方米，卵石地面，内嵌方形石块。棂星门为花岗岩石构，六柱五间冲天式牌坊，基本组成是柱、梁及夹杆石三部分。通面宽（阔）10.64 米，其中明间宽 2.98 米，次间宽 1.49 米，梢间宽 2.34 米。六根方形石柱，其中明间石柱边长为 360 毫米，其余石柱断面尺寸为 330×330 毫米，每两柱之间均用上枋和下枋二根石梁连接。明间两柱柱头为云纹，次间及梢间柱头为笔头形，寓意祥云环绕、文运昌盛。中梁梁身刻有缠枝牡丹，象征富贵绵长。夹杆石做成抱鼓石形，饰海波纹，刀法粗犷简练。

棂星门全景

棂星门立面

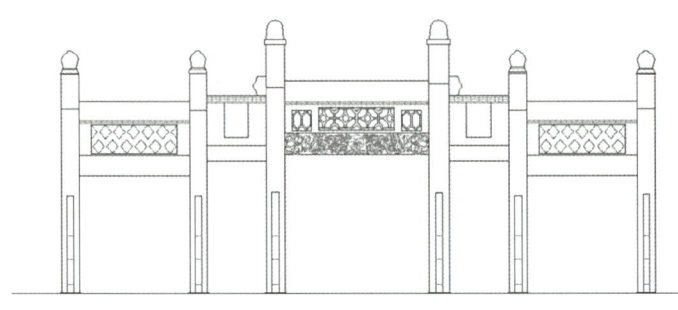

棂星门正立面图

棂星门平面图　　0　1　2米

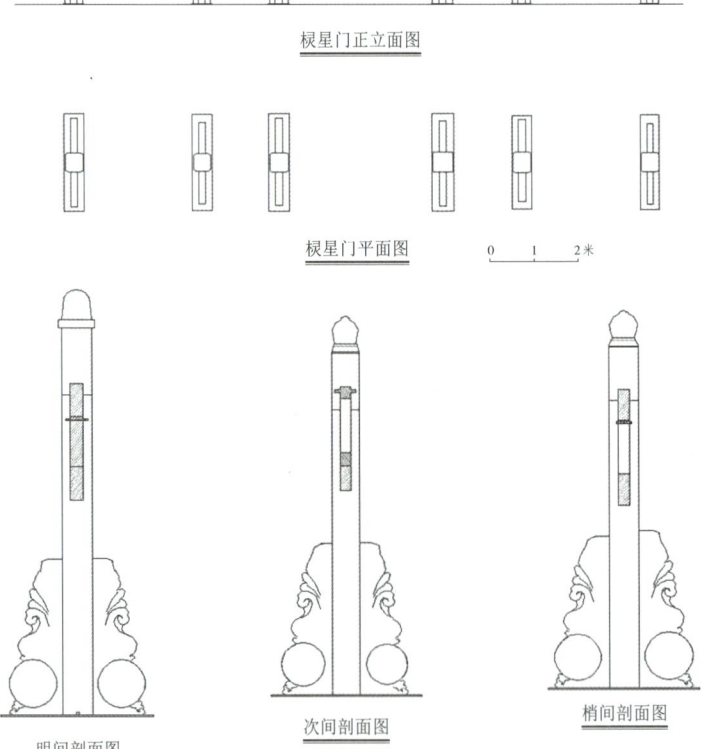

明间剖面图　　　次间剖面图　　　梢间剖面图

棂星门测绘图

2. 泮池及状元桥

泮池是 1980 年维修的，为长方形，长 9.1 米，宽 4.05 米，周边为环形通道，方砖铺地，总占地面积约 200 平方米。泮池中部建一座卷拱花岗岩石拱桥，长 4.55 米，宽 1.18 米，拱径 3 米，拱券厚 300 毫米。周围砌以花岗岩栏杆和栏板。泮池内种植荷莲，寓北宋理学家周濂溪《爱莲说》中"出淤泥而不染"之意。

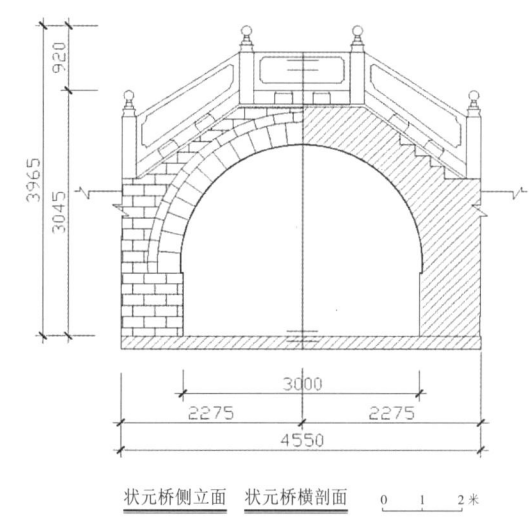

状元桥侧立面　状元桥横剖面　0　1　2 米

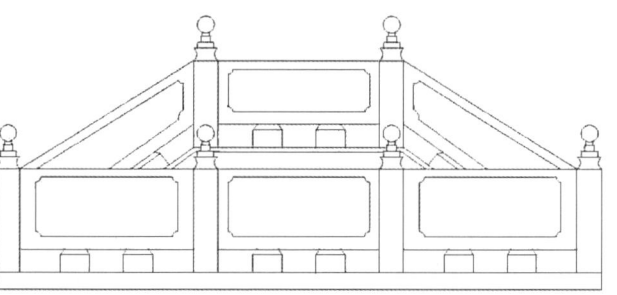

状元桥外侧面　0　1　2 米

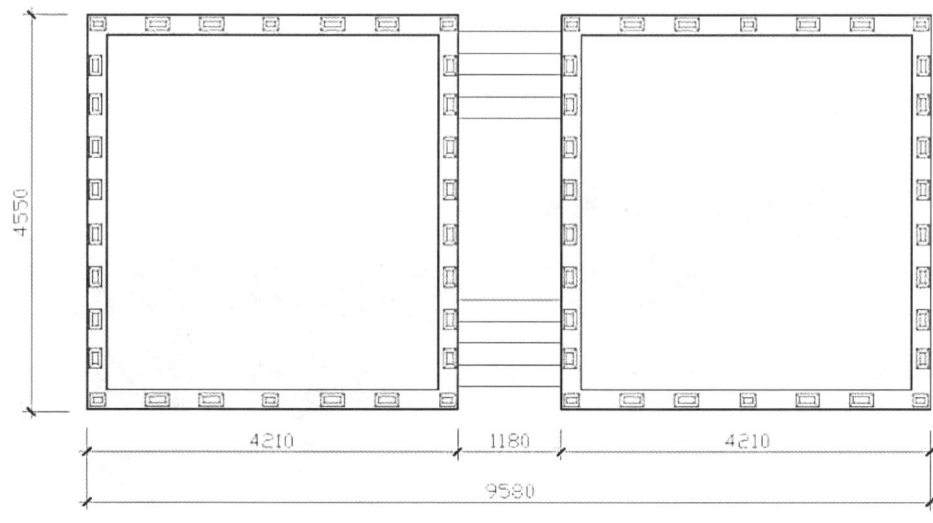

状元桥平面　0　1　2 米

状元桥测绘图

3. 礼圣门

礼圣门为书院之正门，原称先师庙门，或称大成门，亦称延学之门，明间面宽 4.82 米，次间 3.66 米，梢间 3.5 米，通面阔为 18.75 米，通进深 6.1 米，建筑面积为 140 平方米。其地面为混凝土仿阶砖地面，前后为花岗岩阶沿，前有四级台阶，后有三级台阶，高出泮池周边地面 600 毫米。平面为四柱五间，明次间为门廊，槅扇门十扇，心屉为灯笼锦几何图案，素面木裙板。两梢间为二层砖木结构楼房，外侧利用山墙承重；明次间采用穿斗式木构架，檐柱径 240 毫米，金柱径 260 毫米。青砖墙体，墙厚 370 毫米，内外白灰抹面，山墙为尖山山墙。小青瓦屋面硬山顶，正脊做法为上下砖脊之间加砌一路铜钱纹小青瓦拼花脊，屋脊东西两头饰陶龙。垂脊为砖砌，表面抹灰，略高于屋面，为三层叠涩，每层向内收进 60 毫米。檐口高 4.76 米，脊高 6.7 米。明次间前后额枋与檐桁之间采用了一斗三升构件装饰。梢间前后开窗，窗子为宫锦心屉图案。

礼圣门始建明正统三年（1438），翟溥福主持修复书院时所建。初为大成门，明弘治年间何濬、苏葵等重建，改为礼圣门。弘治十六年（1503），邵宝颜体大书"正学之门"。清康熙七年（1668），推官巫之峦、知县黄秉坤重建。清康熙五十一年（1712），提学冀霖增高礼圣门，使之与礼圣殿相称。1980 年重新维修。

礼圣门正立面

礼圣门背立面

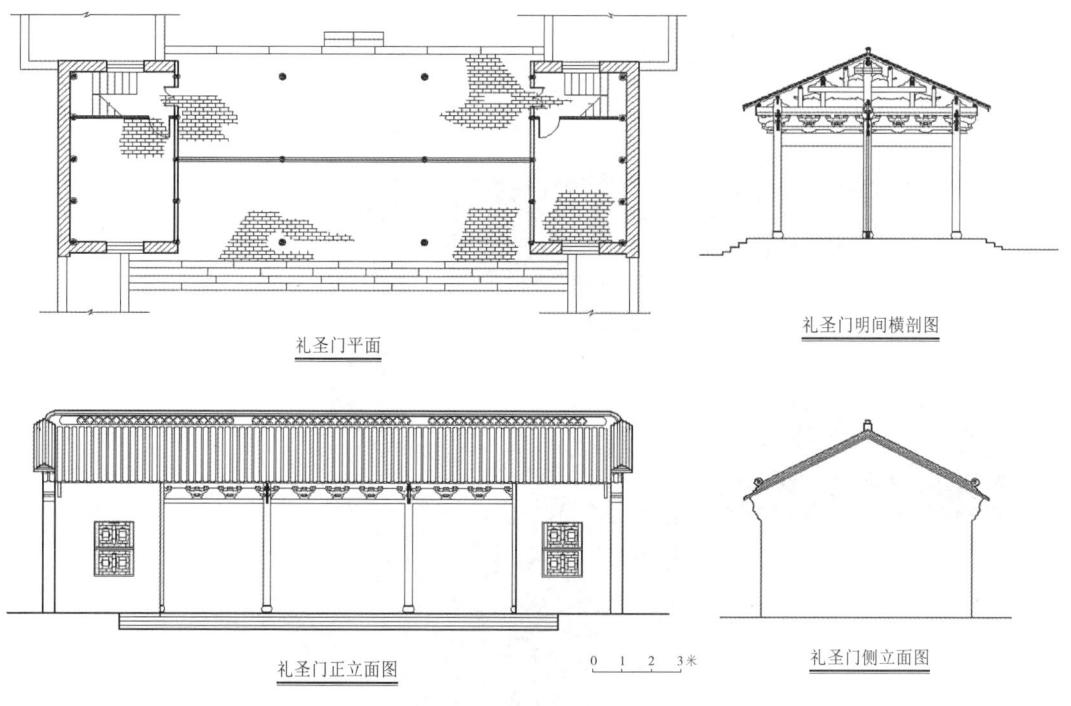

礼圣门平面

礼圣门明间横剖图

礼圣门正立面图

0 1 2 3米

礼圣门侧立面图

礼圣门测绘图

4. 东西厢房

西厢建在一个高台，前有四级台阶，为三开间带前廊的平面形式，通面阔为 10.24 米，其中明间宽 3.74 米，通进深为 5.7 米，其中廊深 1.3 米。室内为七架抬梁式梁架，廊部采用穿斗式双步梁架。宫式花格门窗、硬山顶小青瓦屋面，砌两路青砖压脊。墙厚 240 毫米，内外墙体均为白灰抹面。山墙高出屋面，中间为尖山性，前后檐口处砌成马头墙形式，墙顶两层叠涩出跳上覆以三层反叠涩砖收分作为压顶。檐柱径 220 毫米，檐口高 3.34 米，脊高 5.07 米。东厢房因与御书阁的西厢合二为一，采用了前后廊的布局，室内梁架为五架梁。其通面阔和通进深与西厢房尺寸一致。

泮池两侧的厢房现为 1980 年维修。东厢房后临御书阁院落，西厢房与先贤祠院落相接。清代时此处厢房各有四间，原是师生住宿和在礼圣殿祭祀的官员临时休息所用。现作为书院一处陈列室。

东厢外柱联：一帘风雨王维画；四壁云山杜甫诗。

西厢外柱联：诗写梅花月；茶烹谷雨香。

东厢正立面

西厢正立面

西厢七架梁

东厢五架梁及宫式长窗

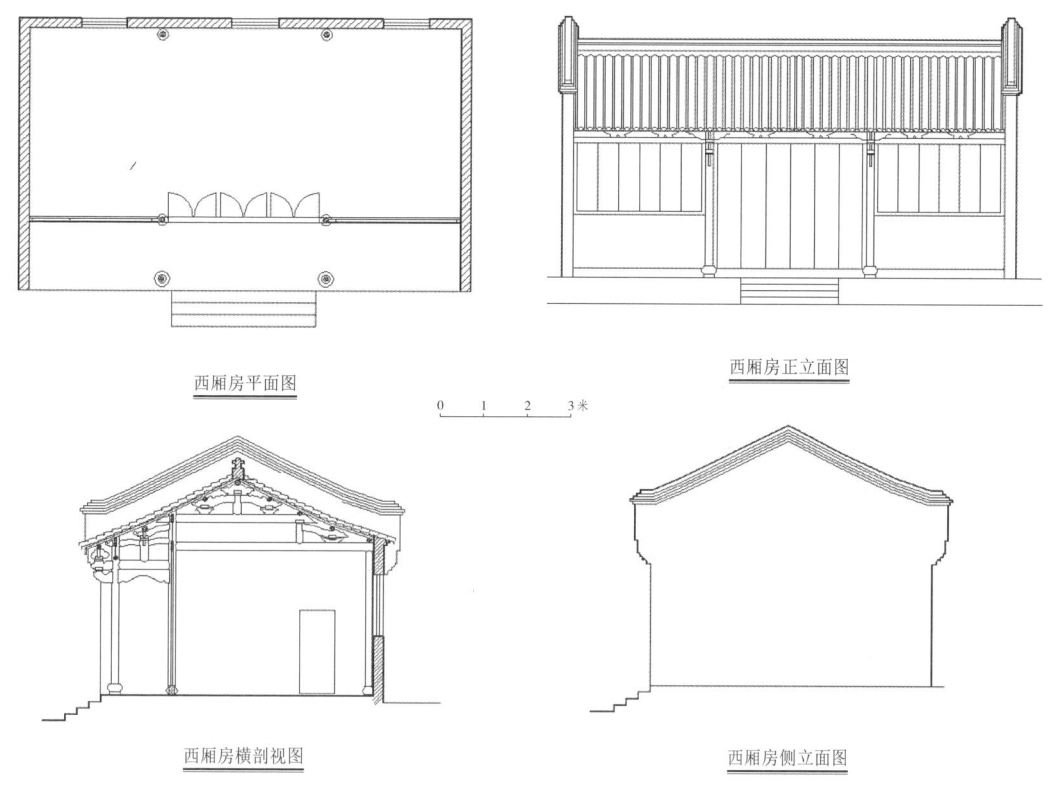

西厢房平面图

西厢房正立面图

0　1　2　3米

西厢房横剖视图

西厢房侧立面图

西厢房测绘图

5. 礼圣殿

礼圣殿又名大成殿。"大成"，取孟子"孔子之谓集大成"语意。礼圣殿始建宋淳熙九年（1182），由朱熹后任钱闻诗主持兴建。因朱熹在南康知军任上时间比较短，前后仅三年。朱熹于南宋淳熙六年（1179）知南康军，到任后不久就开始筹划恢复白鹿洞书院。但当时朝廷已经在各州、府、县等行政区划内设置官学，士子读书的问题已经解决了。这时朱熹修建书院就引来很多非议，只能先期通过上书《乞修白鹿洞书院状》《与尚书札子》《与丞相札子》《乞赐白鹿洞书院敕额》等来解决舆论问题，争取修建白鹿洞书院的合法性。同时筹钱修建了讲堂和号舍等急需的建筑。后来他的奏折申诉得到了皇帝的批准，可以动用官钱大修时，他又调离南康军，担任浙东茶盐提举。为了不让自己的事业半途而废，朱熹遗钱三十万给继任者钱闻诗，叮嘱他继续修建礼圣殿和两庑等建筑。明正统三年（1438），南康知府翟溥福重建，改名为大成殿，植双桂于殿前。天顺二年（1458），知府陈敏政塑宣圣四配及弟子像。明弘治十一年（1498），江西提学金事苏葵等重建，复名礼圣殿。清顺治五年（1648），重修白鹿洞书院，礼圣殿亦得到重修。清顺治十四年（1657），江西巡抚蔡士英再次修复。清康熙五十二年（1713），提学冀霖又重建。民国八年（1919），星子县知事吴品瑀重修。抗战以后，礼圣殿内画像多数毁坏，两厢屋面已经坍塌。现存礼圣殿为1980年修复，两庑就没有复原。该庑廊初建者为南康知军钱闻诗。明成化二年（1466）再建，明弘治十年（1497）江西提学金事苏葵重建。清康熙七年（1668），南康府推官巫之峦、星子知县黄秉坤重建，五十二年（1713）江西提学冀霖增高。

礼圣殿为书院最高大的建筑，三开间四周环廊的布局，平面呈长方形，通面阔为18.47米，通进深为14.42米。明间面阔5.92米，次间面阔为4.25米，廊道宽为2.05米。砖木结构，重檐九脊歇山顶。下檐高7.18米，上檐高8.53米，正脊高12.32米。上下檐口均采用五踩斗拱装饰，共用大木柱20根，四根内金柱柱径610毫米，其余木柱柱径460毫米。外檐柱花岗岩石柱础，浮雕缠枝纹饰，内金柱柱础为素平鼓凳形。均为明代遗物。地面为混凝

礼圣殿立面

土仿阶砖地面，前有两级台阶，每节台阶五步。殿中四柱三间，前外金柱间以长窗装饰，其余三面用青砖砌筑，外用白灰罩面。建筑建于高台之上，屋面形式采用了重檐歇山顶，檐口采用五踩斗拱，明间五攒，次间三攒，廊部一攒。梁架为抬梁式，长窗采用古老钱菱

礼圣殿重檐歇山顶屋面

花心屉，绦环板和裙板均采用金色如意纹装饰。正脊和垂脊均采用砖雕脊节砌筑，正脊两端为带剑把鳌鱼。上下檐口的勾头滴水均有花草图案装饰。从立面来看，高台厚实，黑柱轻灵，上下檐口斗拱疏密有间，屋面厚重而翼角飘逸，颜色搭配上，青、蓝、红、黑相间，层次分明，整个建筑显得巍峨宏伟，气势庄严。

横向室内空间

纵向室内空间

礼圣殿室内构架

礼圣殿古钱纹长窗

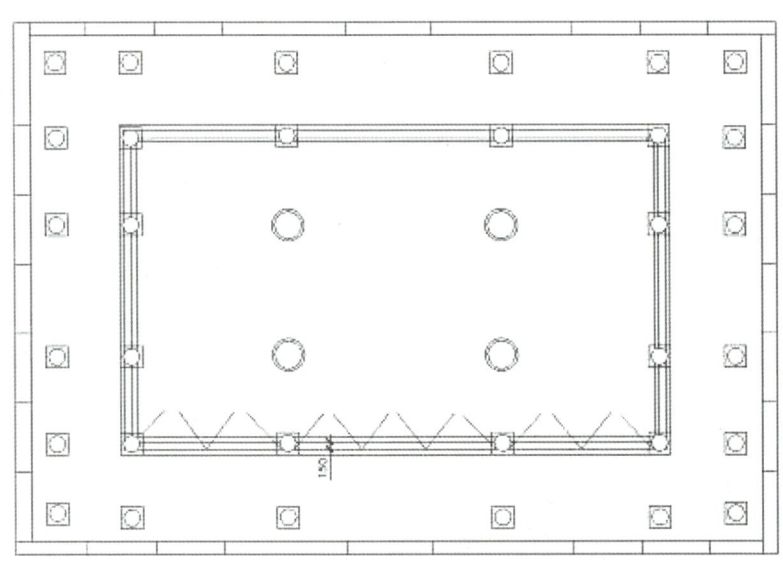

礼圣殿平立面

礼圣殿测绘图（一）

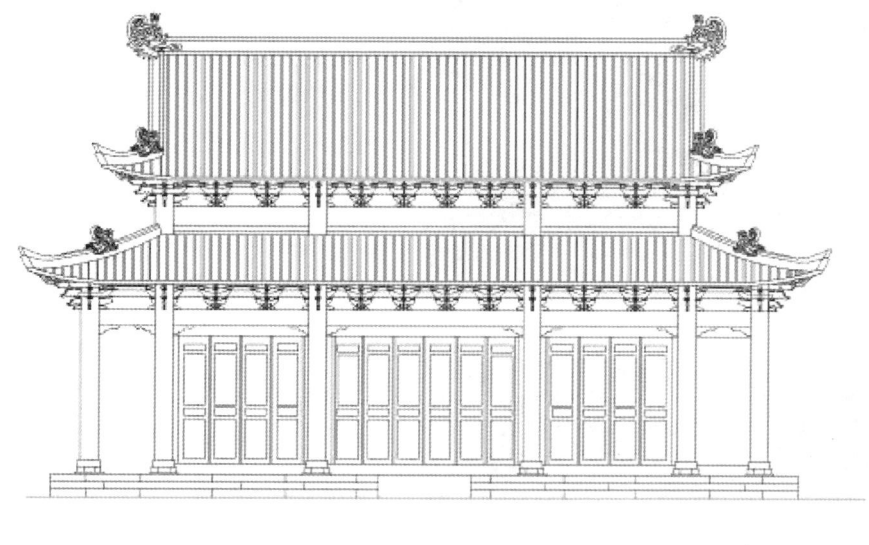

礼圣殿正立面

礼圣殿测绘图（二）

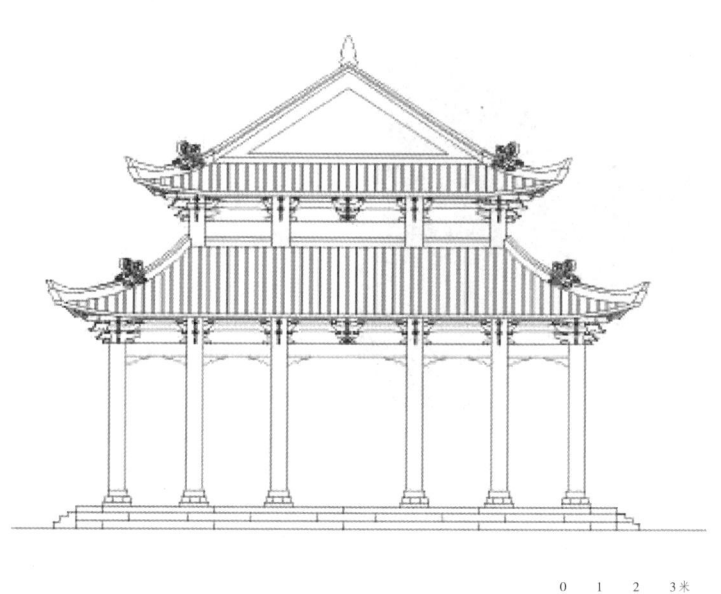

礼圣殿东立面

礼圣殿测绘图（三）

先贤书院正立面

先贤书院背立面

（二）先贤书院建筑组群

先贤书院为礼圣殿之西一组主要建筑，包括前院和后院两个院落，是祭祀有功于书院的名人场所。

1. 门楼

门楼为砖木石结构，平面呈八字形，门有花岗岩石阶七级，三楼式歇山顶小青瓦屋面。门洞宽2.38米，高2.83米。下檐高3.14米，上檐高4.76米。砖砌正脊，白灰黑线饰脊，檐下有一长条形框，中有穿孔十字叶形纹饰五个，门楣上方为"先贤书院"四字题额，为明代李时达所书。门两侧有砖砌柱，上有石梁，下有石坎。

2. 二门及西碑廊

二门与西碑廊是连在一起的，平面呈"凹"形。原是两个院落（即朱子祠和先贤祠），1980年复原维修时，考虑到书院现今的用途及书院碑刻保护问题就将原有的两个院落合并，建起一个碑廊。院落总宽34.42米，总深18.37米。二门为中分式垂花门，前后用垂莲柱。通进深4.41米，屋面采用九根檩条，门厅用六扇书条式花格长窗分隔前后院。中门上方有"洞贤天下"红底金字横匾。上方有镂孔横梁，下有长条花岗岩石坎。横向中门两侧碑廊各有三间，碑廊纵向向后伸出方向各有六间。廊宽1.3米，每间开间宽3.03米，进深3.47米。檐柱及金柱柱径均为240毫米。穿斗式构架，后墙不设柱，直接用墙体承重。

二门内为花圃，花圃东、西、南三面为碑廊，北面为朱子祠、报功祠。花圃中有卵石路通向丹桂亭。花圃周边有卵石砌就的花坛八个，其中有四个为长条形，四个呈凹形。

垂花门正立面

垂花门后立面

西碑廊内部梁架

西碑廊立面

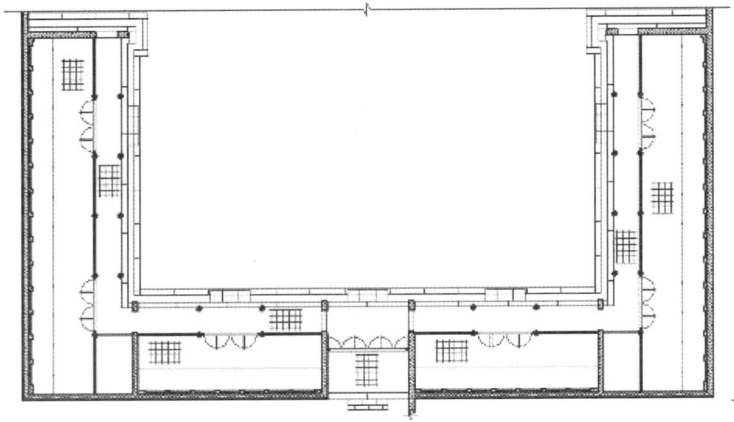

西碑廊测绘图

西碑廊正面立面图

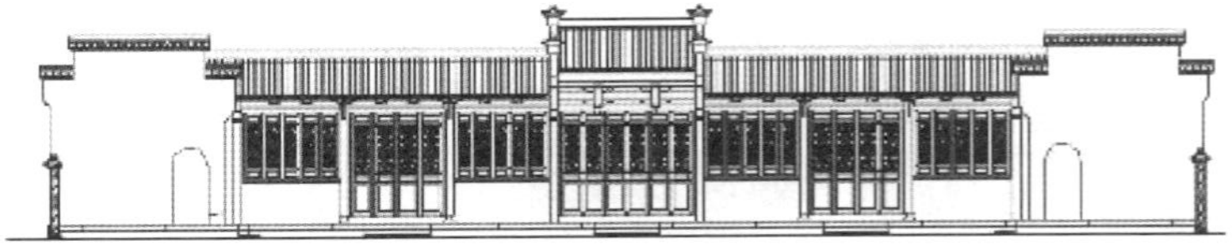

西碑廊背立面图

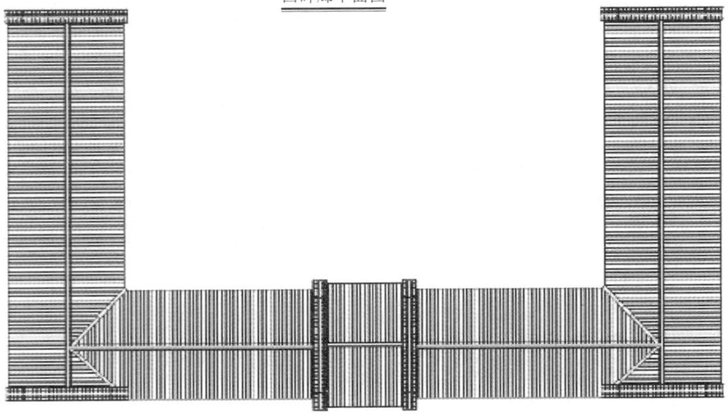

西碑廊明间剖视图

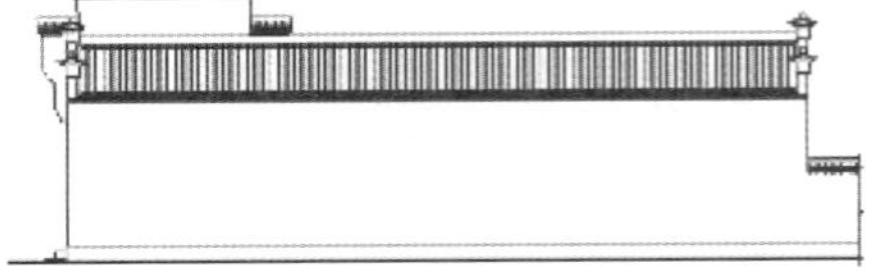

西碑廊左立面图

西碑廊平面图

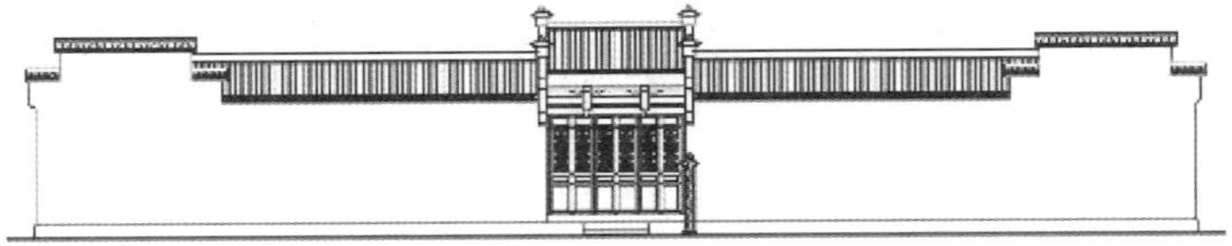

西碑廊平面俯视图

0 2 4 米

3. 丹桂亭

丹桂亭在院的中部，建于57厘米高的长方形基台上，亭子面阔3米，进深2米，木结构，单檐歇山顶，檐柱柱径230厘米，柱础为素面圆鼓式花岗岩石。檐口用三踩斗拱，檐口高2.67米。亭中立"紫阳手植丹桂"青石碑，为岭南曹秉濬书于光绪四年（1878）九月。台基边以花岗岩石砌就，三面有三级花岗岩条石阶。

丹桂亭正面

丹桂亭侧面

4. 报功祠

报功祠在朱子祠之西，初祀李渤等历代有功于洞之学者。原亦称先贤祠或三贤祠。明正统三年（1438），南康知府翟溥福建。祀李渤、周濂溪、朱熹，还祀有二程（颐、颢）、张横渠、陈了翁、陶靖节、刘西涧父子七先生。明弘治十年（1497），江西按察司金事提学苏葵改为周濂溪、朱熹二先生祠，又创建先贤祠，也即现今的报功祠。报功祠为带前廊的五开间硬山顶建筑。明间面阔为4.03米，次间、梢间为3米，通面阔为16.12米。前廊深2.08米，九架梁界深6.22米，后廊部深2.45米，通进深为10.75米。檐口高度4.08米，脊高6.63米。抬梁式结构，檐柱柱径260毫米，金柱柱径300毫米。灰瓦白墙，山墙及后檐墙均为承重墙。明间金柱之间安装六扇长窗，次梢间均为四扇。

报功祠正立面

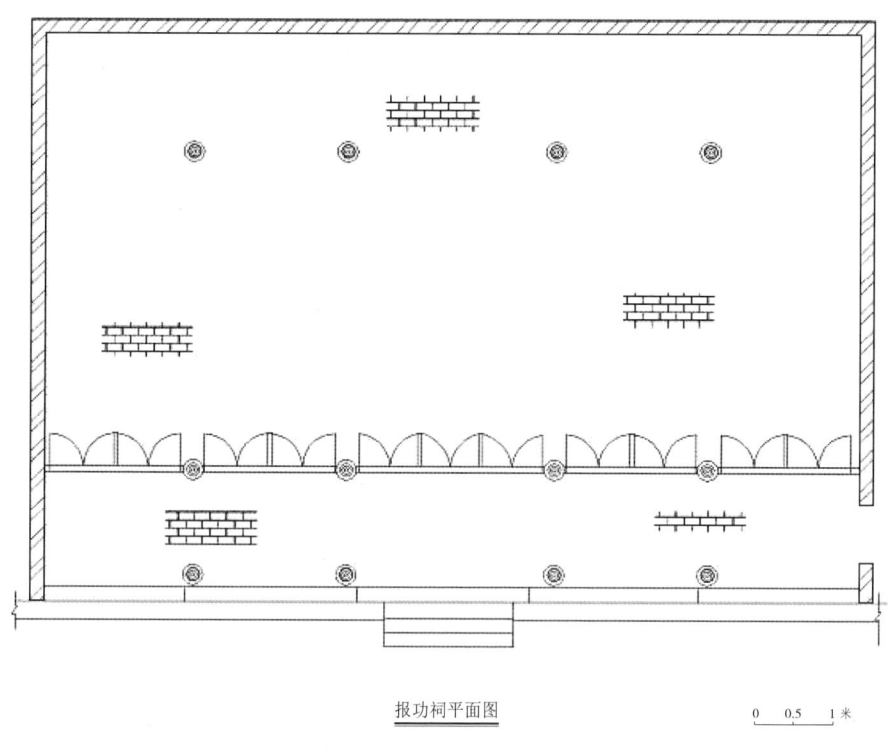

<u>报功祠平面图</u>　　　　　0　0.5　1米

报功祠测绘图（一）

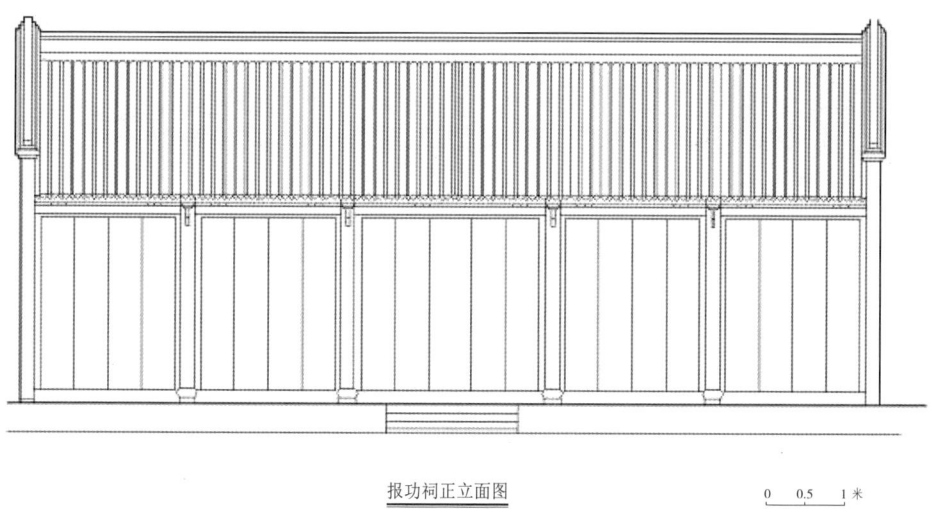

<u>报功祠正立面图</u>　　　　　0　0.5　1米

报功祠测绘图（二）

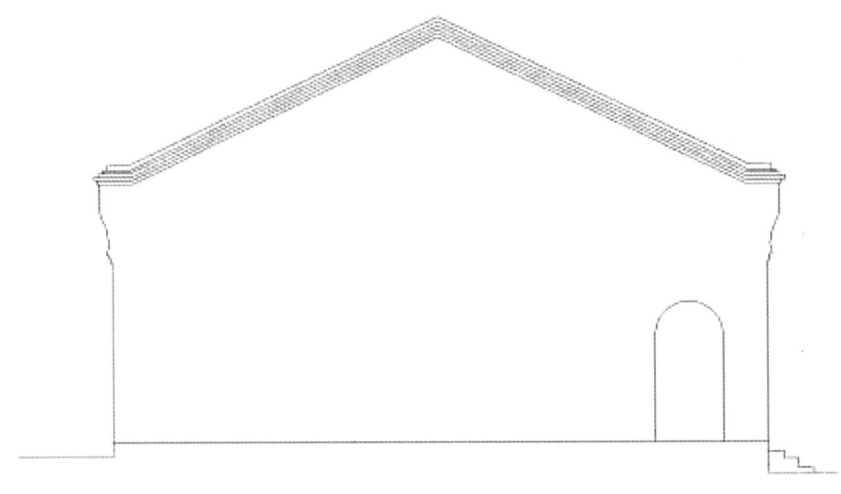

报功祠侧立面图　　　　　0　0.5　1 米

报功祠测绘图（三）

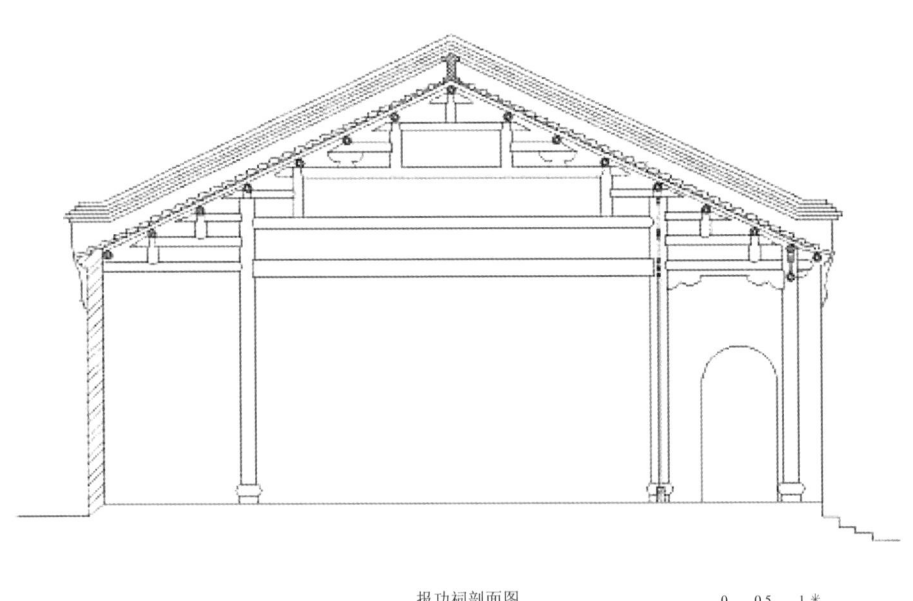

报功祠剖面图　　　　　0　0.5　1 米

报功祠测绘图（四）

5.朱子祠

朱子祠为先贤书院主要建筑之一，其建筑结构形式、体量大小均与报功祠相同。在礼圣殿之右，是专祀朱熹之祠。宋代淳熙（1174—1189）间，朱熹知南康军，勤学教民，兴利除害，振兴白鹿洞书院，功绩卓著。当朱熹离开南康后，诸生为他立生祠。朱熹知道此事后很生气，即修书致白鹿洞主撤除。宋开禧元年（1205），诸生又以周濂溪、程颐、程颢和朱熹合祀于讲堂，称三贤祠（此四人都是理学创始人）。宋宝庆二年（1226），赠朱熹为太师，封信国公。宋绍定二年（1229），改封徽国公。明正统三年（1438），南康知府翟溥福亦建三贤祠于大成殿之左，祀周濂溪、朱熹和李渤。清康熙四十八年（1709），

朱子祠立面

朱子祠内部构架

据南康府教授熊士伯之请，南康府知府张象文申覆为朱熹建立专祠。张象文提到：岁丁卯，我皇上颁赐"学达性天"匾额，初与大成殿"万世师表"同悬。夫"万世师表"尊宣圣也，"学达性天"崇紫阳也。今以紫阳之匾加宣圣之堂，于义弗协。余乃与博学熊君士伯言……特建祠一所，前后二进专祀朱子。这样，朱熹就成了朱子祠的主人，其他人作为配祀。

原朱子祠和报功祠建筑体量均较小，各自有独立的院落。1980年维修时，将此两院落合并，增大院落空间，将碑刻陈列于碑廊中进行保护，将朱子祠和报功祠均改为五开间、三进深的建筑，增大内部空间便于游客参观。

（三）白鹿洞书院建筑组群

白鹿洞书院为礼圣殿之东一组建筑，有门楼、厢房、御书阁、明伦堂、白鹿洞和思贤台，是藏书与日常讲学的场所。

1. 门楼

门楼平面呈八字形，三楼式歇山顶，覆以灰瓦，檐下砌有一长条形框，中有穿孔十字形叶五个，再下为花岗岩石额，由全国政协副主席赵朴初书"白鹿洞书院"五字。门上为石梁，左右为砖柱。通面宽7.9米（平直部位宽5.5米），门洞宽2.36米，门洞高2.87米。下檐高3.14米，上檐高4.38米。正脊高4.93米。

门楼正立面

门楼背立面

2. 厢房

与礼圣门两侧两厢房形制、平面大小均相同。仅东厢房前檐马头墙墀头做法和门窗心屉稍有不同。

御书阁东厢房立面

御书阁东厢房葵式花槅窗

3. 御书阁

御书阁在院北明伦堂之前，礼圣门之东。始建于南宋，淳熙八年（1181）南康知军朱熹奏请孝宗御赐《九经注疏》《论语》《孟子》等书。后建圣经阁，又名圣旨楼，早毁。现阁系清康熙年间所建。清康熙二十五年（1686）御赐《十三经注疏》《廿一史》《古文渊鉴》《朱子全集》等书。南康知府周灿呈请建阁珍藏。他在请建文中提到：其匾额一项，现在购买良材，选择巧匠，俟题额一到，即如式装刻，听候悬挂。对御书的处理他认为：御书一项，非寻常往书可比，兹查鹿洞内，尚有隙地一区，拟起建御书阁一座，高耸其制，壮丽其观。另外还配御书柜一架，覆以黄龙绵帐，俟御书一到，听候安置。

御书阁在清康熙五十四年（1715）又由南康知府叶谦、毛德琦重建。1927年大革命失败后，刘少奇曾由武汉到达庐山白鹿洞书院，住在御书阁，从事革命活动。1959年8月刘少奇再次来到白鹿洞书院。

御书阁为木构建筑，二层，平面近方形，通面宽7.22米，通进深6.26米。明间面阔4.42米，次间面阔为1.4米。南北前后檐每面用四柱，东西山面每边用五柱，阁中用四根金柱，金柱柱径为300毫米，其余柱径270毫米。阁内东边有木板楼梯上登。周环走廊。二层正中有"御书阁"竖额。重檐歇山顶，翘角挂铎，鸱尾饰脊，正脊中有宝珠顶。下檐高4.18米，上檐高6.36米，脊高8.39米。该阁朱栏画栋，斗拱交错，庄严宏伟，气势磅礴。阁南北各有六门，门上段为窗棂格，下为方框裙板。楼面除东侧楼梯处外，均设置一个宽1.18米的围廊，围廊内为一个开间4.42米、进深3.9米的房间，该房间向南面设有花槅门，其余三面设花槅窗，檐口用丁头拱。御书阁为重檐歇山顶，上下檐出檐较大，打破了檐不过步的做法。

御书阁的功能就是藏书。书籍既怕水，又怕火，所以御书阁的选址就非常重要。白鹿洞书院处于山林之中，春夏气候潮湿，书籍保存需要干燥通风的环境，用楼阁来保存书籍较为恰当。将御书阁安置在明伦堂前面，学生借书阅读非常方便，同时又远离生活区，解决了生活用火对书籍的威胁。朱子建圣经阁和周灿建御书阁，更深层的用意在于取得统治阶层的重视，从而宣扬儒家思想，培养"为天地立心，为生民立命，为往圣继绝学，为后世开太平"的治国平天下的栋梁人才。

御书阁正立面

御书阁背立面

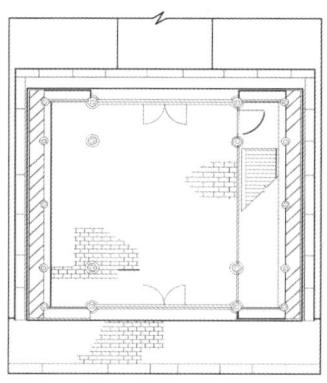

御书阁底层平面图

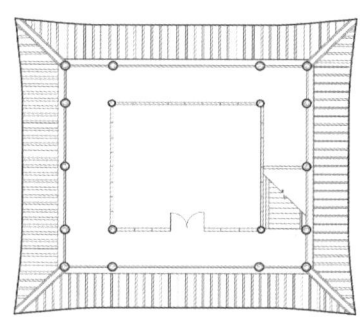

御书阁二层平面图

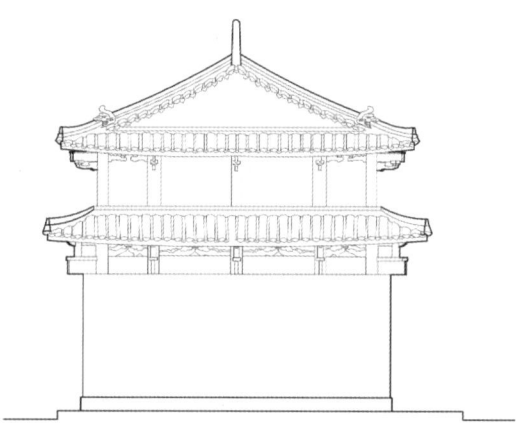

御书阁侧立面图

御书阁正立面图

0　1　2　3米

御书阁测绘图（一）

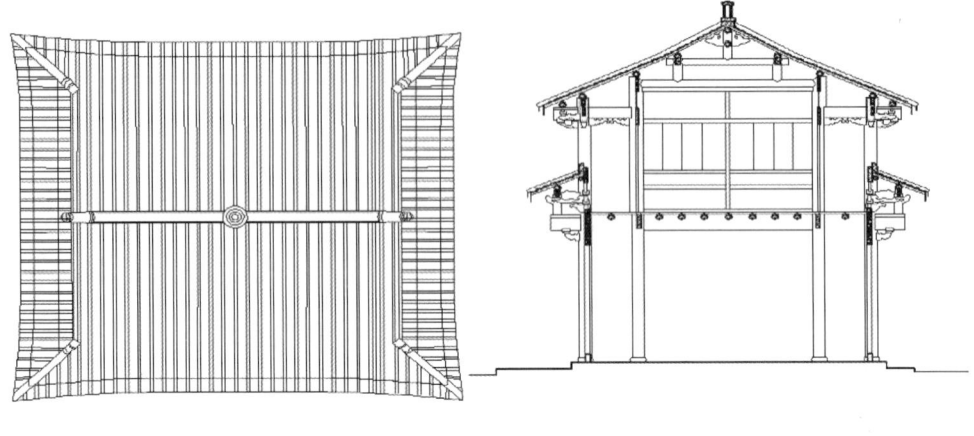

御书阁俯视平图　　　　　　　　　御书阁横剖视图

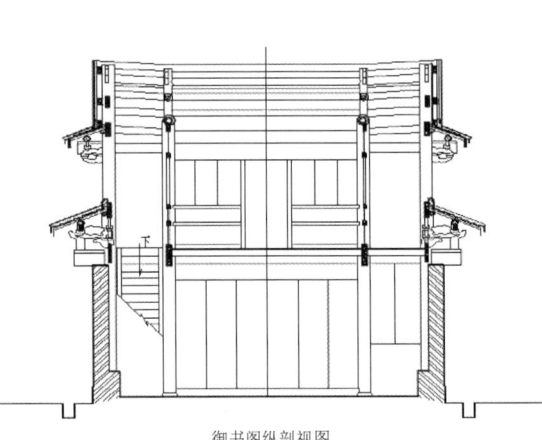

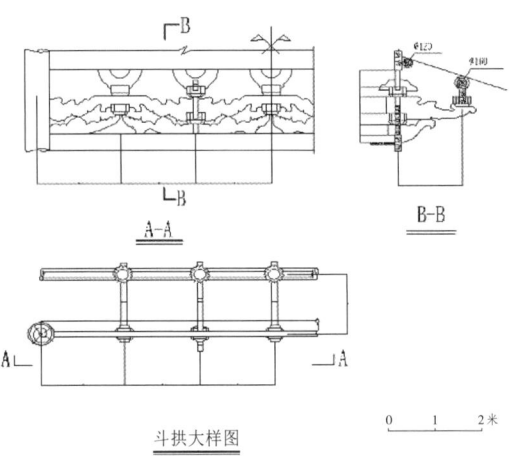

B-B

A-A

御书阁纵剖视图　　　　　　　　御书阁斗拱大样图

0　1　2米

御书阁测绘图（二）

4. 明伦堂

明伦堂又名彝伦堂，在御书阁之后。初建于宋，明正统三年（1438），南康府知府翟溥福重建。明弘治十年（1497），江西提学佥事苏葵再建。现存明伦堂为砖木结构，穿斗式构架，白墙灰瓦，小青瓦屋面，硬山顶，五开间，明间面阔为 3.9 米，次间面阔为 2.91 米，梢间面阔为 3.04 米，通面阔为 15.8 米，前后廊宽 1.95 米，中部九架大梁跨度 7 米，通进深 10.9 米。檐口高 4 米，脊高 6.6 米。用柱 12 根，柱径 260~330 毫米。前檐柱础为雕花石柱础，花纹为合莲花纹。带前廊，前后均有门和窗，开后门可通往白鹿洞。

明伦堂正立面图

明伦堂室内九架梁

书条式花槅窗

5. 白鹿洞

白鹿洞在明伦堂后。白鹿洞初有名无洞，明嘉靖九年（1530），南康知府王溱祭山开洞，并撰写《新辟石洞告后土文》，吕枏撰《新辟白鹿洞记》。吕认为：夫白鹿洞书院之有洞，犹吾儒之有《六经》也。有事白鹿洞者，不修其洞，而为游览诸奇者功，则何异于学者驰骛于训诂、辞章而忘其经之正哉？明嘉靖十四年（1535），南康知府何岩命石工琢石鹿置洞中，并作《石鹿记》。他提到：自唐以来，白鹿洞名天下矣！然历世既远，则鹿弗存，而洞亦圮，是诚有名而无实也。他又提到：嘉靖庚寅（1530）春，郡守王玉溪（即王溱）慨矢其故，改筑是洞于书院明伦堂后，他觉得"洞中无鹿""寥寥无意趣"，遂命工琢石鹿于内，鹿作"攸伏厥状"，他认为这样可以让游观于斯者，因鹿以知洞，因洞以思古，这样可以让先哲之遗迹不泯，而后人之景仰愈久而愈切。明万历四十二年（1614），江西参议葛寅亮看见洞中白鹿，问诸生开洞和置鹿之原委，葛寅亮认为洞不应开，鹿更不应琢，遂将石鹿埋入地下。直至1982年维修礼圣殿时在地下约2米深处发现石鹿，石鹿又重新安放在洞中。

清代光绪九年（1883），南康知府刘锡鸣提到：咸丰六年（1856）兵燹以后，石鹿亦弗存，而董事者以木为之。又说：今春余权斯邦，往来书院，恭行典礼，见鹿身损坏，置之洞旁，深为慨叹，爰命石工复凿一鹿安奉洞

白鹿洞立面

白鹿洞中石鹿

中，以征其实，用垂永久。

洞中现置放明代嘉靖年间的跪式石鹿，竖耳昂首，凝视前方，刀法简练，为明代实物。石鹿后有清顺治十一年（1654）白鹿洞山长熊维典撰《大司马大中丞蔡公重兴白鹿洞碑记》。洞正壁有嘉靖十年（1531）开州王溱所书《鹿洞记》。左右两壁有王凤池所书的石刻残碑。

洞为花岗岩砌，呈卷拱形，高4米，宽4.1米，深6.35米。

白鹿洞前为一坪地，以花岗岩石和卵石铺地。左右花坛中种植桂花树。从白鹿洞右侧有花岗岩石级登思贤台。

6. 思贤台

思贤台在白鹿洞上。王溱辟后山为洞，并筑台于其上。明嘉靖三十年（1551），江西巡按曹汴在台上建思贤亭。并作《思贤亭记》，他写道："仰止高山，景行先哲，安得弗思，名以'思贤'。""以思贤者，谓考亭大贤也，儒之宗也。履斯地，登斯亭，学斯洞者，而思其贤。"后王养正更名曰"云章阁"，又名"文昌阁"。台上围墙镶有石刻，有李时达书"思贤台""景贤台"，衡崖书"理学渊源"，刘世扬书"思贤台"，秦大夔书"仰止处"，李资元书"空中楼阁，静里乾坤"。

南康知府李淳有《登思贤台》诗："此日凭高处，无风吹我襟。鹤盘松露重，鹿隐洞云深。气象开前代，鼓歌续旧音。举头看五老，幽意欲投簪"

思贤台立面

描写了这里的独特意境。

思贤台上现存建筑名叫思贤亭。该建筑平面为方形，砖木结构，四柱单檐歇山顶，五踩斗拱托檐，中开一门，三面砌有半墙，上装半窗。前面门的两侧也装有木制花窗，与轩比较相像。前护花岗石质围栏。台前后长为9.8米，左右宽为7.76米。亭面阔5.27米，进深4.76米，木柱硕大，柱径达400毫米，檐口高3.87米，门高2.7米，宽0.81米，窗高1.75米，宽0.72米。亭中有一石桌，呈长方形，桌面1.2×0.6米，高0.8米。底座呈长方形0.46×0.65米。中有一方形石立柱，立柱中部外凸，周浮雕四鹿，有石鼓墩四个，作凳用，鼓径0.3米，高0.48米。油漆天花板，中绘葵花九朵，四周绘如意，每边各三个。

思贤亭花槅窗　　　　　　　　　　　　思贤亭天棚藻井

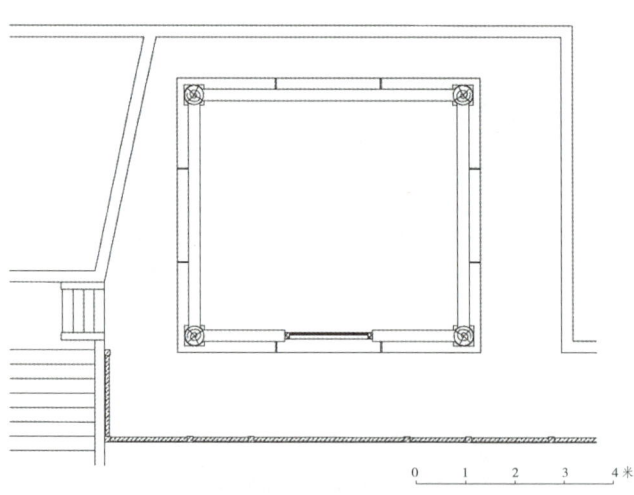

0　1　2　3　4米

思贤亭测绘图（一）

思贤亭测绘图（二）

（四）紫阳书院建筑组群

紫阳书院主要有紫阳书院大门、崇德祠、行台，为白鹿洞书院之东一组建筑，是讲学及交流场所。

1. 院门

院门为单檐四坡歇山顶，平面为八字形，通面宽9.2米（平直部分宽5.76米），门洞边框花岗岩石，门洞宽2.1米，高2.68米。前有石阶六级。门额"紫阳书院"为冯友兰题。朱熹号紫阳，因以为名。

紫阳书院大门正立面

紫阳书院大门背立面

2. 东碑廊

《星子县志》康熙版已有图样。清康熙毛德琦著《白鹿洞书院志》(同治十年补刊本)也有图,并记载:道光十八年(1838),新造崇德祠头门三间,祠东添建号舍四间,祠后老新八间,今改三重共九间。现为1989年重修。院之左右为东碑廊,碑廊之东为长条形,人字形硬山顶,有木柱七个,碑刻前有栏杆护卫,全长24米,宽3.3米。碑廊之西廊本面呈Z形,通长26.75米,宽3.3米,亦有栏杆护卫。崇德祠后为中门,即行台(文会堂)前门。砖木结构,人字形硬山顶,平面呈方形。

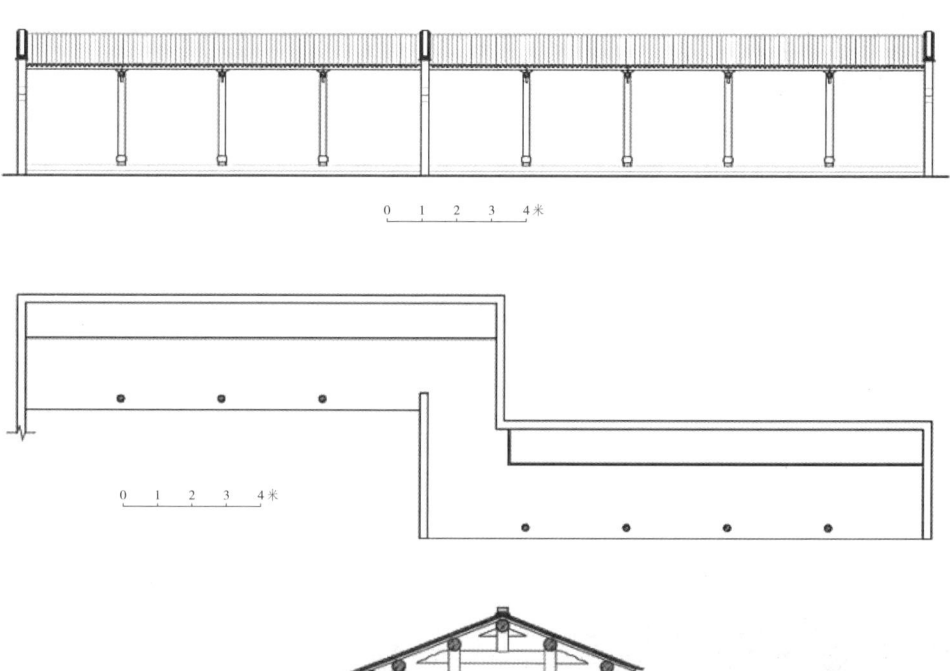

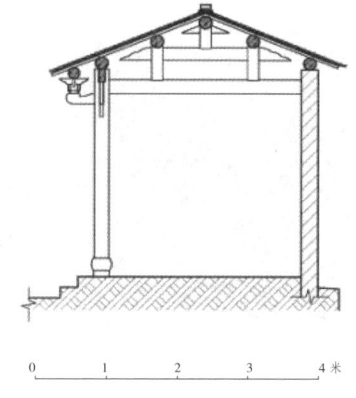

东碑廊测绘图

3. 崇德祠

崇德祠平面为凹字形，为砖木混合结构，穿斗式梁架，硬山顶，蝴蝶瓦（即小青瓦）屋面。通面阔五间 17.09 米，通进深二间 9.91 米。明间、次间前为廊道（廊宽 1.93 米），内为开敞的空间，梢间为耳房。明间用前檐柱、前金柱，次间、梢间以山墙代柱梁。檐口高度 4.07 米，脊高 7.1 米。明间于金柱间辟六扇槅门，次间各辟六扇格子槛窗。两梢间自前廊辟门而入，前后各辟三扇槅窗。明间前部用四柱，为圆形杉木柱，前檐柱柱径 260 毫米，径高比 1∶12。柱础为花岗石圆鼓形柱础。明间用两缝木作梁架，为十五檩前三步梁对后十二架抬梁式梁架。次间、梢间以山墙代柱梁。望板之上钉扁椽，盖阴阳瓦，砖作正脊和垂脊。砖墙为混水墙，白灰粉刷，两山墙高出瓦面，墙顶两层叠涩出跳上覆以三层反叠涩砖收分作为压顶。明次间室内为水泥砂浆砖地面，红粉抹面，前廊及耳房地面水泥砂浆仿方砖地面，斜纹缝。明间于前金柱间辟六扇槅扇门，门扇为五抹头，下为素面裙板，中部、顶部为素面涤环板，格心为龟背锦。次间于前金柱间各辟六扇槛窗，下部为砖作混水槛窗，窗扇为四抹头，式样、格心与门扇上半部同。明、次间门窗额以上设横窗，顶部为余塞板。柱、梁架、门、窗为紫黑色油饰，檩条、椽望为土红色油饰。

崇德祠立面

崇德祠山墙

东碑廊立面

东碑廊梁架

第三章
建制区划

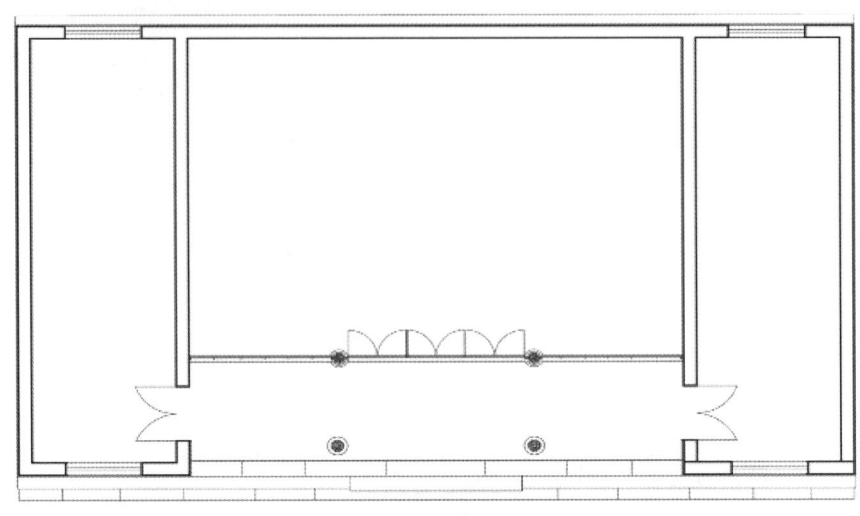

0　1　2　3 米　　　　　　　　　崇德祠平面图

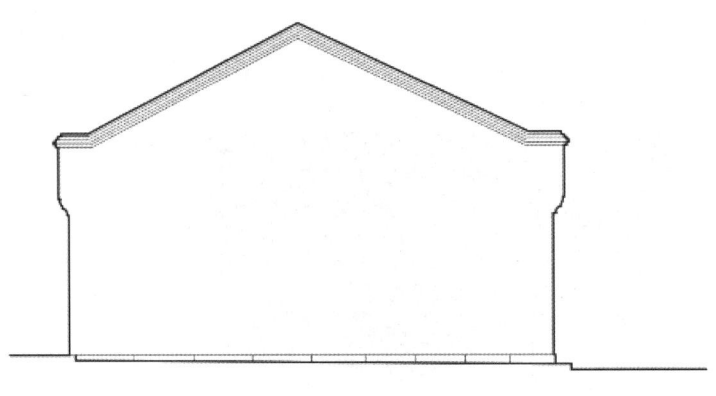

崇德祠侧立面图

崇德祠测绘图（一）

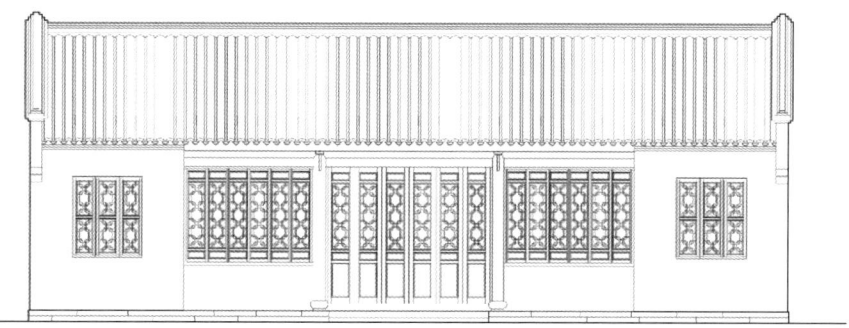

崇德祠正立面图

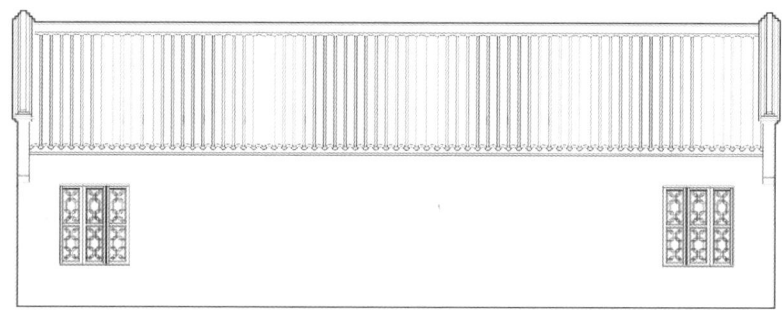

崇德祠背立面图

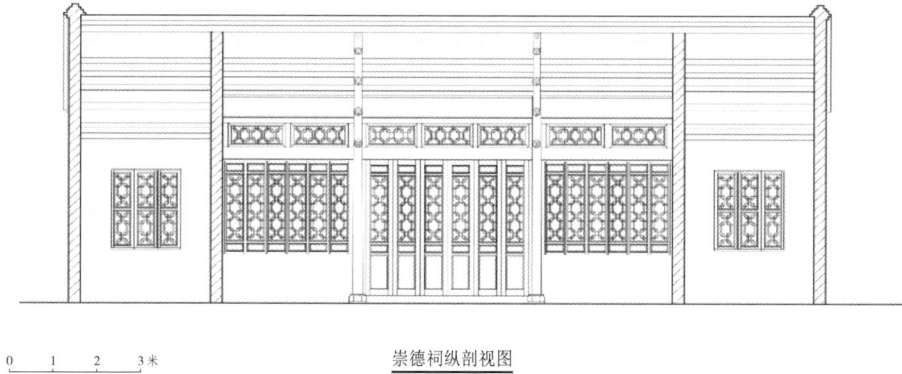

0　1　2　3米

崇德祠纵剖视图

崇德祠测绘图（二）

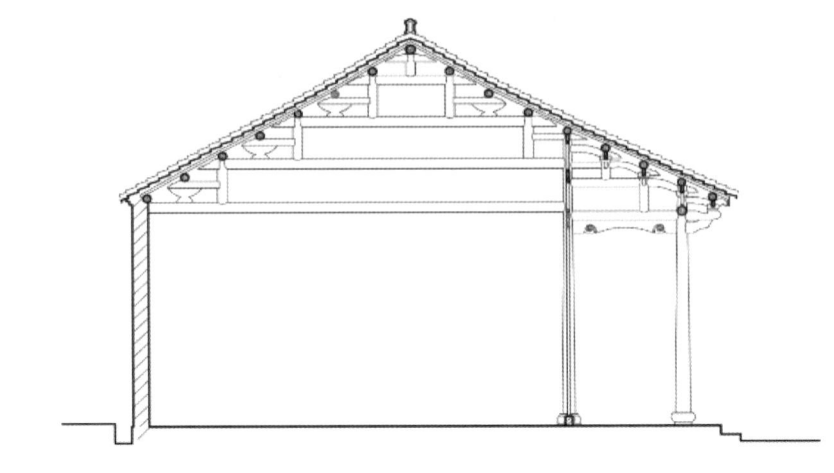

0 1 2 3米

崇德祠明间横剖视图

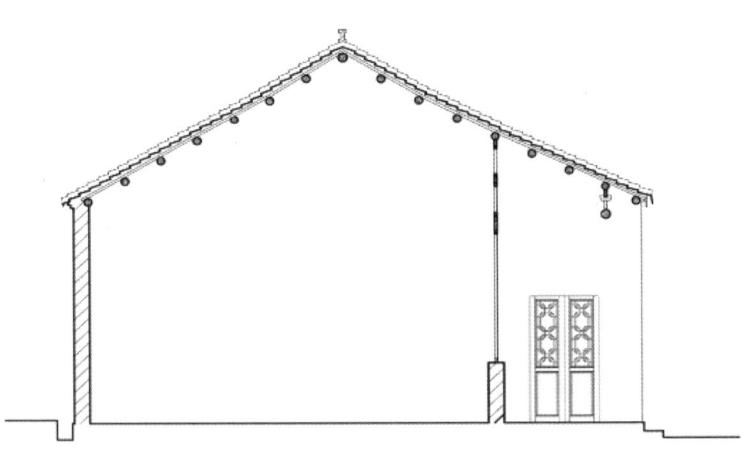

崇德祠次梢间横剖视图

崇德祠测绘图（三）

4. 行台（文会堂）

行台又名文会堂，据明代李应升《白鹿书院志》记载宗儒祠也曾建在此处。行台本义是指大吏出巡时所驻的地方，书院行台可能是接待地方官到书院巡察讲学的地方。《星子县志》康熙版有图，据毛德琦《白鹿洞书院志》载：道光十年（1830）"新造行台，前头门大三间"。原行台早废，其形制无从得知。现存建筑为1989年重修，作为书院会议室使用，白鹿洞书院举办的学术研讨会多在此举行。文会堂是白鹿洞书院的讲堂，也是诸生学习课业的地方。文会堂的历史可以追溯到南宋嘉定（1208—1224）间，由朱熹之子朱在建会文堂，后陈宓改名为文会堂。绍定（1228—1233）中，史文卿改为君子堂，并在此堂前开掘池塘。为什么叫君子堂呢？大概是为了纪念周敦颐。周敦颐独爱莲花，所以在堂前挖池塘植莲花，莲花是花中君子。让学生藏修游息其中，会有所感悟。元末毁坏，翟溥福重修书院时再建，位置在五经斋后面，共三开间。后来苏葵等又重建，娄性题匾额，堂前栽种桃树和李树，寓意桃李天下。明万历十九年（1591），知府田琯改宗儒祠为文会堂。清雍正四年（1726），裴倅度主政豫章，亲临白鹿洞，发现文会堂狭小低矮，于是在书院东面找了一块高爽的平地，重建文会堂，堂后面建有春风楼五间，环堂左右建有号舍四十间。此时的文会堂高大宽敞，"以三楹之堂进百数十生童而考校之，犹弗容也"。其位置应该是在现高等林业学堂之后。

行台为砖木混合结构，穿斗式梁架，硬山顶，蝴蝶瓦屋面；行台通面阔五间18.22米，通进深二间9.28米。前为廊道，宽1.91米，内为开敞的大空间。檐口高度4.15米，脊高7.1米。明、次间用前檐柱、前金柱（共八柱），后檐及两山的砖墙代柱，金柱间各辟门、窗。柱为圆形杉木柱，檐柱直径为250毫米，径高比1：12.5。柱础为花岗石圆鼓形柱础。明间、次间用木作梁架，为十五檩前三步梁抬梁式梁架。两山面以山墙代梁架。望板之上钉扁椽，盖阴阳瓦，砖作正脊。麻条石墙基，混水砖墙，白灰粉刷，两侧山墙高出瓦面，墙顶两层叠涩出跳，上覆以三层反叠涩砖收分作为压顶。条砖墁地，错缝平铺。金柱间各辟一列门窗，明间辟门扇六扇门，次、梢间各辟六扇槛窗。背面每间辟一双开窗。门扇为五抹头，下为素面裙板，中部、顶部为素面涤环板，槅心为龟背锦。槛窗底部为混水砖作槛墙，窗扇为四抹头，上、下为素面涤环板，槅心为龟背锦。门额、窗额以上为横窗，顶部为余塞板。背面窗扇为二抹头，格心与正面窗类同。柱、梁架、门、窗为紫黑色油饰，檩条、椽望为土红色油饰。

文会堂立面

厢房立面

文会堂内部梁架

文会堂内部空间

5. 厢房

三间厢房面阔 9.92 米，进深 4.86 米，前为廊道，宽 1.28 米。仅明间用前檐、前金柱，后檐及两山的砖墙代柱，柱为圆形木柱，柱径 200 毫米，圆鼓形花岗石柱础。金柱间置一列门窗，明间辟四扇五抹槅门，槅心为龟背锦。次间辟槛窗，下为砖砌槛墙，上为四抹槅窗，槅心亦为龟背锦。檐口高度 3.5 米，脊高 5.16 米。

梁架为七檩前双步梁式梁架。仅明间前廊用穿斗式双步梁式梁架，其他各部均以砖墙代柱梁。麻条石墙基，混水砖墙，白灰粉刷。柱、梁架、门、窗为紫黑色油饰，檩条、椽望为土红色油饰。地面为水泥砂浆仿方砖地面，方格错缝。

厢房北侧，紧贴行台两山墙各附一耳房。耳房面阔一间 6.1 米，进深一间 4.99 米，不设柱梁，砖墙承檩。

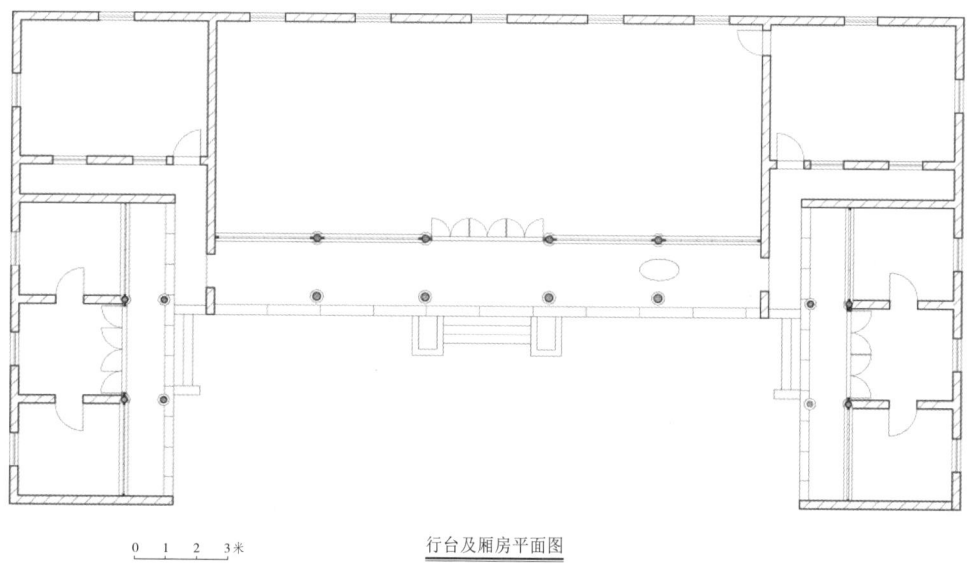

0 1 2 3米

行台及厢房平面图

行台及厢房测绘图（一）

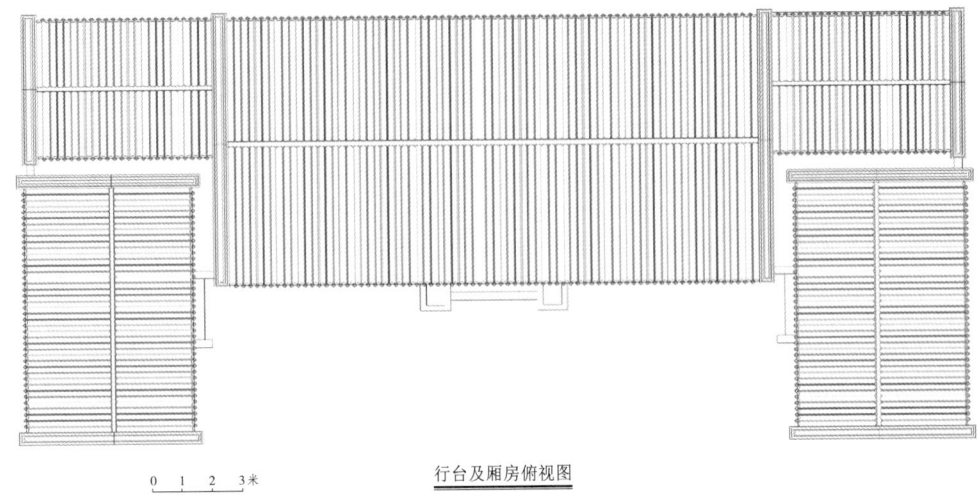

0　1　2　3米　　　　　　　行台及厢房俯视图

行台及厢房测绘图（二）

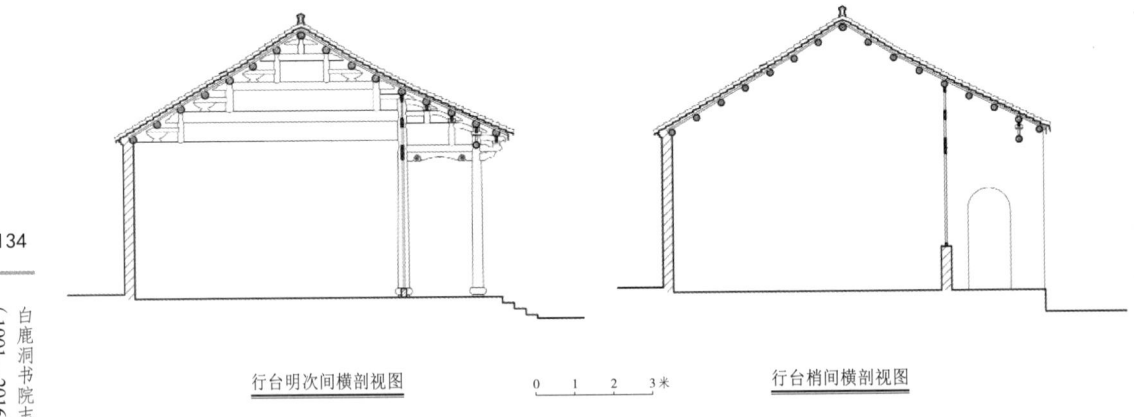

行台明次间横剖视图　　0　1　2　3米　　行台梢间横剖视图

行台测绘图（一）

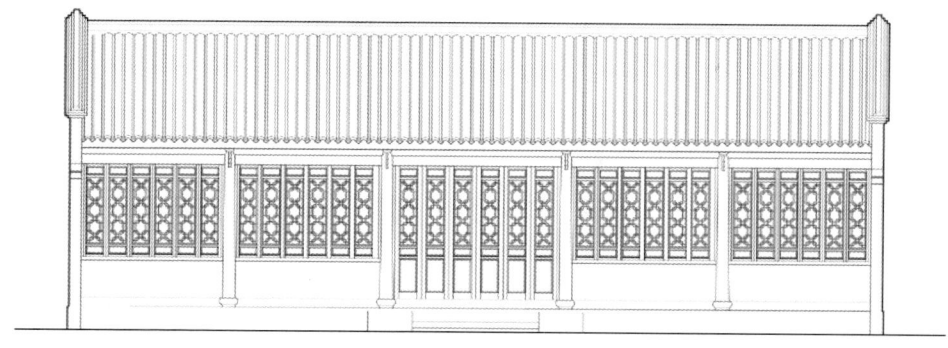

行台正立面图

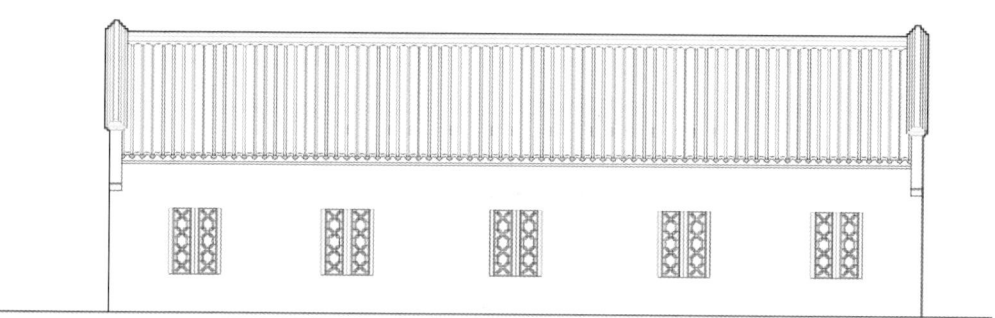

行台背立面图

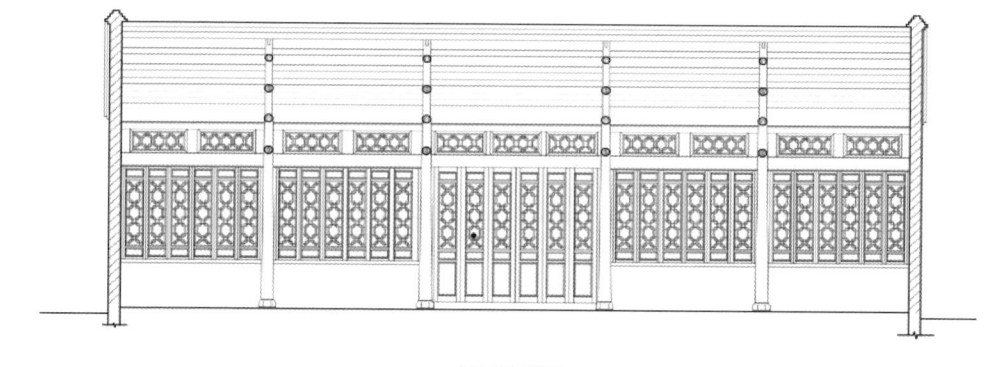

行台纵剖视图

0　1　2　3米

行台测绘图（二）

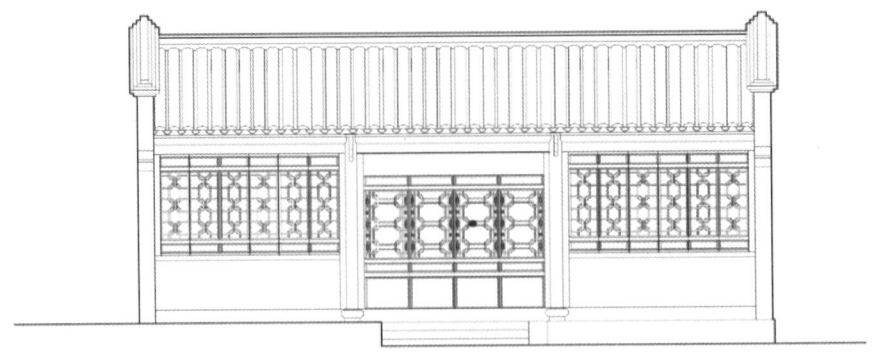

行台厢房正立面图

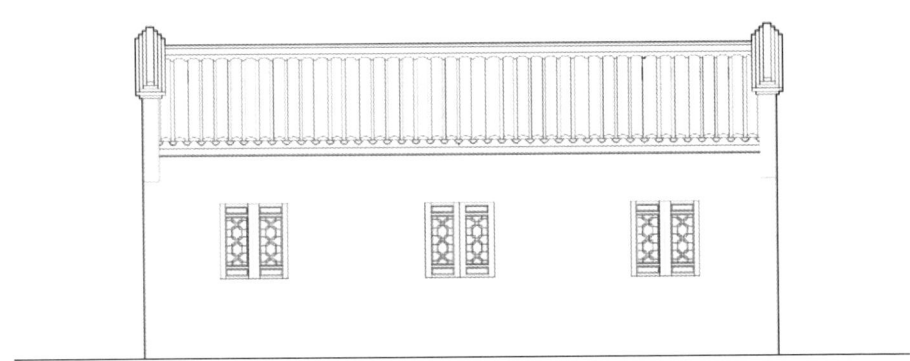

行台厢房背立面图

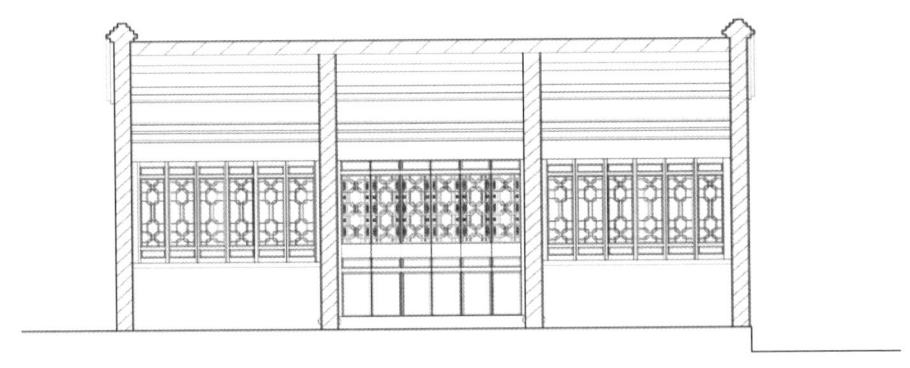

行台厢房纵剖视图

0　　1　　2　　3米

行台及厢房测绘图（三）

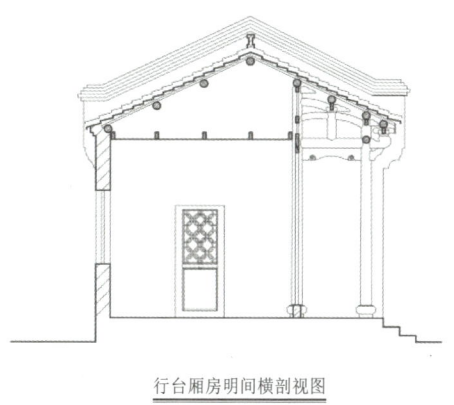

行台厢房明间横剖视图

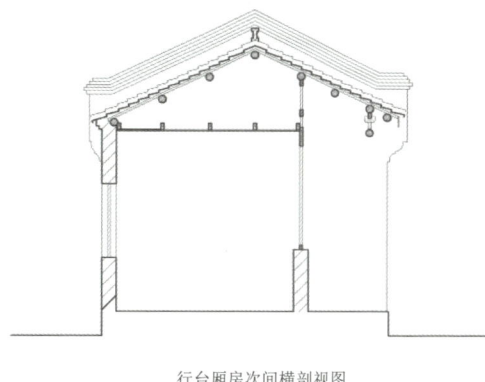

行台厢房次间横剖视图

行台及厢房测绘图（四）

（五）延宾馆院落建筑组群

延宾馆院落由延宾馆大门、高等林业学堂、贯道门、延宾馆（含春风楼、东西厢房）、逸园、状元泉等组成，为书院最东的一组建筑。是师生们学习生活及接待来宾的场所。

1. 大门

门楼为砖木结构，歇山顶小青瓦屋面。门洞为砖柱，面阔 3.42 米，门洞口宽 2.16 米，高 2.64 米。上置青石板门梁，门梁之上有三个砖砌外饰石灰似扁壶形的装饰。檐口高度 3.3 米，脊高 4.2 米。

延宾馆大门正面

延宾馆大门背面

2. 高等林业学堂

清宣统元年（1909）江西高等农业学堂增设林科，次年林科迁往庐山白鹿洞书院，成立江西高等林业学堂，由提学使王同愈负责筹办。不久，林科所迁往南昌，白鹿洞书院改为演习林事务所，延续到中华民国二十四年（1935）。此房始建于中华民国十四年（1925），当时建此楼应该是给演习林事务所办公用。

高等林业学堂正面

高等林业学堂背面

房屋为歌特式二层洋房，砖木结构。平面呈凸字形，五开间，带前廊。通面阔14.66米，通进深12.8米。层高3.6米，檐口高7.13米，正脊高10.04米。四坡顶，三角形梁架。前有露天平台，四砖柱支撑，平台三面有护栏，每面各有七个仿四角花瓶式的水泥瓶柱。上下走廊，均有砖砌大跨度卷拱，一层无栏板，二层栏板为全闭式。走廊以砖砌方柱，外画线，以示仿花岗岩石所砌。东边有砖砌阶级23级登二楼。楼上有房四间，全为长条形，中间隔成前后二室，下有房五间，中为堂，东西次间，间隔成前后二室。

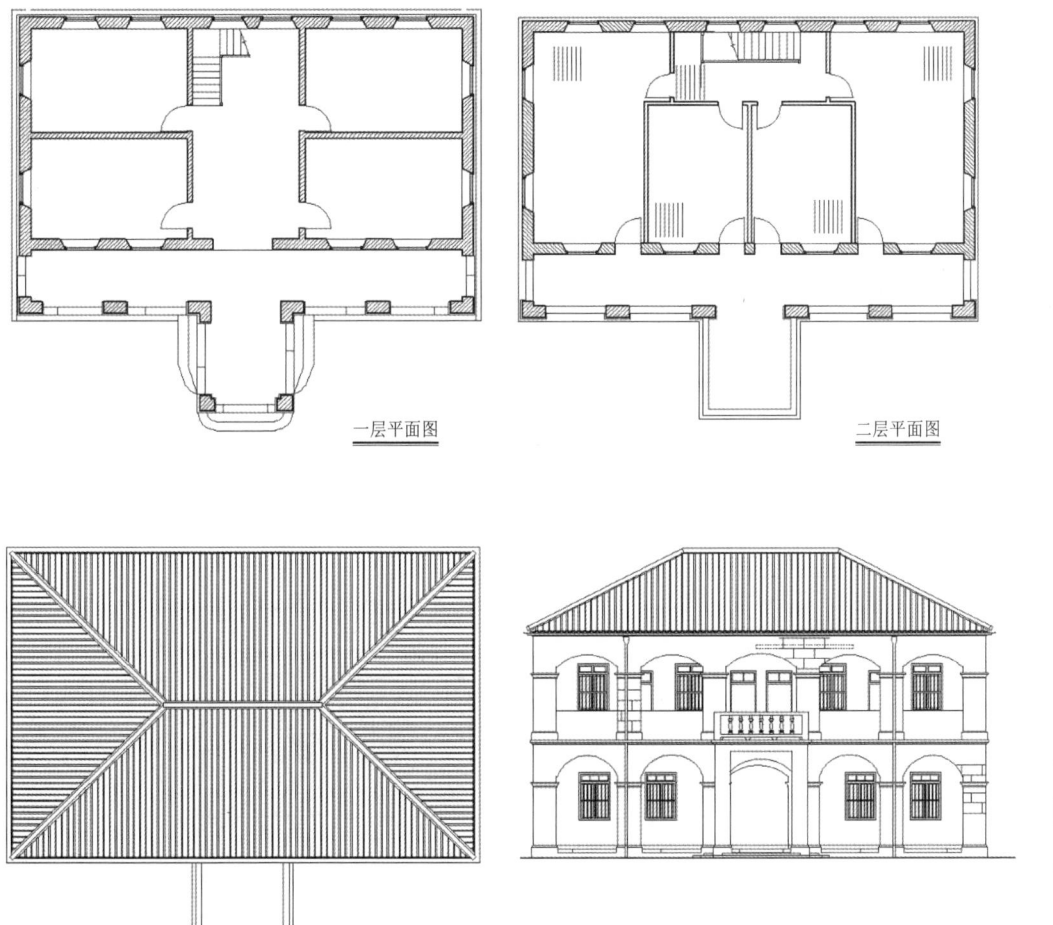

一层平面图　　　　　　　　　　　　二层平面图

层面俯视图　　　0　1　2米　　　　　正立面图

高等林业学堂测绘图（一）

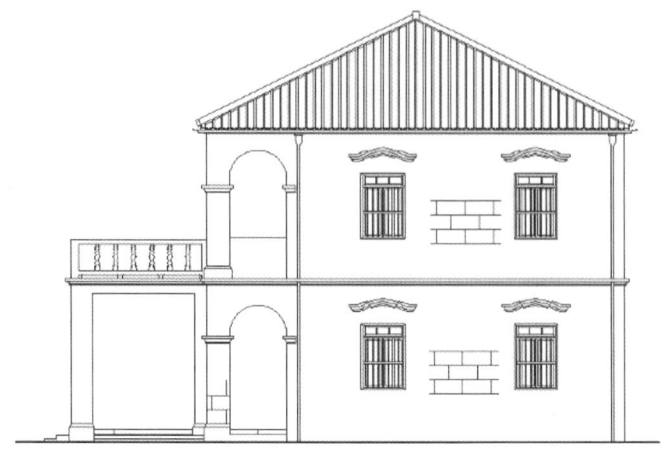

左侧立面图

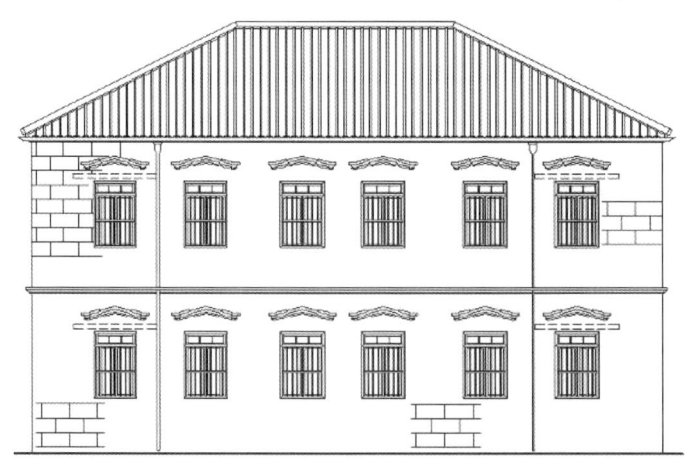

0　1　2米

背立面图

高等林业学堂测绘图（二）

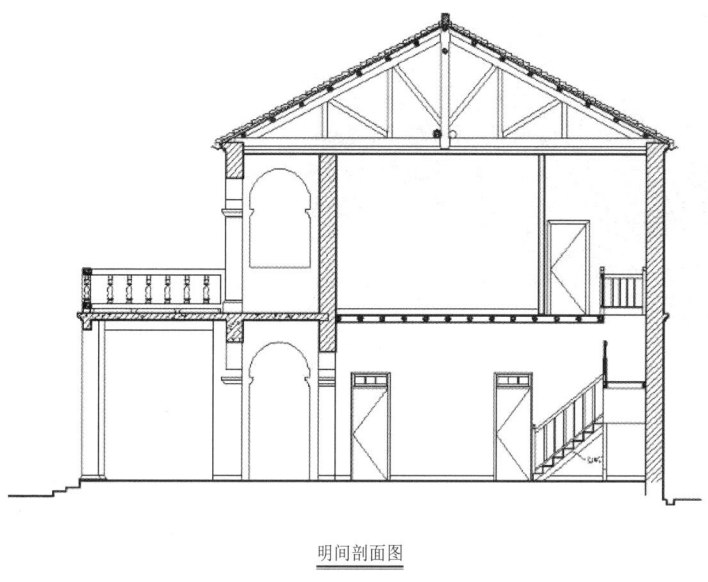

明间剖面图

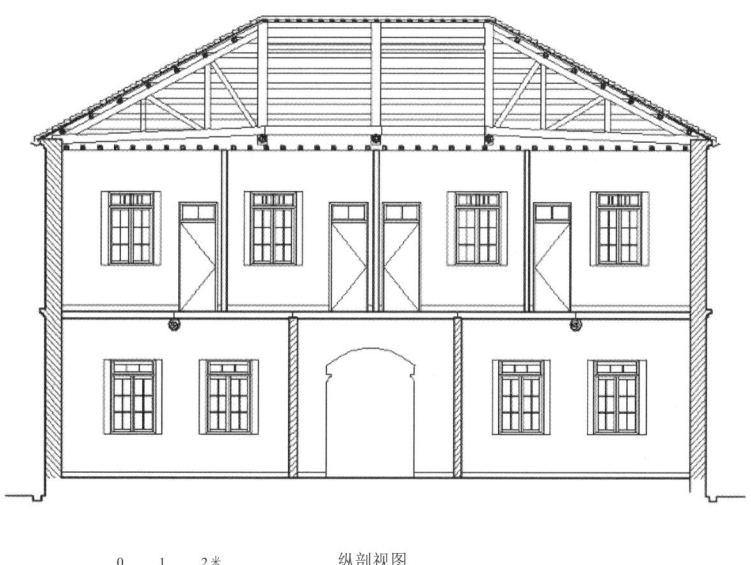

0　1　2米　　　　纵剖视图

高等林业学堂测绘图（三）

3. 膳堂

膳堂为现代所建，亦为三开间，内设大餐厅、小餐厅和贮藏室，餐厅后为厨房。膳堂为砖木混合结构，穿斗式梁架，硬山顶，蝴蝶瓦屋面。膳堂通面阔三间12.5米，通进深二间9.93米。前为廊道。仅明间用前檐柱、前金柱，其余各处以墙代柱。前金柱间置一列门、

膳堂立面

窗，明间为槅门，次间为槅窗。柱为圆形杉木柱，檐柱直径260毫米，径高比1:13。花岗石圆鼓形柱础。仅明间用两缝木作梁架，山面以砖墙代柱梁。为十五檩前双步梁式，后十三架穿斗式梁架。望板顺铺于檩条之上，其上再布扁椽，安阴阳瓦。红砖砌正脊。砖墙为混水墙，白灰粉刷。两山墙高出瓦面，墙顶两层叠涩出跳，而上覆以三层反叠涩砖收分作为压顶。条砖墁地，错缝平铺。明间于前金柱置六扇槅扇门，五抹头，下为素面裙板，中部、顶部为素面涤环板，格心为龟背锦。次间于金柱间置六扇槛窗，槛墙为混水砖墙，窗扇为四抹头，式样、格心与门扇上半部同。柱、梁架、门、窗为紫黑色油饰，檩、椽、望为栗色油饰。

4. 延宾馆

延宾馆始建于南宋，取"握发延宾"之意。朱熹兴建白鹿洞书院的同时，为了方便由南康（今星子）至书院的学者与师生，在当时的南康军郡庠之东和城北五里的颜家山建立两所延宾馆，亦称白鹿洞馆或白鹿憩馆。明成化五年（1469），江西提学佥事李龄命同知焦赞在书院大成门之东亦建有延宾馆。由于年久失修，已成断墙残垣，现由国家文物局拨款重建，于1994年10月动工，1996年4月竣工。重建后的延宾馆由贯道门、憩斋（厢房）、春风楼，逸园和状元泉组成。

贯道门 两侧有翼墙，门楼顶为两坡式硬山顶，石门框，木板门，门上

前悬延宾馆木匾，后嵌"憩斋"石匾，为姚公骞所书。门内有照壁，结构为小青瓦屋面硬山顶。前嵌《延宾馆记》石碑，由中共庐山管理局委员会和庐山风景名胜管理局撰文。后嵌骆应炳所撰《春风楼记》。碑高0.87米，碑宽1.8米。

贯道门立面

院内分三级，中有卵石铺成的十字路，以青石镶边。东西通向两边厢房。

厢房 东西各有厢房二栋，共计四栋二十二间，位于二级平台上。第一级平台东西各五间。西边一栋与东边一栋长宽相同，唯靠南有一卷拱门。每房前后有窗，房后有卫生间和一敞口天井。前有廊，廊宽1.5米；每间开间3.7米，总进深7.7米。每间一扇花槅门，四扇花槅窗，门窗心屉均为书条川灯景纹。檐口高3.25米，脊高4.87米。檐柱径25毫米。

二级平台比第一级平台地面高出1.2米，中有阶梯，由一级上至二级。二级台上东西各有厢房六间，形式与第一级平台厢房规格尺寸均相同。靠北有拱形廊门。厢房通面阔40.7米，通进深7.7米。

春风楼 三级台上为春风楼，中有石阶上。

五开间带前廊，明间宽4.5米，次间3.6米，梢间1.8米，通面阔15.3米，通进深13米。明间开有门六扇花槅门，上为花槅心屉，下为裙板。楼层高3.8米，下檐高3.4米，上檐高7.4米，正脊高11.1米。共用柱38根，柱径300~350毫米。楼前左右各有花槅窗八扇，东西无窗，后有窗五个。重檐歇山顶，斗拱交错，白墙灰瓦，圆柱朱漆，气势宏伟壮观。

1995年，白鹿洞管委会按照骆应炳《春风楼记》的描述复原春风楼，并结合书院之后的用途增建一些斋房。自延宾馆大门至春风楼，为一封闭式院落，院中范围以麦冬铺地，种有棕树、茶花、铁树、芭蕉、剑麻、倒梅、罗汉杉、龙柏、碧桃、天竹、紫玉兰、红檵木等树木和花卉。环园苍松遮掩，清泉潺流，遥观匡庐云影之变幻，近听松涛、流泉、虫鸟之和鸣，其乐无穷。

春风楼

  逸园 春风楼之东为逸园，长 14.5 米，宽 14.4 米，墙高 2.4 米。靠北围墙正中有《逸园记》石碑，高 1.8 米，宽 0.9 米，为江西省委宣传部原副部长周銮书撰文。园中种植紫荆、丹枫、桃、杏、月桂、芭蕉、方竹、土杉、杂以芝兰芳草，长短互峙、彩素交辉。园中有石桌、石凳，错落有致，或憩或奕，逸兴遄飞，野趣天成。

  春风楼之西为状元泉，明正德（1506—1521）年间，江西提学副使李梦阳所开，李并有诗："新穿崖下井，微霞映深静。松风时来拂，娜娜匡庐影。"现立有状元泉石碑。

东书斋

西书斋

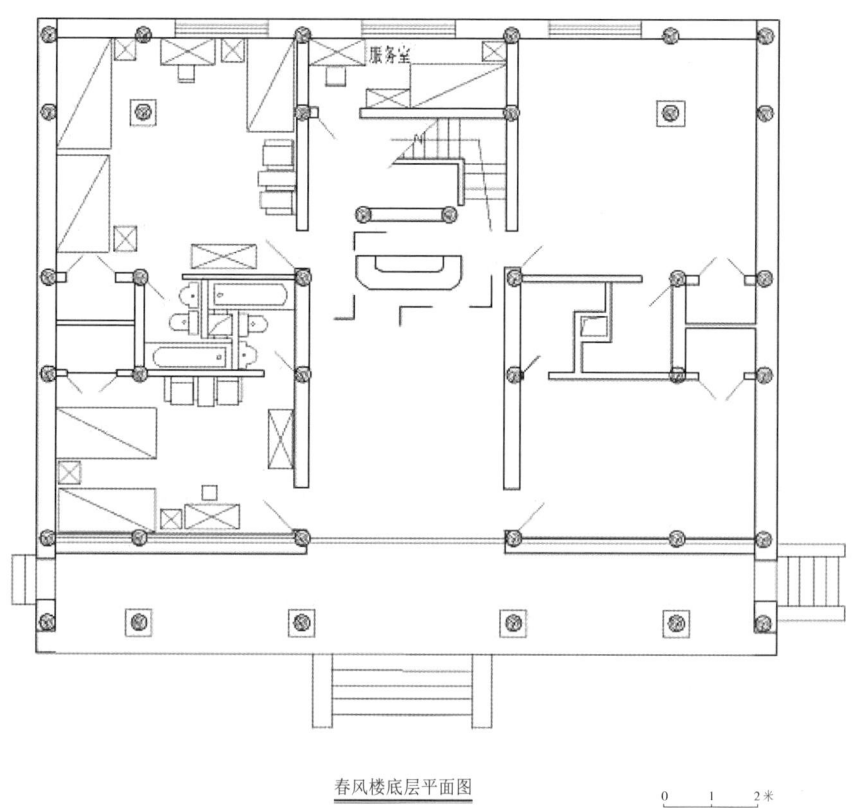

春风楼底层平面图

0   1   2米

春风楼设计图（一）

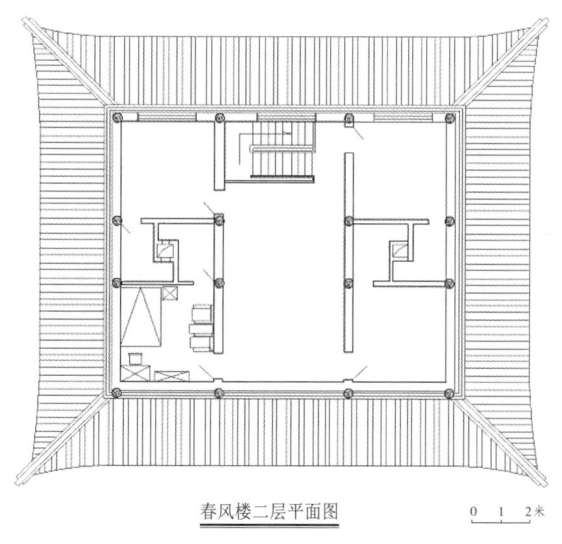

春风楼二层平面图

0   1   2米

春风楼设计图（二）

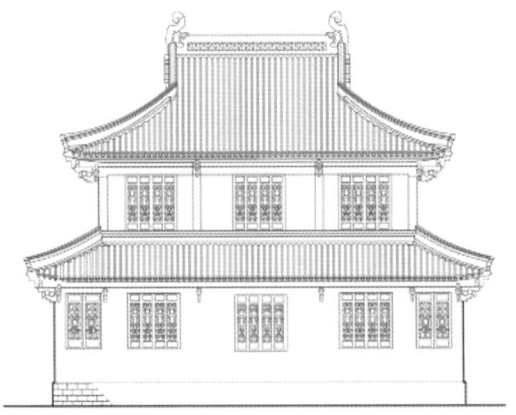

春风楼背立面图

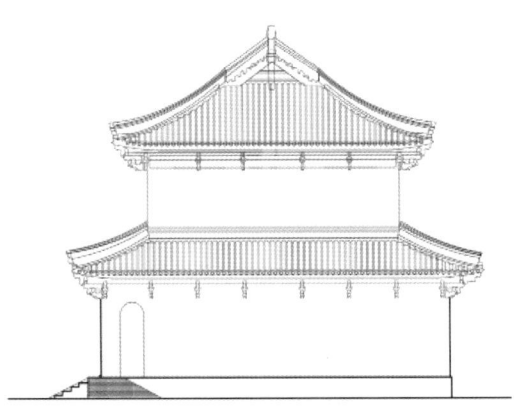

春风楼侧立面图

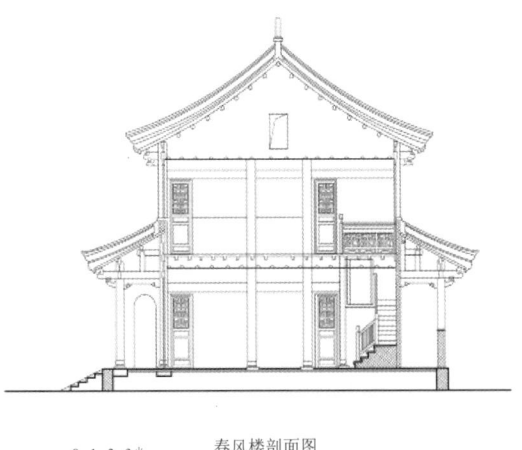

0 1 2 3米　　春风楼剖面图

春风楼设计图（三）

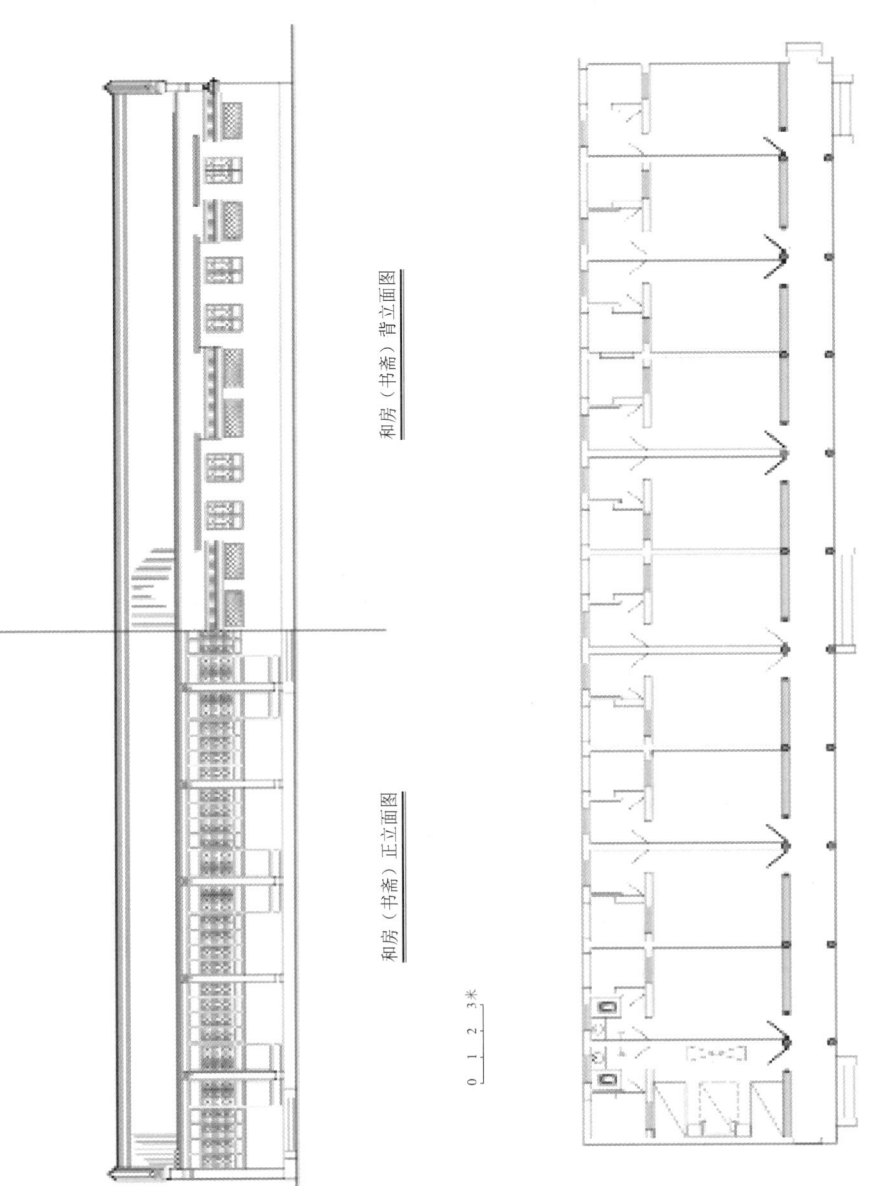

和房（书斋）背立面图

和房（书斋）正立面图

0 1 2 3 米

和房（书斋）平面布置图

书斋设计图（一）

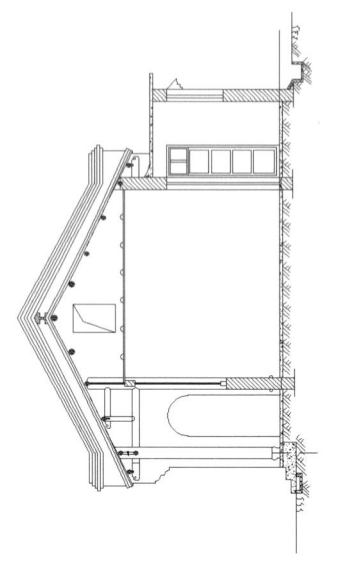

盥洗室平面图

厢房（书斋）剖面图

书斋设计图（二）

0　1　2　3 米

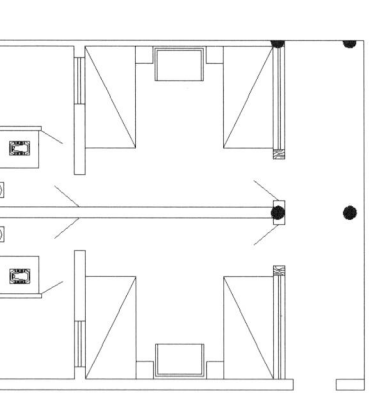

书斋（厢房）单元平面布置图

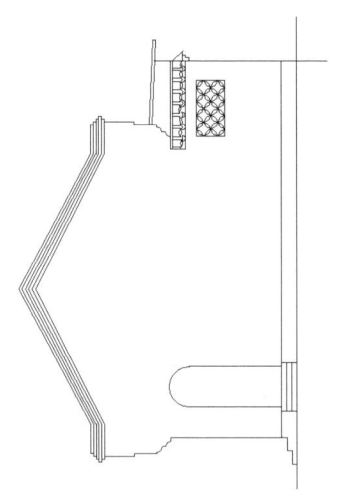

厢房（书斋）立面图

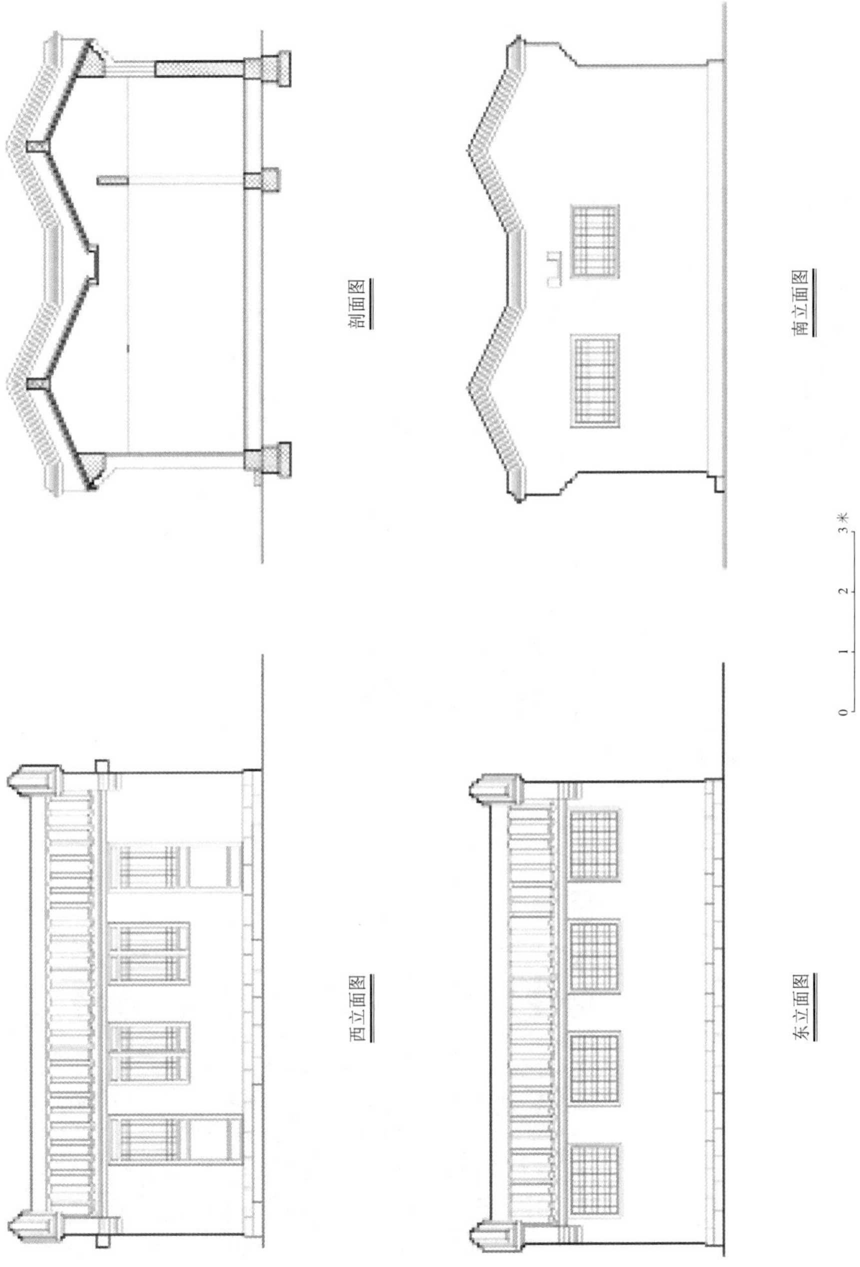

剖面图

南立面图

西立面图

东立面图

0 1 2 3 米

书斋设计图（三）

（六）其他建筑

1. 入口院门

此大门现为进入书院参观的主大门。门洞尺寸为 2.66×2.76 米，砖砌门柱，门楣上方为明代江西提学副使李梦阳手书"白鹿洞书院"五个大字。屋面形制为重檐歇山顶。面宽 4.12 米，下檐高 4.41 米，上檐高 5.2 米。

白鹿洞书院大门正面

白鹿洞书院大门背面

2.独对亭

在白鹿洞书院之南，左翼山下。石构，六柱六面六翘角，攒尖宝珠顶。边长 2.1 米，八边形石柱，边长 145 毫米，素平柱础规格为 400×210 毫米，檐口高 2.65 米。此处悬崖峻峭，下临湍涧。原为李渤校书处，故又名勘书台。南宋淳熙八年（1181）朱熹兴复白鹿洞书院时，建亭于此，名接官亭。凡是去书院的官吏到此，文官下轿，武官下马，步入书院。明弘治十四年（1501），江西提学副使邵宝为了纪念朱熹，赞颂朱熹理学功绩，名其为独对亭。

原亭无存。从 20 世纪 30 年代的老照片可以看出，原亭是一个三开间、单进深、横跨进山道路的单檐歇山顶亭子，废坏后新建了钢筋混凝土屋顶的石亭。

独对亭立面

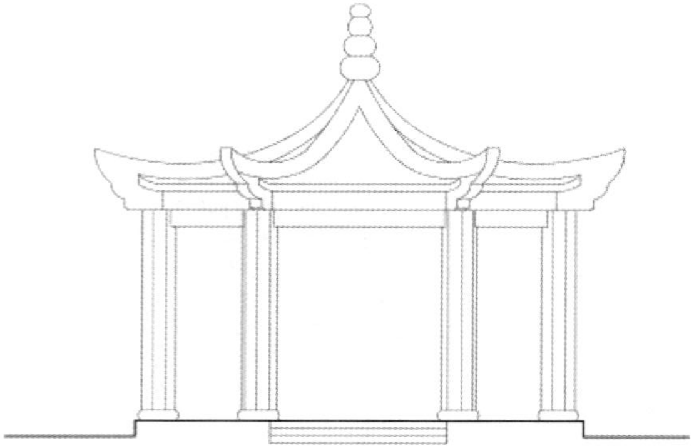

独对亭剖面图

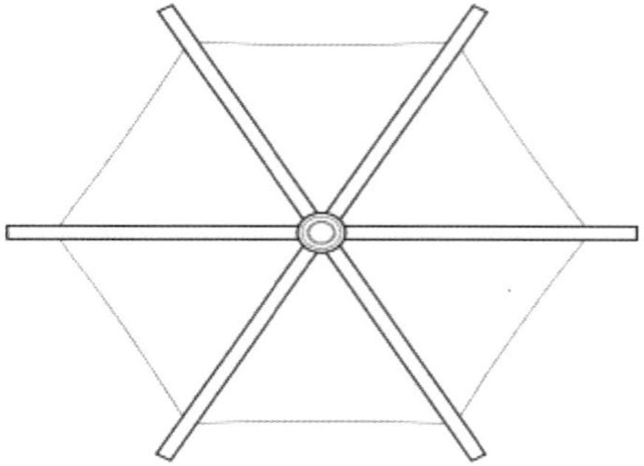

独对亭俯视图

独对亭正立面图

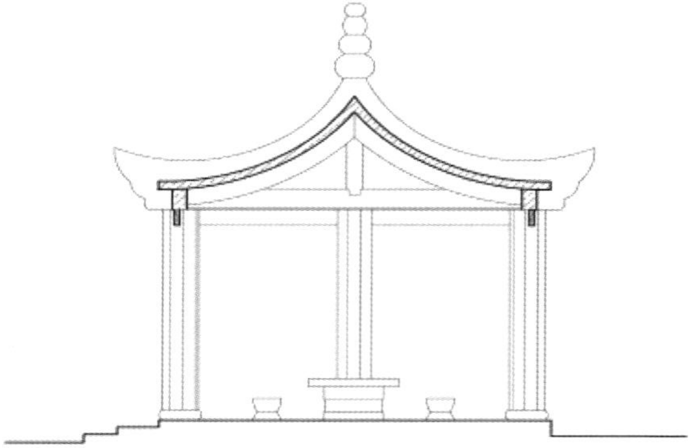

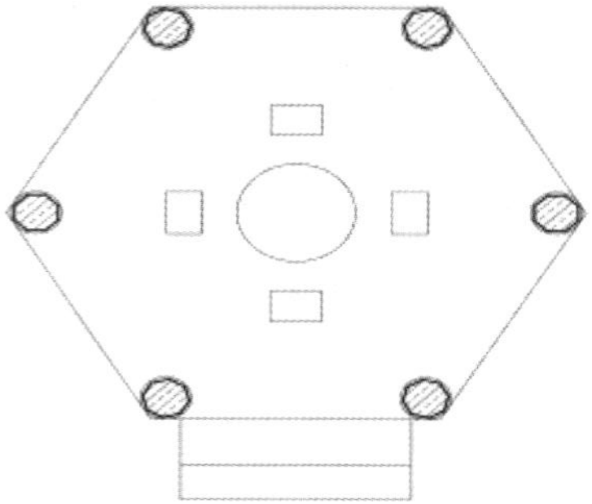

独对亭平面图

独对亭测绘图

0　　　1　　　2　　　3 米

3. 高美亭

在白鹿洞书院之南，卓尔山顶。石构，六柱六面六翘角，攒尖宝珠顶。边长为 2 米，八边形石柱，边长为 130 毫米，素平柱础，檐口高 3.1 米。原亭无存，现存亭为 2010 年重建。

高美亭

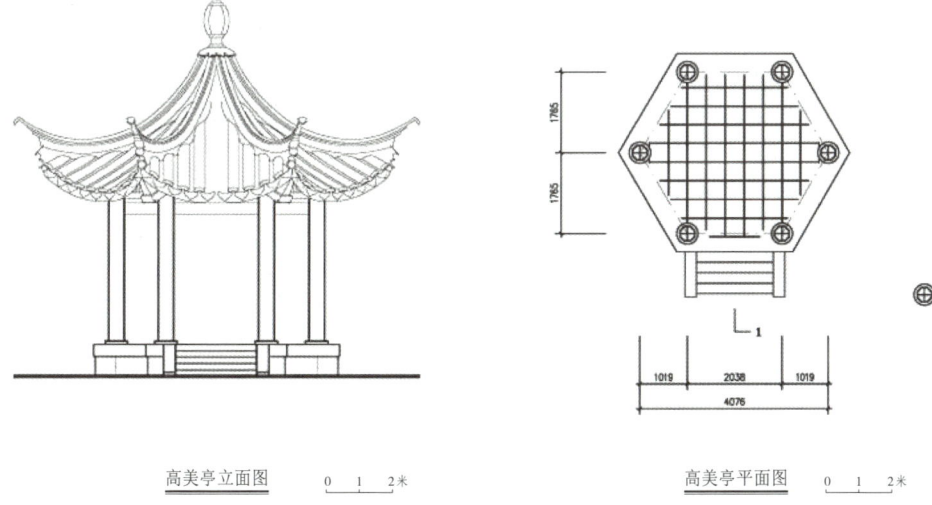

高美亭立面图　　0　1　2米　　　　　高美亭平面图　　0　1　2米

高美亭测绘图（一）

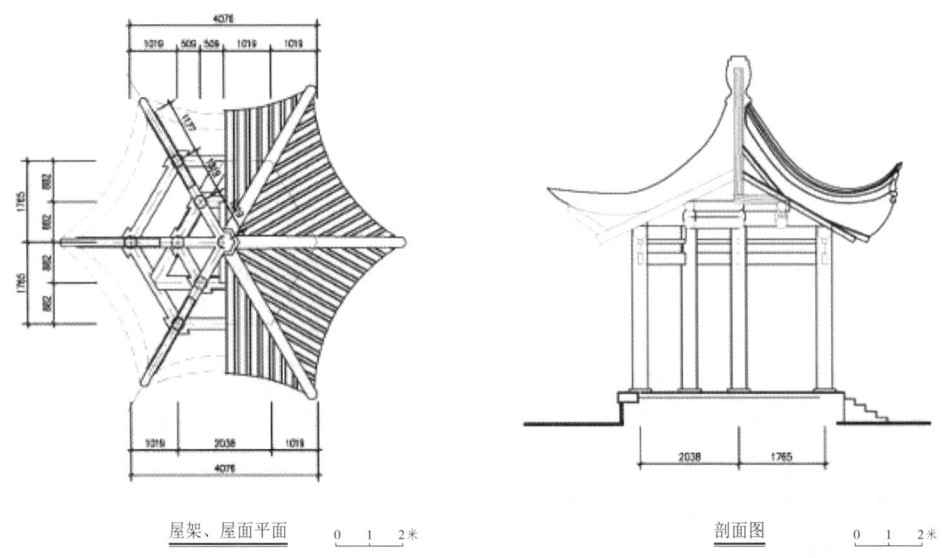

屋架、屋面平面　　0　1　2米

剖面图　　0　1　2米

高美亭测绘图（二）

4.枕流桥

　　枕流桥在独对亭前，贯道溪峡口上。单拱石构桥，两旁有护栏，横跨贯道溪，桥下溪流奔涌，大石枕之，有"枕流"石刻，故名。桥长 13.58 米、宽 3.2 米、高约 10 米。拱径（直径）6 米，拱券厚 500 毫米，栏杆高 650 毫米，望柱规格为 700×300×160 毫米。初为朱熹在南宋淳熙八年（1181）所建。嘉定十一年（1218），广东番阳李骏自武昌回家，途经南康府，顺道游访白鹿洞书院，来到枕流桥时，看到小三峡美景，爱清泉之奔流，悬崖之险绝，于是捐俸资予白鹿洞，请诸生在桥上建亭。绍定元年（1228），朱熹的弟子南康人胡泳、福建闽县三山人黄榦、郡守陈宓将此亭新修增大，名为"枕流亭"并悬匾。景定元年（1260），陈淳祖知南康，对桥又进行修建。清康熙五十一年（1712）五月，石桥被山洪冲毁，后以木桥代替。清道光十一年（1831），南康知府杨树基和都昌人陈尚忠捐款重修石桥，该年冬季建成。明正德年间（1506—1521），李梦阳有吟《枕流桥》诗："峡急岂有心，临桥石相激。蓦惊桥上听，夕阳人独立。"描述此桥的险要。

枕流桥上游

枕流桥下游立面

枕流桥桥面

枕流桥拱券

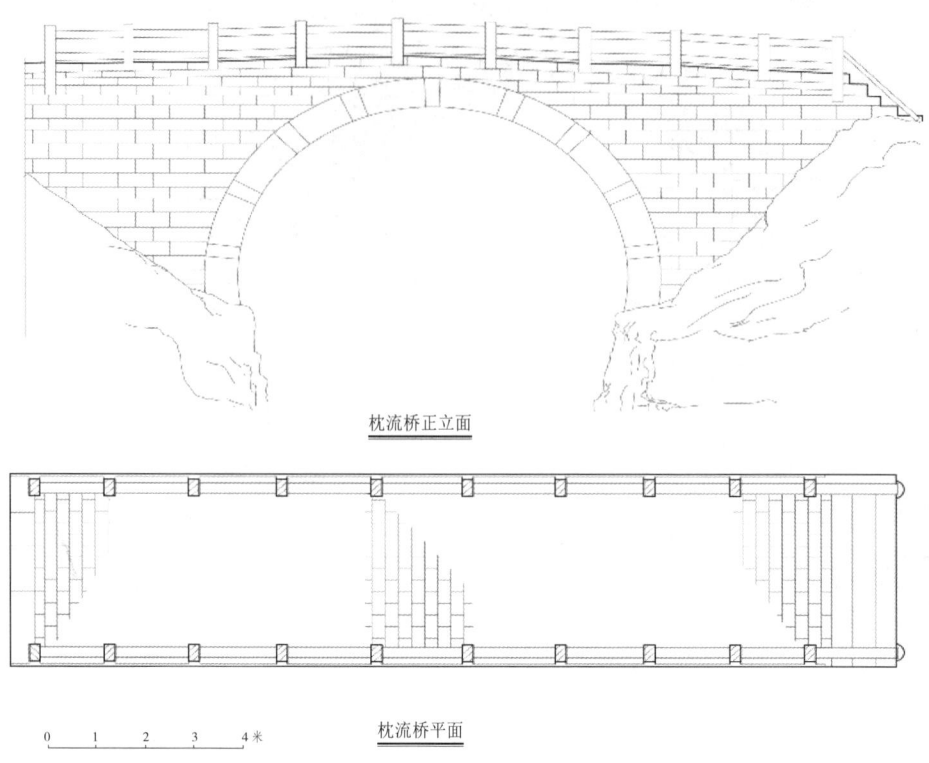

枕流桥正立面

0　1　2　3　4米

枕流桥平面

枕流桥测绘图

5. 流芳桥

流芳桥又名濯缨桥，在回流山下。此桥是南康府至书院的必经之路。最早由朱熹在担任南康府知军期间，兴复白鹿洞时修建。桥初无名。在此桥的东北面，回流山下有两块石刻均为陈宓所书，一块为"流芳"，另一块为"题名志"。陈宓，字师复，福建莆田人，南宋丞相陈俊卿之子。少年时师从朱熹。嘉定年间担任南康知军，经常到白鹿洞书院讲学。

南宋嘉定十一年（1218）四月的一天，天气晴朗，惠风和畅。陈宓同江西的张琚、罗思、姚鹿卿、李潘、胡泳、缪惟一，福建的张绍燕、潘柄，会讲于书院内。讲课完毕后，游览书院，走到流芳桥处时，他们吟唱朱子《白鹿洞赋》，其赋中有句"曰昔山人之隐处，至今永久而流芳"，得"流芳"二字。遂将此桥命名为"流芳桥"，借此来纪念朱熹。后来到清道光（1821—1850）年间，桥又被冲废。清道光二十二年（1842）、道光二十八年（1848）两次修建。民国十三年（1924）陈富庆再次修建。现存的流芳桥为新中国成立后村民修建的钢筋混凝土桥。在桥的西北面原有一棵华盖松，可惜在 2017 年遭遇松针线虫侵害枯死。此处还有石刻"华盖松"三字。

流芳桥（一）

流芳桥（二）

流芳桥石刻

四、1949 年后新建建筑

（一）林业管理用房

1. 林业管理所办公楼

林业管理所办公楼始建于 1992 年，位于书院古建筑群的东面左翼山的一个小山顶部，为一栋三开间二层砖混结构平顶房。二楼只有两间，靠东侧是一个室外平台。墙体用红砖砌筑，外墙为清水墙，内墙白灰粉刷。普通木门窗。

林业管理所

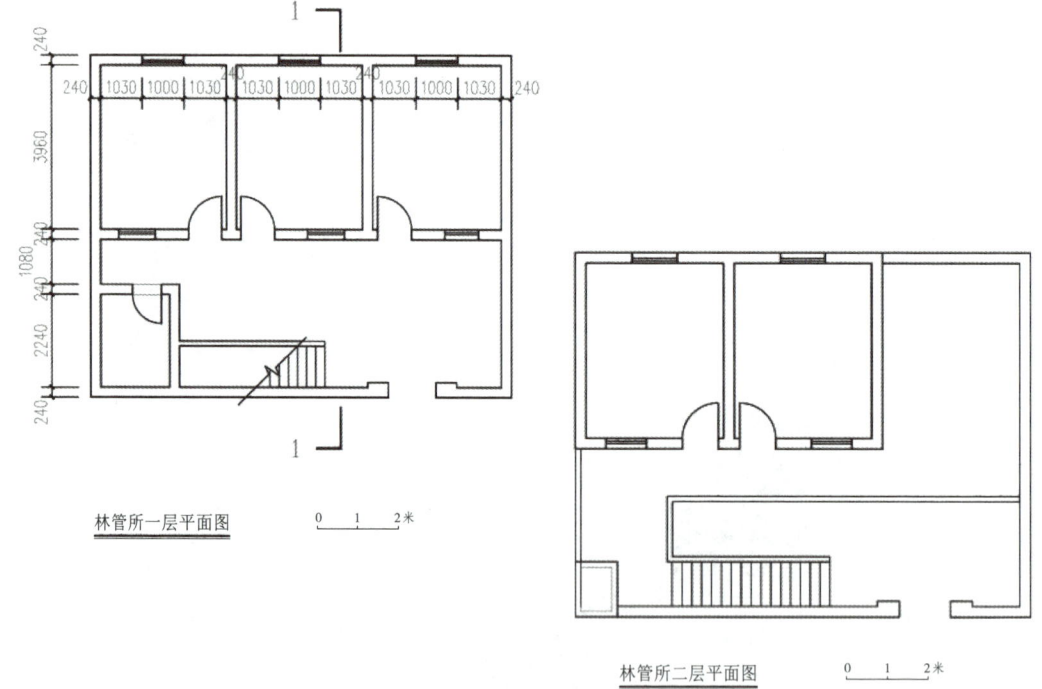

林管所一层平面图　　　0　1　2米

林管所二层平面图　　　0　1　2米

林业管理所测绘图（一）

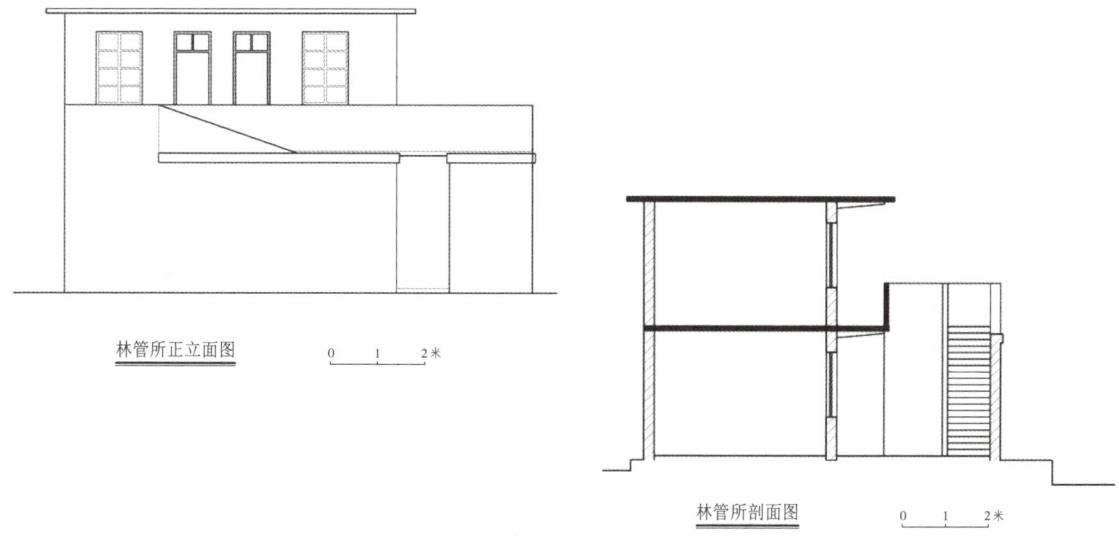

林管所正立面图　　　0　1　2米

林管所剖面图　　　0　1　2米

林业管理所测绘图（二）

2. 瞭望塔

瞭望塔始建于 2000 年，设计单位为庐山建筑设计院，位于白鹿洞书院后屏山顶，与园门管理所办公室相邻。这是一座六角五层框架结构钢筋混凝土塔，檐口高度 15.7 米。第五层室外有一个宽 1 米的环廊，用于瞭望防火。

瞭望塔

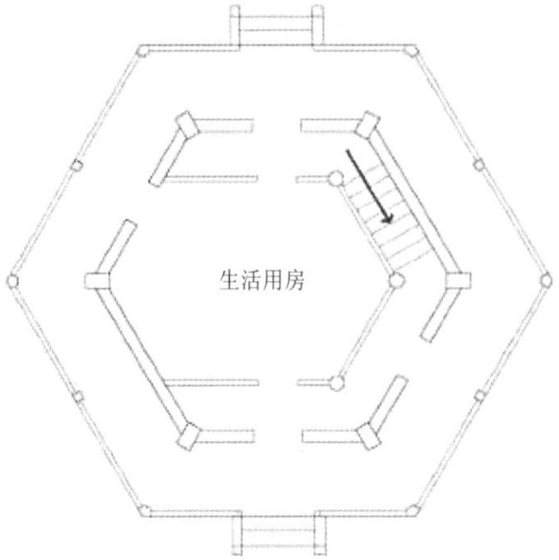

生活用房

一层平面图

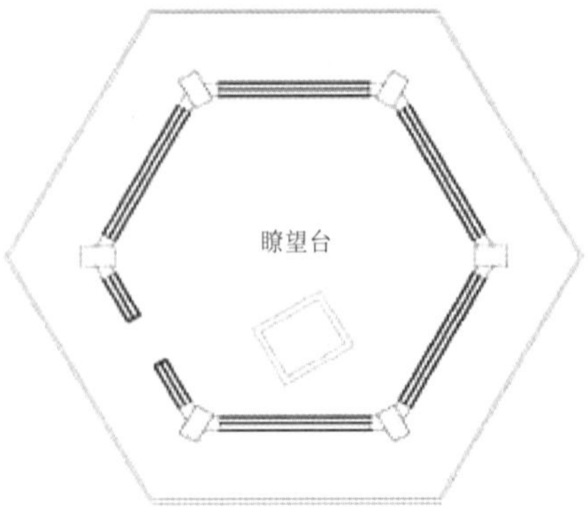

瞭望台

五层平面图

0　1　2米

瞭望塔立面图

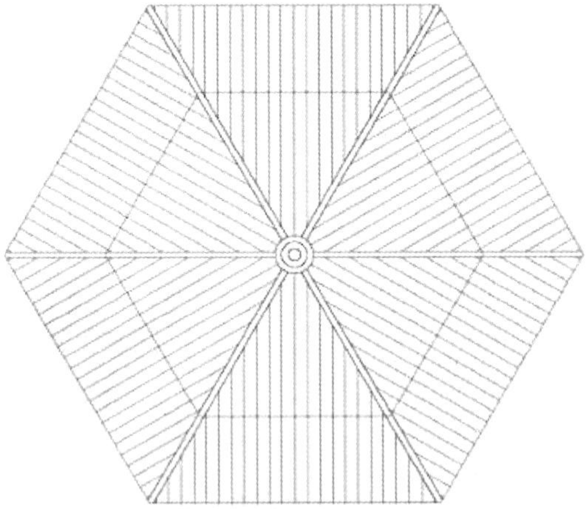

0　1　2米

层面平面图

瞭望塔测绘图

3. 安防消防控制室

安防消防控制室建于 2015 年。两层砖（石）混结构，两坡顶仿古建筑。建筑面积 208 平方米。

安防消防控制室

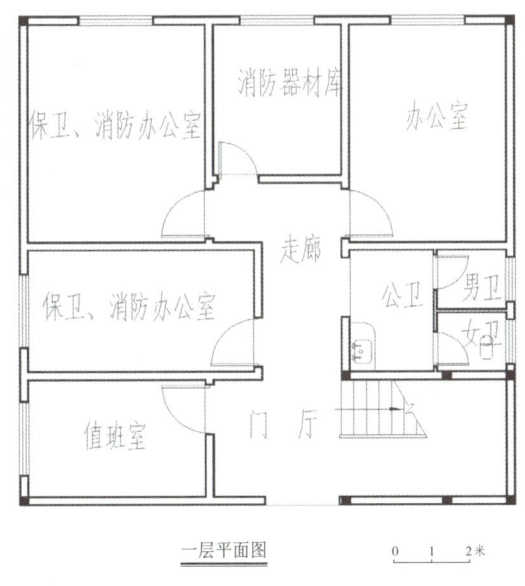

一层平面图   0 1 2米

安防消防控制室测绘图（一）

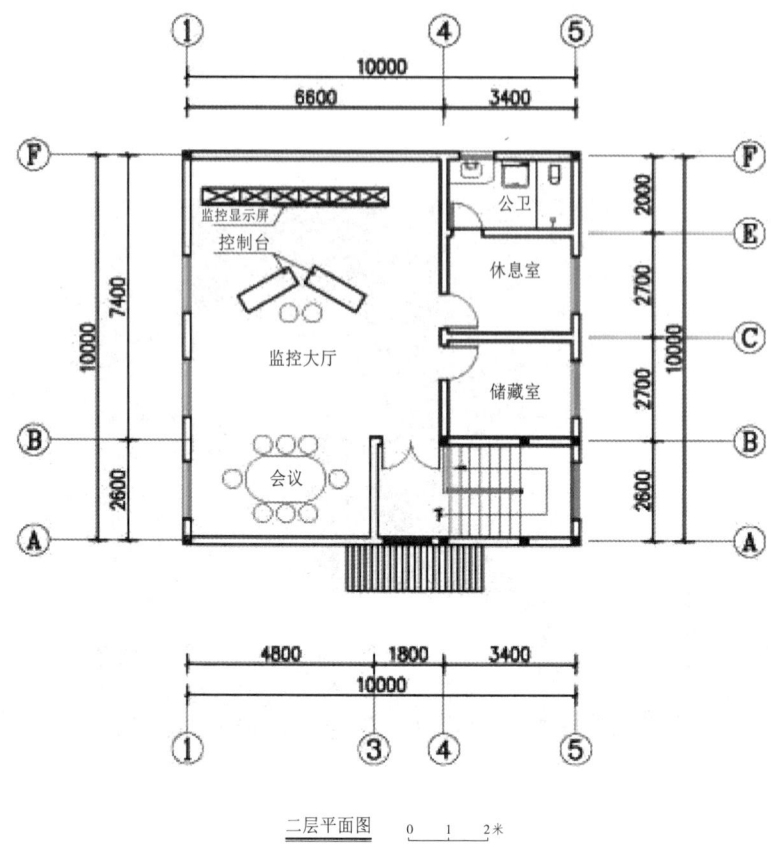

二层平面图　　0　1　2米

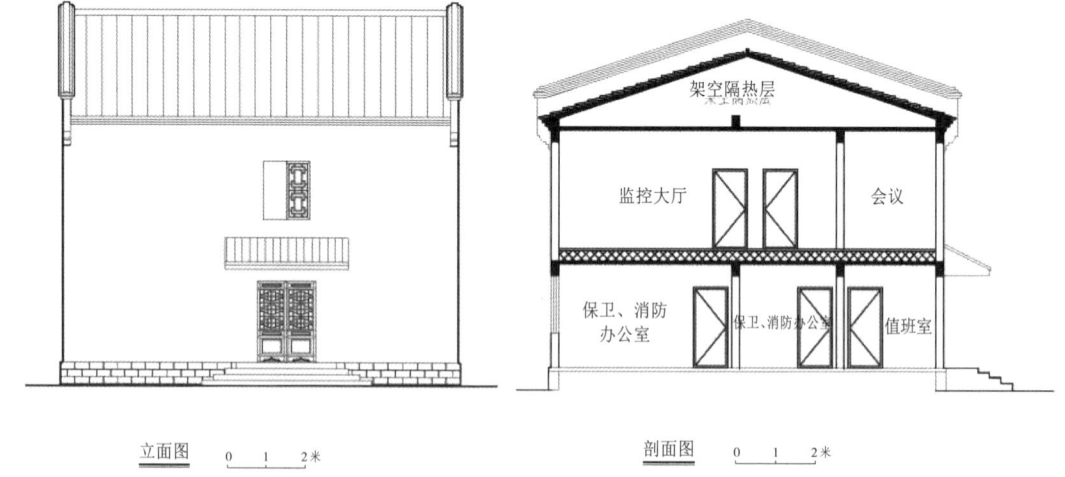

立面图　　0　1　2米

剖面图　　0　1　2米

安防消防控制室测绘图（二）

（二）旅游服务建筑

1.入口牌坊

2013年，白鹿洞书院管理委员会与白鹿镇政府协商，扩建书院进山道路，在入口处修建一座四柱三间石结构牌坊。

白鹿洞书院入口牌坊

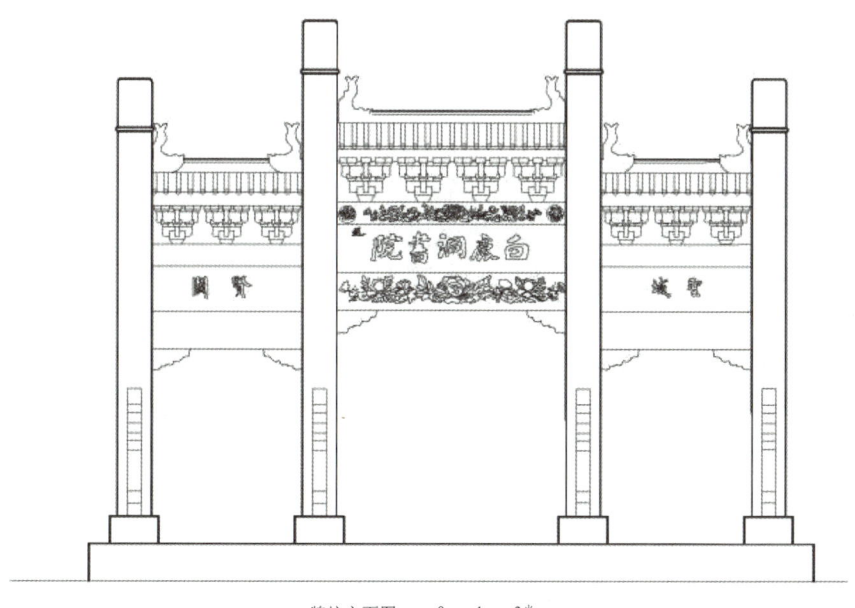

牌坊立面图　　0　1　2米

白鹿洞书院入口牌坊测绘图（一）

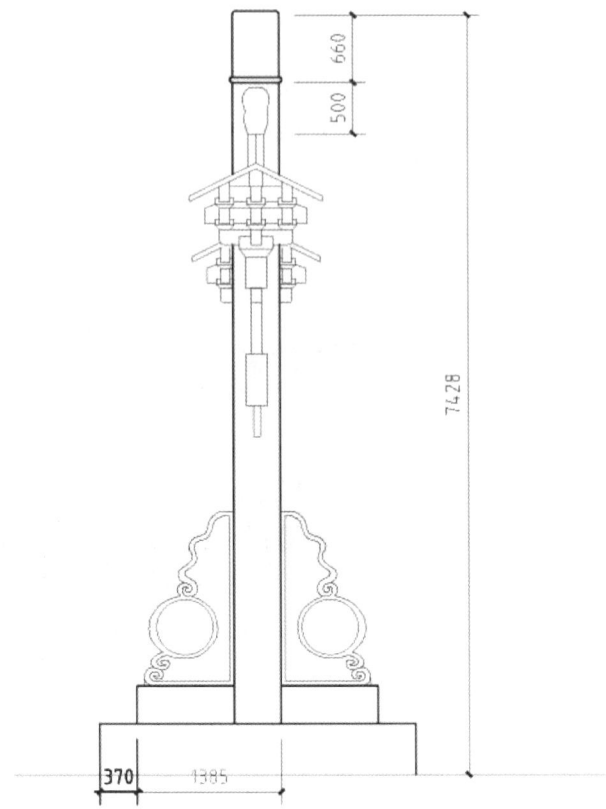

牌坊明间剖面图　　0　　1　　2米

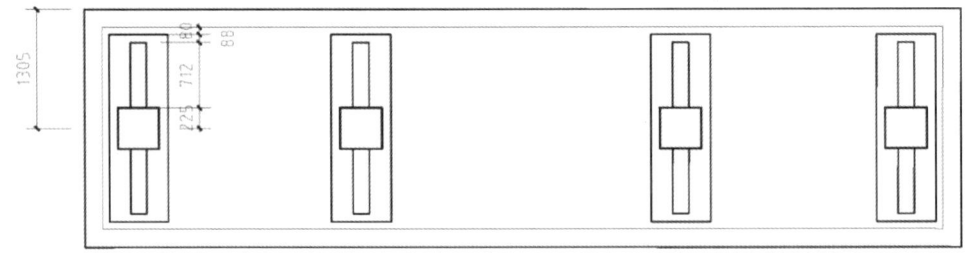

牌坊平面图　　0　　1　　2米

白鹿洞书院入口牌坊测绘图（二）

2. 园门管理所办公楼

园门管理所办公楼始建于 1992 年，为三开间砖混结构仿古建筑。硬山顶，小青瓦屋面，前廊及后墙用仿古木门窗。建筑面积为 137.98 平方米。其后建有一个厕所，一层平顶砖混结构，屋顶上建有一个约 5 立方米的蓄水箱。厕所建筑面积约 30 平方米。

园门管理所办公楼

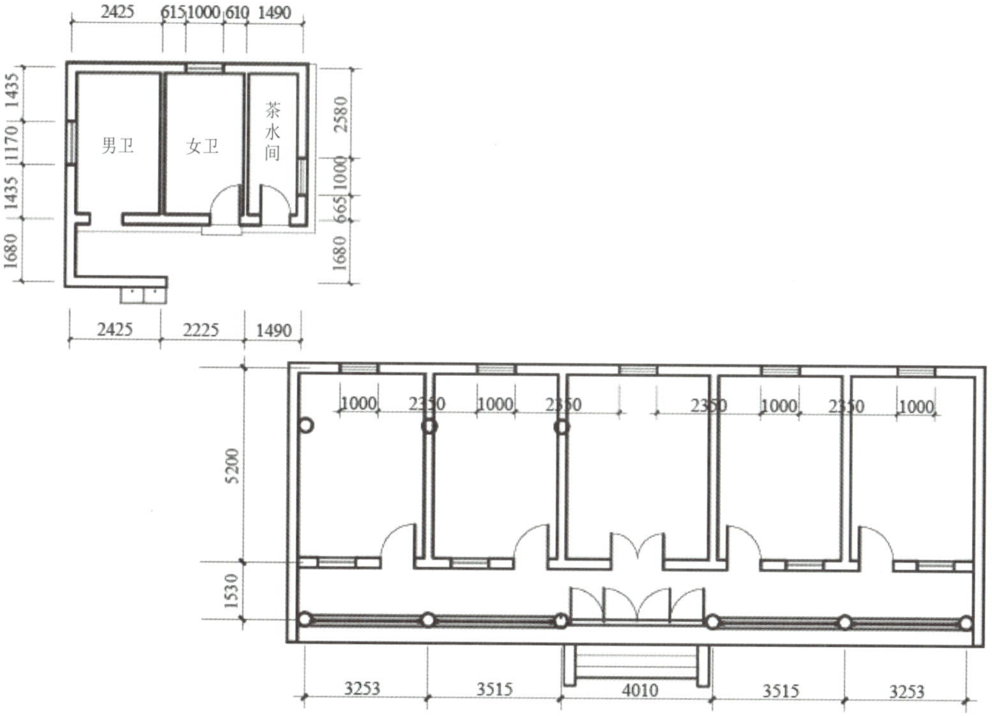

园门管理所正面图　　0　1　2米

园门管理所测绘图（一）

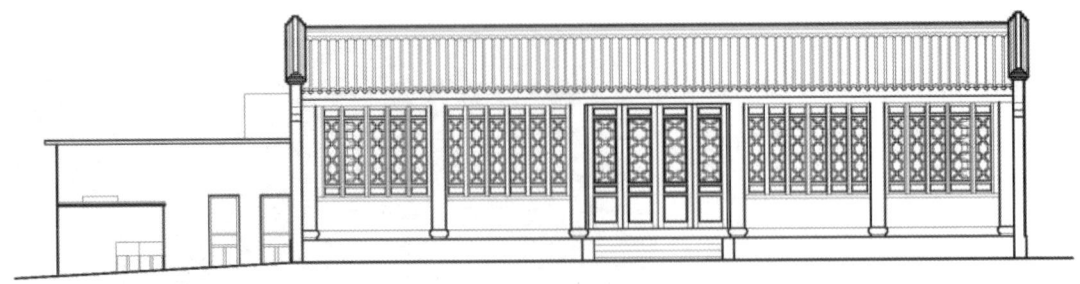

园门管理所立面图　　　　0　1　2米

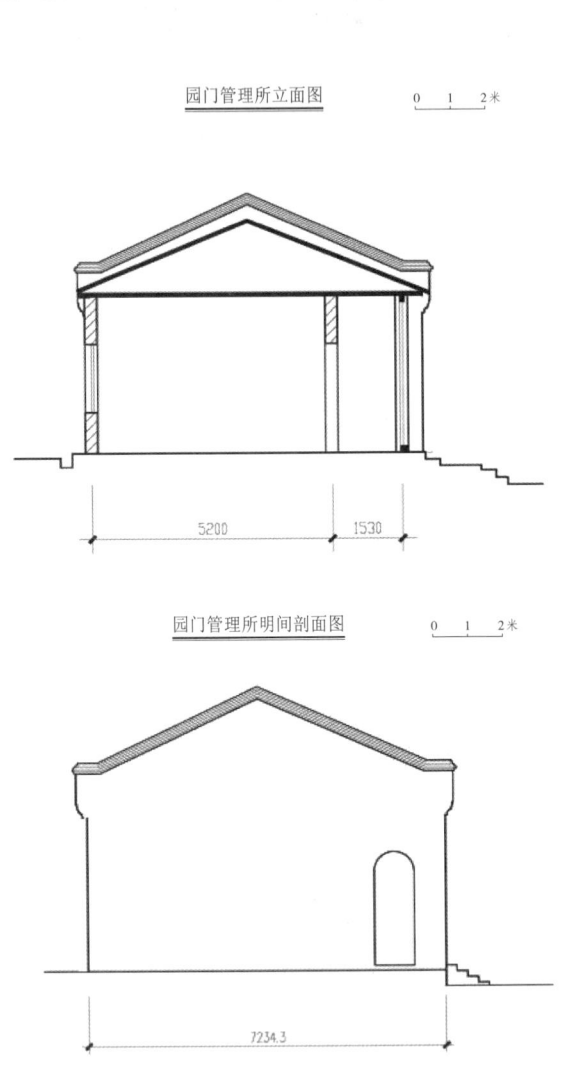

园门管理所明间剖面图　　　　0　1　2米

园门管理所侧立面图　　　　0　1　2米

园门管理所测绘图（二）

3. 旅游公厕

白鹿洞书院建有两座旅游公厕，一座在书院古建筑群的东面，位于左翼山脚下，初建于2001年，建筑面积为50.63平方米。墙体为块石砌筑。另一座位于书院古建筑群的西侧，停车场旁（旱厕），改建于2015年（水厕），砖混结构仿古建筑，建筑面积为110平方米。为硬山顶，砖混结构仿古建筑。

旅游公厕（一）

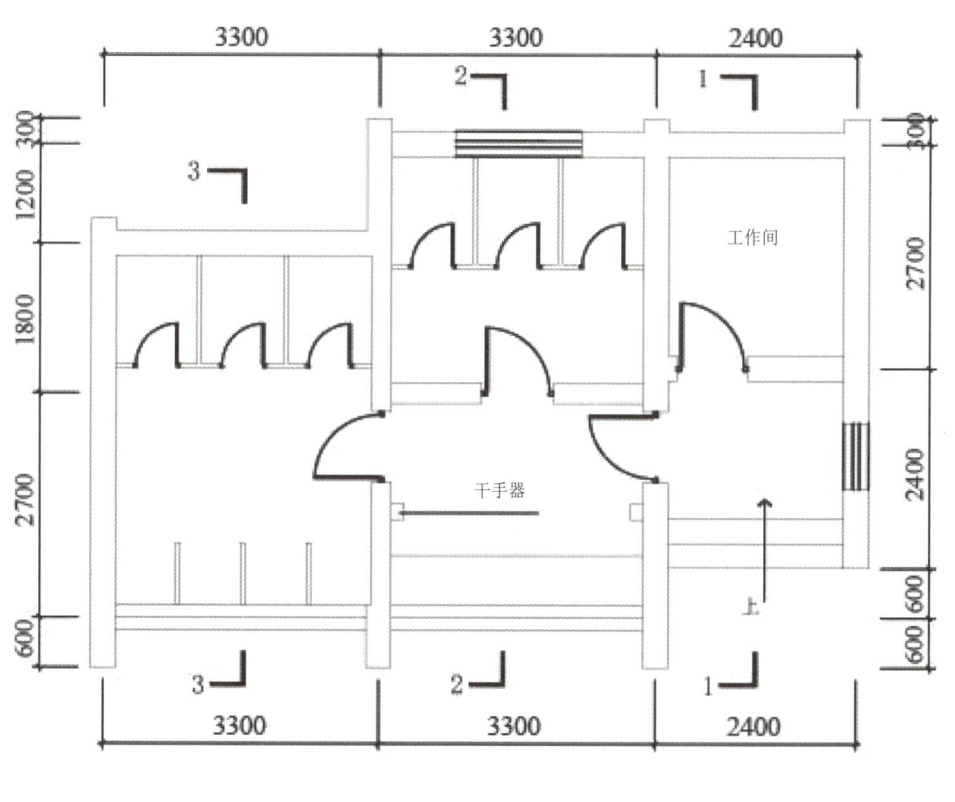

平面图

0 1 2米

旅游公厕（一）测绘图（一）

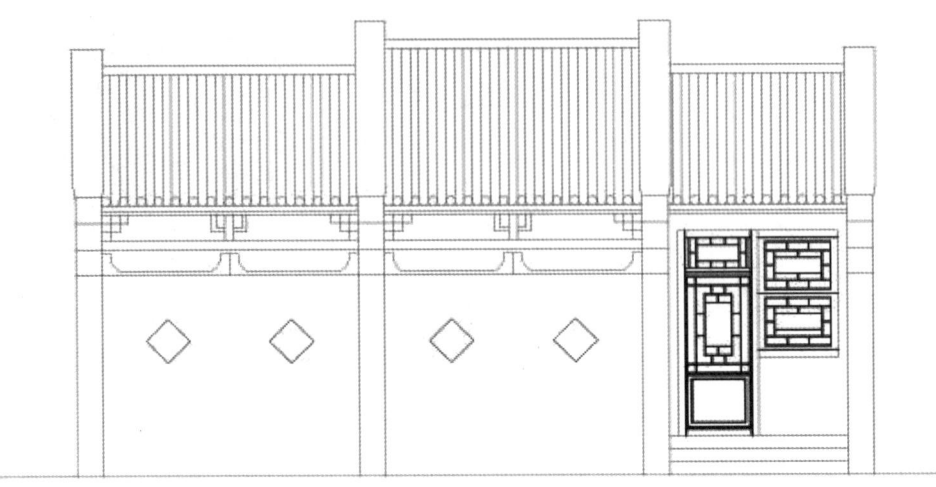

正立面图   0   1   2米

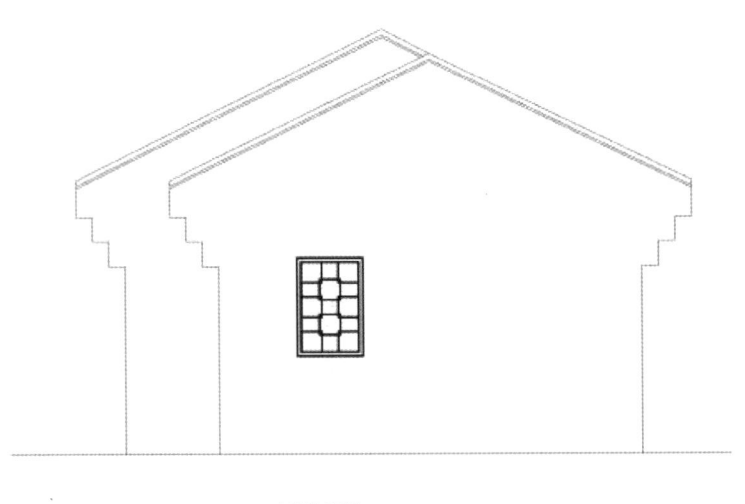

右侧立面图   0   1   2米

旅游公厕（一）测绘图（二）

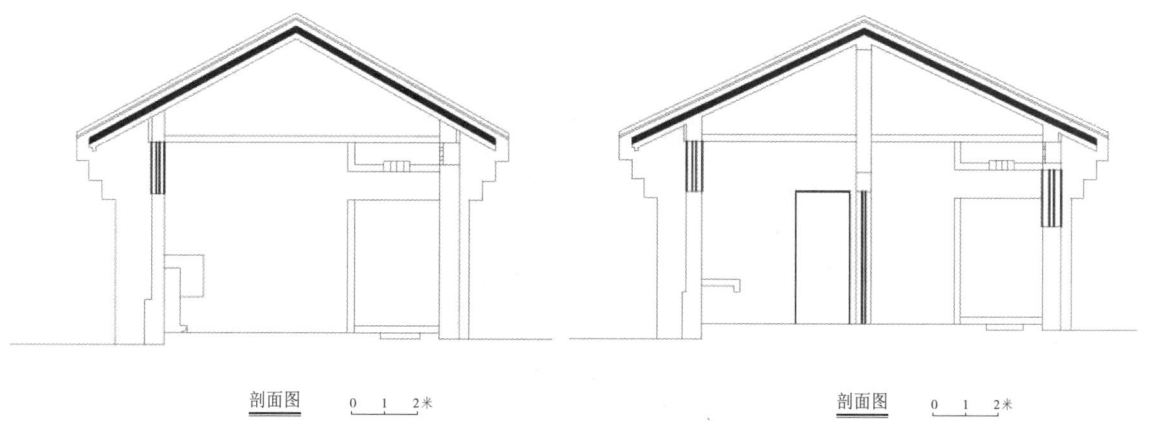

剖面图　0　1　2米

剖面图　0　1　2米

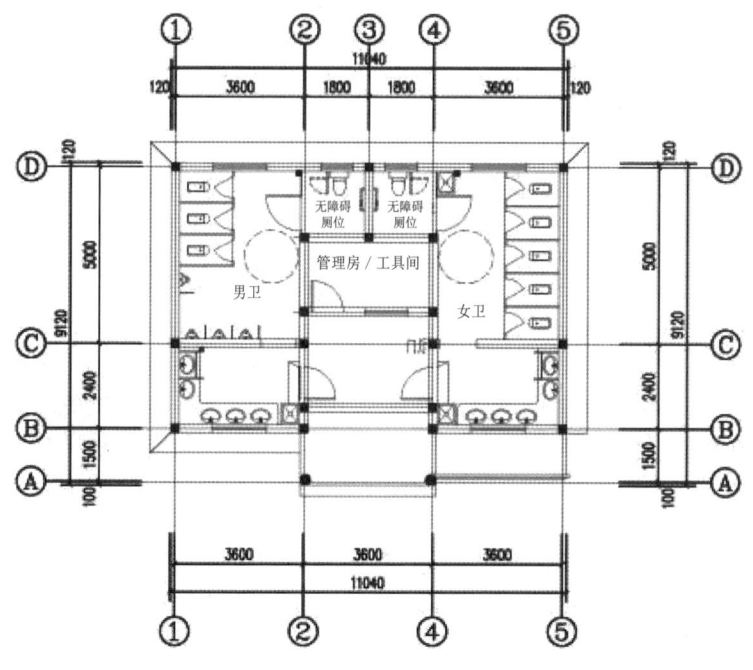

一层平面图1∶100　0　1　2米

旅游公厕（一）测绘图（三）

旅游公厕（二）

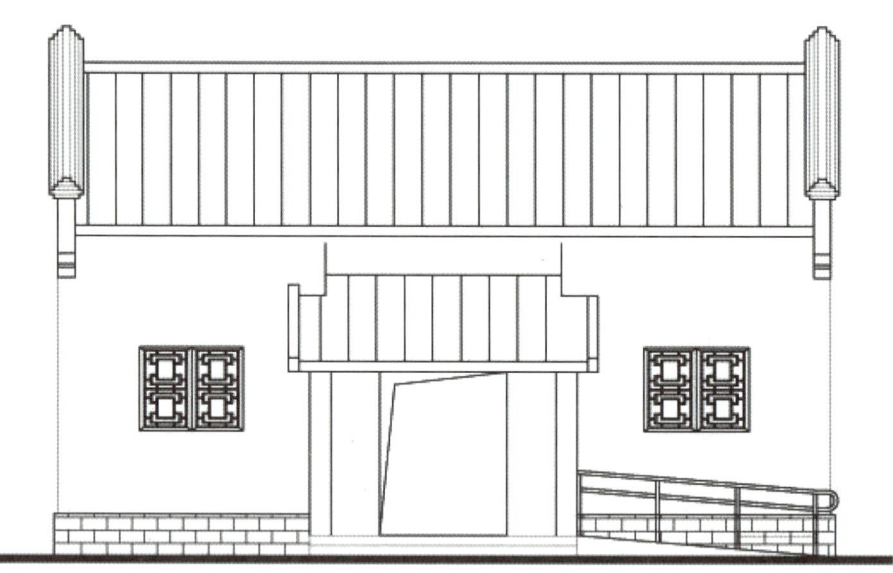

公厕正立面图　　0　　1　　2 米

旅游公厕（二）测绘图（一）

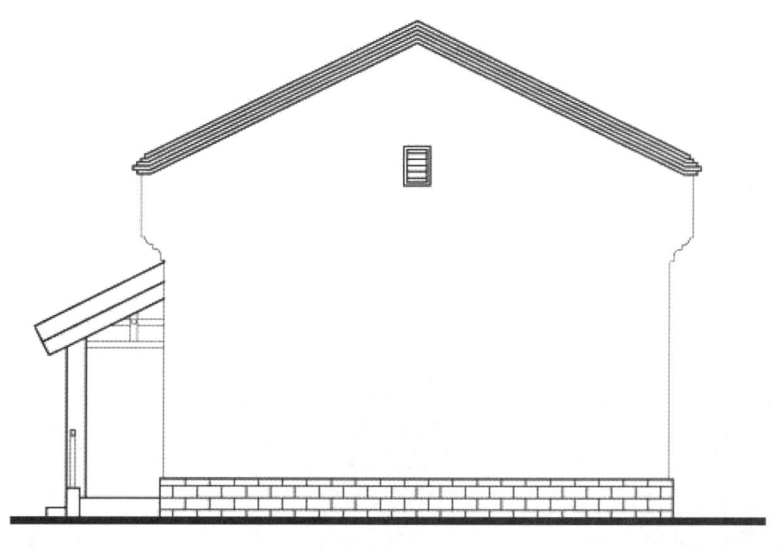

公厕侧立面图　　　　0　　1　　2米

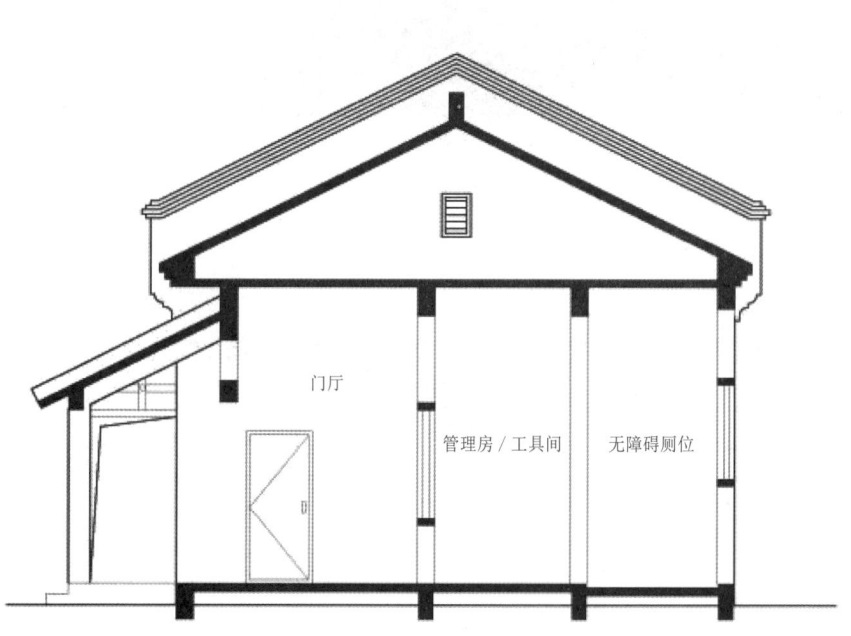

门厅

管理房／工具间　　无障碍厕位

公厕剖面图　　　　0　　1　　2米

旅游公厕（二）测绘图（二）

4. 工艺美术厂厂房

工艺美术厂厂房始建于 1985 年，平面呈凹字形，二层砖混结构。建筑面积 591.74 平方米，前面有一个外廊（外挑阳台）。总面阔 36.4 米。中部进深 6.3 米，两侧进深 3.3 米。墙体用红砖砌筑，外墙为清水墙面，内墙用白灰饰面。普通木门窗。钢筋混凝土现浇平屋顶。

工艺美术厂

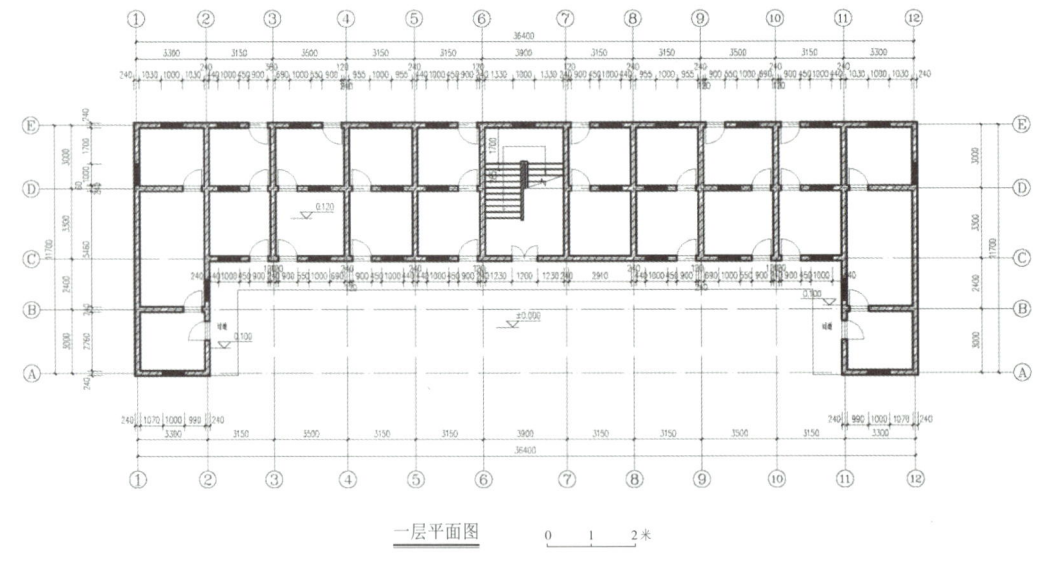

一层平面图　　　0　1　2 米

工艺美术厂测绘图（一）

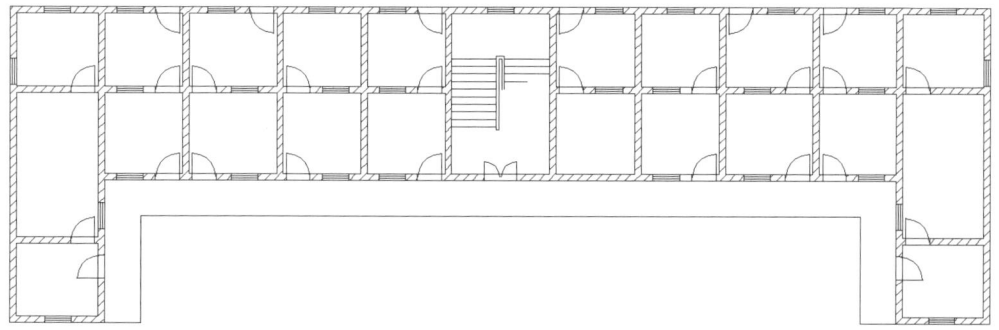

平面图

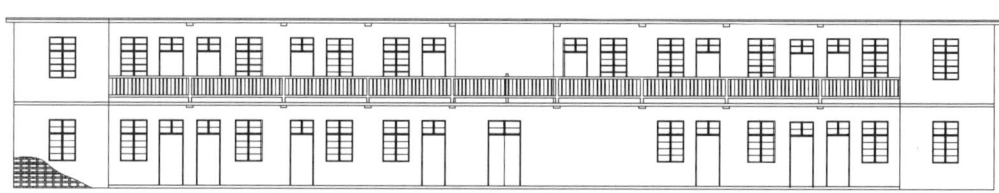

正平面图

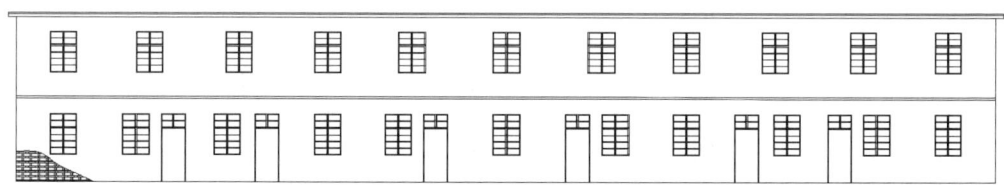

背平面图

0   1   2米

工艺美术厂测绘图（二）

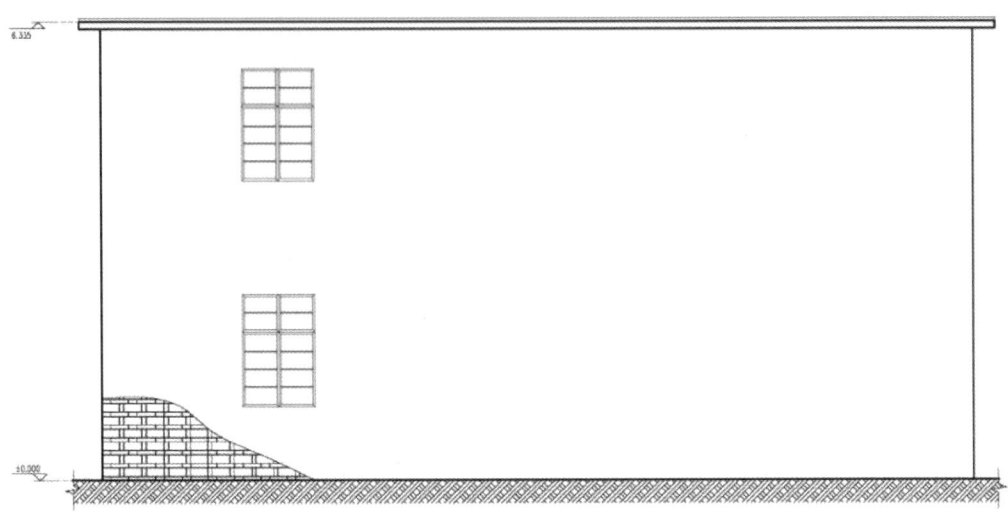

右立面　　　0　1　2米

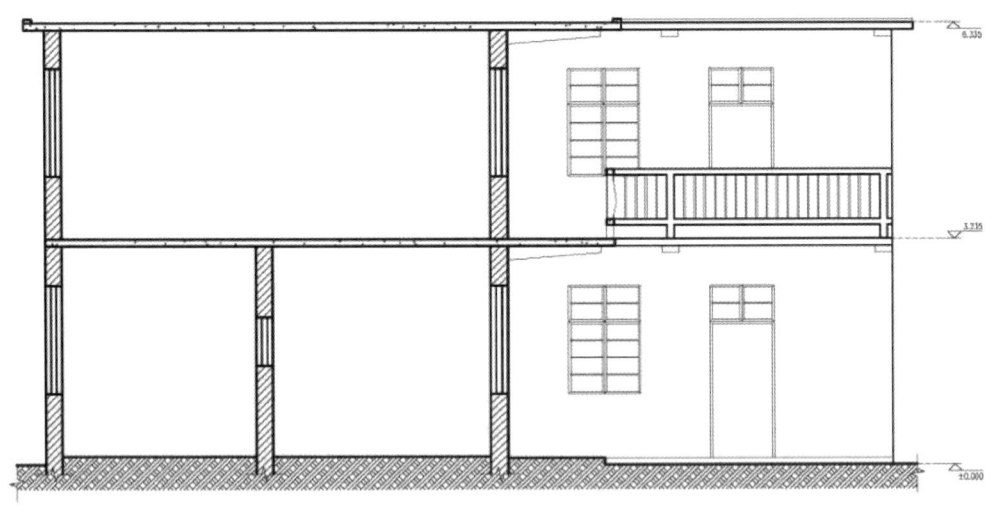

剖面　　　0　1　2米

工艺美术厂测绘图（三）

（三）员工宿舍

为了解决书院员工住宿问题，白鹿洞书院管委会争取庐山管理局资金和自筹资金，在1993—1997年期间先后修建三栋员工宿舍。宿舍为砖混结构，二层联排仿古建筑。其基本布局为两室一厅，也有少量三室一厅和一室一厅。员工宿舍位于园门管理所下方约100米的一处山坳里，其前面相距工艺美术厂约50米。总建筑面积约900平方米。

员工宿舍

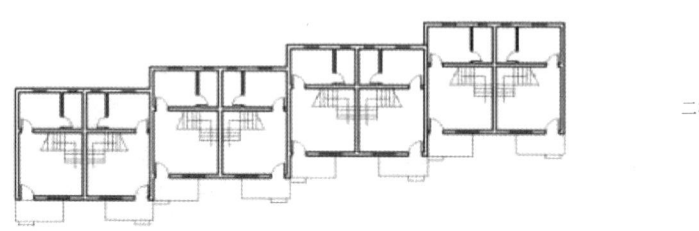

三栋

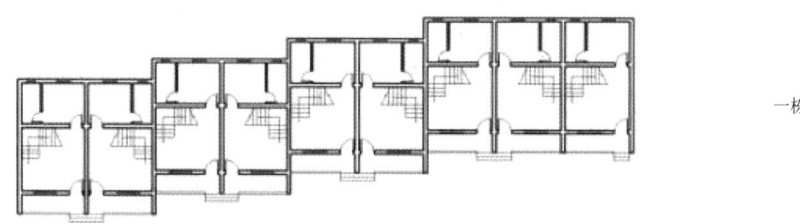

二栋

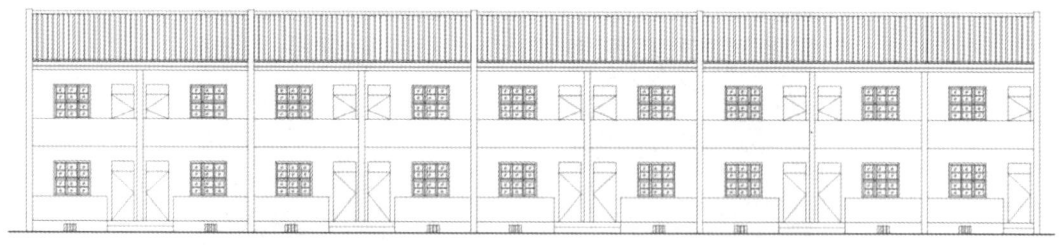

一栋

0　6　12 米

白鹿洞书院宿舍总平面图

白鹿洞书院宿舍总立面图

0　1　2　3米

员工宿舍测绘图（一）

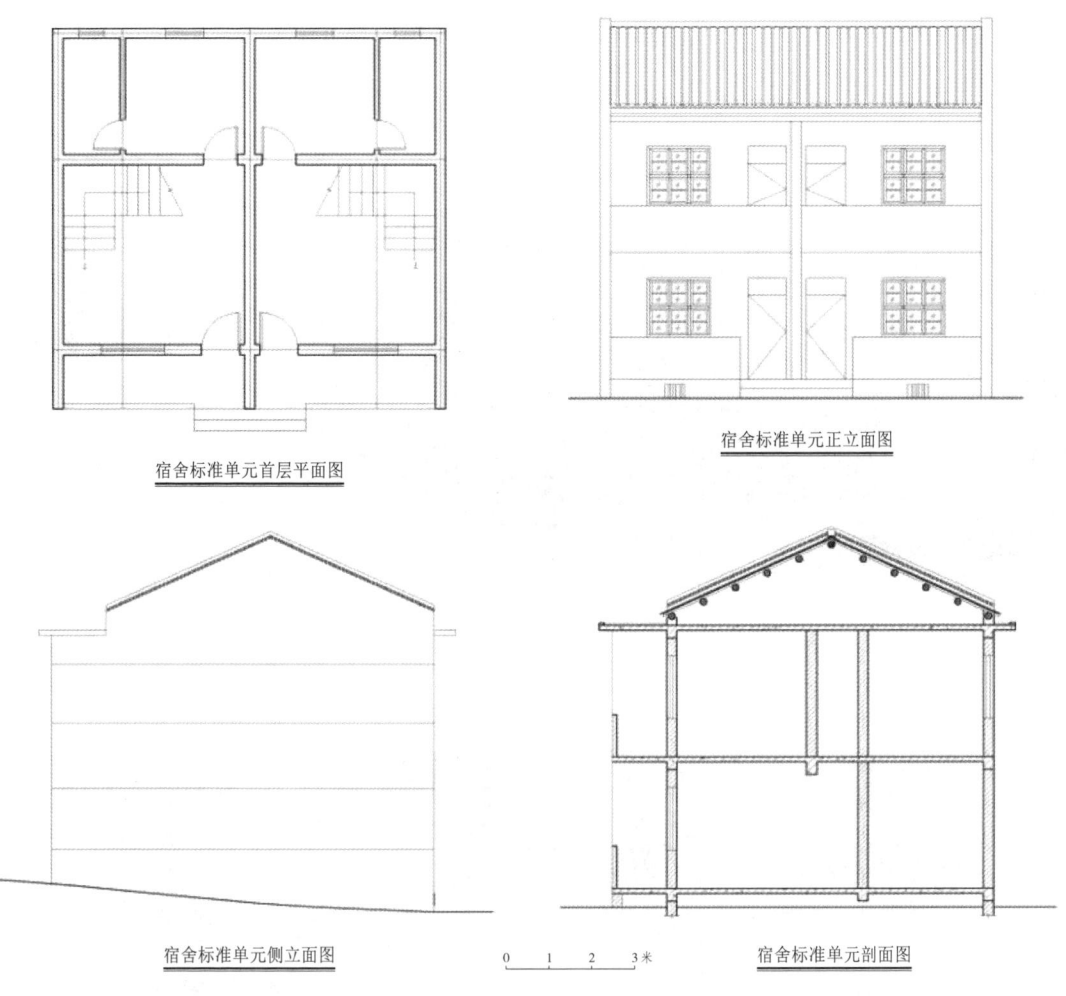

宿舍标准单元首层平面图

宿舍标准单元正立面图

宿舍标准单元侧立面图

0　1　2　3 米

宿舍标准单元剖面图

员工宿舍测绘图（二）

（四）其他

江西进士榜长廊　于 2008 年 4 月修建，11 月竣工。在白鹿洞书院卓尔山脚下，沿贯道溪而建，全长 80 余米，以江西各地进士数量排序编录，共收录历代进士一万余名。

中国历代状元柱　在卓尔山的高美亭旁，2009 年 11 月建成。状元柱共六根，全部为大理石材质，每根柱子高度均为 3.5 米，柱子的顶部有祥云纹图案，中间部分为正文（状元名录），柱子的下方为传统的祥云纹图案，柱础采用不同朝代的风格。共收录从隋唐至清代状元 653 名。第一根柱为"天下状元"四个大字。第二根柱为隋唐状元柱，共计 164 人。第三根柱为宋代状元柱，共计141人。第四根柱为元代状元柱，共计128人。第五根柱为明代状元柱，共计91人。第六根柱为清代状元柱，共计129人。名录均按省份从多到少依次排列。

江西进士榜长廊

天下状元柱

朱熹铜像（1999年6月1日，香港孔教学院院长汤恩佳捐赠，像高3.13米，底座高1.72米，重1吨。山东潍坊美术家陈修林雕塑）

周敦颐铜像（2005年1月18日，旅美华侨周祥捐赠，像高2.12米，底座高0.44米）

第四节　保护规划

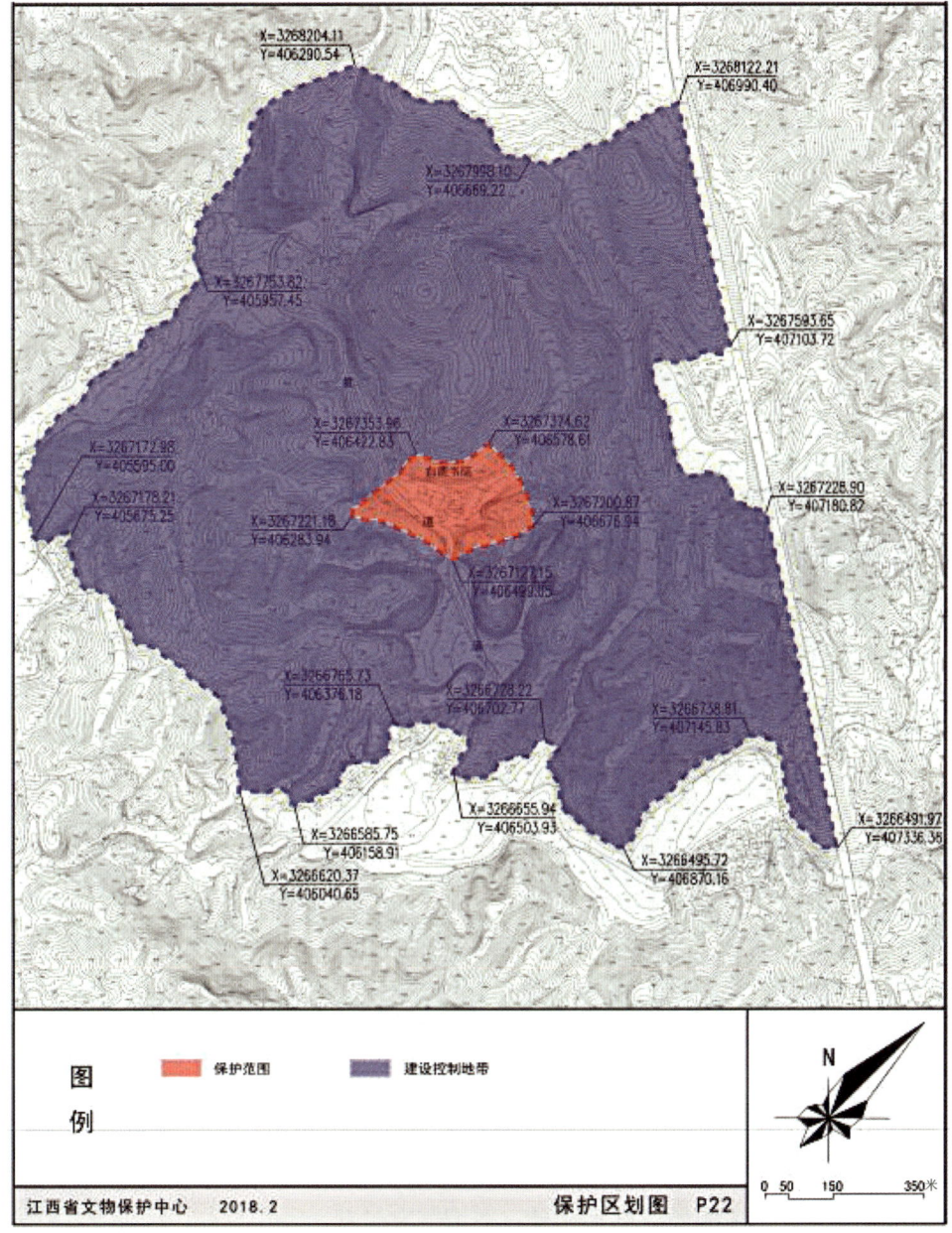

图例　保护范围　建设控制地带

N

0　50　150　350米

江西省文物保护中心　2018.2　保护区划图　P22

白鹿洞书院文物保护区划图

为了保护白鹿洞书院本体及其环境的真实性和完整性，更有效地保护白鹿洞书院丰富而珍贵的文化遗产，统筹安排各项建设活动及保护工程，科学、合理、适度地发挥文化遗产在现代化建设中的积极作用，实现文物保护和社会效益的双赢，白鹿洞书院管理委员会曾三次组织编制书院保护规划。第一次由上海同济大学在1979年为白鹿洞书院全面维修编制了保护规划，确定书院建筑群的平面布局。第二次规划由河北文物保护中心在2002年初编制，书院在主体建筑维修基本完成后，安消防及日常管理就是按照这个规划进行的。第三次为江西省文物保护中心编制的2018—2030年白鹿洞书院保护规划。第三次保护规划目前通过江西省文物局组织的专家评审，正在准备上报国家文物局评审。

第三次规划坚持"保护为主，抢救第一，合理利用，加强管理"的文物工作方针，对白鹿洞书院的保护和利用进行科学合理的统筹策划，使其历史真实性和完整性得到保护和延续，同时正确处理文物保护与城镇建设、景区发展的关系，促进文化遗产的可持续发展。

该规划期限为2018—2030年，分三期实施，共13年。

近期：2018—2020年。

中期：2021—2025年。

远期：2026—2030年。

规划文本中对白鹿洞书院现存状况进行了综合评估，指出主要存在以下问题：

一、文物保存现存问题

（一）文物本体遭受各种人为因素和自然因素的破坏，包括参观活动、不当维修、风力侵蚀、木腐菌侵蚀、雨水侵蚀、植物病害等。

（二）部分附属文物保存环境不佳，自然破坏因素包括风力侵蚀、水力侵蚀、机械外力损坏、植物病害等。人为破坏因素主要包括人为涂抹、踩踏等。

二、文物环境现存问题

白鹿洞书院周边部分新建建筑破坏白鹿洞书院历史环境风貌和历史格局，风貌与书院建筑整体风貌冲突，影响景观环境。

三、文物展示现存问题

展示利用空间不足，文物主动展示设施建设不足，造成文物破损及文物展陈效果较差。展示方式单一，对历史格局无展示。未设计科学合理展示路线，展示顺序杂乱，部分办公建筑功能交叉，未对外开放展示。无法应对旅游旺季游客的有效管理。

四、文物管理现存问题

管理机构内部管理职能部门需进一步改善，管理机构的人才队伍不整齐，书院管理规章制度有待于完善，对文物的管理欠专业，甚至不合理，不利于书院的文物保护。

五、研究现状问题

考古调查和发掘研究不足，在文物建筑遗产、历史空间布局、保护专项研究方面尚无科学、翔实的成果，不利于白鹿洞书院历史格局的形成。

六、基础设施现存问题

院内步行道铺装部分为水泥铺装，与历史风貌不协调。给水管线未覆盖全院。排水未实现雨、污分流。部分建筑和区域电力线路未采用套管或埋地处理，存在安全隐患。

针对书院现存主要问题，该规划提出了如下要求：

一、调整保护区划

（一）调整保护范围四至边界如下：

东界：后屏山山脊线与左翼山山脊线一线。

南界：卓尔山东侧山脊线与左翼山西侧山脊线一线

西界：后屏山西侧山脊线与卓尔山山脊线一线。

北界：后屏山 126 米等高线一线。

具体保护范围边界线见图纸，保护范围总面积约为 5.75 公顷。

附属文物与古树名木均以本体边界为保护范围。

（二）划定建设控制地带四至边界

东界：212 省道西侧一线和熊文岭西侧农田西侧断崖一线。

南界：上畈李和对门汪家村域北侧一线。

西界：翟家垄自然村村域东侧断崖一线。

北界：伍家半岭自然村南侧断崖一线。

具体建设控制地带范围边界线见图纸，建设控制地带总面积约为 180.06 公顷。

（三）明确管理规定

由于白鹿洞书院属于庐山世界文化遗产保护规划遗产区范围，其保护区划管理规定除应遵守本规划保护区划管理规定外，还应遵守庐山世界文化遗产保护区划管理规定。

1.庐山世界文化遗产保护区划管理规定

（1）遗产区内不得进行任何可能影响庐山文化景观的真实性、完整性或安全性的活动，不得建设任何可能对遗产构成要素造成污染的设施，对已有的破坏遗产构成要素及其环境的设施，应当限期治理。

（2）遗产区内应严格保护和保持庐山特有的地质地貌特征与自然生态，不得进行采矿、采砂、采土活动，区域内的采伐活动的管理必须严格按照相关法律法规和《庐山自然保护区保护规划》及各县林地保护利用规划执行。区域内不得新建水利水电设施。不得侵占山体、林地、河滩用作居民居住、耕种及旅游服务设施用地。区域内土地不得用作工业用途，不得建设大型商业设施。

（3）遗产区内各级文物保护单位，依照其相应的保护区划和法律法规进行管理。

（4）遗产区内仅允许保留少量保障遗产地居民正常生活和遗产保护管理及展示利用工作必要的设施建设，新建建筑和设施必须符合各级保护规划和其他相关规划中设定的最严格的建设控制指标，并与遗产地环境相协调，建设工程必须经工程所在地区县文物行政部门同意后，报江西省人民政府批准，并报国务院文物行政部门备案。

（5）遗产区内所有新建及改建工程均不得对遗产构成要素造成破坏和干扰，工程设计方案中必须包括文化景观影响评估报告。

（6）遗产区内各类标示物，如指路牌、说明牌等，应统一设计，尽量小巧简洁，风格必须与遗产地历史风貌相协调。

2.保护范围管理规定

（1）保护范围内不得进行其他建设工程或者爆破、钻探、挖掘等作业。如有因特殊情况需要在文物保护单位的保护范围内进行其他建设工程或者爆破、钻探、挖掘等作业的，必须保证文物保护单位的安全，并经江西省人民政府批准，在批准前应当征得国家文物局的同意。

（2）保护范围内用地性质改为"文物古迹用地"，由文物部门行使保护与管理权。如需改变其土地性质，必须按照相关程序报有关部门审批。

（3）文物建筑的管理单位和使用单位，必须保护文物建筑，不得擅自拆建、扩建或改建，如需修缮时，应报请国家文物局批准，文物建筑保护工程的设计施工和实施，必须委托具备文物保护资质的单位进行，工程实施必须符合《文物保护工程管理办法》要求及相关的行业规范，履行管理审批程序后方可实施。

（4）保护范围内现有非文物建筑应保持其原有功能，不得改建、加建。危害风貌的建筑物及构筑物应予以拆除、改造。对于规划中需改变其原有功能的建筑，在改造过程中应严格保护其原有外观及传统风貌。

（5）不得随意砍伐保护范围内的古树名木及其他树木。

（6）保护范围内各类标示物，如指路牌、说明牌，应统一设计。

3. 建设控制地带管理规定

（1）该区域内主要为自然林地、人工种植地，存在风貌危害的建筑物及构筑物应予以拆除、改造，严格控制区域内建设工程，保持自然环境的和谐，原则上不再进行新的建设。

（2）禁止开山采石、砍伐树木、污染河流、乱丢垃圾等破坏生态环境的行为，严格保护现有的自然生态环境。

（3）建设控制地带内不得进行爆破、钻探、挖掘以及其他任何破坏环境的活动，不得建设污染文物保护单位及其环境的设施，不得进行可能影响文物保护单位安全及其环境的活动。

（4）对地带内与白鹿书院相关的考古发现，及时向文物行政部门报告，并进行有效保护。

二、制定保护措施

（一）保护原则

1. 必须遵守不改变文物原状的原则，以及最少干预、可识别性、可逆性的原则。实施各类保护措施，必须保存文物原有形制、原有的建筑结构、原有的建筑材料和原来的工艺技术。

2. 保护工程实施前必须对文物所在区域进行全面调查和清理，探明文物分布情况后方可进行。

3.文物保护措施的实施必须以延续现状、缓解损伤为主要目标，正确把握审美标准。

（二）文物建筑保护措施

白鹿洞书院文物建筑本体的保护工程，根据《文物保护工程管理办法》《中国文物古迹保护准则》的有关条款，分为：保养维护与监测工程、现状修整工程、重点修复工程，文物建筑的具体修缮措施在本规划要求基础上，需另行编制保护修缮工程设计方案。

1. Ⅰ类保护措施：保养维护与监测。监测包括人员的定期巡视、观察和仪器记录等多种方式。保养维护是根据监测及时或定期消除可能引发文物古迹破坏隐患的措施，包括及时修补破损的瓦面，保证排水、消防系统的有效性，维护文物古迹及其环境的整洁。

2. Ⅱ类保护措施：现状修整。主要是修整歪斜、坍塌、错乱和修补残损部分，清除经评估为不当的添加物等。修整中被清除和补配部分应有详细的档案记录，补配部分应当可识别。

3. Ⅲ类保护措施：重点修复。恢复文物古迹结构的稳定状态，修补损坏部分，添补主要的缺失部分。

表8-1　文物建筑保护措施分类表

建筑名称	总体保护措施	相应保护措施	实施时间
报功祠	Ⅰ类		
朱子祠	Ⅰ类		
丹桂亭	Ⅰ类		
礼圣殿	Ⅰ类		
礼圣门	Ⅰ类		
东庑	Ⅰ类		
西庑	Ⅰ类		
明伦堂	Ⅰ类	主要针对文物轻微损害所作的日常性、季节性的养护，替换破碎瓦件、对立柱、柱础、墙体砖的防风化处理，清除附生植物，加强巡视，防止游客刻画	在规划有效期内
御书阁	Ⅰ类		
御书阁东厢房	Ⅰ类		
文会堂	Ⅰ类		
文会堂东厢房	Ⅰ类		
文会堂西厢房	Ⅰ类		
崇德祠	Ⅰ类		
春风楼	Ⅰ类		
东书斋	Ⅰ类		
西书斋	Ⅰ类		

建筑名称	总体保护措施	相应保护措施	实施时间
高等林业学堂	Ⅱ类	对文物本体防风化处理，清除附生植物	
独对亭	Ⅱ类	对病害较为严重的亭顶进行修复	
棂星门	Ⅱ类	对文物本体防风化处理，清除附生植物，加强巡视，防止游客刻画	
鹿洞	Ⅱ类	修补破碎地面	
枕流桥	Ⅱ类	对文物本体防风化处理，加固桥梁结构，替换破坏构件，清除附生植物，加强巡视，防止游客刻画	
思贤台	Ⅰ类	主要针对文物轻微损害所作的日常性、季节性的养护，墙体砖的防风化处理，清除附生植物，加强巡视，防止游客刻画	
状元桥	Ⅰ类		
贯道门	Ⅰ类		
由礼门	Ⅰ类		
先贤书院大门	Ⅰ类		
先贤书院二门	Ⅰ类		
白鹿洞书院大门（赵朴初题额）	Ⅰ类		
紫阳书院大门	Ⅰ类		
紫阳书院二门	Ⅰ类		
白鹿洞书院大门（李梦阳题额）	Ⅰ类		

备注：在文物建筑得到保护修缮之后，应全面加强日常保养。

（三）泮池保护措施

泮池保护：清理后按原貌对不当维修的部分进行重新修复，清除附生植物，加强巡视，防止游客在栏杆上刻画。

（四）附属文物保护措施

1.摩崖石刻保护

（1）清除危害位于山体上的摩崖石刻周边的乔木根系及植被。

（2）清理附生在石刻表面的藓类植被。

（3）对现存摩崖石刻进行防风化处理。

（4）加装提醒标志，提醒游客勿对摩崖石刻乱涂乱画。

（5）加强对摩崖石刻的日常维护，排除险情，防止破坏。

（五）古树名木保护措施

1.制定合理、有效的保护措施，定期治理病虫害，保证土壤透水性。

2.沿古树名木周边安设护栏，防止游客折枝刻画，影响树木生长。

（六）可移动文物保护措施（碑刻、匾额、画像保护）

1.对断裂的碑刻进行物理黏补修复，清除不当修复中的水泥部分。

2.对现存碑刻进行防风化处理。

3.重新设计建造保护围栏，建议采用防腐木等环保材料替换现有的钢管护栏，护栏的设计应自然古朴，并有效保护碑刻，防止人为破坏。

4.加强对东、西碑廊等保护设施的维护保养。

5.对报功祠内的匾额、画像定期巡查，防止人为破坏。

（七）其他保护措施

1.制定规范化的日常保养制度。加强对文物和环境要素的日常维护，重点内容包括：排除因各种不当使用所引发的可能危险，清除植物根系、清除排水障碍等化解潜在各种损害的预防性措施。

2.建立长期维护监测制度。对文物慢性损伤长期监测和建立档案，包括木质构件、石质构件、砖瓦构件、金属构件的慢性损伤。对石质文物的慢性损伤及破坏速度监测。对文物本体内及周边环境的地面沉降进行重点监测。若在书院范围内及邻近区域发生地裂、地陷等地质灾害，须详细记录并做持续监测。

三、制订环境规划

（一）环境规划原则

1.环境整治与文物保护相结合，保护文物周边历史环境。

2.文化内涵和环境相协调原则。环境整治应当符合遗产的历史文化特征，体现白鹿洞书院的历史文化内涵。

（二）环境保护策略

1.环境保护对象：与白鹿洞书院相关的环境要素，包括生态环境和景观环境等要素。

2.环境保护工程应以白鹿洞书院历史环境为依据，防止在环境整治过程中对文物历史环境的二次破坏。

（三）生态环境保护规划

1. 生态环境保护原则

①充分认识生态系统的脆弱性。

②生态保护与文物保护相结合。

③生态环境保护与生态环境建设并行，生态建设与文物保护相结合。

④综合考虑，合理利用。

2. 生态环境保护依据

①《风景名胜区条例》(2016)。

②《中华人民共和国环境保护法》(2014 修订)。

③《中国 21 世纪议程——中国 21 世纪人口、环境与发展白皮书》(1994)。

④《中国生物多样性保护战略与行动计划》(2011)。

⑤《中华人民共和国文物保护法》(2015 修订)。

3. 生态环境保护策略

①保护白鹿洞书院建造时期的原生态历史环境：山形水系、原生态植被、农田作物等。

②保护与文物建筑保护现状环境相关的生态功能：土壤保持、水资源保护、生物多样性、植被特色和地质地貌特色。

4. 生态环境保护措施

①文物保护范围与建设控制地带内严格禁止开山炸石、砍伐林木等行为。

②对白鹿洞书院周边的山体陡坡进行加固，防止滑坡、泥石流等自然灾害的发生。

③旅游开发项目需经文物部门审核，不得对地形地貌造成严重破坏。

（四）建筑景观整治措施

1. 基本要求

①去除白鹿洞书院周边环境中的不和谐景观因素。

②建筑的改造再利用，应在保证文物建筑历史环境延续性的前提下进行，尽量维持原有建筑的位置、规模。主体结构和主要建筑材料应符合传统风貌的要求，不得有过分醒目张扬的添加构件和设施。

2. 建筑景观整治措施

①保护范围内建筑整治措施

白鹿洞书院内建筑风貌基本协调，可全部保留，只需加强建筑的日常维护，确保建筑风貌与书院现存文物建筑风格一致。

②建设控制地带内建筑整治措施

本规划对建设控制地带内建筑整治措施采取风貌整治措施。

对象：主要是指建设控制地内高度不超过2层，采用现代装饰材料、建筑立面色彩与周边环境冲突、平顶的现代建筑。

措施：清除建筑外立面红、黄、蓝等现代涂装和其他装饰材料，并将平顶改为青瓦坡屋顶。

（五）环境景观整治措施

1.保留书院内具有景观特色的杉树、松树、竹等品种的植被，保留保护范围内具有景观特色的水稻田、梯田、茶园。

2.适当选用适宜栽种、含水固土能力强的土生植物，对山体实行绿化，加大林木密度。

3.对溪流进行清理，加强管理，禁止向水道内倾倒有害物质及生活垃圾。

4.在保护范围内进行构筑物修建，绿化、道路、小品等景观设计必须符合文物的风貌和文化内涵，不得对景观环境产生不和谐的干扰。

5.增设垃圾桶等环卫设施数量，禁止随意排放、丢弃生产、生活废弃物，保持环境卫生。

四、制订管理规划

（一）管理规划目标

完善白鹿洞书院现有管理机构，提高管理人员专业技术水平，规范管理制度，使文物得到有效保护。

（二）完善管理机构

保留现有管理机构和人员编制，规划通过社会招聘、特邀专家等方式招纳院外专业技术和管理人员加强专业队伍管理。

（三）管理设施

1.在白鹿洞书院设置管理用房，负责白鹿洞书院管理的办公场所。

2.沿保护范围和建设控制地带边界设置界限标志，标志可采用多种方法和手段，包括植被标志和人工标志；按照文物相关管理要求，在白鹿洞书院正门设置文物保护标志，并在文物建筑周边设置标志说明牌。各种标志和说明牌，其色调、体量、造型应当与白鹿洞书院风貌相协调，并有中英文对照。

（四）管理队伍建设

1.提高人员管理效率：优化人员结构，明确岗位职责。主要负责人接受专业管理培训。提高文物保护专业技术人员比例，并实行持证上岗制度。

2.完善管理培训机制：根据不同岗位的工作内容有针对性地进行岗前培训和经常性培训。制订分批、定期、多形式的培训计划。

3.与江西省文物局配合管理，江西省文物局定期提供技术指导与技术服务，提高管理队伍的管理水平。

（五）制定管理条例

1.江西省人民政府应该尽快根据规划要求组织编制《白鹿洞书院文物保护管理条例》，报江西省人民代表大会会议通过、公布并实施。

2.本规划经审批通过后，按照《中华人民共和国文物保护法》及其他相关法律法规要求，当地人民政府应该将其纳入城市总体规划、旅游总体规划以及其他相关规划，并在本规划的基础上，抓紧对涉及白鹿洞书院的相关规划内容进行调整修订和确认。

（六）日常管理

1.保证各文物点的安全和游人的安全，白鹿洞书院内对外开放区域，设置紧急情况时的疏散场地，并标识逃生路线和疏散场地，防止重大活动和旅游旺季发生安全事故。

2.收集有关白鹿洞书院的历史资料，记录保护事务，整理档案，从中提出有关保护的课题进行研究。

3.建立自然灾害、文物本体、环境以及开放容量等监测制度，对环境质量、植被破坏情况进行日常监测，积累数据，为保护措施提供科学依据。

4.有序的组织进行后续考古工作与文物日常保养维护。

5.健全完善管理制度。

五、制订展示利用规划

（一）展示原则

1.以白鹿洞书院文物遗产得以延续保存为前提，展示必须在保证文物真实性、完整性、安全性的前提下进行。

2.科学、适度、持续、合理地利用白鹿洞书院，充分展示白鹿洞书院历史文化内涵。

3. 在保护文物和白鹿洞书院整体风貌的前提下，注重环境优化，完善游客服务设施，提供优质服务。

4. 注重将白鹿洞书院文物本体的展示与人文景观、自然景观相结合。

5. 注重公众参与，注重文物普及教育。

6. 文物展示结合地方实际，适度合理利用土地。

（二）展示目标及方式

1. 在文物得到有效保护的前提下，采用文物本体展示、场景展示、文物陈列展示等多种展示手法，达到历史文化遗产保护和文物宣传的目标。

2. 展示方式包括文物建筑展示、文物藏品展示、图片展示等，使游客了解白鹿洞书院的历史变迁，以及儒学历史文化。

（三）展示分区

根据白鹿洞书院的总体平面布局，将白鹿洞书院分为四个展示区，即前导区、文物建筑展示区、文物藏品展示区、历史环境展示区。

1. 前导区。门前历史环境展示，为参观白鹿洞书院者心理过渡区。

2. 文物建筑、碑刻展示区。展示白鹿洞书院各个历史时期的文物建筑以及位于书院内的碑刻。

3. 摩崖石刻展示区。展示白鹿洞书院周边环境中的摩崖石刻。

4. 文物藏品展示区。博物馆采用文物藏品陈列、图文和多媒体综合展陈方式，展示白鹿洞书院出土文物、相关附属文物、古代历史文献、儒家典籍等，最大程度地展示白鹿洞书院完整的历史文化信息。

5. 历史环境展示区。展示白鹿洞书院周边的山林水系、学田村舍等自然人文景观。

（四）展示线路

展示线路：文物藏品展示区—前导区—文物建筑、碑刻展示区—摩崖石刻展示区—历史环境展示区—停车场

（五）江西书院博物馆

1. 规划在白鹿洞书院宿舍以西空地处建设江西书院博物馆，集管理、展示、游客服务、休闲、停车服务于一体，博物馆占地面积5000平方米。

2. 博物馆场馆设计应尽可能运用生态建筑设计手法和采用生态建筑材料，降低博物馆的日常运行成本和管理投入，主要展示白鹿洞书院出土文

物、相关附属文物、古代历史文献、儒家典籍等。

3.博物馆应充分运用文字、图像、实物模型、虚拟现实等技术手段，全面、生动、科学地传达白鹿洞书院的相关历史信息，普及基本的文物保护法规和文物保护要求，使其具备知识性、生动性和观众参与性。

（六）游客服务中心

1.规划在江西书院博物馆北侧建设游客服务中心，建筑面积不超过500平方米，高度不超过两层，坡屋顶建筑，具备咨询、门票服务、纪念品出售、公厕等服务功能。

2.游客服务中心的建设在不影响文物原状、不破坏环境为前提下进行。

3.游客服务中心的外形设计要尽可能简洁、淡化形象、缩小体量，材料选择要与文物本体有可识别性，又必须与环境相和谐，并具备可逆性。

（七）停车场及电瓶车中转站

1.规划在游客服务中心西侧，江西书院博物馆北侧建设旅游停车场，占地面积2500平方米，用于旅游车辆和电瓶车停放；停车场建议采用生态化设计，禁止采用大面积水泥硬化铺装。

2.规划在前导区和下畈李自然村东侧（212省道西侧）设立电瓶车中转站，用于接送参观游客。

（八）游客管理及容量限定

1.游客管理原则

①游客参观活动对文物本体保存造成的干预或危害应尽可能控制在最低限度。

②游客数量必须严格按照游客承载量的测定数据与监测反馈实施管理控制与调整，尤其在旅游旺季，应严格控制游客容量。

③注重环境优化，向游客提供优质服务。

2.游客容量控制

①白鹿洞书院可展示面积为31505平方米，日游人容量为6301人次每日，全年开放天数为330日，白鹿洞书院年容量为189.03万人次。

②本规划初步测算的白鹿洞书院的开放容量为定值，不得随旅游发展任意增加，并调节、疏导集中季节、集中时段的游客容量。

六、制订研究规划

（一）研究规划目标

通过学术研究和学术交流，将白鹿洞书院建设成为具国际影响力的儒学研究交流中心。

（二）研究重点

1. 加强白鹿洞书院历史、儒学文化以儒学文化背景下白鹿洞书院的历史特色研究。

2. 加强书院建筑构架、建造工艺以及相关文化习俗等研究。

3. 针对江西省特定的气候条件，进行不同材质的保护技术研究，对影响文物安全的自然灾害的监测、预防和救治措施进行研究和对环境污染治理进行研究。

4. 严格按照《田野考古操作规程》（2008 年）的技术规范，加强白鹿洞书院地下遗存的考古勘探和考古发掘工作，出版考古发掘报告，为白鹿洞书院的历史格局研究提供科学、真实的实物资料。

七、制订基础设施规划

（一）规划原则

1. 所有用于服务、管理的各类管网与电线电缆，不得有碍文物安全和书院内景观，并采用埋地方式。

2. 各类管网与电线电缆，选用环保材料，并具备可逆性。

3. 各类管网和电线电缆在调整或新建之前，应委托专业机构编制专项规划和设计方案，并经文物行政部门同意，按程序向相关部门报批后予以实施。

（二）消防规划

1. 委托专业机构编制消防系统设计方案，并报国家文物局审批。

2. 在木构文物建筑中，设置烟感报警系统。

3. 建立消防安全制度，增强防火意识，制订相应防火应急措施预案。

4. 白鹿洞书院内组织工作人员，成立业余消防队，并进行基本的消防知识和技能培训，具备单独扑灭小火灾、有效配合城市消防部门扑灭大火的能力。

5. 加强消防水池、消防泵房、消防栓、消防器材的日常维护，并将消防栓与给水管道相连接，保障消防水池的水量充足。

（三）安防系统规划

1. 委托专业机构在现有的安防系统的前提下，重新编制安防系统设计方案，并报国家文物局审批。

2. 安防系统包括对白鹿洞书院内文物安全性监测、文物环境监测、各种人为破坏监测。

3. 经常对文物建筑进行巡视，检测其病害情况、环境变化等，并及时进行保护处理。

4. 在重要文物建筑周边、重要路口、游人聚集区、停车场等区域安设摄像头。

（四）防灾规划

1. 提高现有防雷系统质量，保证防雷装置与各种线路间一定的安全距离，建筑屋顶严禁安装任何天线，并做好对于防雷装置的定期检查。

2. 加强与气象部门沟通，及时获取台风、暴雨等自然灾害预警信息，提前做好预防措施。

（五）道路系统规划

1. 改造白鹿洞书院正门前停车场，铺装改为条石，作为电瓶车专用停车场及疏散空间，禁止旅游车辆停放。

2. 在江西书院博物馆设置旅游停车场，面积2500平方米，用于停放旅游车辆并作为电瓶车中转站；在下畈李东侧212省道西侧设置小型电瓶车停车站，用于接送游客往返至江西书院博物馆。

3. 保持现有通往白鹿洞书院的沥青道路，禁止拓宽，禁止机动车辆通行。

4. 改造书院内不符合历史原貌的水泥铺装，铺装材质选择卵石、石板等。

（六）给水系统规划

重新设计白鹿洞书院内部给水系统，范围应涵盖白鹿洞书院所有建筑，给水主要为消防给水，确保足够给水量用于消防。

（七）排水系统规划

1. 规划后白鹿洞书院的雨水排放，采取排水沟槽收集排放和自然散水。

2. 白鹿洞书院内所有建筑周边设置排水暗沟，雨水经暗沟排入雨水管。

3. 加强建筑区现有雨水管的日常维护，在主要区域沿道路铺设地下排水管，向南排入贯道溪。

（八）电力系统规划

春风楼东侧裸露接入线改为由地下接入电力线路，重新设计白鹿洞书院的内部电力系统，保障消防系统、安防系统、通信系统、管理的正常用电。

（九）通信系统规划

保留现有通信线路，保障通信顺畅。

八、制订文物保护与社会发展协调规划

（一）协调原则

1. 在文物得到保护的同时，促进地方经济建设和居民生活质量的提高。

2. 选择经济合理的方式，协调文物保护和地方各项事业发展的关系。

（二）与《庐山文化景观保护总体规划》相衔接

1. 根据《庐山文化景观保护总体规划》第32条规定，白鹿洞书院内消防设施需要进一步完善。本规划已按照其规定制定了相应的消防规划。

2. 根据《庐山文化景观保护总体规划》第50条规定，遗产区内仅允许保留少量保障遗产地居民正常生活和遗产保护管理及展示利用工作的必要的设施建设，新建建筑和设施必须符合各级保护规划和其他相关规划中设定的最严格的建设控制指标，并与遗产地环境相协调，建设工程必须经工程所在地区县文物行政部门同意后，报江西省人民政府批准，并报国务院文物行政部门备案。本规划对规划范围内风貌冲突的建筑采取风貌整治措施。

（三）土地利用调整规划

1. 土地利用调整原则

①本规划对白鹿洞书院的保护范围及建设控制地带涉及的相关土地使用，提出各类用地性质的规划建议。

②凡保护范围的土地使用，必须按照规划要求严格控制，不得随意改变保护规划所规定的用地类型。若需改变，需要按照规划变更的审批要求办理相应的手续。凡规划征用为保护区用地的土地，应在规划期内收为国有，并附精准的地形图。

2. 用地性质调整建议

①保护范围内的用地性质调整为文物古迹用地。

②其他保持原有用地性质不变。

第四章

机构设置

第一节　变更情况

1901 年 9 月，清政府颁发政令改书院为学堂。同年，白鹿洞书院停办（另有 1903 年、1909 年停办之说）。

1910 年冬，江西提学王同愈会同劝业道傅春官，将白鹿洞书院略为修葺，拟开办森林学堂于此。

1911 年 3 月，报载上年末江西提学王同愈提议将白鹿洞书院改设为江西林业学堂一事，即将实施。

1911 年，白鹿洞书院部分房屋与全部山场划拨给江西省农业院，设为江西高等森林学堂（1912 年 1 月更名江西高等农林学校，7 月再更名为江西农林专门学校，1913 年定为该校演习林）。

1933 年，江西农林专科学校设森林科分校于庐山白鹿洞书院。

1936 年，庐山林场主任熊兆罴向江西省农业院作《（两年来）庐山林场工作》报告，将"江西农艺专科学校白鹿洞演习林，改为鹿洞区，划归庐山林场所属的第四区"。

1948 年 3 月 25 日，江西省政府主席王陵基签署训令，批准"中正大学函以本校永校址，业奉中央指令设于庐山海会寺及白鹿洞一带"。

1949 年，江西省人民政府派廖国桢等人，接管并主持庐山植物园和庐山林场合并的工作，改称庐山植物研究所。白鹿洞为其分区之一。

1951 年 2 月 10 日，江西省人民政府主席邵式平签署政府令，"将庐山林场属白鹿洞之部分林区拨交南大森林系作演习林场之用"。

1955 年 11 月，庐山林场于白鹿洞书院林区建立苗圃队。

1958 年，白鹿洞书院苗圃队由庐山综合垦殖总场海会分场所属海会林场管理，有职工 30 余人。

1959 年 5 月，白鹿洞书院划归江西共产主义劳动大学庐山分校管辖。

1962 年 4 月 17 日，江西省人民委员会批复，白鹿洞书院"系在庐山海会境内，便于庐山管理，此处文物仍由庐山负责保护管理"。

1965 年 5 月 7 日，江西省共产主义劳动大学庐山分校，在白鹿洞书院设林学系，后转设为农机系。

1970 年 3 月，江西共产主义劳动大学庐山分校编制为一个营、四个连，白鹿洞书院为四连，下设 2 个排，为农业、机械专业，共有学生 113 人。

1972 年 4 月 18 日，中共江西省庐山革命委员会党委决定将白鹿洞书院林区移交庐山林业局管理，成立庐山林业科学研究所。同时，江西共产主义劳动大学庐山分校白鹿洞书院教学点撤销。5 月 1 日，白鹿洞书院更名为庐山林业科学研究所。

1978 年 4 月，庐山林业科学研究所划归庐山海会园艺场代管。

1979 年 3 月 26 日，"庐山白鹿洞书院文物管理所"成立。9 月 18 日，庐山革命委员会批复农垦处与文化处《关于交接白鹿洞书院的协议》，白鹿洞书院交由庐山文化处管理。

1982 年 9 月 11 日，九江市庐山区人民政府第二十五次区长办公会议研究，同意将白鹿洞文物管理所定为国家事业单位，并按全民和国营、农垦两种情况分别设立户头，当时那里的农垦工仍保留农垦性质不变。

1990 年 4 月 18 日，庐山风景名胜管理局机构编制委员会批准成立"庐山白鹿洞书院管理委员会"，与"庐山白鹿洞文物管理所"合署办公，机构规格和人员编制不变。

1992 年 3 月 16 日，庐山风景名胜区管理局机构编制委员会批准，庐山白鹿洞书院管理委员会升格为正科级事业单位。

第二节　党派群团

1901 年清政府颁发政令改书院为学堂，全国书院基本上停办。从光绪二十七年（1901）至宣统三年（1911）这段时期社会动荡。从宣统三年至中华民国三十七年（1948）间，白鹿洞书院机构随政局而变迁不下十余次。白鹿洞书院在中华民国期间，人员流动性很大，管理人员少，机构也不稳定。

中华人民共和国成立后，党和政府非常重视白鹿洞书院的保护和发展，1959 年 11 月 30 日，江西省人民委员会公布白鹿洞书院为"江西省文物保护单位"。白鹿洞书院在 1979 年之前先后划归多个部门管辖过，在书院工作的员工有少量的中共党员，也有部分流动党员。

党支部及党员

1979 年 3 月 26 日，成立"庐山白鹿洞书院文物管理所"。

1979 年 9 月，庐山砖瓦厂副主任、中共党员陈鹤兴调任庐山白鹿洞文物管理所所长，当时书院党员只有 1 人。

1982 年 8 月，陈鹤兴离休。9 月，中共党员李学语从海会粮管所调任白鹿洞书院文管所所长。1983 年初，成立党小组，党小组负责人是李学语。1983 年 10 月，从湖北省丹江口水电站外调职工、中共党员周金华。1987 年 7 月，任赣生加入中国共产党。同年成立白鹿洞书院党支部，李学语任支部书记，共有 4 名党员：李学语、陈鹤兴（离休）、周金华、任赣生。

1990 年 2 月 15 日，德安县高塘乡党委副书记、纪委书记孙家骅调任庐山白鹿洞文物管理所党支部书记、所长。同年 4 月，成立"庐山白鹿洞书院管理委员会"。1992 年 4 月 29 日，中共庐山风景名胜区管理局党委任命孙家骅任庐山白鹿洞书院管理委员会党支部书记、主任。1997 年 5 月之前，书院共有党员 12 名，党员名单如下：陈鹤兴（离休）、李学语（离休）、孙家骅、任赣生（支委）、李科友、周金华（支委）、邹秀良（支委）、高峰（支委）、张林（1993 年 6 月调入）、石明发、李平耀、涂长林。

1997 年 5 月，武宁县文物管理所原所长、中共党员闵正国任庐山白鹿洞书院管理委员会副主任、副书记，主持书院全面工作。后共有党员 14 名，党员名单如下：陈鹤兴（离休）、李学语（离休）、闵正国、任赣生（支委，1998 年 1 月退休）、高峰（支委）、邹秀良（支委）、黎华、李科友、周金华、张林、李平耀、石明发、郭宏达、涂长林。

2005 年 4 月 30 日，黎华（中共党员）担任庐山白鹿洞书院管理委员会党支部书记兼副主任。书院共有 15 名党员，党员名单如下：陈鹤兴（离休，2005 年 8 月病故）、李学语（离休，2010 年 2 月病故）、黎华、高峰（支委，2009 年 9 月调离）、涂长林（支委，2006 年 6 月调离）、郭宏达（支委）、黄赞华（支委，2007 年 4 月调入）、邹秀良（支委）、周金华、任赣生、张林、李平耀、石明发、裴凌云、任奇志（2006 年 6 月入党）。

截至 2016 年底，白鹿洞书院共有党员 12 人，黎华担任党支部书记，党员名单如下：黎华、黄赞华（支委）、郭宏达（支委）、裴凌云（支委）、任赣生、周金华、邹秀良、张林、石明发、李平耀、任奇志、陈礼（2015 年 7 月入党）。

民主党派

2014 年 10 月 19 日，陈冬花加入九三学社。

工会

1993 年 7 月 22 日，庐山白鹿洞书院工会委员会成立，会员 33 人，周金华为主席，郭宏达为副主席，陈世坤为生活委员，陈礼为财务委员，罗会香为女工委员。

2005 年 1 月，工会改选，邹秀良担任庐山白鹿洞书院工会委员会主席，郭宏达为副主席，虞成峰为生活委员，李学军为财务委员，陈冬花为女工委员。

2013 年 6 月，工会改选，虞成峰担任庐山白鹿洞书院工会委员会主席，李学军为副主席，裴乐丰为财务委员，陈冬花为女工委员，陈礼为生活委员。

团支部

1987 年成立团支部，高峰为团支部书记。

1991—1996 年，陈礼担任团支部书记。

1997—2005 年，涂长林担任团支部书记。

2005—2015 年 5 月，裴凌云担任团支部书记。

2015 年 5 月 27 日，付柳青担任团支部书记。

妇女工作小组

1993—2004 年，罗会香担任书院妇女工作小组组长。

2005 年 6 月至 2015 年 5 月，陈冬花担任书院妇女工作小组组长。

2015 年 5 月 27 日，付柳青担任书院妇女工作小组组长。

第三节　内设部门

1990 年 3 月 17 日，庐山白鹿洞书院工艺美术厂创办，生产白鹿洞书院文创产品、办公用品等，厂长裴盛亚。后石明发、陈世坤先后任厂长。1997 年因故撤销。

1990 年 4 月 20 日，庐山白鹿洞书院管理委员会成立学术部、文物管理所、教务部、治安消防所、旅游接待部、综合服务部、林业管理站、办公室等部门，并委派各部门负责人。

1992 年 3 月 16 日，庐山白鹿洞书院管理委员会升格为正科级事业单位。内设部门由 1990 年的 8 个调整为 5 个，分别是办公室、文物管理所、文化研究所、林业治安消防管理所、园门管理所。

1993 年 6 月，庐山白鹿洞书院管理委员会与江西抚州建筑公司联合成立白鹿房地产开发有限公司，抚州方出资并派出董事长、副总经理，书院方高峰任总经理，李革民任工程部经理，万学平任营销部经理。后因故撤销。

1993 年，白鹿旅行社成立，张林任总经理。后因故撤销，与其他单位的经济纠纷由临时任命的旅行社总经理高峰善后处理。

1993 年，庐山白鹿洞书院管理委员会成立企业办，高峰任主任。工艺美术厂、白鹿房地产开发有限公司、白鹿旅行社归企业办管理。

第四节　规章制度

一、《白鹿洞书院工作规范》

20 世纪 70 年代末至 90 年代初，白鹿洞书院经历了从农垦部门转为文化部门；从庐山白鹿洞文物管理所升格为庐山白鹿洞书院管理委员会的变迁，原有的规章制度不适应新的发展需要，建章立制刻不容缓。

1990 年 9 月，庐山白鹿洞书院管理委员会派员到 459 厂学习先进的管理理念。经过不断摸索，1991 年，庐山白鹿洞书院管理委员会制定了《白鹿洞书院工作规范》。后每两年进行修改和完善。2016 年最新修改的《白鹿洞书院工作规范》分九章一百零四条。

白鹿洞书院工作规范

第一章　总则
第二章　行政工作管理制度
第三章　党务工作管理制度
第四章　财务、门票管理制度
第五章　财产管理制度
第六章　劳动纪律、考勤管理制度

第一章　总则

第一条：为适应市场经济、强化管理、促进发展，制定本规范。

第二条：基本做法以管理委员会主任负责制的优化组合形式，以一定数额的经济量的年度目标管理为内容。

第三条：支部委员会采取书记负责制，以对职工的政治思想工作、精神文明建设、社会主义核心价值观教育，以及对书院工作监督为主要工作内容。

第四条：根据本规范第二条书院行政工作采取二级优化组合。第一级：主任办公会采取聘任制组合管理委员会成员；第二级：各部门聘任组合本部门工作人员，并制定岗位责任制，逐级考评。

第五条：年度考核不合格的在编人员，对其进行批评教育，扣发该年度绩效工资，限期改正，以观后效；第二年考核再不合格，按照相关规定予以降级、降职直至开除。年度考核不合格的长期聘用人员或临时工，对其进行批评教育，限期改正，试用三个月，经教育仍不改的，按照相关规定辞退或解聘。

第二章　行政工作管理制度

第六条：行政管理实行管委会主任负责制的主任办公会和管委会二级管理。

第七条：主任办公会由管理委员会主任、支部书记、副主任、主任助理、办公室主任组成；管委会由主任办公会成员和各部门正副职以及工青妇负责人组成。

第八条：主任办公会对人事、财务、书院发展等重大事项作出决定，管委会为主任办公会决策提供可行性分析材料并进行讨论和负责实施。

第九条：管委会主任主持主任办公会、管理委员会工作，主任外出，由副主任或主任助理主持。

第十条：主任办公会、管委会形成例会制度，每月月底召开。

第十一条：为提高会议质量，办公室主任在会议召开前收集、综合各部门提交的问题、经管委会主任确定议题后，通知与会成员参加会议。

第十二条：会议讨论情况在未公布前不得外传。对某些问题有分歧，充分酝酿，逐步统一认识，认识不统一，可报上级主管部门或由管委会主任裁定。

第十三条：分管领导综合平衡考核并承担责任，各部门负责人对分管领导负责；分管领导对管委会主任负责。

第十四条：管理要严格，考核要认真，没有完成任务不做太多的客观分析，出现问题要一追到底，查清责任，并追究责任人责任。

第十五条：认真做好接待工作，做好全院环境整治工作。

第三章 党务工作管理制度

第十六条：党务工作实行支部书记负责制的支部委员会，党员会议，民主生活会。

第十七条：支部参与书院重大事情及人事考察、讨论、任命，对书院工作进行监督。

第十八条：认真执行上级党委的指示和决议，正确执行党的政策。

第十九条：带头执行民主集中制原则，搞好领导班子建设，团结全院职工努力完成各项任务。

第二十条：支部会议、党员会议、干部职工民主生活会议形成例会制度，每季度召开一次。

第二十一条：支部委员会承担着对干部职工的思想教育和引导，对精神文明活动的开展和引导。

第二十二条：支部委员会承担着对申请加入中国共产党的积极分子的思想教育、考察等工作。

第二十三条：领导和指导工、青、妇等群团组织的工作。

第四章 财务、门票管理制度

第二十四条：财务室对单位负责人和分管财务的领导负责，负责全院财务预算、财务分析，对有经济收入的部门进行财务监督和审计。

第二十五条：借款由单位负责人和分管财务的领导签字批准，到财务室办理借款手续，在规定期限内报账还款，特殊情况不能按期还款，须向财务室说明原因。

第二十六条：凭全国统一发票报账，特殊情况，如收购私人文物等使用白条的财务室酌情处理。

第二十七条：向财务室报账手续要完备。有经办人、验收人、分管领导签字。800元以上单位负责人会签（要使用碳素墨水），否则财务室按照《会计法》第十条不予办理。

第二十八条：门票使用管理委员会规定的票样，园门管理所指定专人按票面价格等价出售，任何个人不得私自出售与票样、票价不同的票，严禁徇私舞弊和内外勾结的不正当行为，一经发现，从严处理。对门票实行优惠奖励按管委会行文规定执行。

第二十九条：门票保管员发票时必须与领票人当面点清，认真填写出库三联单，三联单由会计、领票人、出纳各执一联。售票人做到日清月结，旅游旺季每天下午四点向院财务室交款，淡季3—5天交款，票款由当事人负责，售票人无权公款私借，一经发现按挪用公款处理。

第三十条：需免票或优惠的客人，园门所掌握好原则性与灵活性，未经院领导同意，任何个人不得放行。

第三十一条：园门工作人员要做到及时领票，及时交款。认真负责，礼貌热情，文明待客。

第五章　财产管理制度

第三十二条：财务人员应会同财产管理员对书院现有财产进一步清查核对，分别登记、注册，建立保管账。

第三十三条：凡购进的物资先入库登账，严禁库外领用，更不得账外领用。办公用品由办公室统一购买下发到各部门，财务室负责监督。

第三十四条：公置房屋、设备（电视、冰箱等）归公所有，由保管员统计，归口管理，使用的室、所在征得分管领导同意后，向保管员办理借用手续，到期归还。

第三十五条：职工住房由书院统一分配，不得私自占用加锁，私人不得自行改装（房内装修不得损坏建筑原貌），违者，办公室有权进行干预和拆除。

第三十六条：书院所有电器材料，包括公共场所的灯泡、开关、插座等，个人一律不得私拆、调换和变相领用。所有建筑材料包括房屋维修和设备更新材料，私人不得占用。

第三十七条：工作人员调离书院，交还公有财产；调换别的工种，其行业用具以及文字资料等应交原工作部门。

第六章　劳动纪律、考勤管理制度

第三十八条：考勤是加强纪律、保证圆满完成各项工作的前提。

第三十九条：办公室对各部门考勤进行不定期抽查，公布抽查结果，并纳入年终先进集体和先进个人的评比依据之一。

第四十条：杜绝一次性考勤，每月 14 日之前各部门负责人签字后送交办公室审核，财务室见月考勤表发放工资。

第四十一条：各部门职工调休由本部门负责人安排，对未安排调休而擅自休息者以旷工论处。

第四十二条：办公室如抽调、借调各部门人员，各部门负责人以书院整体工作为重，给予配合。

第四十三条：职工上班时间：

　　　　　　旺季　5 月 1 日至 10 月 15 日

　　　　　　上午 7：30—11：30　　下午 14：00—18：00

　　　　　　淡季　10 月 16 日至次年 4 月 30 日

　　　　　　上午 8：00—12：00　　下午 13：00—17：00

园门售票处、讲解服务站、文管所环卫人员等实行倒班制，见本部门作息时间。

第四十四条：园门管理所、林业治安消防管理所作息时间根据季节变化自行灵活调节，报院备案。

第四十五条：职工因事请假须填写请假条，部门负责人有权批准一天，一天以上至一个星期由分管领导批准，一个星期以上由管委会主任批准。部门负责人请假一周之内由分管领导批准，一周（7 天）以上必须经管委会主任批准，填好请假条送办公室备案。助理、办公室主任请假报管委会主任批准。管委会主任、副主任不论公、私事外出报局领导批准。防火期间按当年出台的防火规定执行。

第四十六条：职工因病或因工伤需医治或休息（含外地就诊）时，凭医院证明，经部门负责人、分管领导批准，长期病假者须主任办公会批准。

第四十七条：全年病假超过 30 天或事假超过 20 天，旷工 10 天，不得享受工龄假；不得享受年终评优。

第四十八条：工龄满 1—10 年的职工，每年享受 5 天工龄假；已满 10 年不满 20 年的职工，每年享受 10 天工龄假；满 20 年以上的职工，每年享受 15 天工龄假。休工龄假期内，国家法定休假日、休息日不计入年休假的假期。

第四十九条：工龄假必须在当年休完，跨越年度不得补休。

第五十条：凡在书院工作满一年的职工（在编），与配偶不住在一起，又不能在公休假日内团聚的，可以享受每年探望一次配偶的待遇；与父母不在一起的，又不能利用公休假日回家团聚的，未婚职工可以享受每年一次探望父母的待遇，已婚职工可以享受四年一次探望父母的待遇。

第五十一条：享受探望配偶待遇的职工每年给假一次，假期三十天。享受探望父母待遇的职工，假期二十天，探望假不能分开使用，可根据路程远近另给路程假，报销路费按国家有关规定执行，以上假期均包括公休假和法定节日在内。

第五十二条：职工在工龄假、事假、探亲假内生病不得另算病假考勤，不得延长工龄假、事假或探亲假。

第五十三条：职工子女结婚给假两天，本人结婚（女20周岁，男22岁），婚假3天，双方不在一起，可根据路程远近另给路程假。

第五十四条：职工子女服兵役、进高等院校深造等要送行时，可给假1—2天。

第五十五条：女职工生育期间产假需医院"产假证明"为考勤依据，产假158天，配偶陪护假15天。

第五十六条：女职工妊娠期间在医疗保健机构约定的劳动时间内进行产前检查（包括妊娠十二周内的初查），应算作劳动时间。未列入计划怀孕，坚持生育和未经结婚怀孕生产者其产假做事假处理。

第五十七条：怀孕七个月以上，每天工间休息一小时；婴儿一周岁内每天两次授乳时间，每次30分钟，也可合并使用；怀孕7个月以上，如工作许可，经本人申请，单位批准，可请产前假两个半月；女职工生育后，若有困难且工作许可，由本人提出申请，经单位批准，可请哺乳假六个半月。保胎假，医生开证明，按病假待遇。

第五十八条：如有信仰宗教的职工，在宗教节日按有关规定给予假期。

第五十九条：凡属事假、病假、旷工按本院规定每天应扣工资。婚、产、探亲、工伤、丧假、工龄假、公假期内工资照发。

第六十条：凡不遵守上下班时间，不按照制度办理请假手续或请假未允擅自离岗者；在工作时间无不当理由，不服从组织调配，拒绝接受工作，经教育不改者；在工作时间擅自离岗、怠工、干私活等屡教不改者；谎报疾病弄虚作假、骗取病假或伪造假条者，一概作旷工处理。

第六十一条：职工在受开除、留用察看或停职检查期间停发工资，只发生活费（基本工资的 60%），职工本人因诉讼或违反法律被传唤、审讯、拘留、收容等缺勤时间内停发工资。

第六十二条：员工请事假、病假每天的扣薪标准是：月基本工资除以20.92 天。员工旷工每天的扣薪标准是：每月扣除的部分不得超过劳动者当月工资的 20%。若扣除后的剩余工资部分低于当地月最低工资标准，则按最低工资标准支付。一年内连续旷工 15 天或累计旷工 20 天，给予留院察看一年的处分；一年内连续旷工 20 天或累计旷工 30 天予以除名。

第七章　职工劳保福利

第六十三条：保障职工的劳保是搞好整体工作的重要环节，根据分工不同对以下工种劳保作如下规定：

1. 在岗职工定期按工种配制工作服，有关行业工种不再享有院工作服。

2. 司机、水电工、环卫工等因工作需要使用的消耗品，由办公室统一购买发放。

3. 在编在岗职工享有降温费和烤火费；退休职工享有烤火费；长期聘用人员享有和在编在岗职工一样的降温费和一半的烤火费；临时工是长期聘用人员的一半。

第六十四条：各部门不得借劳保福利为名滥发物资。违者，一经查出扣罚部门负责人绩效工资。

第八章　防火、评优

第六十五条：防火及安全工作是我院工作重点，防火的原则是"谁主管，谁负责"，各司其职。

第六十六条：成立防火工作领导小组。

组　长：黎　华

副组长：黄赞华　郭宏达（常务）

成　员：裴凌云　陈冬花　虞成峰　陈　礼　任奇志

付柳青　王满林　李平耀　任朝辉　吴小珍

石明发　李学军　裴乐丰　陈世坤

延宾馆负责人

第六十七条：成立应急防火机构

1. 总指挥：黎　华

2. 副指挥：黄赞华　郭宏达（常务）

3. 成　员：裴凌云　陈冬花　虞成峰　陈　礼　任奇志

　　　　　付柳青　王满林　李平耀　任朝辉　吴小珍

　　　　　石明发　李学军　裴乐丰　陈世坤

　　　　　延宾馆负责人

4. 半专业扑火队（10人）：

　　队　长：虞成峰

　　副队长：任朝辉　李平耀

　　队　员：陈志茂　程加红　陶水印　任奇志　裴乐丰

　　　　　　陈里中　李传华

5. 义务扑火队（8人）：

　　队　长：裴凌云

　　副队长：王满林

　　队　员：陈　礼　李学军　石明发　陈世坤　汪松林

　　　　　　伍火观

第六十八条：有下列之一不能评优

1. 违反本规范其中之一的；

2. 执行婚姻法和计划生育不严的；

3. 职工有违法行为的；

4. 防火意识不强，随意牵线搭电的；

5. 随意上山砍柴，随意烧火粪，并视情节轻重，给予处罚。

第九章　"三公"经费管理制度

（一）公务接待用餐制度

第六十九条：公务接待本着"热情、节俭"和"对口接待""定点用餐"等原则。

第七十条：严格实行年度公务接待指标核定基数制度，如特殊原因需增加接待费用报上级主管部门批准。

第七十一条：公务接待用餐不安排高档烟酒，中午严禁喝酒。

第七十二条：公务接待用餐由部门负责人向分管领导提出，分管领导转办公室主任，征得管委会主任同意后，由办公室主任填写《用餐审批单》，《审批单》详细填写来客情况、陪客人数（实名制）、酒水标准、用餐标准、定点酒店等。如遇特殊情况在外用餐的，须提前与办公室主任联系，征得管委会主任同意后方可用餐，并在 3 日内补填《用餐审批单》。

第七十三条：严格执行公务接待标准：

1. 上级领导来院检查指导，相关业务单位来院联系工作，做好电话记录等，餐标为 40 元 / 人，不得安排烟酒；

2. 公务接待凭介绍信，严格按照"中央八项规定"和《庐山管理局党委办公室庐山管理局办公室关于印发庐山管理局党政机关国内公务接待实施办法的通知执行》。

3. 重大接待宴请，必报上级主管部门批准。

第七十四条：工作加班或外出办事误餐，确需安排工作餐的，须经管委会主任批准，按 20 元 / 人，不得安排烟酒。

第七十五条：从严控制参陪人员，遵循"对口接待"原则，业务单位来客，分管领导和部门负责人 1—2 人陪同；上级领导和其他单位来人，参陪人员由院管委会主管领导统一安排。

第七十六条：餐费报销，实行"三单合一"原则，即庐山管理局公务接待清单、点菜单、介绍信（电话记录）、正式发票，财务方可给予办理。

（二）公务用车管理制度

第七十七条：公务用车配备和使用，遵循经济适用、节能环保、保障公务、节约使用原则。

第七十八条：本单位的公务用车，统一由办公室负责调度并填写派车单，通知出车。

第七十九条：院直各部门工作用车应提前告知办公室，由办公室统一协调安排。

第八十条：禁止公车私用。确有特殊情况的，需经办公室分管领导批准方可使用。

第八十一条：驾驶员要根据办公室的安排，凭派车单出车；特殊情况来不及办理，事后说明缘由及时补办出车手续。车辆若需加油，办公室派专人持油卡定点加油，出差在外加油司机灵活掌握。

第八十二条：办公室应确保领导双休日、节假日临时性的工作用车。

第八十三条：驾驶员平时要保持车辆良好状态，无特殊原因按时上下班，保证按时出车。无工作用车时，车辆必须停放在指定的地点。

第八十四条：严禁为公务用车增加高档配置或豪华内饰，不得在车辆维修等费用中虚列名目或者夹带其他费用。

第八十五条：驾驶员要严格执行交通有关法规，严禁酒后驾驶，严禁带故障行车，严禁超载人员，不得擅自将车辆借给他人驾驶。

第八十六条：驾驶员要确保车辆行驶安全，提高警惕，做到无事故。

第八十七条：双休日、节假日、晚上按规定将车辆停放在指定的地点。双休日、节假日公车应入库（公务用车除外）。

第八十八条：车辆实行定点维修保养，维修保养前驾驶员要向办公室报告，经办公室分管领导同意后维修。维修后将维修发票、维修清单（需有驾驶员签字认可）一并到财务报销。

第八十九条：工作人员到外地办理公务，除特殊情况外，应当尽量乘用公共交通工具，减少公务用车长途行驶。

第九十条：严格执行"一车一驾"制度，其他公务人员一律不准以任何理由擅自驾驶单位公车。未经审批驾驶公车，造成违章罚款、车辆损坏等，追究其责任。

第九十一条：因公务需要增派司机，须经办公室分管领导同意，派有驾照、有经验的人员驾驶。

第九十二条：因公需要租用私车，须经办公室分管领导同意，按租车实际公里数，每公里加油 1.5 元，由办公室核实、办理加油手续。

第九十三条：公车私用经发现查实，当事人个人承担机械磨损费、燃料费、过路费、过桥费等相关费用。如发生交通事故，一切后果由当事人负责。

第九十四条：驾驶员未按规定地点停放车辆或擅自将车辆借给他人造成车辆失盗或损坏的，一切后果由驾驶员承担。

第九十五条：实行公务用车油耗、运行费用单车核算和节奖超罚制度。

（三）关于出国（境）考察及外出参观学习活动的规定

第九十六条：实行党员干部出国（境）考察和外出参观学习审批备案制。出国（境）考察和外出参观学习必须先报庐山文新局领导批准，并严格按程序办理。执行党员干部出国（境）登记备案制。党员干部因公出国（境）必须按省、市、山的有关文件规定，到庐山组织部、庐山纪委履行备案手续。公款外出参观学习必须将团组或个人往返时间、线路、学习考察内容和经费数额报庐山纪委备案。

第九十七条：不准借学习考察名义用公款组织党员干部职工外出旅游。

第九十八条：党员干部职工不得用公款组织和参与没有明确公务目的和实质内容的外出参观、学习、考察等活动。

第九十九条：确实工作需要，经审核批准后外出学习考察的，不得借机安排旅游项目。

第一百条：对未按要求审批备案的因公出国（境）考察和外出参观学习活动产生的费用一律不予报销。因私出国和外出参观学习等活动产生的费用，一律不予报销。

第一百零一条：违规组织公款旅游的，全部费用由个人承担；外出学习考察活动不按规定报批备案并借机安排旅游项目的，全部费用由个人自负。对上述活动的组织人员视情节轻重追究相关人员责任。

第一百零二条：按规定审批备案的外出学习、考察活动，擅自安排旅游项目的，旅游项目费用由个人承担并同时追究相关人员责任。

第一百零三条：其他未尽事项，按国家法律法规执行，本规范如有冲突，以国家法律法规为准。

第一百零四条：本规范每两年修改一次，公布之日起实施。

二、其他规章制度

随着书院的不断发展，庐山白鹿洞书院管理委员会根据实际工作需要又先后制定了各部门岗位职责和其他规章制度等。

（一）2005年制定《白鹿洞书院安全生产工作制度》

白鹿洞书院主要负责人为本单位安全生产的第一责任者，对安全生产工作全面负责。其职责如下：

1. 建立、健全本单位安全责任制。

2. 组织制定本单位安全生产规章制度和操作规程。

3. 保证本单位安全生产投入的有效实施。

4. 督促检查本单位的安全生产，及时消除安全事故隐患。

5. 组织制定并实施本单位的生产安全事故应急救援预案。

6. 及时、如实报告生产安全事故。

安全生产分管领导按"谁主管、谁负责"的原则，负责分管业务范围内的安全生产工作。其职责如下：

1. 贯彻"五同时"原则，及在计划、布置、检查、总结、评比生产工作的同时，计划、布置、检查、总结、评比安全工作；监督检查分管部门对安全生产各项规章制度执行情况，及时纠正失职和违章行为。

2. 组织制定、修订分管部门的安全生产规章制度、安全技术规程和编制安全技术措施计划，并认真组织实施。

3. 组织分管业务范围内的安全生产大检查，落实重大事故隐患的整改。

4. 组织分管部门开展安全生产竞赛活动，总结推广安全生产工作的先进经验，奖励先进单位和个人。

5. 负责分管部门的安全生产教育与考核工作。

6. 组织规定职责范围内的事故调查处理，并及时向上级报告。

7. 定期召开分管部门安全生产工作会议，分析安全生产动态，及时解决生产中存在的安全问题。

部门负责人（所长、副所长）职责：

1. 保证国家安全生产法规和企事业规章制度在本院贯彻执行，把安全生产工作列入议事日程，做到"五同时"。

2. 组织制定并实施科室安全生产管理规定，安全技术操作规程和安全技术措施计划。

3. 搞好本院职工的安全教育和安全技术考核工作。

4. 组织本院责任范围内安全检查，落实隐患整改，保证生产设备、安全装备、消防设备、防护器材和急救器具等处于完好状态，并教育职工加强维护，正确使用。

5. 及时报告本院责任范围内发生的事故，注意保护现场。

6. 对本院各部门实行业务指导，建立安全档案，配备合格的安全员，充分发挥安全人员的作用。

员工安全职责：

1. 认真学习并严格遵守各项规章制度，不违章作业，并阻止他人违章作业。

2. 精心操作，做好各项记录，交接班的同时必须交接安全生产情况。交班要为接班创造安全生产的良好条件。

3. 正确分析、判断和处理各种事故隐患，把事故消灭在萌芽状态。发生事故要果断、正确处理，及时、如实地向上级报告，严格保护现场并做详细记录。

4. 按时认真进行巡回检查，发现异常情况，及时处理和报告。

5. 加强设备维护，保持作业现场整洁，搞好文明生产。

6. 上岗必须按规定着装。妥善保管，正确使用各种防护用品和消防器材。

7. 积极参加各种安全活动。

8. 有权拒绝违章指挥。

（二）2010年制定《临时工作人员管理制度》

1. 白鹿洞书院聘请的临时工作人员，必须遵守国家法律法规，严格执行本单位各项规章制度。

2. 临时工作人员应将本人的简历和家庭情况报本单位备案，签订工作协议，到岗后要有高度责任感，协助单位做好各项工作，工作中有卓越贡献者，本单位将予以表彰奖励。

3. 临时工作人员如有违法乱纪，不遵守单位规章制度将视情节轻重给予处罚，情节严重触犯法律的交由司法机关追究刑事责任。

4. 夜间在单位内部值班的临时工作人员，必须严格按要求巡查，认真填写详细的值班记录，值班记录包括巡查路线、领导查岗等一切发生在值班时间的情况。

5. 临时工作人员工作期满或因故提前解除劳动关系，需与单位办理有关手续后，方能离职。

（三）2015年11月制定《监控室管理制度》

为了加强监控室的管理，确保监控系统的正常使用和安全运行，充分发挥监控设备的作用，特制定本制度。

1. 监控人员必须认真履行岗位职责，全面完成领导交办的各项工作任务。

2. 要有高度的工作责任心，严格遵守监控系统的操作规程，及时掌握各种监控信息，不得随意调整监控目标。

3. 在监控过程中，发现可疑情况，要及时、准确地通知巡逻人员前去进行处理、跟踪，必要时及时上报主管领导。

4. 要对当班的监控情况认真登记，做好值班记录；在交接班时，认真填写交接班记录，不得涂改、缺页，物品交接要清楚。

5. 监控人员必须按照规定时间上下班，不得迟到、早退、擅自调班，严禁脱岗、睡岗。

6. 在监控室不得看书报、杂志，玩游戏，不干任何与工作无关的事情。

7. 应保持监控室清洁卫生，不得将与工作无关的个人物品带入监控室内。

8. 自觉加强监控室的管理，无关人员未经许可不准进入监控室；非公安人员查询监控记录的，必须报请分管领导批准，并做好登记记录，未经批准一律谢绝查询。

9. 监控人员对监控到的打架、斗殴、盗窃、火险、交通事故、突发群体事件，以及其他有价值的监控资料等要及时保存，并做好记录。

10. 定期对监控设备进行维护，保持设备清洁卫生，确保设备正常运转；如果设备发生故障，应及时上报并做好文字记录。

11. 监控人员应认真履行职责，保守秘密，不得对外宣扬议论有关监控录像的内容。

（四）2016 年 1 月制定《讲解费管理办法》

1. 庐山白鹿洞书院讲解费收取工作由院财务室和园门所共同管理。

2. 讲解费收入上交院财务。

3. 讲解费收费标准：最高不得超过 50 元 / 批。

4. 操作方法：

　　（1）园门所所长到会计处领取讲解费收据，收据加盖园门所公章，派专人收取费用。

　　（2）收费员收费时开具三联单，一联给客人，一联给讲解员，另一联结算时交园门所所长。

　　（3）每月底园门所所长与收费员结算一次，并做好往来账目登记。

5. 园门所所长定时将讲解费和收据存根上交出纳人员，会计、园门所所长及出纳人员三方核对，核对无误后出纳人员开具正式收据给园门所所长，并将讲解费存入庐山财政指定账户。

（五）2016 年 1 月制定《白鹿洞书院基建工作规章制度》

书院保护建设责任重大，任重道远，关乎书院事业发展成败，为把基建工作做细做实，不断完善，使其更加科学、高效、规范化，根据 2015 年 12 月 10 日院管委会会议精神，特制定如下制度。

1. 为充分调动全院各部门参与基建工作的积极性，强化"以院为家，爱院护院"的主人翁责任感，凡各部门有零星维修项目，由各部门上报院管委会，经批准后，组织实施。原书院基建小组机构自动撤销。

2. 各部门应定期认真察看全院文物主体及山林地貌，根据实地情况，作出部署安排，进行修缮保护，同时加强辖区内安全防范工作，做好隐患排查，并及时上报院管委会。

3. 对于8000元以下小型施工维修，各部门根据实际情况，安排并抓好落实。结合我院多年来基建工作特点，采用点工方式，工时价按每人100元/天计算，工头按120元/天计算。裴凌云同志负责监督维修工作。

4. 对于中型建设项目（8000—50000元）由各部门上报院管委会，经主任办公会商榷，拿出具体方案和指导性意见，方可实施。

5. 凡大型建设项目（50000元以上），必须逐级上报院管委会及上级主管部门，根据相关规定，采取商务谈判形式，经上级主管部门批准后，确定项目实施。如符合招标条件，必须采用招标方式组织实施。

6. 对于超出各科室职责范围内的真空地带和部位的维修整治，由裴凌云同志负责上报院管委会并抓落实。

7. 各部门在实施维修的过程中厉行节约，指定专人监督施工，记好工时和台账及施工材料。

8. 各部门组织实施过程中如遇其他问题，上报院办帮助协调解决。

另外还有《集资房管理细则》《中层干部聘任年龄规定》《设备维护制度》等。尽管这些制度、细则、规定还有不完备之处，但对促进和保障白鹿洞书院各项工作的开展发挥了应有的作用。

第五节　编制

1955年11月，庐山林场于白鹿洞书院林区建立苗圃队。

1958年，白鹿洞书院苗圃队由庐山综合垦殖总场海会分场所属的海会林场管理，有职工30余人。

1959年5月，白鹿洞书院划归江西共产主义劳动大学庐山分校管辖。

1965年5月，江西共产主义劳动大学庐山分校在白鹿洞书院设林学系，后转设为农机系。

1970年3月，江西共产主义劳动大学庐山分校编制为一个营，四个连，白鹿洞书院为四连，下设 2 个排，为农业、机械专业，共有学生 113 人。

1972 年 4 月 18 日，中共江西省庐山革命委员会决定将白鹿洞书院林区划归庐山林业局管理，成立庐山林业科学研究所。同时，江西共产主义劳动大学庐山分校白鹿洞书院教学点取消。5 月 1 日，白鹿洞书院更名为庐山林业科学研究所。

江西省庐山革命委员会文件

庐发〔1972〕054 号

庐山林业局、庐山共大革委会：

经庐山革委党委会议研究，同意将原共大管辖的白鹿洞林区，划归林业局直接领导，成立庐山林业科学研究所，其具体接交事宜按庐山计划组、林业局、共大联合工作组提的具体意见执行。

附：关于海会白鹿洞林区交接中几个具体意见。

一九七二年四月十八日

抄报：地区革委、抓促部、林业局

抄送：庐山革委各部、室、组，各有关局和单位

1978 年 4 月，庐山林业科学研究所划归庐山海会园艺场代管。

1979 年 3 月 26 日，"庐山白鹿洞文物管理所"成立。

江西省庐山革命委员会文件

庐革〔1979〕20 号

批复

文化处：

经常委讨论

1. 同意将江西礼堂借给庐山文工团使用。今后礼堂的管理，租用收入和水电费支出，以及礼堂维修等均由文工团负责，但革委会和招待所开大会有权优先使用。

2. 同意在 1979 年度由地方财政中拨给庐山文工团壹万伍仟元整，作事业费。

3. 同意在东林寺、白鹿洞建立文物管理所，并配备管理人员。

特此批复

庐山革命委员会

一九七九年三月二十六日

抄送：革委招待所、行政科、宣传部、财税处、劳动局、银行、农垦处

1979 年 9 月 3 日，庐山革命委员会召开白鹿洞书院交接专题会议。中共庐山革命委员会临时党组书记沈振铭主持会议，宣传部长于泽民、文化处长王天民、农垦处长花友起等参加会议。庐山农垦处与庐山文化处达成并签署《关于交接白鹿洞书院的协议》。协定：原有庐山园艺场管理的白鹿洞书院内所有文物古迹和山林土地等，自协议生效之日起，移交白鹿洞文物管理所管理"，"白鹿洞文物管理所工作人员定为 12 人（包括护林员在内）。白鹿洞书院原有农垦职工，不改变身份性质。由农垦处每年支付护林费 2000 元，每年 1 月份一次拨完，不足部分由文化处解决。

关于交接白鹿洞书院的协议

庐山白鹿洞书院是我国古代"四大书院"之一，属省级重点文物保护单位，为了加强对白鹿洞文物古迹和山林、土地的保护，以适应我山发展旅游事业，为"四化"建设服务的需要，庐山农垦处和文化处就白鹿洞的管理体制问题，进行了充分协商，达成如下协议：

1. 原有庐山园艺场管理的白鹿洞书院内所有文物古迹和山林土地等，自协议生效之日起，移交白鹿洞书院文物管理所管理；

2. 根据工作需要，将对白鹿洞原有的 22 名职工进行适当调整。文管所工作人员定为 12 人（包括护林人员在内），原有职工谁走谁留，由双方协商处理，需调出的人员，由农垦处做好思想工作，并视各人的能力、专长以及体质等情况，作适当安排，文管所则应尽力配合做好思想工作；

3. 确定留在白鹿洞的农垦职工，不改变农垦工性质，并由农垦处每年支付护林费贰仟元，在每年的一月份一次拨完，不足部分，由文化处解决；

4. 在白鹿洞所辖范围内山林树木枯死需砍伐，应由文管所报告农垦处，经该处批准之后，方能砍伐，所伐木材按国家有关规定处理；

5. 对白鹿洞现有的房屋、财产、设备以及生产工具等项，由双方派员清理，登记造册，通过财政部门，按有关规定移交给文管所管理；

6. 交接工作应在一九七九年九月底以前完成，原有 22 名职工的工资，一九七九年九月份仍由园艺场支付，十月份起即由文化处发给；

7. 白鹿洞归文管所管理后，农垦处及园艺场将在有关森林、土地等工作方面，给文管所以必要的帮助；

8. 本协议须报请庐山革委批准，并自批准之日起生效。

庐山农垦处

庐山文化处

一九七九年九月三日

庐山档案馆　卷宗号：2001-1979C-005-031

1979 年 9 月 18 日，庐山革命委员会批复农垦处与文化处《关于交接白鹿洞书院的协议》，白鹿洞书院交由庐山文化处管理。

江西省庐山革命委员会文件

庐革〔1979〕109 号

批复

农垦处、文化处：

你们报来《关于交接白鹿洞书院的请示报告》收悉。经研究同意你们双方协商达成的八点协议，望遵守协议，立即办好交接工作手续，以利于把这个名胜古迹管理得更好。

特此批复

一九七九年九月十八日（庐山革委会印鉴）

发至：组织部、宣传部、计委、劳动局、园艺场。

庐山革命委员会办公室　1979 年 9 月 18 日印发（共印 15 份）

1982 年 8 月 28 日，庐山区文教卫生处呈报九江市庐山区人民政府《关于要求将白鹿洞书院体制定为国家事业单位的请示》，要求将白鹿洞文管所正式下文定为国家事业单位，其职工仍保留全民、农垦两种性质。

庐山区文教卫生处文件

文教卫字〔1982〕015号

庐山区文教卫生处关于要求将白鹿洞书院的体制

定为国家事业单位的请示报告

区委：

 庐山白鹿洞书院原系庐山综合垦殖场的一个下属单位，其性质是属农垦。79年9月根据原庐山管理局的决定，将白鹿洞书院移交给庐山文化处管理，并由省文化局下文正式成立白鹿洞文物管理所，自此以后，其体制就应转变为一个纯粹的国家事业单位。但鉴于其职工大部分都是由农垦单位转来的，所以该所的体制至今被视为农垦单位，得不到有关部门的承认，给工作和管理上均带来了不少困难。比如适合本项业务的全民职工均不能调入，从而影响了该所搞好文物保护以及为旅游接待服务的主要工作的开展。故特报告，要求将白鹿洞文管所正式下文定为国家事业单位，其职工仍保留全民、农垦两种性质，以便今后的管理。以上报告，当否，望批示。

一九八二年八月二十八日

 抄送：庐山计委

庐山档案馆　卷宗号：2001-1982y-002-035

 1982年9月11日，九江市庐山区人民政府第二十五次区长办公会议研究，同意将白鹿洞文物管理所定为国家事业单位，并按全民和国营、农垦两种情况分别设立户头，现在所的农垦工仍保留农垦性质不变。

九江市庐山区人民政府文件

批复

区文教卫生局：

 你局一九八二年八月二十八日呈报的《关于要求将白鹿洞书院的体制定为国家事业单位的请示报告》收悉。经一九八二年九月十一日区人民政财第二十五次区长办公会议研究，同意将白鹿洞文物管理所定为国家事业单位，并按全民和国营、农垦两种情况分别设立户头，现在所的农垦工仍保留农垦性质不变。

特此批复

一九八二年九月十三日

抄送：区计委、财税局、庐山银行、郊区海会营业所

庐山档案馆　卷宗号：2001-1982y-002-010

1990年4月18日，庐山风景名胜管理局机构编制委员会批准成立"庐山白鹿洞书院管理委员会"，与"庐山白鹿洞文物管理所"合署办公，机构规格和人员编制不变。

庐山风景名胜区管理局机构编制委员会办公室文件

庐编办〔1990〕01号

关于成立庐山白鹿洞书院管理委员会的通知

局属有关单位：

为弘扬中华民族古老的传统文化，加强名胜古迹和文物的保护管理，同时，便于对外进行交流联系。经管理局三月卅一日会议研究，同意成立"庐山白鹿洞书院管理委员会"，与"庐山白鹿洞文物管理所"合署办公，机构规格和人员编制不变。

特此通知

一九九〇年四月十八日

（江西省庐山风景名胜区管理局机构编制委员会办公室　印鉴）

抄报：局各位领导

抄送：局办公室

庐山档案馆　卷宗号：2013-1990C-071-048

1992年3月16日，庐山风景名胜区管理局机构编制委员会批准，庐山白鹿洞书院管理委员会升格为正科级事业单位。

庐山风景名胜区管理局机构编制委员会办公室

庐编办〔1992〕01号

关于庐山白鹿洞书院管理委员会机构升格的通知

庐山管理局文教卫生处：

接庐山管理局办公室局办字〔1992〕第7号抄告单，经一九九二年三月九日管理局研究，同意庐山白鹿洞书院管理委员会由副科级事业单位升格为正科级事业单位。

特此通知。

江西省庐山风景名胜区管理局机构编制委员

一九九二年三月十六日

抄报：姚局长、欧阳副书记、钟副局长、陆副局长、李部长

抄送：局办、组织部、劳人处、白鹿洞管委会

2013年4月28日，庐山风景名胜管理局机构编制委员会核定白鹿洞书院领导职数，主任1名、副主任3名。

关于核定博物馆等单位编制和领导职数的批复

庐编办字〔2013〕12号

文化新闻出版局（文物局）：

经4月27日中共江西省庐山风景名胜区管理局委员会第九次会议研究，同意对博物馆等单位的编制和领导职数进行核定。

具体情况如下：

1. 博物馆增加全额拨款事业编2名，调整后总编制28名。核定领导职数：馆长1名、副馆长3名。

2. 文化市场管理稽查队增加全额拨款事业编5名，调整后总编制8名，核定领导职数：队长1名、副队长1名。

3. 会议旧址管理所（会议旧址纪念馆）增加自收自支事业编3名，主要用于补充专业技术人员，调整后总编制17名，核定领导职数：所长（馆长）1名、副所长（副馆长）3名。

4. 文化馆，核减全额拨款事业编制4名（由原12名核减编为8名），核定领导职数：馆长1名、副馆长1名。

5. 文化旅游活动中心，核减差额拨款事业编制12名（由原22名核减编为10名），核定领导职数：主任1名、副主任2名。

6. 美术馆，核定领导职数：馆长1名、副馆长1名。

7. 文物管理所，核定领导职数：所长1名。

8. 图书馆，核定领导职数：馆长1名、副馆长1名。

9. 白鹿洞书院，核定领导职数：主任1名、副主任3名。

10. 电影公司（庐山恋电影院），1985年工资制度改革时，参照事业单位工资制度改革，待事业单位分类改革时再作安排，暂不考虑定编，不定领导职数。

二〇一三年四月二十八日

抄送：管理局"两办"、组织部、财政处、人力资源和社会保障处

庐山管理局党委机构编制委员会办公室2013年4月28日印发

共印30份

第六节　财政拨款、收入与支付

白鹿洞书院是庐山管理局的三级事业单位。其经费来源由四部分组成，一是庐山管理局财政处财政补助收入，二是上级补助收入，三是门票收入，四是其他收入（主要由讲解费、研学、利息等组成）。

事业支出由工资福利支出、商品服务支出、对个人和家庭的补助、资本性支出以及其他支出组成。

1992年至2016年的经费收支情况表（单位：元）

序号	年份	财政补助收入	上级补助收入	事业收入	其他收入	合计收入	事业支出
1	1992	41066		330532.37		371598.37	367180.53
2	1993	147017		343037.51		490054.51	488055.44
3	1994	224896		457195.25		682091.25	671969.61
4	1995	75879		618681.79		694560.79	686411.56

序号	年份	财政补助收入	上级补助收入	事业收入	其他收入	合计收入	事业支出
5	1996	85690		600062.11		685752.11	683236.02
6	1997	98494		575581.13		674075.13	666569.35
7	1998	278283		820543.77		1098826.77	1086797.29
8	1999	162998		745511.53		908509.53	883997.02
9	2000	199237		690055	34091.78	923383.78	917254.97
10	2001	283974		603900.93		887874.93	878875.97
11	2002	288300		470381	45151.05	803832.05	783894.42
12	2003	302800.68		331711	37830.32	672342	664335.31
13	2004	330802.24		147549	40412.6	518763.84	503875.71
14	2005	419891.52		809535	76244.83	1305671.35	1282411.2
15	2006	502242.96		823144	138485.96	1463872.92	1451784.39
16	2007	631915.96		1018394.5	204599.04	1854909.5	1768021.8
17	2008	602781.67		1071995.7	78958.19	1753735.56	1690875.81
18	2009	777131.08		1108813	186584.74	2072528.82	2062023.73
19	2010	1348982.34		1239634.5	205261.08	2793877.92	2746534.33
20	2011	861458.44	120200	1467720.5	93790.84	2543169.78	2467886.72
21	2012	2244102.94	86000	1523046	35915.46	3889064.4	3754255.28
22	2013	1561606.67	106314	1509140	154415.15	3331475.82	3301918.62
23	2014	1964763.36	86982	1607932.01	181447.49	3841124.86	3830578.13
24	2015	2148971.66	14500	1757512.97	139572.48	4060557.11	4029541.1
25	2016	2194045.29	27820	2005634.39	197097.19	4424596.87	4400336.77
合计		17777330.81	441816	22677244.96	1849858.2	42746249.97	42068621.08

第五章

文物保护

第一节　维修与保护

白鹿洞书院古建筑群由五大院落组成，依次为：第一院落先贤书院，包括先贤书院大门、二门、西碑廊、丹桂亭、朱子祠、报功祠；第二院落包括棂星门、泮池、状元桥、东西两庑、礼圣门、礼圣殿；第三院落白鹿洞书院，包括白鹿洞书院大门、东西两庑、御书阁、明伦堂、白鹿洞、思贤台；第四院落紫阳书院，包括紫阳书院大门、崇德祠、东碑廊、文会堂、东西两庑；第五院落延宾馆，包括延宾馆大门、高等林业学堂、膳堂、东西书斋、春风楼。占地面积约 13000 平方米，建筑面积约 5000 平方米，多为明清风格建筑。

白鹿洞书院地处四山环抱之中，地势低洼，山中古木参天，特别是古松苍劲挺拔，枝叶茂盛，建筑群内古树名木较多，与建筑物紧邻。春夏之交，气候湿润潮湿，霉菌极易繁殖生存，特别是农历四、五月，阴雨连绵。秋天，落叶飘落，屋面上就覆盖一层厚厚的树叶和灰尘，堵塞瓦沟、瓦垄，造成雨水流淌不畅。而农历八月、九月，由于书院特殊的地理环境，极易形成龙卷风，卷走屋面瓦件瓦头。冬天，白鹿洞书院气候寒冷，冰冻期较长，瓦面常常有厚厚的积雪，结冰冻融循环，对瓦件木板损害严重。

一、清光绪二十七年（1901）至 1949 年维修概况

白鹿洞书院在清光绪二十七年（1901）停办后，南康府知府王以慜曾在清光绪三十三年（1907）修葺鹿洞并向朝廷请示想比照邻省湖北，将白鹿洞书院改做存古学堂（未果）。此时的白鹿洞书院因科举考试已经停办，虽有一些小规模的教学活动，但学生多已不住院内，因此屋宇失修。清宣统二年（1910），提学司王同愈于白鹿洞书院开办江西省高等林业学堂。1912 年，高等林业学堂又与高等农业学堂合并为江西高等农林学堂，更名为江西公立农

224
（1901—2016）
白鹿洞书院志续编

业专门学校。1920 年，江西省省长戚扬、星子县知事吴品瑀重修书院。此次维修的项目是大成殿、先贤祠和少数亭阁。戚扬作有《重修白鹿洞祠宇碑记》记载此事，碑今存东碑廊。1924 年，星子县知事陈富庆和白鹿洞管理员重修被洪水冲垮的流芳桥。1925 年，省农业专门学校在春风楼等处改建楼房数幢。1930 年 5 月，星子县长刘世长转呈白鹿洞管理员报告与省政府，请求拨款修复白鹿洞。1932 年，应星子县长王彰、白鹿洞管理员黄滨芳呈请，省政府出台《令饬会拟修理白鹿洞殿宇办法》。星子县随即上报修葺白鹿洞估价明细表，共计维修项目 25 项，需费用 5150 元（国币）。同年，上海义赈会拨款修葺白鹿洞文会堂、独对亭、名教乐地坊，新建五老亭等处。1933 年，星子县县长伊嵩绅请求江西省政府主席熊式辉拨款修葺白鹿洞书院，具体执行者庐山管理局局长周象贤因未收到维修计划书和维修经费，无从办理。后蒋介石在海会开办庐山军官训练团，白鹿洞书院作为其中的一部分，有治疗重伤病医院驻此。1938—1944 年日军占据书院作为兵营。日军对书院内的古松群破坏最大，古树被砍数百棵。白鹿洞书院房屋在抗战时荒废七年，战后也无人管理，所剩瓦木被附近居民盗窃不少，日益破败。

二、1949 年至 1979 年维修概况

1949 年至 1979 年，白鹿洞书院管理体制混乱。先是庐山林场在白鹿洞书院建苗圃队。1965 年 5 月，又划给江西共大庐山分校。1972 年 4 月，庐山共大将白鹿洞移交给庐山林业局。5 月，更名为"庐山林业科学研究所"。1979 年才划给庐山文化部门管理，同时成立庐山白鹿洞文物管理所。

在这 30 年间，白鹿洞书院只有棂星门比较完整，泮池及上面的桥都已毁坏，泮池只剩下一个大土坑，两边厢房也没有了。礼圣门被隔成简易的住房。礼圣殿殿址上只有简陋的平房。御书阁摇摇欲坠，门窗损毁厉害。明伦堂屋顶破损，常年漏雨，被隔成小间作为职工住所。白鹿洞出现裂缝，洞上的思贤台堆放着杂物，思贤亭不复存在。贯道溪上的枕流桥也是险情不断，有随时倒塌的危险。大部分的摩崖石刻掩埋在泥沙和草丛之中。在如此情形下，大型的维修是根本谈不上的，只有一些应急的简单处理方法。尽管这样，庐山管理局还是在 1954 年收集院内和散落在外的碑刻，建起总长 190 米的简陋东西碑廊。1959 年申报省级文物保护单位，并得到批准。

三、1979 年至 2016 年维修概况

"文化大革命"后,白鹿洞书院的历史价值受到重视。书院建筑群的维修工作提上议事日程。早在 1978 年 5 月 3 日,庐山管理局党委呈文报省文物办及国家文物局,要求拨款维修白鹿洞书院。同年 6 月庐山管理局组织人员研究草拟《关于维修白鹿洞书院的意见》方案,并强调:在整个维修工作中,应根据历史的真实性,尽可能保留现在文物,恢复其原貌,使之符合古建筑的要求。在具体项目的安排上,要分清主次,先重点,后一般,先主要,后次要,做到逐步完善。在维修中要注意节约,合理使用资金。还要求计委和物资部门在所需材料方面给予支持。同年 9 月,庐山管理局文化处正式成立,主持了文物的保护管理和维修工作。1979 年 9 月,庐山白鹿洞文物管理所正式成立,改变中华人民共和国成立后 30 年来书院一直作为农林生产场所使用的局面。整个维修工程以及文物的保护和管理,均在中央、省、市等上级文物部门的关心支持下,由庐山文化部门具体负责实施。维修之前,文化部门组织人员进行半年多的调查研究和准备工作,查阅《庐山志》《南康府志》和部分碑文中有关书院的记述和附图,请教江西师范大学、江西省文物工作队的一些专家,访问书院附近的老人,就书院建筑的原貌进行探讨,以清代建筑规模及图示资料为主要依据,在上海同济大学"庐山规划组"师生的协助下,制订初步维修规划和复原图纸,为白鹿洞书院的全面维修工作创造条件。

从 1980 年开始到 2016 年,白鹿洞书院的维修工作大致进行了九期。

第一期工程于 1980 年 3 月开工,1981 年 7 月竣工。工程由福建省惠安县古建工程队负责,该队林永恭、陈招天主持设计和施工。此期工程维修两座门楼(即书院大门和御书阁前大门)、泮池、状元桥(泮桥)、三栋厢房(即礼圣门前两栋和御书阁前一栋)、礼圣门、思贤台、明伦堂、御书阁、独对亭,还翻修 200 米的院墙,铺设院区内的卵石路面,加固和油漆东西碑廊,整治环境,使书院的面貌初步得到改观。

第二期工程于 1981 年 10 月开工,1982 年 8 月竣工。施工设计单位仍为福建省惠安县古建队。礼圣殿屋面及屋柱已虫蛀腐朽,只好落架维修。在维修礼圣殿时地下二米深处挖出一石鹿,据考证为明万历时遗物,甚为珍

贵。礼圣殿竣工后于 1982 年 8 月 25 日举行仪式。在维修礼圣殿时，国家文物局局长任质彬前来视察，书院负责人及时反映枕流桥的险情。1982 年初即获得拨款抢修。1983 年 1 月，对高等林业学堂进行全面维修。1984 年 6 月，思贤台下的白鹿洞裂缝增大了十多厘米，为防止倒塌进行翻修加固。

第三期工程于 1985 年 10 月动工，1986 年 6 月竣工。施工单位为福建省惠安县龙乡古建工程队，负责人刘沧海，书院方施工负责人为胡代桃。这次工程改建西碑廊区，在拆除碑廊的空地上维修朱子祠、报功祠和丹桂亭、先贤书院院门楼及二门，还修建 18 间藏碑厢房，按规划重新安置碑刻，使所有碑刻都整齐划一地安置在墙上，以利观瞻。

第四期工程于 1988 年 10 月动工，1989 年 10 月竣工。施工单位为庐山区海会乡建筑公司，经理为肖盛杞，书院方施工负责人任赣生。改建东碑廊区，拆除旧碑廊及一栋旧平房，维修文会堂（行台）、崇德祠、厢房六间、行台西耳房、紫阳书院大门及二门，建筑面积共计 700 平方米。1992 年 12 月，白鹿洞书院在院路门口新建仿古牌坊一座。牌坊为钢筋水泥仿古结构，四柱三间两层，柱础饰抱鼓石。宽 10.8 米，中柱高 8.24 米，两侧柱高 7.10 米。正中镶嵌全国人大常委会副委员长、历史学家周谷城题写的"白鹿洞书院"，两侧镶以"圣域""贤关"横匾。

第五期工程于 1994 年 10 月动工，1995 年 4 月竣工。施工单位为福建省泉州晋江古建维修队，设计单位为江西省文物建筑保护中心。此期工程维修延宾馆，含春风楼、逸园、状元泉及厢房 22 间。延宾馆前建照壁，院内中轴线以卵石铺路。维修后的延宾馆，拥有标准房 26 间，单间 2 间，床位 54 张，1996 年 2—5 月，房内配备彩色电视、中央热水器，卫生设施齐全，为书院对外接待、开展文化交流创造优越条件。

第六期工程于 1996 年 1 月开始，1996 年 5 月结束。此次的维修主要是为了迎接联合国教科文组织专家考察庐山申报世界遗产。工程项目多而繁杂，包括屋面清除杂草、墙面出新、木构油漆、匾联出新、游步道整修拓展、庭院苗木补栽、环境整治，等等，书院自筹资金约 70 万元。

第七期工程于 1998 年 2 月开始，2000 年 12 月结束。1998 年 2 月，自筹款 6 万元用于硬化职工宿舍到书院公路段。当月省文物局、市文化局、庐山文化广播电视处等单位对春风楼进行二次验收，定为合格。10 月对报功祠的屋面、墙面进行全面维修。1999年4—9月，筹资20万元对礼圣殿进行落架维修，工程量大，屋面、墙体及门窗全部出新，队伍是庐山区海会建筑公司。从这一年礼圣殿维修开始，白鹿洞书院凡维修屋面均废弃原来又小又薄的小青瓦，改用从安徽购入的专门用于古建维修的又大且厚的大青瓦，并对屋面进行防水处理，以延长古建筑的使用寿命，缩短维修周期。2000年3月，对防火瞭望台进行基础施工。12月，筹资6.5余万元对朱子祠进行全面维修。

第八期工程于2001年开始，2009年结束。2001年1月维修明伦堂屋面、独对亭、西碑廊，4月完工。3月，庐山建筑设计院来院设计旅游厕所，3个月后完工。进院高压线路更换水泥杆。2002年维修的古建筑还有御书阁（落架）、思贤台（落架）、礼圣门（换柱）、东碑廊、崇德祠、高等林业学堂等。另外修筑贯道溪坡坎、拓展停车场路面、新建旅游商店等。施工方为海会建筑工程队和星子水利建筑工程队。2003年8月10日，报功祠后一古松遭雷击，树枝断落砸坏屋面12平方米，庐山管理局先期拨款5万元进行维修，整个预算18.5万元。2005年6—9月，文会堂及两厢房、崇德祠、高等林业学堂开工维修，9月竣工，施工队伍为河北（珠海）古建筑公司。2006年3月12日，受"泰利"台风影响，文会堂后一古松被刮倒，压垮后墙、屋面，屋内桌椅全部损毁，7月修复完工，施工队伍为河北（珠海）古建筑公司。6月，对古建群进行全面的白蚁防治。2007年12月，由管理局投资10万元，修复卓尔山上的高美亭。2008年11月，由管理局投资兴建的"江西历代进士榜"长廊竣工，长廊位于贯道溪边，全长80米，碑刻25通，收录江西籍进士11000余名。2009年11月，建在高美亭边的状元柱竣工，收录唐至清代状元660人。

第九期工程2010年开始，2016年结束。2012年4月，《白鹿洞书院文物保护规划》通过国家文物局立项，并下达120万元文物保护资金。7月，书院投资12万元进行停车场沥青路面改造。2013年，管理局投资180万元，在进书院路口新建牌坊一座，拆除原有老牌坊，并拓宽进院公路。5月8日，白鹿洞书院遭遇特大暴雨袭击，造成文物院落周边塌方20余处，山体滑坡4处，公路约200平方米路面受损。职工宿舍住户渗入淤泥5厘米，部分游步道、水管冲毁。倾倒直径70厘米以上的古松一棵，其他树木百余棵。延宾馆西厢房屋面被倾倒的树木压坏约150平方米，山体滑坡压垮进士榜碑刻3

块，造成直接经济损失约 30 余万元。2014 年 8 月 18 日，中华人民共和国财政部下拨重点文物保护专项补助资金 898 万元。其中，《白鹿洞书院安全防范工程》专项补助资金 450 余万元。《白鹿洞书院消防工程》专项补助资金 393 万余元。《白鹿洞书院防雷工程》立项及方案设计费 55 万元。2015 年 3 月 26 日，白鹿洞书院管委会与江西圣东发展公司进行安消防工程商务谈判。谈判终价：《白鹿洞书院安全防范工程》费 349 万元、安消防监控指挥中心建设费 30 万元。4 月 13 日，白鹿洞书院安消防指挥监控中心开工兴建。8 月 27 日，财政部下拨专项经费 573 万元。其中调拨 100 万元用于安防和消防工程，防雷工程实际费用 473 万元。10 月 30 日，白鹿洞书院安消防指挥监控中心，主体工程完成并试运行。2016 年 4 月，白鹿洞书院报经九江市文物局同意，从 2013、2014 年国家文物局下拨的《白鹿洞书院文物保护总体规划》项目结余资金中，调拨 30 余万元，对 20 世纪 70 年代所建停车场旱厕进行改造。8 月 1 日，白鹿洞书院对院落部分建筑的屋面、墙面进行维护保养和院内绿化。

第二节　日常维护

白鹿洞书院 1988 年被国务院公布为全国第三批重点文物保护单位。为了加强对文物资源的日常维护，做好文物保护工作，让中华民族优秀的历史文化遗产发挥自身的优势，服务于人民，白鹿洞书院积极做好以下工作。

一、文物安全制度建设

根据《中华人民共和国文物保护法》《文物保护单位保护管理暂行办法》《文物保护工程管理办法》《中华人民共和国消防条例》《江西省消防条例》等法规，白鹿洞书院特制定以下文物保护制度，要求全体工作人员必须遵纪守法，严格执行。

（一）五项日常安全维护制度

1. 领导带班制度。值班要保证每时每刻都有领导，杜绝只留名不留人的官僚主义、形式主义作风，牢固树立安全责任意识。

2. 安全巡查制度。值班人员和文物管理所人员要加强对文物大院各个区域不间断巡查，及时发现问题，及时予以处置。

3. 值班和交接班登记制度。必须保证每天24小时有值班人员，每班不得少于两人。值班人员忠于职守，不得擅自脱岗，要做好交接班记录，以便分清责任。

4. 领导抽查制度。各部门负责人，要定期不定期的亲自对本部门的防盗、防火工作进行检查，对存在的问题，要及时汇报，及时整改。

5. 保卫科做好安全检查签字备案登记。安全检查要做到谁检查谁负责，谁签字谁负责，登记在册，有据可查。

（二）岗位安全日常维护责任制度

1. 为切实抓好白鹿洞书院文物安全管理工作，实行文管所所长、林业治安消防管理所所长负责制，管委会分管领导具体负责文物安全管理工作。

2. 健全、充实林业治安消防管理所力量，主要领导作为安全第一责任人亲自挂帅，狠抓落实。

3. 坚持"谁主管、谁使用、谁负责"的原则，把安全责任落实到人头、明确责任、各司其职，做到警钟长鸣，确保文物万无一失。

4. 各岗位认真贯彻落实有关文物安全的法律、法规政策，以及上级文物安全会议精神。

5. 认真执行安全规章制度、文物保护安全工作预案、岗位安全作业规程，落实好安全措施。

6. 搞好本单位的安全教育培训工作，提高全院职工对文物安全工作重要性的认识，掌握各种文物安全知识、安全技能。

（三）文物大院日常维护用火、用电管理制度

1. 坚持"安全第一、预防为主"的原则，认真学习《中华人民共和国文物保护法》《中华人民共和国消防条例》《江西省消防条例》等并严格执行。

2. 坚持"谁主管、谁负责"的原则，明确职责，责任到人，燃着的烟头及时扑灭，电源及时切断。

3. 林业治安消防管理所及分管消防安全的领导要定期、不定期地对重点要害部位进行消防安全大检查，存在的火灾隐患及时排除与整改。

4. 林业治安消防管理所不定期地检查消防器材、电气设备、线路是否完好有效，发现问题及时整改。

5. 在古建筑内安装电灯和其他电气设备，必须经过院管委会和公安消防部门批准，由正式电工负责安装维修，并严格执行电气安全技术规程。

6. 电工在任何情况下都不准带电工作。

7. 文物大院内电线一律采取铜芯绝缘导线，并穿管敷设，严禁乱拉乱接电线。

8. 在文物大院内严禁使用液化气等易燃、可燃物，供游客参观的地方禁止吸烟，并设鲜明的标志。

（四）安全维护定期汇报制度

1. 严格执行安全检查制度，并将检查结果由执行人签字，上报主管领导。

2. 将安全保卫工作作为重点在每周例会研究、讨论。

3. 利用现代防控设施，关注安全隐患，并及时通报各科室。

4. 执行每周、每月、每季度及年度的检查，并将存在的问题及时整改，上报主管领导。

5. 做好突发安全事故的记录，将事故原因、处理过程及时汇报并留档封存。

6. 对节假日的安全检查要在节假日前进行。做到每日有负责人，每岗有具体人员。

7. 对各类安全事故，不欺骗、不谎报、有险必报。

（五）安全维护定期检查制度

1. 根据各单位的特殊性，逐年实行定期安全检查，并要组织有关人员统一检查。

2. 实行定期月报、季查、节前节后查，做好记录，向上级领导汇报。

3. 查出的隐患，必须落实到具体科室，要求定期整改，如有难以落实的问题，必须向上级领导汇报。

4. 将记录保存成册、存入档案，作为查对的依据。

5. 参加检查人员，必须认真负责、严格把关，确实发挥检查工作的作用。

二、文物保养具体措施

明确基建小组的日常工作制度、内容（屋面检漏、除草；墙体出新、油漆出新；定期清除白蚁，开展环境整治；摩崖石刻、碑刻保养；对联、匾额增加和出新；增加文物大院外的参观区，减少大院内的人流量，以利于文物的保护等）。此项内容不用包括大型的维修，只要日常的维护就行，内容尽量齐全。

（一）日常保养维护检查

1. 白鹿洞书院基建维修小组人员、文物管理所人员对文物大院开展的常规性维护检查，其目的是及时发现、记录古建筑保存现状和病害发展情况、保护性设施现状等。

2. 维护检查以目测观察为主，也可根据实际情况配合使用简易或小型的观测、检测工具。

（二）专项保养维护检查

1. 指遭遇下大雨、雪、冰雹、雷击等天气后，对电器设备安全及屋面、墙体等是否脱落、松动等现象的维护检查。

2. 墙体是否酥碱风化、有裂缝、歪闪、构件缺失和移位、基础下沉及沉降变化等；抹灰、粉刷是否空鼓、粉化、脱色脱落、霉变等。

3. 阶条石、垂带、踏跺等是否歪闪、移位、下沉、破损、碎裂等。

4. 排水天沟及明暗排水沟是否通畅，泄水口是否有淤泥杂物堵塞等。

（三）定期保养维护检查

1. 可根据古建筑地区差异、气候条件、保存情况、单体建筑数量，自行合理安排定期巡视检查路线、周期，每年应至少进行两次。

2. 定期聘请专业人员清理文物大院建筑屋面杂草、屋面捡漏等，并进行保养维护。

3. 针对白蚁对文物大院的侵害，聘请专业人员及机构制定防治计划，每年定期检查不少于四次，如白蚁侵害严重则采取相应措施。

（四）日常保养维护记录

1. 维护中应对古建筑保存现状、病害和受损情况等拍照、记录，现场填写报表，整理相关文字及影像资料，及时存档。

2. 制作填写日常巡视检查报表、定期巡视检查报表、专项巡视检查报表。

3. 维护检查中发现威胁古建筑及其环境安全的情况时，应立即上报主管部门。如发现病害已严重威胁古建筑的结构安全，须立即在专业技术人员的指导下采取临时抢救性防护措施。

4. 应在年底汇总维护检查资料，分析评估病害类型、程度及发展变化趋势，提出结论。

5. 每年 12 月底前应根据文物大院古建筑保存情况、病害程度、往年维护检查结果，制定下一年度巡视检查工作计划，并遵照执行。

（五）日常保洁保养维护管理

1. 制定文物大院古建筑及其周边环境的保洁制度，明确文物管理所为责任人。

2. 文物管理所保洁人员负责古建筑的定期清洁打扫、日常通风换气等工作，保持古建筑整洁、无蛛网、无浮尘，做好相应记录。

3. 扬沙、浮尘等恶劣天气不宜通风换气。高湿、多雨等不适于通风的天气，可适当减少通风换气次数。

4. 室内外文物陈设、壁画、彩画、塑像、匾联等附属文物的保洁工作，由院管委会委托专业技术人员或在其指导下完成，确保文物安全。

5. 摩崖石刻、碑刻的保养维护由院管委会委托专业技术人员或在其指导下完成，确保文物安全。

（六）应急保养维护管理

1. 应针对灾害性天气，文物管理所联合林业治安管理所共同编制文物大院古建筑保护应急预案。

2. 气象预报部门发布橙色以上级别预警时，文物管理所和林业治安管理所应及时采取必要的应急措施。雷电天气应关闭电器。

3. 受灾后，文物管理所和林业治安管理所应及时组织专项巡视检查，统计灾损情况。

4. 雨后、雪后应及时清理积水、积雪，适当通风换气，合理调节室内温湿度。

第三节　藏品

一、1991 年 6 月 12 日，《湖口县志》主编刘文政将其在湖口县江桥乡二甲吴村村民吴敦铸家收集的两份白鹿洞书院清代光绪年间的试卷和一本手抄教材捐赠给白鹿洞书院，这是白鹿洞书院第一次发现清代试卷。一份为高巨轮试卷，一等第二名，第一课。一份为李郁苏试卷，一等第七名，第四十五课。均加盖书院红色方印和蓝色条印，注明付给膏火纹银，高巨轮五钱，李郁荪一两。试卷纸张为毛边纸，紫色方格，墨楷书，试卷长136厘米，高25厘米。高文77行，李文86行，满行20字，字迹清晰可辨。

试卷性质为"经右"，就是训解或阐述儒家经典方面的内容。高巨轮考文为："拟邱希范与陈伯之书。"《梁书》有邱迟（号希范）《与陈伯之书》，此卷应是默写而成。李郁荪考文为："禋于六宗解。"先解"禋"本，后解"六宗"。他还写了《雷雨战昆阳赋》，歌颂东汉光武帝在昆阳战役中的胜利；《晚香玉赋》，描述名花夜来香的"依稀夜光""是花是玉""有色有香"的形态。

保存试卷者为吴庭芝，字重卿，号先梅。江西九江湖口县江桥揽秀岭二甲吴村人。生于咸丰五年（1855），卒于民国六年（1917）。光绪二十年（1894）赐进士，授职翰林编修，后特授直隶广平知府兼知永年县。他曾就读和执教白鹿洞书院，试卷应为吴庭芝执教时所保留。

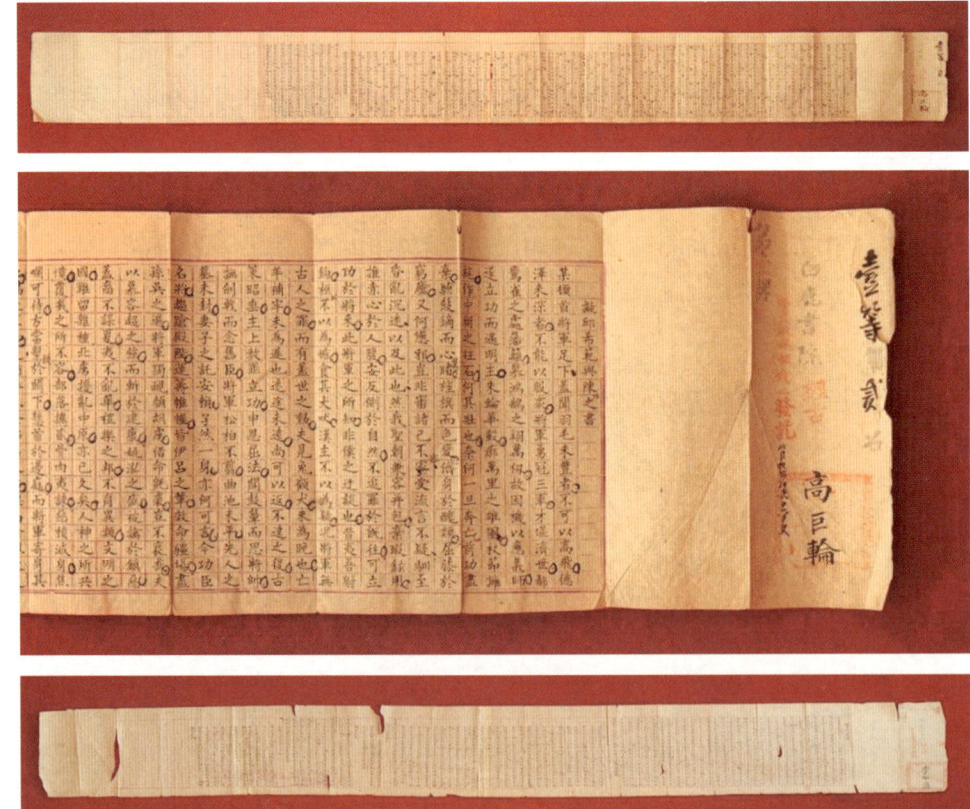

清代高巨轮、李郁荪试卷

二、"教材"为手抄《晋书》和《梁书》中十四篇文章。红格毛边纸，48 张 96 页，封面后加，墨色楷书，每面 8 行，满行 20 字，书高 24.5 厘米，宽 15.5 厘米。上下角有残破，但未影响字迹，从前至后有红色水渍。

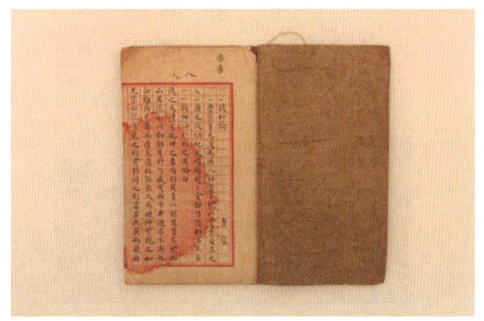

清代手抄教材

三、1997 年，白鹿洞书院从江西省文物商店征集到清代道光年间"白鹿古洞"粉彩山水瓷盘一件。瓷盘直径 15 厘米，高 3.2 厘米，花口，薄胎，折腹，弧沿，矮圈足，釉莹润，亮度好，胎体洁白，透明度高。圈足内正中为两行竖式方章篆书红字款"道光年制"，为道光朝民窑产品。整个瓷盘色彩鲜明柔和，构图严谨有序，绘制精巧工细。突出书院的主体建筑和主要院落，或山或水，或云或雾，或树或屋，布局合理，错落有致，既表现白鹿洞书院的地理位置和环境风貌，又概括白鹿洞书院的建筑特点和布局框架。

清道光"白鹿古洞"粉彩山水瓷盘

四、2000 年，白鹿洞书院从九江市文物商店征集到民国初"白鹿古洞"浅绛彩山水纹笔筒。笔筒高 14 厘米，直径 11.5 厘米，笔筒一面书写隶书"白鹿古洞"字样。一面为山水园林图。图中远山与近水互相呼应，山石与楼台融为一体，以极细的线条、柔和的色调和完美的构图来表现景物。

民国"白鹿古洞"
浅绛彩山水纹笔筒

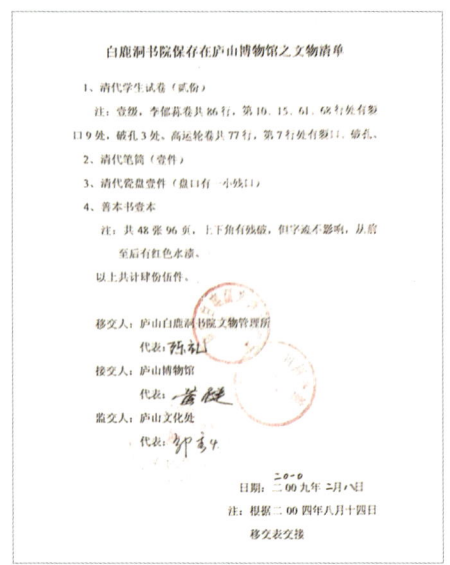

白鹿洞书院保存在庐山博物馆之
文物清单

　　五、1995 年 6 月，通过国家文物鉴定委员会专家评审，白鹿洞书院六件文物被鉴定为一级文物。分别为《重建白鹿洞书院记》碑、《朱子白鹿洞书院教条》碑、《白鹿洞书院宗儒祠记》碑、《修道说》《中庸古本》《大学古本序》《大学古本》碑、《白鹿洞学田记》碑、白鹿洞书院学生试卷二份。

《重建白鹿洞书院记》碑

《朱子白鹿洞书院教条》碑

《白鹿洞书院宗儒祠记》碑　　　　　　　《白鹿洞学田记》碑

《修道说》《中庸古本》《大学古本序》《大学古本》碑

第四节　陈列展示

一、现存的陈列展示

（一）白鹿洞书院院史陈列展

位于白鹿洞书院报功祠内，初为1995年李科友、黄明炎指导设计制作。现展览为2009年在原展览基础上重新升级改造而成。展厅面积60平方米，展板面积460平方米，展览共分为"前言""肇基于晚唐""办学于南唐""定名于北宋""宏大于南宋""尤盛于元代""绍隆于明代""延续于清代""沉寂于民国""千年流芳""重放异彩""大事记"十二个部分。2009年陈列大纲由闵正国修改审定。

（二）朱子祠陈列展

位于白鹿洞书院朱子祠内，1995年由李科友、黄明炎指导设计制作，展厅面积60平方米，展厅正中央展示1986年复制的"宋徽国文公朱晦庵先生自画像"，画像上方悬挂康熙御赐匾额"学达性天"，画像两旁分别展示《文公朱子专祠碑记》《朱子白鹿洞教条》青石碑刻，朱子画像由庐山文化馆夏梅生临摹、周绍信书写，"学达性天"匾额由夏梅生临摹。展厅四周分别展示：周敦颐、程颐、程颢、陆九渊（中间大像）以及陈宓、吕炎、彭蠡、蔡沈、周耜、李燔、彭方、黄灏、张洽、冯椅、吕焘、胡泳、林用中、黄榦（两旁小像）18位人物肖像板刻画，为江西高级工艺美术师丁世弼所绘。整个展板面积36平方米，板刻由白鹿洞书院工艺美术师裴盛亚带领书院职工雕刻完成。

（三）明伦堂陈列展

位于白鹿洞书院明伦堂内，展厅面积96平方米，2006年布展，展厅中布置仿宋桌椅25张，展厅正中临摹展示《朱子白鹿洞书院教条》。四周陈列展示的是中国科举制度展，所有展板均为青石质，共20块展板，展板面积28余平方米，分别介绍唐、宋、元、明、清五个朝代的科举制度及与白鹿洞书院有关的人物卢肇、伍乔、王安石、文天祥、揭傒斯、欧阳玄、费宏、邹守益、戴衢亨、万承风10位科举人物的生平事迹。陈列大纲由李科友指导完成，设计由黄明炎完成，高峰、黎华、涂长林策划，星子工艺美术厂陈茂林雕刻。

（四）历代名人与白鹿洞书院陈列展

位于白鹿洞书院状元桥西厢房内，2008年3月对外开放。展板面积110余平方米，图片30多幅。共展示了李渤、白居易、王贞白、伍乔、刘式、吕祖谦、陆九渊、朱在、江万里、陈澔、虞集、胡俨、翟溥福、彭时、胡居仁、湛若水、费宏、王守仁、李梦阳、章潢、袁枚、王昶、翁方纲、陈宝琛、戴衢亨、冯友兰等26位与白鹿洞书院相关的人物的主要事迹。高峰、黎华、涂长林策划，闵正国撰写陈列大纲，庐山陈新设计制作。

（五）江西历代进士名录榜

位于白鹿洞书院状元桥东厢房内，2007年布展，共10块展板，展板面积22平方米，展示11000位江西历代进士名录。高峰策划，江西省社科院胡迎建提供名录资料。

（六）"江西历代进士榜"长廊

位于棂星门前贯道溪南岸，2007年3月动工，11月竣工。全长80米，碑刻25块，收集江西籍进士11000余名。高峰负责陈展大纲，黎华负责板面制作。这是庐山管理局当年重点文化工程项目。

（七）"天下状元柱"专题陈列

位于卓尔山高美亭旁，共有5根石柱，石柱底座根据每个朝代的柱础特征刻有不同的图案。石柱分别刻有唐、宋、元、明、清五个朝代的状元660人名，旁边有简介一块。2009年11月建成对外开放。

二、曾经的陈列展示

（一）朱熹生平事迹陈列展、白鹿洞书院陈列展

1986年5月，白鹿洞书院筹备"朱熹生平事迹陈列展""白鹿洞书院陈列展"。陈列大纲由上饶市文物管理所林友鹤草拟，经庐山文教卫生处副处长王炳如审定；板面设计由九江市博物馆陈尚秋和庐山文化馆夏梅生负责；文字说明由庐山文教卫生处文化科徐顺民编撰。美术设计由庐山文化馆夏梅生、周绍信以及星子县文物站站长胡大鹏、星子县文化馆馆长赖书麟、星子县文联陈家国等人合作完成。7月底，布展完成对外开放。

1. 朱熹生平事迹陈列展

朱熹生平事迹陈列展分设在朱子祠和报功祠内，朱子祠主要陈列内容有

朱熹自画像、朱熹生平事迹简介、朱熹简明年谱、朱熹行踪图、朱熹道学的形成和他所处的时代、朱熹的哲学思想、朱熹的教育思想、朱熹与当代的哲学流派、朱熹道学对后世的影响。报功祠陈列的主要内容包括朱熹的著作和贡献、朱熹遗墨、古今名人的题字、近代学者对朱熹学说的研究和评价。朱子祠于 1986 年 7 月修复竣工时，立《白鹿洞修复朱子祠记》青石碑于朱子祠内。碑文由江西教育学院教授李才栋撰写，江西师范大学教授许怀林校阅。

2. 白鹿洞书院陈列展

白鹿洞书院陈列展设在明伦堂内，主要内容有书院简介、书院环境、历史沿革、建筑规模和设施、组织机构、价值和影响。

（二）历史名人蜡像馆

1993 年 5 月 20 日，白鹿洞书院"历史名人蜡像馆"对外开放。蜡像馆设在白鹿洞书院第四个院落的崇德祠内。蜡像由福建南平樟溪游乐场设计制作，主要场景有李渤与白鹿的传说、朱熹修复书院、朱熹讲学书院等，1998年撤展。

（三）刘少奇旧居纪念室专题陈列展

位于白鹿洞书院御书阁内，1994 年 10 月 1 日正式对外开放。展览内容分为：一楼主要采取图片形式展示中华人民共和国主席刘少奇的生平及大事记。西面展板为两幅油画，分别展示刘少奇 1927 年和 1959 年两次来白鹿洞书院时的情景，油画为江西师范大学美术教授所绘。二楼展示 1927 年刘少奇在御书阁居住时卧室复原陈列，有架子床、书桌、椅子、脸盆架以及简单的生活用品等。2005 年撤展。

三、引进的展览

（一）1987 年 9 月，国画大师胡献雅次子、美术师、原江西医学院美术工作室主任胡克平在白鹿洞书院报功祠举办为期一个月的个人画展，展出书画作品 40 余幅。

（二）德安南宋周氏墓出土文物展。1991 年 7 月，白鹿洞书院从德安博物馆引进南宋周氏墓出土文物，进行为期一个月的文物展，共展示服饰、头饰及食物（粽子）等随葬文物 30 余件。

（三）明代藩王出土文物展。1993 年 9 月至 11 月，从江西省博物馆引进

240

明代藩王出土文物展，共展出金器、玉器、头饰、服装等40多件。

（四）贵溪明代安人文物展。1993年8月，从贵溪博物馆引进明代安人葬俗文物展，共展示崖棺、木器、陶器等随葬文物20余件。

四、外出的展览展示

（一）1994年4月，白鹿洞书院与湖北荆州博物馆在庐山联合举办"楚汉文物精品展"和"楚汉漆器展"。

（二）1995年7月30日，白鹿洞书院与故宫博物院在故宫承乾宫联合举办庐山白鹿洞书院碑刻摩崖题刻展览，为期三个月。展示内容主要是：书院风景图片、书院建筑图片、书院历史沿革及书院历代碑刻、摩崖石刻拓片。《人民日报》、《光明日报》、《中国文化报》、《中国文物报》、《新闻中心社》、《团结报》、中央电视台等媒体相继作了报道。

（三）2003年7月5日，庐山白鹿洞书院碑刻摩崖题刻展览，在南昌八大山人纪念馆举行。

1995年7月30日，白鹿洞书院与故宫博物馆在故宫联合举办庐山白鹿洞书院碑刻摩崖题刻展览。

从右至左：杨新（故宫博物院副院长）、朱家溍（故宫博物院研究员）、单国强（故宫陈列处处长、字画鉴定专家）、高峰（白鹿洞书院管委会副主任）

第五节 安防、消防、防雷

一、安全防范工程

庐山白鹿洞书院安防工程由江西圣东发展公司施工建设，2015年7月19日正式开工，2015年10月20日完工，整个安防系统包括视频监控、声音复核、入侵报警、通信对讲系统、门禁系统、电子巡更系统、安检防暴、LED屏、安全卫士、卡口、温湿度监测、指纹打卡机系统、远程监督预警联网系统、安防消防监控中心建设等多个系统组合。白鹿洞书院安防系统由二级平台构成，二级平台为白鹿洞书院本地安防系统，含以上各系统设备。一级平台为白鹿洞书院远程监督预警联网系统，设在庐山文化综合执法大队。主要由服务器、流媒体服务器、客户端电脑、集成软件、远程对讲系统、门禁系统、考勤系统、6个42寸大屏及控制设备等构成。

二、消防工程

1987年10月1日，白鹿洞书院架设的1公里万伏高压输电专线完成并输电。

1987年，白鹿洞书院完善消防设备与设施。其中兴建日出水量35立方米水井和储蓄45立方米水池各1座。购置高压离心水泵、潜水泵各1台，购泡沫灭火器22个、消防栓4个。

1991年4月，白鹿洞书院增修一座100吨消防贮水塔。

庐山白鹿洞书院消防工程由江西新余珠珊建设集团有限公司施工建设，开工日期为2015年12月20日，竣工日期为2016年4月19日，工程工期120天。工程包括火灾联动报警系统、联动控制系统及各种设备系统软件，对文物大院原电路进行改造，更新室内外消防栓系统，新建消防配电房、消防水泵房、消防水池和消防值班亭，增加消防备用水源及水泵，增设消防栓箱启动按钮，增加防雷设施，地面鹅卵石开挖复原，消防系统服务器及软件安装，变压器增容等。

三、防雷工程

白鹿洞书院防雷工程于 2014 年 5 月 21 日批准立项。方案由北京万云科技开发有限公司设计。江西省文物局于 2015 年 4 月 28 日下达《关于白鹿洞书院防雷工程设计方案的批复》。中华人民共和国财政部于 2015 年 8 月下达白鹿洞书院防雷工程经费 573 万元。2016 年 3 月 24 日实施方案通过专家评审。

第六节　维修专款

白鹿洞书院既是全国重点文物保护单位，又是国家级自然保护区，古建筑维修经费来源于国家文物局。主要用于古建维修、消防、安防、防雷、整体规划、环境整治、维修公路、修建公厕以及春风楼修复、新建瞭望塔等。

1980 年至 2016 年的拨入专款及专款支出情况表（单位：元）

序号	年份	拨入专款	专款支出
1	1980		7132.75
2	1982		109293.37
3	1983	20000	5744.09
4	1984	60000	217.46
5	1985	100000	25093.60
6	1986	130000	108.00
7	1987		27927.05
8	1988	200000	24485.14
9	1989	20000	6108.00
10	1990		50000.00
11	1991		11372.79
12	1992		18890.88
13	1993		140863.00
14	1994	100000	

（续表）

序号	年份	拨入专款	专款支出
15	1995	110000	
16	1996	319500	
17	1997	310000	
18	1998	301700	
19	1999	470000	
20	2000	357000	12966.00
21	2001	531700	201547.15
22	2002	436069	426933.82
23	2003	113054	180649.32
24	2004	189033.60	119845.38
25	2005	1274803	469459.90
26	2006	1678864	1346914.05
27	2007	923297	1079117.90
28	2008	887439.50	475364.19
29	2009	259912	1103110.08
30	2010	497444	312987.29
31	2011	58764	313440.74
32	2012	41414	702327.21
33	2013	1180000	530188.00
34	2014	2540514.57	2142342.82
35	2015	2098500	1688957.90
36	2016	214000	427967.40
合计		15423008.67	11961355.28

第六章

学术研究

第一节　院刊要目

1991年《白鹿洞书院通讯》第一期

1992年《白鹿洞书院通讯》第一期

当代中华诗词研讨会专辑

1993年《白鹿洞书院通讯》第一期

1993年《白鹿洞书院通讯》第二期

论文选编

中华诗词表现艺术研讨会暨海南行吟诗会专辑

论文选编

1993 年《白鹿洞书院学报》试刊

1994 年《白鹿洞书院学报》第一期

10. 康钊：白鹭洲书院经济来源考（41）

11. 陈炎成：贵溪古代的书院（44）

12. 刘裕黑：桂岩书院考（48）

13. 邹友兴：宋至清代丰城书院设置与教学（51）

宋明理学研究

14. 徐安民：朱熹读书法与现代教育心理学探讨（55）

15. 黎华：浅析朱熹早期的理学思想（61）

16. 胡荣彬：九江《黄氏家谱》中发现朱熹佚文（64）

17. 孙淑彦：朱熹在揭阳的一篇轶文（66）

18. 孙自诚、徐玉福：熊十力年谱（71）

1995 年《白鹿洞书院学报》第一期

书院研究

1. 胡青：华林书院再研究（1）

2. 邓洪波：走出低谷的明代前期书院（6）

3. 李科友：白鹿洞书院摩崖题刻考释（10）

4. 邹友兴：谈陈瑞父子创办龙光书院（19）

5. 李刚：白鹭洲书院与汪可受（22）

6. 胡春涛：正德书院——开创我国厂矿办学之路（24）

理学研究

7. 李邦国：孔子的德育教育思想（28）

8. 聂志刚：明代理学家罗钦顺（32）

传统文化研究

9. 曹国庆：明代的乡约研究（34）

10. 孙自诚、徐玉福：熊十力年谱（中）(47）

1995 年《白鹿洞书院学报》第二期

书院研究

1. 周铭生：弘扬古代书院德育和爱国主义教育的优良传统（1）

2. 徐冰云：浅谈华林书院道德教育的成效（4）

1996 年《白鹿洞书院学报》第一期

书院研究

1996年《白鹿洞书院学报》第二期

18. 陈炎成：贵溪历代知县与象山书院（72）
19. 王立斌：鹅湖书院的变迁与发展（73）
20. 王水宝：略述万载古代的书院（76）
21. 王文：记“龙泽书院”（78）
22. 黄惠运：书院旧址在井冈山斗争中的作用（80）
23. 舒平：中国书院研究的权威工具书——《中国书院辞典》（82）
24. 易自岐：张自烈年谱（83）

1998年《白鹿洞书院学报》第一期

传统文化研究

1. 潘治富：江泽民同志爱国主义观及其实践探析（1）
2. 邓著之：再谈中华民族爱国主义的历史脉络（10）
3. 李桐玉：传统美德教育与历史教学（14）
4. 陈岌：略论庐山传统文化特色（18）
5. 刘晓祥：《庐山小志》及其作者蔡瀛（23）

书院研究

6. 易自岐：试论朱熹对白鹿洞书院的历史功勋（25）
7. 李科友：白鹿洞书院之碑刻（28）
8. 振戈：白鹿洞书院的藏书（34）
9. 闵正国：一位承前启后的爱国先驱——江万里与古代书院的爱国教育（42）
10. 刘晓祥：《春风楼记》和骆应炳（48）
11. 李才栋：北宋时期白鹿洞书院历史问题刍议（50）
12. 梁芳苓：试析白鹭洲书院的盛衰及其原因（54）
13. 梁芳苓：试论白鹭洲书院的“官学化”及其影响（57）
14. 徐冰云：华林书院教学方法初探（60）
15. 徐冰云：浅论华林书院的女学（62）
16. 王立斌：马寅初与鹅湖斜塔（64）
17. 聂志刚：匡山书院探古（66）
18. 李才栋：关于书院“讲会”与“会讲”的再答问（68）
19. 李才栋：关于“中国书院制度”的通讯（70）

1999 年《白鹿洞书院学报》第一期

《中国书院论坛》第三辑

儒学与传统文化研究

江西省书院研究会第四届年会学术论文汇编

书院研究

《中国书院论坛》第四辑

《中国书院论坛》第五辑

《中国书院论坛》第六辑

《中国书院论坛》第七辑

《中国书院论坛》第八辑

"纪念书院改制110周年暨象山思想研究"全国学术研讨会论文辑要

"书院文化在当代人文环境下的传承与发展论坛"全国书院学术研讨会论文辑要

《中国书院论坛》第九辑

第二节 论著

《白鹿洞书院史略》

李才栋 著

《江西教育学院学刊》（内部刊物）

教育科学出版社 1989 年 4 月

《白鹿洞书院史略》以白鹿洞书院的全部历史为纵轴线，主体分七章，另缀导言和结束语，并附"年表"。每章专考一个朝代，以唐、宋、元、明、清、近代为序，第四章于"南宋书院"论述尤详，以证"此时书院的发展到了宋代三百年的最高峰。白鹿洞书院的建设也达到了高潮"。全书对书院的由来、定名、人事、教学、规模、影响，特别是历次兵燹、灾祸、党禁、政治风波，条分缕析，广征博引文献数百种，且每每引录有关的诗词歌赋，达30 篇之多，注释更有 156 条。全书富有史料直感，且洋溢书院气息，颇具可读性。

一、叙述南唐升元四年（940）李氏朝廷在白鹿洞建起庐山国学，"这是一所与当时建立在南唐首都金陵秦淮河畔国子监相类似的学校"。求学生徒，"最多的时候有好几百人，平时则保持近百人，百余人不等"。其时曾置学田数十顷，已有升堂讲说形式。

二、考定宋仁宗皇裕末年（1054）"周敦顾、刘焕、陈舜俞、陈瓘等人曾相继讲学白鹿洞书院"之说"靠不住"。白鹿洞书院在"北宋时影响也很有限"，"人们在当时并不怎么看重"，"除起始较早、基础较好、曾受朝廷赐节之外，在人数、时间、影响几方面都称不得为大书院"。所以白鹿洞书院成为海内名书院，实出自南宋朱熹的经营。

三、朱熹奏疏《缴纳南康合奏禀事件状》称"即其故基度为小屋二十余间"。并非旧有的史书所称"在白鹿洞全面完成了修复工作，建成了'规模宏大'的书院，建起了好几百间房屋，并且置妥了大片庄田"云云。其时生徒亦"一二十人"，并不很多。朱熹也并未辞去南康知军专任白鹿洞主。

四、阐明白鹿洞书院自唐五代以来所具有的种种特点。朱熹却一再要求朝廷给予批准、备案、赐额、赐书，进而又建议设置洞主官员，纳入官制。其目的是要使书院成为官学的一部分，或者以白鹿洞书院的模式来改造其他书院和官学。

《白鹿洞书院史略》一书，是我国学术界研究白鹿洞书院的一部重要专著，已在海内外造成了不小的影响。

《朱熹和白鹿洞书院》

李邦国　著

湖北教育出版社　1989年5月

《朱熹和白鹿洞书院》是以朱子倾力兴复白鹿洞书院的因缘和成果为横截面，主体分六章，前有邵达成作序，后附朱志经"中国古代教育史上的明珠——书院"。其第六章是"白鹿洞书院年表"。该书先以一半以上篇幅论述朱熹生平、教育生涯的哲学基础及其教育思想；后半部分则陈述振兴过程不详，而第五章剖析"管理制度"特明。作者的用意，显然是在突出"朱熹是孔子之后注重实践最有影响的教育家，也是孔子之后支配中国社会的政治与思想长达七百多年而不衰的著名思想家"，以为他的兴复之举张本。作者又强调："朱熹热衷于兴复白鹿洞书院，并非仅仅出于一个学者讲学的嗜好，而是出于在上述社会根源的基础上，朱熹这位大学者、大教育家振兴国家和儒学道统的高度责任感。"应该说，全书在论述上层次分明，阐述得体，令人可信。第五章"可贵的启示"是该书的一大成果。作者指明如今的高校教育改革正可从中汲取五条经验：

一、尊师爱生，互相砥砺；

二、教学与学术研究并重；

三、提倡自由讲学与学习；

四、机构精简，管理有则；

五、让师生在美的环境中陶冶心性。

《朱熹及宋元明理学》

吴以宁　编

国际文化出版公司

附：古代书院　研究资料

有宋以来，宋明理学始终是我国封建社会的主导思想，朱熹又是宋理学的集大成者，科学地评价朱熹和深入地研究宋明理学，对于全面地总结我国封建社会的思想史、哲学史、教育史以及中外文化交流史等都是十分重要的。20世纪80年代以来，朱子学与宋明理学研究日趋活跃，硕果累累。

朱熹及宋明理学的研究，跨越国界，并为世人所关注。1982年在美国夏威夷召开了国际朱熹哲学讨论会，1987年在厦门市也举行了朱子学国际学术会，1988年6月又在"闽学"的发源地武夷山成立了"武夷山朱熹研究中心"，创办朱子学刊物、学院和讲习班，摄制朱熹生平电视片；近十年里，宋明理学讨论会召开过多次。该书将过去编辑供内部交流参考的《朱熹及理学研究资料索引》加以扩充，为朱子学和宋元明理学研究者提供方便，推进朱子学和宋元明理学研究，资料中对朱熹之外影响较大的思想家、理学家王安石、陈亮、王守仁、李贽等收集范围有所拓宽，以利读者对他们作全面深入的研究。

本资料辑录自1900年至1988年公开发表的论著。辑录本资料时，参考了一些书报及其他公开发表的资料，因其过于分散，恕不一一列举。

目　录

一、研究朱熹的论文

（一）生平与评介

（二）宗教与经学

（三）哲学思想与学术论辩

（四）教育思想与教育方法

（五）语言与文学

（六）其他

二、有关朱熹的其他资料

（一）台湾《宋人传记资料索引》中有关朱熹的资料索引

（二）《中国丛书综录》子目朱熹撰著目录

（三）《四库全书总目》中有关朱熹撰著和部分朱子学撰著提要（另行标点）

（四）《清代文集篇目分类索引》中所收的有关朱子学的篇目、作者、文集及其卷、页、面

三、研究宋元明理学的论文

（一）通论

（二）理学与宗教

（三）理学与经学

（四）理学与教育

（五）理学与宋学

（六）学派与学术论辩

1. 学派

浙学

湘学

关学

洛学

闽学

阳明学

蕺山学派

东林学派

其他学派

　　2. 学术论辩

（七）学案

（八）主要理学家、思想家

　　范仲淹

　　胡瑗

　　欧阳修

　　李觏

　　邵雍

　　周敦颐

　　司马光

　　张载

　　王安石

　　沈括

　　二程（程颐、程颢）

　　苏轼

　　杨时

　　张栻

　　吕祖谦

　　陆九渊

　　陈亮

　　叶适

　　许衡

　　刘基

　　方孝孺

　　薛瑄

　　邱俊

　　陈献章

　　罗钦顺

　　湛若水

王守仁

王廷相

王艮

杨慎

吴廷翰

陈建

王畿

罗汝芳

何心隐

张居正

李贽

吕坤

顾宪成

汤显祖

徐光启

刘宗周

孙奇逢

宋应星

其他

（邢昺、陈抟、孙复、刘敞、苏洵、蔡襄、曾巩、苏辙、黄庭坚、谢良佐、游酂山、保巴、朱震、完颜希尹、完颜宗翰、张九成、李侗、胡宏、完颜亮、杨万里、杨简、黄幹、陈淳、成吉思汗、蔡沈、真德秀、魏了翁、元遗山、金履祥、秦九韶、耶律楚材、赵复、黄震、郝经、文天祥、吴澄、刘因、刘静修、邓牧、许谦、虞集、苏天爵、宋濂、吴与弼、段坚、胡居仁、黄绾、吕楠、韩邦奇、李元阳、李濂、罗洪先、归有光、高拱、海瑞、林兆恩、李时珍、王时槐、王世贞、孙应鳌、唐鹤征、焦竑、陈第、杨东明、高攀龙、袁宏道、黄道周、孙邦采）

（九）学术会议、书评及其他

四、附：有关古代书院的研究论文

五、专著书目

六、补遗

    （一）论文篇目

        1. 人物

        （范仲淹、欧阳修、李觏、邵雍、周敦颐、张载、王安石、沈括、二程、苏轼、张栻、朱熹、唐仲友、吕祖谦、陆九渊、陈亮、叶适、陈淳、黄东发、刘基、朱元璋、陈献章、罗钦顺、湛若水、王守仁、王廷相、黄绾、王艮、杨慎、高拱、罗汝芳、李时珍、张居正、李贽、顾宪成、高攀龙、刘宗周、宋应星）

        2. 理学通论及其他

    （二）书目

七、一九八九年论文篇目

    （一）人物

        （徐铉、陈抟、范仲淹、胡瑗、欧阳修、李觏、蔡襄、曾巩、司马光、张载、苏颂、王安石、二程、苏轼、李侗、完颜亮、朱熹、张栻、唐仲友、陆九渊、陈亮、叶适、许衡、郝经、文天祥、吴澄、朱元璋、陈献章、王守仁、王廷相、黄绾、王艮、吴廷翰、李滉、罗洪先、海瑞、林兆恩、张居正、李贽、孙应鳌、吕坤、顾宪成、刘宗周、孙奇逢、黄道周、宋应星）

    （二）理学通论及其他

《白鹿洞书院碑刻摩崖选集》

孙家骅、李科友　主编
北京燕山出版社

    该书较全面地介绍了白鹿洞书院现存的碑刻和摩崖题刻。这些碑刻和摩崖题刻有修复记、学田记、教思记、游记、讲义、洞规、诗词歌赋及名人题词等，全面地反映了白鹿洞书院的规模、兴废情况。如明正统七年（1442）国子祭酒兼翰林侍讲嘉议太子宾客胡俨撰《重建白鹿洞书院记》为现存修复碑刻中年代最久远的一通。明代大理学家、教育家王守仁书写的《修道说》《大学古本序》《大学古本》和《中庸古本》字体遒劲，寓意深刻，在众多碑刻中引人注目。宋代大理学家朱熹手书的"枕流""钓台""漱石"等摩崖题刻更是令人赞不绝口。该书不仅进行了点校，还附有碑刻图版、摩崖照片，较为准确地标明碑刻的大小，摩崖题刻的字径。江西省社会科学院名誉院长姚公骞先生题签书名并撰写序言，全书共 14 万字。

白鹿洞书院牌刻与摩崖石刻整理成书在白鹿洞书院文化历史上尚属首次，该书具有很高的史料价值，有极大的书法艺术欣赏价值，是向广大读者较详细地介绍白鹿洞书院碑刻、摩崖石刻的活档案。

《半边天诗词选》

孙自诚　主编

上海书店出版社

1995 年，为了迎接联合国第四次世界妇女大会在首都北京召开并向大会献礼，庐山白鹿洞书院邀请孙自诚先生主编《半边天诗词选》，该书精选全国各地 300 位女诗人、女词人诗词作品 700 多首。这些女诗人、女词人年幼者十七八岁，年长者九十高龄。她们以卓越的思想认识和独特的艺术思维，评说历史、描绘山河、歌颂祖国、赞美爱情，抒发了强烈的爱国思想和高尚情操。全书共 15 万字。

《半边天诗词选》一书，对推动中华诗词的创作与传播，有着现实和深远的意义。

《白鹿洞书院古志五种》（全二册）

朱瑞熙、孙家骅　主编

白鹿洞书院古志整理委员会整理

中华书局

该书是白鹿洞书院五种古志的汇集。该书的价值在于比较完整地记录了白鹿洞书院一千余年的兴衰历史，是一部难得的中国古代书院的历史文献。同时，保留了中国古代教育史、思想史、文学史、科举制度史等方面的许多重要资料。有一些诗、文，不仅不见于其他古籍，而且为各诗文集所失收，足以弥补这些诗文集的不足。

自明朝至清末，第一部白鹿洞书院志编定、付梓后，几经增补、重刻，先后出现了十一种版本。

第一种版本为明朝鲁铎撰《白鹿洞志》，共八卷。该本今已失传。

第二种版本为明朝提学江西副使李梦阳撰《白鹿洞书院新志》，共八卷。该书现存美国国会图书馆。

第三种版本为明朝江西按察副使郑廷鹄撰《白鹿洞书院志》，共十九卷。该书今存北京图书馆，一函四册。另存清华大学图书馆。

第四种版本为明朝星子县司训、白鹿洞书院洞主周伟、洞生戴献策等撰《白鹿洞书院志》，共十二卷。该书今存北京图书馆，二函八册。另存浙江省图书馆和江西省图书馆。

第五种版本为明朝南康府司理、白鹿洞书院洞主李应升撰《白鹿洞书院志》，共十七卷。该书今存故宫博物院图书馆，一函四册。另存台北中央图书馆、山东省图书馆。

第六种版本为清朝廖文英重订、钱正振增修《白鹿洞书院志》，共十六卷。该书今存中国科学院图书馆，一函六册。另存上海图书馆、南京大学图书馆。

第七种版本为清朝星子县知县毛德琦重订《白鹿洞书院志》，共十九卷。该书今存故宫博物院和中国人民大学图书馆、江西省图书馆。

第八种版本为清朝署南康府周兆兰重修《白鹿洞书院志》，共十九卷。该书今存略多。

第九种版本为清朝毛德琦原修，周兆兰重修《白鹿洞书院志》，共十九卷。该书今存较多。

第十种版本为清德宗光绪九年（1882）《白鹿洞书院志》补刊本，仍十九卷。今存北京师范大学图书馆、日本东洋文库等。

第十一种版本为清宣统二年（1910）《白鹿洞书院志》补刊本，亦十九卷。该书今存中国科学院图书馆。

白鹿洞书院院志整理委员会在上海师大古籍研究所专家支持下，对（明）李梦阳本《白鹿洞书院新志》、（明）郑廷鹄本《白鹿洞志》、（明）周伟等《白鹿洞书院志》、（明）李应升本《白鹿洞书院志》、（清）毛德琦本《白鹿洞书院志》五种版本的书院志书进行整理点校，出版《白鹿洞书院古志五种》上下二册，110余万字。

《白鹿书院的传说》

徐顺明、熊炜　编著

湖南大学出版社

　　该书是一本以传说形式系统介绍白鹿洞书院历史与文化传统的书。全书共分为三大部分，一是风物名胜传说、二是名人异闻传说、三是民间故事传说。此书对于弘扬中国优秀的古代文化、加深对白鹿洞书院的了解有一定的参考价值。故事传说不同程度地表达了人们的追求向往。能沟通游览者与白鹿洞书院之间的"灵犀"，为游览者在领略风物名胜之余，增添情趣和余韵。

目　录

《千年学府——白鹿洞书院》

周銮书、孙家骅、闵正国、李科友　主编

江西人民出版社

《千年学府——白鹿洞书院》系统而全面地介绍了白鹿洞书院优秀的文化教育与学术思想遗产，以及山川佳境四邻胜景、建筑特色、白鹿洞规、教学形式等。

全书分十二章，依次为白鹿胜地、千年学府、建筑特色、白鹿洞规、教学形式、祭祀活动、典籍珍藏、办学经费、碑铭题刻、诗词歌赋、历代人物、白鹿精神。将千年学府——白鹿洞书院在唐至五代的办学活动，以及宋、元、明、清以来的白鹿洞书院办学、课程设置、教学形式、宗旨、祭祀、图书管理等一一阐述。

目　录

六、祭祀活动

　　祭祀对象

　　祭祀制度

　　祭祀仪式

　　祭文及其他

七、典籍珍藏

　　图书来源

　　藏书管理

　　藏书目录

八、办学经费

　　书院学田的形成及其来源

　　书院经费的支出

九、碑铭题刻

　　碑刻

　　碑记选录

　　摩崖题刻

十、诗词歌赋

　　收录情况

　　诗词选录

十一、历代人物

十二、白鹿精神

　　白鹿洞书院的历史地位

　　白鹿洞书院在国外的影响

《白鹿洞书院艺文新志》

李宁宁、高峰　主编

吴国富、郭宏达　副主编

江西人民出版社

2007 年江西省社会科学规划项目

《白鹿洞书院艺文新志》是 2008 年 4 月由江西人民出版社出版的图书，

作者李宁宁、高峰。该书综合考虑白鹿洞书院的文化发生现象，按照内容、结合文体将文章分成书院兴复、院内建筑、学田膏火、洞规教条、洞主掌教、游记序赋六个门类。这种分类便于阅读者清晰地了解白鹿洞书院的文化内涵。《白鹿洞书院艺文新志》收录的诗文数量远远超过了旧志，增补了洞规教条、洞主掌教等类的文章 60 余篇，其中有 30 多篇是旧志未曾收录的。《白鹿洞书院艺文新志》补了其他古志中收录但与旧志不重复的部分，以及各种古志未曾收录的诗歌，总数达到 448 篇。

目　录

第四卷　新中国成立以来的白鹿洞书院

后记

《白鹿洞书院的秘密》

李科友　著

江西人民出版社

该书的作者李科友先生，是书院聘请的顾问，是一位资深的考古专家，李科友先生曾经参与白鹿洞书院遗址的发掘工作，见证了书院许多文物的出土。同时，他学博识精，对书院的历史也颇有研究，说起书院的掌故如数家珍。该书依据有关白鹿洞书院的各种文献资料，进行了细致深入的研究，采用章回小说的体例，以通俗易懂、生动活泼的文字，以讲故事的方式为读者揭示了书院一千余年历史的秘密，别具一格，真嘉惠后学也。

目　录

临清之水清且长　冀公贡献白鹿洞

附录

乾隆朝及其后有功于白鹿洞书院者

雍正、乾隆朝及其后白鹿洞书院山长、主讲、副讲

流芳桥上谈留芳　千年古桥走英才

院留石刻名显著　名人名刻美名扬

重建维修源流长　立碑记事千古传

中国书院白鹿洞　申遗成功世界闻

后记

《新纂白鹿洞书院志》

吴国富　编纂

江西人民出版社

《新纂白鹿洞书院志》旨在较为完整地保存书院文化遗产，以供研究和传承之用，因此与古志的修撰目的有所不同。本次重修以"不失旧志之真，突出新志之长"为原则，在体例上充分吸收古志的长处，并基本上与之保持一致，同时为了更清晰地凸显书院文化的各方面内容，编撰时对原有的分类进行认真研究，适当归并，合理增加，力图使每一分类都成为了解书院文化某一方面内容的线索。在材料方面，做到丰富，凡有关书院本身而不重复的材料，都尽量收入，时间截止到 1949 年。

《新纂白鹿洞书院志》在分类上，参考各种旧志的凡例，取其所长，弃其所短，采用了"大体继承，适当增加"的分类方式，试图较为全面地反映白鹿洞书院文化的内容，合理编排入选的材料，相对均衡地安排篇幅。

综合考虑分类的必要性、明确性（功能单一、界限分明）、材料配置的相对均衡，《新纂白鹿洞书院志》共设立"沿革""建筑""人物""学规""讲义""祀典""经籍""学田""诗歌""杂记"十类，篇幅较大的分为两卷。这个分类可以把旧志及新增的内容大体收罗进来。在各卷中，按照不同内容、不同类型的人物、不同时期的事件及诗文等，分为几个部分（相当于各卷中的"纲"），直接统领具体条目，再用具体条目统领原始文献。

《新纂白鹿洞书院志》在材料搜集方面务求繁富，凡目力所及，皆存以

备用。各种版本的古志及古志之外所见资料，原则上皆收入本志，实际取舍则有一定的原则。反映白鹿洞本身包括人物、事件、建筑、教学等方面的材料，一般均予收录；不涉及书院本身者，不收入本志。基于"事关鹿洞"的原则搜集材料，无关鹿洞之材料理当不编撰。

《新纂白鹿洞书院志》主体资料采自《白鹿洞书院古志五种》和廖文英《白鹿洞书院志》，考订范围包括：现有材料不足以清晰反映但又较为重要的事实人物；现有材料存在讹误之处，参考其他材料亦不足以正其误者；现有材料记载零散又须集中了解的重要事实。这些考订均作为按语放在相关内容之后。

目　录

附 期刊论著简目

一、1985年4月，《白鹿洞书院考略》专刊，"江西教育学院学刊"总第十八期。作者：李才栋，江西新华印刷厂印刷。

二、《白鹿洞书院通讯》（一至六期）

（一）1989年4月，《白鹿洞书院通讯》第一期，总第一期。主编：孙家骅。

（二）1990年1月，《白鹿洞书院通讯》第一期，总第二期。主编：孙家骅。

（三）1991年7月，《白鹿洞书院通讯》第一期，总第三期。主编：孙家骅，副主编：李科友、沈家溪。

（四）1992年3月，《白鹿洞书院通讯》第一期，总第四期。主编：孙家骅，副主编：李科友、沈家溪。

（五）1993年3月，《白鹿洞书院通讯》第一期，总第五期。主编：孙家骅，副主编：李科友、沈家溪。

（六）1993年5月，《白鹿洞书院通讯》第二期，总第六期。主编：孙家骅，副主编：李科友、沈家溪。

三、《白鹿洞书院学报》（一至九期）

（一）1993年12月，《白鹿洞书院学报》第一期，总第一期。主编：孙家骅，副主编：李科友。

（二）1994年6月，《白鹿洞书院学报》第一期，总第二期。主编：孙家骅 副主编：李科友。

（三）1995年4月，《白鹿洞书院学报》第一期，总第三期。主编：孙家骅，副主编：李科友。

（四）1995年11月，《白鹿洞书院学报》第二期，总第四期。主编：孙家骅，副主编：李科友、闵正国。

（五）1996年，《白鹿洞书院学报》第一期，总第五期。主编：孙家骅，副主编：李科友、闵正国。

（六）1996年，《白鹿洞书院学报》第二期，总第六期。主编：孙家骅，副主编：李科友、闵正国。

（七）1997年，《白鹿洞书院学报》第一期，总第七期。主编：孙家骅，副主编：李科友、闵正国。

（八）1998年，《白鹿洞书院学报》第一期，总第八期。主编：闵正国，副主编：李科友、高峰。

（九）1999 年，《白鹿洞书院学报》第一期，总第九期。主编：闵正国，副主编：李科友、高峰、黎华。

四、《中国书院论坛》（一至九辑）

（一）2000 年 3 月，《中国书院论坛》第一辑，中国文联出版社。主编：闵正国，副主编：李科友、高峰、黎华。

（二）2001 年 8 月，《中国书院论坛》第二辑，中国戏剧出版社。主编：闵正国，副主编：李科友、高峰、黎华。

（三）2003 年 9 月，《中国书院论坛》第三辑，中国文联出版社。主编：闵正国，副主编：高峰、黎华。

（四）2005 年 10 月，《中国书院论坛》第四辑，中国文联出版社。主编：闵正国、胡青，副主编：高峰、黎华。

（五）2006 年 12 月，《中国书院论坛》第五辑，作家出版社。主编：高峰、胡青、赖功欧、叶存洪，副主编：黎华、涂长林。

（六）2009 年 3 月，《中国书院论坛》第六辑，作家出版社。主编：高峰、胡青，副主编：黎华、黄赞华、郭宏达。

（七）2011 年 11 月，《中国书院论坛》第七辑，江西人民出版社。主编：黎华、胡青、李宁宁、袁旭良，副主编：郭宏达、赖功欧、吴国富、黄赞华。

（八）2013 年 8 月，《中国书院论坛》第八辑，江西人民出版社。主编：黎华、胡青，副主编：郭宏达、李宁宁、吴国富、黄赞华。

（九）2015 年 5 月，《中国书院论坛》第九辑，江西人民出版社。主编：黎华、胡青，副主编：郭宏达、李宁宁、吴国富、黄赞华。

五、《白鹿洞书院系列丛书》

丛书之一：1990 年 6 月，《朱熹及宋元明理学》，国际文化出版公司。编著：吴以宁。

丛书之二：1991 年 12 月，《朱熹·教育和中国文化》，北京燕山出版社。主编：朱瑞熙。

丛书之三：1993 年 12 月，《中国历代科技人物录》，江西人民出版社。主编：刘诗中。

丛书之四：1994 年 8 月，《白鹿洞书院碑刻摩崖选集》，北京燕山出版社。主编：孙家骅、李科友。

丛书之五：1995 年 8 月，《半边天诗词选》，上海书店出版社。主编：孙自诚。

丛书之六：1995 年 11 月，《白鹿洞书院古志五种》（上、下两册），中华书局。主编：朱瑞熙、孙家骅。

丛书之七：1995 年 4 月，《白鹿洞书院》，江西美术出版社。主编：李科友、黎华。

丛书之八：2001 年 8 月，《瞺城集》，华东师范大学出版社。主编：朱瑞熙。

丛书之九：2000 年 11 月，《白鹿洞书院》，中国社会出版社。主编：黎华、李科友。

六、1997 年 1 月，《白鹿洞书院的传说》，湖南大学出版社。编著：徐顺明、熊炜。

七、1998 年 12 月，《江西古代文明探索》，江西科学技术出版社。作者：李科友。

八、2002 年 5 月，将明代王阳明碑刻（三块）、清代干建邦碑刻（一块）影印整理出书成帖，供来院参观者选用。

九、2003 年 6 月，《千年学府——白鹿洞书院》，江西人民出版社。主编：周銮书、孙家骅、闵正国、李科友。

十、2006 年 12 月，《朱熹、白鹿洞书院与都昌》，中国图书出版社。执行主编：闵正国。

十一、2007 年 8 月，《白鹿洞书院艺文新志》，江西人民出版社。主编：李宁宁、高峰，副主编：吴国富、郭宏达。

十二、2013 年 4 月，《白鹿洞书院》，湖南大学出版社。著者：吴国富、黎华，主编：邓洪波。

十三、2014 年 8 月，《白鹿洞书院的秘密》，江西人民出版社。著者：李科友，主编：黎华，副主编：郭宏达。

十四、2015 年 11 月，《新纂白鹿洞书院志》，江西人民出版社。著者：吴国富。

十五、2016 年 4 月，《儒林大观》，江西教育出版社。编著：闵正国。

十六、其他书目收录"白鹿洞书院"篇目。

（一）1989 年 5 月，《白鹿洞书院史略》，教育科学出版社，编著：李才栋。

（二）1989 年 5 月，《朱熹和白鹿洞书院》，湖北教育出版社，著：李邦国。

（三）1995 年 8 月，《白鹿洞书院碑记集》，江西教育出版社，李才栋、熊庆年编著。

（四）1996 年 8 月，《文学艺术档案国际指南》（中国部分），文化艺术出版社，第 159—161 页介绍白鹿洞书院。

（五）2000 年 10 月，《中国书院章程》，湖南大学出版社，主编：邓洪波。第 119—122 页收录高贲亨、邵锐、高璜等 3 人戒约（自行辑录）。

（六）2000 年 10 月，《中国书院学规》，湖南大学出版社，主编：邓洪波。第 113—124 页收录朱熹、章潢、汤来贺、原敬等 4 人规条（自行辑录）。

（七）2000 年 11 月，《中国书院揽胜》，湖南大学出版社，主编：邓洪波、彭爱学。第 92—127 页收录白鹿洞书院历史沿革与书院览胜，闵正国撰文。

（八）2001 年 6 月，《中国书院楹联》，湖南大学出版社，主编：邓洪波。第 99—106 页收录白鹿洞书院古今楹联 43 副，闵正国辑。

（九）2002 年 11 月，《中国书院诗词》，湖南大学出版社，主编：邓洪波。第 104—121 页收录白鹿洞书院古今诗词 30 首，闵正国辑注。

（十）2002 年 12 月，《中国书院》画册，上海教育出版社，主编：朱汉民、邓洪波、陈和，闵正国为编委之一。第 136—147 页收录白鹿洞书院图文。

（十一）2011 年 6 月，《中国书院学规集成》，中西书局，主编：邓洪波。收录朱熹、陆九渊、方岳、李龄等人学规章程 43 篇。

第三节　学术会议

1980 年 1 月，江西省庐山革命委员会在白鹿洞书院召开"保护森林和文物座谈会"。

1986 年 8 月 3 日，江西教育学院主办为期 5 天的"朱熹与白鹿洞书院学术讨论会"，在庐山秀峰和白鹿洞书院举行。北京大学教授冯友兰题："祠尊紫阳院纪白鹿，道致广大学尽精微。"复旦大学教授蔡尚思题"书院宗师"。

中国高等教育学会副会长于北辰题"总结书院经验，发展教育事业。"

1988年9月1日，庐山文化教育卫生处副处长王炳如，白鹿洞书院文物管理所所长李学语、副所长任赣生，上海师范大学研究员、中国宋史研究会副会长朱瑞熙，江西省人民政府决策咨询委员会委员、江西大学历史系副教授俞兆鹏，德安县人民政府办公室秘书孙家骅，在庐山白鹿洞书院召开座谈会，商定关于聘请白鹿洞书院顾问、教授名单与开展学术活动等事项。

1988年11月16日，为期5天的"庆祝白鹿洞书院重建大会暨首届顾问教授座谈会"在白鹿洞书院召开。上海、江西、江苏、浙江、山东、福建、广东、安徽等省市30多位顾问、教授参加会议，制定《重建白鹿洞书院章程》。白鹿洞书院总顾问、全国人大常委会副委员长周谷城题"白鹿洞书院"匾额。白鹿洞书院顾问、北京大学教授冯友兰题"紫阳书院"匾额和朱熹《观书有感》诗一首。

白鹿洞书院重建大会暨首届顾问教授座谈会纪要

一九八八年十一月十六日至二十日，"庆祝白鹿洞书院重建大会暨首届顾问教授座谈会"在江西庐山白鹿洞书院召开。参加会议的有来自上海、江苏、山东、福建、广东、安徽、南昌等地三十多位白鹿洞书院顾问、教授。

白鹿洞书院肇基于唐，宏大于宋。南唐名庐山国学，北宋改称今名。至南宋，理学大师朱熹知南康军。勤于民事，致力教育，聚书筹资，恢复书院，制定学规。大开讲坛，栽培人才，声闻中外。嗣后，书院屡经兴废，影响长存。新中国成立，人民政府重视古迹，拨款修缮，设置机构，专司管理。一九八八年一月，书院遗址定为全国重点文物保护单位。

为了使曾在中国教育史上有过重要影响的千年学府焕发出新的生机，庐山管理局恢复了"白鹿洞书院"建制。从全国聘请了一批著名学者和有关领导为顾问，聘请了一批具有副高级职称以上的专家学者为教授，由全国人大常委会副委员长、著名历史学家周谷城老先生担任总顾问，由上海师范大学古籍整理研究所研究员、中国宋史研究会副会长朱瑞熙先生担任院长。

书院是群众性的文化学术活动中心，提倡以科学的态度进行学术研究活动，实事求是地对待历史文化遗产，发扬学术民主，开展百家争鸣，促进文化交流，为振兴中华作出贡献。书院的任务是广泛联络各地有志之士，深入开展书院教育、朱陆学说和中国传统文化的研究与交流，举办哲学、社会科学、自然科学和技术科学等各种形式的讲习班、研讨会，收集整理资料，编纂出版书刊，为各种学术会议和研究活动提供场所和服务。书院设正副院长、正副教务长、正副总务长、院长助理，负责决定书院大政方针，主持日常工作。

会议开幕式上，院长朱瑞熙先生就重建白鹿洞书院的重要意义和书院的性质、任务、发展前景做了讲话。书院顾问、庐山管理局局长姚洪瑞和书院顾问、庐山文化教育卫生处处长胡慕兰分别向会议表示了祝贺。观瞻了书院顾问冯友兰老先生亲笔题写的"紫阳书院"和朱熹"半亩方塘一鉴开，天光云影共徘徊。问渠哪得清如许，为有源头活水来"的条幅。中共庐山管理局委员会副书记欧阳毛荣和有关部门负责人参加了会议。会议期间，顾问、教授对如何办好书院进行了热烈的讨论，提出了许多宝贵的建设性意见。书院顾问、中共江西省委宣传部副部长周銮书副教授从北京开完全国文代会后，赶来看望了与会顾问、教授，同大家一起商讨书院大事，并对书院的发展谈了一些非常好的、切实可行的设想。书院顾问、江西省文化局副局长刘恕忱赶来看望了顾问、教授。会议结束时，举行了会议纪念碑和章程碑揭幕仪式（纪念碑和章程碑分别由书法家崔廷瑶、曹晓书）。会议前后，陆续收到邓广铭、蔡美彪、戴志强、宋德金、陈清泉、孙言诚、白钢、李桂海、萧萐父和江西省社科院办公室为姚公骞、陈文华请假的公函和贺信。会议通过了书院的章程，制订了计划。与会顾问、教授认为，这次会议标志着白鹿洞书院的发展进入了一个新的阶段，是一个新的里程碑。大家表示要协力同心，开展活动，发扬学术民主，振兴文化教育，为社会主义建设作出贡献。

重建白鹿洞书院首届组成人员名单

总顾问：

周谷城（全国人大常委会副委员长，教授）

顾问：

冯友兰（北京大学哲学系教授）

邓广铭（北京大学历史系教授、中国宋史研究会会长）

蔡美彪（中国社科院近代史研究所研究员、中国元史研究会会长）

汤一介（北京大学哲学系教授、中国文化书院院长）

姚公骞（江西社科院副院长、研究员，江西省地方志编委会副主任）

周銮书（中共江西省委宣传部副部长、江西省社联主席、江西师大历史系副教授）

刘恕忱（江西省文化局副局长）

桂晓风（江西省出版管理局副局长）

姚洪瑞（庐山管理局局长）

钟福银（庐山管理局副局长）

秦光杰（江西教育出版社社长、副编审）

龚延明（杭州大学历史系副教授、中国岳飞研究会理事兼秘书长）

萧萐父（武汉大学哲学系教授）

焦克明（中共江西省委党校研究员、副校长，中国科学社会主义学会理事）

喻松青（中国社科院近代史研究所副研究员）

曾琼碧（中山大学历史系副教授、中国岳飞研究会理事）

戴志强（中国钱币学会秘书长、国家文物鉴定委员会委员）

田祥鸿（江西省九江市文化局副局长）

胡慕兰（庐山管理局文化处处长）

孙宪章（江西省钱币学会副会长）

院长：

朱瑞熙（上海师大古籍所研究员、中国宋史研究会理事兼副会长）

副院长：

王炳如（庐山文教卫生处副处长）

李学语（白鹿洞书院文管所所长）

教务长：

王炳如（兼）

副教务长：

许怀林（江西省师范大学历史系副教授、江西历史学会副会长兼秘书长、中国地方志协会理事）

李才栋（江西教育学院副教授、全国教育史研究会理事、江西教育史研究会副理事长）

俞兆鹏（江西大学历史系副教授，福建武夷山朱熹研究中心学术委员会副主任、江西省钱币学会副会长）

顾吉辰（上海师大古籍所副研究员、中国历史文献研究会理事）

总务长：

李学语（兼）

副总务长：

任赣生（白鹿洞书院文管所副所长）

院长助理：

孙家骅（中国岳飞研究会会员、江西省历史学会会员、江西省德安县人民政府办公室秘书）

教授：

万绳楠（安徽师范大学历史系教授、中国魏晋南北朝史学会理事）

王超（南京大学政法学院教授、武夷山朱熹研究中心学术委员）

王守华（山东大学哲学系副教授、山东东方哲学研究会理事长）

卞孝萱（南京大学中文系教授、中国六朝史研究会会长、中国民主建国会中央委员）

白钢（中国社科院政治学研究所副研究员）

许怀林（江西省师范大学历史系副教授、江西历史学会副会长兼秘书长、中国地方志协会理事）

孙言诚（山东省齐鲁书社总编）

刘炳福（上海大学文学院副教授、上海市人口学会理事）

朱瑞熙（上海师范大学古籍整理研究所研究员、中国宋史研究会副会长、武夷山朱熹研究中心学术委员会副主任）

关履权（华南师范大学历史系教授、广东省历史学会副会长、广州市地方志编委会顾问）

李才栋（江西教育学院副教授、江西教育学院书院史研究室主任、全国教育史研究会理事、江西省教育史研究会副理事长）

李桂海（光明日报社理论部主任记者、天津师范大学历史系兼职教授、辽宁大学出版社兼职编审）

吴大逵（江西大学中文系教授、江西大学古籍整理研究所所长）

陈文华（江西省社科院历史研究所副所长、研究员、《农业考古》杂志主编、中国民主促进会中央委员）

陈正夫（江西大学教授、副校长）

陈清泉（光明日报出版社社长、高级编辑）

陈慧星（上海师范大学古籍整理研究所副研究员、《汉语大辞典》编委）

张志哲（华东师范大学副教授、华东师范大学道教研究室主任、武夷山朱熹研究中心理事）

吴绍烈（上海师范大学文学研究所副研究员、中国历史文献研究会学术委员、上海诗词学会理事）

宋德金（中国社科院《历史研究》编辑部副编审）

杨青（武夷山朱熹研究中心副理事长兼秘书、学术委员会副主任）

杨国宜（安徽师范大学历史系教授、安徽省历史学会理事、中国农民战争史学会理事）

俞兆鹏（江西大学历史系副教授、武夷山朱熹研究中心学术委员会副主任、江西省钱币学会副会长）

顾吉辰（上海师范大学古籍整理研究所副研究员、中国历史文献研究会理事）

重建白鹿洞书院章程

一、本书院是群众性的文化学术活动中心。

二、本书院提倡以科学的态度进行学术研究活动，实事求是地对待历史文化遗产，发扬学术民主，开展百家争鸣，促进文化交流，为振兴中华作出贡献。

三、本书院的任务是：（一）广泛联络各地有志之士，深入开展书院教育、朱陆学说、中国传统文化的研究和交流工作；（二）举办哲学、社会科学、自然科学和技术科学等各种形式的讲习班、研讨会；（三）收集整理资料，编纂出版书刊；（四）为各种学术会议和研究活动提供场所和服务。

四、本书院设正副院长、正副教务长、正副总务长、院长助理，负责决定书院大政方针，主持日常工作。

五、本书院经费来源：（一）申请国家拨款；（二）争取社会各界资助；（三）欢迎海外侨胞及国际友人捐赠。

公元一九八八年十一月二十日　立

白鹿洞书院重建大会暨首届顾问教授座谈会纪念碑文

　　庐山白鹿洞书院，肇基于唐，宏大于宋，南唐名庐山国学，北宋改称今名。至南宋，理学大师朱熹知南康军，勤于民事，致力教育，聚书筹资，恢复书院，制订学规，大开讲坛，栽培人才，声闻中外。嗣后，书院屡经兴废，影响长存。新中国建立，政府珍视古迹，拨款修缮，设置机构，专司管理。一九八七年四月，恢复白鹿洞书院建制，始成学术活动中心。翌年元月，书院遗址定为全国重点文物保护单位。承江西省人民政府和庐山管理局支持，书院聘请顾问、教授，于一九八八年十一月十六日至二十日，召开"庆祝白鹿洞书院重建大会暨首届顾问教授座谈会"，确定章程，制订计划，协力同心，开展活动，借以弘扬学术民主，促进文化教育，为振兴中华作出贡献。

公元一九八八年十一月二十日　立

　　1988年12月14日，白鹿洞书院在南京师范大学南山宾馆举行推介会。副院长王炳如、李学语分别介绍白鹿洞书院的历史沿革与重建情况。应邀出席的有：江苏省社科院、江苏省社科联、江苏省史学会、六朝史研究会、《江海学刊》编辑部、南京大学、南京师范大学、苏州大学、苏州铁师、扬州师范学校、徐州师范学校、南京教育学院、徐州教育学院、苏州师范专科学校、南京博物院、南京市博物馆、连云港市博物馆、南京市地方志编委会、徐州市地方志编委会、中国第二档案馆、华东师范大学等单位的专家学者50余人。《江苏史学》《江海学刊》进行详细报道。

　　1989年1月14日，白鹿洞书院院长朱瑞熙在上海师范大学主持召开学术讨论会，在沪白鹿洞书院顾问、教授以及有关专家学者参加会议。《解放日报》《新民晚报》《文汇报》等进行报道。

　　1989年3月22日，白鹿洞书院与《求实》编辑部联合在中共江西省委党校召开为期3天的"传统文化与现代化建设"研讨会。白鹿洞书院顾问、江西社科院副院长姚公骞，白鹿洞书院教授、江西省委党校副校长焦克明，以及在南昌的白鹿洞书院顾问、教授和有关专家学者 20 余人参加研讨活动。《信息日报》《江西日报》《理论信息报》《求实》等进行报道。

1990 年 5 月 19 日，白鹿洞书院召开"纪念白鹿洞修复十周年"座谈会。中共江西省委宣传部副部长周銮书发来贺信，姚公骞题词"飞""好学深思""山水清音"。

1990 年 7 月 15 日，为期 3 天的江西省文化艺术志编撰工作会议在白鹿洞书院召开。

1990 年 7 月 21 日，为期 3 天的江西省历史学会年会在白鹿洞书院召开。会议由省历史学会会长姚公骞主持，中共江西省委宣传部副部长周銮书作专题报告。

1990 年 8 月 8 日，书院主办的"中国古典诗词研讨会"在白鹿洞书院举行。来自全国 19 个省、市、自治区的诗人、学者 43 人参加会议，会期 4 天。

1990 年 8 月 14 日，由白鹿洞书院、江西省社会科学院、中国周易研究会等联合举办的"《周易》与中国文化研究会"在白鹿洞书院召开。全国各高等院校和社会科学团体的专家学者 113 人参加会议，会期 5 天。

1990 年 9 月 1 日，中国首届书画家庐山书画研讨会在白鹿洞书院召开，全国 16 个省市的 40 多位书画家汇集一堂，对书法的创新、国画的美学、传统与创新的关系、书画艺术教育、传统艺术美的特点、书画与人体健康等问题进行研讨。同时代表们挥毫泼墨并评选优秀书画作品赠送亚运会。会议由中国书画家协会常务副主席刘金才和理事孙家骥主持。会议为期 7 天。9 月 2 日《中国文化报》第四版刊登此次会议的盛况并附有照片。

1990 年 9 月 25 日，中国六朝军事与战争学术研讨会在白鹿洞书院召开，全国 12 个省市的代表 45 人参加，会期 4 天。会议由南京大学、江西省社会科学院、江西大学、白鹿洞书院等七个单位联合举办。10 月 16 日《长江开发报》报道此次盛会的消息。

1990 年 10 月 28 日，白鹿洞书院举办"庆祝白鹿洞书院立学 1050 周年大会暨学术研讨会"，九江市委书记钟起煌参加开幕式，院长朱瑞熙、日本国学者平坂谦二等 120 余名专家学者参加会议。中顾委委员白栋材、全国政协委员王光美致电祝贺。会期 4 天。立纪念碑一块。《人民日报（海外版）》

《中国文物报》以及江西人民广播电台、九江电视台进行报道。

1990年12月23日，九江市书协在白鹿洞书院召开会议，参加会议的代表20人，会期2天。

1991年5月29日，白鹿洞书院举办第一期"当代中华诗词研讨会暨白鹿诗词大奖赛"。全国17个省市的诗人和诗词作者60余人参加，会期5天。

1991年7月21日，白鹿洞书院举办第二期"当代中华诗词研讨会暨白鹿诗词大奖赛"。全国10个省、市的诗人和诗词作者45人参加，会期5天。

1991年7月29日，白鹿洞书院举办第三期"当代中华诗词研讨会暨白鹿诗词大奖赛"。全国12个省、市的诗人和诗词作者40余人参加，会期5天。

1991年9月4日，白鹿洞书院与九江市作协联合举办"首届庐山白鹿诗会"。诗词作者和《诗歌报》《广州日报》《星火》《南昌晚报》《江西青年报》等报刊的编辑共50余人与会。会期4天。

1991年9月29日，第四期"当代中华诗词研讨会暨白鹿诗词大奖赛"开幕式在白鹿洞书院举行。全国16个省、市的代表80余人参加。开幕式后，代表们前往秀峰宾馆开展为期4天的研讨活动。

1992年3月5日，白鹿洞书院召开"《白鹿洞书院新志》编纂委员会"第一次会议。中共江西省委宣传部副部长周銮书、省文物局局长杨凤光以及书院史、教育史研究专家26人与会。研讨《白鹿洞书院新志》编纂和明清白鹿洞志整理，会期2天。

1992年8月3日，白鹿洞书院与福建南安武荣诗社在福建联合举办首次"中华诗词吟诵艺术研讨会"，应邀代表近百人，会期5天，收到论文30余篇，诗作数百首。

1992年8月4日，白鹿洞书院举办"全国龙舟杯书画大奖赛"获奖作品颁奖仪式。

1992年10月5日，江西省博物馆常务理事会议在白鹿洞书院召开，共有29名代表参加，会期3天。

1992年10月5日，白鹿洞书院与福建武荣诗社联合举办的"首届中华女子诗词创作研讨会"在白鹿洞书院召开。全国21个省、市的女诗人、词人及有关方面的专家学者116人与会，会期5天。

中华诗词学会贺信

首届中华女子诗词创作研讨会：

值此首届中华女子诗词创作研讨会召开之际，谨向你们表示热烈的祝贺！

我国素有诗国之称，历代都创作了浩如烟海的灿烂诗篇。其中不乏杰出的女诗人女词家。今天，首届中华女子诗词创作研讨会的召开，必将进一步开创女子诗词创作的新局面，为推动和繁荣中华诗词事业作出巨大的贡献！

预祝会议圆满成功！

中华诗词学会

一九九二年九月二十八日于北京

1992年11月15日，白鹿洞书院在海南海口市举办"中华诗词表现艺术研讨会暨海南行吟诗会"。来自包括台湾在内的18个省、市的90余名代表参加，会期5天。会议共收到论文30余篇、诗词数百首。

1993年8月26日，"江西省文化厅直系统思想政治工作研讨会"在白鹿洞书院召开，会期6天。

1993年10月17日，"江西省书院研究会成立大会暨学术讨论会"在庐山召开。江西省社会科学院院长、省社会科学界联合会主席周銮书讲话，庐山风景名胜区管理局副局长钟福银致欢迎词。大会选举姚公骞为会长，李国强、钟福银、杨凤光、李才栋、陈述勤、李科友（常务）为副会长，孙家骅为秘书长。周銮书、周树人、雷良钧为名誉顾问。同时，选举产生理事机构并通过《江西省书院研究会章程》。

《江西省书院研究会章程》

第一章　总则

第一条：江西省书院研究会是书院各界自愿参加和非营利性的群众性的学术团体，是江西省社会科学联合会的团体会员。

第二条：江西省书院研究会的基本任务是：团结全体会员，发扬实事求是的优良作风，坚持以马克思列宁主义、毛泽东思想理论为指导，坚持党的基本路线，坚持开展创造性的研究，为推动书院研究和弘扬中国传统文化作出贡献。

第三条：本会的主要宗旨

一、遵照党的"百花齐放，百家争鸣"的方针，开展各种不同形式的学术活动，发扬学术民主，促进学术研究。

二、参加或举办国内外的学术交流。

三、编辑刊物，出版书院研究资料。

第二章　会员

第四条：凡赞成本会章程，从事书院发展史、书院教育史、宋明理学以及文物考古界的有关研究工作者，经本人申请，常务理事会同意，可为本会会员。

第五条：会员的权利和义务会员的权利：

一、选举权和被选举权。

二、对研究会的工作提出建议和批评。

三、参加本会举办的学术活动，交流研究成果。

四、优先获得本会编印的有关学术资料。

会员的义务：

一、遵守研究会章程，执行研究会决议。

二、完成研究会委托的任务。

三、交纳会费。每届交会费，团体会员50元，个人会费5元。

四、积极为本会举办的研讨会撰写论文。

第六条：会员如不同意本会的活动，可以退出本会。会员如违反国家法律，破坏本会章程，常务理事会可根据情节轻重，考虑应否给予处理。

第三章　组织机构

第七条：本会的最高权力机构是会员代表大会，会员代表大会每四年举行一次。任务是：修改本会章程，选举理事会和常务理事，制定工作规划，审议工作报告等。

第八条：会员代表大会选举理事和常务理事若干人，组成理事会，任期四年，在会员代表大会闭会期间常务理事会领导本会的工作。

第九条：理事会推选会长一人，副会长若干人；秘书长一人，副秘书长若干人；常务理事若干人，组成常务理事会。在理事会闭会期间，常务理事会主持本会的日常工作，行使理事会的职权。对热心于书院工作的重要著名人士，可推荐为本会的名誉会长或名誉理事。

第十条：本会每两年举行年会暨学术讨论会一次，交流学术成果。

第四章　经费

第十一条：本会除收取团体会员会费和个人会员会费外，其他所需经费自筹。收入和开支由会计和出纳管理。

第五章　附则

第十二条：本会经会员代表大会选举后正式成立，并报民政部门登记。

第十三条：本会办事机构设在江西庐山白鹿洞书院内。

第十四条：本章程需修改时，由理事会提出修改条款，并说明理由，经会员大会讨论通过，报业务主管部门审查后，到民政部门办理变更登记手续。

第十五条：本会因故必须终止活动时，由常务理事会提出终止意见及理由，经会员大会讨论通过，形成决议，报业务主管部门审查同意，在报刊公告一个月后，向原登记管理机关申请注销登记。

第十六条：本章程经会员代表大会通过后施行。

1995 年 8 月，白鹿洞书院在庐山竹泉山庄举办 "95 庐山跨世纪素质教育研讨会"。

1995 年 9 月 5 日，白鹿洞书院 "中华女子诗词碑苑" 竣工开放。同日，由孙自诚主编的《半边天诗词选》在白鹿洞书院举行首发式。

1995 年 9 月 6 日，白鹿洞书院在湖南张家界有色山庄举办 "当代诗词笔会"，会期 3 天。来自全国各省市 40 多位作者参加，创作诗词近百首。

1995 年 11 月 8 日，白鹿洞书院、白鹭洲书院联合在吉安召开 "江西省书院研究会第二届年会暨学术研讨会"，会期 3 天。到会代表 70 余人，收到论文 30 余篇。会长姚公骞到会作重要讲话，考察参观白鹭洲书院。

1996 年 5 月 16 日，白鹿洞书院举行由陈立夫题签、中华书局出版的《白鹿洞书院古志五种》首发式。

《白鹿洞书院古志五种》整理纪要

自明代弘治七年（1494）鲁铎撰《白鹿洞志》到清代宣统二年（1910）《白鹿洞志》补刊本止，共修志十一次存洞志十种，这是书院兴衰发展历史演变的见证，是书院活的档案，也是书院史、教育史研究的第一手资料。但是，清末以来，所藏图书资料荡然无存，研究工作无从谈起。为了开拓书院事业，加强书院研究，为现代教育提供借鉴。

庐山白鹿洞书院管理委员会书记、主任孙家骅与管理委员会成员研究决定对白鹿洞书院的古籍进行整理，点校出版书院古志。1992年6月，管委会成立"白鹿洞书院古志整理委员会"，由兼职白鹿洞书院院长朱瑞熙、管委会主任孙家骅为主编，吴绍烈、吴以宁、顾吉辰、陈慧星等大学教授负总责，十二位同志为编委，四十七位同志为顾问。先后从国内以及美国国会图书馆、台湾图书馆、香港中文大学图书馆搜集版本，经过比较鉴别选择了其中五种较好的版本进行点校，这就是明代李梦阳、郑廷鹄、周伟、李应升和清代康熙年间毛德琦所纂院志。历时四载，耗资十万元，于1995年年底由中华书局分成上、下两卷出版发行到海内外，全书110万字，1500页，32开本，印数2500册，由陈立夫先生题签，印刷精美，装帧漂亮。该书的出版发行，填补了书院志出版的某些空白，必将促进书院研究向更深层次的方向发展。

《白鹿洞书院古志五种》总顾问、顾问

总顾问　钟起煌

顾问（以下按姓氏笔画为序）

王水根	王炳如	朱张才	李　坚	李学语	李国强	余家栋	吴水存
吴宣友	吴崇新	周銮书	叶　春	姚公骞	姚洪瑞	俞兆鹏	陈文华
陈述勤	陈柏泉	陈国钧	陈鹤兴	陆金保	徐效刚	徐顺民	孙煊华
戚善宏	康晋益	黄今言	张　轩	张良俊	张劻任	张家鉴	许智范
许怀林	曾险峰	杨凤光	彭适凡	曹运枝	郑光荣	熊承忠	刘品之
樊昌生	钟福银	魏　伟	魏朝卿	严晴瑞	欧阳毛荣		

《白鹿洞书院古志五种》编委会

主编　朱瑞熙　孙家骅

编委（以姓氏笔画为序）

朱瑞熙	任赣生	李才栋	李科友	沈家溪	吴以宁	吴绍烈	高　峰
孙家骅	陈慧星	郭宏达	顾吉辰				

1998 年 4 月 29 日，中国邮政总公司发行的《古代书院——白鹿洞书院》邮票，在白鹿洞书院举行首发式。

1999 年 4 月 10 日，江西省书院研究会与抚州市金溪县陆象山研究会联合在金溪县召开"陆象山诞辰 860 周年学术研讨会"，出席会议代表 100 余人，收到论文 40 余篇。闵正国、李科友出席并主持大会，论文选入论文集，由《抚州师专学报》出版。

1999 年 11 月 10 日，白鹿洞书院、鹅湖书院联合在铅山县鹅湖书院召开"江西省书院研究会第三届年会暨学术研讨会"，会期 4 天。到会代表 80 余人，收到论文 30 余篇。会议选出第三届理事会成员，选举胡青为会长，闵正国、李和平、李科友、周克强、杨凤光、赖功欧、俞怡生为副会长。

2000 年 8 月 30 日，白鹿洞书院主办的"纪念朱熹诞辰 870 周年学术研讨会"在白鹿洞书院举行。

2000 年 9 月 16 日，中国作协诗刊社、诗歌艺术培训中心在白鹿洞书院举办"诗歌笔会"。

2000 年 10 月 12 日，白鹿洞书院闵正国等 5 人应邀赴福建武夷山参加"纪念朱熹逝世 800 周年国际学术研讨会"。

2001 年 11 月 16 日，由白鹿洞书院承办的"江西省书院研究会第四届年会暨学术研讨会"在庐山白鹿洞书院召开，会期 4 天。与会代表 50 余人，收到论文 40 余篇。

2002 年 10 月 8 日，白鹿洞书院举办"首届中国书院论坛"，会期 3 天。来自国防大学、中央教育科学研究所、中国地方教育史志研究会、浙江大学、南京大学、河北大学、南昌大学、江西师大及东林书院、鹅湖书院、福建朱熹文化研究中心的专家学者 50 余人与会，收到论文 40 余篇。

2003 年 10 月 9 日，首届"白鹿杯"书画大奖赛及学术研讨会在白鹿洞书院举行。

2004 年 6 月 27 日，澳亚比较哲学学会（ASACP）第十四次国际学术会议暨首届国际白鹿洞讲坛在院举行。中国、澳大利亚、美国、日本、法国、新加坡等 11 个国家的近百名学者参加，南昌大学副校长邵鸿与成中英、马丁菲尔德分别作主题演讲。

2006 年 3 月 19 日，白鹿洞书院、浔阳文化论坛联合举办的"曹卫平诗歌作品研讨会"在院举行，九江市 30 余位诗词爱好者参加。

2006 年 8 月 20 日，江西省社会科学院、江西省社会科学界联合会、江西师范大学、江西教育学院、白鹿洞书院联合举办的"纪念白鹿洞书院建院1030 年暨全国'书院与理学传播'学术研讨会"在院举行。

2006 年 8 月 22 日，中国人民大学哲学院、江西省社会科学院哲学所、江西师范大学教育学院、庐山白鹿洞书院联合举办的"白鹿洞书院论坛"在院举行。

2007 年 7 月 1 日，中国人民大学与庐山管理局合作开发白鹿洞书院文化资源签约仪式在院举行。

2007 年 7 月 8 日，《光明日报》、中国人民大学、中央电视台和九江市委、市政府联合举办的"百城赋"研讨会在院举行。中国人民大学向庐山白鹿洞书院授"中国人民大学教育实习基地"匾牌。光明日报社向白鹿洞书院赠《光明日报》创刊号纪念版。

2007 年 8 月 14 日，白鹿洞书院、九江学院联合主办的"第三届陶渊明学术研讨会"在院举行。

2008 年 4 月 28 日，白鹿洞书院举办"中国庐山白鹿洞书院讲座"。刘梦溪作"国学与传统文化"主旨演讲。

2008 年 11 月 15 日，河南郑州大学、九江学院联合举办的"嵩阳—白鹿文化之旅"演讲活动在院举行。

2009 年 7 月 18 日，正大集团副总裁、广东潮州砚峰书院院长李闻海在白鹿洞书院讲学并题词"固本清源"。

2010 年 4 月 20 日，台湾知名学者、朱熹第 26 代嫡孙朱高正在白鹿洞书院讲学。

2010 年 8 月 11 日，白鹿洞书院、江西省书院研究会、鹅湖书院管委会共同举办的"纪念朱子诞辰 880 周年暨鹅湖书院建院 760 周年学术研讨会"在铅山鹅湖书院举行。

2010 年 11 月 18 日，白鹿洞书院、江西省书院研究会、贵溪市象山学校共同主办"纪念书院改制 110 周年暨象山思想研究学术研讨会"在贵溪象山书院举行。

2011 年 10 月 19 日，南昌大学在白鹿洞书院举办会期 4 天的"哲学与时代：朱子学国际学术研讨会"。

2012年5月27日，郑州大学与九江学院共同举办的"嵩阳—白鹿洞书院之旅暨书院文化知识竞赛"在白鹿洞书院举行。

2012年11月28日，白鹿洞书院、江西省书院研究会、鹅湖书院、白鹭洲书院、豫章书院联合主办为期3天的"全国书院学术研讨会暨书院文化在当代人文环境下的传承与发展论坛"在铅山鹅湖书院举行。

2013年6月5日，中国书院研究中心、白鹿洞书院、七宝阁书院在福建省武夷山市朱子故里联袂举办"书院传统和未来发展（高端）论坛"，会期4天。

2013年8月5日，中国书院研究中心、白鹿洞书院、七宝阁书院在北京联袂举办"第三届书院传统和未来发展论坛暨传统书院立志和启发式教育论坛"，会期3天。

2013年12月20日，白鹿洞书院和江西省书院研究会在弋阳叠山书院共同举办"江西省书院研究会第四届代表大会暨叠山书院建院700周年全国学术研讨会"，会期3天。

2014年9月28日，江西电视台、湖南电视台、河南电视台，在白鹿洞书院举行全国"四大书院"联合直播活动。

全国"四大书院"联合直播流程

上午8点30分，白鹿洞书院祭学活动卫星直播开始。

直播祭学程序：

一、聘请山东曲阜2位专家指导，依照传统祭学礼举行祭祀。司仪伍火观，主祭祀官黎华，次祭祀官黄赞华、郭宏达。郭宏达宣读祭祀文。

二、专家论道：中共江西省委宣传部原常务副部长、南昌大学教授陈东有，江西师范大学教授、江西省书院研究会会长、国家督学胡青，江西省社会科学院哲学所所长、研究员赖功欧，九江学院庐山文化研究中心常务副主任、教授李宁宁4位学者对古代书院祭祀学礼进行阐述。

三、经典朗诵：九江学院学生及部分白鹿洞书院员工朗诵《白鹿洞书院揭示》《大学》《中庸》。

四、白鹿洞论坛：百家讲坛学者方志远讲授《白鹿洞书院揭示》。

2014 年 9 月 28 日，白鹿洞书院管理委员会副主任黎华参加在湖南岳麓书院召开的"中国书院协会"成立大会，黎华被推选为副会长，郭宏达为理事。

2016 年 8 月 17 日，白鹿洞书院、江西省社会科学院文化研究所联合举办的"首届白鹿洞书院文化论坛"在白鹿洞书院举行，会期 3 天。来自全国 16 个省、市代表 60 余人参加。

2016 年 11 月 25 日，白鹿洞书院、江西省书院研究会、豫章书院联合举办为期 3 天的"纪念江西豫章书院建院 885 年暨江西书院研究会学术交流研讨会"在南昌豫章书院召开。

第七章

教育培训

第一节 招生培训

1901年，清政府颁发政令改书院为学堂。同年，白鹿洞书院停办（有1903年、1909年停办之说）。

1910年，江西提学使王同愈在白鹿洞书院旧址上，筹建江西林业学堂。

1916—1921年，江西农林专门学校学生每年两次来庐山白鹿洞演习林场实习。

1923年，天津人臧佑宸在白鹿洞创办私立鹿洞小学，有学生20余人。

1933年6月27日，庐山军官训练团决定于白鹿洞书院举办"暑期党政人员训练所"，受训人员计千名。定于8月8日开学。

1965年5月7日，江西省共产主义劳动大学庐山分校，在白鹿洞书院设林学系，后转设农机系。

1970年3月，江西共产主义劳动大学庐山分校编制为一个营，营下设四个连，白鹿洞书院为四连。四连下设2个排，以排为班级，为农业、机械专业，有学生113人。

1989年5月10日，白鹿洞书院举办第一期"中国古典诗词"讲习班。白鹿洞书院教授、上海师范大学文学研究所副研究员、上海诗词学会理事吴绍烈，白鹿洞书院教授、上海师范大学古籍所副研究员陈慧星以及上海诗词学会会员、记者张宗廉授课。年内共举办两期，学员80余人。

1989年6月20日，中国钱币学会、江西省钱币学会联合在白鹿洞书院举办为期20天的钱币专业干部培训班。白鹿洞书院教授、中国钱币学会秘书长、国家文物鉴定委员会委员戴志强授课。

1990年10月10日，九江市文化局在白鹿洞书院举办古建测绘学习班，各市、县的学员20人参加学习，为期10天。

1991年7月5日，白鹿洞书院联合江西省儿童心理学会、江西省妇联开办为期10天的"现代家庭教育与管理学习班"，同时白鹿洞书院、江西省家庭教育学会、江西省儿童教育心理学研究会联合举办为期5天的"家庭教育、老年管理研讨班"，在白鹿洞书院开班。

1991年8月12日，全国高校文摘报、图书馆资料员讲习班在白鹿洞书院开班。

1992 年 8 月 14 日，江西省文物局在白鹿洞书院举办"我爱家乡"文物讲解比赛，为期 5 天。

1992 年 8 月，江西省文物局在白鹿洞书院举办文物管理干部培训班，培训 3 期，共 120 余人参加。

2000 年 3 月 27 日，白鹿洞书院举办"白鹿洞书院历史与沿革"导游培训班。

2006 年 7 月 18 日，中国人民大学主办的"彩虹计划"全国饮料行业高端培训班在白鹿洞书院举办，为期 3 天。

2006 年 11 月 22 日，九江市旅游质量监督员培训班在白鹿洞书院举办。

2007 年 7 月 11 日，中国台湾地区、香港特别行政区与内地知名大学组成的"白鹿洞书院国学研习营"在院开营授课，为期 5 天。

2007 年 9 月 4 日，江西省社会科学院新招聘的 30 名硕士生，在白鹿洞书院礼圣殿举行祭祀和拜师仪式。

2008 年 5 月 13 日，九江市文物普查培训班在白鹿洞书院举办。

2008 年 6 月 28 日，白鹿洞书院举办为期一年的《论语》研习班，以两周为一时段，第二周的周六集中授课 6 节课时，全年 156 节课时。来自九江、庐山、南昌等地的企业、金融、文化、教育等领域的学员 50 余人参加学习。九江学院教授罗龙炎、李宁宁、吴国富授课，班主任郭宏达。

2012 年 6 月 17 日，清华大学经济管理学院 EMBA 国学研修班（第三期）在白鹿洞书院举行国学祭典及结业仪式。

2012 年 7 月 19 日，上海九州书院在白鹿洞书院举办"博学领袖哲商班"。

第二节 职工培训

1991 年 4 月至 7 月，庐山白鹿洞书院派罗会香到江苏扬州参加字画装裱、修复及拓片操作流程培训。

1991 年 9 月至 1993 年 7 月，庐山白鹿洞书院派高峰到湖北省文艺干部学校文物考古专业学习（该校后合并到湖北省艺术学院）。1996 年 4 月，高峰又被南昌大学中文系（自考班）录取，专科学历，于 1998 年 10 月毕业。2003 年 3 月，高峰被上海师范大学行政管理研究生班录取，于 2004 年 12 月结业。

1991 年 9 月，白鹿洞书院黎华参加全国成人高考，被江西师范大学政教系录取（函授），大专学历，于 1994 年 7 月毕业。2002 年 8 月，黎华又被中央党校函授学院法律专业录取，本科学历，于 2004 年 12 月毕业。

1991 年 9 月，白鹿洞书院陈礼被九江广播电视学校财会专业录取，中专学历，于 1994 年 7 月毕业。2007 年 9 月，陈礼参加全国成人考试，被西南科技大学网络教育学院九江分校建筑工程专业录取，大专学历，于 2009 年 7 月毕业。

1993 年 9 月，白鹿洞书院陈里中被九江广播电视学校财会专业录取，中专学历，于 1996 年 7 月毕业。

1998 年 6 月 6 日，白鹿洞书院陈青萍参加由萍乡市劳动局在九江举办的电脑班培训，为期半月，21 日结业。

2001 年 8 月，白鹿洞书院裴凌云、吴小珍、任奇志、虞静霞被江西省委党校函授学院经济管理专业录取，大专学历，于 2004 年 6 月毕业。

2002 年 5 月，白鹿洞书院郭宏达、陈冬花参加庐山管理局人事劳动处举办的聘干培训。

2005 年 8 月 26 日，白鹿洞书院黎华、陈冬花参加九江市人事局干部培训中心举办的专业技术人员继续教育，学习"新世纪现代科学技术发展知识读本"40 课时。2008 年 10 月，参加全省统一组织的专业技术人员计算机知识培训。2008 年 12 月 3 日，参加庐山管理局职称改革工作领导小组办公室举办的专业技术人员继续教育，学习"创新能力培养与应用"40 课时。2010 年 11 月 21 日，参加庐山管理局职称改革工作领导小组办公室举办的专业技术人员继续教育，学习"应对突发事件能力培训"40 课时。2012 年 11 月 2 日，参加庐山管理局职称改革工作领导小组办公室举办的专业技术人员继续教育，学习"心理健康与心理调适"40 课时。2014 年 11 月 15 日，参加庐山管理局职称改革工作领导小组办公室举办的专业技术人员继续教育，学习"专业技术人员职业道德"40 课时。

2005 年 12 月 7—9 日，全院职工进行冬季培训。培训内容为文物保护、消防安全、旅游营销、创新思维等方面。

2015 年 9 月，白鹿洞书院付柳青参加全国研究生考试，被南昌大学公共管理学院录取，攻读硕士学位。

2016 年 10 月 20 日至 10 月 29 日，白鹿洞书院九三学社社员陈冬花在江西省社会主义学院参加九三学社全省基层骨干培训班（总第 387 期）。

第八章

旅游接待

第一节　历年旅游人数与收入

年份	人数（万人）	收入（万元）	备注
1982	6.45	1.29	门票每人二角
1983	7.55	1.51	门票每人二角
1984	13.67	2.73	门票每人二角
1985	15.35	7.54	4月前，门票每人二角；5—6月，每人三角；7月起，每人五角
1986	14.79	7.40	门票每人五角
1987	11.85	9.48	门票每人八角
1988	10.31	8.25	门票每人八角
1989	13.17	10.54	门票每人八角
1990	17.58	14.06	门票每人八角
1991	23.97	28.76	门票每人一元二角
1992	27.54	33.05	门票每人一元二角
1993	28.58	34.30	门票每人一元二角
1994	5.72	45.76	门票每人八元
1995	7.73	61.84	门票每人八元
1996	5.00	60.01	门票每人一十二元
1997	4.79	57.48	门票每人一十二元
1998	4.10	82.00	门票每人二十元
1999	3.72	74.40	门票每人二十元
2000	3.45	69.00	门票每人二十元
2001	3.02	60.40	门票每人二十元
2002	2.35	47.00	门票每人二十元
2003	1.66	33.20	门票每人二十元
2004	0.73	14.60	门票每人二十元
2005	2.70	81.00	门票每人三十元
2006	2.74	82.20	门票每人三十元
2007	16.87	101.84	门票每人三十元。1月与庐山三叠泉景区联票

（续表）

年份	人数（万人）	收入（万元）	备注
2008	17.56	107.20	门票每人三十元。与庐山三叠泉景区联票
2009	18.38	110.88	门票每人四十元。与庐山三叠泉景区联票
2010	20.14	123.96	门票每人四十元。与庐山三叠泉景区联票
2011	25.78	146.77	门票每人四十元。与庐山三叠泉景区联票
2012	26.79	152.30	门票每人四十元。与庐山三叠泉景区联票
2013	28.04	150.91	门票每人四十元。与庐山三叠泉景区联票
2014	30.16	160.79	门票每人四十元。与庐山三叠泉景区联票
2015	28.50	175.75	门票每人四十元。与庐山三叠泉景区联票
2016	9.35	200.56	门票每人四十元。4月起不再与庐山三叠泉景区联票

第二节　景点建设

白鹿洞书院1959年列为江西省文物保护单位。1988年列为全国重点文物保护单位。1990年正式成立庐山白鹿洞书院管理委员会，集文物管理、教育培训、文化研究、旅游接待、林园建设五位一体。自1981年正式对外开放，先后接待国内外游客500余万人次。

一、景点建筑维修

1979年，白鹿洞书院由农垦部门划归文化部门管理，书院建筑群的维修和新建工作提上议事日程。1980—2016年，在中央、省、市、山等上级文物部门的关心支持下，白鹿洞书院先后投入2000多万元进行九期维修和新建。第一期工程于1980年3月开工，1981年7月竣工。维修两座门楼（即书院大门和御书阁前大门）、泮池、状元桥（泮桥）、三栋厢房（即礼圣门前两栋和御书阁前一栋）、礼圣门、思贤台、明伦堂、御书阁、独对亭，还翻修200米的院墙，铺设院区内的卵石方石路面，加固和油漆东西碑廊，整治环境，使书院的面貌初步得到改观。第二期工程于1981年10月开工，1984年8月结束。维修礼圣殿、枕流桥、高等林业学堂、白鹿洞。第三期工程于1985年10月动工，1986年6月竣工。改建西碑廊区；维修朱子祠、报功祠、丹桂亭、先贤书院门楼及二门；修建18间藏碑厢房，按规划重新安置碑刻。第四期工程于 1988 年 10 月动工，1989 年 10 月竣工。改建东碑廊区；维修文会堂（行台）、崇德祠、厢房六间、行台西耳房、紫阳书院大门及二门；在院内铺设卵石路面 200 平方米。第五期工程于 1994 年 10 月动工，1995 年 4 月竣工。维修延宾馆，含春风楼、逸园、状元泉及厢房 22 间；延宾馆前建照壁；院内中轴线以卵石铺路。第六期工程于 1996 年 1 月开始，1996 年 5 月结束。此次的维修主要是为了迎接联合国教科文组织专家考察庐山申报世界遗产。工程项目多而杂，包括清除屋面杂草、墙面出新、木构油漆、匾联出新、游步道整修拓展、庭院苗木补栽、环境整治等。第七期工程于 1998 年 2 月开始，2000 年 12 月结束。对报功祠的屋面、墙面进行全面维修。1999 年 4—9 月，对礼圣殿屋面、墙体及门窗进行维修。2000 年 12 月，对朱子祠进行全面维修。第八期工程于 2001 年开始，2009 年结束。2001 年 1 月，维修明伦堂屋面、独对亭、西碑廊。2003 年 8 月，维修报功祠屋面。2005 年 6—9 月，维修文会堂及两厢房、崇德祠、高等林业学堂。2006 年 3 月，维修文会堂屋面。2007 年 12 月，由管理局投资 10 万元，修复卓尔山上的高美亭。2008 年 11 月，由管理局投资兴建的"江西历代进士榜"长廊竣工。2009 年 11 月，由管理局投资兴建的状元柱竣工。第九期工程自 2010 年开始，2016 年结束，主要是文物保护规划和文物三防工程。《白鹿洞书院文物保护规划编制》项目于 2012 年 4 月 25 日批准立项，2013 年和 2014 年，国家先后下达专项补助资金 170 万元。项目由江西省文物保护中心负责编制，2013 年 11 月开工，2015 年 3 月底完成。《白鹿洞书院安全防范工程》设计方案于 2014 年 1 月 8 日通过国家文物局批复。2014 年国家下达专项补助资金 450 万元。2015 年 7 月 19 日正式开工，2015 年 10 月 20 日完工，2016 年 7 月 22 日通过专家验收。《白鹿洞书院消防工程》设计方案于 2013 年 12 月 31 日通过国家文物局批复。2014 年国家下达专项补助资金 393 万元。2015 年 12 月 20 日开工，2016 年 4 月 19 日竣工，2016 年 11 月 7 日通过专家验收。《白鹿洞书院防雷工程》2014 年 5 月 21 日批准立项。中华人民共和国财政部于 2015 年 8 月下达《白鹿洞书院防雷工程》经费 573 万元。2016 年 3 月 24 日实施方案通过专家评审。

二、基础设施建设

1980—2016 年，通过省、市、山拨款及白鹿洞书院自筹等方式，书院先后投入 600 余万元对基础设施进行建设和改造。1981 年，修通自海会到书院的电话线路，更新线路 3500 米，用 60 根水泥杆代替已朽的树干。1982 年，修建 1256 平方米停车场和旱厕 1 座。1983 年，修建了 1.5 公里沥青进院公路。1986 年，在高等林业学堂后加修卫生间 8 套，在后院建造 110 平方米可容 24 张客床的招待所，改善接待会议的条件。1987 年，架设完成 1 公里万伏高压输电专线。同时动工兴建消防设施，建日出水量 35 立方米的水井 1 口、45 立方米的蓄水池 1 座，购高压离心水泵和潜水泵各 1 台，添置直径 2 市寸的镀锌管 1.5 吨，消防水枪 4 把，泡沫灭火器 22 个。1989 年，建造餐厅、厨房 160 平方米，改建厕所 30 平方米。1991 年，增修 100 吨的贮水塔 1 座。1996 年，延宾馆修缮工程竣工，拥有标准房 26 间、单间 2 间、床位 54 张，房内配备彩色电视、中央热水器，卫生设施齐全，为书院接待、开展文化交流活动创造优越条件。1998 年，硬化宿舍到书院公路。2000 年，新建防火瞭望台 1 座。2001 年，进行停车场沥青路面改造。2007 年，进院公路硬化工程竣工。2013 年，庐山风景名胜区管理局投资 180 万元，在白鹿洞书院入口处新建牌坊 1 座，对入院公路进行拓宽改造。 2016 年，对 20 世纪 70 年代所建停车场旱厕进行改造。

三、景点建设特色与优势

白鹿洞书院坐落在庐山东南面，五老峰脚下，鄱阳湖之滨。书院处于四山环抱之中，背依后屏山；前对卓尔山；左面有左翼山，贯道溪从书院建筑前沿着卓尔山脚潺潺流过，中有一小块平地，约三四十亩，书院的主体建筑群就建在这块平地之上。白鹿洞书院现有文物 229 件，可移动文物 4 件；不可移动文物 225 件，其中历代碑刻 137 通、历代摩崖题刻 60 处、明清古建筑 24 座、亭 2 座、桥 2 座。现代名人字画 86 件。白鹿洞书院现存古建群由五个院落组成，每个院落分工明确，分别是祭祀孔子、祭祀先贤、藏书讲学、会友会讲、师生生活休息场所，与明清书院建筑布局基本一致。白鹿洞书院现有 7 个常设陈列展览：（一）白鹿洞书院院史陈列展；（二）朱子祠陈列展；（三）明伦堂陈列展；（四）历代名人与白鹿洞书院陈列展；（五）江西历代进士名录榜；（六）"江西历代进士榜"长廊；（七）"天下状元柱"专题陈列。配备有 6 名专职讲解员。文化产业研发方面，编纂研究专著及旅游丛书 30 余部，研发特色旅游产品 10 多种，还设置了丰富多彩的研学课程。

优美的自然景观和深厚的文化积淀对弘扬中华优秀传统文化和研究书院史、宋明理学以及研学旅游等发挥独特的不可替代的作用。

四、旅游营销措施和管理制度

（一）旅游营销措施

1990 年，白鹿洞书院工作重点由"古建修复"向"文化学术研究"转移。同时，积极推动旅游经济开发。1992 年 9 月 7 日，庐山白鹿洞书院文化旅游开发新闻发布会召开，新华社、《人民日报》、《光明日报》等 30 余家新闻媒体参加。1990 年 4 月，白鹿洞书院成立"旅游接待部"，1992 年 3 月更名"园门管理所"，负责旅游服务接待与经济创收工作。

主要营销措施：

1. 加强内部管理；提高员工素质；提升旅游环境。

2. 积极参加、支持各省市景区和各旅行社举行的旅游推介活动，先后赴南京、无锡、长沙、武汉等地作推广宣传。

3. 通过网络，扩大宣传，先后与江苏"同程网"、深圳"自游 e 派"旅游网、江西"途驾旅游网"等 10 多家旅游网络平台合作。

4. 广告宣传。先后在 2001 年第一期《南方文物》、2001 年五一节前一周《信息日报》第一版、2002 年第十期《江西社会科学》封面封底、2002 年至 2005 年江西电话号码簿（黄页）、《中国自助游》、《华夏商务旅游指南》上作广告。

5. 与庐山邮政局合作，发行白鹿洞书院邮票首日封、纪念封、邮折。

6. 积极做好智慧旅游的研发和推进工作。

7. 为整合旅游资源，做大做强旅游产业，2006—2016 年白鹿洞书院与庐山三叠泉景区联票，共同打造游山、玩水、品文化精品旅游线路。这一措施，增强了景区市场占有率，旅游经济收入逐年提高。

（二）旅游管理制度

为加强景点的管理，塑造文明的旅游服务形象，建立良好的旅游秩序，维护景点和游客的利益，促进景点优质发展，白鹿洞书院制定完善的旅游管理制度，如园门管理所规章制度、票务管理制度、导游管理制度、内部商店管理制度、旅游投诉制度、景点消防安全管理制度、营销和策划工作规程、旅游高峰期游客分流应急预案、旅游突发事件应急处置预案。

第九章

林业管理

第一节　自然保护

20世纪80年代前，由于白鹿洞书院附近村民乱砍滥伐、乱捕滥猎、开山炸石，自然资源被破坏严重。1981年，江西省人民政府批准建立庐山自然保护区，白鹿洞书院区域属庐山自然保护区范围。白鹿洞书院属地管理为庐山自然保护区海会保护站。

1990年，书院管委会为加大保护力度，成立白鹿洞书院林业管理站（后称林业治安管理所），主要职责是防火、防盗、防治病虫害。

2015年，白鹿洞书院管委会争取国家专项资金支持，建立电子网络监控，完成由人防到技防的历史性转变。

第二节　森林管护

1933年7月31日，"庐山军官训练团"工兵营在书院后山砍伐树木一批。1943—1944年，白鹿洞书院遭到日军破坏，被砍伐古松甚多。1945年，庐山林场在白鹿洞书院建苗圃队，利用闲散土地育苗造林，同时兼管2900余亩的风景林不致遭受人为破坏。该队直到1958年秋撤离，历时13年。同年12月，庐山警察署白鹿洞书院派出所成立，以保护森林、名胜古迹为责任。1946年9月15日，白鹿洞书院遭遇大风袭击，折断古松30余棵。

1951年1月18日，庐山管理局局长沈坚复函江西农林厅，同意将白鹿洞林区划拨给南昌大学森林系作演习林。1969年夏，江西共大庐山分校为提高自给水平，报经星子县林业局批准（庐山分校当时划归星子县管）在白鹿洞"回流山"以次生林改造名义，开进回流山砍伐直径40厘米左右的松树一批，致使大面积的风景林遭到破坏。

1976 年 7 月，大面积松林受松毛虫危害，采用化学"烟雾剂"灭杀。但由于树木高大、虫口密度大，药物难以奏效，达不到"快杀全歼"的预期目的。后动员海会乡中小学生数百人捕捉，每条虫三分钱。但仍有大批树木死于虫灾。受害树木达 3000 立方米，其中古松 11 株。

1982 年 2 月 15 日，庐山区政府、庐山区文教卫生局、白鹿洞文管所、星子县五里公社、玉京大队、交通大队、庐山自然保护区海会保护站，经协商签订书院边界协议书，参加人员 16 人，分别是庐山区政府慈明生，庐山区文教卫生局王炳如、陈德钧、周家驹，白鹿洞文管所陈鹤兴、罗运喜、虞功酒，星子县五里公社游承炳、李代招，玉京大队张文镇，交通大队李奇会、翟庆全、伍瑞勋、熊继明、李平国，海会保护站左春生。

协议书

为了认真贯彻国务院 文件，落实好白鹿洞书院的山林界线，经庐山区政府、文教卫生局、白鹿洞文管所、星子县五里公社、交通大队、玉京大队及有关生产队的负责同志多次协商，本着认真执行政策、实事求是、尊重历史、面对现实的精神，积极慎重地进行研究。据研究结果，制定此协议书，现将协商的具体条款分述如下：

一、星子县五里公社、交通大队、玉京大队确认白鹿洞提出的山林界址，确认白鹿洞对界内的山林、荒山、荒土地和一部分已开垦的土地的产权。

二、星子县交通大队一队和三队确认开垦白鹿洞所属的毛家垅 15 块，杨家山 22 块，上八担 24 块，田地产权归属白鹿洞书院文管所所有。文管所同意将这些田地暂借给一队和三队耕种，生产队每年按亩计算向文管所交稻谷。三队毛家垅共六亩田地，每亩交 10 斤即 60 斤稻谷。一队杨家山、上八担共 8 亩，每亩交 15 斤即 120 斤谷，以示产权属白鹿洞文管所。白鹿洞所属流芳桥头一块好田，交通三队确认产权属文管所。文管所同意暂由三队耕种，但考虑到三队在划分责任田时列上了责任田，文管所为了照顾农民利益，同意该田不交产权所示权谷，如因需要文管所可将上述土地收回。

三、交通大队三队李文龙等五户社员建房时占用白鹿洞的山地（界址是从房基前沿向后），三队确认占用，并确认产权属文管所，文管所同意维持现状。双方共同商定：（一）从现在起，任何私人和集体不得再在白鹿洞界内建筑房屋、厨房、牛栏、猪圈、厕所等建筑和开垦土地。（二）三队有义务对白鹿洞文管所界内的树木进行保护。（三）房后树木（包括个人栽种）所有权属白鹿洞文管所，任何人不准砍伐毁坏。（四）以上四点如有违反，白鹿洞文管所对违反者执行起诉、罚款的权利。

四、交通大队小学在白鹿洞的山地上（地点在小学后面）营造了1亩左右的杉林。双方商议，交通大队确认的山权永远属白鹿洞文管所，白鹿洞承认该林权属交通大队，双方并一致同意按江西省1981年颁布的造林政策，如树木长大后进行砍伐时必须经双方领导机关批准，砍伐收入分成由双方协商解决，未经批准任何一方无权砍伐。

五、杨家龙水库系1968年由交通大队修建，白鹿洞同意维持现状，双方商议：（一）水库的管理使用蓄水所有权属交通大队。（二）水库大坝只能加固不得加高。（三）水库所占的山林土地产权属白鹿洞文管所。（四）白鹿洞有权在水库内建筑旅游和休息等设施和允许任何人在水库内钓鱼，交通大队不得干涉。（五）对水库坝上树木（松树除外）交通大队有义务保护，但所有权归文管所。

六、为了保护白鹿洞自然资源和环境，任何单位、个人不准在"圣泽源"和白鹿洞界内开山炸石，修路垦荒，及一切破坏自然资源、环境，如发现任何单位和个人有权制止，严重者可以起诉。

七、协议如有未尽事宜，由双方协商解决，此协议从各方盖章之日生效。

星子县五里公社　　　　　　　　　　　庐山区文教卫生局

　　交通大队　　　　　　　　　　　　　白鹿洞文管所

　　玉京大队

一九八二年二月十五日

报：庐山自然保护区管理局、星子县政府、庐山区政府、星子县林业局、九江市农林垦殖局。存：海会自然保护站。各有关单位各持一份。

1993年5月31日，庐山白鹿洞书院管理委员会主任办公会研究小三叠处古松保护事宜。决定采取用水泥坡坎护坡加固，防范洪水冲刷。1994年，大力开展森林防火、防盗、防蚁工作，全年张贴宣传标语46条，秋季进行防火设卡登记，严控入林人员。追回被盗树木4棵，没收赃物16件。对白蚁实行诱杀和挖巢，施药6公斤，药杀面积达150余亩，挖出蚁巢23个，有效地遏制虫害，同时对古松进行二期、三期重点保护，共保护16棵。

1995 年 3 月 13 日晚，白鹿洞书院破获森林盗窃案 1 起，抓获不法分子 2 人，缴回木材 1 立方米。全年破获森林盗窃案 2 起，收缴盗伐工具 14 件。1998 年 4 月 8 日，庐山文化广播电视处领导与星子县白鹿镇、星子县观音桥林业派出所、玉京村有关人员来院参加白鹿洞书院召开的"加强对白鹿洞书院林业的保护联防协调会"。12 月 28 日，庐山管理局领导、林业局领导、文化广播电视处领导来院检查防火工作。1999 年 5 月 27 日，庐山林业局领导来院商定防火瞭望台规划设计等事宜。同年 6 月 14 日，九江市防火办领导在庐山林业局领导的陪同下，来院检查工作。同年 10 月 25 日，庐山管理局领导在庐山文广处领导的陪同下，来院检查防火工作及防火瞭望台建设工作。同年 11 月 10 日，九江市防火办领导等来院检查防火工作及防火瞭望台的建设进展情况。同年 12 月 2 日，庐山防火办领导等一行 7 人，来院检查防火工作及核定林地的山界情况。同年 12 月 3 日，庐山管理局领导、庐山林业局领导及庐山文广处领导来院检查工作并对瞭望台进行实地查看。同年 12 月 29 日，庐山林业局领导、庐山文广处领导及赣北地质工程勘察院的同志来院查看防火瞭望台的地基基础。

2000 年 3 月 29 日，庐山管理局领导在庐山林业局领导的陪同下，来院检查防火瞭望台的基础施工情况。

2000 年 7 月 15 日，瞭望台竣工，验收合格，投入使用。

同年 10 月 31 日，庐山管理局民政处领导来院核实白鹿洞书院的边界事宜。2001 年 6 月 2 日，庐山管理局领导、庐山文广处领导等，来院检查防火瞭望台建造使用情况。同年 7 月 10 日，庐山管理局领导、庐山文广处领导、庐山林业局领导及庐山建筑设计室的同志，来院查看防火瞭望台。2003 年 8 月 10 日，报功祠后古松遭雷击，树枝断落砸坏报功祠屋面约 12 平方米。书院随即将此情况以文字和照片形式分别上报庐山文化处、庐山管理局、省文物局和国家文物局。2005 年 9 月 28 日，白鹿洞书院被评为 2004—2005 年度森林防火先进单位，有一人评为先进个人。同年 11 月 26 日，九江地区瑞昌等地发生 5.7 级地震，白鹿洞书院古建筑群不同程度受到损害，瞭望台地基出现裂缝。同年 12 月 7—9 日，全院职工进行冬季培训。培训内容为文物保护、古建消防、森林防火、旅游营销、创新思维等方面。2006 年 3 月 12 日，文会堂后一棵古松被"泰利"台风刮倒，文会堂后墙、屋面被压垮，屋内桌椅全部破损，损失严重。同年3月27日，召开职工大会，会上提出书院周边古松保护方案，建议用钢丝绳拉固树干。同年7月11日颁发林权证，辖地1734亩。同年10月9日，书院被评为全山2005—2006年度森林防火先进单位，有一人评为先进个人。

2007年9月20日，书院被评为2006—2007年度全山森林防火先进单位。同年9月29日，书院森林防火半专业队10人，在副主任郭宏达带领下进行为期两天的野外训练。同年10月11日，书院邀请周边村镇领导进行森林防火联防联治座谈会，庐山防火办领导参加。同年11月16日，书院更换一批防火器材。2008年5月27日，来自江西农业大学、市园林局、山园林处的专家10余人，对书院的古松保护方案进行论证。2009年9月16日，书院防火半专业队进行野外拉练训练。2010年3月30日，书院购防火通信器材（对讲机）一批。2012年2月10日，破获一起林业盗窃案。2013年5月8日，特大暴雨造成书院公路沿线及文物大院周边塌方20余处，山体滑坡4处，公路路面受损，部分游步道被冲毁，文物大院部分水管损坏，两栋职工宿舍一楼渗入淤泥达5厘米深。直径70厘米以上的古松一棵、杂树百余棵倾倒，西厢房屋面被倾倒的树压坏，由于山体滑坡，进士榜一块碑刻被压垮、破损，造成直接经济损失30余万元。同年6月16日，斥资8.2万元完成清理砍伐全院周边危险树木。2014年7月17日开展防汛、消防、反恐防暴、旅游急救、森林防火等安全演练活动。2015年4月13日，白鹿洞书院安消防指挥监控中心正式开工修建。2016年1月7日，庐山文新局主持商务谈判，郭福清以6.3万元中标，砍伐书院周边枯死古松共计9棵。同年3月18日，庐山林业局副局长唐晓敏到院，陪同市林业专家，进行九江市"全市十大古树"评选活动摸底。同年7月13日，热成像森林防火摄像头调试成功。同年7月22日，"白鹿洞书院安全防范工程"通过专家验收。

2004年7月1日，庐山申报世界地质公园成功，成为首批世界地质公园，白鹿洞书院为主要考察重点景区。

白鹿洞书院有近3000亩森林，保护好这片绿色屏障，显得尤其重要，也是历代书院护林员职责所在。护林员在做好日常巡护工作的同时，主要从以下三个方面进行防护。

一、防盗工作

在改革开放之初，森林防盗工作日益严峻，在这场斗智斗勇的工作中，老一辈护林员曾经付出血的代价。1983 年 4 月初的一个夜晚，护林员罗运喜、虞功酒、陶时顺、陈乐金 4 人，按计划在回流山一带埋伏静守（此处杉树密集，为偷盗者常来之地）。午夜过后，一声清脆的树倒声划破夜空，护林员循声而至。在抓捕偷盗者的过程中，遭到强力反抗，护林员虞功酒、陶时顺、陈乐金不同程度负伤。

为了使森林防盗工作顺利有效开展，书院于 1992 年在左翼山山脊建造林业管理所新办公楼，11 月 20 日交付使用。该楼南接回流山杉树林，北靠后屏山后垄杉树林，是书院杉树林两片中间最佳防盗蹲守位置。

进入 21 世纪，白鹿洞书院森林防盗工作也日趋平稳，森林防护工作重点从防盗转为防虫和防火。

二、防虫工作

1976 年 7 月，大面积松林受松毛虫危害，采用化学"烟雾剂"灭杀。后动员海会乡中小学生数百人捕捉，但仍有大批树木死于虫灾。受害树木达 3000 立方米，其中古松 11 株。

1994 年，为搞好森林防火、防盗、防蚁工作，张贴宣传标语 46 条，秋季防灾设卡登记。追回被盗树木 4 棵，没收赃物 16 件。对白蚁实行诱杀和挖巢，施药 6 公斤，药杀面积达 150 余亩，挖蚁巢 23 个，有效地遏制了虫害，并且进行白蚁防治成果展览，同时对古松进行二期、三期重点保护，共保护 16 棵。

2005 年，发现首例松材线虫病，该病又称松树萎蔫病。截至 2016 年底，白鹿洞书院共有松树 30000 株以上死亡，对书院森林资源造成不可挽回的损失。

2006 年 6 月 2 日，白鹿洞书院对古建筑群以及周边山林进行白蚁诱杀。

2008 年和 2010 年，白鹿洞书院分别荣获庐山管理局"有害生物防治先进单位"。2008 年一人荣获九江市"病虫害防治先进个人"称号。

三、防火工作

1992 年 10 月 15 日 13 时，离白鹿洞书院林区 100 米的九江—星子公路西侧，因农民烧火粪引起火灾，这次火灾严重威胁到白鹿洞书院林区，白鹿洞书院干部职工和附近农民全力扑救，避免了更大的损失。

同年 10 月 25 日 7 时 40 分，由于星子县白鹿乡伍家村民小组村民周义林在书院辖区之外抽烟丢火柴引起火灾。白鹿洞书院干部职工和附近农民奋力扑救，终因风力过猛，山火蔓延白鹿洞书院林区，烧毁白鹿洞书院新票房东南侧山林2亩。

1999年4月5日，靠近书院的杨家山着火，着火时间为下午3点40分，经过全院职工、家属和周边群众的奋力扑救，晚6时将火扑灭。同年11月20日，防火瞭望台进行地基勘测，2000年7月竣工使用。由庐山区威家镇建筑工程公司承建，总造价为人民币343422.13元。该台坐落在李家山山脊，海拔181米，为书院最高处。瞭望台的建成，有效预防监测烧火粪、烧田埂80余起。

2004年2月7日，九江星庐瓷土矿余家村发生大火，书院职工在边界值守巡察，山火未危及书院。同年3月，建防火隔离带120亩，长5328米，宽15米。同年，白鹿洞增加6块永久性防火宣传栏。

2005年7月2日，庐山管理局决定每年拨款10万元用于白鹿洞书院森林防火工作。

2016年7月22日，"白鹿洞书院安全防范工程"通过专家验收，11月7日，九江市文物局组织省、市消防建筑和文物保护工程方面的专家对"白鹿洞书院消防工程"进行实地验收，评为合格，交付使用，书院防火防盗工作，由人防进入人防、技防相结合时代。

防火工作历来都是书院工作的重中之重。上级领导和历任书院领导都非常重视防火工作。白鹿洞书院分别荣获1997—1998年、2000—2001年、2004—2005年、2005—2006年、2006—2007年、2007—2008年、2008—2009年、2009—2010年、2010—2011年、2011—2012年庐山管理局"防火先进单位"称号。

第三节　庭院花卉

白鹿洞书院四面环山，植物茂盛，保留有庐山最古老的马尾松群，为针叶阔叶混交林，动植物种类丰富。书院古建筑群内花木多为20世纪80年代后种植，既有本土原生植物，也有外地引种品种，院内保留有多种珍贵花木，如鹅掌楸、水杉、柳杉、小叶黄杨、方竹等。院外林下还发现了野生灵芝种群分布。

白鹿洞书院花木名录

编号	名称		科属	分布情况
01	桂花		木樨科	各院落均有分布
02	玉兰	白玉兰	玉兰科	紫阳书院文会堂前
		紫玉兰		
03	广玉兰		玉兰科	白鹿洞书院、礼圣殿前
04	罗汉松		杉科	紫阳书院
05	茶花		山茶科	各院落均有分布
06	腊梅		腊梅科	各院落均有分布
07	黄杨		黄杨科	各院落均有分布
08	迎春花		木樨科	先贤书院朱子祠前
09	檵木		金缕梅科	各院落多有分布
10	竹	毛竹	禾本科	停车场北
		水竹		鹿洞东侧
		方竹		春风楼东、御书阁北
		箬竹		鹿洞西及院外山坡
11	苏铁		苏铁科	文会堂前、高等林业学堂前
12	含笑	深山含笑	玉兰科	报功祠前
		四季含笑		文会堂前
13	紫荆		豆科	朱子祠前
14	菊		菊科	各院多有分布
15	麦冬		百合科	各院多有分布
16	韭兰		石蒜科	紫阳书院
17	葱兰		石蒜科	紫阳书院
18	月季		蔷薇科	白鹿洞书院、紫阳书院
19	南天竹		小檗科	朱子祠前
20	木槿		锦葵科	紫阳书院
21	红叶李		蔷薇科	报功祠前
22	珠顶红		石蒜科	文会堂前
23	圆柏		柏科	文会堂前
24	紫藤		豆科	停车场北侧山坡
25	绣球		虎耳草科	崇德祠后
26	水杉		杉科	延宾馆及贯道溪北坡坎上
27	柳杉		杉科	状元桥侧

编号	名称	科属	分布情况
28	棕榈	棕榈科	贯道溪北坡坎上
29	木芙蓉	锦葵科	停车场东、北
30	五针松	松科	文会堂前
31	红枫	槭树科	文会堂前
32	龟背黄杨	黄杨科	报功祠、朱子祠前
33	紫茉莉（洗澡红）	紫茉莉科	明伦堂前
34	石榴	石榴科	朱子祠前
35	龙爪槐	豆科	礼圣殿前
36	洒金珊瑚	山茱萸科	先贤书院入口
37	美人蕉	美人蕉科	春风楼前
38	杜鹃	杜鹃花科	朱子祠、报功祠前
39	凤尾竹	竹科	高等林业学堂西后侧
40	太阳花	马齿苋科	崇德祠后
41	十大功劳	小檗科	崇德祠前
42	石蒜	石蒜科	各院多有分布
43	百日菊	菊科	崇德祠周边
44	吊钟	杜鹃花科	报功祠前
45	鸡冠花	苋科	崇德祠周边
46	芭蕉	芭蕉科	春风楼、停车场北
47	碧桃	蔷薇科	延宾馆前
48	女贞	木樨科	白鹿洞书院入口前
49	剑兰	龙舌兰科	春风楼前
50	龙柏	柏科	文会堂前
51	榆叶李	蔷薇科	报功祠前
52	赤楠	桃金娘科	高等林业学堂西后侧、白鹿洞书院入口
53	榆树	榆科	白鹿洞书院入口前外场
54	槐树	豆科	白鹿洞书院入口前外场
55	紫藤	豆科	鹿洞
56	鹅掌楸	木兰科	高等林业学堂前后
57	香樟	樟科	白鹿洞书院入口前外场
58	瓜子黄杨	黄杨科	崇德祠后院内

第十章

对外交流

第一节　国际交流

1980 年 5 月，日中友好文化代表团一行 10 余人访问白鹿洞书院。这是白鹿洞书院恢复开放以来，接待的第一个外宾访问团体。

1983 年 10 月，美国哥伦比亚大学教授、朱子学专家陈荣捷访问白鹿洞书院，题词"朱陆融洽，义利分明"。

1985 年 5 月，日本冈山县井原市兴让馆高等学校白鹿洞书院访问团一行 20 余人，在团长、原校长本山资郎及副团长山下五树的带领下访问白鹿洞书院。

1986 年 6 月，日本首任驻华大使小川平四郎与夫人小川嘉子访问白鹿洞书院。同年 11 月 7 日，新加坡国家检察院总检察长陈文德一行 10 人访问白鹿洞书院，题词"孔曰成仁"。

1988 年 5 月 11 日，日本冈山县井原市兴让馆高等学校白鹿洞书院访问团一行 22 人，在团长本山资郎、副团长山下五树的带领下访问白鹿洞书院。同年 8 月 5 日，日本冈山县井原市兴让馆高等学校井上裕之一行 4 人，访问白鹿洞书院。校长山下五树转赠白鹿洞书院《朱子哲学论考》《兴让馆百二十年史》。白鹿洞书院回赠《白鹿洞考略》。同年 11 月 15 日，日本熊本县日中友好协会会长鹤野六郎访问白鹿洞书院，题词"中日友好万古长青"。

1989 年 5 月 13 日，日本学者平坂谦二访问白鹿洞书院，赠《白鹿洞书院揭示读本》和中日两种文字的《白鹿洞书院揭示》长卷各一幅。

1990 年 4 月 22 日，波兰什切青大学南方国家研究中心访华代表团参观白鹿洞书院，孙家骅介绍书院的情况。什切青大学校长助理题词留念。

1991 年 6 月 11 日，日本冈山县井原市兴让馆高等学校校友会"鹿洞书院专访团一行 6 人访问白鹿洞书院。日本冈山县议会议长、兴让馆理事鸟越号题词"和敬"。

1992 年 12 月 22 日，日本兴让馆高等学校访问团一行 6 人访问白鹿洞书院。

1993 年 9 月 29 日，庐山文教卫生处副处长、庐山白鹿洞书院管理委员会党支部书记、主任孙家骅，江西教育学院书院史研究室研究员李才栋，江西省海外旅游总公司日本部部长张宜南，应邀去日本冈山县兴让馆高等学校访问，参加该校建校 140 周年庆典活动，讲学一周。同年 10 月 20 日，朝鲜友好参观团一行 15 人访问白鹿洞书院。团长蔡和夔题词："我们朝鲜友好参观团参观书院，印象颇深。谨祝书院全体人员在工作上取得更大成就，朝中友谊万古长青。"

1996 年 5 月 7 日，联合国教科文组织遗产委员会专家——来自加拿大的桑塞尔以及来自斯里兰卡的德席尔瓦夫妇考察白鹿洞书院。同年 5 月 21 日，马来西亚世界朱氏联谊会会长朱祥南访问白鹿洞书院。

1997 年 7 月 27 日，日本冈山县井原市兴让馆高等学校代表团访问白鹿洞书院。

1998 年 5 月 18 日，以格里芬为团长的美国国家公园管理局代表团一行 8 人访问白鹿洞书院。

2000 年 4 月 23 日，韩国女子大学、首尔大学代表团一行访问白鹿洞书院。

2001 年 9 月 10 日，国家广播电视总局、中华广播影视交流协会组织的日本民俗映像社《长江纪行》摄制组，在白鹿洞书院拍摄。同年 10 月 7 日，日本国立福冈教育大学国际学部副教授鹪成九章考察白鹿洞书院。

2003 年 10 月 15 日，日本井原市教育代表团一行 5 人考察白鹿洞书院。双方互赠礼品。同年 11 月 10 日，国际地质科学联合会世界地质公园专家组考察白鹿洞书院。

2007 年 3 月 21 日，韩国儒学机构博约会一行 260 余人，在白鹿洞书院进行文化交流。

2008 年 2 月 16 日，日本冈山县井原市兴让馆高等学校副校长小谷彰吾一行 5 人，访问白鹿洞书院。同年 9 月 9 日，韩国绍修书院（原白云洞书院）访问团朴成镇、姜振声等，访问白鹿洞书院，两书院缔结为友好书院。同年 12 月 4 日，国际地质科学联合会专家尼古拉斯、国土资源部环境司副司长陈小宁等考察白鹿洞书院。

2009 年 11 月 4 日，韩国儒学机构博约会 300 余人访问白鹿洞书院。

2010 年 8 月 26 日，韩国书院联合会常任理事朴成镇访问白鹿洞书院。同年 9 月 30 日，庐山风景名胜区管理局副局长王迎春，庐山文化处处长洪建国，白鹿洞书院管理委员会书记、副主任黎华，主任助理陈冬花，原主任高峰，应邀对韩国绍修书院进行为期一周的访问，并与绍修书院缔结为友好书院。

2011 年 6 月 13 日，韩国绍修书院儒林访问团 19 人访问白鹿洞书院。同年 8 月 18 日，日本冈山县井原日中友好经济交流协会事务局局长高桥雅广、日本兴让馆高等学校理事长井上数马一行 8 人，访问白鹿洞书院。

2012 年 7 月 9 日，世界地质公园评估考察专家组考察白鹿洞书院。约翰·加洛韦博士题词："学习与引导的一个地方，谁不会灵感勃发？"易普拉欣·库姆博士题词："我今天学到了新的东西，我们每个人从这个地方了解地质公园。"

2013 年 2 月 22 日，韩国玄风道东书院全守永、屏山书院郝时柱访问白鹿洞书院。

2015 年 8 月 1 日，美籍华人学者成中英参观白鹿洞书院。

第二节　港澳台交流

1984 年 11 月，香港艺文院教授余雪曼访问白鹿洞书院，留题苏东坡诗句"不识庐山真面目，只缘身在此山中"。

1989 年 3 月，香港中文大学博士李弘祺参观白鹿洞书院，并与李才栋进行学术交流。

1996 年 9 月 10 日，香港孔教学院院长汤恩佳参观白鹿洞书院。

1999 年 6 月 1 日，由香港孔教学院院长汤恩佳捐赠，山东潍坊陈修林雕塑的朱熹铜像落成揭幕仪式，在白鹿洞书院举行。铜像高 3.13 米，底座高 1.72 米，重 1 吨。

2000 年 9 月 5 日，陈复等部分台湾清华大学师生参观白鹿洞书院。同年 9 月 23 日，白鹿洞书院闵正国、李科友应香港孔教学院邀请，出席在香港九龙召开的"孔子思想与中国统一大业国际学术研讨会"，文章在研讨会上交流。同年 12 月 19 日，香港百胜旅运有限公司董事长蔡百泰等 2 人，在江西省科学技术协会国际部部长赖华东、庐山管理局办公室副主任邹常军的陪同下来白鹿洞书院考察。

2001 年 7 月 13 日，澳门特别行政区人大代表一行 10 余人，参观白鹿洞书院。

2006 年 9 月 5 日，台湾诗人余光中参观白鹿洞书院，题词："圣域有幸窥，贤关岂敢叩"。同年 9 月 26 日，台湾经济部前部长王志刚偕夫人参观白鹿洞书院。同年 10 月 7 日，台湾医生、学者黄和平捐建"四维八德"碑 45 通，立于白鹿洞书院延宾馆春风楼两侧。

2008 年 4 月 1 日，香港《南华早报》记者陈冰琳来白鹿洞书院采访。

2009 年 11 月 13 日，台湾政界名人陈履安参观白鹿洞书院。

2010 年 4 月 20 日，台湾学者、朱熹第 26 代嫡孙朱高正在白鹿洞书院讲学。

2011 年 8 月 5 日，世界朱氏联合会会长朱茂男夫妇参观白鹿洞书院。白鹿洞书院正式聘朱茂男、朱杰人、朱述贤、闵正国为白鹿洞书院教授。同年 10 月 3 日，庐山风景名胜区管理局副局长王迎春，文化处处长洪建国，白鹿洞书院管理委员会副主任黄赞华、郭宏达，庐山画院院长夏梅生应台湾朱氏宗亲联合会邀请，前往台湾进行为期 9 天的文化交流。

2013 年 2 月 28 日，白鹿洞书院管理委员会副主任郭宏达应台湾大学文学院、新竹县朱子学堂邀请，前往台湾进行为期 15 天的讲学活动。同年 5 月 7 日，全国政协委员、世界景泰蓝大王陈玉书参观白鹿洞书院。

第三节　省外交流

1990 年 10 月 20—25 日，庐山文化教育卫生处副处长王炳如、白鹿洞书院管理委员会主任孙家骅在福建参加"纪念朱子诞辰 860 周年国际学术会议"，白鹿洞书院是协办单位之一。

1991 年 5 月 21 日，庐山文化教育卫生处副处长王炳如、白鹿洞书院管理委员会主任孙家骅，专程赴北京拜访刘少奇主席夫人王光美。王光美赠送两套《刘少奇选集》和一部《共和国主席刘少奇》大型画册予白鹿洞书院，并与二人合影留念。

1995 年 11 月 30 日，白鹿洞书院委派闵正国参加在湖南长沙市岳麓书院举办的"湖湘文化与书院研讨会"。

1998 年 10 月 9 日，白鹿洞书院闵正国、李科友参加在广西南宁市广西民族学院内举办的"第四届中国少数民族科技史国际研讨会",文章入选论文集。同年 12 月 3 日,江苏无锡市东林书院一行 4 人来白鹿洞书院参观交流。

1999 年 9 月 10 日,湖南岳麓书院邓洪波一行 4 人来白鹿洞书院参观考察。同日,上海教育出版社摄影师吴立东来书院拍摄图片,为《中国书院》画册出版作准备。

2000 年 10 月 12 日,白鹿洞书院闵正国等 5 人应邀赴福建武夷山参加"纪念朱熹逝世 800 周年国际学术研讨会"。

2001 年 5 月 27 日,白鹿洞书院闵正国等 3 人赴京,到故宫、国子监、文庙等处参观学习。

2002 年 9 月 4 日,白鹿洞书院闵正国、高峰等一行 5 人,前往岳麓书院、岳阳楼考察,促进相互间的交流与合作。同年 10 月,白鹿洞书院闵正国、郭宏达应邀出席在福建南平市召开的"首届闽台游酢文化研讨会",论文入选论文选。

同年 10 月,白鹿洞书院管理委员会副主任闵正国、高峰,主任助理郭宏达应邀赴南京参加全国旅游推介会。

2003 年 3 月 15 日,白鹿洞书院闵正国、高峰前往河南开封市参加"岳飞诞辰 900 周年研讨会",并考察登封嵩阳书院。

同年 11 月,白鹿洞书院闵正国等 4 人出席在福建武夷山市召开的"《朱子全书》与朱子学国际学术讨论会",论文入选论文集。

2004 年 3 月 26 日,白鹿洞书院闵正国、黎华等 5 人参加在湖北荆门市召开的"陆九渊逝世 811 周年暨第一次国际陆学研讨会"。同年 5 月 12 日,辽宁铁岭市银冈书院派人来白鹿洞书院考察交流。同年 10 月 22 日,白鹿洞书院闵正国应邀出席在江苏无锡市召开的"纪念东林书院重修 400 周年学术研讨会",论文入选论文集。

2005 年 9 月,受白鹿洞书院委派,闵正国出席在辽宁铁岭市举办的"银冈书院学术研讨会"。

2006 年 11 月 30 日,白鹿洞书院黎华、郭宏达到湖南长沙岳麓书院参加建院 1030 周年学术研讨会。

2007 年 9 月 20 日,庐山风景名胜区管理局副局长王迎春、文化处处长洪建国,在白鹿洞书院管理委员会主任高峰陪同下,专程拜访"红学"专家冯其庸。

2010年6月26日，受白鹿洞书院委派，闵正国等2人出席在陕西西安市白鹿洞书院举办的"中国书院与当代中国社会"学术论坛。会上宣读论文《白鹿洞书院与朱子教条、朱子家训》。会上获陈忠实赠予签名本小说《白鹿原》。

2011年8月，受白鹿洞书院委派，闵正国参加由七宝阁书院、白鹿洞书院、岳麓书院共同举办的"第一届书院传统与发展论坛"，文章入选论文集。会议在北京顺义区七宝阁书院举行。

2012年8月6日，白鹿洞书院管理委员会副主任黄赞华到北京参加由白鹿洞书院、中国书院研究中心（岳麓书院）、七宝阁书院共同举办的"第二届书院传统和未来发展论坛"。

2014年7月6日，白鹿洞书院派员参加福建高峰书院第一期修复竣工暨中国儒学高端论坛。同年7月12日，江苏无锡市东林书院派人来白鹿洞书院进行文化交流。

2014年8月4日，白鹿洞书院派员参加北京七宝阁书院举办的"第四届书院传统和未来发展论坛"。同年8月22日，白鹿洞书院派员参加安徽师范大学举办的"两岸四地朱子思想学术研讨会"。同年9月28日，白鹿洞书院管理委员会主任黎华参加在湖南岳麓书院召开的"中国书院协会"成立大会。大会推选黎华为副会长、郭宏达为理事。同年10月22日，白鹿洞书院郭宏达、闵正国参加湖南岳麓书院举办的"信在中国"论坛。同年11月21日，白鹿洞书院派员参加福建厦门筼筜书院承办的"第六届海峡两岸国学文化论坛"。

2015年8月8日，白鹿洞书院派员参加北京七宝阁书院主办的"第五届书院传统和未来发展论坛"。同年9月14日，白鹿洞书院派员到广东梅州参加"纪念朱熹诞辰885周年国际学术研讨会"。同年12月17日，白鹿洞书院派员参加河南嵩阳书院举办的"中韩书院文化交流国际学术研讨会"。

2016年4月13日，白鹿洞书院派员参加"关中书院更名113周年学术研讨会"。同年4月27日，白鹿洞书院派员到北京参加"第三届中华传统文化教师认证全国开发者大会"。同年6月4日，白鹿洞书院派员参加广东潮州韩山书院举办的"第三届中国名书院联谊会暨当代文化视野下的书院发展论坛"。同年6月11日，白鹿洞书院派员参加福建三明市尤溪县举办的"第八届海峡论坛·朱子文化与旅游交流活动"。同年8月8日，白鹿洞书院派员参加北京七宝阁书院主办的"第六届书院传统和未来发展论坛"。主题为"家教、家训、家风"。

第四节　友好合作

1993年10月17日，江西省书院研究会成立，挂靠白鹿洞书院。它是江西省社联的团体会员，是书院界的群众性学术团体。第一届会长姚公骞。2009年5月，根据中华人民共和国民政部的要求，原挂靠白鹿洞书院管理委员会的江西省书院研究会挂靠庐山风景名胜区管理局。学会的管理体制不变，白鹿洞书院派员担任法人代表，秘书处常设白鹿洞书院。

1998年1月1日，白鹿洞书院园门管理所实施经济责任制管理，延宾馆实施租赁承包经营。承包责任人：杨健、余建军、孟宪敏。

2002年9月28日，闵正国将台湾友人所赠清王昶所著《天下书院总志》微缩胶卷一套捐赠给江西省图书馆典藏，省图颁发荣誉证书。

2004年4月7日，江西师范大学副校长傅修延及教授赵明、方志远、王东林、胡青，在白鹿洞书院商议合作办学等事宜。8月8日，"江西师范大学白鹿洞书院"在白鹿洞书院挂牌。

2005年8月23日，北京大学历史系与白鹿洞书院商谈联合办学，开展文化研究活动事宜。同年8月25日，白鹿洞书院召开中层干部大会，讨论与庐山春天旅行社合作营销门票事宜。会议形成四点意见：一、到会人员一致同意合作营销。二、庐山春天旅行社保证庐山白鹿洞书院管理委员会门票收入保底基数为每年80万元。三、合作期限为5年。四、超出部分分配第一年可以不要。经过全院职工半年的讨论、磋商并报经上级主管部门的同意，12月18日，庐山白鹿洞书院管理委员会与庐山春天旅行社合作营销门票协议正式签订。此协议的签订有利于书院旅游事业发展，增加旅游收入，促使书院渡过经济困难期。

2006年4月19日，庐山白鹿洞书院管理委员会与庐山春天旅社行签订延宾馆目标管理协议，由庐山春天旅行社出资进行内部装修。同年4月24日，庐山管理局党委研究成立庐山白鹿洞书院院务委员会，旨在提升管理机制。

2007年3月19日，白鹿洞书院职工大会讨论通过与三叠泉景区联票营销的方案，试行期1年。同年4月29日，白鹿洞书院与九江学院联合成立九江学院白鹿洞书院文化研究所，在白鹿洞书院挂牌。同年7月8日，中国人民大学向庐山管理局授牌，设立中国人民大学国学院庐山白鹿洞书院教育实习基地。

2008 年 12 月 28 日，白鹿洞书院管理委员会与清华艺友科技文化发展有限公司签订合作协议，设立庐山白鹿洞书院国学院。

合作协议书

甲方：北京清华艺友科技文化发展有限公司

乙方：庐山白鹿洞书院管理委员会

为弘扬古老的白鹿洞书院文化和博大的理学精神，促进构建社会主义和谐社会。甲、乙双方本着共同协商，友好合作的原则，特签订合作协议，以资共同遵守。

一、合作事项

（一）双方合作成立庐山白鹿洞书院国学院，从事文化交流、培训、会议、科研、咨询等业务。

（二）国学院办公地点设在白鹿洞书院，办公场所由白鹿洞书院提供，所发生的费用由国学院承担。

二、合作年限

合作期限二十年，期满后双方商议继续合作事宜。双方在合作期内，不得与其他机构签订类似的合作协议、组建同类机构。在合作期内如果进行项目建设，以补充协议方式一事一议，建筑物的使用年限按国家政策或双方商定。如因甲方原因，合作期内合作不成，乙方可与其他机构签订类似合作协议。

三、经费来源

（一）国学院单独注册，注册资金壹佰万元，由甲方全部筹资，其中甲方占股份 80%，乙方占股 20%。

（二）国学院收入甲、乙双方按利润 8：2 分配。国学院使用乙方设施、设备须支付费用。

（三）国学院所发生的债务和经济纠纷由甲方负责，乙方不承担任何经济风险。

四、日常管理

（一）双方共同制定国学院管理制度，另外签订合作章程。

（二）双方共同成立国学院管理机构，由甲方派出管理人员三名，乙方派出管理人员二名，其中院长由甲方派出，常务副院长由乙方派出。

（三）国学院日常工作，由国学院管理机构负责。

五、活动开展

（一）国学院注册挂牌成立后，可以利用书院现有条件，开展学术交流、培训、拍摄挖掘庐山文化内涵的主题影视片等业务。

（二）根据国学院前期活动开展的情况和国家行政主管部门（文物、建设、土地、自然、保护等）的正式批准，国学院将可进行后期的项目建设，包括在书院范围内或范围外再建设研修馆、图书馆等项目。

（三）新项目的建设，应符合国家政策法规，按程序报批。建筑风格必须符合书院整体风格。

（四）项目建设用地如果由国学院在白鹿洞书院范围外另购，产权归国学院所有。项目建设用地如果由白鹿洞书院提供，则国学院只有使用权。

六、双方对外合作项目，尽可能以国学院名义开展进行。

七、其他未尽事宜，另签订补充协议。且具有同等法律效力。

八、本协议签订之日生效。本协议一式四份，双方各执二份。

甲方：北京清华艺友科技文化　　　　乙方：庐山白鹿洞书院管理委员会
　　　发展有限公司

代表签字：　　　　　　　　　　　　代表签字：

2008 年 12 月 18 日

2010 年 3 月 15 日，清华艺友科技文化发展有限公司总裁杨世盐、执行总裁八思巴班觉等一行在白鹿洞书院考察"中国书院文化园"项目。同年 9 月 30 日，庐山风景名胜区管理局副局长王迎春，庐山文化处处长洪建国，白鹿洞书院管理委员会书记、副主任黎华，主任助理陈冬花，原主任高峰，应邀对韩国绍修书院进行为期一周的访问，并与绍修书院缔结为友好书院。

中华人民共和国江西省庐山白鹿洞书院
与大韩民国庆尚北道绍修书院结成友好书院协议

中华人民共和国江西省庐山白鹿洞书院与大韩民国庆尚北道绍修书院根据中韩建交的基本原则，为促进中韩两国文化合作交流，促进书院的友好协作及发展，双方同意开展两院间的国际文化交流与合作，结成友好书院。双方签订友好协议如下：

（一）双方本着平等互惠的原则，在经济、文化、艺术、教育、旅游观光等各领域开展积极的协作与交流，促进共同繁荣与发展。

（二）双方在可能的范围内相互派遣代表及访问团参加对方组织的学术活动和纪念活动以及到对方书院交流学习、文化及管理等工作，并使此项交流经常化。

（三）双方通过加强资讯交流，定期提供、通报各自的最新文化研究情况、情报，努力促进彼此友好关系持续发展。

（四）本协议书中文及韩文本各二份，具有同等的法律效力。

中华人民共和国江西省庐山　　　　　　　　大韩民国庆尚北道

白鹿洞书院院长黎华　　　　　　　　　　　绍修书院院长李汉东

2010 年 10 月 2 日

2010 年 11 月 19 日，庐山白鹿洞书院管理委员会与大德汇通投资控股有限责任公司签署庐山白鹿洞书院文化园项目合作协议。

合作协议

甲方：庐山白鹿洞书院管理委员会

乙方：大德汇通投资控股有限责任公司

庐山是世界文化名山，保护和传承文化遗产是我们共同的责任和义务。为将白鹿洞千年书院的挖掘融入庐山的重要文化元素，基于双方各自优势：甲方确保项目设立后，本项目能够取得国家及省、市文物保护管理部门对白鹿洞书院区域文物及古迹维护和修缮的相关批文；乙方具有在国内外进行中华文化传播与交流的广泛渠道和举办有影响力的文化活动的经验。

经双方友好协商，为中国的文化遗产保护、挖掘、传承和推广创造一个新的发展模式，打造江西省文化事业对外展示与交流的重要基地，本着平等、诚信、互利原则，就庐山白鹿洞文化园区项目，达成以下合作协议：

一、项目定位

（一）打造中国传统文化与世界文化的交流平台；

（二）打造中国传统文化的研究平台；

（三）打造中国传统文化研究成果展示、发布、示范的平台。

二、项目形态

由庐山白鹿洞书院管理委员会与大德汇通投资控股有限责任公司、中华文化促进会、华夏儒商国学院、IDG 投资基金合作，共同创设：

（一）白鹿洞中国文化论坛；

（二）中国传统文化研究院；

（三）中国文化企业家俱乐部；

（四）华夏儒商国学院教学基地；

（五）文化会展中心。

三、项目运营方式

在保护白鹿洞文化遗产的前提下，对书院现址进行修缮和必要的功能扩充。园区的新建项目将在大德汇通投资控股有限责任公司已有的庐山区海会地块内建设。在打造白鹿洞文化园区的主题下，实现两个区域的功能互补，内容互动。由大德汇通投资控股有限责任公司作为投资主体，计划投资15亿元人民币，建设方案经有关部门批准后，分三期建设实施。

第一期：经上级文物主管部门同意，完成白鹿洞书院的保护修缮和基础设施的功能扩充，签约后两年内完成，计划投资2亿元人民币；

第二期：建设文化会展中心，签约后三年内完成，计划投资10亿元人民币；

第三期：完善配套设施，签约后六年内完成，计划投资3亿元人民币。

四、项目管理方式

庐山白鹿洞书院管理委员会对白鹿洞景区现有的国有资产所有权不变，文化园区的管理模式由双方另行商定。乙方负责在庐山区海会镇地块内的建设，并与白鹿洞书院功能互补，内容互动。双方负责提高白鹿洞书院管理委员会现有职工的待遇，改善职工生活。

五、本协议一式六份，甲、乙方各执三份。

六、本协议双方签字（盖章）后生效。

甲方： 乙方：

2010 年 11 月 19 日

2012 年 7 月 17 日，"清华大学与九江学院大学生文化素质教育人文实践基地"在白鹿洞书院挂牌。

2014 年 12 月 31 日，广州泗海投资管理有限公司与庐山白鹿洞书院管理委员会签订合作经营延宾馆协议。

2015 年 12 月 16 日，"九江职业技术学院与白鹿洞书院共建大学生素质教育基地"在白鹿洞书院挂牌。

第十一章

世界文化遗产和世界地质公园申报

第一节　参与申报世界文化遗产

庐山申报世界遗产早在 1991 年就开始酝酿。时任江西省省长的吴官正就提出，庐山应申报世界遗产。1992 年省建设厅正式向国家建设部呈报庐山申遗报告。1994 年江西省委省政府提出："江西旅游打好庐山牌。"1995 年 9 月，国务院批准中国联合国教科文组织全国委员会和国家建设部关于庐山以自然与文化遗产类型向世界遗产委员会呈送申报书。

随即省政府成立了以副省长周慈平为组长、一名省长助理为副组长，建设厅、林业厅、文化厅以及九江市、庐山管理局等十几部门组成的申报领导小组，紧锣密鼓地开展申报的各项工作。

九江市和庐山管理局也相应成立领导小组与办事机构。

为了迎接联合国专家的检查，庐山开始了大范围的环境整治活动，白鹿洞书院定为联合国专家考察的第一站和下榻之处，任务更是繁重和艰巨。

1995 年 11 月 8 日下午 2 点，书院领导到庐山东谷电影院参加由庐山管理局召开的庐山申报世界自然和文化遗产动员大会。1995 年 12 月 4 日，白鹿洞书院召开全院职工大会，传达庐山申报世界自然和文化遗产动员大会精神，在动员大会上，宣布了成立白鹿洞书院申报领导小组，把申报环境整治任务 70 余项分解到每个责任人。

1995 年 12 月 8 日，院外贯道溪边旅游商店先行被拆除。1996 年 1 月 16 日，管理局接待组组长、副局长张家鉴来院检查春风楼改造事宜，春风楼作为联合国专家下榻之所，各级领导非常重视其改造升级事宜。1 月 23 日，书院派员到南昌购春风楼家具。2 月 27 日，白鹿洞书院山门（原售票处）拆除工程协议签订。2 月 28 日，春风楼清场、礼圣殿后环境整治、贯道溪边小路整治开始。3 月 4 日，停车场铁质广告拆除、枕流桥头垃圾治理、春风楼二楼改造、停车场整治开始。3 月 11 日，先贤书院院落、礼圣殿院落、白鹿洞书院院落、紫阳书院院落门窗、立柱刷油漆动工，同时四个院落的墙面出新也开始动工，此两项工程由海会建筑公司施工。3月19日，国家建设部、国家教科文组织有关专家和山领导来院视察申报整治工作。3月26日，送白鹿洞书院各景点说明到庐山申报办。同日，省长助理胡长青来院检查各项准备工作。4月10日，胡长青来院检查工作。4月11日，春风楼竣工验收。4月13日，朱子祠院屋面、墙体屋脊、油漆初步验收。春风楼化粪池盖顶。4月14日，院领导上山开会，返回途中从方竹寺挖回方竹8棵，种入春风楼逸园。共青城床上用品公司送商品到院。4月17日，庐山别墅村总经理谢志敏带领厨师、客房、餐厅服务员来院熟悉情况。4月19日，文教卫生处派人来院进行灭鼠。4月23日，省、市、山领导和专家来院进行接待预演，沿着书院安排的专家考察路线作最后一次检查。4月27日，由中华书局出版的《白鹿洞书院古志五种》由北京运回书院，准备作为礼品赠送给联合国专家。4月29日，全院中层班子成员沿专家路线检查，春风楼热水器调试、地毯铺设、电话安装完成，书院工作人员连续两天在春风楼用洋葱、醋熏等土办法去除油漆异味。

5月1日至5月5日，白鹿洞书院全院职工继续在各自岗位仔细检查自己的任务完成情况，度过了一个不平凡的劳动节。

5月6日晚21：40，联合国专家从九江出发，22：30冒着绵绵细雨到达白鹿洞书院，庐山接待组和白鹿洞书院的同志们早早地在洞外停车场迎候。桑塞尔一行3人在大家的簇拥下，走过洞内的青石小路，来到灯火通明的春风楼。

桑塞尔十分兴奋，刚放下行李，就要开始工作。专家陪同组组长、省委宣传部副部长周銮书，庐山管理局局长张劬任立即婉言相劝："太晚了，明天开始吧！"随后便陪同桑塞尔在春风楼前随意走了走。

5月7日早5：00，全院职工静悄悄地来上班，各自清理自己的卫生责任区，留下上班的人员坚守自己岗位。7：30，专家起床后，见到的是雨后放晴的第一缕阳光从树林中洒落，听到的是喜鹊叽叽喳喳的鸣叫，大家的心情都非常好。桑塞尔和德席尔瓦夫妇在相关人员陪同下，在春风楼一楼小餐厅用早餐，后对书院进行了实地参观考察。专家一行由棂星门进入，经状元桥、礼圣门，首先考察了礼圣殿，然后参观了报功祠、朱子祠、明伦堂、御书阁、白鹿洞等地后，接着来到独对亭、枕流桥、高美亭遗址等地，经过"千古不磨"石刻，过贯道溪回到停车场。在不到2个小时的现场考察中，书院深厚的历史文化底蕴和独具特色的中国传统建筑给三位专家留下深刻印象，在书院停车场，桑塞尔博士欣然为书院题词："我希望我们的大学也有如此学习和深思的环境，谢谢你们给我的回顾。"并在旁边画了一朵代表"国际自然保护联盟"标志的小花。德席尔瓦教授的题词是："为了全人类的未来，要保护文化和自然。我们非常喜欢这个地方。"德席尔瓦夫人的题词是："这个地方具有美好的自然环境和古代建筑，是中国文明的标志。"现场考察结束后，主任孙家骅代表书院向专家们赠送了印有白鹿洞书院朱子揭示的檀木镇纸，专家非常高兴，欣然接受。随后专家一行乘车前往三叠泉景区，步行登上三叠泉，经五老峰上山继续考察。

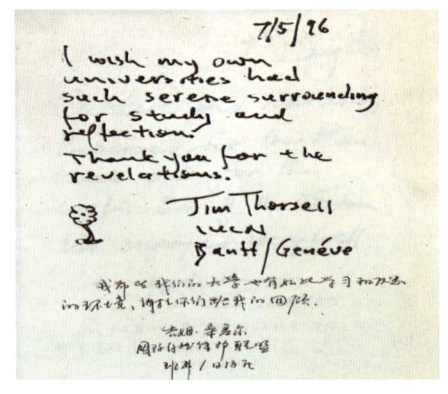

我希望我们的大学也有如此学习和反思的环境。谢谢你们给我的回顾。

——国际自然保护联盟吉姆·桑塞尔

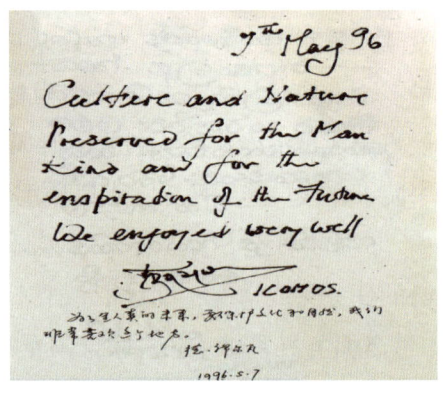

为了全人类的未来，要保护文化和自然，我们非常喜欢这个地方。

——德席尔瓦

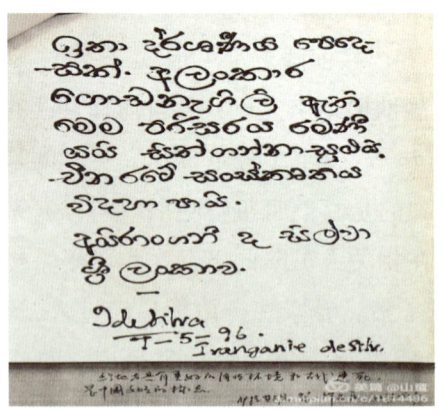

这个地方具有美好的自然环境和古代建筑，是中国文明的标志。

——德席尔瓦夫人

联合国专家给白鹿洞书院的评语

联合国专家在白鹿洞书院进行实地考察

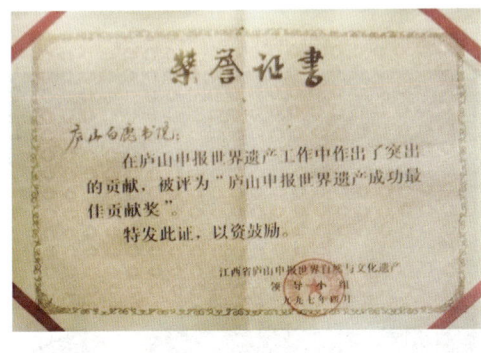

白鹿洞书院获庐山申报世界遗产成功最佳贡献奖

第二节　参与申报世界地质公园

1989 年，联合国教科文组织、国际地科联、国际地质对比计划和国际自然保护联盟等组织在美国华盛顿联合成立"全球地质及古生物遗址名录"计划。1996 年，更名为"地质景点谋划"。该计划组织实施的目的是在全球遴选具有代表性、特殊性的地区设立地质公园。1999 年，联合国教科文组织第 156 次常务委员会提出并确定了建立地质公园计划，会议还确定中国为建立世界地质公园试点国家之一。

2001 年 3 月 15 日，国土资源部公布庐山等 11 处为首批国家地质公园。

2002 年 10 月，庐山管理局启动庐山世界地质公园的申报工作，成立庐山申报世界地质公园领导小组，积极按照联合国教科文组织地学部关于世界地质公园网络计划的要求开展前期筹备工作：一是编写世界地质公园申报材料，二是完成省级、部级评审，三是迎接联合国专家实地考察。

2003 年 11 月 10 日，联合国专家沃尔纳·杰洛斯切克博士、韦尔那博士冒着严寒在中科院常务副院长赵逊等专家及相关领导陪同下，考察了庐山国家地质公园碑、大坳冰斗、王家坡 U 形谷、含鄱口冰脊等地，白鹿洞书院是此次考察的最后一站，重点考察庐山地质核杂岩外露情况，整个考察过程给两位专家留下非常深刻的印象。联合国专家临别时留言："非常感谢你们极为热情的款待！祝未来的联合国教科文组织世界地科联的庐山地质公园好运。"白鹿洞书院向三位专家赠送水晶工艺制品——奔跑中的白鹿。

2004 年 7 月 1 日，庐山世界地质公园揭碑开园仪式在庐山北门广场举行。

联合国专家在白鹿洞书院进行实地考察

第一节 碑刻

白鹿洞书院现存碑刻 347 通，其中 1900 至 2016 年碑刻 212 通。

一、中华民国碑刻 4 通

（一）戚扬：中华民国九年（1920）重修白鹿洞祠宇碑记

重修白鹿洞祠宇碑记

白鹿洞书院自朱子守南康军，与陆象山、刘静春辈讲学其中，而名始大著。沿明及清，代有增修，其形胜、沿革、田赋及学规、祀典，康熙间星子令毛德琦《续志》志之备矣。自科举停罢，黉舍漂零，鞠为茂草。变革后，戎马蹂躏，益荒废不堪，耆老流闻，感焉于怀。前星子县知事汪知本、齐兆桂，暨现任吴品瑞，先后申请修复，均报可，而吴知事卒董其成。经始己未四月，至八月讫事，共费饼金二千三百有奇，大成殿及先贤祠宇亭阁晌然一新。役竣，申牒报闻，而请予记诸石。予惟班固氏叙《地理志》，特注重于风俗。风俗者，人才之盛衰为之也。是以于鲁则称述孔子庠序，于卫则矜尚季路气力，于巴蜀则数司马、严、扬之文章，人物之关系于风土，顾不重欤？其传循吏也，袖然以文翁居首，然亶述教化而不及政事，自是班史特笔。至今文翁学堂，尚岿然益部，彼其动人景仰者可知矣。况鹿洞为朱陆诸君子讲学之地，遗韵流风，兴起来哲，故西江文雅节义之盛冠天下，其为可爱慕更当何如邪！夫学制，因时制宜者也，学理则百世不易者也。怅近讲学风杳，士竟溺于支离之文辞，茫不知圣道为何物。其号为儒者，大都袖衣大袑，儃儃然无立志，或乃栖心冥滓，自诩道真，薄诗书为糟粕，诋事功为刍狗，而去道途远。驯至世道日新，瞪目叉手，儳然无以应之。人才之陋，有自来矣，而矫其弊者，又不能权衡于本末轻重之间，惟日以新学为标帜，敢于非尧禹、毁周孔而不忌。道防既溃，人心益无所范，其流祸更不可殚述。

且夫朱陆诸君子，并非欲以道学鸣异于世也。白鹿洞教规具在，亦并非卮言、非瘝器也，儒行而已矣。自范史于儒林外别立《文苑传》，文与行遂歧而为二，自元儒寡识，更于儒林外创立《道学传》，而道术转为天下诟夸。至于今日，群焉以诈力相高，以亡耻相导，至谓中国古学不适于时用，藉以自盖其荒陋，于此而与谭朱陆之指，义利之辨，真无异猿猱之冠服，爰居之钟鼓矣，可胜忾哉！扬典领赣疆，心仪先献，思一抠衣名山，瞻拜其遗像，顾为尘鞅摩曳，良用慊然。然尝默观古今世变，维系于正学者甚大。迩来异说蜂出，世虽益亟，而章贡千余里间，尚晏谧如恒，岂非以耆旧硕彦，参错闾里，闻其言论丰采，犹足以隐持风教于无形邪？然则先儒讲学之功，曷可没也！请持此议，以质诸后之学者。中华民国九年，岁次庚申九月。

（二）陈富庆：中华民国十三年（1924）重修白鹿洞流芳桥记

重修白鹿洞流芳桥记

按洞志，书院在庐山五老峰下，唐李宾客隐居之所，宋朱紫阳讲学之地。据天然形胜，背岭面溪，跨溪有桥，是谓"流芳"。斯桥也，长虹卧波，横亘于迴流山下，凡居人之往来，与夫游客之凭眺，靡不于此焉涉足。固不惟风流遗韵，芳草斜阳点缀风景也。岁壬戌，桥毁于水，前邑侯周听永，请款葺之，落成未久，山洪暴发，白石红板又付清流。责工赔修，事未果，以量移去。余来承乏，仲秋次丁，诣书院释菜于先师，临流兴叹，越溪而行，爰命管理员陈彭年饬工修复。旋以桥圮，天灾不可抗避，且工贫无资，力代乞免，因怜而许之，为请于省，准拨款复行。庀工从事于建筑，桥改新式，较旧为坚，非徒为观美也。既成，特志之，以勒于珉，亦仍永远流芳之意云尔。

五等文虎章知星子县事津门陈富庆谨识。

白鹿洞书院管理员陈彭年立石。匡南布衣刘澄寰谨书。

岁在民国第一甲子嘉平月谷旦。

（三）汗血砌台碑（海会寺发现收集）
（四）戴旅长暨王营长爱民碑（海会寺发现收集）

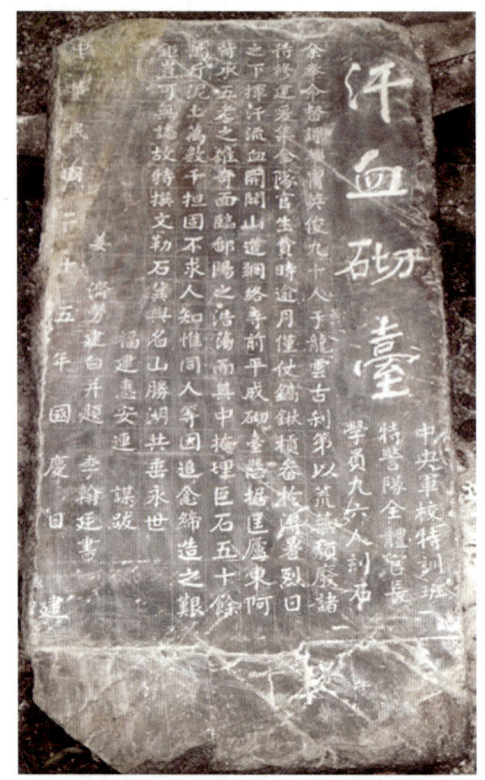

汗血砌台碑

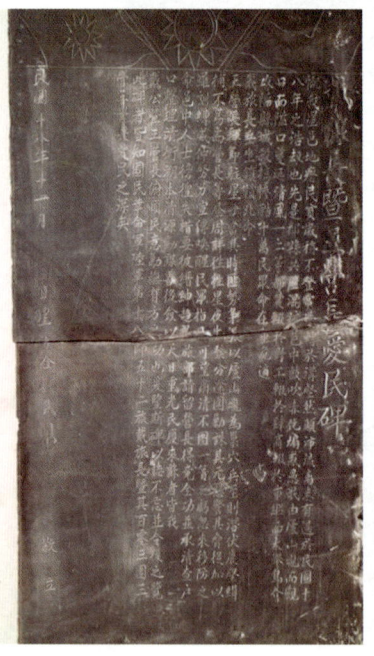

爱民碑正面

爱民碑背面

二、1949 年后碑刻

（一）1995 年，为配合联合国第四次妇女大会在北京召开，白鹿洞书院特建中华女子诗词碑苑，计刻碑 66 通。1996 年及 1997 年又续建中华诗词碑苑，计刻碑 23 通。

中华女子诗词碑苑 66 通

序号	作者	诗词名
01	庐山白鹿洞书院	前言
02	秦翠芳	敬颂毛主席
03	章甦吾	无题
04	黄元仪	贺九五世界妇代会召开
05	姚瑞芳	无题
06	唐朗茂	慕香炉瀑布
07	罗少杉	贺第四届世界妇女大会
08	瞿碧君	雨中秋望
09	谌英华	长相思·庐山惜别
10	邹冰	阮郎归·北海白虎头观潮怀旧
11	何瑞澄	梦返庐山
12	曾世馨	月下听孙女张漓弹钢琴
13	黄润苏	卜算子·梅（二首）
14	夏溶	壬申年重游姑苏东山怀铭延
15	陈碧茵	老树
16	谢淑颐	秋意
17	金梅	观垂钓有感
18	林亚凤	题白鹿洞书院
19	李静	崇高信仰坚如铁
20	李静	港九工地追怀
21	李静	春雷
22	莫林	鹧鸪天·女兵颂
23	陈尔芬	采桑子·首届中华女子诗会感怀
24	莫林	虞美人·钟声
25	莫林	仙渡 喇叭花 维扬
26	戴石明	无题
27	黎兑卿	岳麓诗词刊蕉云阁巽卿姊折花绝句感赋
28	宫冼凡	行香子·游长白山
29	冯志红	漓江渔歌
30	冯志红	故乡行

序号	作者	诗词名
31	屈素珠	秋夜漫步青山湖
32	陶小榕	即兴
33	陶小榕	斗室铭
34	方尼	盼月圆
35	梁柳	鹧鸪天·六十五岁抒怀
36	张琴兮	月季花
37	陈韵琴	临江仙·春游扬州瘦西湖
38	云澄	春晨雨霁
39	胡清华	野草
40	杨湘君	忆少年出征
41	王常珍	陶渊明墓
42	王常珍	中华女诗人喜聚白鹿洞书院
43	黄尔宜	端居
44	王常珍	桃江洪山听竹
45	刘蕴英	咏昙花
46	刘蕴英	感怀
47	蒋倩	荷叶杯·寻莲
48	刘红兵	鹧鸪天·白鹿洞书院
49	吴超艳	中秋望月·怀人
50	萧敬恒	赞海迪并勉青年
51	刘昌娥	忆秦娥·题岁寒三友图
52	刘昌娥	水调歌头·偶成
53	刘昌娥	钗头凤·遣怀
54	高扬	晚年乐
55	赵始英	渔家傲·秋游金华湖
56	施亚西	白鹿洞书院洞边坐思
57	周启坤	人月圆
58	阳文玉	九一年南宁少数民族体育运动会
59	庄幼芳	咏莱芜乳峰颂女性
60	阳文玉	春蚕
61	马金锁	壮游归来感赋
62	文丽石	赞《中国母亲》
63	张怀平	夜游珠海观海
64	赵灵芝	沈园怀古
65	王访鹅	教师乐 翰墨怙
66	李科友	新建中华女子诗词碑苑记

<h1 style="text-align:center">中华诗词碑苑 23 通</h1>

序号	作者	诗词名
01	庐山白鹿洞书院	白鹿洞书院诗碑苑
02	陈文慧	红梅颂·贺邓公九十诞辰
03	谭立刚、陈轫琴	题白鹿洞书院
04	林英	画堂春·壮志毛泽东
05	徐景亚	游九江烟水亭
06	杨耕吾	南柯游别吟
07	叶斯乔	战友墓
08	一峻 郭堡并书	海南行吟·大东海喜遇同乡
09	叶民栋	梦靖节先生招饮
10	侯建昌	题白鹿洞
11	卞玉丰	题白鹿洞书院
12	吴久桂	庐山即兴
13	李世亮	无题
14	蒋林	桂林榕湖晚秋
15	钱家耀	江山恋
16	龚春雷	十六字令·香港回归
17	姚一德	莅庐山诗会
18	谭立刚、陈轫琴	无题
19	张昌言	九一国庆登庐山有感国际风云
20	罗立斌	绿肥颂
21	舒适之	咏白鹿洞书院
22	蘭亭	忆苏州香雪海·梅花
23	刘云亭	大东海冬泳句

（二）1985 年，礼圣殿内安置"孔子行教图""四配""十二哲"石板线刻像。朱子手迹"忠孝廉节"石刻列于"孔子行教图"两侧，共 21 通。

（三）1988 年 11 月 20 日，白鹿洞书院立"庆祝白鹿洞书院重建大会暨首届顾问教授座谈会纪念""重建白鹿洞书院章程"石碑于院内，共 2 通。

（四）1996 年，立碑刻 3 通。

1. 中共庐山管理局委员会暨庐山风景名胜管理局立碑《延宾馆记》。

<h2 style="text-align:center">延宾馆记</h2>

延宾馆，南宋朱熹始建，明李龄出己资再建，欲延天下之贤以共明斯

道。惜年久失修，栋宇倾危。今国家文物局、省文化厅以百万之巨，落架维修。工程由江西古建保护中心设计，福建泉州古建公司维修，以一载之力，于一九九六年四月二十六日竣工。

延宾馆由贯道门、春风楼、厢房、憩斋、逸园组成。春风楼古为洞主著述下榻之处，高十一点二米，广十五点八米，纵十三点九五米，重檐、歇山顶，位馆中轴线北端，耸立高台之上，气势恢宏壮观。东西两厢砖木构成，硬山顶，凡二十二间，可供聚会、研习、阅读、休憩之用。春风楼左侧逸园，茂木嘉卉，奇石修篁，交布其间，足以养性怡情。

握发延宾，礼待贤士，古有明训。今维修延宾馆，惟望继承先贤遗志，使白鹿洞书院再现青春，重显风采。

庐山白鹿洞书院管理委员会

庐山风景名胜区管理局

公元一九九六年四月二十六日

2.庐山白鹿洞书院管理委员会立碑《逸园记》，周銮书撰文。

逸园记

白鹿洞书院有春风楼，为历代洞主下榻之所，今维修延宾。其左侧旷地，方广数丈，围以墙垣，名曰逸园。

园中紫荆、丹枫、桃、李各一，月桂、芭蕉、方竹、土杉各二，杂以芝兰芳草，长短互峙，彩素交辉，景色变幻，四时常新。窗棂数处，遥观庐阜远景，近赏古松参天，内外风光，浑为一体，林下石凳、石案，错落有致，或憩于此，或弈其间，逸兴遄飞，野趣天然。

日有昼夜，月有圆缺，星有显晦，人有劳逸。人不可逸而不劳，也不可劳而不逸。逸而不劳则荒，劳而不逸则疲。课读之余，稍事休息，此人体之必要，亦自然之法则。毛泽东曾言："睡眠和休息丧失了时间，却取得了明天工作的精力。"逸园之意，此之谓也。

丙子孟春，园成。白鹿洞主孙家骅、顾问李科友，索记于我，愧无佳句相酬，仅以朦盲之言，略叙其盛云耳。

庐陵周銮书于是岁春节

1996 年 5 月 19 日，姚公骞（左一）、周銮书（左二）、李国强（左三）在白鹿洞书院逸园留影

3. 庐山白鹿洞书院管理委员会摹刻并立碑《春风楼记》，清道光十四年（1834）骆应炳撰文。

春风楼记

白鹿洞之东为紫阳书院，其前为贯门、道门，门以东为文会堂，堂之最后为春风楼。春风楼者，乃主洞日与诸生相接见，以为讲习课艺之地而下榻于此者也。楼高二丈许，阶三级，七架五间，旁有斋厨、东西屋各三间，而中院露井周围约十丈，花木葱蔚，不待艺植而生者，红紫嫣然，不胜数，而惟芭蕉为尤盛。去故得新，根益深茂，春生夏长，高可齐屋，心常卷雨，叶欲呼风。每当溽暑，绿荫窗扉，虽骄阳亦莫能逞。砌下旧有流泉绕阶渠而去，创引于先师戴笠圃先生，惜后湮灭不治，仍令其汩没与荒蔓间也。楼址接山，地当僻静，一似无可远眺者。然楼之外前出百余步，有独对亭在焉。每暇，辄与二三子小坐其间，望五老之烟云，玩枕流之泉石，俯仰飞跃，胸趣环生，则楼外之溪山无非楼中之清玩矣。而且欲穷经籍，则有御阁之藏书，欲搜古藻，则有刊壁之石墨，凡鹿洞之所有，靡不足以供此楼之取胜

矣。居此楼者何幸如之！或曰："楼以春风名者，谓其春气袭人，和风扇物；士之游此者，披拂之而无不化也。循名责实，称此为难。"抑吾思之，夫春风每岁一度，而此楼百年常存，则楼为主而春风为客也。或又曰："住此楼者即为主人，是楼固主者之居停，而春风之所被又未必专属于此楼也。且楼有时而兴，有时而废，有时而盛衰；住此楼者有时而去来，是春风可岁岁为主人，而此楼与住此楼者又不啻俱为过客也。"余不才，寓居此楼者凡四年，今将辞而归也，是亦一过客也。然所过之地，不忍忘也，故为之记。时甲午秋月，浔阳骆应炳。

（五）1998 年胡笑波、胡宣麟捐赠王羲之《兰亭序》碑拓，制作青石碑 1 通。

（六）2005 年，台湾黄和平捐赠刻录"四维八德"内容的碑刻 45 通，立于延宾馆逸园。

（七）2006 年立碑刻 22 通。

1. 2006 年 8 月 16 日，福建省高峰书院院长、黄榦第二十五世嫡孙黄宏飞，出资镌刻的黄榦撰《南康军新修白鹿书院记》《南康白鹿书院》两通讲义碑，捐赠给白鹿洞书院。碑文共 1475 字，每通碑高 2.54 米，宽 1.25 米，立于礼圣殿侧。

南康军新修白鹿书院记

宋　黄榦

庐山之阳，杰然而以峰名者五老；五老之麓，窈然而以洞名者白鹿；唐太子宾客李公渤之隐居，而南唐广之以为养士之地。圣宋肇兴，文教敷畅。开宝中，有以高第知庐山学士，而洞学始盛。太平兴国有赐书之宠，大中祥符有加缮之命。庆历诏郡县皆立学，而旧有学者，率仍其旧。

圣祖神宗所以崇儒风惠士子者，至矣。荡为丘墟、莽为荆榛者，岂立学之后，士趋简便，不复为林泉之适耶！淳熙八年，诏以文公朱先生起家为郡，始得遗址规复之。岁适大祲，役从其简，已而请额与书，以重其事，则其简也，固有待也。继为郡侯，为博士者累累增治，然量力之宜，踵堂之旧，未有能侈而大之者也。嘉定十年，先生之子在以大理正来践世职，思所以扬休命，成先志，鸠工度材，缺者增之，为前贤之祠、寓宾之馆、阁东之斋、趋洞之路；狭者广之，为礼殿、为直舍、为门、为墉；已具而弊者新之，虽庖湢之属不苟也。又以先生尝著跪坐之制，闻于朝，请厘正之。其规模闳壮，皆他郡学所不及。于康庐绝特之观，甚称于诸生讲肄之所，甚宜宣圣朝崇尚之风，成前人教育之美，皆可无憾矣。周衰道晦且千馀载，周程夫子始得孔孟不传之绪，未及百年，大义乖矣，先生洞究其道，而推其所未发。其为郡也，固尝与诸生熟讲之，规诲之，语约而尽矣。今侯亦招致尝从学先生而通其说者，使长其事，讲授焉，所望于诸生岂浅哉！苟徒资口腹，谋利禄，而治心修身漫不加意，则既失崇尚教育之旨，览观山川之胜，周旋堂宇之盛，于心安乎？侯之为政，得于过度诗礼之余，戢奸扶弱，革弊兴坏，而尤以字民为先务。南康地瘠民贫，先生累乞蠲减租税，与凡无艺之征，侯亦扼渗漏，节浮冗，代民之输而蠲其负者至缗钱六万余，尚能以其余力属意于儒官者如此，是固不可不书。幹顷从先生游，及观书院之始，后三十有八年复观书院之成，既悲往哲之不复见，又喜贤侯之善继其志，命之记，不得辞也。

是为记。嘉定十年三月也。

黄幹公第二十五世孙

福建高峰书院院长　黄宏飞　百拜镌石　丙戌立秋

南康白鹿书院

宋　黄幹

《乾》之九三曰："君子终日乾乾，夕惕，若厉，无咎。"《文言》曰："君子进德修业。忠信所以进德也，修词立其诚，所以居业也。"《坤》之六二曰："直方大，不习无不利。"《文言》曰："君子撒以时业。忠信所以进信。君子敬义以直内，义以方外，敬义立而德不孤。直方大，不习无不利，则不疑其所行也。"

圣人作《易》，于《乾》《坤》二爻，首言学问之事以诲人，其旨深矣。《乾》之九三以阳居刚，得乾之正，而当下卦之上。《坤》之六二，以阴居柔，得坤之正，而居下卦之中，以其居中得正而复在下，故即二爻以明问学之道也。乾，天道也，至健而动，故曰："君子终日乾乾，夕惕若厉。"以言其自强而不息，故虽忧危而实无咎也。坤，地道也，至顺而静。故曰直方，以言其守正而不挠，故所蓄者大，而不习无不利也。人能自强如乾，守正如坤，学问之道，无以复加矣。不能自强，则怠惰乘之；不能守正，则放僻乘之，尚何学问之有哉！爻词之义，亦已备矣。圣人虑夫天下后世未明夫所以自强者何事，所以守正者何道也，故为《文言》以广之，曰所以自强者，内以进其德，外以修其业，皆当终日乾乾而不息也。所以守正者，内以存吾敬，外以行吾义，敬立则内直矣，义形则外方矣。秉五行之秀以生，而具仁义礼智信之理者，德也；充是德而见之应事接物者，业也。德不充之以业，则不进；业不本之以德，则不修。学者所志，孰有先于此者乎？主一无适，而虚明不昧者，敬也；穷理度宜，而品节不差者，义也。不敬则所主纷扰矣，不义则所行悖谬矣。学者所务，又孰有急于此者乎？知所以进德修业，又知所以居敬集义，则乾之自强，坤之中正，学问之道，无余蕴矣。又尝因其义而推之，《乾》言德业，《坤》言敬义，虽若不同，而实相为经纬也。欲进乾之德，必本之以坤之敬；欲修乾之业，必制之以坤之义。非敬则内不直，德何由而进？非义则外不方，业何由而修？终日乾乾，虽进修夫德业，而所以进修者，乃用力于敬义之间。用力于敬义，固可以至于大，而所谓大者乃德之日新，而业之富有也。即是而思之，则知二爻之词，《文言》之旨，诲人之意愈明；而所谓学问，不待他求而得之。夫《易》之为义广矣，大矣，《乾》《坤》二卦，又诸卦之首也。乃拳拳以学问为言，而提纲挈领，反复详尽又如此，有志于学者，不于此而加意焉，则亦无所用力矣。

黄榦公第二十五世孙

福建高峰书院院长　黄宏飞　百拜镌石　丙戌立秋

2. 庐山白鹿洞书院管理委员会在明伦堂制作"中国科举制度陈列"，共立碑20通。

（八）2007年，在"江西历代进士榜"长廊立碑刻25通。

第二节 诗词

白鹿洞

江西 张宿煌

洞彻重门五老阴，出时浅显入时深。

山中劫火收华盖，石上清流泻玉琴。

往日衹教遗白鹿，国风谁为采青衿？

蜀南太守归何处？独对亭前仰止心。

注：张宿煌（1845—1904），字碧垣，号伯罗。祖居湖口县酬山张六房。道光（1821—1850）年间，其曾祖张映枢将住宅新迁箬林港之塘坂，即今之张新屋。

南浦（送谢枚如还庐山白鹿洞书院）

浙江 张鸣珂

珠帘暮卷，倚滕王高阁送行。才过清明寒食，飞絮满江城。且尽绮筵杯酒，照湖波绿鬓各星星。看片帆催挂，短桡频拨，黯黯杂别情。此去水程渐远，压孤篷，空外数峰青。差喜匡庐无恙，猿鹤早想近。料理笔床茶灶，傍东风听遍读书声。奈小桃开落，一春花事总飘零。

注：张鸣珂（1829—1908），号公束，字玉珊，浙江嘉兴人。清咸丰十一年（1861）拔贡，即选为训导。官至江西德兴知县。有《寒松阁词》。

白鹿洞

江苏 范钟

大道不再禅，讲席当谁尸。巨儒在天地，肃立千载规。

晴曦耿平野，万瓦衔馀姿。一莺啼天风，谬与层松歌。

奇峰压右肘，孤亭巍其眉。入门抚廊槛，解带昭清夷。

窃仰圣贤象，一一丹青为。世无弟子列，安识天人仪。

黄发梦不作，弹琴有馀悲。堂下苔没屋，堂上薪为炊。

当年脱粟饭，辛苦西江遗。焉知白石鹿，夜夜云中嬉。

青精不能饱，吟罢空调饥。

注：范钟（1859—1913），字仲林，江苏通州人。清光绪进士，官河南知县。少博览能文，与兄当世、弟铠齐名，世称通州三范。

赠鹿洞华院长再叠韵

湖南　易顺鼎

圣道久凌夷，名贤有代谢。恭逢中兴年，复睹东南暇。

绵蕝多再开，轮蒲亦催驾。广厦营万间，良书购千架。

邦人习礼教，髦士增声价。学当辨义利，治必分王霸。

庶追洙泗风，用赞羲轩化。一老鲁灵光，诸生齐稷下。

况兼守令贤，足使蛮夷诧。南唐旧国学，北宋新精舍。

艺圃足菑畬，书田亦耕稼。带草怀郑堂，池莲想周榭。

五月二十五日，游鹿洞精舍赠华院长暨饶训导树荣三叠韵

易顺鼎

朱夏方恢台，青春已受谢。山静日加长，水流心更暇。

昨支龙冈筇，今命鹿洞驾。苍松偃华盖，丹桂余空架。

似憩问字车，还询买山价。经师迈伏胜，都讲推侯霸。

环墙桃李阴，一室芝兰化。小坐春风楼，如游舞雩下。

废学方自惭，倦仕尤堪诧。虽营蒐裘隐，尚效蚁邱舍。

礼殿频有怀，荒庄久无稼。愿近紫阳居，长凭碧山榭。

注：易顺鼎（1858—1920），字实甫，又字中硕。湖南龙阳（今汉寿）人。清光绪十四年（1888），在庐山观音桥南侧建了一栋别墅"琴志楼"。又筑匡山草堂于栖贤寺侧，今圮。庐山吟咏极多。有《琴志楼诗集》。

庐山杂咏

湖南　谭延闿

一

当时书院无完宇，新种松株长旧围。

谁信树人输树木，两廊林立教思碑。

二

画像成都有遗则，谁教礼殿作金身。

晦翁苦说《开元礼》，输与张璁作解人。

注：谭延闿（1879—1930），字祖庵，别号慈畏，湖南茶陵人。清光绪三十年（1904）进士，授翰林院编修。中华民国初年为湖南都督，北伐时代理国民党中央党部主席。四一二政变后投靠南京，历任国民政府主席、行政院长等。工书能诗，有《慈畏室诗草》。

白鹿洞歌

湖南　程颂万

冥冥兮上不见屏与梁，下不见蠡与溢。

岩翠荡潏，溪流砰訇，群松锁山为一门，

挈屈日月，熊咆龙吞，积黛不知其几千仞，层阴不知其几万春。天风摧颓绿云鬟，玉女下叱白鹿群。嘻，何世之代嬗，纵书台之隐沦。

我窥神禹系船处，至今三宫壁立万洞蟠无垠。

一壁一洞一绀阙，羽仙释子合查来。

巢云但闻狂歌笑孔丘，孰召白鹿为讲邻？

升元置学洞始显，晦翁旧守南康军。

四方学子来蒸莘，九经立阁侔山尊。

穹窿礼圣岩殿辟，风雩万古如相闻。

枕云漱石立高美，廊碑壁篆摇星文。

遂令中原元气灏灏一亭育，羲娥不死六籍同光新。

我之来兮天高不得钻，地险不得耘，

况复貙虎昼啸、猩鼯晨奔、岩风瑟瑟、林岚氛氲。

鬼在窟以颠坠兮，神出户而频呻。

谁能阐此芟苍凿翠之灵域兮，流圣泽于乾坤。

朝骑白鹿来，暮放白鹿宿。苍龙耕烟满山谷。

六月溪流急雪声。

衣云卷上天东绿，天东浩溔穷阴多。

坐招匡俗回岩阿，世间逐鹿其如何？

吁嗟乎！世间逐鹿其如何？讲堂空对庐山歌。

注：程颂万（1865—1932），字子大，一字鹿川，号十发居士，湖南宁乡人。曾官湖北候补知府，中华民国初年居故里，一度居庐山，结匡山诗社。晚年侨居上海。与易顺鼎、曾广钧并称为"湖南三诗人"，书画诗文均有重名。有《鹿川近稿》《石巢诗集》《楚望阁诗集》《定巢词集》。

观王文成书游庐山开先寺，闻瑞卿都谏亦往白鹿，因简诗题后

福建　陈宝琛

纪功石侧低徊久，谁见听钟独往时。

翰墨于公本余事，风波当日正孤危。

啸声隔岭如相应，心学逢源了不疑。

曾是两贤枝策地，残生鹿洞可重窥。

注：陈宝琛（1848—1935），字伯潜，号弢庵，福建闽县人。清光绪间官内阁学士。辛亥革命后隐居北京侍奉溥仪。张勋复辟，溥仪作皇帝，均屡征不出。工诗，有《沧趣楼诗》。

游庐山纪程杂诗

江西　魏元旷

谈经鹿洞景高风，朱陆当年有异同。

黉舍尚存夫子庙，管弦零落庑西东。

注：魏元旷（1857—1935），号潜园，又号斯逸、逸叟，南昌县人。清光绪二十二年（1896）进士。历任刑部主事，民政部署高等审判厅推事。辛亥后归故里，应胡思敬约，校勘《豫章丛书》。胡思敬逝，最后由他刊刻完成丛书。1922年曾来庐山牯岭居住，著《匡庐避暑录》。有《潜园全集》，含《蕉鹿诗话》《潜园诗集》《潜园文集》等。

白鹿洞

江西　陈三立

松色延飞盖，溪流咽古年。

云蜺初丽壑，栋庑与窥天。

大运龙麟杳，清音猿鹤传。

予来讯乡国，孤抱转茫然。

注：陈三立（1853—1937），字伯严，号散原，江西义宁（今修水县）人。清光绪十二年（1886）进士，授吏部主事，未就职。父陈宝箴任湖北按察使，三立居武昌，曾三次来庐山。光绪十八年（1892）春夏间，应易顺鼎之邀，与梁鼎芬游庐山南麓。光绪十九年（1893）四月，易顺鼎复邀陈三立等游庐山，同行者范钟、罗运崃。光绪二十年（1894）二月，三立再次与陈炽偕游庐山。后助其父陈宝箴在长沙推行新法。慈禧政变，父子同被革职，居南昌西山靖庐，后移居金陵。中华民国成立后，移居上海、杭州，1929年来庐山牯岭，次年移居松门别墅。其间作有《匡庐山居诗》。1933年移居北平。七七事变时，愤而拒药绝食而逝。有《散原精舍诗集》《续集》《别集》《补编》。

至白鹿洞书院

福建　陈衍

路转峰回处，苍松各不群。

一溪都见底，五老尚横云。

海外多奇字，山中只旧闻。

流芳桥上伫，水石本清芬。

陈衍（1856—1937），字叔伊，号石遗老人，是福建侯官（今福州市）人，近代著名文学家。清光绪八年（1882）举人。曾入台湾巡抚刘铭传幕。光绪二十四年（1898），在京城，为《戊戌变法榷议》十条，提倡维新。政变后，湖广总督张之洞邀其往武昌，任官报局总编纂，与沈曾植相识。光绪二十八年（1902），应经济特科试，未中。后为学部主事、京师大学堂教习。清亡后，在南北各大学讲授，编修《福建通志》，最后寓居苏州，与章炳麟、金天翮共倡办国学，任无锡国学专修学校教授。

由海会寺至白鹿洞

浙江　姚洪滏

早起出山寺，朝暾红半天。

密林浓夹路，远岫薄含烟。

促织虫声碎，画眉鸟语圆。

偶来白鹿洞，遗像谒先贤。

注：姚洪淦（1866—?），字涤源，字劲秋，号心僧，浙江顺兴（今湖州）人。清光绪举人。家资丰饶，世业典当行，曾任江苏典业会会长。常来往于上海、苏州、南京等地，与当地词人墨客结交，以雅集吟啸为乐。辛亥革命后，客居上海。被推为"鸣社"祭酒，又同孙玉声等人共建谜社"萍社"。与孙玉声、顾景炎、严畸庵、徐贯恂被誉为上海"五大名公"。1934年与孙玉声、顾景炎同游庐山，三人写下纪游诗《匡庐纪游草》。亦有《劲秋诗稿》。

鹿洞书院宋朱子讲学处

浙江　蔡宝善

风篁霜槲响萧疏，瞻拜人来旧讲庐。

禁令一朝诛伪学，馨香千古奉真儒。

河山南渡留残局，大道东行遍八区。

无限渊源门户感，自携清酒荐寒芜。

注：蔡宝善（1869—1939），字师愚，号孟庵，浙江德清人。清光绪二十八年（1902）举人，历任京师大学堂提调，陕西知县。中华民国初年，先后为浙江海宁县知事、内务部秘书、平政院肃政厅肃政使、江苏省公署咨议长等，授二等嘉禾勋章。1917年12月起，调任江苏省政务厅厅长、金陵道道尹、苏常道道尹。1920年，卸任后卜居苏州沧浪亭畔，与张仲仁、费仲深、邓孝先等结社，诗酒唱和。有《观复堂诗集》《听潮音馆词集》《栗庵词抄》及《沧浪渔笛谱》等。

匡庐山居杂兴

江西　夏敬观

匡庐建国学，南唐斯造端。晦庵主鹿洞，学者希孔颜。

灌溉械朴林，出渊滥文澜。顷来观感会，卅日肃讲坛。

踵昔诚足贤，无岁兹学山。虽复近马队？校书饶古欢。

注：夏敬观（1875—1965），字剑丞，号映庵，江西新建县人。清光绪二十年（1894）中举。任教两江师范学堂，后历任中国公学监督，江苏巡抚

参议，署提学使。中华民国初年，任浙江教育厅厅长。1936年秋来庐山。晚岁退隐上海康家桥畔，以卖画自给。诗学陶（潜）、杜（甫）、李（贺）、梅（尧臣）。有《映庵诗存》《映庵词》《汉短箫铙歌》《词调溯源》《忍古楼词话》等。其手批《宋六十名家词》，多为研词者引用。

庐山纪事

江苏　钱振锽

鹿洞高风忆昔贤，尼山以后此真传。

即今尽长柴薪料，谁复心长计百年？

注：钱振锽（1875—1940），字名山，号摘星，江苏阳湖人。清末进士，曾任职刑部。中华民国成立后，归故里，以教书著述为业。有《摘星诗草》《名山诗集》。

由海会寺至白鹿洞道中

上海　孙玉声

晨光乍透即登程，远近山含晓气清。

一路绿阴如幄里，分明人在画中行。

注：孙玉声（1864—1940），名家振，别署警梦痴仙、海上漱石生，上海人。出生于士大夫家庭，早年出入于上海茶园戏院。1891年主编《新闻报》，后参与编辑《申报》《舆论时事报》，自创《采风报》《笑林报》《新世界报》。曾入吴佩孚幕府。主持创办诗社"鸣社"，谜社"萍社"。与姚劲秋、顾景炎、严畸庵、徐贯恂被誉为上海"五大名公"。1934年与姚劲秋、顾景炎同游庐山，三人写下纪游诗《匡庐纪游草》。亦有诗集《退醒庐诗抄》《退醒庐笔记》，小说《海上繁华梦》《如此官场》等。

庐山纪游诗

江苏　张仲仁

一

汉宋纷纷互抨击，阳明一派走东瀛。

而今朱陆无同异，鹿洞尘封圣殿扃。

二

结穴庐山推鹿洞，遁翁讲习此留贻。

行程未及开先寺，待访阳明纪绩碑。

三

二分欧美一分华，势力东西有岁差。

物质文明穷则变，百年以后看谁家。

注：张仲仁（1867—1943），字仲仁，初字峥角，江苏吴县人。辛亥革命时，江苏独立，应江苏都督程德全邀，出任民政厅厅长。后被袁世凯罗致幕府，任总统府秘书长、教育总长，后反对袁世凯称帝而离京南下。1921 年 9 月，张绍曾发起庐山国是会议，电征各省意见，以期实现和平与统一。张率先电应，因各持异议未果，自是不复谈国政。九一八事变后，投身抗日救国事业，任国民参政会参政员。主张文字改革，提倡汉字拼音，并组织新文字学会。

庐山旅行

广东　金保权

颓址危亭倚夕阳，惊心吾道太荒凉。

风泉云壑声犹在，恍惚弦歌过讲堂。

冈峦华色绿盈盈，坏殿苍凉百感生。

流水松风吹不断，当年曾和读书声。

注：金保权（1872—？），字子才，广东南海人。曾任安徽和县县长。有《东游诗记》《周甲诗记》。

癸酉夏集万松林分得然字

广东　汪兆铭

石廊泉槛意泠然，筚路于今四十年。

三面峰峦先得地，一林松桧渐参天。

名山不尽烟云变，古迹尤多翰墨缘。

鹿洞风流宜振起，伫看户诵与家弦。

注：汪兆铭（1883—1944），原名兆铭，字精卫，广州番禺人。曾任广

州国民政府主席、南京政府行政院长、国民党副总裁等。后投降日本，任南京伪国民政府主席，抗战前夕死于日本。

至海会寺，以驻兵未获畅游，次日至白鹿洞亦然，感而赋此

安徽　吴汝登

细柳云屯壁垒新，匆匆来去仆夫嗔。
竟无佛地容龙象，遑向儒门问凤麟。
碧血斑烂徒入梦，青衿佻达况难驯。
只余山水真清绝，想见当年讲席春。

注：吴汝登（1873—1946），字守一，安徽桐城人。1904年春，在安庆协助陈独秀创办《安徽俗话报》。后入同盟会。辛亥革命时，任皖省维持统一机关处副秘书长，当选为国会议员。后在北京中国大学任教，曾先后任鄂、陕、鲁军阀幕僚。九一八事变后返回桐城，任安徽省参议员。1933年来庐山。

鹿洞书院

浙江　释太虚

欧风美雨蚀灵根，物欲纷驰道不尊。
白鹿何时重会讲，好从儒学溯禅源。

注：释太虚（1889—1947），俗姓吕，本名淦森，法名唯心，浙江崇德（今浙江桐乡）人。清光绪三十年（1904）依宁波天童寺寄禅受具足戒。1912年与同学杨仁山创设中国佛教协进会。为《佛教月报》总编辑。曾在上海与章太炎等组织觉社，出版《觉社丛刊》，改为《海潮音》。1922年创办武昌佛学院，任院长。1923年，来庐山举行第一次讲习会，次年在山发起组织世界佛教联合会。1928年在南京发起成立中国佛学会。1932年7月底，得李烈钧、张治中、刘一公等名流之助，在大林寺举办"暑期讲演会"，开讲《佛学讲要》。抗战胜利后，任中国佛教整理委员会主任。1947年圆寂于上海玉佛寺。

白鹿洞二首

江苏　金天羽

一

少觉儒冠压顶屏，中年味道得心闲。

而今老入匡山去，坐觉古灵相往还。

二

紫阳掉头去不还，泉声峰影留人间。

五老云中结前诺，身骑白鹿朝名山。

注：金天羽（1873—1947），字松岑，号鹤望，江苏吴江人。清光绪二十四年（1898）荐试经济特科，以祖父老而辞。至上海，与章太炎、邹容、蔡元培等交往，从事反清活动。《苏报》案发，屏迹归乡。中华民国成立后，历任江苏省议员、江南水利局长。去职后居苏州，与章太炎等创办国学会。1923年游庐山。抗战期间，任上海光华大学教授。其诗文词并工，且能为小说。小说《孽海花》前六回即其所作。有《天放楼文言》《天放楼诗集》《红鹤词》等。

游庐山纪程杂诗

贵州　陈夔龙

谈经鹿洞景高风，朱陆当年有异同。

黉舍尚存夫子庙，管弦零落庑西东。

注：陈夔龙（1857—1948），字筱石，号庸庵，贵州贵阳人。清光绪十二年（1886）进士，历任顺天府尹、漕运总督、四川总督、湖广总督、直隶总督兼北洋大臣。袁世凯进京后，以病告假，退隐上海。中华民国成立后，拒绝袁世凯邀请出任政要，但拥护张勋复辟。1935年来游庐山。有《梦蕉亭杂记》《庸庵尚书奏议》《鸣原集》《花近楼诗存》等。

白鹿洞

江西　罗运崃

洞湿寒莓古，祠荒坏壁低。

山光凝地重，松影倚天齐。

水火腾千载，烟云酝一稊。

潺潺溪濑急，吾意与提携。

注：罗运崃，生卒年不详，江西武宁人，字达衡。清光绪乙酉（1885）举人，官湖北知县。

白鹿洞

湖南　傅绍岩

深林古洞辟黉宫，朱陆传经有异同。

今日泉声故如昔，弦歌何处坐春风。

注：傅绍岩（1870—?），字梅根，号东池居士，湖南宁乡人。监生，捐资为知县。廖树衡主湘矿时，受委为驻汉湘转运委员，先后6年。后回湖南管理矿政。清末民初，入同盟会。1930年后，任船山学社社长。1933年6月来牯岭拜谒陈三立，并作庐山十日游，刊行《探庐十日集》。陈三立序云："余近所见湖湘人士庐山纪游诗号为最胜者，有易实甫、王梦湘、程子大、谭组安诸子，今梅根复接踵继轨，所获益奇，名章俊句，满投锦囊而归。"有《东池精舍诗别集》。

追忆白鹿洞书院

江西　陈翰仙

读书旧傍白云隈，石怪松奇曾与陪。

烛剪三更尘念净，杖亲五老笑颜开。

神教好梦牵将去，耳被清泉洗过来。

五十余年如转瞬，许多胜景费疑猜。

注：陈翰仙（1871—1954），江西都昌县人。清秀才。先从商，后从教。有《秋窗冷韵》。

庐山杂咏

云南　周钟岳

僧寮千古号栖贤，少室山人已出山。

借问江州贤刺史，何如鹿洞读书年。

注：周钟岳（1876—1955），字生甫，云南剑川人，白族。清光绪间乡试解元，赴日本弘文书院及早稻田大学学习。归国后任云南学务公所课长、两级师范学堂教务长。辛亥革命时参加昆明重九起义，1912 年任云南省教育司长、滇中观察使。旋赴京任北京政府经界局秘书长。1917 年回滇，任靖国联军总司令部秘书长，1919 年后任署理省长、省长、通志馆馆长等职。1939年后历任内政部长、考试院副院长。主纂《云南光复纪要》《云南通志》。有《法占安南始末记》《惺庵诗稿》等。

拟游白鹿洞遗址未果

湖北　陈曾寿

东林香火散秋烟，淡薄儒门更可怜。

闻道不曾逢总老，结庐何处访穷禅。

山空疏把文公盏，潮落都无子静船。

欲扫斋坛寻旧约，洞门云锁已千年。

注：陈曾寿（1878—1949），字仁先，自号苍虬居士，湖北蕲水人。清光绪进士。历任学部主事、员外郎、郎中、广东道监察御史。1930 年，追随末代皇帝溥仪寓居天津，被聘为婉容师。1929 年 10 月，来庐山看望在此疗病的女儿，居住牯岭芦林期间，与陈三立屡有唱和。后迁居北京。诗学李商隐，后学黄庭坚、陈与义，是同光体诗派人物。有《苍虬阁诗集》《旧月簃词》等。

白鹿洞

浙江　姚琮

讲堂尘掩鹿无踪，千载空余几棵松。

莫道风烟随意好，讲疑箴过两无从。

注：姚琮（1889—1977），字味辛，浙江瑞安人。1907 年考入保定陆军学堂第一期。毕业后任陆军排长。1915 年考入陆军大学第四期，毕业后任浙江督军公署参谋。1918 年任浙江陆军暂编第一师第一旅第二团中校团附。1926 年 1 月任黄埔军校军事教官、校长办公厅主任。1927 年任军事委员会第三厅副官处处长，1934 年任军事委员会第三厅副厅长。1938 年任军事委员会管理部副部长、代部长。1949 年去台湾。有《味笋斋诗集》。

白鹿洞

江西　万绍修

昔日晦庵讲学地，而今满目尽荒青。

不知白鹿归何处，五老峰头寻旧铭。

注：万绍修（1890—？），字建农，江西临川县人。少好《庄子》。1927年考取江西吏治训练所。1928年，省民政厅厅长杨赓笙委任他为庐山警察署署长。有《庐山漫游诗草》一卷。

白鹿洞

江西　胡先骕

绪承游夏后，夫子独能贤。

鹿洞传经处，苍松凝涧烟。

圣门取狂狷，末俗妄疑然。

待结巢由侣，于兹理故编。

注：胡先骕（1894—1968），字步曾，号忏庵，博士，教授，1948年入选中央研究院院士。生于江西南昌，1912年进入美国加利福尼亚大学和哈佛大学，学习农业和植物学。1917年春任庐山森林局副局长。1919年夏重返庐山。后任东南大学教授，与吴宓、梅光迪创《学衡》杂志。1925年在美哈佛大学获博士学位。后为北京大学、北京师范大学教授。1940年中正大学在泰和杏岭创立，为首任校长。新中国成立后，为中国科学院植物研究所研究员。有《忏庵诗选注》等。

白鹿洞二首

上海　顾景炎

一

万壑连天碧，苍松夹道栽。

泉看三迭下，云向五峰开。

白鹿留遗范，红羊历劫灰。

枕流桥畔立，怒瀑吼如雷。

二

吾企紫阳子，当年化雨培。

讲台今积棘，教舍半尘埃。

洙泗空承统，菁莪忆育才。

鹿随人去后，千载有余哀。

注：顾景炎（1895—1970），字树炘，世居上海。曾经营房地产。熟悉上海地方历史、掌故、民情风俗。收藏古代字画、钱币、地方文献。1934年曾与孙漱石、姚劲秋结伴游庐山。1955年，参加上海历史博物馆筹建。有《上海乡贤文物过眼录》《冈身考》《乌泥泾考》。

庐山暑期学术讲习会开学感赋

江西　周邦道

民国卅五年夏，主席王公以省境匡庐奇秀甲天下，历为大贤撰杖督讲之所，遗迹犹存，芳徽又继，爰有暑期学术讲习会之设，而程柏庐先生实主其事。四方俊彦，闻风云集，雍雍穆穆，洵盛事也。开学有日，谨缀芜词，用申咏叹。

匡庐万秀接衡巫，车骑雍容集俊儒。

讲习远犹承鹿洞，风流直可媲鹅湖。

新知培养微之显，旧学商量德不孤。

他日名山征胜概，会凭摩诘画成图。

注：周邦道（1898—?），字庆光，江西瑞金人。南京高等师范学校（中央大学前身）毕业。为第一届文官高等考试榜首。历任教育部督学、江西省教育厅厅长、上海暨南大学教授。1946年庐山暑期学术讲习会期间曾来牯岭。1949年去台湾。

在白鹿洞路上

安徽　胡适

长松鼓吹寻常中，最喜山花满眼开。

嫩紫鲜红都可爱，此行应为杜鹃来。

注：胡适（1891—1962），原名洪骍，字希彊，又字适之。安徽绩溪人。清末留学美国，入康奈尔大学，初学农科，后转文科，研究哲学。1917年

入纽约哥伦比亚大学，从杜威学哲学。次年 7 月归国，应蔡元培之邀，就任北京大学教授，倡导文学革命。后为中国驻美大使。曾于 1928 年 4 月游庐山。

白鹿洞

台湾　斌宗

奇岩古洞石玲珑，苔磴云迷少客踪。

越洞穿崖寻异迹，清游伴我一吟筇。

注：斌宗（1911—1958），俗姓施，台湾彰化人。年十四，礼狮头山闲云禅师披剃。年二十三，前往大陆，遍历庐山、天台山、普陀山、雁荡山等名刹。1934 年，在天童寺礼圆瑛法师受具足戒。后往天台山依止静权和尚。1939 年归返台湾，于新竹古奇峰下创建法源寺，设佛学研究院。后于台北设弘法院，讲经弘法。

清平乐·宿白鹿洞贯道溪畔

江苏　唐圭璋

离愁无数。梦断江南路。一夜寒溪流不住。错认满山风雨。

昨夜佛寺东头，今宵野店危楼。明日月明千里，不知身在何州。

注：唐圭璋（1901—1991），字季特，满族人，光绪二十七年（1901）出生于南京。专治词学。曾历任中央大学、金陵大学中文系教授。编著有《全宋词》《全金元词》《话丛编》《宋词览赏辞典》等，著有《宋词三百首笺注》《南唐二主词汇笺》《宋词四考》《元人小令格律》《词苑丛谈校注》《宋词纪事》《词学论丛》等。

癸酉夏集匡山万松林予未赴壤蕷丈代分诗字

安徽　巴壶天

又补匡庐一段奇，共收松吹入新诗。

老犹硬语知翁健，来失佳辰恨我迟。

灵瀑飞凉苏暑病，浓阴摇盖漏秋曦。

紫阳绝学中兴否，愿藉弦歌卜盛时。

注：巴壶天（1904—1987），名东瀛，字壶天，号玄声，安徽滁县人。

癸酉夏集匡山万松林分韵得隔字

黄子献

庐阜烟霞区，名贤此栖迹。啸歌有代谢，百辈如过册。

流风镇兹山，踯躅念畴昔。揭来值嘉会，恍接莲社席。

长夏消闲情，用侣集裙屐。脱略无主宾，跌宕娱翰墨。

说法或论文，语妙超三益。趣舍虽万殊，所遇各欣适。

向晚敛残云，窗街远岫色。曲径匝松阴，斜阳化寒碧。

玄蝉转哀韵，岩扃更幽寂。花光落几边，茶烟飏帘隙。

左右带鸣湍，潇洒红尘隔。平生五岳怀，瘏瘃徒游历。

簪笔久佣书，一身殉行役。荏苒走江关，艰虞日以逼。

邱壑敢云专，骋怀聊自怿。世运变古今，信仰增太息。

儒宗渐陵夷，义利谁为析。青衿只面墙，四科失矜式。

朱先不可作，大义潜六籍。群公发宏愿，鹿洞将重辟。

堂堂名教地，道统延宋泽。探赜续微言，针砭起国脉。

还扬学海澜，颓俗庶移易。已分樗散材，且杖寻诗策。

放歌慕李仙，成佛嘲谢客。水木能会心，云瀑遥动魄。

何时得税驾，香炉深卜宅。梦堕东林钟，虎溪凉月白。

注：黄子献，字孝可，广东人。早年留学日本，后为日文翻译家，曾译《日本已故东洋史学家箭内藤田两博士之著述目录》等。

记游白鹿洞书院

四川　康白情

白云在天上往来。

太阳毫不假借地晒着。

两岸直而且高的松树夹着。

万绿丛中鸟声和蝉声竞奏，仿佛听出当年的弦歌声。

溪水潺潺地回流，清亮得令人直想跳下去，

远远万绿丛中衬出一道红墙壁，

我们知道白鹿洞就在眼前了。

可怜的清流呵！
我真舍不得你！
我们不忍直进白鹿书院去。
我们且过独对亭；
且在石桥栏杆上坐着看水；
且抛石子闲打桥下黄荆丛里的百合花；
且从枕流边跳下溪里去洗澡。

我们越洗澡越乐了；
我们越洗澡越懒了；
我们越洗澡越不忍起来了。
煮蛋以为肴；
清流以为酒；
石闸的高潭以为杯。
我们举顶至踵地全投在酒杯里，
我们醉了便在枕流的斜石上睡着。
我们越洗澡越乐了；
我们越洗澡越懒了；
我们越洗澡越不忍起来了。
我们越洗澡越乐了；
我们越洗澡越懒了；
我们越洗澡越不忍起来了。
我在枕流底斜石上睡着。
我想曾点毕竟算狂得爱人，他独志在浴乎沂，风乎舞雩，咏而归。
我想仲尼毕竟也算是解人，只不知道他游舞雩也曾在那里尝试过没有？
我想考亭应该至少总在我这里洗澡过的。
我们越洗澡越乐了；
我们越洗澡越懒了；

我们越洗澡越不忍起来了。

右岸山坎上还托着一座魁星阁，
我们已没有心还上去看他。
白鹿书院已成了江西农业专门学校白鹿洞演习林事务所，
是一所经过兵扰荒凉的大院子。
院后剩着白鹿洞，
是一个立方一丈多的小石洞。
圆顶以像天；
方趾以像池；
规模粗具的一个石鹿却立在洞里。
院里剩着玉蟾真人草书白鹿洞歌的石刻。
正殿里剩着石刻吴道子画仲尼的遗像。

庐山旅行

康白情

颓址危亭倚夕阳，惊心吾道太荒凉。
风泉云壑声犹在，恍惚弦歌过讲堂。
冈峦华色绿盈盈，坏殿苍凉百感生。
流水松风吹不断，当年曾和读书声。

注：康白情（1895—1959），字鸿章，四川安岳人。毕业于北京大学文科。1918年与傅斯年、罗家伦组织新潮社。后参加少年中国学会，投身五四运动。同年于暑期上庐山游览，作《庐山纪游三十七首》，收入《草儿》，1922年出版。胡适称赞其诗作"自然是中国诗史上一件很伟大的作物了"。1949年后曾任教中山大学、华南师大文学系。另有旧体诗集《河上集》。

白鹿洞书院

广西　王力

岭枕九江倚双剑，峰高五老耸孤亭。
谪仙已逝东坡去，此地空余松柏青。

注：王力（1900—1986），广西博白人。语言学家，历任中山大学、北京大学教授。

游白鹿洞

江西　王咨臣

晦庵讲学托名山，鹿洞规条手自删。

碑刻满廊传姓字，扪来几许识斑斑。

注：王咨臣（1914—2001），谱名迪谭，别号云峰后人，江西新建县人。新中国成立后，先后为江西省文献委员会委员、省新华书店店员、省社科院特约研究员、省古籍整理小组成员。

白鹿洞书院

安徽　江婴

五老群峰下，潺浸一涧边。

松青时泛霭，竹翠每笼烟。

白鹿曾留迹，苍岩总枕泉。

颓然旧书院，石级遍苔钱。

注：江婴（1927—），原名伍先祯，安徽无为人。1947年考入清华大学化工系。尚未毕业即投身革命，1949年在政务院工作。后到中学教书。现居天津。

白鹿洞书院

江西　王飚

古院深深国子斋，暗香萦绕桂花开。

青山峡谷书声远，漱石枕流缘栋材。

注：王飚（1943—），江西南康县人。1982年8月调任江西省政府办公厅工作，历任副处长、处长，省政府副秘书长兼办公厅副主任、主任、党组书记，兼任省政府发展研究室中心主任。1995年10月起任省政府秘书长。

下榻白鹿洞书院延宾馆有作

山西　马斗全

风月清嘉远市尘，溪能贯道馆延宾。

几时白鹿重为现，当日名儒倍可亲。

但共五峰撑国学，堪传千古是精神。

我来顿起林泉想，欲筑书台寄此身。

贯道溪

溪行一步一沉吟，贯道知还贯古今。

千载清清清到底，分明见得古人心。

枕流桥

朱子闲行处，寻幽我亦来。

虽云隔千载，不过暗添苔。

注：马斗全（1949—），山西临猗人，山西省社科院研究员，已退休。现为中镇诗社社长、山西诗词学会副会长。

白鹿洞

湖北　绿原

彗木巨吻之后

邹何冀曾绿老而益壮

联袂来访白鹿

白鹿拒见，但遣

松涛泉弦知了蟋蟀，外带

避暑旺季所遗弃的万籁俱寂，托起

千例匡庐苍翠依旧

今古泯然

宛在梦中

不禁相视而笑

嘿嘿，真是天凉好个秋

注：绿原（1922—2009），湖北黄陂人。曾任中国诗歌学会副会长、人

民文学出版社副总编辑。

访庐山白鹿洞书院

江苏　杨逸明

云雾千年在，依然护粉墙。

穿廊无鹿影，留院有书香。

人可尊循礼，诗须放纵狂。

后生门外立，浮想逐溪长。

注：杨逸明（1948—），生于上海，祖籍江苏无锡。第二届和第三届中华诗词学会副会长。中国作家协会会员、中华诗词学会顾问、中华诗词学会网副总编辑、上海诗词学会副会长、《上海诗词》主编。

浣溪沙·访白鹿洞书院

北京　刘征

曲院重门护讲堂，绿莎蕉叶雨丝凉。摩掌薛字践碑廊。

似听弦歌来白鹿，竟存遗迹过红桑。朱栏老桂有余香。

注：刘征（1926—），北京人。原人民教育出版社副总编辑，现为中华诗词学会名誉会长、《中华诗词》名誉主编，中华诗词终身成就奖获得者。

长亭怨慢·游白鹿洞书院

江苏　俞律

特来会，前生白鹿，半院寒花。扶崖低屋，秋径萧萧，清风满地几竿竹，此时空谷。书千卷，倩谁读？岁月总成尘，早付与，先忧万斛。

孤独、对青山十里，五老奇峰翠麓。百年名利，遍三世，梦中追逐。若强使、朱子归来，更留得、当时王陆。应怕见人间，一枕黄粱未熟。

注：俞律（1928—），号菊味轩主人，江苏扬州市人。曾任南京市作协副主席、秘书长、南京市文联研究室研究员、中国作家协会会员、江苏省政协书画室特聘画师、南京市政协京剧联谊会副会长等。

浪淘沙·游白鹿洞书院

二〇〇五年十二月

江西　杨叔子

白鹿洞文宗，仰止心同。葱葱郁郁古林中。警句名碑千载诵，悬瀑高风。

《揭示》感朱公，理至情浓。先贤后哲凛相从。俱进与时新日日，今更恢宏。

注：杨叔子（1933—），江西湖口县人。中国科学院院士，原华中理工大学校长，现任华中科技大学学术委员会主任，教育部高等学校文化素质教育指导委员会主任，中华诗词学会名誉会长。

满江红·白鹿洞书院感怀

江西　熊盛元

洞口云封，何曾见、当年白鹿？空怅望，四山烟紫，一庭苔绿。旧燕迁巢新舍起，断虹依水残碑仆。待招邀、翠袖倚西风，无修竹。

谁共采，篱畔菊？谁共醉，杯中绿？坐幽幽洞底，淡香盈掬。车马纷驰书院道，弦歌渐绝文公屋。向灵前、默默荐寒花，吞声哭。

水调歌头·白鹿洞书院

蛩泣藓阶底，月堕洞流中。一襟灵气凝露，衰鬓拂霜风。唤取呦呦神鹿，倚遍森森古木，桥影枕飞虹。漱石齿清冷，魂与昔贤通。

书声寂，文脉断，桂香浓。紫阳何在，峭崖都被碧云封。我欲寻幽探胜，谁共穿岩凿径，梦醒独支筇。回首江天阔，孤鹤破冥蒙。

注：熊盛元（1949—），字复初，号晦窗主人，笔名郁云，网名梅云，江西丰城楼市（今属樟树市）人。曾任江西省社会科学院文学研究所副所长。

木兰花慢·清秋游白鹿洞书院感怀

江苏　李静风

正娜嬛片玉，向秋洞，肃霜痕。看苍桂耽云，残碑负雨，秦火三焚。千春、纵衣钵在，算韦编绝代恸精魄。摇落空庭柏子，碧霞半掩松门。

清尊、酺梦成尘。弦诵起、绕彝伦。问麋鹿归时，九经散后，何物斯文。幽氛、怕天醉老，任荒榛惨月虎窥人。题叶商声四敛，怎禁一纸黄昏。

注：李静风（1964—），江苏南京人。南京市浦口区文联副主席、江城诗社社长。

白鹿洞书院

佚名

自有红羊劫，曾无白鹿来。
先贤谈学地，讲席长莓苔。

重访白鹿洞

佚名

鹿洞千秋讲学堂，今为避暑付农场。
倚弓系马垣扉毁，茂草重寻空尔伤。

白鹿洞怀古

尹铭绂

廿年岳麓障云阴，怀古空教鹿洞寻。
已覆蕉隍悲往事，何时苹野复天心。
唐贤品望庐山峻，宋学渊源赣水深。
我欲景行呼旧侣，苍苍应许赋苔岑。

白鹿洞书院

庄俞

林泉胜境本来贪，游兴何如今日酣。
白鹿长眠留古洞，苍龙列阵拥晴岚。
时人不识李宾客，过客但寻朱晦庵。
世道衰微谁讲学，昔贤俯仰信无惭。

注：庄俞（1876—1938），江苏武进人，名亦望，字百俞，又字我一，中国近代出版家、教育家。早年与人创设体育会、演说会、天足会、私塾改

良会、藏书阅报社等，开展社会教育活动。24 岁时受聘为武阳公学教习，旋入商务印书馆为编译员，先后参加编写《最新教科书》《简明教科书》《共和国新教科书》《单级教科书》《实用教科书》《新法教科书》《新学制教科书》等多种课本。1913 年后与黄炎培等提倡实用主义教育，发表《采用实用主义》等论文，在教育界引起较大反响。著有《我一游记》《应用联语杂编》等。

白鹿洞

燕恩材

朝市不容道，空山邻虎狼。

闭门松桂老，讲席石苔荒。

当代几书院，中原一鹿场。

未能投笔去，丘壑意难忘。

游白鹿洞仰五老峰，宿南康泛彭蠡，舟中用友人罗承先书诗扇韵

邓春澍

游山幸已入山深，有约年前践到今。

绝壑乘时观大瀑，湿云连日酿重阴。

得探异境为人写，赋就新诗好自吟。

相与挂帆湖上去，幽怀无限惬归心。

注：邓春澍（1884—1954），江苏武进人。著有《绘余计草》《四韵堂印存》《两宜室随笔》《青城画萃》《青城石谱》《胜游图韵》等书。

游白鹿洞

上海　张君劢

书院败坏不堪，书二十字以志感愤。

千年名教地，兴废几轮回。

白鹿遗型在，庭庑瓦石堆。

注：张君劢（1887—1969），江苏宝山（今属上海市宝山区）人。原名嘉森，字士林，号立斋，别署"世界室主人"，笔名君房。中国政治家、哲学家，中国民主社会党领袖，近现代学者，早期新儒家的代表之一。曾留学日本、德

国，学习政治经济与哲学。回国后，推崇唯心主义哲学，被称为"玄学鬼"。

白鹿洞

可愚

昔贤讲学此承盟，遗象依稀在两楹。

翠柏苍松相引领，溪桥小立道心生。

初至白鹿洞作歌，用紫霞真人发端句发之

邵祖平

何年白鹿洞，乃在庐山幽。

庐山南堕当书案，介甫此语最名讴。

况当入山筑精舍，五老声咳相献酬。

一读一吟一仰面，鸟鸣松舞云和流。

溪桥叶赤秋曳杖，峰路雪寒冬登楼。

春笋夏泉足啖酌，四时万象从冥搜。

琴瑟儿杖柴门里，眼中何为要扁舟。

洞门驯鹿不畜牛，牛蹊人田为我忧。

长林丰草恣鹿游，牛取服轭我何仇。

少室山人此中留，晦庵野服复追求。

二三大儒为时出，喻义野老驰林邱。

蛮触蜗蝇尽扫除，炯然还我天地秋。

我来依山作长住，洒扫斋窗洗茶具。

朝游白足展萝步，夜吟科头滴松露。

酒食喧呼又一时，壁上承尘魅当去。

羲之誓墓何苦辛，冯生弹铗亦悲深。

我欲解之各适己，万事傥来难操禁。

空山明月来相讯，清弦此诗鸣我琴。

注：邵祖平（1898—1969），江西南昌人。字潭秋，别号钟陵老隐、培风老人，室名无尽藏斋、培风楼。因家境贫寒未入过正式学校，自学成才，喜欢写诗交友，早年肄业于江西高等学堂，为章太炎高足。先后执教于东南

大学、浙江大学、之江大学、四川大学、重庆大学。1949 年后调任中国人民大学教授。以鸣放获罪，谪青海，后居杭州。有《培风楼诗存》《续存》《培风楼诗馀》。

任鸿隽（五首）

一

瞰鄱岭下坐徘徊，碧嶂黄塍迤逦开。

回首巉岩三百仞，此中谁信我曾来。

二

不到栖贤已十年，依然五老凌苍烟。

松添新绿我华发，一笑相逢各惘然。

三

白鹿何曾解听经，金吾禁到老人星。

山僧不管人间劫，但说松枯已转青。

四

篮舆催趁晚风凉，隔水人家□稌香。

客子还山农打稻，夕阳影里一齐忙。

五

松阴小经晚鸣蝉，踏月穿云兴未阑。

峰影渐从山腹短，湖光初现海容宽。

烟笼危磴崖巍湿，岸隐疏星瓦砾寒。

翘首忻知鄱岭近，有人笑语出云端。

注：任鸿隽（1886—1961），字叔永，四川垫江县人，祖籍浙江湖州。1904 年，18 岁的任鸿隽到巴县参加科举考试，得中秀才。随后，任鸿隽进入重庆府中学堂就读，后留在当地做了一名普通的教师。留学日本时担任孙中山秘书，留学美国时创办了中国科学社。1918 年，先后担任了北京大学化学系教授、东南大学副校长、中华教育文化基金董事会干事长、中央研究院总干事等职务。任鸿隽先生学识渊博，著述宏富，一生撰写论文、专著和译著等身，内容相当广泛，涉及化学、物理、生物、教育、政治、文学、科学思想、科学组织管理和科学技术史等多方面。

自归宗寺冒风雨至白鹿洞

颖人

山游喜晴明，久晴亦非愿。

天公如我作，旸雨宜得半。

庐山信灵陬，气候日数变。

颇念雨景奇，喧霁盍相间。

晨阴吹未开，林鸠果频唤。

兴发催笋舆，道与雨师战。

横来袭衣裾，风动不可伞。

灵汤泉无温，醉石浪四溅。

飞笕溢邪径，急淙趋渴涧。

高下水田鸣，盛甚枯槔灌。

行行并山南，俯仰得奇观。

时时云往来，一一山隐见。

茫茫村远近，泀泀声续断。

同时望诸瀑，素挂千尺练。

峨峨五庞眉，端拱见真面。

寒泞虽云苦，谁谓非胜践。

烟中流芳桥，万里微可辨。

林立鹿洞碑，稽古意未倦。

诗成下村醪，一笑慰同伴。

明发当烘晴，此语倘可券。

白鹿洞谒紫阳祠

方树梅

名山开讲院，此地最清幽。

一代文风盛，千秋教泽留。

延香攀老桂，会友萃名流。

万里高山仰，兹来半日游。

注：方树梅（1881—1968），云南晋宁人。字臞仙，号师斋，一号雪禅，一号盘龙山人。文献学家、藏书家。家有"学山楼"是藏书处所，藏书共有3万余卷。生平所写文章编成《学山楼文集》10卷，其著作大部分未付印。

雨中过白鹿洞展朱文公像

朗溪

匡庐一角洞中天，五百年来见此贤。

易代犹为兴学地，爱公并及在山泉。

遗书万卷云长护，道统中兴日左旋。

景仰前修思努力，自惭七札未能穿。

中秋夜游白鹿洞

浙江　虞愚

豪气销沉剩此身，秋风如梦易伤神。

孤标石上松千尺，炯照天心月一轮。

南北东西长泛泛，悲欢圆缺自频频。

举头愁见山河影，大好神州半已沦。

注：虞愚（1909—1989），原籍浙江省绍兴地区山阴县。原名德元，字竹园，一字佛心。中华民国十三年（1924）入武昌佛学院，从学于太虚大师。与大醒、芝峰等人同学。中华民国十八年（1929）转入厦门大学，专究哲学，时曾至闽南佛学院研读，并从吕澄学因明。后以因明学之研究著称，著有因明学一书。

参加国际朱熹学术讲座会有感

北京大学　冯友兰

白鹿薪传一代宗，流行直到海之东。

何期千载檀香月，也照匡庐洞里风。

和冯友兰先生诗

美夏威夷大学　成中英

白鹿讲坛理所宗，求仁知和西学东。

檀山新月温旧知，化育天下同此风。

为纪念白鹿洞书院办学 1050 周年大会特集对联一副以示祝贺

安徽师大　杨国宜

肇庆庐山国学，旧学商量加邃密。

重开白鹿书院，新知培养转深沉。

谨以小诗以示祝贺

中国周易研究会　唐明邦

千年学府伴清流，琢育英才德业优。

紫阳学脉光华夏，白鹿千载鸣呦呦。

亦赖白鹿读书声

空军第一航院　刘天增

从来人杰通地灵，名山名学两相映。

匡庐荣登世界榜，亦赖白鹿读书声。

夜宿白鹿洞书院

江西　叶春

1995 年初夏，孙家骅同志陪我再次观赏了白鹿洞书院，收获良多，是夜得五律一首。

叠翠庐山下，一溪纳百泉。

诗廊存玉律，簧府列先贤。

理学千年典，儒宗永世篇。

夜来书作伴，笔瘦韵难圆。

白鹿洞书院

江西庐山　钱远林

遐迩海内誉千年，古存学府别有天。

院前古樟舒灵韵，傍溪山谷幽书轩。

李渤娱鹿访名趣，朱熹开馆结学缘。

真儒过化遗翰墨，留迹摩崖赏鸿篇。

参加白鹿洞诗词研讨会

江苏　王桂枝

千里佳音白鹿传，匡庐聚会胜梁园。

文坛巨擘悬新铎，诗界名流拂锦笺。

尽览风光飞逸兴，细观史迹仰先贤。

今朝已遂平生愿，亦跃葱茏四百旋。

白鹿洞咏怀

广东　凌风

独对亭边赏溟濛，枕流桥畔响淙淙。

鳣堂疑听先生讲，珠洞当连泗水通。

名教千秋薪不尽，紫阳百代道无穷。

昔年仙鹿知何处，欲问高邻五老翁。

注：鳣堂，即讲堂。鳣，同鳝。

咏庐山白鹿洞书院诗

江西　张宜武

庐峰神秀足雄奇，山若嵩华别有姿。

白鹤翔空鄱水淼，鹿林腾雾树烟迷。

洞前摇曳婆娑影，书内抑扬瑰玮词。

院壁蒲痕留岁月，诗存胜概又逢时。

白鹿洞诗词研讨会感赋

河南　刘延平

风鸣白鹿谱新诗，芳树匡庐韵满枝。

探讨吟坛扬国粹，重敲玉律振骚词。

龙腾江海纵横志，虎跃山林英武姿。

笔夺风云惊后世，群贤荟萃展才时。

题 91 年庐山白鹿洞诗会

甘肃　黄锡京

人文荟萃古江州，白鹿情殷系客舟。

烟雨庐山今胜昔，登高作赋竞风流。

访白鹿书院

江西　邱珏

诗友相逢访旧踪，五峰云绕画图中。

柴桑未眠千年业，书院犹存百代雄。

满壁生光留圣迹，一溪倒影映秋空。

紫阳哲理传人世，白鹿长鸣万木葱。

访白鹿洞

甘肃　李云桦

我放天西棹，来寻洞壑深。

松流唐际月，泉响宋时琴。

敲石辨清骨，栖云想道心。

幽篁风入阁，疑是鹿鸣音。

思贤台远眺

李云桦

披襟独上万松台，三叠泉分沓嶂开。

我欲裁诗招五老，尽倾雪浪入霞杯。

独对亭夜坐（二首）

李云桦

山女清茶翠石台，竹眠松静桂花开。

心知良夜不欺我，坐久溪流古月来。

松间月泻意清泠，独自听泉独对亭。
醉后奚知此何世，却循琴韵唤山灵。

枕流石

广东　邹捷中

清溪凝碧水凝情，高树停云鸟语生。
一石枕流人醉卧，紫阳遗迹映天星。

辛未夏参加当代中华诗词研讨会
瞻仰庐山白鹿洞书院

邹捷中

峰泉交映绿阴浓，幽径深藏古学宫。
礼殿碑廊观灿烂，枕流漱石辨铮淙。
明堂犹授经书业，丹桂尚遗圣哲功。
识道时贤怀白鹿，诗文振发继前踪。

庐山白鹿洞三首

广东　杨伟群

其一

白鹿青崖任幻游，思齐一效枕清流。
襟怀洗涤无烦躁，云影水声天地悠。

其二

优游健步漫东西，手杖称心藤一枝。
蝉鸟和鸣交响乐，松泉协韵抒情诗。

其三

月盘银水泻林阴，风笛泉琴蟋蟀吟。
精舍无眠感秋意，阳台徙倚露沾襟。

庐山白鹿洞书院

上海　李鼎

学府名山誉久驰，儒林咸仰尽人知。

无双江右经书院，独秀匡庐翰墨池。
李渤遗风千载继，阳明哲理九州师。
思贤台上思贤士，碑碣长怀启圣祠。

庐山白鹿洞书院

李鼎

书院匡庐叶贝香，寻诗万里到山庄。
碑廊人仰明风采，翰墨文崇宋代章。
不负眠求千夜梦，终偿名慕九回肠。
集贤研讨吟旗举，白鹿声高四海扬。

抵九江去白鹿洞书院

河南　刘宝和

船到浔阳夜尚星，琵琶何处水边亭。
驰车直赴匡庐约，一任江头柳色青。

白鹿夜雨初霁

刘宝和

披衣启户夜初晴，门外松风伴溪声。
剩有半天山月在，隔林悬作一珠明。

白鹿洞书院雨后

刘宝和

雨后青山万木深，门前流水有清音。
恍如身对高贤坐，万顷莲花不染心。

谢白鹿主人酒

新疆　星汉

莫笑言狂举止粗，家居西域惯穹庐。
酒量须留君谅我，来年拟此饮鄱湖。

夜宿白鹿洞

星汉

空山银汉下，万籁寂无声。

竹影频移月，松柯欲扫星。

床依青石稳，梦过小溪轻。

来日玉关外，天涯忆素琴。

小住白鹿洞

安徽　王有钦

入山难得见晴光，烟锁云屯雾满床。

偏是人来新雨后，松溪水涨好流觞。

客次白鹿洞

王有钦

封缸老酒醉无眠，一枕松风卧听泉。

雾锁丹墀青石路，云开白鹿紫阳天。

欲除浊气登高处，且揽清光满大千。

敢问思贤台上客，敲诗谁是洞中仙？

夜宿白鹿洞书院

江苏　羊汉

一庭丹桂半帘风，夜宿西楼兴未穷。

叶落空阶疑有雨，推窗月照一崖松。

白鹿洞雅会

羊汉

（一）

黄花酒醉古今悠，佳日重阳白鹿游，

离菊喜庆陶令后，风流人物会江州。

（二）

白鹿高吟继昔贤，风流潇洒属新篇。

渊明诗骨青莲酒，囊去庐山依砚田。

诗会偶成

福建　周洪国

名山瞻仰我来迟，古迹依然慰吾思。

庆幸有缘亲雅化，松风秫酒入新诗。

初至白鹿洞

江苏　侯建昌

白鹿洞中绿映苍，松泉古径自芬芳。

飞云荡尽千里暑，幽鸟一声谷韵凉。

别诗友

江西　沈力

别酒一杯江海情，风云聚散感纷纷。

关山万里应相忆，梦入匡庐一例青。

枕流桥

聂世淦

一弯静卧在深山丛中的历史

任风雨读着你浑身的沧桑

脚下的风流凝成一个抽象

逝者如斯

于是

你拱起了坚实的脊梁

高枕起一千个春秋

沿着你的思绪

纷纭的藤蔓

从古远的往昔

牵来浓浓的苍凉

白鹿洞书院重建暨首届顾问教授座谈会志庆

上海　吴绍烈

尚有源头水，潺湲出涧来。

风模延万世，清气率先开。

江西　许怀林

（一）

白鹿呦呦自在鸣，峰头五老意欣欣。

千年书院开新运，又集儒生细论文。

（二）

潺潺溪水静长流，滚滚松涛未肯休。

哲学争鸣泾渭辨，当年朱陆各千秋。

上海　陈亚如

（一）

烟溢香炉缭未休，星移斗转几经秋？

江山不死英雄在，天使文章播九州！

（二）

结庐先哲今安在？满目山川景物收。

经世文章方为用，会当砥柱立中流。

为庐山白鹿洞题诗

湖北　姚雪垠

曾是先贤讲学地，依然万木蔽深幽。

山根道路随流转，岭上烟云共翠浮。

白鹿身存仍有恨，红羊劫尽应无愁。

盘桓兴发催归去，留待京华续梦游。

姚雪垠（1910—1999），原名冠三，字汉英，河南邓州人。作家，著有长篇小说《李自成》。曾任湖北省文联主席等职。

七律

北京　史树青

嘉会新开婺水头，轮啼驿路正中秋。

少时常拜朱元晦，老去难忘江慎修。

灵洞环山留宝墨，藏珍面水起重楼。

赤鳞绿茗齐高产，始信龙光射斗牛。

敬赠古典诗词研讨班诸位诗友

上海　吴绍烈　陈亚如　张宗廉

天下文章地，江西才子多。

文情烘日月，豪气动星河。

高会倾谈吐，长吟事切磋。

离筵今夕酒，一唱一婆娑。

古典诗词研讨班全体学员敬赠吴绍烈、陈亚如、张宗廉三位先生

一别春申破波沙，清和月夜沐烟霞。

杏坛欣设传经地，绝学重开白雪花。

礼圣堂前苏古木，枕流溪畔育新芽。

骊歌奏罢留余韵，万诵千吟兴未赊。

游白鹿洞书院

上海　张宗廉

风雅优游地，探源思一瓢。

碑观白鹿洞，诗觅枕流桥。

水智因人见，山仁任鸟巢。

白云飞逐逐，相与赋逍遥。

参加白鹿洞书院古典诗词研讨班感怀

吴先桢

鹊噪枝头报客来，洞天风雅尽诗才。

名山伴奏春波典，古院新花喜复开。

颂赛诗会

吴先桢

诗坛丕振迓良时，老节新丫共发枝。

千古奇章来妙手，九秋赛会更多姿。

攀高竞舞登高上，望远狂歌意远驰。

读罢毛诗抒壮志，欣看大地出锋词。

题白鹿洞

杨宗海

养鹿深山本自娱，人间传说有悬殊。

回流峰上开真面，谷地如盘洞却无。

白鹿洞枕流石杂咏

蒋惠连

活水源头涌活泉，枕流胜迹越千年。

举头高览林中月，濯足低回洞外天。

水拍山花香阵阵，风梳芳草绿芊芊。

朱公典范今犹在，书院重开缅昔贤。

拜别上海三位先生

甘尚文

紫阳古迹今犹在，少室书亭久不逢。

五老聆听古院外，三星移照讲堂中。

枯松幸得沾春雨，嫩草全凭遇好风。
一曲阳关今惜别，祈将训诲付邮筒。

参加白鹿洞书院古典诗词研讨班有感

邱建峰

春风细雨润贤乡，溯本研诗意味长。
嫩草青青仙鹿洞，苍松翠翠古碑廊。
初开胜地唐宾客，兴复书堂宋紫阳。
喜看枕流桥下水，源源不断放清香。

参加白鹿洞书院古典诗词研讨班感怀

江西　徐艺

白鹿遗踪在洞天，修篁古木枕流泉。
书楼傍水清清韵，画阁倚山隐隐烟。
日日春风添雅兴，杯杯云雾化吟笺。
喜逢研讨诗词会，新旧并樽共盛筵。

朋来亭

江西　高峰

流盼千年客不归，茫然空叹此亭巍。
春时恰遇朋来聚，布谷携同白鹿飞。

白鹿洞书院感怀

广东　梁常

白鹿悠悠学院钟，乔松古木会云龙。
书声百代庐山麓，浩气千秋五老峰。
贯道溪边闻道理，枕流桥下问流踪。
名山旷劫沧桑后，重起骚坛一代风。

贺白鹿书院当代诗词研讨会

梁常

白鹿书香百代悠，诗声丕振壮中州。

八方风雨萦庐岳，九派堂堂汇众流。

癸酉初春喜获白鹿洞诗友赠"白鹿清声"墨砚感何如之咏此以表谢忱

梁常

千里遗吾砚一方，春池浩荡感鄱阳。

庐峰拥翠风云壮，白鹿清声日月长。

翰墨泠泠舒旧腕，枕流沁沁润枯肠。

文才愧我江郎尽，蘸得泉源笔亦香。

贺白鹿洞书院诗词研讨会（外一首）

赖春泉

白鹿栖贤著令名，研经讲道两先生。

千秋风雨沧桑后，骚客重来振汉声。

枕流桥

小涧观澜意境幽，枕流桥上枕清流。

却嚣脱绊诗心静，况有卢家老莫愁。

白鹿洞（外一首）

袁第锐

一径蝉鸣接九天，绿荫如盖绕寒泉。

枕流漱石人如在，莫为登临又惘然。

谒朱熹祠

鹿洞熹微接大荒，千年丹桂尚飘香。

一堂肃穆传薪学，百代宗师仰紫阳。

白鹿洞夜宿闻雷雨

钱定一

西行揽胜路迢遥，五老峰奇向客招。

入暮洞天清梦隐，松风和雨响中宵。

题白鹿洞诗会

何佩刚

（一）

名山鹿洞会诗仙，绣句浓情溢砚前。

恨不搜来天底笔，匡庐美景绘连篇。

（二）

雾锁云封旧讲堂，坐闻庵外野槐香。

潺潺思辨清如水，欲向洞天索斐章。

诣白鹿书院诗词研讨会

刘富强

百木葱茏暑气清，云山五出任攀登。

兹来大块文章地，泼墨追贤论纵横。

白鹿洞书院晨起步枕流桥

勒中煜

好鸟鸣晨曦，唤起寻幽意。

披衣向山径，露浓叶上坠。

举手抚绿条，满林浮岚气。

泉声响涧底，时时到耳际。

信步过石桥，有石枕泉寐。

卧听日日喧，未醒万古睡。

能伴此泉读，生不负我辈。

白鹿诗草

江西　夏勋南

一九九〇年十二月二十四日，九江市书法协会在庐山白鹿洞书院集会，感而赋此。

白鹿洞从云树入，兰亭会向紫阳开。
檐前积雨风吹去，谷底清风雨送来。
习碣摩崖求逸趣，谈经释义畅情怀。
山居最是三更乐，妙笔追欢合画梅。

题晦翁手植丹桂

曾大兴

先贤手植两株丹，佳气葱茏侵晓寒。
一似当年垂训诫，树人树木总相关。

纪念白鹿书院修复十周年

陈玉啸

历尽艰难白鹿归，十兴院府声名回。
十年汗水浇灵地，鹿跃林茂新绿飞。

咏白鹿洞

江西　舒适之

白鹿书庐翰墨渊，传经解惑历千年。
孔门道统紫阳业，王氏源流正器篇。
启圣须从先哲学，思贤还在德行传。
骚人喜赴匡庐集，华夏诗坛映碧天。

白鹿洞赛诗

湖北　杨吟香

匡庐隐读占风流，名士名山胜迹留。

白鹿仙踪云渺渺，紫阳木铎韵悠悠。

千年书院群贤会，万里骚人五老游。

天削芙蓉欣览秀，气吞彭泽发清讴。

访白鹿洞书院

苏仲湘

青山白鹿径苍茫，义路相寻草尚香。

一水独吟如狷客，众峦回护俨宫墙。

晦翁木铎开桃李，盛世明光启俊良。

更喜东瀛流教泽，一衣带水递余芳。

白鹿颂

江西　郑远垂

李渤读书白鹿洞，乐天筑堂香炉峰。

白鹿洞，香炉峰，匡庐何处无遗踪？

山南山北不相见，常遣白鹿书信通。

日照香炉烟犹紫，月映石鹿魂未死。

白鹿洞，白鹿驯，书声琅琅月如银。

甘棠垂柳发新绿，西湖白堤酒逦迤。

学成已将年半百，前往江州作使君。

司马泪涨浔阳江，太守浚清两湖水。

香炉峰，遗爱寺，草堂三间人不至。

大江东去不复归，思贤桥上后人悲。

写诗读与老妪听，讽喻之作常警世。

登临怀古任凭吊，莫使空樽对落晖。

首届女子诗词研讨会喜赋

郑远垂

《载驰》一首早开篇，爱国端推女子先。

拈出西风帘卷句，男儿百试逊伊妍。

白鹿洞诗词研讨会寄情

江苏　张正洲

雁落瓢城千里浪，留连梦笔倦飞还。

鹤栖射水何曾野，云在庐山并未闲。

泉本无心流曲涧，松为迎客立层岩。

江风似送江城笛，仗剑长吟对晓岚。

念白鹿洞诗会

张正州

（一）

林深路曲诗情炽，古洞清溪俗念疏。

小住思贤台畔客，梦魂几度返匡庐。

（二）

小别浔阳近一年，离情常惹展云笺。

枕流泉急诗囊瘦，望断飞鸿付七弦。

应白鹿洞书院邀赴庐山喜赋

广东　李世亮

烟雨庐山久羡名，梦魂长绕恨缘轻。

忽欣书院来邀柬，便约同怀定旅程。

鹿洞堂深花灼灼，浔阳渡冷雨泠泠。

陶公秫酒清荫下，足慰平生渴念情。

庐山诗会题墨

云南　谭曼瑜

千年学府白鹿洞，翰墨飘香绿荫丛。

穷经曾傍百年树，吟诗笑对五老峰。

今日题墨任挥洒，明朝扬帆各西东。

相逢曾许笔耕事，高筑诗坛歌雄风。

鹿洞春风

北京　熊承涤

（一）

盘谷深藏高宇清，涧泉漱石响琴筝。
幽花映日嫣然笑，好鸟迎风时一鸣。
八百余年施化雨，万千学子育琼英。
试看春意浓如酒，红杏枝头唱晓莺。

（二）

鹤唳长空凤集桐，思如潮涌志腾虹。
鄱阳万顷湖光碧，五老千寻山势雄。
才气奔驰飞瀑落，豪情怒挟大江东。
林中白鹿归来未？应喜群峰浴日红。

贺当代中华诗词研讨会

上海　王退斋

诗教重兴际舜年，庐山盛会喜空前。
弘扬华夏千秋业，开辟骚坛未有天。
雅颂新声歌盛世，湖山灵秀毓群贤。
继承发展为今用，振彩扬芬益灿然。

遥寄白鹿洞书院中华诗词研讨会

甘肃　马永慎

名山一别几经秋，胜境匡庐梦里浮。
白鹿千年沾化雨，银河百丈看飞流。
创新探古开蹊径，讽喻讴歌竞自由。
五老峰青迎盛会，卿云烂漫更无俦。

贺庐山白鹿洞诗会（三首）

台湾　刘荣生

（一）

匡庐胜会集豪英，丽句雄篇落笔成。

北望江涛诗境阔，闲听鸟语韵怀清。

（二）

鹿院群贤共咏诗，要融旧学铸新知。

求真尽善兼优美，绚烂光华更入时。

（三）

诗魂唤起仰英贤，雅会时逢锦丽天。

启后承先扬国粹，吟旌飘展大江边。

步荣生韵呈庐山诗会诸君子（三首）

台湾　王勉

（一）

遥天觞咏集群英，欲献芜词句未成。

料得鄱阳秋水阔，半山红树一篱清。

（二）

未识庐山先诵诗，联翩旧雨伴新知。

飞流直下三千尺，涤尽尘心是此时。

（三）

由来国士亦时贤，共谱心声动海天。

两岸秋光应更丽，古今兴替入吟边。

寄白鹿诗会

新疆　孙传松

梦里几回寻白鹿，醒来依旧怅边城。

天山雪接程门雪，铃马声追朗读声。

塞外诗风须引导，中原格调待聆听。

束装将与匡庐会，偏隔昆仑万里程。

白鹿洞书院当代中华诗词研讨会
排律二十韵

江西　周作亿

五峰南斗傍，叠嶂锦屏张。

霭霭云烟绕，晖晖日月光。

崖旁藏翠谷，径曲达丹房。

书院楼台起，黉宫礼殿庄。

经传驯白鹿，理教播清江。

十次经兴废，千秋历海桑。

春台留旧迹，盛世换新装。

名得前贤重，情缘山水长。

松涛溶月色，竹韵渗花香。

林密栖鹰鹳，泉鸣奏羽商。

白云飞变幻，朱夏荫清凉。

学术交流地，文人荟萃堂。

我吟抒素抱，宾唱灿华章。

国粹谋开继，唐音思发扬。

山灵毓丽藻，水秀产瑶芳。

掣鲸钦海客，斫挂羡吴刚。

流韵生庐岭，风骚渡大洋。

长江波渺渺，碧海浪茫茫。

翘首追风雅，中华诗运昌。

游白鹿洞书院

江西　孙樵

轻衫短杖笠遮头，临水登山乘兴游。

雾锁层林晴亦雨，气寒古院夏如秋。

鄱湖浪远吞吴楚，五老峰高薄斗牛。

最羡先生驯白鹿，惯看风月不知愁。

参加庐山白鹿洞书院中华诗词研讨会，
寻游胜境，吟望五老峰

安徽　江兴元

久慕名书院，今来觉更好。

簧宇列幽崖，传薪仰有道。

骚坛重振兴，群彦同研讨。

群怨与兴观，殷殷时在抱。

老树着晚花，馀霞散秋昊。

却怪贤主人，招邀苦不早！

名山惬我心，游赏错昏晓。

吟望试登高，相迎有五老！

赴庐山白鹿洞书院参加中国古典诗词研讨会欣题

上海　沈善钧

群山回合洞天幽，云树深深夏亦秋。

一径林泉开邃院，千年士子仰清流。

轩窗幸与时贤聚，碑额还看先哲留。

莫讶时移诗道窄，松风古调此中求。

白鹿洞抒怀

贵州　陈有炯

久仰庐山秀，寻诗古洞游。

波平天际远，树静五峰幽。

梦少思朱子，狂多忆李侯。

先贤遗训在，进退勿忘忧。

参观白鹿洞书院感赋

湖北　周质澄

白鹿园中白鹿仙，煌煌业绩有遗篇。

云横五老山吞月，水荡鄱湖浪接天。
正学门前闻古道，枕流桥畔拨新弦。
紫阳丹桂重移植，一树飘香万树妍。

竹枝词·鹿仙歌
（白鹿洞—鹿回头）

湖北　周质澄

去年白鹿聚同俦，今日行吟听鹿呦。
鹿妹回首情脉脉，鹿仙佳话总风流。

白鹿洞研讨会题感

湖南　郭堡

名山书院誉千年，五老峰前别有天。
学海遨游夸胜域，骚坛研讨觅真诠。
欣凭白鹿空灵气，喜结丹青翰墨缘。
世态沧桑原正道，扬清激浊创新篇！

白鹿洞书院留韵

湖北　程树藩

书院传薪火，铎声振九州。
匡庐钟秀色，彭蠡汇源流。
白鹿洞歌雅，思贤台韵悠。
几朝名学府，文采足千秋。

访白鹿洞书院

四川　胡焕章

当年此洞集诸生，静听先生授五经。
溪水尚如传铎响，松涛犹似读书声。
孔门道统垂千古，书院高名播远京。
今日纵谈强国事，万端仍赖育才成。

题白鹿洞书院

湖北　雷电

危峰耸翠立如屏，远水涵秋似镜清。
磐石偶存文史迹，长松时作怒涛声。
我来此地生奇想，客散明朝动别情。
谁向讲堂争一席，百年珠玉待编成。

白鹿洞探幽

广东　丘海洲

轻车百转过危峰，踏碎残晖寻梦踪；
遥看岚光藏紫阁，近听鸟语静幽空。
思贤台引诗心醉，丹桂亭留书韵浓。
白鹿飘然无觅处，浔阳江畔月朦胧。

参观白鹿洞书院感赋

湖北　吴晶

书院沧桑数百年，朝朝代代出英贤。
致知格物怀朱子，立说明纲忆九渊。
漱石枕流多雅韵，齐家治国有名言。
悠悠往事犹新鉴，浩瀚烟波赖有源。

赴白鹿洞诗词盛会感赋

湖北　叶永康

一别匡庐鬓已斑，几回乡梦逐云还。
归来不负骚坛约，白鹿歌吟醒醉颜。

枕流卧月

安徽　许成祥

疏星淡月泻松阴，汩汩芳泉漱石吟。
小卧枕流清俗虑，清凉阵阵沁诗襟。

白鹿洞书院留题

广东　陈哲

壁后云山立，门前枕碧流。

匡庐钟秀气，院落蕴清秋。

觅鹿无踪迹，思贤有侣俦。

源头来活水，催我写吟讴。

忝列白鹿洞诗会

四川　曾渊如

我来寻五老，求道不求仙。

白鹿钟灵秀，朱门集俊贤。

枕流堪洗俗，叩石欲问天。

负笈三千里，诗神可有缘？

浣溪沙·白鹿

曾渊如

薄雾清凉宿鸟啼，昨宵幽梦尚依稀，忱流桥下溅珠玑。

乍见小姑舒素腕，惊疑身到浣纱溪，匡山晓月共痴迷。

白鹿洞诗词研讨会感赋

广东　卓之

弘扬风雅振中华，白鹿洞中鸣百家。

松柏含情萦紫气，峰泉着意笼烟霞。

千年书院开新运，一代骚坛绽异葩。

唤起朱王同唱咏，携归春色播天涯。

咏白鹿洞书院

广东　贺正明

千年学府育精英，洞主真传木铎声。

白鹿文星驰俊彩，碑廊翰墨溢诗情。

古松丹桂藏风雅，漱石枕流问正经。
劫后金钟频玉振，远播四海共嘤鸣。

白鹿洞书院

湖南　龙湘洪

洞天白鹿清幽地，昔有名儒隐此间。
五老高峰开画境，一溪流水绕文坛。
思贤台上怀先圣，独对亭前看好山。
四面松涛饶雅韵，空灵绝俗出尘寰。

赞白鹿洞书院

江西　余玉凡

浩瀚鄱湖畔，天开一洞奇。
紫阳营旧馆，白鹿振黉基。
弟子周千里，人才遍四夷。
儒林扬伟绩，华夏建丰碑。

七绝一首

湖南　姚定安

林壑交辉映画楼，一溪清澈水长流。
呦呦白鹿今何在，惟有书声万古留。

游白鹿洞书院

四川　王素琢

朱公昔日传经地，无数英才游泮池。
遗韵至今人共仰，枕流桥畔立多时。

白鹿洞书院

江苏　钱万选

匡庐奇秀名天下，白鹿悠悠阅古今。

华夏由来多俊逸，山河是处毓精英。

人逢胜境情偏激，诗咏明时韵更新。

书院遗风千载誉，振兴事业绣前程。

颂白鹿洞书院

湖北　万军

四时瑞霭绕松篁，正学声名宇内香。

有志仲昆攻万卷，多姿峰岱傲千邦。

紫阳绝代宗师表，白鹿超群诵雅章。

笑坐春风沾化雨，杏坛花果更芬芳。

谒白鹿洞书院怀元晦公

湖北　朱其政

一来形胜地，思古发幽情。

夫子传薪远，嗣孙藉荫清。

箴规犹可范，理学至为精。

时隔门难及，徒然感慕生。

恭祝庐山白鹿洞书院当代中华诗词研讨会胜利召开

湖北　刘膺慊

李前朱后已千年，鹿洞弦歌绕紫烟。

木铎声胜章贡水，金镛响彻楚吴天。

如何妙继风骚笔，就便长吟改革篇。

衮衮诸公皆国手，精华敢让失薪传。

赞白鹿洞书院

江苏　徐治

千年学府壮奇峰，满目芳菲韵意浓。

翰墨馨香传史牒，碑碣隽永见神工。

参天古柏凌霄汉，漱石清泉涌彩虹。
白鹿文澜腾巨浪，骚坛长足唱高风。

萦念白鹿洞书院

徐冶

梦魂几度洞天临，恍听松涛涧水琴。
漱石泉边寻雅韵，思贤台畔识知音。
烟云未掩文林秀，碑碣犹闻翰墨馨。
愿有诗缘重聚会，封缸一醉乐联吟。

咏白鹿洞

湖南　张正清

鹿复黉门别有天，引来骚客续遗篇。
千秋兴废吟哦久，坐拥名山不忍眠。

白鹿洞随笔

江西　周亚

欣然鹿洞历经秋，胜迹千年逗客游。
古道凝眸苍木秀，故桥凭眺白云悠。
烟笼翠壁岁痕刻，水漱青磐翰墨留。
正学门前长骋目，洁身我喜枕清流。

庐山白鹿洞书院研讨中华诗词

湖南　周砥中

云绕松围境独幽，名山书院各千秋。
陶公种柳羞庸吏，朱子传经傲列侯。
鸣鹿在前忘暑热，论诗于此够风流。
匡庐面目凭谁识？五老峰青在上头。

初游白鹿洞

广东　刘小毅

书院翠环深，天炎爽我襟。

雨微荣细草，蝉噪闹层林。

流枕朱熹笔，思贤白鹿音。

遗风传百代，典范万民钦。

白鹿洞书院感怀

江西　张钦先

皎皎白鹿隐层峦，五老神峰秀可餐。

李渤攻书夜继日，朱熹讲学暑连寒。

几多士子题金榜，无数名流拜杏坛。

一代风骚今胜昔，诗词苑圃蔚奇观。

白鹿洞怀古

湖北　王任

唐宋风流孰与伦，地缘人杰始驰名。

先生白鹿今安在，夫子家言尚有声。

千载文章通造化，百年身世任浮沉。

古稀欲近游书院，五老峰前咏晚晴。

题白鹿洞书院

湖北　刘伟业

匡庐胜境画工裁，满目琳琅色色偕。

霭霭白云仙洞敛，翩翩黄鹤玉虚来。

紫阳泼墨千秋浩，隐士丰碑万载台。

书院蜚声扬域外，枕流桥水溢诗怀。

放歌白鹿洞书院参加当代中华诗词研讨会
暨白鹿诗词大奖赛述怀

甘肃　刘肯嘉

陇上平居尘满衫，学诗垂老到江南。

梦里匡庐得一览，烟花迷眼四百旋。

胜地风物传千古，游子踌躇沉吟苦。

洞前白鹿蹁跹舞，久待仙人作骑主。

枕流石上水清清，照见文公风雨灯。

亦读亦讲任驰驱，英才多少走西东。

盛会千秋艳百花，大赛今又添奇葩。

主人好客情殷切，骚人联袂来天涯。

巍乎高哉！紫阳道乃诗之魂，

诸公唱彻翰墨林，留取他年评说见智仁。

白鹿洞诗会抒怀

湖北　王义廉

松篁瑟瑟动高吟，桂蕊含馨鸟弄音。

往古诗文罹厄运，于今知识胜黄金。

苍鹰奋展凌云翼，学子恒怀报国心。

安得匡庐重有约，雄歌一曲伴瑶琴。

访白鹿洞书院

湖北　冯道信

诗友相逢访旧踪，五峰云绕画图中。

柴桑未泯千年业，书院犹存百代雄。

满壁生光留圣迹，一溪倒影映秋空。

紫阳哲理传人世，白鹿长鸣万木葱。

参观白鹿洞书院感赋

湖北　吴中柱

胜地栖贤四海闻，秀峰拥处洞天成。
百花竞放诗坛彩，一鹿鸣来古院春。
尽日鸟音勤学读，长年泉水不停吟。
苑林栋木知多少，万树参天请看今！

白鹿书院诗词研讨会感赋

湖北　汤维敏

翰墨凝香绕秀峰，人文荟萃沐秋风。
三泉叠月留清影，五老披云掩翠容。
李白醉吟飞瀑布，真卿狂草舞蛟龙。
我来畅饮聪明水，白鹿寻师启聩蒙。

白鹿洞书院诗词研讨会感赋

湖北　孙传礼

匡庐云集客风流，各具千秋共探求。
白鹿洞中更旧学，紫阳关内展新筹。
开源李氏铺前路，创业朱公启壮猷。
书院广栽桃李秀，诗词花放遍神州。

题白鹿洞书院

广东　黄镇林

飘然五老若凌空，黉舍巍峨古洞中。
李渤有情骑白鹿，朱熹无意驾苍龙。
千秋遗爱垂风范，百世宗师纪厥功。
理学源流通四海，弘扬教化五洲同。

奉题白鹿洞书院

湖北　肖浪平

地因人贵因文贵，白鹿常随李渤传。
贯道溪流归大海，观澜客去已千年。
钓台岂为将鱼诱，漱石唯求砺齿坚。
正学朱熹风范在，儒林异代尚磨研。

游白鹿洞书院即兴

湖北　欧阳宏

车驰路转远山旋，五老峰前景万千。
活水流清淘石岸，高松挺翠扫云烟。
端详白鹿形如昔，漫步朱廊兴勃然。
鉴古观今明要义，好将旧咏换新篇。

咏白鹿洞书院

安徽　武家文

五老峰前万壑深，飞流激湍噪林禽。
千年鹿洞留佳句，万里扶桑忆好音。
几度兴衰增感慨，四期研讨表衷忱。
群贤荟萃倾珠玉，满眼黄花发浩吟。

白鹿洞书院

江苏　陶百川

五老峰前白鹿鸣，苍松翠柏气森森。
一溪碧水萦诗趣，四面青山系我情。
书院文章钟俊秀，黉宫教泽育精英。
到来俱是风骚客，处处弦歌入雅声。

白鹿洞感怀

甘肃　张昌言

千年学府急寻踪，白鹿嬉奔五老峰。

礼圣至诚濡墨客，思贤若渴尚朱公。

山灵水秀诗仙伴，鹤舞龙飞志士从。

丹桂沁香今更茂，开来继往展新风。

参加白鹿洞书院诗词大奖赛感赋

福建　陈义侣

簧门木铎韵悠扬，白鹿先贤教泽长。

洞外蜗盘波侵月，山中雾绕柏凝苍。

倾江倒峡皆佳句，泼墨挥毫即丽章。

我采百花千朵蜜，酿成醇酒四时香。

初访白鹿洞书院参加吟坛盛会有感

湖南　谭立刚

千年学府聚诗翁，喜沐清溪仰翠松。

地接匡庐藏美景，筵开讲席播新功。

吟坛盛典心弦激，古院蜚声雨露浓。

且共名山垂万世，长留高格展雄风。

七律

甘肃　方璧

浮空烟雨隐岹峣，稚集林亭兴致豪。

白鹿仙哀千载劫，黄钟声起五洲潮。

前贤设帐传三味，后继翻新奋六韬。

刻石行吟足今古，喜看代代领风骚。

吟白鹿洞

天津　汪道伦

书声甫罢忽呦呦，李渤堂前白鹿游。

迎取山峰仁自乐，泳于溪水智忘忧。

松涛鸟语丛林静，竹影花容小院幽。

处此仙居灵秀地，不知将相与王侯。

白鹿洞书院掠影

湖北　桂遇秋

白鹿书堂始自唐，千年历史永留芳。

山承牯岭天连地，洞向鄱湖水接江。

万缕烟霞朱理学，一窗星月李灯光。

太平盛世兴文苑，琅琅书声壮天荒。

七律

湖南　左平

名山古院林泉抱，独领风骚孰与俦。

索古探今传正道，扬清激浊砥中流。

青碑黄卷留遗志，老凤新雏赞壮猷。

盛会只缘弘国粹，共输余热续春秋。

参加当代中华诗词研讨会宿白鹿洞书院奇梦记

江苏　周坤

得得蹄声近榻前，渤翁倚鹿笑相言：

"填词累百无佳句，作赋盈千有稗篇。

诗改宜当承旧格，创新未可薄前贤。"

梦中正欲详求教，策鹿扬鞭息洞烟。

参加白鹿洞书院中华诗词研讨会随笔

湖南　杨杰

江州挚友多回约，四许三违始一游。

白鹿洞中开雅集，紫阳院里拜名流。

宜承旧制弘传统，敢唱新声启后俦。

不顾年衰兼笔拙，愿为时代放诗喉。

访白鹿洞书院

广东　刘致余

五老峰前石径开，八方雅士景贤来。

江州刺史名犹在，闽海儒宗业更恢。

白鹿洞中藏日月，紫阳光下亮书台。

兴衰几度长河事，时代催人育俊才。

游白鹿洞溪

刘致余

长溪绕院水悠悠，古树参天翠竹幽。

夫子名言磐石载，沧桑依旧此中流。

白鹿洞诗会留别　有序

湖南　叶民栋

会议期间，听方家卓见，读诗友华章，如坐春风，似饮美酒，茅塞为开，块垒全消矣。时辛未六月。

殷勤白鹿喜相招，来为山灵慰寂寥。

隐者不回贤者逝，今人应比昔人骄。

枕流倍觉身心爽，揽胜频教块垒消。

五老依依还惜别，临歧嘱我一挥毫。

贺首届中华女子诗词创作研讨会

江西　程水凤

巾帼诗会群劳至，白鹿霞飞万卉鲜。

雅颂新声歌盛世，佳篇丽句颂尧天。

壬申年秋日首届中华女子诗词研讨在庐山召开谨奉小诗三首呈与会诗友共勉

甘肃　林家英

（一）

谢家咏絮女高才，今喜群英吴楚来。

诗苑百花争吐艳，斑斓生活任熔裁。

（二）

一啸一歌心一瓣，英姿飒爽气氤氲。

言情言志凭谁定？感动沉吟贵一真。

（三）

觅句推敲诚可学，芙蓉清水更当行。

兼收并蓄众长好，自铸新词甘苦尝。

首届中华女子诗词创作研讨会即兴

广东　汪铭珊

中华首届记猴年，巾帼诗词丽日妍。

鹿洞唱酬联四海，庐山吟啸聚群贤。

弘扬国粹争鸣放，改革诗坛共策鞭。

今日红妆多壮志，喜挥彩笔写尧天。

贺首届中华女子诗词创作研讨会

天津　柏丽

漫云女子不英雄，云际翱翔竞吐虹。

诗道崇优还美壮，中西融会古今通。

鹧鸪天

庆祝首届中华女子诗词创作研讨会胜利召开

湖南　刘季子

盛会匡庐水一方，雄谈高论不为狂。

难能此日苏辛志，无复当年红粉妆。

豪且萃，寿而康，联吟叶韵步三唐。

振兴巾帼须眉气，壮我中华姊妹行。

贺首届中华女子诗词创作研讨会调寄鹧鸪天

上海　李澄

一代骚人集四方，诗朋词友话沧桑。

李朱音韵千秋颂，巾帼弘扬百世芳。

奔四化，志昂扬，钟灵毓秀奏华章。

良辰美景开新圃，艺海扬帆越汉唐。

祝贺首届中华女子诗词创作研讨会在庐山召开

广西　蒋林

红霞光彩耀神州，荟萃风骚尽女流。

多少易安今代出，名山增艳傲千秋。

贺首届中华女子诗词研讨会开幕

广东　徐家凤

文旌瑞气隆，墨雨结情衷。

改革千重浪，腾飞五彩虹。

锦笺敦厚谊，彤管竞争雄。

翠袖推翘秀，清音尚古风。

贺中华女子诗词研讨会在庐山召开

江西　姚品文

漫云女子不宜诗，咳玉唾珠古有之。
孔圣删经存许穆，魏王馈币赎文姬。
望江楼韵千秋赞，漱玉词宗百代思。
今日神州生意满，匡庐更发万花枝。

参加庐山女子诗会喜赋

江苏　宋元

凤鹏举我上匡庐，幸附群芳盛会初。
最感殷勤东道主，须眉仗力信步虚。

祝首届中华女子诗词研讨会结硕果

广东　刘蕴英

发展诗词赖后贤，中华女子竞先鞭。
一声激起千层浪，月映江流红玉篇。

竹枝词
贺白鹿洞书院壬申重阳女子诗会

福建　陈琼芳

凉意微微露带霜，金秋红叶映红装。
香炉瀑下诗吟处，最是庐山好景光。

祝贺江西庐山白鹿洞书院首届中华女子诗词创作研讨会

安徽　王淞霞
（一）

浔阳江胖万重山，娘子新军顶上攀。
老有雄心堪击鼓，此来高处不知寒。

（二）

众峰罗列锁云烟，万象清虚悟自然，
劫后河山随处好，晚霞红上半边天。

参加首届中华女子诗词创作研讨盛会

浙江　杨烈

喜得佳音结胜俦，庐山白鹿谱春秋。
诗坛研讨明航向，词苑推敲探主流。
展翅穿云天际舞，飞舟遏浪水中游。
赏心乐事今朝最，铁板铜琶唱白头。

贺白鹿洞女子诗会

福建　张鄞生

匡庐佳节又重阳，撷得黄花盈袖香。
且看易安道韫后，中华女子赋新章。

鹧鸪天
首届中华女子诗词研讨会喜赋

湖北　田幸云

老凤新雏聚一楼，神交姐妹咏匡庐。
词林高手吟华藻，诗苑群娴会素秋。
情侃侃，乐悠悠，须眉巾帼任风流。
笼香翠袖飞花雨，铁板铜琶唱未休。

首届中华女子诗词创作研讨会喜赋

湖北　陈彩霞

盛会鸿开菊正黄，吟旌高举九州扬。
骚坛雅集追清照，书院欣登谒紫阳。

喜向鹅池摹晋贴，好教花笔吐班香。

尧天舜日歌重见，敢以芜才学楚狂。

贺首届中华女子诗词创作研讨会胜利召开

湖北　王惠中

翩翩俊彩集匡庐，熠熠文光射斗牛。

韵史首开新纪录，神州女子足风流。

喜赴庐山诗会

广西　唐朗茂

（一）

文运欣随国运昌，庐山盛会聚群芳。

挥毫泼墨诗千首，韵律铿锵震四方。

（二）

清照词章道蕴诗，创今法古焕新枝。

诗坛巾帼舒雄志，高举吟旌咏盛时。

祝贺首届中华女子诗词创作研讨会召开

湖南　王常珍

匡庐盛会古枫秋，白鹿衔花迓客舟。

帘卷西风咏三瘦，重阳佳节拜名流。

中华女诗人喜聚白鹿洞书院

王常珍

丹桂飘香古院幽，群芳荟萃竞风流。

名师道范传千载，学府文光耀九州。

白鹿含情情切切，紫阳输乐乐悠悠。

喜瞻圣迹儒宗仰，宝洞探珠雅兴稠。

首届中华女子诗词创作研讨会感赋

安徽　徐景亚

匡庐景色本妖娆，天下诗旌涌若潮。

我亦有缘游白鹿，抛砖引玉墨添娇。

拜读首届中华女子诗词创作研讨会

安徽　徐景亚

（一）

金风白鹿描秀波，盛会风骚处处歌。

匡庐一旬访贤记，归舟争砚共上坡。

（二）

笑凝彩辑溢珠光，雅韵悠悠照八荒。

词章潇洒李朱笔，我亦高攀翰墨香。

书怀

四川　周淑慎

1992年6月，得白鹿洞书院首届中华女子诗词创作研讨会邀请书，心潮起伏，援笔书怀。

诗词书画俱无成，深愧白鹿枉顾殷。

回首碌碌平生事，常思灼灼桃李情。

喜逢文坛创盛举，羞将滥竽伤雅听。

若得江郎借彩笔，愿乘清风万里行。

贺首届女诗人研讨会

江西　张怀平

久慕秀峰景色新，沧桑变幻喜逢春。

翻湖浪涌连西楚，五老峰高接北辰。

太白遗诗悬瀑布，襄阳真墨列溪云。

絮才广集留新韵，谁领风骚第一人？

贺首届女子诗会

广东　叶斯乔

千古匡庐杰地灵，中华巾帼胜兰亭。

风骚翰墨弘文化，共献心馨颂盛平。

首届中华女子诗词创作研讨会
献芹

贵州　徐正云

名山胜水几盈眸，为趁秋光又远游。

溆浦江头留月榭，匡庐云洞结诗俦。

唐音共好嘤鸣契，国粹弘扬夙愿酬。

谁说吟坛甘寂寞，座中巾帼尽风流。

首届中华女子诗词创作研讨会
壬申菊月在庐山召开题此寄意

湖北　徐永兵

风流一代女名贤，岂溺闲情逸致篇？

妙手灵心豪放笔，人民忧乐总居先。

贺女子诗会

湖南　董源远

女子诗研会，天荒鹿洞开。

秀峰迎面立，青玉骋怀来。

姊妹文中俊，江湖天外雷。

读书台上下，辈出易安才。

呈首届中华女子诗词创作研讨会

江西　唐莲珍

名驹宝马七香舆，灿灿文星下碧虚。

徐孺广开陈氏榻，龙光直射斗牛墟。

无才愧奉骚坛约，有志难驱国士车。

愿借春风破万卷，他年肃穆拜鸿儒。

鹧鸪天

广东　唐慧尧

祝首届中华女子诗词创作研讨会在庐山召开。蒙邀请，惜因伤不能参加。

首集诗坛起风鸣，滕王阁外响雷声。

翠裙笔弄庐山雾，红玉辉逾轸翼星。

嘉会萃，显时明，无缘叨教谒群英。

几回魂梦吟笺盛，伫听韶音到穗城。

游白鹿洞书院

湖北　潘自珍

五峰南麓后屏前，古院幽深奏雅弦。

一水铮琮流翰墨，四山环合诵韦编。

洞中白鹿留陈迹，壁上斋规志昔贤。

我亦俨然新学子，读书声里颂尧天。

庐山白鹿洞书院留题

广东　李经纶

万木森森岚雾隐，泉声越岭自泠泠。

鱼踪鹿影无寻处，来钓幽怀万古情。

题白鹿洞书院（排律）

江苏　陈曙霞

高山仰止彩云边，接踵摩肩访昔贤。

院阁巍峨藏典籍，碑廊墨石镂名篇。

紫霞酬韵莆边上，白鹿常鸣竹径前。

贯道清溪源活水，枕流泛浪挂长川。

明伦堂里聆明训，礼圣殿中执礼先。

道德文章千载下，犹同日月永经天。

题白鹿洞书院（排律）

江苏　陈曙霞

枕流桥下水澄鲜，匪沁心脾耳亦然。

若使洁身常自好，胸怀磊落媲前贤。

太常引·赞白鹿洞书院

江苏　陈曙霞

一溪清澈水长流，白鹿几呦呦，业绩耀千秋。纵目处，苍松倚楼。

人文荟萃，他乡万里，古洞探深幽，彼此执鞭求。有道是，谈经点头。

五绝·夜宿白鹿洞

河北　宋涟圭

夜阑声不静，疑是雨神临。

服履相迎迓，松泉对月吟。

白鹿洞书院雄风再振

宋涟圭

白石枕流曾照影，鹿鸣松下觅无踪。

书留万世兴亡鉴，院育千秋翰墨宗。

雄踞江南称海内，风靡域外越洋东。

再春老树新枝秀，振翅看鹏搏太空。

长相思·枕流石

宋涟圭

石无尘，水无尘，卧听松涛坐论文。桃花源里人！

石有心，水有心，风亦抚琴伴我吟。新声响遏云。

致《白鹿洞书院通讯》

湖北　郭春树

白鹿呦呦白鹿城，三千里外送雄音。

未知神韵来天外，捧读瑶章若比邻。

埋首诗书惭我我，潜心吟咏乐津津。

灵魂且向洞歌雅，耳目欣随紫气新。

白鹿洞行吟草

福建南平　谢瑜

（一）白鹿洞书院

名山事业足春秋，理学渊源壮斗牛。

碧水潺潺传玉韵，群峰到阵更情幽。

（二）白鹿洞古松

翘首青天外，俨然不可侵。

悠悠高古意，云霭盈胸襟。

（三）白鹿洞丹桂

伟矣雄千古，只缘雾里栽。

舒枝迎丽日，昂首笑惊雷。

气蔚蟾宫质，霞蒸廊庙材。

泉林明志趣，淡泊伴寒梅。

白鹿洞书院

湖北　张亚文

少小慕芳馨，心神向往深。

先贤设绛帐，后学诵宏文。

手迹今犹在，仙迹古不存。

有缘游胜地，疑是武陵春。

朱子颂

青海　何怀东

品似高山学似渊，青衿有幸得心传。

研求理气知天道，论说阴阳识自然。

风问流澜千古后，事功煌炳二程先。

考亭书院乖聆教，恨不生前八百年。

白鹿洞

王禹川

晦翁去后洞依然，白鹿洞今显少年。

全国诗人常聚此，吟声旋荡九州天。

甲戌秋偕邹荻帆、冀汸、曾卓、绿原诸兄登庐山录呈自诚先生方家哂正

上海　何满子

匡庐突兀踞江滨，人道山身识不真。

冠盖簪缨频枉驾，暴风骤雨几回轮。

席间叱咤苍生病，岑上烟霞薄海呻。

历劫登临皆白首，同俦相顾话前因。

无题

上海　何满子

五老峰阴古木森，溪流恰似呦呦鸣。

一从夫子解经后，儒教亨通直到今。

甲戌秋与何满子、邹荻帆、冀汸、曾卓、绿原相遇于白鹿洞书院以诗论道

江西　孙自诚

子曰诗云古训多，中华文化太嵯峨。

取经好自攀登上，布道须由解析过。

张要标新骂列祖，李甘守旧执前柯。

从来左右皆非道，借问诸君意若何？

贺白鹿洞书院重建首开诗词研讨班

江西　孙自诚

五经序列诗为首，教化苍生义理明。

不尽源流歌活水，无穷篇什耀寒星。

老腔总逐新潮变，丽句难从旧梦寻。

改革升华忆传统，争鸣共奏绕梁音。

初游白鹿洞书院

湖南　彭元芳

五老峰南有隐沦，灵驯白鹿自相亲。

传经训学留丹洞，贯道立碑将问津。

学达性天书读乐，枕流漱石志安贫。

游人到此观今古，智水仁山感慨新。

重游白鹿洞书院

彭元芳

扬名白鹿洞书香，明德新民国运昌。

正己治平师圣哲，教人道艺学柔刚。

蔼然正气留丹洞，仁者乐山得寿康。

但愿声名传久远，须兴大学耀邦乡。

白鹿洞书院四题

江西　徐冰云

枕流桥

跨贯清溪八百年，飞流奔涌石梁坚。

古来过客知多少，谁领春风笑在前？

紫阳院

泉峰交映汇风流，鹿豕同游意气道。

谁道木犀花未绽？紫阳院宇暗香浮。

独对亭

云壑风泉展画容，松荫篁影蔽天浓。

前贤留得丰碑在，无愧巍巍五老峰。

思贤台

参天古木掩亭台，旖旎风光揽襟怀。

白鹿当惊寰宇变，笑迎贤客各方来。

六丑·白鹿洞书院赋

徐冰云

恰临溪背岳，坐落在，屏峰南麓。境清景佳，参天皆古木，一片浓郁。洞府松苍劲，毕张华盖，迓昔贤长宿。彝仁半月蹲仙鹿，仍迸灵光，犹鸣壑谷。悠悠逝波难覆，但精魂永绕，谁道孤独？

黉坛何肃，令千秋瞩目。李渤驯灵性，幽室卜。南唐翰帜高矗，设庐山国学，满园新绿。前朝换，紫阳承续。书院内，朵朵金花绽放，沁心芬馥。华堂上，耿耿明烛。迄盛今，更喜源头水，流成巨瀑。

白鹿鸣

江西　黎华

胜迹阅古今，唐宋元明清。

朝朝有人杰，朱理中外名。

十度废又兴，精神励民心。

书院揭示宝，宾朋觅真经。

白鹿洞天明，枕流映云影。

源头活水过，古洞歌咏新。

白鹿洞书院观感

董握璋

白鹿依然岁月移，庐山恋影映灵犀。

枕流桥下浮红叶，道贯溪中漾碧漪。

隐隐攻书思李渤，订规讲学仰朱熹。

旧时台榭今犹在，翠柏苍劲任鸟栖。

无题

上海　曾卓

经书万卷千卷，人世风声雨声。

白鹿于今不见，青山今古常存。

无题

上海　邹荻帆

忽惊春梦秋相声，愧我无才憾此生。

敢问先生新训术，庐山雨雾多阴晴。

洞中即景二首

江西　筱菊

（一）冬日山风

闲居鹿洞养精神，满目葱翠疑是春。

贪恋清晨空气好，又怕山风吹老人。

（二）晨练有感

晨起练功鹿洞中，青松环抱郁葱葱。

鸟鸣溪欢花含笑，年寿欲比五老峰。

夜宿鹿洞

江西　筱菊

冬阳云里睡，清晨鸟啼明。

青松林间挺，翠竹溪边亭。

霜叶红烂漫，黄花遍地金。

洞中夜来早，放眼满天星。

白鹿洞书院摩崖题刻歌

江西　筱菊

"圣泽之泉""清如许"，

"源头活水""在其中"。

"洙泗分流""不在深"，

"引人入胜""小娜嬛"。
"白鹿洞"中"鹿眠处",
"风泉云壑""回流山"。
"清泉漱玉"怡"琴意",
"洞门深锁""荒游"难。
"文行忠信"开"义路",
"访道名山"好"听泉"。
"踏实"稳坐"钓台"上,
"广心""观德"似"观澜"。
"枕流""漱石"是"砥柱",
"自洁""流芳"有"本源"。
"悟说""逝者如斯"夫,
"有本如是""吾与点"。
"仰思""洞门重开"日,
"静观""千古不磨"篇。

白鹿洞书院二首

江西　刘子瑛

其一

白鹿洞旁五老峰,枕流漱石参天松。
此间自有读书乐,物我相忘意境通。

其二

思贤揖趋明伦堂,理学渊源远久长。
风雨千年经不朽,紫阳丹桂满庭芳。

庐山白鹿洞诗会感赋

宋星明

(一)

风摇泉韵水流芳,奇石怪松绕古墙。
丹桂香飘秋蛩唱,诗人兴会吟华章。

白鹿书院群贤集，枕流石上读朱熹。
千古文章千年会，诗情依依白鹿溪。

（三）

四面青山五老峰，三叠飞瀑撼长空。
紫烟袅袅来天际，疑是谪仙驾祥虹。

游白鹿洞书院二首

江西　李曼

（一）

风和日丽七月中，墨客游人聚庐峰。
废寝多因吟诗赋，倾心常显仰圣宗。
白鹿灵健留故地，书院宏伟展新容。
犹忆南康朱夫子，育人树木两心同。

（二）

千年古院换新姿，国泰民安恰其时。
水流鄱湖飞霞瑞，山连牯岭看雄姿。
枕流碧波千载梦，月弄松风百代诗。
更喜扶桑偏着意，自遵校训当先师。

纪念先哲朱熹二首

国伯成

（一）

孔孟薪传万世留，朱公业绩壮千秋。
六经奥义精心注，一代贤才绛帐收。
理学深研臻化境，儒宗光大上层楼。
建阳不断天湖水，永继当年洙泗流。

（二）

读史研经二十年，考亭著述胜前贤。
紫阳纲目春秋笔，白鹿诗文珠玉篇。

源出儒家尊孔戏，道承先辈继伊川。

建阳理学光华厦，一代宗师谁比肩。

白鹿洞书院抒怀

江西　陈冬花

空山人未见，独立枕石前。

圣贤去无影，师道古今延。

纪念朱文公

李竹园

不因名位计穷通，治学精神久愈崇。

白鹿灵芝香岳麓，青松秀竹护黉官。

深培后进阐微理，宏发先贤示大同。

德比尼山垂作范，建阳研讨显昭隆。

缅怀儒学正宗朱文公

欧阳觉吾

学兼唯物与唯心，道德文章冠古今。

卅日赋归轻仁路，一生著述重儒林。

麓山时雨情犹在，白鹿春风迹可寻。

洋溢东瀛朱子学，千秋不废视如途。

五律·白鹿洞怀古

刘芳

古院匡庐护，千年苦诵声。

枕流桥浅映，蹲鹿坡轻横。

治洞朱夫子，开山李渤生。

何方寻白鹿，督我读书成。

古风·游白鹿洞有怀

刘芳

君不见仙山白鹿道逢李渤生，市墨衔封伴读耕。

五老怀中隐，未与世人争。

千载书院自此始，至今犹闻苦读声。

君不见慎思朱子数载为洞主，儒生尊之理学祖。

详订洞规，才育国辅。

博学精研经籍典，仰手欲将天裂补。

骚人逸士纷谒此，留辞刻碑，传之千古。

紫霞真人持菖蒲，飞笔龙蛇走狂书。

思追古人仙骨，俯仰青山化物。

岂独流泉清响能洗尘俗耳，亦有苔石漱齿咳唾珠玉吐。

百岁古松腾挪旋天去，清圆桂枝如今何人堪折取？

我辈小子，有幸临此。

但思平生能承前贤真儒事，宏吾国学百年以济人间世。

五律·访白鹿洞

郭文仪

白鹿传书处，四围碧翠中。

枕流听月色，独对浴松风。

历历书犹在，熙熙人不同。

还欲借黄粱，一梦访朱公。

闲思

晏雪莲

独对亭中众朋停，漱石桥上枕流听，

晦安教导今犹在，碧水轻涤予自宁。

白鹿洞赋

——以"五教为学，穷理笃行"为韵

刘晓英

惟昔有教，公传私承；书院为甚，白鹿呦鸣。春风化雨施海内，佐王辅圣历经朝。海纳群山之仁，浩然斯气；汲取众水之智，灵动此效。

初其林深草茂，美鹿筑阙；继二李笃其业，而朱子扬其绝。丽正修书，堂皇集贤辨典籍；学达性天，清帝赐额尊国学。

又有墨客骚人，道真佛性；漫游歌远志，举觞咏至情。浩荡盈天，太白放鹿青崖间；飘游遇岭，紫霞纵蒲层松行。

已而文风既孕，洞规确立。悠悠石洞中，煮字堪疗饥。学问思辨，慎述孔孟之学；究心研性，独创一家之理。

且夫五老耸峙，四山环堵。云海生而无际，花市攀竟有余。摩崖高岩兮飞湍瀑，茂林修竹兮蔽苍穹。高千仞，山灵无需去天不盈尺；史千载，洞幽却自德馨香寰宇。

故能经久不衰，历时弥荣。数毁男阻涅盘日，几尊更成新世雄。四书五经，清香侵脾稻粱熟；枕流漱石，暗香浮动花影丛。

是以新制既济，旧学未废。续儒意匡时济民，兼道心无为不为。

昔古贤寻幽览胜，书破千卷；今令才薪传火继，路行万水。

世有丰泽性灵，化成天下。投信市墨岂止白鹿，吟诗作赋不必精庐。乃以莘莘学子之功，冀奉中华于九五。

约游庐山七绝十一首《李渤读书处》

江西武宁 张慕尧

回思鹿洞觉前非，弘毅功夫空妙微。

寻稿或无空手转，游人誓不再经违。

江西武宁 王逢辰

藏书鹿洞至今非，名士高贤迹渐微。

四面云山仍是旧，缘何人与古相违？

江西武宁　周才华

共瞻弘毅藏书处，不料于今怅式微。

白鹿有情应故梦，懒看时与道相违。

江西武宁　孟学轲

名儒爱寄名山里，年少文章尽入微。

经史九千藏鹿洞，游人欲读愿偏违。

江西武宁　舒以相

鹿洞藏书事不非，英才李渤学渊微。

而今古迹空留恨，稿被人偷道亦违。

江西武宁　申集珊

李辟朱明后尽非，藏书谁更抉精微？

况今窃稿售西去，盈耳声声道迥违。

江西武宁　申崧甫

从来圣道本巍巍，李渤当年入妙微。

我欲洞中将稿觅，谁知到眼事皆违。

江西武宁　周屏翰

莫把鹅湖夸鹿洞，考亭义理独精微。

自从稿被王生窃，大道而今日日违。

思贤亭课文，因示诸生

刘廷诰

孤亭揽结青山胜，古洞留存白鹿名。

日射香炉烟欲动，云开屏石锦初明。

谈经须解思贤意，较艺真怀报主情。

岩穴庙廊无咫尺，不知何以答平生。

白鹿洞词三首

江西　万毅群

沁园春·檐下晒月心叨

昏暗厢烛，萤虫未醒，夜鸟歇早。寂静松崖立，水杉爆嫩，云岭初绿，归燕衔草。残月矜雅，羞隐树幕，似怕琼境清倩扰。古柏下，海棠花轻问：紫院谁扫？

人前莫惧言老。近事忘，呢喃往岁好。袖卷檀香灭，空壶意眷，炭泉腾雾，普韵堪了。布衲无囊，裸心炽处，玉璧几人当寸晓。低合掌，忘江湖焙月，碧剑尊刀！

满江红——自二○○六年入白鹿延宾馆前后九载，纵两鬓微霜，但对白鹿文化之崇尚愈炽。填《满江红》以遣心怀。

一任西风，危栏处，望断云暮。总不见，南归飞雁，遥声问路。老树枯枝乱鸦戏，小径幽处新梅怒。暗香怡，无意妒芳草，争春慕！

恰九载，春秋度。白鹿情，谁人诉。任冬寒夏暑，炽血我赋。怕地北天南远隔，却留温馨常思故。卓尔湖，白鹇乍飞凌，三回顾！

梅子雨·白鹿洞

洞天福地，石径幽，三千林荫，秀如玳。贯道溪岸，摩崖铭刻，千年感慨。东碑西廊肃穆，录紫阳九渊论禅，多少好文章。陈墨沁暗香，岁月何碍！虎皮松似手，水杉当笔，天为幕，书仁爱。

月明镜，云亲睐。春风楼内烛昏暗。谁人酌孤独下酒，寂寞小菜。轻摇羽扇东风借，把儒香撒满，万里边塞。惟怕梦里，夫子质问，熹钵安在？

浣溪沙·题白鹿洞书院

陕西　月人

阵雨敲窗天语丰，流云拥殿护仙容，满庭丹桂满庭松。

白鹿通神传李子，清溪贯道誉朱公，虚山空谷大儒风！

浪淘沙·白鹿洞书院学习感怀

吴仕毅

忆往昔从戎，豪气丰雄，沙场征战表英容。饮露餐风披夜月，志暖心红。

白鹿引书宫，骤解军弓，崇师跃意习诗浓。贪恋夕阳情更切，乐在其中。

凤蝶令·丹桂亭桂花

吴元金

旧径无人影，枝头同月宫。狐仙空自听诗文，正是暮秋丹桂落纷纷。

月色伤秋色，花魂泣鸟魂。而今谁摘煮新茗，留与游人默默染衣裙。

齐天乐·咏白鹿书院

江苏 徐于斌

历经兴废人间事，呦呦鹿鸣还语。礼圣临风，明伦听涧，《揭示》渊源此处。桂馨千古。又五老峰前，一番清暑。盛会躬逢，客中探胜有诗侣。

洞天风采独具。嶂峦腾翠霭，屏掩庭宇。石漱清泉，苔侵古壁，曲径斜阳缕缕。凭栏酌句。更难剪留连，万千思绪。云抹苍山，但看天际路。

渔家傲·白鹿洞书院即事

崔洪洁

独对亭前流水曲，思贤台畔风呼竹。一碧长天征远鹄。豪兴蓄，骚家白鹿星星宿。

淡酒清茶疏荫沐，酽谈俊逸兴诗国。妙句长吟心是玉。华土沃，紫阳丹桂经年绿。

鹧鸪天·白鹿洞书院即兴

江苏 张绪五

古木参天夹道迎，香花惹袖动幽情。淙淙涧水穿岩石，似伴当年白鹿鸣。

诗赛会，遇群英，拂弦有误笑狂生，浔阳谁说"无音乐"，书院今闻"丝竹声"。

沁园春·参观白鹿洞书院感赋

湖北　傅占魁

匡庐南麓，四山环抱。一洞天开。仰虬松龙爪，依空攫地；清溪涧带，漱石飞崖。蕉卷痴心，竹擎高节，桂影莲池远俗埃。思贤处，问呦呦白鹿，何日云回？

无私物，我相借，借乡梦几回插翅来。驾天行大气，风驰雷搏；雨缨秀木，烟绕云裁。觅句峰巅，怡情谷底，五老招来鞠我怀！追先哲，愿源头活水，化作潮堆。

浣溪沙·题白鹿洞书院

四川　李兴辉

白鹿通灵何处寻？衡门懿范度金针。流风新雨豁胸襟。

云水一溪思浩渺，诗心千载共沉吟，黄钟谁振发雄音？

采桑子

福建　杨新辉

梦回蕉雨蝉声远，身在闽疆，心向名庠，点点丹枫映菊黄。

求师万里关山路，桃李门墙，化育情长，白鹿分侬一瓣香。

鹧鸪天·游白鹿洞书院

甘肃　肖军

幽壑云山五老东，犹闻杏帐响晨钟。桂飘竹院新佳构，碑记回廊古学风。多少事，总成空，可怜辜负紫阳翁。枕流桥下清溪水，能到人间第几重？

念奴娇
祝贺首届中华女子诗词研讨会在庐山召开

贵州　盛郁文

女中吟秀，自易安去后，全无消息。句谱短长评曲折，王灼几尊圭壁？（注）铁板铜琶，金销弦冷，争奈先声歇。火薪谁继？一千年忒沉寂！

却喜五老峰边，兴唐盛宋，还我嘤鸣辙。更韵流兰闺锦字，荟萃神州巾帼。唱帜高擎，风骚独领，历史添新页。庐山流派，教它鄱水带碧！

注：《碧鸡漫志》载宋人王灼称李清照作长短句曲尽人意。

首届中华女子诗词盛会调寄菩萨蛮

福建　张毓昆

香车小驻霜晨辔，林枫醉了林松翠。曲水舞群莺，关关幽谷鸣。
探珠欣有托，岂让须眉搏。北管复南音，匡庐白雪吟。

敬和张毓昆吟长《菩萨蛮》原玉

广西　黄素芬

红枫媚骋诗车辔，庐山深处迷苍翠。白鹿听嘤莺，栖贤清涧鸣。
扶摇鹏翼托，勇作凌云搏。巾帼萃知音，感君珠玉吟。

女冠子·为首届中华女子诗词创作研讨会召开喜赋

黄素芬

千秋韵史，巾帼风流无数，胜须眉。花蕊论亡国，易安帘卷奇。
春光今日好，文苑绽新技。白鹿芳菲绿，燕差池。

奉和福建杨新辉女士《访白鹿洞书院》原玉
（调寄采桑子）

黄素芬

灌河秋水坎蛙出。海域无疆，涉足名庠，拾翠寻芳蕉雨黄。
千年古苑芳菲地，兰蕙高墙，风韵扬长。白鹿归来犹带香。

附原玉：采桑子·访白鹿洞书院

梦回蕉雨蝉声远，身在闽江，心向名庠。点点丹枫映菊黄。
求师万里关山路，桃李门墙，化育情长，白鹿分侬一瓣香。

虞美人
首届中华女子诗词研讨会在庐山举行

上海　施亚西

泱泱古国诗如海，流韵多天籁。秋光奕奕到庐峰，老树嫩枝花作女儿红。

易安文姬知应慕，料也翻新谱。神州正是艳阳天，要待琼思玉想创奇篇。

浣溪沙
首届中华女子诗词创作研讨会志庆

江苏　陈韵翠

国运昌隆诗运隆，书院白鹿会诗雄，共研声律促繁荣。

今日娥眉多雅士，一编《红玉》吐霓虹，骚坛巾帼举风鹏。

采桑子重阳
——参加白鹿洞书院首次女子诗词创作研讨会情思

江西　陈尔芬

人生几度白鹿会？艺苑巾帼，云聚一堂，烂漫黄花满院香。

重阳节里激情远，漫过书山，注满秋江，艺海征帆万里扬。

点绛唇
遥贺首届中华女子诗词创作研讨会

云南　赵佳聪

神往仙山，身无彩翼徒忧恼。欲识五老，银瀑天孙巧。

灵风翩来，白鹿呦清晓。词要眇，情思萦绕。天涯多芳草。

高阳台——蒙庐山白鹿洞书院暨首届中华女子诗词创作研讨会盛情相邀，因故未能赴会，感而赋词。

辽宁　毕彩云

风遣飞鸿，心书锦字，真情动我清弦。冉冉行云，可知此刻魂牵？香炉瀑下群英会，恰重阳、盛况空前。共当时，薄醉高歌，厚意高天。

承蒙邀请焉能忘，叹厂中无职，囊里无钱。水陆迢迢，买舟该有多难。晨钟古木齐呼唤，却孤身，遥向庐山。日初升，光照辽西，光照诗坛。

声声慢
贺庐山白鹿洞全国女子诗会

福建　史苏音

秦讴巴曲，楚调吴歌，胜会词翻珠玉。鄱白匡青，尽入絮才芳瞩。新裁薛笺俊语，酹江天，赤枫黄菊。问绮地，雁归时可畅，易安愁目？

剪烛倾觞恨晚，便竟夕，诗成茜窗初旭。压卷谁姝，惊座落霞孤鹜？犹吟向洋冷眼，共从容，名山游躅。近辇岭，远招峰，轻拽雾谷。

剪朝霞·有梦

湖北　谢淑颐

遥寄白鹿洞书院第四次当代中华诗词研讨会诸诗友。

倦向汇编拾绪余，欲从瀛海探骊珠。绮思忽共花争发，探致应谋道与俱。

航一苇，御双凫，星疏月朗好风徐。昨宵有梦飞遥浦，未审诗人见也无？

西江月·赠白鹿洞书院

吉林　山月

雾嶂千峰峻逸，松倾一水灵风。翠微古径绕书庭，山月轻移桂影。

境雅丝竹神韵，溪清翰墨柔情。人临宝地弃功名，白鹿相知解咏。

风入松·夜宿白鹿洞书院

杜克强

春归何处避尘嚣？鹿洞自逍遥。林深几缕斜阳照，微风过，掠起松涛。闲坐溪头听雀，泉流入夜如箫。

晓来庭院静悄悄，岭上白云飘。碑廊缓步沉吟久，千秋事，学院规条。熟读精思渐进，兼收并蓄能超。

金缕曲·白鹿洞书院举办海南行吟诗会喜赋

湖北　江腾文

仰慕匡庐久，望名山，几多峰壑，几多灵秀！瀑布双悬流韵激，五老怡然依旧，花径拂浓香盈袖。更慕朱熹夫子者，集鸿儒讲学传授。昔贤哲，天人究。

江西三亚遥联手。乐天涯，黉门白鹿，欣然回首。自古明公歌啸地，今以行吟会友。耆宿尽文坛泰斗。灿烂虹霓南国艳，喜改革开放春雷吼。挥彩墨，好描绣！

满庭芳·白鹿洞书院感怀

浙江　张晓邦

暑气缠身，人来书院，夜色如许清幽。梦魂先睹，千载历悠悠。圣殿伦堂正学，似这般、气势方遒。紫阳传、流风余韵，一枕漱清流。

兴衰几度也，终为白鹿，名榜千秋。纵火烧兵燹，不废源头。啼鸟鸣蝉乱处，阴凉地，错落苍虬。千钧力，雄风到此，无语驾轻舟。

春风袅娜·白鹿洞感咏

广东　崔玮

昔温驯白鹿，古迹悠悠。书院立，令名优。记兵余复业，知军意壮，兴儒办学，教化宏猷，漱石枕流，钓台寂僻，岂在游鱼上直钩？更请象山阐精义，群言踊跃志方遒。

喜值神州春满，匡庐绚彩，花正艳，老树枝稠。丹桂树，暗香幽。紫阳手泽，百代常留。长白骚人，珠江墨客，同申风雅，逸兴无俦。最难忘处，有《庐山》一幕，锦帆通济，固我金瓯。

忆刘少奇同志游白鹿洞书院

湖北　朱冰

刘公书院重访游，历历往事涌心头。
当年汪逆忽反共，离汉避难来白鹿，
闻得汪逆要游洞，为移新地正筹谋。

幸得县城周工友，邀至家中避风头，

亲履小巷寻旧居，人去屋没惆怅久。

国家主席寻工友，难能可贵不忘旧。

我时脱口主席称，一再要我改称名，

还是叫我少奇好，同志相称更为亲。

身居高位谦且逊，伟人风貌令人敬。

传闻星子落陨星，刘公对此倍关心，

如若考察得证实，发展旅游添胜景。

庐山脚下多文物，一再指示妥保存，

待到日后开放时，招待中外旅游人。

瞬间又是卅三年，历历往事灿欲燃，

多少风流逐逝水，刘公栩栩在眼前。

和朱熹《次卜掌书落成白鹿洞佳句》

朱冰

重修书院喜初成，院外车声代鹿鸣。

颇笑李公徒暂隐，谁从朱子问诚明。

鄱湖春水连天阔，匡岳晴云触石生。

四海游人俱向往，共来洞壑结芳盟。

第三节　文章

文章选目　59篇

纪实　9篇

纪实

匡庐又复白鹿鸣

程云溪

（一）

"白鹿薪传一代宗，流行直到海之东。何期千载檀山月，也照匡庐洞里风。"这是国际知名学者、北大教授冯友兰先生在 1982 年 7 月檀香山国际朱子学术讨论会上书赠白鹿洞书院的一首七绝。

"心中的故里在庐山，白鹿洞精神是本校教育的渊源。"这是日本冈山县兴让馆高级中学校友会"中国白鹿洞书院访问团"团长木山资郎先生深情的倾诉。

是中国文化史上的一方灿烂的瑰宝。

是中国教育史上一颗耀眼的明珠。

研究中国传统思想文化和教育的学人，如果不知道白鹿洞书院，那就不能算一个完整的学者；而如果没有到过白鹿洞书院，那将被引为终身憾事。

这不仅仅因为那里有一只书院因之得名的"神鹿"。公元 8 世纪末隐居于此，后来为学者、政治家的李渤驯养的这只宠物，如今还文静地蹲伏在鹿洞的神秘的氛围里。

也不仅仅因为早在公元 940 年这里就建立了一所名为"庐山国学"的高等学府，它比西方教育史家公认的世界最早的大学埃及爱哈尔大学还早近半个世纪。

也不仅仅因为这所书院曾得到一代代帝王的青睐，一次又一次赐书赐匾，至今在书院的殿堂里还高悬着康熙皇帝的御题匾额。

也不仅仅因为在一千多年的历史沧桑中，一代代学子从这密林幽谷中脱颖而出，在中国封建社会的历史长廊中留下了他们深深的足迹。如果把其中卓著声名的学者、政治家、军事家名字集合起来，足以排满书院现在的东西碑廊。

应该说使白鹿洞书院鹤立于海内书院之中而成为天下书院之首的历史契机，是她和朱熹这位孔子之后我国古代最有影响的思想家和教育家结下了不解之缘。

谁也说不清，是朱熹选择了白鹿洞书院，还是白鹿洞书院选择了朱熹。

南宋淳熙六年（1179）在白鹿洞志中是一个永远值得怀念的纪年。这年秋天，新任的南康知军朱熹巡视陂塘，在庐山东南雄奇峻逸的五老峰下山水环合的幽谷中，找到了北宋即颇负盛名的白鹿洞书院遗址。他流连于松风之幽、泉石之胜，感喟于残垣断壁、荒草荆榛，立下了兴复儒者旧馆的宏愿。

尽管朝廷当权者不予支持，"朝野喧传以为怪事。"这位斯文的地方官仍然以罕见的魄力、执着和令后人自愧弗如的速度，于次年三月将书院初步修复。他亲任洞主，亲自升堂讲课，并且邀请他的论敌、南宋另一理学大师陆九渊入洞讲学，遴请南宋理学又一学派的巨擘吕祖谦为书院作记，使白鹿洞成为儒家圣地、理学宗府。他还亲自制订了《白鹿洞书院揭示》，集儒家经典成语，简洁地规定了书院教育方针和治学、修身、处事、接物的基本原则。800余年来，这一揭示被广为传诵、广为效法，甚至超越了国界，成为异国他邦的校训。当1985年5月日本国冈山县兴让馆高级中学校友会"中国白鹿洞书院访问团"肃立在书院的《揭示》碑前，手执印着《揭示》的卡片，齐声诵读的时候，人们不能不惊叹它的广大而久远的生命力。

朱熹成就了白鹿洞书院，白鹿洞书院也成就了朱熹。从此白鹿洞书院和朱熹及他的理学荣辱与共、休戚相关。在明代这里发展成拥有屋舍360余间、桥十几座、亭阁二十几处、生徒527人的大型学府，四方向慕，名士云集，大思想家王阳明、李梦阳等人都曾来此讲学，在这里留下了脍炙人口的诗文。

历史翻到近代，随着新式学堂的建立，书院也完成了它在教育史上的使命，对此我们本来不应该有什么遗憾。但是，当白鹿洞书院这样一颗历史文化的明珠被弃之尘埃，殿堂废坏，宫墙倾圮，甚至沦为看管"牛鬼蛇神"的"牛棚"时，我们又怎能不慨叹历史的残忍和愚昧呢？

白鹿在饮泣，

白鹿在期待，

白鹿在呼唤崛起的年代！

（二）

历史终于醒悟了，也许还夹杂着浪子的忏悔。

1979年9月，未来的书院志编纂者一定不会忘记这个时间，因为长期隶属于农林部门的白鹿洞林农生产队终于成了文化部门管辖下的庐山白鹿洞文物管理所。

当庐山文化处副处长王天民和王炳如等同志迎着飒爽的秋风，前来接管的时候，他们所看到的和当年呈现于朱熹眼前的几乎毫无二致。是历史的巧合，还是为历史所注定？这个时间距离朱熹初勘书院遗址的那个初秋刚好800年。我们没有机会采访王天民等同志，不知道他们当时是不是像朱熹那样悲凉，但我们想，他们的感触一定不同于朱老夫子，因为他们的后面站着庐山管理局，他们的手中握着局党委拟订的《关于修复白鹿洞的意见》。

随后，同济大学庐山规划组来了，在残破的屋宇下，编绘出一幅令人魂思梦萦的复原规划图。

国家文物局拨款。

省文化厅拨款。

九江市政府拨款。

庐山管理局拨款。

书院本身也积极筹款。

1980年7月，修复的第一期工程竣工，三幢厢房整齐地排列在礼圣门和御书阁前。

1981年5月，改建礼圣门、思贤台，维修御书阁、明伦堂的工程完工。

1982年12月，重建礼圣殿的工程告成。

在以后的几年里，朱子祠、报功祠、丹桂亭、崇德祠、行台、东西碑廊相继修复或改造，朱熹陈列室、书院史陈列室相继开放。

1.5公里的柏油路面铺设完成，1公里的万伏高压线通电。现代文明的光辉驱散了封闭的古洞的昏暗。

这一系列记载，读起来也许十分枯燥，但是只要你走进嵌着李梦阳题写的横额的书院大门，置身于那些古朴庄严的建筑群中，那古色古香的殿宇回廊，那文彩纷呈的匾额楹联，那疏密有致的嘉木芳卉，那浓郁肃穆的文化氛围，那一碑一石引起的思索和联想，一定能弥补你的遗憾。

这一系列记载也许平淡，但是这里却凝聚着许许多多为书院的复兴而牵肠挂肚的领导者的心血，也凝聚着先后由陈鹤兴、李学语、任赣生带领的，被某些人极不恭地称为"麦佬"的白鹿洞人的汗水。

经过十年的努力，书院古建初步修复。中国古代文化教育的一座丰碑，终于又在废墟中奠下了基石。当这座丰碑重新立起时，应该刻上很多很多人的名字，那些在书院还被作为生产队的年代，就卓有远见地收集书院残碑建成碑廊的同志，那些为书院的正名到处奔走呼吁的同志，那些为书院的修复和振兴而呕心沥血的同志，他们的名字更应该用大字书写。历史和人民将永远感谢他们。

本文因为不能一一写到他们而显得苍白。

（三）

有位哲人说：不满是向上的车轮，多有不满者的民族永远前进，永远有希望。

白鹿洞书院边修复边开放，招引了千千万万的中外游客。

白鹿振奋了，因为自身的价值开始体现。

白鹿不满了，因为自身的潜能远没有充分发挥。

书院在中国，书院研究在国外。这是历史对白鹿的嘲弄。白鹿不能没有羞愧，主管部门不能没有遗憾，思想文化教育园圃里的耕夫不能没有歉疚。

羞愧、遗憾、歉疚碰撞在一起，终于爆出了一朵璀璨的火花：

1987 年 4 月，庐山管理局批准"白鹿洞书院"复名，恢复了学府的建制。随后陆续延聘国内社科界的名流及有关人士 40 余人为书院顾问、教授。全国人大常委会副委员长、著名历史学家周谷城欣然出任书院总顾问，著名宋史专家、朱熹三十三代后裔朱瑞熙义不容辞地就任院长。冯友兰、邓广铭、蔡美彪、汤一介、姚公骞也都担任了顾问。

1988 年 11 月一个枫叶飘丹的日子，白鹿洞书院重建大会暨首届顾问教授座谈会在书院隆重召开。大会制订了重建白鹿洞书院章程，提出了广泛联络各地有志之士，深入开展书院教育、朱陆学说和中国传统文化的研究和交流等项任务。

周谷城为书院题写了院名匾额。

耄耋之年，双目失明的冯友兰先生也凭着他的热忱的心指引为书院题写了"紫阳书院"的门额，表达了这位老学者对书院发展的关注。据说这是他的绝笔。去年冯先生谢世，白鹿人特意给遗属寄去了门额拓片，也寄去了对这位长者的追思。

星球的引力来自星球自身的运转。白鹿洞书院的重新运转，吸引了不少学者的视线。

李才栋的《白鹿洞书院考略》出版了。

李邦国的《朱熹与白鹿洞书院》出版了。

以书院顾问、教授为台柱的国内唯一研究书院的刊物《白鹿洞书院通讯》问世了。

白鹿应该没有遗憾了。

（四）

但是，如果我们对1989年底书院本身工作人员的文化素质作一调查，如果我们了解到他们的平均文化水平只达到高小，其中的"高级知识分子"也是几年前毕业的高中生，如果我们了解到连《白鹿洞书院通讯》的编辑工作也还要借助当时还在德安县工作的院长助理，我们就不会认为白鹿会心安理得了。

庐山管理局的领导理解白鹿的这一深层悸动。蛇年岁末，一纸调令飞到了德安县城。马年肇始，一年前被聘为院长助理，多年来醉心于宋史研究的孙家骅肩起了书院的重任。这位被书院的灿烂历史强烈吸引着的年轻人如鱼得水，上任伊始，立即和他的同事们调查研究，在短短的几旬，就拟出了书院的近期工作规划和远期发展宏图。

不久，中共九江市委常委、庐山管理局局长姚洪瑞、局党委副书记欧阳毛荣、副局长钟福银率局党委、局委及各有关处、委、办负责干部20余人，迎着三月的春风来到书院现场办公，及时解决书院在新的崛起中面临的各种难题。他们认真听取了书院负责人的汇报，对将工作重点转移到文化学术交流和研究上来的意见，给予了充分的肯定和大力支持，并制订了一系列具体有力的措施，决心把这里办成集文物管理、教学、学术研究、旅游接待、林业管理五位一体的新型书院。

随即白鹿洞书院管理委员会成立了，下设的文物部、教务部、学术部、旅游接待部、综合服务部（下属工艺美术厂）、林业管理站、治安消防部和配有打字速印设备的办公室也陆陆续续地建立了。

书院不是暴发户，它的日常主要经济来源是门票收入，经济并不宽裕。但是，为了改变自身的文化结构，适应工作重点转移的需要，他们在庐山文教卫生处苏文益、王炳如等领导的支持下，硬是勒紧裤带，以颇丰的薪金，一口气聘进了七八个具有大专以上文化水平的专业人才。其中有江西省文物考古研究所李科友副研究员。这位考古迷迷上了书院，退休后，断然谢绝了深圳某单位数倍高薪的聘任，来到这千年古洞，挑起了学术研究的大梁。

图书资料是治学的方舟。书院又花了一大笔钱购置了图书，并派专人去上海、南昌采购，建立了资料室。哪怕是几百元一部的书，只要是所需，书院负责人也咬咬牙买了。虽然有人嘀咕这简直是挥霍。

同时，为适应学术活动的需要，在短短的几个月里添置了生活车、冰箱、洗衣机、彩电、放像机、音响等一系列必备的大件，开设了餐厅，修好了锅炉和应急的发电机。

节奏是令人满意的，收获也是令人欣喜的。

1990 年书院独立主办或与兄弟单位联合举办了十次学术活动，其中纪念朱熹诞生 890 周年国际学术会议、《周易》与中国学术研讨会、六朝军事与战争研讨会、中国古典诗词研讨会、庆祝白鹿洞书院立学 1050 周年暨学术研讨会都引起较大的反响。一时间，白鹿洞书院成了省市电视台报道的热点。《人民日报》(海外版)、《中国文化报》、省市党报等十多家省内外报刊也登载了书院活动的消息。《中国史研究动态》《安徽史学》还以述评的形式高度评价了书院学术会议所取得的成果。广州《诗词报》《江西文化报》还为书院活动出了专版。

与此同时，书院拟定了《白鹿洞书院丛书》的编纂计划。《丛书》中，《朱熹与宋明理学资料索引》已经发行，《白鹿洞书院碑记集》已经付梓，《朱熹、教育与中国文化》一书也已编纂就绪，《白鹿洞碑刻摩崖石刻拓片选集》正在编辑中。

白鹿，喑哑了近一个世纪的白鹿，终于有了自己的声韵。

白鹿洞人被称作"麦佬"，终于成为"城南旧事"。

苏醒的木铎招来了更多的仰慕者。1990 年，书院收入首次突破 20 万元。

但白鹿没有陶醉。

（五）

白鹿任重道远。

周銮书，这位中共江西省委宣传部副部长、省社联主席、省社科院院长，一年中三次来到书院，谆谆叮嘱白鹿人：江西省在文化方面能够拿到世界上去的，只有景德镇瓷和白鹿洞书院呵！

当书院负责人谈起这段话时，我们明白他是如何清醒地意识到肩上的沉重。

这是仲春时节，苍松滴翠，春泉喧喧，春色撩人。书院负责人陪同我们踏遍书院三千亩峰峦溪谷，指点历代亭桥台榭遗址，不无感慨地说："这些都应该修复呵！学术研究也刚刚起步，要做的事实在太多。"

但白鹿应该感到欣慰——在庆祝书院立学1050周年大会上，悉心关注着书院振兴的中共九江市委书记钟起煌同志郑重宣布：九江市委、市政府已作出规划，一定要尽快把白鹿洞失去的所有建筑尽快地修复起来，把白鹿洞办成我国研究古代书院的中心和研究朱子学说的重要场所。

白鹿应该感到幸运——当我们结束采访的时候，省文化厅的老陈同志，带着国家文物局、省文化厅、文物局领导同志的关怀，给书院送来了喜讯，国家文物局已初步审议了省局的报告，计划在"八五"期间，拨款105万对书院作进一步修复。

这是映山红盛开的时节，山边溪头，这里那里，到处跃动着一簇簇春天的火焰。我们分享着白鹿的喜悦，心中也绽开了热烈的映山红。

在离开书院前，我们再次来到思贤台下的白鹿洞。我们突然发现了这只古朴的白鹿那不安分的眼神。而从这眼神里，我们又惊异地看出，这只蹲伏在历史和未来的契合点上的白鹿，正经历着多么巨大的躁动。

白鹿，你将重新跃向世界吗？

（作者程云溪为笔名，分别是程锋、姚辉云、沈家溪）

《白鹿洞书院通讯》1991年第一期

李铁映视察白鹿洞书院纪实

李科友

在第六届全国"屈原杯"龙舟赛，中国"庐山杯"国际龙舟赛开幕前夕的5月30日下午，中共中央政治局委员、国务委员李铁映同志在中共江西省委副书记刘方仁、中共九江市委常委、市委秘书长严晴瑞、中共九江市委常委、庐山管理局党委书记、局长姚洪瑞，庐山管理局副局长陆金保等同志陪同下视察了白鹿洞书院。书院的工作人员向李铁映同志汇报了书院的历史和现状。

李铁映同志在参观书院史陈列馆时，问到白鹿洞书院的藏书情况和藏书条件，书院的同志汇报说："白鹿洞书院于光绪二十九年（1903）停办，在清代书籍已有散佚，到中华民国改为江西高等林业学堂，书籍散佚更为严重。解放初期，书院书籍运抵星子，大部分被毁，书院已无藏书。书院原来的藏书条件很差，仅有三十余平方米的'御书阁'，现在藏书只有几百册。"李铁映同志严肃地说："书院没有书，怎样做学问？如何搞研究？"他对书院的同志说："我负责捐赠一批书给你们！你们开一张理学研究方面的书目给我。"

在休息时李铁映同志谈到了国家文物局西安会议的精神。在谈到文物保护、弘扬、利用的问题时指出，要根据今年中共中央二号文件小平同志南方讲话的精神，认真领会在西安召开的全国文物工作会议实质，把"保护为主，抢救第一"作为当前一个时期内文物工作的一个重要指导思想。保护的目的就在于弘扬和利用，弘扬才能继承，才能利于保护；利用得好，就保护得好。

李铁映强调培养人才的问题时指出，除了保护和抢救文物之外，还有一个培养和抢救人才的问题。要以自己收藏的文物及文献资料作为教材，以文物专家作为教员，要走馆学结合、院校结合等方式，把书院办成学府，不要办成行政机关，经过一段较长的工作、学习过程，培养出一批专家学者。有的学历不够，指标不够，可以内部评聘职称。搞哪一行，学哪一行。有的同志搞了三四十年文物工作，不懂什么是文物，不知哪是国宝，如何去保护？这样的话，怎么能够保护和利用好文物？现在有些文博单位还不如和尚的寺庙。他还要求书院的工作人员在哪个山唱哪个山的歌，要吸收朱熹为白鹿洞书院制定的教规中积极、科学的成分，除了学思想史、教育史等知识外，还要读四书五经。忙时少读，闲时多读，白天工作，晚上苦读，按时考试。如果苦读十年，肯定会出专门人才。要请专家学者到此看书讲学，游客也可以听听。要聚集一批对程、朱理学有一定研究和造诣的专家，推陈出新，继承、挖掘和优秀的民族文化。

李铁映听了书院同志汇报将保护区五十米之外的三千亩控制地带作为文化旅游开发区的设想后说："很好，很好，这是一件好事！"

休息时，李铁映同志兴致勃勃地为书院题词："兴学尊师，重教兴国。"并为"朱熹纪念馆"题了馆标，还录写了朱熹《次卜掌书落成白鹿洞佳句》：

"重营旧馆喜初成，要共群贤听鹿鸣。二爵何妨奠萍藻，一编讵敢议诚明。深源定自闲中得，妙用原从乐处生。莫问无穷庵外事，此心聊与此山盟。"

在整个参观过程中，李铁映同志都兴致勃勃，临别时还和书院的人员一起合影。他又特意把书院同志召到陪同领导一起，向刘方仁同志说："由你出钱建造图书馆。"对严晴瑞同志说："由你出钱做书柜和书架。"又指着他自己说："由我负责送一批书。"

在九江市，李铁映同志又对江西省委副书记刘方仁和九江市委领导说："我在白鹿洞书院说的话要落实。"

李铁映同志回到北京后，即找到国家文物局局长张德勤说，他在白鹿洞书院答应给一批书，要张德勤落实，张德勤局长欣然答应。

7月中旬，白鹿洞书院派人带了书目和建图书馆的图纸到了北京。李铁映的秘书田嘉同志立即接见了白鹿洞书院的同志，并将书目转给国家文物局。现在国家文物局正在研究落实。

7月中旬，白鹿洞书院同时将建图书馆的图纸和图书馆内部设施（书架及其他设备）上报庐山管理局。8月下旬，庐山管理局又分别上报中共江西省委、江西省人民政府和中共九江市委、九江市人民政府。

图书馆建成后，将是中国第一座以收藏理学书籍为主的专业图书馆，国内外研究理学的专家学者均可以到白鹿洞书院来查阅资料。

《白鹿洞书院通讯》1993年第一期

白鹿洞精神在日本发扬光大
——应邀赴日参加兴让馆高等学校创立 140 周年庆典见闻

孙家骅

南宋淳熙六年至八年（1179—1181），集理学之大成的大哲学家、大教育家朱熹知南康军（今星子县），做了一件对他人生中影响最大的事，就是修复振兴了天下书院之首的白鹿洞书院，并以自己丰富的教育实践经验和深邃的哲学思考，汇集先儒经典语录，制定了《白鹿洞书院揭示》。

《揭示》的主要内容包括：

五教之目——父子有亲，君臣有义，夫妇有别，长幼有序，朋友有信。

为学之序——博学之，审问之，慎思之，明辩之，笃行之。

修身之要——言忠信，行笃敬，惩忿窒欲，迁善改过。

处事之要——正其义，不谋其利；明其道，不计其功。

接物之要——己所不欲，勿施于人；行有不得，反求诸己。

这篇《揭示》，把世界观、政治要求、教育目的和学习修养的途径融为一体，成为中国封建社会后期教育的准绳和法规。其影响迅速超越国界，远播日本和东南亚。日本国将此称为"白鹿洞精神"，并将它弘扬光大，如冈山县兴让馆高等学校就是一个典型的例子。

兴让馆高等学校于1853年由阪谷庐郎部创立，140年来一直以朱熹《白鹿洞书院揭示》作为校训和学规。近几年来，兴让馆高等学校和白鹿洞书院由历史上的教育渊源关系，发展成为友好往来关系，促进了双方文化和教育事业的发展。

1988年5月11日，兴让馆高等学校首次组织一行20人的"白鹿洞书院专访团"来访；同年8月5日，该校井上裕之等4位教师来访。1989年5月13日，该校校友平坂谦二来访。1990年10月28日，平坂谦二夫妇代表该校前来祝贺"庆祝白鹿洞书院立学1050周年大会暨学术研讨会"的召开，受到中共九江市委书记钟起煌的接见，他在发言中说自己一生中之所以没有犯过大的过错就是由于受《白鹿洞书院揭示》的影响所致。1991年6月11日，该校一行6人"白鹿洞书院专访团"来访。1991年8月18日，该校举行"校友祭"活动，邀请九江市人民政府周仰文副市长和我参加，后因故未能成行，1992年12月22日，该校一行6人"白鹿洞书院专访团"来访。三次正式访问，校长山下五树均在致辞中称："心中的故里在庐山，白鹿洞精神是本校的教育渊源。"

1993年10月1日，是兴让馆高等学校创立140周年纪念日。我和江西教育学院书院史研究室研究员李才栋、江西省海外旅游总公司日本部部长张宜南等三人应邀参加庆典活动，亲眼看见和切身体会了"白鹿洞精神"在日本弘扬光大的情况。

9月29日12时10分，我们乘东方航空公司的飞机降落在日本国大阪机场。井上裕之教师在出口迎接，随后乘面包车至大阪火车站从新干线到冈山县火车站。平坂谦二夫妇在站台迎接，大家相互握手后在平坂谦二的提议下照了在日本的第一张合影。出站后分乘三辆轿车直达宾馆，山下五树校长在大门口等候。晚上山下五树校长和他的 80 多岁的老师、神户女子大学濑户短期大学学长、冈山大学名誉教授福田襄之介文学博士及平坂谦二、井上裕之四人设中国宴为我们接风洗尘。席间，大家互致祝酒辞，平坂谦二赠送了他翻译并自费印刷的两大本《白鹿洞书院史略》和《白鹿洞书院研究论文选集》。

9 月 30 日上午 9 时 30 分，我们在山下五树、平坂谦二、井上裕之的陪同下，到冈山县政府拜会了河合昭副知事，进行了半小时的友好会谈。我介绍了庐山和白鹿洞书院的情况，河合昭副知事谈到冈山县和江西省的友好关系，提出将来可以考虑派高中生到白鹿洞书院考察的设想。地域振兴部国际交流课长定冢由美子和企画主干藤原幸一参加了会谈。下午 2 时 50 分，我们访问了冈山大学，与教育学部长伊泽秀而进行了一个半小时的学术交流。冈山大学参加交流的还有庶务部国际主干付中地一富、理学博士沼野忠之、教育学部事务长桑田彻也、事务长补佐笹野住男。之后，我们直达福山市。晚上，曾经两次专访过白鹿洞书院的木山资郎先生特地从 25 公里之外赶来看望我们，深情地说："这两年来，兴让馆的人伸着长长的脖子盼望着你们。今天，终于把你们盼来了！"

10 月 1 日上午 10 时，"兴让馆高等学校创立 140 周年纪念式"开幕。县长代表、市长、有关方面官员和一千多名学生及校友代表参加了纪念式。我们应邀在主席台来宾席就座。主席台会标下，《白鹿洞书院揭示》悬挂在日本国旗和校徽的正中间。纪念式的第四项议程是全体肃立齐唱《白鹿洞书院揭示》。与会的官员讲话和来宾祝辞都谈到《白鹿洞书院揭示》在日本的影响。纪念式的唯一礼品，是白鹿洞书院工艺美术厂生产的书有《白鹿洞书院揭示》的檀木镇纸。每人发一张卡片，一面是校门，一面是《白鹿洞书院揭示》。中午，在校长和理事长的会客室，山下五树校长陪同我们与会者吃每人一份的盒饭。兴让馆等学校每十年举行一次大庆，竟如此节俭，我们深受教益。校长办公室和会客室，都分别挂有《白鹿洞书院揭示》。下午 1 时 30分，举行部分师生参加的中日友好交流会，我重点演讲了白鹿洞书院的历史地位、现状、发展前景以及与兴让馆高等学校的友好关系。李才栋先生重点演讲了《白鹿洞书院揭示》的主要精神和在古今中外的影响。演讲之后，我回答了部分师生提出的许多有关问题。下午 3 时 30 分，我们拜会了从兴让馆高等学校毕业的井原市市长谷本岩，进行了半小时的友好会谈。晚上 6 时至 8 时，井原市举行十桌盛大的"白鹿洞书院、兴让馆友好交流欢迎会"，市长谷本岩、冈山县议会议员小田春人和日本国众议院议员村田吉隆的夫人及社会名流一百多人参加了欢迎会。市长谷本岩、议员小田春人、校长山下五树和我、李才栋均分别致了祝酒辞，学生表演了传统神话节目。大家纷纷相互斟酒、敬酒、交换名片和合影留念，不少人胸前佩戴着我们赠送的白鹿洞书院徽章，手中拿着印有白鹿洞书院图、诗、介绍的纸扇。气氛非常友好、诚挚、热烈。结束时，兴让馆高等学校的教师代表拉着我们上台手舞足蹈共唱《白鹿洞书院揭示》和兴让馆高等学校校歌。

10 月 2 日至 3 日，山下五树校长陪同我们参观了川崎制铁株式会社水岛制铁所（即钢铁厂）和闻名世界的濑户大桥及大阪市市容。

10 月 4 日上午，山下五树校长送我们到大阪机场内的最后一道门口，大家依依不舍地握别，都盼望再次相会的日子。

这次短短的六天赴日之行，冈山县和井原市的报纸、广播、电视均作了新闻报道。

被日本国称之为"白鹿洞精神"的《白鹿洞书院揭示》，是我国传统文化中的优秀宝贵遗产。它在日本能够弘扬光大，促进教育、文化的发展，我们更要加倍珍惜，取其精华，古为今用，为社会主义两个文明建设服务。

《白鹿洞书院学报》1994 年第一期

延宾馆修复纪实

延宾馆为四合院式，方位坐北朝南。主体建筑有春风楼、照壁、厢房、左右两侧有逸园和状元泉。占地面积 2070 平方米，建筑面积 1028 平方米。

春风楼为延宾馆之主体建筑，位中轴线之极，筑高台之上，上下两层，楼上三开间，东西两间为客房套房，中间为大客厅，套房内分前后两房，前房为卧室，后房为会客厅；楼下亦是三开间。东西两间各分两客房，中间为厅堂，堂右后有楼梯上二楼。

东西厢房各十一间标准客房，房内有独卫、有闭路电视、直拨电话、中央热水器。

东西厢房南端由围墙围成，墙高 3 米，长 36 米，中开大门，上嵌"延宾馆"石匾后面嵌"憩斋"。"憩斋"为江西省人大常委、省书院研究会会长姚公骞所题。

进入延宾馆大门，有一照壁。高 2.6 米，长 3.4 米，照壁上面镶嵌《延宾馆记》，为中共庐山管理局委员会、庐山风景名胜区管理局所立。照壁后镶嵌《春风楼记》，为清代道光年间洞主、九江人骆应炳所作。

春风楼建筑东侧，辟有一地为"逸园"，立《逸园记》碑。《逸园记》为江西省政协常委、文史委主任周銮书所作。春风楼之西有状元泉，水质清澈，长年不涸，原为明代正德年间江西提学副使李梦阳开凿并作诗："新穿崖下井，微霞映深静。松风时来拂，娜娜匡庐影。"

春风楼古为洞主下榻之处，以"春风"比喻良师的教诲，"披拂之无不化也"，从中可见尊师重教遗风之广远。它还有餐厅、汽车、商店和会议室等服务设施，可提供吃、住、行、游一条龙服务，是会议接纳、学术研讨、读书消闲、旅游度假的好地方。5 月初，来庐山考察自然与文化遗产的联合国教科文组织的官员就下榻在春风楼，这里优美的环境和优质的服务给客人留下了美好的印象，桑塞尔在题词中写道："我非常喜欢这个地方。"楼前广地和楼左小院，嘉花茂树，修篁奇石，交布其间，秀色可览，景致怡人。

白鹿洞旧有延宾馆，取周公"一饭三吐哺，一沐三握发"礼待贤士之意，始建于南宋淳熙年间，其时朱熹出任南康知军，为方便诸生来书院就读，在南康军（今星子）城东郊和城北五里牌的颜家山，建两所延宾馆，亦称白鹿洞馆或白鹿憩馆。明代成化五年（1469），江西提学佥事李龄，捐己资命同知在鹿洞大成门东建延宾馆以招延宾客，并作《延宾馆记》。今延宾馆修复，既为书院增加一大景观，又能一改往日接待标准，为吸引越来越多的专家学者和中外游客创造优越的条件，提供优质的服务。

《白鹿洞书院百年纪事》

决心大　水准高　进步快
白鹿洞书院迎检工作步步到位

记者　孙仁贵

庐山白鹿洞书院在悄然发生喜人的变化，随着联合国专家来山考察申报世界遗产日程的临近，这座千年书院的"迎检"工作，正步步到位。

从今年年初开始，书院便着力进行全面整治。除净化、美化、绿化环境，配备专人处理垃圾、加强卫生管理外，书院还先后请来三批擅长古代建筑艺术的工程技术人员，不分昼夜维修屋面、墙体，买来价值七八万元的油漆涂刷壁廊梁柱。过去，院内未能按消防要求安装用电线路，现在全部改用防火性能良好的绝缘塑料管保护电线。

在注意保留自然风貌的前提下，书院还十分重视加强对其文化内容的清理和充实。这里原先有座"报功祠"，专门用以供奉历代对书院有功之士的牌位，室内显得阴冷且比较潮湿。而今，院方自己动手解决材料问题，并从江西师大请来画家，运用线刻画装裱成书画形式，绘制了18块大幅画板，悬挂于祠内，同时进行防潮、防霉、防腐处理，丰富了该祠的文化内涵。在"明伦堂"，仿制、增设了20套乌黑亮泽的宋式课桌、木椅，并挂有字画，再现了当年朱子讲学场面。过去放置皇帝赐书的藏书楼，现已修缮停当，并改作"御书阁"，内藏线装古书3000余册。

为配合接待工作，书院对过去洞主居住的"春风楼"也进行了改建，使之成为颇具民族特色的"延宾馆"，馆内56个标准间和豪华套间，供专家们下榻休息。书院把历代巡抚视察、落座、接见僚属的"行台"，也修葺一新，供联合国专家听取汇报之用。专家们走后，这些设施还可为学术交流和旅游事业服务。

1996 年 5 月 7 日《九江日报》

千年学府添新词

记者　吴昌林

浩渺的鄱阳湖西边，庐山五老峰屏风耸立，守湖而望，气吞八方。千年学府白鹿洞书院就镶嵌在这如画的青山秀水的结合点上，坐落在五老峰幽谷中的这座古老书院乘龙虎势，曾主导了中国封建社会后期700多年的儒学文化。

5月6日晚，联合国专家桑塞尔博士和德席尔瓦教授及夫人，为从世界遗产的角度科学地评估考察庐山自然与文化资源状况，下榻在这座千年书院的春风楼。

7日上午8时，联合国专家开始依次考察棂星门、状元桥、礼圣殿、朱子祠、报功祠、西碑廊，然后观看书院古松群、御书阁和白鹿洞。专家边听介绍边了解书院在中国和世界教育史上的地位等。当行至文会堂时，德席尔瓦教授夫妇脸上露出笑容，说："在我们斯里兰卡，也有这样的大门和铁门环。"

走出书院，但见古树参天，青山环抱，溪水潺潺，清邃幽静。联合国专家迈过枕流桥，步行在小溪旁的绿荫小道上。专家一时被这种自然与文化精妙绝伦的结合所感染，回到书院门前，兴情勃发，欣然命笔题词。

桑塞尔博士写道："我希望我们的大学也有如此学习和反思的环境，谢谢你们给我的回顾。"

此时，天正下着细雨。细雨霏霏，更使青山吐绿，让人心旷神怡。风度飘逸的桑塞尔博士在自己题词签名的旁边流畅地画出一朵美丽的小花，这是他所在的组织"国际自然保护联盟"的标志。他说，这是最好的印章。

德席尔瓦教授的题词是："为了全人类的未来，要保护文化和自然，我们非常喜欢这个地方。"他的夫人也用优美的斯里兰卡文写道："这个地方具有美好的自然环境和古代建筑，是中国文明的标志。"

千年学府白鹿洞有众多古今名流的题词，而今天又多了几份联合国专家的赞美。

1996 年 5 月 8 日《江西日报》

白鹿洞书院，真棒！
——记联合国官员考察白鹿洞书院

李科友

5 月 6 日至 7 日，对白鹿洞书院来说，这是一个喜庆的日子，是一个已载入我国和联合国文化史册的日子。这天，是联合国官员前来考察庐山申报世界自然与文化遗产，首站下榻白鹿洞书院延宾馆的日子。

联合国教科文组织官员加拿大的桑塞尔教授、斯里兰卡的德席尔瓦夫妇于 6 日上午从北京飞抵南昌，中共江西省委领导吴官正设宴迎接，晚上九江市政府设宴洗尘。晚上 9 时半从九江乘车，10 时 30 分到达白鹿洞书院。

天下着蒙蒙细雨，幽静的山林，只听到松涛的呼啸、溪水的轰鸣和虫啾蛙叫的声音。空气中散发着野花和嫩叶的芳香。贵宾们在漆黑的夜晚，乘车通过林荫夹道，初赏这美好的风光。

夜蒙蒙，雾蒙蒙，春风楼和延宾馆的灯火发出朦胧的亮光，贵宾们犹似住进入了广寒宫。当他们进入延宾馆，转过照壁，看到这仙境，加拿大的桑塞尔惊叫了一声："真棒！"桑塞尔放好行李，安排好住房，又下楼四下环顾，但见苍松挺拔，杂树成荫，虫鸣啾啾，空气清新，他又发出了惊叹："棒极了！"然后再登楼，洗个热水澡，舒舒服服地进入了异国梦乡。他说，几天没有睡好觉，今天睡得特别香。

7日，正式考察，白鹿洞主孙家骅简介了书院的历史和现状，引导联合国官员考察了春风楼、状元泉、逸园、棂星门、礼圣殿、朱子祠、报功祠、西碑廊、龙吟凤尾、明伦堂、白鹿洞、思贤台、东碑廊、独对亭、枕流桥及周边自然风光。

贵宾们对这里的文化遗产的保护非常满意，对这里的自然风光也啧啧称羡。最后即握笔给予高度评价。

桑塞尔题词："我希望我们的学校也有如此学习和反思的环境。谢谢你们给我的回顾。"

德席尔瓦题词："为了全人类和将来，要保护文化和自然，我非常喜欢这个地方。"

德席尔瓦夫人题词："这个地方有优美的自然环境和古代建筑，是中国文明的标志。"

桑塞尔在题词后，还专门画了一朵小花，以表示他赞扬的心情。这小花就是联合国自然和文化遗产保护的标志。

中国文明的标志，这是对白鹿洞书院极大的荣誉。

"棒极了！"这是出自一位联合国官员对白鹿洞的高度评价，是白鹿洞人，也是中国人民的荣誉。

"真棒！"这称赞来自白鹿洞书院自然环境美与文化内涵丰富的有机结合。

白鹿洞书院的环境是优美的。它辖地近3000亩。这里前有卓尔山，后有后屏山，左有左翼山，右有五老峰，山峰起伏、沟壑纵横、怪石嶙峋。这里苍松龙吟，青竹凤尾，红枫广兰；灌木成丛，野花常开，芳草铺地。这里雁过长空，鸟歌于林，蝉鸣于树，蝶飞蜂舞，生机盎然。这里后有山泉，中有小溪，前有明湖，左有清池，鱼游虾戏，别有风味。

白鹿洞书院就建筑在这幽美的环境之中。

白鹿洞书院建筑占地面积15000平方米，建筑面积5000平方米。自唐李渤在此建台榭，植花木，建宾舍；历经唐颜翊率子侄受经白鹿洞；南唐建庐山国学；北宋建白鹿洞书院；南宋朱熹振兴白鹿洞书院，名声益振；元代仍有发展；明代早期修复，奠定了明清两代书院的基础和规模；晚清由于洋务运动的开展，书院改学堂。新中国成立后，成立文物管理所，肩负着保护白鹿洞书院文物的重大责任。

白鹿洞中，建立千年高等学府；书院之外，千年古树紧相连。没有这青翠的山，哪有这千年高等学府；没有这千年高等学府，哪有这青翠的山。

山中的书院，书院外的青山，他们是融合得如此和谐、协调。

真棒！来自白鹿洞书院的良好管理。

党和政府对白鹿洞书院是非常重视的。

自 20 世纪 50 年代开始，将散佚在荒郊野岭的石碑收集起来建成碑廊，1959 年公布为江西省文物保护单位；20 世纪 70 年代成立文物管理所，加强文物的保护管理与维修；20 世纪 80 年代公布为全国重点文物保护单位和国家一级自然保护区；并开展对白鹿洞书院的古建进行抢救维修，先后花资达300 余万元，达到现在的规模。

白鹿洞书院的同志为了管理好这近三千亩的土地，5000 平方米的古建筑，并发挥其效率，在党支部和管理委员会的领导下，书院成立园林管理所，以保护和培植森林和花木，使书院树木常青，古树名木不受损害，鲜花四季盛开；成立文物管理所，以保护古代的建筑、碑刻和摩崖题刻，使千年文化古迹得到保护，并发挥其社会效益；成立文化研究所，对书院的古籍进行整理和研究，使这优秀传统文化得到弘扬光大；成立园门管理所，以加强旅游服务，使这千年高等学府与游人见面，成为爱国主义的教育基地；成立企业办公室，开展以文养文，使白鹿洞书院的事业有所发展；成立保卫科，以保护书院和游客的安全。现在书院的管理已走上了正轨。这次能接待联合国官员的满意考察，得到"棒极了"的评价，虽为自然环境和古代文化的优越，也说明他们的管理有较高的水平。在这改革开放的大好形势下，白鹿洞书院必将焕发出他那年迈而又有着青春的活力，为社会主义的旅游服务，为爱国主义教育服务。

《白鹿洞书院学报》1996 年第一期

唤醒沉睡百年的白鹿

徐涟

这里要讲的只是一位平凡的文化工作者一段平凡的工作经历。正是他，与中国古代第一书院、天下书院之首——白鹿洞书院结下了不解之缘；而沉睡百年的白鹿也因为他而恢复了活力，形成"文物管理、文化教育、学术研究、旅游接待、林园建设"五位一体的新型书院，重现它在海内外书院的地位。他，就是曾任庐山白鹿洞书院管理委员会主任、副研究馆员，现任江西省文物局副局长的孙家骅。

一

人的命运有一半是由自己选择的，另一半则由机遇来决定。1979 年，24 岁的孙家骅在德安县文物陈列室（后改博物馆）工作。白天上班，晚上住在书库，浩如烟海的书籍向他打开了一个全新的世界。江西历来有"物华天宝、人杰地灵"之美誉，悠久的文化传统，使得江西人对于读书做学问格外钟情，总有"天下唯有读书高"之情结。良好的风气和家庭的熏染，使孙家骅选择了史学研究这条道路。没有老师，他就从地方史入手。江西在宋代曾有过辉煌时期，孙家骅便从宋史切入，开始了自学成才的钻研。大量的阅读，使他收集和掌握了丰富的资料，四处拜师与宋史专家联系。这又为他提供了线索，开阔了眼界。在长期的联系交往中，朱瑞熙（中国近代史研究专家，上海师大古籍研究所研究员，博士生导师）成为孙家骅的宋史入门恩师。

研究宋史，不可能不谈到朱熹，也不可能略过白鹿洞书院。1985 年，孙家骅陪同朱瑞熙来到了庐山南麓的白鹿洞书院。残破不堪的建筑，荒芜杂乱的蒿草，使这座名震海内外的古代书院早已失去了它旧有的风采。朱瑞熙心痛不已。他语重心长地对孙家骅说："白鹿洞自五代南唐建立以来，到宋初成为'天下四大书院之一'，再经朱熹发扬光大，建立完备的教育体制，著书立说，传播交流理学思想，达到鼎盛时期，从而在中国文化史上占有极其重要的地位。这样一座千年书院如果不能很好地保存与利用，将是我们这一代人的失职和耻辱啊！"

孙家骅暗暗记下了这一切，并有意识地收集整理白鹿洞的有关资料。正在此时，庐山管理局也在考虑恢复和发展白鹿洞书院。省文化厅以至国家文物管理局对白鹿洞书院给予了高度重视。这样，经过多方筹备，1987年4月，"白鹿洞书院"复名。朱瑞熙担任院长。当时在德安县政府办公室任职的孙家骅担任了院长助理，并着手编辑《白鹿洞书院通讯》。也许是命运安排了另一半，对白鹿洞情有独钟的孙家骅终于在1990年2月调任庐山白鹿洞书院管理委员会书记兼主任，开始了对白鹿洞书院极其重要的振兴工作。

二

白鹿洞书院自复名以来，原有建筑得到了一些维护重修，但它的管理方式却是"血缘家族式的板块结构"，而且20多位工作人员大都只是高小毕业的文化程度，难以适应白鹿洞书院的发展需要。孙家骅面对的是昔日辉煌的高等学府和今日败落的庭院。如何能够找到重振的妙方呢？阻力首先来自管理。孙家骅上任以后，20多天没有拿到办公室钥匙，留给他的只是一张因过去死人用过而再无人敢使用的桌子。

望着无章可循的书院，眺望着巍峨的庐山五老峰，孙家骅心里升起了一种强烈的欲望。20多天里，他走遍了白鹿洞书院的3000亩田地山林，思考着白鹿洞书院的优势、现状、困惑与对策。当庐山管理局党委来到白鹿洞现场办公时，孙家骅一口气说了2个多小时，并在随后的几年里逐一落实：

理顺关系。白鹿洞书院处在九江市、庐山、星子三地交界之处，又与文物、林业、旅游、公安等部门有业务联系，关系错综复杂。孙家骅解开了这一团乱麻，设立了园门管理所、林业管理所、文物管理所、文化研究所、治安消防管理所等部门，使工作井井有条，走上了正轨。

引进人才：根据实际情况，从各处引进十几名专业人才并成为业务骨干。

大胆改革：创办了工艺美术工厂，为书院安置专业人员增加经济收入；办起了食堂，建起了3幢宿舍，改善了职工的生活条件，解决了职工的后顾之忧。

更新设备：开通了电话专线和电视接收器，购置汽车、微机；又更新了"书院史陈列""朱子祠陈列"，新辟了"书院与历代名人蜡像馆""刘少奇旧居纪念室""中华女子诗词碑苑"和"怪松"景点等。

争取支持：经多方努力，先后申请到200多万元拨款，全部用于古建维修与学术研究。

终于，一个富有生机的白鹿洞书院又重新出现在世人面前。孙家骅没有止步，他认为白鹿洞书院不能只停留在古建维修与旅游接待上。孙家骅思考的是这座古老学府在当代的意义与价值。随着现代大学的兴起，书院已经完成了它作为教育学府的历史使命，而且它也不可能在信息社会里继续成为学术研究的中心，但它作为历史文化遗址、作为传统文化保留与发展的历史见证，却可以成为永久文化景观，成为文物管理、文化教育、学术研究、旅游接待、林园建设"五位一体"的新型书院。

三

有人曾说，要搞好白鹿洞书院的振兴工作必须具备3个条件：一是很强的行政管理能力；二是要有较强的外交能力，能处理好上下、左右的关系，争取到各方的支持；三是要有学术研究能力，做学术带头人。做到其中一条也许都不是难事，但三者合一，却不是每个人都能做到的。不管工作多么繁杂，孙家骅始终没有放弃自己的学术研究，他发表各类作品60余篇（本），其中文物、历史方面的学术论文、著作10余篇（本），《试论王韶出师熙河》《宋代文臣和武将的称呼区别并非绝对严格》等在国内外产生过较大反响；与朱瑞熙主编了《白鹿洞书院古志五种》（110万字）；参加国家"八五"至"九五"重点项目《传世藏书》有关部集的审阅，由他主编的《白鹿洞书院学报》13期共140万字，是目前国内外唯一研究书院的专刊。孙家骅的学术研究和海内外学者的研究一起，重新评价恢复了白鹿洞书院"天下书院之首""海内书院第一"和"中国历史上影响最大的具有学校完备体制的书院"的历史地位。

1996年5月6日，当联合国世界遗产专家组官员下榻白鹿洞春风楼时，他们惊异于眼前的一切："这是一个奇妙的地方，是中国一处不为世界知晓的遗产，是自然与文化结合得最好的地方之一。"赞叹之余，他们认为仅白鹿洞书院就足以申报"世界文化遗产"，果断地为白鹿洞书院画出了"国际自然保护联盟"标志的小花。白鹿洞书院为庐山摘取"世界文化景观"桂冠做出了不可缺少的贡献。庐山的申报获得了成功，白鹿洞书院也在世界确立了它的位置。而孙家骅再次因为工作出色于虎年之初调任江西省文物局副局长（主持工作）而告别白鹿洞书院。人们会记住：白鹿洞书院曾经有过一位辛勤工作、重振书院的管理者——孙家骅。

《白鹿洞书院学报》1999年第一期

高朋满座　白鹿薪传

——纪念白鹿洞书院建院 1030 周年暨

"全国书院与理学传播"学术研讨会侧记

郭宏达

呦呦鹿鸣，丹桂飘香。翰墨馨香，溪水青山环绕的白鹿洞书院更加亮丽，更加妖娆。由国务院台湾事务办公室立项，江西省社会科学院、江西社会科学界联合会、江西师范大学、江西教育学院、福建高峰书院、中国庐山白鹿洞书院院务委员会主办，江西省书院研究会、江西鹅湖书院、江西省朱熹源流专业委员会协办，庐山白鹿洞书院承办的纪念白鹿洞书院建院 1030 周年暨"全国书院与理学传播"学术研讨会于 2006 年 8 月 20 日在庐山白鹿洞书院隆重举行。来自新加坡和中国台湾、香港、澳门地区及大陆 16 个省（市）的专家学者、朱子后裔、社会名流 100 余人会聚白鹿洞书院，庆祝白鹿洞书院建院 1030 周年暨"全国书院与理学传播"学术研讨会召开。群贤毕至、高朋满座，谈笑有鸿儒、往来有佳宾。

开幕式

8 月 20 日上午 9：00，大会在鼓乐声中隆重开幕。

开幕式由庐山管理局巡视员、党委副书记、副局长余晓明主持，在热烈的掌声中，中共九江市委常委、庐山管理局党委书记欧阳泉华致开幕词，江西省社会科学院院长傅修延、江西教育学院院长王振东、江西师范大学校长助理张平发表讲话，中国人民大学张立文教授，香港特区推委会委员、香港孔教学院院长汤恩佳博士，台湾成功大学唐亦男教授，新加坡唐庆铭教授，中国书院史专家李才栋教授，浙江大学田正平教授，厦门大学刘海峰教授分别作了精彩的学术发言。他们对白鹿洞书院在中国文化史、教育史、哲学史上的地位，以及举行此次庆祝活动、学术研究作了充分肯定和高度评价。《人民日报·海外版》《光明日报》《中国文化报》《香港文汇报》《江西日报》、江西电视台等 20 余家记者莅会报道。福建武夷山朱熹研究中心、陕西白鹿书院、辽宁省铁岭市周恩来纪念馆暨银岗书院、湖南岳麓书院、河南嵩阳书院、江苏东林书院、江西鹅湖书院、浙江省社会科学院哲学所、山东社科院哲学所、江苏社科院哲学所等30多家及美国纽约大学教授、台湾大学东亚文明研究中心主任李弘祺先生等8人发来贺电、贺信，祝贺大会圆满召开。

开启白鹿洞书院讲坛

开幕式结束后，中国人民大学哲学院、江西省社会科学院哲学所、江西师范大学教育学院、庐山白鹿洞书院开启了白鹿洞书院讲坛。

中国人民大学哲学院院长、博士生导师张立文教授，江西师范大学法学院院长郑晓江教授，台湾清华大学徐光台教授依次在第一次讲坛上作了精彩、生动的演讲，博得代表们的阵阵掌声，并约定，今后不定期的开坛演讲，邀请海内外学者来讲学。白鹿洞讲坛专家谈、大家谈，弘扬白鹿洞书院精神，弘扬中华传统文化。

20日晚，与会代表观看了《庐山风光》《庐山恋》《庐山老镜头》《白鹿洞书院》等纪录片。

书院与理学传播学术研讨

"书院与理学传播"是这次会议主题。学术研讨会参加学者层次高，有中国人民大学、浙江大学、厦门大学、河南大学、武汉大学、河北大学、华东师范大学、五邑大学、苏州大学、香港孔教学院、台湾成功大学、台湾清华大学、香港中文大学、香港皇仁高级学校、台南科技大学等高校以及科研机构学者。会议收到论文60余篇。

与会学者秉持自由探究学问的风气与开放对话的精神，阐述观点，回答提问，进行磋商，本着包容、虚心、涵养之精神交流观点，在和谐的氛围中，围绕着"书院与理学传播"的主题就以下几个方面的问题进行研讨。

一、书院教育思想探讨：书院教育以儒家思想为宗旨，贯穿着教育理念和主张。书院教育提倡修身、齐家、治国、平天下，强调伦理道德修养。伦理道德教育在书院教育中有着极为重要的地位，成为书院教育的灵魂。书院教育非常重视完整的人格培养及理想教育，重视培养道德正义感、社会责任感、历史使命感，继承和发扬书院教育的优良传统，对我们树立正确的人生观，对教育事业改革和实践有着积极意义。

二、书院人格教育、心性教育与现代教育。人格教育作为儒学教育的培养目标，对书院教育活动产生深远影响。人格具有丰富的内涵，并随着时代变迁而发展。书院以其独特的办学形式，传承儒家文化，养成儒家的理想人格。白鹿洞书院促进了自由讲学之风的形成。对于人才培养、理学传播和区域文化发展产生重大的积极作用，审视人格教育，应借鉴合理内核。儒家的心性教育，立足于人性的基础之上，依靠和培育主体内在自觉，通过自内探求，明心见性，追求至善，成就理想人格。儒家教育重视内在心灵和人格的塑造，这对于当前执着于知识和技能的现代教育有一种启示。

三、书院学与科举学同质共生关系。在中国文化史和教育史上，书院与科举是一对难兄难弟或姐妹花，两者具有共同的文化基础，相同的性质，都同属传统文化领域中的专学，都是相对独立的专门研究领域。书院学与科举学具有一种共生关系，是密切关联的两门专学。一方面从时间跨度、空间分布、研究文献、研究队伍和研究成果等方面看，科举学的范围比书院学更大，也相对成熟一些。另一方面，书院学能给科举学不少有益启示，并能从培养人才等角度扩大科举学的研究领域，充实其研究内容。两门专学的发展可以互相丰富对方的科学体系，比肩走向繁荣，并屹立于中国学术之林。

四、白鹿洞书院与西学。在西学东渐的过程中，由于利玛窦曾于南昌停留三年，开启了西学与白鹿洞书院的间接关系。白鹿洞书院与西学的传递关系，表现在利玛窦与章潢、舒日敬、李应升等人的交流、交往，他们阐述白鹿洞书院受到西学影响。

此次盛会的学术研讨对反思传统、深入研究书院的理学传播，弘扬中华传统文化，促进中外文化交流有着深远影响。

文化考察

8月21日，大会根据学者的需求安排两条线路进行文化考察。一条线路到上饶鹅湖书院考察并进行学术研讨。铅山县委宣传部、文化局、鹅湖书院做了认真的接待工作，上饶师院有关学者前往与之交流。另一条线路考察"世界文化景观"——庐山，感受锦绣谷，仰观仙人洞，俯瞰含鄱口，走进庐山会址与美庐，追忆历史事件，缅怀历史人物，踏寻历史遗迹。

赠书赠碑

厦门大学刘海峰教授、张亚群教授，中国书院史专家李才栋教授，香港孔教学院院长汤恩佳博士等 10 余人，将近年来研究专著赠送白鹿洞书院收藏。黄榦二十五世孙、福建高峰书院院长黄宏飞先生，出资镌刻其先祖黄榦撰《南康军新修白鹿书院记》《南康白鹿书院》两篇讲义石碑，赠送白鹿洞书院，碑文共 1475 字，每块碑高 2.54 米，宽 1.255 米，底宽 1.75 米。

白鹿薪传

白鹿洞书院开基于唐代李渤之隐读，办国学于五代，名定于北宋敕赐《九经》，盛于南宋朱熹之复兴，绍隆于明清。晚清光绪年间"新政"停办，改为江西省高等林业学堂，不久即废。国民党军政时期，蒋介石先生将白鹿洞书院划为中正大学永久性校址。新中国成立后，党和国家极为重视白鹿洞书院保护工作，1959 年被列为江西省文物保护单位，归属庐山风景名胜区管理。1988 年被国务院公布为"全国重点文物保护单位"，得到国家文物局、江西省人民政府、省文物局、九江市人民政府、庐山管理局各级领导的关怀，投入巨资对白鹿洞书院进行四次大规模维修。

白鹿洞书院在中国思想史与教育史上有着极其重要的地位，对理学传播，传统文化教育，社会进步都产生过深远的影响；对人格的熏陶与塑造，道德理想的思维取向有着积极的意义，在中国学术史上一直有着"白鹿薪传"的称谓。

公元 976 年至今，白鹿洞书院走过了 1030 年的光辉历程，她比英国牛津大学早 189 年，比剑桥大学早 233 年，在办学方面有许多相似之处。这里山川环合，林谷幽深，怡情养性，近古以来，有鸿学巨儒的人品、道德文章、言行可议，有巨儒名贤主洞。曾得到一些开明帝王和官吏的褒表，"名公巨卿，鸿才硕颜，多出其中"，为封建社会中后期培养了许多人才。特别是南宋大理学家朱熹的兴复，其洞规讲义、答问、戒谕，灼灼在人耳目，成为后世及朝鲜、日本和东南亚各国办学的圭桌。对于中国和东南亚的文化思想，学术研究有着促进作用，清代学者王昶在《天下书院总志序》

中称之为"天下书院之首",不少学者又誉之为"海内书院第一","与匡山、彭蠡屹峙为三不朽"。

续语

历史总是在不断发展与进步,且不能分割,白鹿洞书院亦然。李渤之隐读,朱熹之复兴是她赖以生存和发展的基础和起点。今天的庆祝与研讨又为她将来的发展提供了新的内涵和源泉。让我们衷心祝愿白鹿洞书院的明天更灿烂,更辉煌。我们坚信,有海内外专家学者、有识之士的关注与支持,有各级领导的关怀与关心,有白鹿洞书院全体员工的鼎新与拼搏,白鹿洞书院一定会再放异彩。

《中国书院论坛》第五辑

散文

庐山记

庄俞

五老峰坡坨南下,忽起一山,而四山环之,是曰后屏。白鹿洞书院在其麓,唐李渤读书于此。贞元中,渤与其兄涉偕隐,养一驯鹿,为白色,出入相携,人因呼为白鹿先生,称其居曰白鹿洞,创台榭以张之。南唐升元中始建庐山国学,宋淳熙间,朱熹守南康,重事修建,去官讲学,洞名籍甚,今之游者,往往知朱而不知李矣。清代改白鹿洞书院以课士子,院前有坊,题"名教乐地"四字,屋凡数十楹。曾设江西高等农业学校,民国初元,因乱迁省城,闻明年仍须移此。现设演习林事务所,为林业学校所办。余等既至,邱君佐虞出招待,德兴人,字仲衡,并言演习林有地二千余亩,每年有毕业学生二班,来此演习三个月,设主任一、技士兼管理员一、司事一、工人二,每月经常费二十五元,技士月薪由校给。已种树五万株,每年可获利三百余千,每年造成五万平方米(五公亩)地之广叶杉林,又苗木五万株。造林季节,以阳历二月为标准,三月十五以前完毕,成立已五年。院之右为礼圣殿,朱晦翁捐钱三十万建之,明正统中重建,易名"大成",圣像及四辅十二哲像,均今年新修。东西二庑完整。礼圣门外左角有屋一间，当科举时代士子争居之以祈梦，近改土地祠。门前有半月形之小池，右入为启圣祠五间，前院有紫阳手植桂，实早枯萎，新植者尚未发达。中为延香亭，吴昌瑞集联云："有亭翼然，此得佳趣；居士闲否，我思故人。"更入为报功祠，凡有功于书院者，皆祀之。孝子祠祀邵尧夫。御书阁空无所有，旧书已移往省城另储之。后为朱子祠，亦有像。更后为鹿洞，相传李氏之白鹿葬此，为洞如城阙，壁间立白鹿洞三字碑一，石鹿立中央。志称白鹿洞有名无洞，正德后官吏特辟之，已属附会，复以石为鹿，可谓拙矣。洞顶为文昌阁，有联云："鹿豕与游，物我相忘之地；泉峰交映，智仁独得之天。"并有"学达性天""洙泗心传"等额。左入为文会堂五间，春风堂五间。紫霞真人编蒲书《游白鹿洞歌》，咸丰十年（1860）曾省三携旧拓本勒石六，今置文会堂后廊，一石已断，亟宜保存。门外为贯道溪，其水自凌云峰来，经书院东流出峡，溪上有贯道桥、枕流桥。隔溪崖上有魁星阁，为高道亭旧址。钓台石在溪北，前植五老峰三字碑，其对面鹿眠处为一石洞。邱君言旧有亭榭九十有二，今所存者，仅得零数矣。此间以朱子关系，山木院之名，类皆采辑经义，而题字之为朱子手笔者颇多，如"漱石""枕流""鹿眠"等处皆是。

选自《我一游记》上海商务印书馆 1936 年版

庐山中的一日

倪文宙

近三峡桥有慈航寺，乃一平常兰若，不去过访。又有招隐泉，则一泓浊水，未经烹尝，我也不敢去批评他。我们过了三峡涧，一路走的都是平夷陇陌。随处溪流，到眼桑柘，田家风味，却也与吾乡所见相差不远。不过所居都是黄泥草盖，未免稍逊。我们过了码头，左折而行，奔赴白鹿书院。缓步闲谈，尚觉快乐。随步看五老峰，随步变他的云容黛翠，五老真是可狎可亲啊！

隐丛林旁五老，白鹿书院的屋脊，渐渐看见了。白鹿洞傍村枕麓，入山不深，而岩壑溪泉，窈然深邃，却抱有深山的趣味。不知当初怎样被李渤找到的。安得使我无衣食之忧，无室家之念，萧然入山，来此书院，与三两个素心之友，读书讲艺，过一段朴素的山林生活，成点著作事业，这便是社会的盛赐，就是我报答社会之处，或者也当从这方面做去为宜。唉！不幸此后却要我来过那尘嚣的上海生活啊！

将至白鹿书院，道中见一木坊，颜"名教乐地"四字。

过坊后，行松涛中，至一溪桥。夹桥西山麓，颇为高峻。溪底岩石，峋嶙显露，石上题"枕流""漱石"等字，说是朱子的手笔。白鹿书院在前清时已改为农林学校，今校额虽存，而学校则已移往南昌，惟演习林事务所尚有人长驻其中，管理林事。在这事务所中，我们遇着一位广东人叶先生，他和我们的同学古梅君相识，此次白鹿之游，很得叶先生的指导。此处最深印我的脑际的，就是一所历代垂大名的白鹿书院，至今除礼圣殿中。偶像漆饰，尚觉鲜明夺目以外，其余都是鼠穿虫蚀、栋折榱崩。吾国人向以祖先崇拜闻于人，却只崇拜了祭羹冥镪的祖先，不崇拜那阐理讲学、身任教育、关系国家精神的祖先，不知后来的子孙，还能在荒烟蔓草中，寻得到这白鹿洞和书院的遗址否？我真不解吾国民崇拜所向的心理了。

向导者引吾等至一处，云是白鹿洞。实则并非山洞，乃以人工叠石而成的。洞中立一石鹿，雕工甚拙，仅可形似。向导说："昔有生鹿，能背主人物单，赴市购物。"此虽村人俗解，不过也很足以暗示吾国理学的蕴义，和吾国古昔民风的淳厚了。我觉九江山民，处处表示他们诚恳好客的态度，不似江浙间人，处处可令人引起恶感。他们相信鹿能购物，仅此信仰也就可以增加他们行为的淳美了。

游毕啜茗稍息，我问东美作何感想？东美说："壁上大书的'孝悌忠信，礼义廉耻'八字，和一篇朱子手定的规约，就可把吾人的人格束得很小。总之，吾国儒者讲伦理学，只从实际伦理讲起，而不从玄学和认识论上讲起，总要流于束缚。"我问东美："濂溪的太极说和康节的数论，何尝不是玄学，何尝不是认识论？恐怕束缚的原因，尚不在此。"东美回道："他们的玄学和认识论，病在肤浅难据，虽常识亦足以攻破之，这还不足以流为束缚吗？"东美此释，颇有见地。

看时计已三句钟了，我们预算回至牯岭，须费五小时，于是不得不起身。

1921年《学生杂志》第八卷第十一号

庐山游记

胡适

昨夜大雨，终夜听见松涛声与雨声。初不能分别，听久了才分得出有雨时的松涛与雨止时的松涛。声势皆很够震动人心，使我终夜睡眠甚少。

早起雨已止了，我们就出发。从海会寺到白鹿洞的路上，树木很多，雨后青翠可爱。满山满谷都是杜鹃花，有两种颜色，红的和淡紫的，后者更鲜艳可喜。去年过日本时，樱花已过，正值杜鹃花盛开，颜色种类很多，但多在公园及私人家中见之，不如今日满山满谷的气象更可爱。因作绝句记之："长松鼓吹寻常事，最喜山花满眼开。嫩紫鲜红都可爱，此行应为杜鹃来。"

到白鹿洞书院，旧址前清时用作江西高等农业学校，添有校舍，建筑简陋潦草，真不成个样子。农校已迁去，现设演习林事务所。附近大松树都钉有木片，写明保存古松第几号。此地建筑虽极不堪，然洞外风景尚好。有小溪，浅水急流，铮淙可听；溪名贯道溪，上有石桥，即贯道桥，皆朱子起的名字。桥上望见洞后诸松中一松有紫藤花直上到树杪，藤花正盛开，艳丽可喜。

白鹿洞本无洞；正德中，南康守王溱开后山作洞，知府何岩凿石鹿置洞中。这两人真是大笨伯！

白鹿洞在历史上占一个特殊位置，有两个原因。第一，因为白鹿洞书院是最早的一个书院。南唐升元中（937—942）建为庐山国学，置田聚徒，以李善道为洞主。宋初因置为书院，与睢阳、石鼓、岳麓三书院并称为"四大书院"，为书院的四个祖宗。第二，因为朱子重建白鹿洞书院，明定学规，遂成后世几百年"讲学式"的书院的规模，宋末以至清初的书院皆属于这一种。到乾隆以后，朴学之风气已成，方才有一种新式的书院起来；阮元所创的诂经精舍、学海堂，可算是这种新式书院的代表。南宋的书院祀北宋周、邵、程诸先生；元明的书院祀程朱；晚明的书院多祀阳明；王学衰后，书院多祀程朱。乾嘉以后的书院乃不祀理学家而改祀许慎、郑玄等。所祀的不同，便是这两大派书院的根本不同。

朱子立白鹿洞书院在淳熙己亥（1179），他极看重此事，曾札上丞相说："愿得比祠官例，为白鹿洞主，假之稍廪，使得终与诸生讲习其中，犹愈于崇奉异教香火，无事而食也。"(《志》八，页二，引《洞志》)他明明指斥宋代为道教宫观设祠官的制度，想从白鹿洞开一个儒门创例来抵制道教。他后来奏对孝宗，申说请赐书院额，并赐书的事，说："今老佛之宫布满天下，大都逾百，小邑亦不下数十，而公私增益势犹未已。至于学校，则一郡一邑仅置一区；附廓之县又不复有。盛衰多寡相悬如此！"(同上，页三)这都可见他当日的用心。他定的《白鹿洞规》，简要明白，遂成为后世七百年的教育宗旨。

庐山有三处史迹代表三大趋势：(一)慧远的东林，代表中国"佛教化"与佛教"中国化"的大趋势。(二)白鹿洞，代表中国近七百年的宋学大趋势。(三)牯岭，代表西方文化侵入中国的大趋势。

1935年商务印书馆铅印本

匡庐纪游

朱偰

尝闻宇内名山，五岳而外，首推匡庐。太白尝言："余行天下，所游览山水甚富，俊伟诡特，鲜有能过之者，真天下之壮观也。"盖庐山博大雄奇，秀甲东南，其横亘四出，虽片石孤岑，皆挟烟云之气。远之有渊明之栗里，右军之墨池；近之有太白之书堂，乐天之北亭；他若朱子之白鹿洞，王守仁之文殊台，骚人名士，共相赞美者，不可胜数，谓为江南湖山灵气所钟，非过言也。余既已许身山水，拟岁岁作名山游，去夏既入罗浮，今年遂登匡庐，卜居牯岭西大林沟，将作久游之计。夫造其地而未览其胜，虽游与弗游者等；仓卒游览，走马看花，虽游与未尝一游者等；况所谓高七万八千四百尺，延袤五百里之庐山，岂可以三数日穷游耶？故兹之所记，亦依日记之体，如晓岚，如晚霞，如落月衔山，如长河夕照，虽一草一木之微，无一非真切之印象。至若考证之作，连篇累牍，而不及于游；纪道里之作，东西南北，详其四至，而不写及景，是则止于考据指南已耳，何足跻于游记之林哉！民国二十三年七月三日，志于牯岭大林沟。

（中略）

二四、白鹿洞

游海会寺之翌晨，晓日初上，湖光曈昽，即取道游白鹿洞。洞为海内四大书院之一，而历史最久，其文章史迹，备载《山志》，功过俱在，无庸备述；兹之所纪，不过所得之观感已耳。院去海会寺可四里许，一路小山起伏，溪流潺湲，而乔松古柏，茏葱蔽日。过邵康节先生祠，即至书院，中为礼圣殿，右为紫阳祠，专祀朱子；紫阳祠后为白鹿洞，甃砖为洞若城阙，以当白鹿之目。初鹿洞有名无洞，明正德初，南康守乃辟彝伦堂后山为之，筑台于上，曰思贤台；知府何岩凿石鹿置洞中，可谓自我作古。实则四面环山，即名为洞；粤之朱明罗岗，庐之仙居莲花，何尝皆有洞哉！院前临清流，有桥曰贯道桥，后为棂星门，额大书"鹿洞书院"，康有为题。综观鹿洞形胜，并无高山大水，奇迹异境，然而佳木长松，翳云蔽日，清流潺潺，风泉泠泠，倘亦所谓"山不在高，有仙则灵"者哉！

朱偰著：《漂泊西南天地间》，凤凰出版社 2008 年版

游白鹿洞记

王存统、原一

甲戌之秋，漫游匡庐。一日与陶君碧如、钟君绍明、陈君申传自海会寺南行，至白鹿洞，唐李渤隐居读书地也。渤尝畜白鹿，甚驯顺，出入随之，因名焉。唐倡国学，来游者众。宋改书院，朱子曾主讲席，与岳麓、石鼓、睢阳并称。历元明清，皆尊重之。碑碣满壁，仓卒未能尽读。院后有洞，塑白鹿置之。院前一水当门，苍松交荫。前后皆山，蜿蜒起伏，长数里，故以洞称，极山林泉石之美，幽深而静僻。意兴所至，咸足以启吾心灵，宜其贤豪代出也。民国以来，当道者少所爱惜，胜迹荒芜，流风已歇，不禁感慨系之。流连至日暮，乃去之，过田舍就食。山肴野蔬，价廉而味美。余乃慨然太息曰："人生食息不可以贵贱判忧乐，惟适之安而已。"方余在牯岭时，精舍甘食，静泰清虚，幸与富贵之境。日久，若蹙然其不安者，今乃以田舍为乐，岂非一时之适然耶？余常持苦乐平分之说，贵贱各殊，亦谓宇宙事无累，而悲者自悲，自今以往更知天地间真乐不在朝市，而在草野。彼熏心功名利禄者夫何为哉，同游者皆曰："善。"戴月返海会寺。

1936 年《南社湘集》第 6 期

匡庐山南游记

眠云山人

出（万杉）寺东行八里，经马头镇，行田垄间，逾溪越岭，约五六里，而穿名教乐地之坊。再进贯道桥，白鹿洞院在焉。后背后屏山脉，由五老峰蜿蜒南下，四山环抱，一溪绕流，古松葱蔚，气象森然，乃唐李渤隐居读书之所，常畜一白鹿以自娱，因得名焉。南康立为国学，宋初扩为书院，与石鼓、睢阳、岳麓齐名，及晦翁来守南康，复置田辟舍，讲学于中，盛极一时，厥后兴衰无恒，今则改为江西农林学校实习场。另于会文堂前，建一西式屋，至所谓唐宋学府，已成沧桑之感。至于礼圣殿、彝伦堂、宗儒祠、御书阁等多已败颓。惟会文堂悬一联曰："鹿豕与游，物我相忘之地；泉峰交映，智仁独得之天。"相传为晦翁手笔，而刻摹尽失其真。殿后鹿洞，甃砖若城门，内立一非驴非马之石鹿，亦乃后人中之点缀遗迹耳。各圣殿所供之圣贤大儒偶像，仿如城隍，衣冠不饰，面目可悲。内外石劘名碑，不知凡几，非一二日所能浏览。余之游眼所及，以吴道子画孔子像，及紫霞道人编蒲书之大碑，飘有逸致，其余皆未领略，不无歉然。溪西之卓尔山魁星阁，及流杯石、鹿眠场等处，均未登临，遂循贯道溪，由松林中，向西北大道赴海会。

《旅游杂志》1931 年第 6 号

庐山诗纪

何满子

应白鹿洞书院之邀，邹荻帆、绿原自京至汉，会同曾卓、薛如茵伉俪；冀汸、殷云先伉俪自杭至沪，会同吴仲华与我，分别乘江轮上下聚集于九江，同登庐山。

我们这一行有两大特点，一是都已不很年富。薛如茵最年轻，只有六十六岁；荻帆七十七岁半，居长；我七十五岁七个月，次之；冀汸夫妇均七十四岁；曾卓、绿原、吴仲华同为七十二岁。二是邹、绿、曾、冀四位都是诗人。他们为盛名所累，所到之处的主人都请他们留题。我则被他们四位牵累，也只得附庸风雅，凑趣打油一番。旁的事要受株连不奇怪，因为同诗人一道，也要被株连得作诗，此事颇见新鲜。

庐山是诗的山，陶渊明是当地人，东晋以至唐宋明清，许多大诗人已将庐山风景题咏殆尽，早已没有我辈置喙余地。我又没有赏玩风景的会心，不善寻山访水。上了牯岭，应庐山文化学会之邀，聚谈于庐山图书馆，宣纸铺了出来，只得诌了一首《登庐山示同游诸友》：

匡庐突兀踞江滨，人道山身识不真。

冠盖簪缨频枉驾，暴风骤雨几回轮。

席间叱咤苍生病，岭上烟霞薄海呻。

历劫登临皆白首，同俦相顾话前因。

末联是很写实的，我们一行对游山玩水并不热心，爬山也爬不动，主要是老朋友叙叙，谈的都是几十年的往事。路走得最多最吃力的是前两天游仙人洞，登所谓"险峰"，一直爬了两个山头，全都成了"垮掉的一代"。我气喘吁吁地即景口占一绝以打油：

险峰抑或仙人洞，老步攀登实在难。

共道不缘看风景，只因友谊才爬山。

彭帅的故居坐落在毛主席的故居之下，小小的山坎相连，相等于在同一庭院之中。据山中人说，当年彭总递了有名的万言书后，迫切希望主席召谈，细诉衷曲。在庭院中不停地久久徘徊，终于不获召见。对这在现代史上发生的大事件的历史人文景观，不能不感慨系之。因作《谒彭帅故居》一绝：

石屋峥嵘点绿苔，天涯咫尺苦徘徊。

元戎一纸撄鳞后，万马齐喑究可哀。

末句剽窃龚定庵，当时想不出续句。以后想找几句来凑，终不如龚诗有力，就只好由它去了。

此外，在白鹿洞书院住四天；住在山上时特别抽出一天观光共青城，谒耀邦陵园，均有诗。因不在庐山上，容另觅机会纪之。

1994 年 10 月 18 日《解放日报》

书院行（节）

李弘祺

台湾《历史月刊》按：今年一、二月之交。研究宋代教育的李弘祺先生到江西及湖南寻访著名的象山书院、白鹿洞书院、岳麓书院，走在参天古木的幽曲小径，缅怀私人讲学的遗风，他写下研究中国教育史外的一章。

今年一月二十四日到二月三日，我到江西及湖南去看书院。书院是传统中国教育的骨干，是我研究宋代教育的一个重要环节。

象山书院（略）。

白鹿洞书院

江西教育学院李才栋教授是我联络的人。李先生中外学问的训练都很好，对于白鹿洞的历史有深入的研究，他很好地安排我与该校以及江西师范大学的同事们作三次的交流，让我认识了许多教育史的专家。

李才栋对于白鹿洞早期的历史研究特别精到，使我们知道许多关于李渤（养白鹿于庐山，白鹿洞因而得名）以及江州陈氏家族的事。我是读严耕望先生的《唐人喜读书山林寺院》的文章才知道江州陈氏的。陈氏大族，筑书楼于九江，数代聚族而居，与书院的早期发展有相当关系。这一点我在《绛帐遗风——私人讲学的传统》一文中曾有发挥。李教授曾遍访陈氏族谱，甚至于找到其家规（按：陆九渊家族亦有家规，收入罗大经《鹤林玉露》，据说王安石家规亦已发现。这些都可以证明宋代家族组织之紧密，而都在江西地区），这是令人鼓舞的事。可见书院之兴起，其私人性质十分浓厚。

江州陈氏发展到北宋中叶，蔚为地方大族，仁宗皇帝因此命令他们必须分家，据家谱说有五十二大支，迁徙各地。我岳家四川成都陈氏，据说是九江迁去的，说不定与这江州陈氏还有什么关系呢？谨记此以志读史乐趣。

对于中国家族的组织及家规，海外学者感兴趣的很多，因此我勉励李教授以及其他对中国家谱有兴趣的学者应该再作努力，相信一定可以引起广泛的注意，并作出重要的贡献。

白鹿洞坐落于庐山东南五老峰下，我因此得顺便游览冬天冰冻下的庐山。承庐山管理局文教卫生处的王炳如副处长亲自带领介绍，我对庐山的胜景更深入地认识了。王先生是无锡人，对于文史及音乐都有相当的爱好，住在庐山已有三十年，庐山的往昔和今日的一草一木，他如数家珍。他告诉我中共庐山三次会议的事迹，指点出那些近代名人的故居，牯岭谈话会的旧址，蒋介石发表抗日宣言的地方，真令人有数十寒暑屈指过，人事无限沧桑的感觉。但庐山的历史更远溯秦汉——他带我去看花径，看白居易贬任江州司马时所筑的草堂，背诵白居易的名句：

人间四月芳菲尽，山寺桃花始盛开。

长恨春归无觅处，不知转入此中来。

我们又去看秀峰，看米芾的"第一山"刻面，南唐李璟的读书台，吴道子的观音图。这个观音石是现存最早的观音像，还是作男人的容貌，在"文化大革命"时被破坏，现在依拓本又重刻过，弥足珍贵。秀峰也有王守仁破宸濠之乱的立功碑，幸未被破坏，与明刻颜真卿的《圣教序》碑文并列。

秀峰还有香炉峰瀑布，李白"飞流直下三千尺，疑是银河落九天"的诗句就是吟咏这个山景的，从秀峰远看，俨然有香炉之状。

我记得去秋在成都灌县看青城山及李冰的都江堰时，已在日记写下"中国就是历史"的话，这一天晚上，我第二次写下这句话。我常想中国这块古老的大地，它的许多胜景不只在它们的瑰丽、雄伟或幽胜，更在于它那数不完的历史，这是你在美洲大陆所看不到的。大峡谷的奇幻及壮丽就缺乏那一份文学和历史的深度。

历史塑造了中国

白鹿洞书院正是"中国人之为中国人"的塑造者之一，而流传久远。

当朱熹在淳熙六年（1179）抵达南康军担任知军时，白鹿洞书院已经完全湮灭，只剩下废墟，但是朱熹立意要恢复它，来和庐山许多佛寺竞争，传扬儒家的教诲。白鹿洞的历史从此转入了新的一页，成为中国近八百年来高等教育及私人讲学理想的象征。

白鹿洞的旧址到了民初已经荒废，现在庐山管理局及王炳如先生支持下大力恢复，已重建了许多地方。一九八三年陈荣捷先生到白鹿洞参观时只修复了礼圣殿及明伦堂，以及一些石碑，现在右翼加盖的厅房已经开放，而藏经阁也已重建，左翼填盖的部分也已动土，这都令人感到十分兴奋。

洞前的小溪（称贯道溪）中心及两旁有种种石刻，上面有朱熹的真迹。从溪的对面出去，经松林及稻田有小路，王处长告诉我这才是从前来洞的途径。白鹿洞在元明之世，田产多有，路上行人一定踵继不绝，但当初朱子建学于此，交通恐怕并不是那么方便吧！

象山的精舍及朱子的白鹿洞都有"山林"隐逸的风格，一方面反映求学问更幽静的决心，一方面反映了读书人超尘脱俗的高尚气质，这和后代书院成为地方文化的中心自有不同。但由精舍而书院，这个发展又十分的自然；

书院之所以能光大于后世，正就是由于先贤求独立的决心之所致。

有关白鹿洞书院可以讲的事太多了，无法在这里细述。现在只记录陆九渊到访白鹿洞的事来追念先贤讲学的盛况及兼容并蓄的心怀。

淳熙八年（1181）春天二月，陆九渊到白鹿洞来与朱熹一同泛舟为乐。朱熹感叹说："自有宇宙以来，已有此山，还有此佳客否！"因此请陆象山到白鹿洞，登讲席，阐述"君子喻于义，小人喻于利"。讲完之后，朱熹大为感动，连忙起来说："熹当与诸生共守，以无忘陆先生之训。"并把陆九渊的讲义刻石。这件事陆九渊后来追述说："当时说得来痛快，至有流涕者，元晦深感动，天气微冷，而汗出挥扇。"

请学者讲学本不足为奇，但能讲到令人"汗出挥扇"或甚至"流涕"，这就不容易了。书院讲学的传统，在我看来以这一个故事发挥得淋漓尽致。

按照李才栋的研究，白鹿洞之可以称为教学的地方固然自晚唐已经开始，在五代时还是南唐的国学（904—975，计三十五年），之后白鹿洞才正式有书院之名（太平兴国二年，即977年，官方文书第一次称此名），但终北宋之世，白鹿洞教学的时间很短，可能不超过九年。到了朱熹恢复白鹿洞之后，它在宋、元之际遂成了重要的教学中心，堪称"天下书院之首"，辈出名人，如江万里、余玠、虞集、马廷鸾等都或曾为书院学生或与书院有密切关系。

元末（1351）书院被红巾所毁，此后荒废了八十七年，到明正统三年（1438）才由翟溥福重建，以至于清末。

岳麓书院（略）。

我参观白鹿洞书院时正好北京科学教育电影制片厂制作的《白鹿洞书院》纪录片子配音剪辑完工，由制片的陈燕鹏先生带来录影带试映，我因此得以看到它第一次放演。他们还计划出一个比较长的讲整个中国书院史的片子。这都是令人兴奋的事。

传统书院担负了中国高等教育的责任长达一千年之久（岳麓书院于一九八六年刚庆祝第一千零十年的历史），它可以说是人类文化遗产中十分重要的一个环节。但它的历史又与各个地方的社会发展及文化活动结合在一起，近代研究书院的人从一开始便注意到这个现象，大率从书院的地方分布入手。今后研究书院也一定必须跟随这个主流，这是我参观书院以后的第一个感想。

中国历史悠久，史籍庞杂，而记载书院的史志材料浩如烟海，据李才栋的估计，近千年来书院之总数可能超过五千（据师大王启宗教授之研究，台湾在过去二百多年来已有六十余所）。我与各地学者交谈，感到一个人本事再大，学问再渊博，作学问再勤勉，他也无法与那些"生于斯，云于斯"的研究者相比，地方史的研究一向为传统史家所鄙视，这是不应该的。中国史学受大一统观念的影响。总是从中央的角度看历史之发展，不免忽略了地方文化发展的多样化，我们想研究一个跨地域性的大机构，就必然需对地方文化发展的多元性及一致性都一体考虑，并全力借助各地方学者的研究成果，不然便只是空谈。这是我第二个感想。

现在大陆到处有人研究书院，令人兴奋。这一方面也反映了近年学术开放的结果，另一方面也反映了希望在传统中重寻旧的价值和制度的心态，这是可喜的现象。我认为传统书院与现代教育制度接触了以后自然必须因应改变。不幸传统中国学者善于守常，不知应变，结果反而使求变的人被迫在旧与新中只取其一，最后导致书院的全面沦亡。例如维新思潮开拓，各地成立的新学校便不愿取名书院，而迳名学堂。因为各地书院大多不肯接受新"时务"。梁启超在湖南推动变法时，讲学长沙的"时务学堂"；同时谭嗣同、唐才常则创立南学会。当时主持岳麓书院的王先谦看着湖南巡抚陈宝箴的面子，去听了几次梁启超的演讲，后来就听不下去，还发动书院的学生集会，"在学官传集同人，商立议约，厘正学术"。这自然造成对书院的极大伤害。1903年政府下令改"书院"为"学堂"，王先谦也就不再到岳麓书院。"书院"遂连名都亡了。

在重新探索书院及其教育传统时，我们必须记得现代解释学所强调的对旧典及旧学不断再解释的看法。对于旧制度，我们有无限的怀念和景仰，但也要不断更新，因时、因地以制其宜，使它能不断丰富其内容，而与现代世界所公认的价值联结起来。这是我的第三个感想。

《白鹿洞书院通讯》1990 年第一期

鸣鹿呦呦

罗丁

月光，仿佛是从庐山三叠泉的瀑流上飘飞下来的，踏着八角枫的叶子，最后淋漓在白鹿洞书院的碑廊里。那烁烁闪动的光斑，让人想起一匹白鹿，而驭鹿的李渤，则躺在贯道溪的枕流石上，让一怀愁绪，随那一朵朵迸溅的浪花去逐鄱阳湖的帆影。

小住书院三日，每至夜深，总能听见一种动物的叫声，时急时缓，且幽幽然，疑为鹿鸣。便披衣起身，启开窗扉，樟槐的影子梅朵一般扑满一身，更有几枚桐叶飘扬而下，栖于案头，细细审视，但见纹理清晰，更有脉络纵横，若天书，不知何人所寄。便合目而坐，想象自己是一学子，负笈千里而来，拜于朱子门下，进礼圣门，先谒至圣先师孔子像，然后去御书阁抱来经史诸书，于丹桂亭悉心研读，倦时，便听松涛，听溪鸣，听先贤的谆谆教诲，再去游赏碑廊，看明代紫霞真人编蒲为书的《游白鹿洞歌》那矫若游龙、疾若惊蛇的遒劲笔锋，之后便学朱熹垂钓溪潭，"意不在鱼"，只为钓那一份哲学上的思索。

天还未明，便去明伦堂后的白鹿洞看望白鹿。白鹿依然石雕一座，四肢蹲跪，凝视着前方的山峦，只是觉得眼光中多了几分哀婉，是铁栅栏囚禁得太苦了么？那昨夜的叫声里一定表达了你的某种心事。

月亮仍像一块薄冰冷冷地浸在溪流之中，只是东方已现出曙色，太阳因冲破地壳而咳出的鲜血，枫叶显得更加鲜红，竟有几片飘落到白鹿身上，如一团团火焰。我将红叶聚拢，不为题诗，而是为了忘却，贯道溪的激流上漂去了我的一片一片祈愿。

我逢人便说，我夜半听见了呦呦鹿鸣。而一位看园人则说，这儿根本没有鹿，那是后山林子里的獐子在叫。我却固执己见，那叫声一定是鹿鸣，而且是白鹿洞中那尊石鹿唤出的声音。

《白鹿洞书院通讯》1992年第一期

白鹿秋风人醉归

沈家溪

从九江—星子公路 30 公里处，向西南的翠微走去，一踏上被誉为"绿色隧道"的林间幽径，一种不知何自的空灵之气，便伴着清爽的松风迎面拂来。渐渐地，沁透你的肌肤，涤尽你的尘浊，于是，你便飘飘欲仙了。

豁然开朗处，一群错落有致、古朴典雅的亭台殿阁映现在列嶂环抱的谷地里。这，便是千百年来木铎远播，蜚声海内外的白鹿洞书院了。

果然是五老峰下别一天！

时序深秋，尽管龙鳞虬枝的古松仍在淡青色的岚气里严肃地思索那千古难解的哲理，年轻的阔叶树群却早卷起那青青一色的教义，争先恐后地举起迷人的斑斓。更有几株娉娉婷婷的香栎，一身炫目的红装，正对着秋水顾影自怜。时不时还会有几只彩翼从你面前轻盈地飞过，让你猜不透那是飘飞的花，还是缤纷的梦……

白鹿的秋，是一幅画，一幅绚丽多彩的图画。

步入书院的外院，是一条洁净的，由花岗石和河卵石拼成规则图案的林荫路，路右便是临山的小溪。潺潺的溪水，像一位妙曼的仙子，从五老峰款款走来，一路抚琴轻歌。溪边林间，时时啭起时鸟的佳音，婉转、清丽、悠扬。这些悠闲自在的生灵，不经意间便用她们独有的丝弦，织出一个令人心往神驰的幽境。清澈的溪水中，游鱼往来倏忽，如果你懂得水族的语言，一定也能听到一曲清音。而从溪中巨石和溪边青崖上历代学人留下的"清如许""琴意"等诸多石刻丹书中，谁会听不到他们的吟哦和咏叹呢！

白鹿的秋，是一支歌，一支清新悠远的歌。

往前走，跨过石拱桥，向右，是古木浓荫下的独对亭。你不妨在亭中石凳上小憩，细细品味白鹿洞秋韵。如果你幸运，会有一群憨厚的竹鸡飞落在你跟前，悠悠踱步，斜着眼睛打量你，甚至唧唧咕咕地同你攀谈。

亭下是百尺深涧，造化的鬼斧神工，在夹岸石壁间创作了一道道飞瀑，素湍碧潭，飞珠溅玉，令你联想到古代哲人那迸涌不竭的才思。

瀑流之上，溪水阻石，回转成潭，当年朱子和他的学子们，暇日每每环潭石而坐，引觞浩歌，让回旋的溪流为他们传送酒杯。那情那景，真是其乐何极！

一阵山风骤起，四面便涌起浩瀚的松涛。不知从这澎湃的涛声里，你是否能听到久远的年代那莘莘学子的书声？但你一定能辨出，从内院，从朱子手植丹桂处，越过世纪的层峦飘来的幽香。这时，这时你定会感到，白鹿的秋，是一樽酒，一樽清醇明净的酒，酿着山水的灵气，酿着历史文化的芬芳，令你心醉。

倘若你没醉，那就走进内院，沿着千年历史的长廊去寻幽探胜，那里真有无尽的瑰宝呢！可是，我醉了，醉在白鹿的秋风里。

《白鹿洞书院通讯》1992年第一期

朱子钓台

施颖

独坐钓台，心中油然升起浓浓的钓兴，快乐的游鱼没有一点愿意上钩的样子，我只钓到了一尾鱼纹斑驳的千古幽情。

泉声潺潺，拂响我每一根神经，奏出一曲没有杂音的清韵，使我沉静如脚下年代久远的石头。

云从五老峰上飘飘而下，捎着朦胧的雨色，将我浸润，将我涤荡。各种各样的影子渐渐从周围消失，我的颜色越来越淡，淡成一尾透明的游鱼，跃入透明溪中，快乐地游着。

经过清朝，经过明朝，我奋力游向唐宋。溪岸两边有许多似曾相识的面影，峨冠博带，抑扬顿挫地歌吟着，在平平仄仄的石级上，迈着七律一样整齐的脚步，不时有一两句唐诗宋词飘到溪中……

回首遥望钓台，依稀看见我淡淡的影子，向溪中伸着长长的钓竿，如画家笔下点染出的淡淡的写意画。

《白鹿洞书院通讯》1992年第一期

碑廊

汪冬霖

走进碑廊，走进肃穆的心境。

故事装订成册，挂于墙壁试证千古。后人在闲暇中咀嚼，看民族魂魄几经煅打，于圣贤碑上呻吟呐喊，发出不绝的铮铮之音。

有人在怀念中哭泣，有人在陶醉中感慨。民族魂，被两种不同的泪水淋湿，佩于历史的腰间，成一块黝黝的寒铁。

白鹿洞——一部线装的古书

冷克明

走进书院，如走进一部线装的古书。

这书是用千年岁月装订的，发黄的书页上，写满繁体的历史。

字里行间，喧响着唐风宋雨。风声雨声，将琅琅的书声打湿。

白鹿先生已骑鹿远去了，他坐过的石头上，塑起朱子的千秋儒雅。

几度兵火，焚毁了典雅的封页，朱子仍衣袂飘飘，踏灰烬而来，谈吐之间，将一颗冥顽的灵魂刻成"儒"字，洋洋洒洒地写满了百里匡庐。

那镂花的门窗是虫蛀的书页么？高耸的院墙牢牢锁住了那些欲飞欲坠的字眼。

一根根圆柱挺立着，支撑起岁月的幽深。

琉璃瓦弓起瘦硬的脊梁，默默驮负着飘忽的山岚、流泻的月华以及五老峰困惑的目光。

哦，白鹿！

那些灵魂的呐喊，那些灵魂的歌唱，那些圣哲的训诫……随同你的蹄声消逝已久。风中流荡的是匡庐松涛的轰鸣，贯道溪流的幽咽，鄱阳湖闪闪烁烁的叩问。

远处，李白的诗句随着香炉峰瀑布一起飞泻。

礼圣殿。

这书页中厚重的一章。

每一块青砖都是一个沉重的字眼，只是双膝的血的印痕已经暗淡。

至圣先师睿智的目光终于被青砖磨钝，那飘垂的长髯染上了一片凝重的秋色。

白鹿洞，一部线装的珍本？

默默地翻开一片古典的月光。

倾听鹿鸣

蹉跎

之一

瓦罐被搁在贯道溪边，最后的叶子从眉睫间掠过。

诗歌的果子一次次击痛心灵。

譬如花朵，用一种柔软的锋芒，杀伤美丽的眼睛。

而古典意蕴里的鹿鸣，一直无法倾听。

枕流桥下，感喟岁月的逝波。

阳光被枝柯剪碎，敷在画面上。

意不在鱼的哲学人生，于林涛泉声间澹泊怡然……

之二

湿润的语言，从棂星门飘出。

众多的殿、堂、廊、阁保持缄默。

什么样的文字，能说出我们心中全部的渴望以及永恒的顿悟？

铺展被庸常揉皱的灵魂，以诗歌进行自我拯救。抵抗日益物化的生活，憧憬一方精神的净土。

深的渴！

纯净的忧伤。

许多时候，

独自在天空下流泪并仇恨自己。

端坐在书院某种神秘的氤氲里，被淹没在尘土里的疲惫灵感，体验一种全方位开放和宣泄的辉煌过程……

于莽莽苍苍的古木与迷蒙飘逸的云雾间，找寻圣洁而高贵的白鹿、梦幻及其他风景！

之三

泮池的莲，谁的纤纤玉手采撷？

文化的雨点袭来，空旷已久的石径，滴落一枚枚清悦脱俗的鸟音。

而松针，在静静地回忆恢宏深远的翰墨遗风。

思贤台不堪击槛高歌。

凭一株玉米感恩农业的诗人，如何领悟怀旧、生存、死亡及其他的苍茫意识。牧鹿的神鞭……

《白鹿洞书院通讯》1992年第一期

忆刘少奇同志重访白鹿洞书院

朱冰

1927年，蒋介石背叛革命，刘少奇同志曾一度暂避白鹿洞书院。新中国成立后，第一次访问白鹿洞书院的国家领导人，又是国家主席刘少奇，我曾听他高瞻远瞩地说：这是个好地方，将来要发展成为旅游胜地。转瞬三十多年了，如今他的预言正在成为现实。

1959年8月19日，我作为当时九江地区负责人曾有幸陪同少奇同志游览白鹿洞书院以及海会寺、星子县城。由于众所周知的历史原因，当时的手记、照片等已荡然无存，但少奇同志的音容笑貌仍记忆犹新。

1959年7月1日晨，长江江面上一艘江峡号轮载着一代天骄——毛主席、刘少奇同志、陈毅、贺龙元帅及一些大区首长们，刺破黎明前的夜幕，缓缓驶入九江港，停靠在码头边。我作为地方负责人和庐山中央工作会议的接待人员，随同中共江西省委书记方志纯同志，登上轮船。在看望了毛主席以后，我们随即走进了刘少奇同志的座舱客厅。少奇同志正准备进早餐，桌上放有一杯牛奶、一盘早点。王光美同志也在座。见面落座后，方志纯同志把我介绍给了少奇同志。少奇同志就说："好哇！九江怎么样？"我还没有来得及回答，他接着就说："大革命时，我曾到过九江，去庐山休养，在山上住了不久，汪精卫一伙人也上了山，我与汪很熟，当时关系已破裂，就下山回避，先住海会寺，后住进白鹿洞书院。那地方环境不错，幽静得很。不久，汪精卫在山上开完会，要来白鹿洞。我就迁到星子县城一位姓周的工友家，然后化装海员经九江去上海了。"

8月19日上午，我按通知乘车到庐山脚下威家公路边迎候少奇同志，会车后，同沿公路南行，先参观了海会寺，并登上半山坡眺望了国民党主办的庐山军官训练学校旧址，然后驱车去白鹿洞书院。当时进书院还没有公路，要走三四里路，少奇同志坚持前往。他一下车，就顺手在随从人员手中接过一顶草帽，戴在头上，兴致勃勃地同大家一起走着山村田埂羊肠小道。途中，他不时询问田里收成、农民生活，还讲述书院门边《游白鹿洞歌》石刻的传说故事。他说，明代有位道人游方到此，见这里环境幽雅，气势不凡，萌发了书写之情，向书院人员借用笔墨，书院人员见他衣着褴褛，其貌不扬，未予理睬。此人愤愤不平，顺手从地上拔起一束蒲草，以泥浆代墨，在门边一块石头上纵情地写下了《游白鹿洞歌》，也未留名，挥袖而去。书院人员一见其字，大为震惊，认为是奇人，迅即追寻，但已追之不及。后人就在那石上照样刻下《游白鹿洞歌》。少奇同志说：书院内还有"忠""孝""廉""节"碑石，其中有个字排错了位，不知复位了没有。我们边走边听他讲故事，很快就到了书院。果然，六块《游白鹿洞歌》大石刻呈现眼前。在院中我们也看到了那四字石刻，不过错位字已复位了。解放初期，我在白鹿洞书院所在的星子县担任过领导职务，对少奇同志谈的有关白鹿洞书院的这些事竟毫无所知，深感惭愧。

进院时，大家都已汗流浃背，少奇同志白布衬衣也已湿透，但他兴致很浓。稍事休息，饮罢茶，他起身参观院内遗址，走到藏书阁前，他若有所思地说："我曾在这里住过，当时上面还有不少书哩。"因阁楼危旧待修，藏书已转移星子县文化馆保存，不在阁里了。当走入残垣碑廊，少奇同志一眼看到朱熹所制定的《白鹿洞书院揭示》碑刻时，还用手抚摸了一下，自言自语地说：还好。朱熹可是个大学者啊！他面对廊内外散放的一些残存石刻，向我们说：这可是些好东西啰。他走向庭院前后，对摩崖石刻都看了看，然后离开书院驰向星子县。在少奇同志启示下，我曾责成专区文教部门注意保护文物，要求他们保护好书院、秀峰寺、归宗、海会寺等名胜，并要将历代名人，诸如米芾、颜真卿、王羲之、黄庭坚以及朱熹、苏东坡、李白、白居易等所留下的碑刻摩崖拓印出来，汇集成册出版。

少奇同志不愧为伟人，令人敬仰的国家领导人。他的白鹿洞书院之行，是白鹿洞书院的光荣。我今日看到白鹿洞已有柏油马路通向书院，庭院已修饰一新，参观的人络绎不绝，不胜感慨。即兴和朱熹《次卜掌书落成白鹿洞佳句》：

重修书院喜初成，院外车声代鹿鸣。

颇笑李公徒暂隐，谁从朱子问诚明。

翻湖春水连天阔，匡岳晴云触石生。

四海游人俱向往，共来洞壑结芳盟。

《白鹿洞书院学报》1993 年试刊

五老峰遐思

樊宾

白鹿洞书院现存唯一的亭子名"独对亭"，步入亭内，五老峰随即映入眼帘。古人云"孤亭无侣，丹霞射影看山"，亭便是这个独对亭，山无疑是指五老峰了。亭子是为纪念朱熹而建，"独对"的含义大概是指千百年来，唯有朱熹的学识、品行、贡献堪与五老峰对峙。然而，站在五老峰顶却怎么也找不到这个"独对亭"！我不知道这该算是朱熹的悲哀呢，还是后人的幽默？只是，若有人问起我，白鹿洞书院最大的偶像是什么，我恐怕会脱口而出——朱熹；院外最高峰是什么——五老峰。

五老峰拔地而起，五峰并峙，气势雄浑、壮伟，是书院任何一幢建筑都难以企及的。古人以它形似五位老人并排端坐而呼之为"五老峰"。在我看来，它更像一张张仰视天空的青年头像，额、眼、鼻、唇、颌凹凸可辨。当然，这也许是苍狼白狗之说，更多的时候，五老峰又是虚幻、缥缈的，总能给人以全新的印象。江南多雨，每一次沐浴都为它增添新的光采；庐山多雾，忽而一峰峭立，英姿飒爽，忽而五峰漂浮，婀娜娇媚，忽而又直入云霄，不见峰影；更不要说还有火热夕阳的映衬、多情月光的陪伴。五老峰是如此的雄伟、奇妙，正对着它，就仿佛面对着五千年的中华文明，使你深深地领悟到它的博大精深、它的神奇壮丽、它的沉重压力。这恐怕也正是李渤、朱熹们让白鹿洞书院"正傍五老峰"的良苦用心吧！

开门见峰，对书院学子们产生了一种无形的力量，无论你站在书院的哪一个角落，只要探出头来，它便正对着你，追你自省，促你上进。难怪古人有"举头看五老，幽意欲投簪"的感喟，也就不难理解"三贤讲道对青山，道外无一事，青山外无一事"的联语了。

先人们将孔丘、朱熹等拿来供奉、祭祀，原本是有违"圣心"、强人所难的事。莫说颠沛流离一生的孔老二做梦也想不到死后会有如此殊荣，便是生前已名扬四海的朱熹也曾诚惶诚恐地"遗书劝毁"弟子们为其立的生祠。到过白鹿洞书院，看见五老峰的人就会明白，在五老峰脚下，一本正经地去搞个人崇拜是多么地滑稽可笑。因而，我们也可以推断，五老峰定然曾以它博大的胸怀化解了千千万万人心中的功利恩怨，使它身边的学子们得以宁静、淡泊地修身养性、处事求学。也许，正是有了五老峰的庇护，才使得白鹿洞拥有了这座历史最悠久、影响最深远的书院。

《白鹿洞书院学报》1994年第一期

十八湾即景

樊宾

书院的朋友们习惯上将新牌坊所在的位置称为洞口，由洞口至书院据说有十八个急转弯，曲曲折折的柏油路便因此被戏称为"十八湾"。然而这是怎样的一条路啊，绵延盘绕的十八湾，整个儿地就是一条绿茵匝地、阴翳蔽日的"树洞"！除了紧裹身上的"大铁匣子"和眼前这条被雨淋得碧青的小路，就是没有一丝人迹的绿了，这短短的1.5公里就因此仿佛再也走不到尽头。

我们的司机显然是闭着眼睛也能一头扎到"洞"底的，而此时我却不能容忍他哪怕是一丁点儿的大意。在此之前，我们已然领受了庐山"跃上葱茏四百旋"的威力，但却从未经历过如此短的距离中有如此多、如此急、如此陡、如此险的曲折的路，这分明是预示着我们即将达到的是一个多么幽静而美妙的境界。我可不想在领略书院风光之前就这么稀里糊涂地去拜孔老夫子。正这样胡思乱想着，眼前豁然开朗，一幢幢白墙青瓦的古建筑直扑眼底，书院到了。漫长的三分钟终于成为我旅行生涯中的一段历史，这奇妙的"树洞"也从此深深地融入了记忆。此后我注意到，凡是乘车第一次进"洞"的游客，绝对都同我一样地紧张、兴奋、陶醉。十八湾的旅游车中很少听到人们纵情的欢声笑语，仿佛这悠长的"树洞"具有吸收声音、凝固空气的能量，有摄人心魄的魔力。因而便有人异想天开，设想将十八湾营建成森林隧道，佐之以飞禽、猛兽，甚或狐仙、神鹿之类的动物，刺激您的神经，掏空您的腰包。

然而，若是雨后初晴，独自从洞口漫步而入，情境便大相异趣了。此时生计的艰辛、世态的炎凉、城市的喧嚣，自然是舍你而去了，丢下一个舒坦的躯壳在这碧绿、清新、幽静的"树洞"中徘徊，眼前姿态各异的古松、直插穹隆的水杉，各种高的、矮的、知名的、不知名的树木，层峦叠嶂，构成了一片绿的海洋。微风拂过，一层层，一浪浪，使人心神摇曳。虽说同是绿，但每一棵树、每一片叶子似乎又都蕴涵着不同的色泽。视野开阔处，眼底是一抹青翠，抬头看却近乎墨绿，往远处瞧，又是淡然的碧波了，极目远眺，则更是一片蔚蓝，分不出哪里是天，哪里是地，哪是云，哪是树。在这绿色的世界里，不时又有几朵洁白的野蔷薇或鲜艳的映山红欢腾跳跃着。置身其中，极易使人产生一种物我两忘的幻觉。你不得不佩服我们祖先高雅的情趣和淡泊的胸怀，身居此境，不消说吟诗作画的骚客，便是躬耕垄亩的农夫也会被这优美的氛围陶冶得一身儒雅。

奇遇怪松

樊宾

在商品经济的大潮中，白鹿洞的确像个世外桃源，待久了便有一种神清目明、心宽体胖的感觉。外面的世界对我的吸引力是越来越小了，倒是"圣域""贤关"内千余载的儒家文化把我拖进了一条更加深邃悠长的洞中。这洞内既有生机盎然的绿意，又有端庄肃穆、雍容庄重、冠冕堂皇的圣贤偶像，我不明白，白鹿洞怎么会和这么个洞相通呢？

我叨念着"言忠信、行笃敬、惩忿窒欲、迁善改过"的教规，又溜回到了我那葱茏清新的"树洞"中。朦朦胧胧地溜达着，忽然发现路边半山坡上有几枝树杈生得格外出奇。仔细看去，原来是松树枝。可竟然找不到树干，只有两根树枝，约有碗口粗细，一副两臂张开、双肘微曲、仰天长啸的样子。我感到奇怪，索性拨开杂草树枝艰难地向这棵古松靠近。走了没几步，我就呆住了。在方才的树杈之下，竟然又有两根更长更粗的枝丫长长地伸出，有臂、有肘、有腕，有一根肘部正对着我，腕部却又回收，随风缓缓晃动，正在招呼我过去，另一根向前向上翘起，直指远处的五老峰，我的天，他在说些什么？

我慢慢地向前挪动，顾不得脚下的枯枝和身边的槐刺了，眼睛直盯着这棵古松。终于，我看到了它的全身。它的躯干扭曲得非常痛苦，好像是站错了地方，从根部就开始倾斜，往上便是左一扭，右一曲，到分杈处树干便停止了生长，被砍了头似的；树枝便因此显得愤怒地肆意延伸；树冠说不上亭亭如盖，但至少几枝奇形怪状的树杈上也密密匝匝的，更增添了几分怪异。

来到古松下，我发现它有两人合抱粗的腰身，或许已有几百年的树龄，说不定朱熹兴复白鹿洞书院时，它便落地生根了呢！抬头仰望盘绕屈伸的臂膀，分明能感觉到，那是一种苦难深重、痛苦不堪的神情，是一种愤怒的呐喊者的形象，是一种顽强不屈、戟指苍穹的精神。哦，好一棵"怪松"！

在巍峨庄严的五老峰脚下，沐浴着千余年儒教文明丽日祥云的照耀，竟然生出这么个恣肆放浪的精灵，无论如何，也是一桩令圣人君子们哭笑不得的事，然而看到它，我却大大地松了一口气。白鹿洞书院纵然培育出了不少冠冕堂皇的华盖松、趋炎附势的迎客松，但仍不乏这种恣肆汪洋、放浪形骸、笑傲千古的"怪松"，怎能不使人耳目一新、心智大开呢？难以考证千百年来是否也有人在这棵古松下顿悟，走出了儒家文化的长洞。那么今天，这棵举世罕见的"怪松"又能给我们的弄潮儿们带来什么样的思索呢？

"怪松"扎根于十八湾，在钓台以上约两百米处，白鹿洞书院管委会为了方便游人观赏，现已砌成青石小径，直抵树下。

《白鹿洞书院学报》1994年第一期

书院情怀

高峰

又是一个潇潇的初冬，连续几天的绵雨，使得千年学府白鹿洞书院愈发的安静，六千平方米的古建筑群内，竟无一个游客，同事们有轮休的，去出差的，去娱乐的，走得院内找不到一个闲聊的对象。一个人在空荡荡的建筑内晃了一圈，与几只小鸟对鸣了几声，然后又去泮池看看两条同样无聊的红鲤鱼……

回到桌前，燃起一支香烟，心想还是这位朋友够味，竟然二十年与我不离不弃，无论是妻唾女骂，也未能改变我对它的挚爱，因为它能让我的心境安然，能让我在纷繁的尘世间找到一块心灵的净地，更能让我随着它的袅袅青丝找回我青春的印迹。

1985年的初冬，也是一个潇潇的雨天，风华正茂的我有幸来到白鹿洞书院工作。一踏入这块圣地，我茫然无措，院四周的千年古树似乎都在探头窥视，一百五十余通默默的明、清碑刻也在冷冷地打量着我这个愣头小伙，而奔腾嬉闹的贯道溪却依然显得十分年轻，似乎也只有它对我这个年轻人还表示欢迎。在院前辈的指导下，很快我熟悉了迷宫似的古建筑群和三千亩近似原始森林的山地，接下来该是熟悉千年书院的底细了。通过两年的讲解员工作和三年资料整理工作，我对这座时时散发着神秘色彩的千年古学府有了粗略的了解。然而一位客人临走时的一个提问又让我抛妻别子两年半，去到武汉学习文博知识，归来时已近而立之年。重新审视这个既熟悉又陌生的老友。我竟然有些胆怯了，确实，书院所包含的知识实在是太多太多……要学习中国书院发展史、中国古代建筑发展史、中国书法知识，等等。在这座知识浩瀚的宝库前，我曾一度要离它而去。1994年担任书院管理工作后，繁杂的日常事务让我暂时不去想这些学术呀、研究呀，人也确实感觉到一时的轻松。

那天，我们第七次与日本井原市兴让馆高等学校的友人进行学术座谈，这次的触动很大，感觉到人虽然在书院工作，但脚确实还没有迈进大门。再过三年又到了我不惑之年，是一味地混下去，还是一味地钻进去，这让我很矛盾，算了，不去想它，还是出门看看吧！

映入眼帘的是漫地的小菊花，杂乱无章地开放在千年庭院中，但也无时不在地显示着它们的生机，庭角一棵我来书院时还是青树绿叶的桂花树已经枝干叶枯了，它还是没有熬过这个深秋，它死了，在它的旁边有棵同龄的紫玉兰也已经是缺胳膊少腿的，凑近一看，剩余的枝头却挂满了细小的花蕊，它们在等待春天。此时，蒙蒙的天空莫名地射出无数缕金光，也许天真要晴了。再望远处，一幢幢经过维修的古建筑，在经过几天的细雨冲削后，眉清目秀，像刚刚洗过澡的乖孩子。心底油然生起一股温情，我知道，我这辈子是离不开它了，离不开这座让我把二十年的青春都给了它的学府，离不开这里的一草一木，离不开朱老夫子魂游的庭院……

我爱你，白鹿洞书院！我爱你，读书人的天堂。

《中国书院论坛》第四辑

做一回南宋书生

李幼谦

穿过时间玄妙的隧道，踏着初冬零星的衰草，布衣草履，跋山涉水，来到白鹿洞书院，朱熹先生，请收下我——做一回南宋书生。

这里果然是读书人的天堂：四山壁合、盆地如穴、清流激石、古林交柯，无市井之喧，有泉石之胜，真群居讲学循迹之所。难怪，唐朝李渤携白鹿隐读，读成了江州刺史；难怪，晚唐颜真卿裔孙子侄30余人于此耕读三十多年，传承了书香一脉；难怪，南唐先生李昇创立白鹿洞国学之后，太子李璟读书不思皇位，即使被迫登基，也"未尝一日忘庐山"；这里成就学者不计其数，他们设馆办学、传递薪火、更浇灌出天下桃李……如此洞天福地也，读书人无不心驰神往，朱先生，您修复白鹿洞书院并自任洞主后，我岂能不来？

深涧边，棂星门巍然屹立，是否等着学生披红挂彩、光耀门庭？深深庭院中，您的亲植丹桂还在含蕊吐香，是否激励学生蟾宫折桂、状元及第？先生题写的"泉清堪洗砚，山秀可藏书"的楹联倒是此处真实的写照；御书阁里，有您亲自征集来的书本，还有皇帝亲赐的《九经》，这是弟子们修身治国平天下的读本，这更是中华文明的火种啊。

您亲自拟定的《白鹿洞书院揭示》是您的教育之本，也是弟子们待人接物之本，您还想用来作为天下百姓的行为规范。听您吟诵"重营新馆喜初成，要共群贤听鹿鸣"，学生想，无须白鹿点缀，弟子是来听取饱学先生循世之道的。您将《大学》《中庸》《论语》《孟子》汇集为《四书》，还亲自写下《四书集注》，创立了程朱理学，光耀了儒家学说，让儒学的价值观念与人格追求长存，光扬天下，昭示后人，功不可没呀！您还摒弃了门户之见，以宽阔的胸襟请自己的"论敌"陆九渊来讲述"义利之辩"，并且跋书刻石，传垂后世。这海纳百川的大度，大大增强了吾辈之眼界。

您与学生们在山林间徜徉谈心，集聚一堂，讨论争辩。您即兴解疑答难，才华横溢，思维闪光，文明与知识同时传播，充满了浓郁的人文关怀，让学生在生命的体验和心灵的感悟里解读理学的大义，走进历史的文化渊源，传承中华的书香一脉。在这开放式的教学中，先生背靠青山，面对流水，手持青卷，五指伸张，似乎正在讲解"白鹿洞学规"，弟子斗胆对您的《五有》要理进行批评："夫妻有别"最不敢苟同，先生学养深邃，阅历丰富，却不该发展"男尊女卑"的孔孟教条，进一步制造男女差别，将"存天理灭人欲"上升到理性的高度。且不说男人的一半是女人，就是当朝女士李清照，也是巾帼不让须眉的典型。您突然听出弟子的异音，发现我是另类不屑一顾，弟子坦言："我是女生又若何？"我脱口冒出您祖师爷的口头禅："唯女子与小人难养也。"然后拂袖而去。

弟子于明伦堂里深思，伏在宋式条桌上，本要就男女平等的伦理写下论文，突然想起金兵压境，国难当头，中原之大，已经安不下一张书桌，再于此皓首穷经，岂不是对现实的逃避？想那南唐中主李璟、后主李煜，就因为一味沉迷于读书之中，做成了好诗人，做不成好国君，误国殒命。在古战场中，百无一用是书生啊。

既蒙先生见弃，不如归去。即使设馆教学著书，也是对社会的一种投入。我走了，走出这书香渊源、流芳遗韵的白鹿洞书院。八百年沧桑巨变后我再来时，这里已经是书声冷落、物是人非，空留"傍百年树，读万卷书"的楹联，然而青山不老，智慧长存，这个"海内第一书院"依旧解读着千古文化的不朽声光，永远是世界文明的珍贵遗产。

《中国书院论坛》第四辑

山间庭院

叶小燕

我见到白鹿洞书院的时候，是在一个春天的早晨。庐山五老峰层峦叠嶂的翠色还在苍渺之中隐隐约约，坐落在南山谷中的白鹿洞书院如同一位隐者，似乎伫立在唐朝的烟雨朦胧中迎候我们的到来。

史书记载，白鹿洞书院"始于唐、盛于宋、沿于明清"。这样一座千年庭院，曾安放了多少读书人的灵魂呢？它的光华，它的气象，它隐藏在建筑深处的文化脉络，都令我无限神往！像一个探寻者，又像一个怀旧者，我缓步行走在庭院中，淅淅沥沥的春雨轻轻落在屋檐瓦片、青砖古道上，我深深地呼吸着这座庭院特有的来自历史尘土的地气。

据说书院全院占地面积为3000亩，建筑面积为3800平方米。我曾数次想象过它的规模之大，气势之宏伟。然而我很快意识到自己原先的想象有多幼稚可笑！位居全国四大书院之首的白鹿洞书院，不是皇家园林，它是读书人的文化磁场。也因此白鹿洞书院是素朴的，庄严的。现存的建筑群沿着贯道溪自西向东串联式而筑，由书院门楼、紫阳书院、白鹿书院、延宾馆等建筑群落组成。一律坐北朝南，灰墙青瓦，石阶木檐，所有的门窗都向青山开着。林间鸟鸣，贯道溪流水潺潺，从庭院前面的碧翠中穿过，傍溪而行的是朱熹当年往返南康的古道，先生当年迎送生徒的枕流桥卧伏于溪上。

白鹿洞书院就像是一片藏在山中的净土。行走在这样的庭院中，浮躁的心会变得清明、古朴。我非专家学者，对书院文化知之甚少，但至少在心理上可以当一个旧时的学生，对每一位先贤的神位或画像或雕塑，包括丹桂亭中的那两株桂树，我都一一揖拜。传说这两株丹桂是朱熹亲手种植的，虽只是传说，但我愿意相信这是真的。我知道，在人类漫长的历史中，战乱浸透在每一页泛黄的纸上，深重的灾难是任何事物都无法躲过的。白鹿洞书院不是世外桃源，一样随着社会的安乱，时兴时衰，屡毁屡建。但风波总会过去，教育不会灭亡，就像我眼前的这两株树，在经历了千年的严寒酷暑、风雨雷电的侵袭后，依然花开花落，生生不息，并将自己生命的清香和思想的光华分赠给那些热爱她的人们。

明伦堂是当年白鹿洞书院授课的讲堂，令我驻足，徘徊久久。外面悬挂的"鹿豕与游，物我相忘之地；泉峰交映，仁智独得之天"那副对联，想必是鼓励学子们用心攻读吧？千年以来，白鹿洞书院的教师中汇集了大批杰出的教育家，可以想象当年这讲堂里教者君君、习者咿咿的动人情景，学子们聆听着大师的登坛布道，享受那种至情至圣的泽福……而此刻，一排排的课桌椅依然整整齐齐地排放着，却不再有老师和学生。空气中弥漫着令人伤感的静寂。《白鹿洞书院学规》就铭刻在右边的石碑上，十分醒目。这是世界上最早的教育规章制度，一部学规，影响了七百年的一部教育史。据说，正是因了这部学规，这座庭院才登上中国古代书院的第一把交椅，睥睨天下书院。

我不知道，除了李渤、朱熹、陆九渊、王阳明这些杰出代表，还有多少的读书人也将自己的命运交付给了这座庭院，并一茬接一茬地营建这一文化场所，打造一个特有的磁场，将内心最干净最纯洁的部分交给文化。他们在这儿过着怎样的生活呢？看云听雨，抵掌闲论在文化的长廊中？或是在溪边、在林中摊开一册书阅读，琅声成诵，吐息如兰？偶尔古道上响起马蹄声，他们骑着马，身边有书童随从，欲外出欣赏浪漫山花？或许他们在书院里还得自耕自种？于我而言，这些都是诱人堕入迷思的五彩缤纷的生活！

烟雨蒙蒙，如同在一个迷宫之中穿行。曲径通幽处，竟有一个券拱形的山洞，洞正中一石鹿正竖耳昂首，凝视前方，似神灵一样照看着这座庭院。山洞上方，是书院的思贤台，睹台思贤之意。这是整个庭院的最高处，伫立台上，就可以看见青山绿水、桑梓农田、瓦檐亭阁，就可以拾捡到思想的叶片，就可以触摸到文化的墨色……

我不禁有些怅惘，在历经千年历史风雨后的今天，书院作为一种教育体制已经宣告结束，白鹿洞书院在历史的进化中完成了自身的改造，它留存下来的文化血脉，也已经融入新时代的文化体系中。但作为一名教育工作者，面对这座曾经的教育圣殿，我心里总在问：在远离白鹿洞书院，远离朱子的现代校园里，年轻学子们学习得还好吗？

走出书院时已近午时了，前来参观的游客渐渐多起来，他们陆陆续续地走进这座庭院。在这里，也许有他们想见的一棵树，也许有他们渴望聆听的声音，也许还会找到这个喧嚣时代已经或正在被忘却迷失了的一些东西……安享它的宁静，遥想它的辉煌，甚至可以梦回到一个时代的坐标中去，也可以拥抱它的寂寥，执一盏高烛，到天明。

2008 年《教师博览》

独对亭

叶小燕

每年的秋天，当匡庐将漫天的金色赐给人间，五老峰南山谷中的白鹿洞书院就笼罩在一片高贵的色泽里。枝叶在微风中轻轻自语，御书阁中朱熹手植的两棵桂树，历史一样伸向沧桑的巨枝上正开满黄白色的桂花，散发着一年一度的丹桂飘香，令人神醉情驰。

走过一座一座青瓦粉墙的庄严殿堂，我来到了书院之南，左翼山下。

二胡的琴音，随风而响。

一座古旧的小亭子，就像天边的一朵幽云，在琴音中飘然而至。亭顶落叶堆积，檐上寄生蔓草，幽静而有年份。此刻亭中有几名游客在听一位退休老人拉二胡。老人席石而坐，细瘦的琴身，立在他的腿上，仿佛被揽在怀中，但又保持着距离，弦丝一动，琴音袅袅，如雾飘起，忽远忽近，恍若老亭讲述高深莫测的隐语。

独对亭，原名接官亭，南宋著名理学家、教育家朱熹于1181年修建，原址是北宋元祐年间一位叫李万卷丞相的勘书台。

从我喜爱的词人辛弃疾的词中，我知道南宋的天空并不都是艳阳高照的好天气。同样，淳熙六年（1179）的秋天，朱熹是踏着青苔和纷纷落叶而来的。此时的白鹿洞书院已在战火中沦为一片废墟，放眼望去，荒草萋萋、瓦砾相杂，除了晚鸦鸣叫，使人断肠，还能听到的，是书院后面，那条曾从天际流进李白诗里的秀峰瀑布，在天地之间发出一声声的咆哮和怒吼。

白鹿洞书院已经历经百年的荒废和沉寂。

隔着数百年的光阴回望古人，朱熹那天的样子有点孤绝。他的目光深邃而峻刻，步履缓慢而沉重。在经过实地考察和慎重思虑之后，朱熹奋笔疾书，向朝廷一连上呈了两封奏疏。申奏中，他以沉重的语调、理性的视野，追述了白鹿洞书院曾经的人文华泽和历史风骚，并描述了书院如今的现状，阐明书院乃"前贤旧隐，儒家精舍"，与"讲学著述""敦化育才"的关系，当然，他还像设计师那样，为白鹿洞书院勾画了一幅理想的蓝图。

以朱熹的切身感受和文采，这两篇奏疏不知可否与他有深厚私交的好友辛弃疾著名的《美芹十论》媲美？不过，气势磅礴收复失地的《美芹十论》石沉大海，而朱熹关于恢复白鹿洞书院的微言大义，却让宋孝宗最终颔首恩准了！也许是命运的捉弄，要以辛弃疾个体生命的哀伤，来成就一位伟大的爱国词人？而朱熹呢，一样希望恢复中原，甚至还到永嘉痛砸秦桧祠，但这会儿他只想让读书人有个落脚处，做点安静事。

想起那天亭中拉琴的老人对我歉然一笑："这是朱熹的独对亭？不清楚啊。"他继续咿咿呀呀地拉着二弦。若我把这番情景告诉明朝那位叫邵宝的江西提学副使，他一定会摇头叹息的。但朱熹不介意："了却几卷残书，与村秀才寻行数墨，一是一事。"（《文集》卷二八）朱熹是个严谨的老师，也是个至情至性的风趣人。此处廊外山水间，朱熹若在庭中，想必也会走下讲堂，换了休闲衫，与大家伙一块聊天、嗑瓜子、读闲书、听琴吧？

当然，朱熹并不常有这样的清闲。

当一度人迹罕至、崇山包裹的院落，再度从荒凉旷阔中苏醒时，伫立庭院中的朱熹，仰望着霞光中的巍巍五老峰，他似乎接受到神祇的启示。转身之际，他已从青花镂空的笔筒里抽出一管上等毫笔——这一回，他不再向皇帝上书，而是书写下后来整整影响了中国封建社会七百年教育史的《白鹿洞书院学规》！

自此，通往白鹿洞书院的官道上，时有马蹄的哒哒声响起，一个一个的读书人前来白鹿洞书院，亲聆朱熹教诲，或从朱熹交游。朱熹是个勤奋而又谦和的老师，那时候的朱老师，不像现在，天天在朱子祠端坐堂上，接受众生朝拜。他一边在南康做官要忙衙门上的事，一边又要忙于讲学著述，没有时间伫立门口，拱手迎迓每一位来客。他想了想，次年（淳熙八年，1181）就在书院南面路口一崖壁上建了一座亭子，名接官亭。

接官亭的意义，表示礼貌恭迎。小小的亭子伫立在那儿，礼谦一笑，文官下轿，武官下马，且先在亭中坐坐，贯道溪即从心头潺潺流过。清坐片刻间便已先洗濯尘埃，再起身，缓步入书院。

不知道当年的古道，是否就是现在亭子前方的那条小路？我曾试着走了一小程，路边杂草丛生，但依然隐隐有踪，只是不知它从何而来？昔日陆九渊和他的学生朱克家、陆麟之、周青叟来白鹿洞书院走的也是这条山道？

这是继淳熙二年（1175）"鹅湖之会"后，朱、陆第二次学术上的盛会。两位奉行着最严格的圣贤之道的老友，曾在鹅湖之会中为各自的学术观点辩论不休，时至今日还为人们激动不已。这回受朱熹邀请，陆九渊在白鹿洞讲堂开讲"君子喻于义，小人喻于利"，即对儒家文化经典进行阐释，陆批评了以官位的尊卑，俸禄的多少来看人的风习。不知道这是怎样一场神采飞扬的讲学，令我神往和感动的是，据说陆九渊的这次讲学，听众中有人涕泪纵横！

我相信陆九渊这一次讲座的"涕泪纵横"，相信大师的情怀，也相信听众的感情。直到今天，我相信还有这样的老师、这样的学生，也正因此，教育才有了温暖和人性的光辉。

那天朱熹是主持人，也在听众席上，他是否落泪，不得而知。但朱熹是认同的，他认为陆的这一场讲学"切中学者隐微深固之疾，当共守勿忘"。直至生命的晚年，朱熹还劝学者兼取两家之长，对陆表示真挚的敬意。

不知道朱熹自己的讲学情景是怎样的。现在白鹿洞几种志书中还保存了当时朱熹在白鹿洞书院升堂讲说的讲义，如《中庸首章》《大学或问》《白鹿洞书堂策问》等。讲义可以保存，但朱熹讲课时的音容笑貌，讲堂上每一个生动的细节，还有他的口才，他的感情，他的幽默风趣……只能在后人的想象中去再现。像我这样的无知晚生，若是问：老师，您这个"理"是什么？朱熹老师是否会给我脸色看？或者他哈哈一笑，从讲堂上站起来，指着自己的空椅子，说："且如这个椅子，有四只脚，可以坐，此椅之理也。若除去一只脚，坐不得，便失其椅之理也。"（《语类》卷七五）由此推下去，朱熹告诉我任何事物做成什么样子就有什么样的道理了，碗筷陶罐自有碗筷陶罐的理，稻粱麦黍耕种收获也自有其理，日月星辰、仁义礼智也各有其理。我自然不谙理学真趣，愣头愣脑地冲着老师笑，觉得既玄妙又亲切有趣得很！至于他老人家的"存天理、灭人欲"，想必不是针对普通老百姓起码的吃喝拉撒而言的吧？因为在白鹿洞书院还留下朱熹当年读《诗经·有狐》时的聊斋版爱情传说呢。

可是朱熹的晚年很惨，原因很简单，他思想太多，言说太多，著述太多。虽然南宋还没有"文字狱"这个专用名词，但因为文字惹祸的悲剧似乎一直伴随着整部中华文明史。难怪仓颉造字，山川鬼神都要为之哭泣！朱熹去世前两年，朝廷已经不许他传播理学，他的行动也受到监视，朝中官吏都不敢与他来往，门徒各自散去，他的眼睛也瞎了。直至朱熹去世，朝廷还禁止为朱熹吊孝，还是那位叫辛弃疾的真男儿，独自前往福建吊祭，并在悲痛和愤慨中写下："所不朽者，垂万世名；孰为公死，凛凛欲生！"

远在长江中游的匡庐大地，闻之，一时崇山峻岭陷于惶惑与惊愕之中，四山啾啾，声闻十里，草木皆因伤感而枯萎！

斯人已去，然白鹿洞书院还在，朱子的精神还在。南宋之后，白鹿洞书院又数次在雷电、兵火中被毁，文物荡尽，但一代一代为文化而远游或朝圣的人，前仆后继走进了白鹿洞书院。无数的溪河汇聚在一起而成为大海，无数的碎石堆积在一起而成为高山。他们有着朱熹一样的梦想，延续着朱熹的高贵血脉，为这片文化圣殿继续放歌，以自己的方式续写着白鹿洞书院的文化故事和文化风景。

明弘治十四年（1501），江西提学副使邵宝整修白鹿洞书院，将接官亭重新修建，并改名"独对亭"，也是这样的一个文化故事，它在整个白鹿洞书院史中，分量很轻，只一笔带过。但这座亭子自此被赋予更崇高的含义，意为朱熹的理学思想可与庐山五老峰相对。就像自然山川与日月共存，赞美他的人只有匍匐在他的脚下，才能望到他的形胜气象。

独对亭是一首对先贤的赞歌。在白鹿洞书院的所有文化建筑中，大概只有这座小小的建筑，是充满了李白式的浪漫诗性想象。只是面对独对亭，不知怎么，我的耳畔总会响起，那位未曾来过白鹿洞书院的辛弃疾对朱熹的那一声高歌。那是一位英雄对另一位历史骄子人格精神上的理解和敬仰，而不仅仅是邵宝的"朱子理学"所指。

当然没有谁会介意这些，人们只是高高兴兴地接受了"独对亭"。也许，朱子的音容笑貌，朱子理学的哲思，朱子的文化人格，朱子的遭遇传说，都已经融进了这座庭院的一亭一台、一草一木之中。譬如这个秋天，独对亭中那位老人自得其乐离离拉拉的琴声，人们也会说，这大概是在讲述朱熹和白鹿洞书院的故事吧？

2008 年《教师博览》

白鹿洞书院印象

陈思

人生中有太多偶然，如此，生命的韧性和激情彰显得淋漓尽致！我曾经在夜幕下，意外摸到了岳麓书院，大年三十踏进过紫禁城，夕阳西下时分游走圆明园，深秋时节面朝大海。自己真的很是幸运，二十岁左右的光景，竟然能走遍这么多地方，能感受到这么多世间的风物——紫禁城的庄严肃穆，岳麓山的安适清幽，圆明园的残垣断壁，海滩上的激情澎湃！这些自然的、文化的、历史的风物，给了我截然不同却又同样深刻的体验——一个人，行走这么多的地方，在这如此浩瀚的世间，用脚步丈量历史，以心灵熨帖文明，这是上天多么大的恩赐啊！走了这么多地方，或许应该心满意足了，然而，我的心中，一直存留着一个魂牵梦萦般的地方——江南！可能是喜欢那些诗人词人笔下的词句，也可能脑海中一直勾勒着那些粉墙黛瓦间青石板的小路，还可能因为那些并不存在却又剪不断理还乱的烟雨之气……所有的这一切，真切又虚无，像梦境，又确确实实地存在着。

终于，收拾起行囊，也收拾好心情，在这个初冬时节，踏上旅途，一路向南……汽车安静地行驶在山的环抱下，山上的树，像是染了许多色彩，或黄或红或淡或浓，纯净的没有一丝杂质，阳光像是一面筛子，把那些山的色调摘剔的那么温润，恍若天堂……心中很安静，安静的想把每一瞬路过的风景都刻在脑海中，这些风景也许不是最美的，却是自己走过的，感受过的……一路安静的欣赏，一路安静的收藏，想要把整个魂灵都藏满这些风景才好，无论是那些或蜿蜒或巍峨的山，无论是那些或苍翠或醉熟的树，还是那些或淡然或浓郁的田野，路在脚下，风景就在脚下！

一路向南，终于，来到了此次旅行的目的地——江西九江。在这座举世瞩目的高山之麓，却有着一处如此清幽古典的地方，一个曾经培养过中国最优秀哲学家和知识分子，却一直安安静静终日与青山绿水为伴的地方——白鹿洞书院。

轻轻地走上庭院门前的台阶，左面的墙壁上凿刻着书院的重要创建者和讲学人，南宋理学家朱熹抄写的《兰亭集序》，"永和九年，岁在癸丑，暮春之初……"这些句子，读来朗朗上口，倍感亲切。这篇铭文就像是进入这座庭院的暗号和口令，千百年来，无论是谁踏进这里，只要能读出这篇铭文，就好像找到了这座庭院的入门砖，轻轻一扣，精神和肉体都融入了这座庭院……走进庭院，阳光透过树荫，斑驳地洒落在已经走过无数大师和学子的石板上，走上去，踏住了这些斑驳的阳光和树阴……这里很安静，没有那些嘈杂，也没有了往日里的那么多"擦肩而过"，只有那些石碑，那些院落，那些屋舍，那些草木，仿佛还在聆听着千年前世间最深奥的哲学，还在注视那千年前或成熟或稚嫩的脸庞……不想写太多关于这座庭院的历史，也不想把来过这些庭院的名人一一道来，只想安安静静地在这里走走看看，坐坐想想，不去思考那些深奥的哲学，不去思索那些名人的思想，只想借着这一方庭院，获得一份心灵的安适。

我一直在慢慢地领悟着这里带给我的一切，这里仿佛有一种魔力，使时间和空间压缩在一起，世间无数的伟大和渺小汇聚一起，古老和年轻交错在一起，不吵闹，也不寂寞……那时候这间屋舍内会有多少人认真听讲思考，或者神游于外面的世界？有没有像我一样在这里希望得到片刻心灵安宁的人呢？又有多少青年才俊从这里走出，最终走向人生的巅峰？想了很久，没有一个答案是肯定的，偶然抬头，看见了外面在阳光渗透树影下斑驳的石板，突然明悟到了什么是"光阴"。光阴，就是一寸一寸的光，一寸一寸的阴，糅合在一起，铺就了这条古老而年轻的石板路……

《信阳周报》

"竹柏春深护讲筵"

——白鹿洞书院访学记

刘梦溪

一

我国现代教育体制，在文化传承方面有一项重大的遗漏，就是传统的书院方式不仅传授知识，而且"传道"，甚至"传道"是更主要的。现代的大学制度反是，基本变成了知识的生产和消费的工厂，教师只教书，不再育人。辩者或曰西方即如是，不是也很好吗？殊不知西方并非不传道，只是另有途径罢了。西方的教会就是他们专门传道的场所，宗教和教育分别扮演不同的角色。

唐代韩愈作《原道》，发"道断"之叹。他说自亚圣孟子之后，"道"已滞而不传。然则所滞者何"道"？既不是佛之"道"，也不是老之道、庄之道。老庄之道，在于个体生命的涵化，无须也不能够通过社会来承传。儒家思想所规范的不止是生命个体的人，更主要的是"推己及人"，"道"之相传也必须借助家庭与社会的网络。所以韩愈说："吾所谓道也，非向所谓老与佛之道也。尧以是传之舜，舜以是传之禹，禹以是传之汤，汤以是传之文、武、周公，文、武、周公传之孔子，孔子传之孟轲，轲之死，不得其传焉。"

韩愈排击的目标是佛老二氏，而所"原"之"道"，则是孔孟先儒的仁义道德之道，也就是修齐治平之道、内圣外王之道，或率性之谓道。但韩愈如果生在宋代，他的这一担心就是多余的了。宋代周敦颐、张载、程颢、程颐和朱熹、陆九渊诸大儒出，以赓续先儒之道为己任，又斟酌吸纳佛、道二氏之学说，成为不同于先秦两汉儒学的"新儒学"，而以朱熹为集大成者。

二

宋儒最常见的活动方式是聚徒讲学，而讲学需要场所，书院由是兴焉。

实际上唐代已有类似书院的组织，只不过不叫书院，以藏书和文人士子的研修为主，颇似佛教的禅林。白鹿洞书院最初就是唐贞元间李渤的隐居读书处，因养一白鹿而得名。李自己也就成了"白鹿先生"。李渤字澹之，河南洛阳人，唐穆宗时召为考功员外郎，历任虔州、江州刺史等职，性率直，为权臣所忌。公元 826 年江州刺史任上，为白鹿洞修建亭榭房舍，补植花草树木，使知道此洞风光的人日益增多。至南唐始立学馆，称做"庐山国学"，洞主为国子监九经李善道，专事藏书讲学，生徒多至百人之众。但不久五代时期的变乱来临，"庐山国学"无以为继。

北宋初始有振刷，太宗赵光义于太平兴国二年（977），诏令将国子监刻印的《诗》《书》《易》和"三礼"（《周礼》《仪礼》《礼记》）、"三传"（《左传》《公羊传》《谷梁传》）"九经"颁赐给书院，使白鹿洞成为宋初四大书院（余为登封嵩阳、长沙岳麓、商丘应天）之首。但未及兴旺，便于宋仁宗皇祐六年（1054）毁于兵火之灾，而且名称当时尚未完全固定，有时仍叫白鹿洞学馆或学堂。

真正建成遐迩闻名的书院是在南宋，主要是朱熹的功劳至伟。

三

南宋淳熙六年，即公元1179年，朱熹屡辞不获而知南康军事。白鹿洞就在南康军治下的星子县界。三月三十日到任，十月十五日下元节来到白鹿洞故址，"见其山川环合，草木修润"，但昔日"闲燕讲学之区"，如今已是"荒凉废坏，无复栋宇"。而同是此地此山的佛、道二氏的祠宫，虽经损坏，但很快就能修善，独儒馆"莽为荆榛"。他对此颇感不平。于是先给本军即南康军郡，再给尚书省和尚书礼部，又给尚书本人，统统打了"乞修白鹿洞书院"的报告。苦口婆心，陈词剀切，内容亦不免重复。在给尚书的报告（札子）里，还提出由自己充任洞主的请求。结果所有这些"上峰高管"，根本未理会朱熹的苦心，甚至"朝野喧传，相与讥笑，以为怪事"，成为世人的笑柄。

可知办书院之难，不独今日，不独抗战时期的马一浮先生，千年前的宋朝，即便是名可惊座的大儒朱熹亦复如是。

所幸朱熹打报告的时候，已着手草创，至次年三月粗毕其功，房舍建有二十余楹，招得生徒十有余人，三月十八日释菜开讲，朱子登堂，宣讲《中庸首章或问》。所赋诗则云："重营旧馆喜初成，要共群贤听鹿鸣。三爵何妨莫萍藻，一编讵敢议明诚。深源定自闲中得，妙用原从乐处生。莫问无穷庵外事，此心聊与此山盟。"并为书院订立学规，书之屋楣。特别征集图书一项，朱熹费尽了心力，连结识未久的陆游，也成为求书的对象。为使书院立于合法的地位，还上书孝宗皇帝乞赐敕额及"九经"注疏，但石沉大海。淳熙八年（1181），朱熹已离开南康，改任浙东提举，趁方允奏事的机会再申前请："今乃废而不举，使其有屋庐而无敕额，有生徒而无赐书，流俗所轻，废坏无日，此臣所以大惧而不能安也。"这一次，孝宗皇帝经过"委屈访问"之后才勉强准奏。

因为当时朝廷里诋毁二程之学的声浪甚嚣尘上，秘书郎赵彦中曾直接攻讦洛学为"饰怪惊愚，外假诚敬之名，内济虚伪之实"。可以想见朱子的处境何等艰难。而当其知南康军之时，已经因多次"极论时事"而冒犯天威，若不是巧于周旋的廷臣赵雄婉为回护，孝宗就要下令惩处他了。赵雄的理由颇平淡："熹狂生，词穷理短，罪之适成其名。若天涵地育，置而不问可也。"亦即像朱子这样的大儒，越加害于他，他的名气会越大，莫如"置而不问"。细想此法实在是上上策。但前提是还须懂得"天涵地育"四字的深刻义涵。此种时候，朱熹还念念不忘他的白鹿洞书院，上面能不拖着不予理会吗？

不过朱熹还是为白鹿洞书院的终于建成而高兴。

更让他高兴的是，淳熙八年的春二月，他所尊敬的学问诤友陆九渊来了，乃请升白鹿洞书院讲席。子静（陆九渊字子静）于是以"君子喻于义，小人喻于利"为题，讲得举座动容，以至于有流涕而泣者。时在二月十日，天尚微冷，朱子已经因出汗而挥扇了。讲后朱熹致辞说："熹当与诸生共守之，以无忘陆先生之训。"他们五年前在铅山曾有鹅湖之会，就理学和心学的取向问题展开辩论。朱陆有异同，但彼此无心结。鹅湖之会反增加了他们的友谊。不幸的是，陆九渊的兄长陆九龄（字子寿）忽于淳熙七年（1180）九月二十九日病逝。陆九渊到南康，就为了向朱熹请其兄的墓志铭。

后来朱子请子静把所讲内容笔之于书，作为文献保存在书院，以励后学。南宋宁宗嘉定十年（1217），已经是史家所谓"更化"之后，朱熹的儿子朱在以大理寺正的身份知南康军，"扬休命，成先志"，使白鹿洞书院达到全盛期。朱熹的门人黄榦在《南康军新修白鹿书院记》中写道："榦顷从先生游，及观书院之始，后三十有八年，复睹书院之成。既悲往哲之不复见，又喜贤侯之善继其志。"这显然是说，白鹿洞书院因朱子而始建基，而由其子最后完成，时距朱子之逝已一十有七年矣。

四

元明清三代白鹿洞书院的命运，更是在屡兴屡废和时放时禁的文化颠簸中度过的。

元代虽然是非汉族政权，但政治控制相对较为松散，所以白鹿洞书院在元代曾有所发展。元初一度遭遇不慎之火，旋即重建，但元末又毁于兵灾。明朝定都南京的前两年，即元至正二十六年（1366），文学家王祎来到白鹿洞，看到的景象是"树生瓦砾间"，只余"濯缨""枕流"两石桥耳。此时距"书院毁已十五年"。又过了一百零二年，已经是明朝的正统三年（1438），一位叫翟溥福的广东东莞人被任命为南康府的郡守，对"前贤讲学之所，乃废弛若是"深表愧叹，于是带头捐出俸禄，动员同僚，多方集资，加以重修。二十七年后的明成化元年（1465），江西提学李龄会同南康知府何濬，再次补修重建。此后弘治十年（1497）、十四年（1501）又有两次修缮增扩。

明代的白鹿洞书院不仅恢复了南宋的旧观，而且建筑规模和相关设施均超过已往而臻于完善，学员人数也一度达至五百人之多。特别是正德、嘉靖年间，即公元1506至1566年，是白鹿洞书院少有的持续一花甲子的兴盛期。王阳明来过了，在书院流连忘返，"徘徊久之"。王的弟子王畿来过了。与王学分庭自立的湛学创主湛若水也带领弟子来了。而尤以李梦阳对书院的贡献为大，留下的诗文墨迹也最多。如今门楣上的"白鹿洞书院"五个刻石大字，就出自李的手笔。

但到了万历年间，大学士张居正出于党同伐异的需要，提出废除书院的主张，白鹿洞书院遭受重创。历来兴建书院的举措，莫过于购置田亩，以农林来养文教。张居正以"充边需"为名，责令各地书院悉卖其院田，等于釜底抽薪，切断资金来源。幸好此项政策持续得不算太久，至万历十年（1582）张逝去之后，院田得以陆续赎回。明天启二年（1622）南康府推官李应升主持洞事，书院又兴旺起来。但不久阉臣魏忠贤也有废毁书院之举。这时已经到了明亡的前夕。

清代虽未采取废除书院的措施，但控制言路远超已往。顺治九年（1650）明令"军民一切利病，不许生员上书陈言，如有一言建白，以违制论，黜革治罪"。同时下令："不许别创书院，群聚结党，及号召地方游食之徒空谈废业。"康雍乾时期文字狱变本加厉，房舍建筑虽不无增补修缮，甚至还有赐书题额的鼓励措施，但书院的生气早已荡然。乾隆时不独山长，讲席和生员也须经过官府审核，有的甚至设督院，课程增添大量官课的内容，民学实际上办成了官学。嘉、道以后，白鹿洞书院日渐衰落。直至清末光绪二十七年（1901）明令废止，改书院为学堂。

辛亥过后，书院遗址又遭遇火灾，抗战时期复经日人百般蹂躏，参天古树惨遭砍伐，已经是再次由废而毁了。

五

回顾白鹿洞书院千余年的历史，诚如明朝的大学士李贤所说："此书院倾废之日多而兴起之日少。"50年代风气所及，主流思想视传统为敝屣，人心趋新若鹜，大学院系尚且经过脱胎换骨的调整，况久废之书院乎。故我们今天看到的白鹿洞书院的一些建筑，大都是改革开放之初重新修缮或重建，形制规模较宋明固然不相属，功用亦不过为庐山景区增一旅游景点耳。

不过现在的庐山管理部门聚集了一批以护持文化薪火为己任的有心人，他们自去年起，决意赓续书院的洙泗之风，延聘硕学，重开讲筵，欲使千年古洞再闻弦歌。但本人成为启动此盛举的第一个主讲人，却万万不曾想到。

说来都源于庐山管理局第一担纲郑翔先生的文化理想。长期在庐山植物园工作的经历使他对天人合一有独特的感悟。阅尽沧桑的参天古树和陈封怀、胡先骕、秦仁昌三位植物园创始人的墓地，成为他每天趁着夕阳坐对忘年的格物对象。他隐约感到了宇宙的浩渺，自然的神秘，前贤的伟大，个体的微渺。当这种感悟和20世纪的大史学家陈寅恪联系在一起的时候，他与一个多年致力于陈学研究的人产生了共鸣。他突发奇想，欲因人设事，请这位从来未尝一面的人做庐山的文化顾问。

2007年的春天，包括管理局副局长在内的他的三位副手来到北京，登门致意敦请。我以和庐山渊源不深、资辈也浅等缘由，婉拒了他们的雅意。第二次又来，我又辞谢。最后郑翔先生带领他的班子的成员一起来了，这是我们第一次晤面，主要谈陈寅恪和陈氏家族，不禁相见而喜。当要告辞的时候，副局长王迎春先生拿出一帧预先写好的聘我文化顾问的正式聘书。我向郑翔先生陈说为什么不必如此的道理，他表示理解，但希望方便的时候能够去庐山，因此便有了2008年春天访学白鹿洞书院的庐山之行。

六

郑翔先生为此作了精心的安排。4月27日上午11时抵南昌，然后王迎春先生陪同驱车庐山景区。白鹿洞书院地处庐山五老峰南麓，四面山环树绕，景色清幽秀蔚，蜿蜒驶入，即有一组亭阁庭院式建筑掩映在参天古木之中。郑先生等管理局领导和书院院长已在等候，见我尚无倦意，遂先行观览书院建筑和历史遗存。目今主要建筑由礼圣殿、先贤书院、白鹿书院、紫阳书院和延宾馆五个院落组成。礼圣殿居书院建筑群的中心位置，前有棂星门，中间为礼圣门，最后面是始建于南宋尔后一再毁建交织的礼圣殿，现在殿里有孔子行教图和颜子、曾子、子思、孟子"四圣"的模刻。

先贤书院在礼圣殿西侧，两进院落，朱子祠和报功祠是院内主要建筑。礼圣殿东面的第一个院落，从前到后依次为门廊、御书阁、明伦堂和思贤台，如今统称此院落为白鹿书院。礼圣殿东面的第二个院落则是紫阳书院，标志性建筑为文会堂。最东边的院落是延宾馆，内分三级，第二级有一朱子铜雕坐像，香港孔教学院所赠。第三级上是可留宿宾客的春风楼，当晚我即住宿于此楼。延宾馆前面有两层小洋房一栋，系辛亥前一年在书院原址建的林业学堂，现归九江学院使用。先贤书院左右两廊的碑刻为西碑廊，紫阳书院的碑刻为东碑廊，藏明清迄于民国的碑刻甚丰。紫阳书院文会堂前有周子敦颐的塑像，尤栩栩如生。在周朱像前，我良久驻足，思默悟空。

参观完书院的房舍胜迹，已是夕阳西下，我和郑翔先生简单回答了记者的几个问题，便到独对亭晚餐。独对亭在书院左前方的山下，与书院隔溪相望。溪名贯道溪，上有石桥曰枕流桥，因桥下有巨石，溪水从石上散漫流淌，故得名。当年朱子所书"枕流"二字，以手电照射，清晰可睹。席间大家问起我初来白鹿洞的感受，我说已得"喜敬"二字。参观过程，我的内心纯是喜见乐闻的欢愉，而对前贤往圣，特别是朱子，则满载礼敬之怀。此刻之心情与郑翔先生悟对大自然和三老墓的宁静自得，应属情同此理，貌异心同。

第二天清晨，郑、王等又前来一起进早点，问可曾睡好。我说一夜无梦，欢愉不减。我斋名虽云无梦，平时睡眠却常有梦相伴，习以为常，不以为扰。但昨宿文化庐山，酣睡朱子故地，居然无梦，岂不异哉？岂不异哉！昔钱锺书先生有句云"夜来无梦过邯郸"，寓妄心退净之意。今我无梦，则是人已置身梦中，梦与非梦，实不知耳。

演讲安排在第二天，即4月28日上午9时，地点在礼圣殿前面的院庭，人很多，除庐山管理局的公职人员，省社科院、九江学院等单位的人也来了，礼圣门内外坐满了听讲者。郑翔先生致开场辞，说明"庐山白鹿洞书院讲座"第一讲请今天这位讲者的因由。讲题是"国学与传统文化"，我主要对这两个概念作了学理分析，并追溯其历史渊源流变以及在当下的意义。我讲到了中国文化的多元性和儒家因不是宗教所具有的包容精神。对先儒和宋儒何以视"敬"为社会人伦甚至生之为人的基本价值，我作了重点阐释。

我提出，"敬"既是道德伦理，又是中国人和中国社会普遍持久的人文指标，可以看作是中国文化话语里面的具有永恒价值的道德理性。如果说在宗教与信仰层面，儒家思想尚留有一定空缺的话，那么"主敬"思想应是一种恰如其分的补充。"敬"虽然不是信仰本身，但它是中国文化背景下通向信仰的直捷桥梁。讲后互动热烈，对"敬"可以使中国人的文化性格庄严起来的命题大家最感兴趣。其实我讲"敬"，心里一直想着朱子，因为以程颢、程颐和朱熹为代表的宋儒将"敬义"提升到了"圣门第一义"的高度。

七

我本来提议由杜维明先生或者汤一介先生担任"庐山白鹿洞书院讲座"开坛的主讲嘉宾，辞不获请的结果，使我占了接受传统书院文化熏染的先机。但不敢称讲学，循名责实应该是访学才是，所以本文由古及今，先述书院历史。白鹿洞书院独得历史人文和山川灵秀佳气之胜，置身其地，道自存焉。

千年古洞，历尽兴废沧桑，益觉其文化蕴蓄深厚。单是东西两廊的碑刻墨迹和各处门庭廊柱的诸多联语，即可引领你通往参玄悟道之境。礼圣殿孔子像两侧的联语是："庐山上释家几处，道家几处，二氏逃归，斯受之，庙貌赫临；书院中你讲一场，我讲一场，众言淆乱，折诸圣，宗门大启。"原为明朝的都御史周相所书，现在是河南大学石如灿的手笔。这是极有意思的一副对联。明伦堂外廊柱的对联则云："鹿豕与游，物我相忘之地；泉峰交映，仁智独得之天。"更可令参谒者脑际胸中无几多盛义。

更让我感叹的是，棂星门里泮斋的江西历代进士题名录显示，全国科举考试，历代进士的数量，江苏第一，浙江第二，江西第三。而状元最多的省份，则是江苏第一，江西第二，浙江第三。这是我从前不曾留意的。江浙多进士自然知晓，江西如是，前所未知，此可见历代江西人文之盛。

八

白鹿洞书院访学是我此行庐山的中心题旨，但不是经历的全部。4月28日下午到庐山植物园拜扫陈寅恪墓，4月29日往修水拜谒竹塅陈氏老屋，所感受的"忆往事，思来者"的精神沉淀，亦非身临其境所不能知也。明人吴国伦《重游白鹿洞》诗有句云："烟霞自昔封丹洞，竹柏春深护讲筵。山意欲留曾住客，地灵应了再来缘。"此行我深深感到，今天担负起"护讲筵"使命的，已经不光是作为自然景观的节候与竹柏树木的山川之胜了，而是有斯人也，斯有斯事。然则文化之传承与兴衰，天耶，抑或人耶？

《文汇报》2009 年 8 月 9 日

白鹿洞书院的传说

李训刚

白鹿洞书院，位于星子县白鹿镇。始建于南唐，在当年李渤读书之处设庐山国学，亦称白鹿国学、匡山国子监，与金陵国子监齐名。

在朱熹知南康军时达到鼎盛时期，与宋时的岳麓书院、应天府书院、嵩阳书院并为"四大书院"，并誉为我国四大书院之首。后又与吉安白鹭洲书院、铅山的鹅湖书院、南昌的豫章书院并称为"江西四大书院"。

书院的创始人可以追溯到唐朝的李渤，唐贞元年间（785—805），李渤隐居这里读书，养一白鹿自娱，人称白鹿先生。长庆年间李渤任江州（今九江）刺史，便在白鹿筑台榭、植花木。关于他与白鹿洞书院的来历还有一段美丽的传说。

一千二百多年前的唐朝，正值青春年少的李渤，住在五老峰东南麓的一个山洞里隐居读书，整整两年都未离开山洞一步。一天五老峰巅的一群神鹿脚踏祥云，敬仰地俯视李渤晨读。李渤日夜攻读的刻苦精神，感动神鹿群中的一只白鹿，为了陪伴李渤读书，它飞下云际，来到李渤身边，成了李渤形影不离的伙伴。

黎明，白鹿引颈长鸣，唤醒李渤离开山洞，迎着朝霞读书；夜晚，山风飕飕，白鹿衔过一件长袍，轻轻给李渤披上御寒；深夜，李渤疲惫地伏案而睡，白鹿只身奔进深山，衔来山参送到书案之上，给李渤滋补身体。

有一次李渤躺在山岩上读书，渐渐掩着书睡熟了。这时乌云四起，山雨欲来，白鹿当即一声鸣叫，唤来五老峰头的鹿群，簇拥着李渤遮风挡雨。李渤醒来，感动地抚摸着满身淋湿的白鹿，流出了热泪。从此主仆之间的感情更加深厚。

为使李渤专心读书，白鹿还主动为主人购买纸墨笔砚。只要主人将钱与所购物品的清单放在袋子里，挂在鹿角上，它就从洞里出发，抄松林小径，跑到落星湖畔的小镇里，将李渤要买的东西如数购回。李渤功成名就，当了江州刺史，再来洞中寻找白鹿，白鹿早已腾云驾雾返回天庭了。为了纪念白鹿，李渤就将当年读书的山洞，改名为白鹿洞。

白鹿洞书院书院大门匾额上"白鹿洞书院"五个大字，笔锋庄重遒劲，运笔矫若游龙，鲜有人知是出自明代文学家李梦阳之手书。

有一天，时任江西提学副使的李梦阳来到书院巡学，一位学子冒昧请他题字留念。当他得知这位学子与自己同名同姓时，便饶有兴趣地口出上联"蔺相如，司马相如，名相如，实不相如"，要求这位学子对下联。学子一听，明白上联之意，沉思片刻便对出下联："魏无忌，长孙无忌，彼无忌，此亦无忌。"下联一出，众差役齐声吆喝"大胆"，吓得这位学子跪伏在地。李梦阳向众吏忙摆手示意，爽朗地说笑道："无妨，无妨！对仗工整，学子有才！"

于是泼墨挥毫欣然写下了这五个大字，悬挂于门楣之上，并世代相传至今。

2009 年 12 月 4 日《长江周刊》

寻访白鹿洞书院

罗诵芬

出九江城，沿宽阔的九（江）星（子）公路南向而行，在庐山五老峰下拐入一条山间道路。路两边，林木参天、冠盖如荫。车行其间，仿佛驶在蜿蜒幽深的隧道里，红尘隔绝。正品味着这派由曲径通幽而来的神清气爽时，眼前豁然开朗：一片明清风格的庭院群落静静地潜藏于深谷之中，在四周高耸的古松衬映下，展露着沉稳的气象。这里，便是千年学府——白鹿洞书院。

或许由于未逢节假日的缘故，白鹿洞书院里游人不多。山风掠过，松涛阵阵；院前山洞的贯道溪，流水潺潺；更有鸟鸣不时从林间传来，使此处更显静谧安详。

在这片院落里漫步细览，先贤书院、报功祠、礼圣殿、紫阳书院、御书阁、明伦堂……一块块被时光浸染的黑漆匾额，发散出古朴庄严的气息；一重重飞檐斗拱的青石门楼，暗示着白鹿洞书院昔日的恢弘盛况。而流连于一间间敞阔幽暗的书室，在肃然凝重的氛围中，似乎能听到当时青衫士子们那朗朗的书声，穿越千年。

白鹿洞书院建院定名至今，已有1030年历史。唐贞元年间（785—805），洛阳书生李渤与其兄李涉在此隐居读书。李渤驯养了一头白鹿，能听人使唤，常替主人去办事购物，当地村民以为神鹿，故称李渤为"白鹿先生"，李渤隐居处也因此被称为"白鹿洞"。南唐升元四年（940），李氏朝廷在此开办"庐山国学"，办学性质类似南京秦淮河畔的国子监，直至开宝九年（976）被宋军攻占而告终。同年，当地士绅学者在庐山国学旧址上建起了一座书院。以此为发端，"白鹿洞书院"这5个字走进了中国教育史、学术史、思想史。之后，白鹿洞书院经宋、元、明、清数朝，九兴九废，历尽世间沧桑。清代学者王昶在其《天下书院总志序》中，称它为"天下书院之首"。

然而，虽然渊流千载，但如若没有这个人——大理学家朱熹，白鹿洞书院也许在史册上仍难以得享如此之高的隆誉。

南宋淳熙六年（1179）三月，朱熹以"秘书郎权知南康军州事"的身份抵达南康（今江西星子县）就职，时年49岁。此时，白鹿洞书院已经废坏达120年之久，仅有地基石础还能依稀辨得出曾经的规模。

是学人的天性使然？朱熹上任不久，便把目光深深地投向了它。他一面连续上书朝廷寻求支持，一面派人着手筹措兴复书院之事。但是，向朝廷呈报的计划、设想均如石沉大海，并未得到当局的支持，相反却"朝野喧传以为怪事"。幸好，朱熹没有放弃。尽管身为地方最高行政长官，但"名山事业"或许才是他深沉的终生梦想。学人的执著，使朱熹坚持进行白鹿洞书院的复建工作。修建院房，筹措院田，聚书延师，设课招生……淳熙七年（1180）三月，白鹿洞书院终于初步修复，他率领军县官吏、书院师生赴书院，祭祀先师先圣，举行开学典礼。

这场朱熹与白鹿洞书院的际会，使得白鹿洞书院真正步入辉煌。

在白鹿洞书院，朱熹自任洞主、自为导师，亲临执教。他在总结前人办学所订规制以及禅林清规的基础上，制定了著名的《白鹿洞书院揭示》为学规。这一被称为"朱子白鹿洞教条"的学规，成为此后700余年间整个传统中国教育办学的指导方针。

"博学之，审问之，慎思之，明辨之，笃行之""正其谊，不谋其利；明其道，不计其功""己所不欲，勿施于人；行有不得，反求诸己"，站在白鹿洞书院朱子祠的朱熹塑像前，默读像左碑刻上的这些句子，神游800年前。在历史长河中，总有一些节点，或人或物或事，宛如项链上的一颗颗珍珠，熠熠闪亮。白鹿洞书院因朱熹，而有幸成为中国学术思想史上的节点之一。

但朱熹给白鹿洞书院留下的，并不仅仅是付诸文字的《白鹿洞书院揭示》。

淳熙八年（1181），另一位中国历史上的著名学人走进了白鹿洞书院。他就是朱熹一生的"学术论敌"、心学大儒陆九渊。6年前的淳熙二年（1175），在江西铅山鹅湖寺，朱熹与陆氏九龄、九渊兄弟围绕"为学之方"的问题进行过一场十分激烈的辩论，双方在学理上互不相让，"朱以陆之教人为太简，陆以朱之教人为支离"，学术史称"鹅湖之会"。自此，朱学被称为"理学"，陆学被称为"心学"。

学术上的对抗，并没使朱陆有门户之见而成为私敌。作为东道主，朱熹邀请陆九渊这位小其9岁的"论敌"登台讲学。陆九渊以《论语》"君子小人义利章"发论，深深吸引了白鹿洞书院诸多学子。随后，朱熹请陆九渊将讲稿写成《白鹿洞书堂讲义》，为学生必读之物，并亲为题跋。后人将讲义及跋合刻在石碑上，名为《二贤洞教》。

身教胜于言教，朱熹以其大家风范，告诉了学子们对待学术思想交锋需持何种姿态。

在白鹿洞书院的东碑廊里，《二贤洞教》石碑上的字迹依然清晰。它见证着这次著名的"朱陆讲会"，见证着不同观点学人之间的彼此尊重与期许相惜，也见证着传统中国书院蕴涵着的学术精神和文化品格——有学派，而无门派；有学者，而无学阀。

走出白鹿洞书院，已是黄昏。渐浓的暮色里，这座千年书院显得有些沧桑，却并不苍凉。清澈的贯道溪水仍在潺潺而流，"逝者如斯夫，不舍昼夜"，但正犹如中华文脉一般，延绵，而不绝。

2012年9月10日《光明日报》

夜宿白鹿洞书院

刘伟

4月21日夜晚，细雨霏霏，汽车在山谷穿行。车灯照射下，两侧大树林立，树冠枝叶密织如盖，湿漉漉的道路蜿蜒向前。

那远处的白鹿洞书院，是我的，可能也是许多知识分子心中的一盏灯。

山林寂静，唯有溪水潺潺，夜色中终于闪现一片建筑。看守人老万打着手电，将我们引入延宾馆。

延宾馆由南宋朱熹始建，取"握发延宾""礼贤下士"之意。三进院子，带廊道的东西厢房，有房间若干，以前为学子居所，正中高大的"春风楼"，上下两层，书院洞主（院长）在此迎宾、读书和就寝。一楼中堂的正面墙上，贴有一张朱熹像。

屋内一角置有书法条案和茶盘。年近半百的老万在此工作已有八年，他拿出茶叶茶具，让我们自己烧水泡茶。他说，平时来这里住宿的客人很少，暇时自己也写写字，修整院落的树木花草。

夜不能寐，我走出下榻的东厢房，山风摇荡，漫山的树林沙沙作响。"春风楼"下还亮着一盏节能灯，屋檐雨水淅淅沥沥，灰白的灯光映照院中朱熹塑像，身着长衫，一手持书，清癯的面目依稀可见。斯人远去，我虽不能如古时的学子闻道如沐春风，但在夜风夜雨中，仍能感受到那绵长的文化气息。

白鹿洞书院位于庐山五老峰南麓，自唐宋迄今千余载，先圣后贤，代不乏人。现在，我终于如愿来谒。

清晨，鸟鸣此起彼伏，信步出到院外，眼前的景色鲜亮起来。满目青山，拱桥凉亭，摩崖题刻，古道林荫，溪流蜿蜒。从大城市来此，恍如隔世。这是一个隐于深山的建筑群。背山面溪，排列着五座院落，分别是"先贤书院（朱子祠）""礼圣殿（文庙）""白鹿洞书院""紫阳书院""延宾馆"。斗拱飞檐，高低错落，黛瓦粉墙，古木参天。早期建筑已毁，现大多是明清遗存。

大门上方"白鹿洞书院"几个大字，为明代大学者李梦阳题写，左侧墙上镌刻着几行联合国教科文组织官员来此的考察感言，其中一个评价倒也贴切：这个地方有优美的自然环境和古代建筑，是中国文明的标志。

唐时，李渤来此隐居读书，后官至江州刺史，因渤养有白鹿，其居所谓之"白鹿洞"。白居易过江州，赠李渤诗云："君家白鹿洞，闻道亦生苔。"南唐升元（937—943）年间，朝廷首建书院"白鹿国学"。这以后，历代多个皇帝对白鹿洞书院有御赐御批。

南宋淳熙（1174—1189）年间，朱熹任南康知军，到任伊始，首先修复的就是已衰败的书院，并自任洞主，制订教规，邀请当时名家来此教学授徒，开"讲会"之先河。

国家重视文化，尊重读书人，社会便有清朗之气象，但也不能偏颇。有宋一代，重文轻武，"天子重英豪，文章教尔曹，万般皆下品，唯有读书高"，学风之盛，才子、佳作之多，在中华数千年封建王朝历史中，无出其右；而其军备松弛，锦绣河山为铁蹄践踏，万千文化精品毁于战火。这个教训，对现在我们实现中华民族伟大复兴来说，沉重而深刻。

中国古时的书院，已有较完备的教育功能，既有教学、讲座、藏书、交流、住宿，也有对先贤（以孔子为主）的祭祀，是绵延不绝传播中华文明的重要场所。

"从容乎，礼法之场；沉潜乎，仁义之府。"白鹿洞有了朱熹主持，四面八方的名流、学子聚集于此，老师诲人不倦，学生孜孜以求。朱熹甚至请来与他观点相左的陆九渊讲会，让不同的观点在书院讲会中碰撞。陪我的江西友人晓军说，白鹿洞有学者没有学阀，有争论没有争斗。"天下第一书院"是因为有天下第一的胸怀。

文人墨客留下的题刻很多，溪畔一裸露条石上隐然有字，拂去枯叶细沙，"吾与点也之意"几个大字令我肃然起敬。当年孔子让弟子各言其志，子路欲使千乘之国强盛，冉求欲治小国而足民，公西赤只想当个宗庙礼仪，夫子或哂之，或不以为然；唯有曾点说出他的向往：在暮春时约上几个朋友"浴乎沂，风乎舞雩，咏而归"，夫子喟然叹曰："吾与点也之意。"以德治国，国强民富，天下人和，是君子的抱负；乐民之乐，乐山水之乐，乃君子之情怀。我满怀敬意地对大石作揖。

古人去书院，多是步行，骑马者少，翻山越岭，行成百上千里路，我很感慨，求知的力量是何等强大！书院为何大多建在偏僻山野之地？来到这里，我才明白，无市井之喧，读书就是修身、静心。读书需要安静，物我相忘，仁智独得，心无旁骛，方有所获。现在，科技、交通十分发达了，急功近利的追求，使得急躁、浮躁，甚至暴躁多了，性格和品格中的优雅少了。虽然现在不可能像古人那样远离尘嚣，闭门啃书本，但应该向古人学习。朱子云：读书之法，在循序而渐进，熟读而精思。把脚步放慢一些，把心态放平和一些，拿出一些时间，静下来，听鸟啼，观溪鱼，闻花香，置身良辰美景，好读书不求甚解，不亦乐乎！

稍许，如丝的细雨又在书院上空弥漫，先贤的教诲就如这雨雾，润物无声，沁人心脾，渗透到我们这个民族的灵魂，那美妙的感觉，难以言传。

中国历史上最早建立的书院在朱熹的手上，拓展成为中国最大的书院，在华夏学子心目中地位崇高，巨大的影响延续至今。1928年，胡适来白鹿洞书院小住，他赞叹道：白鹿洞，代表中国近代七百年宋学大趋势。我漫步院内，"不敢高声语，恐惊天上人"。碑廊里，上百块石碑，有的碑文清晰，有的文字漫灭，悄声述说着白鹿洞乃至中华文化悠悠的历史。

在朱子祠内，立有一块硕大的青石碑刻："朱子白鹿洞教条"。朱熹在白鹿洞书院最大的贡献，应该是他亲手制订了后来为中国所有书院遵循的教规：五教之目（父子有亲、君臣有义、夫妇有别、长幼有序、朋友有信）；为学之序（博学之、审问之、慎思之、明辨之、笃行之）；修身之要（言忠信、行笃敬、惩忿窒欲、迁善改过）；处事之要（正其谊不谋其利、明其道不计其功）；接物之要（己所不欲，勿施于人；行有不得，反求诸己）。

陆九渊当年"君子喻于义，小人喻于利"的讲学，文字刻于石碑，至今历历在目。联想到现今社会重利轻义，造假害人，不守信用的现象泛滥成灾，令人扼腕，令人忿然。朱子教条注重对个人道德品格的培养，比如修身之要，与我们当今价值观的践行大有契合之处。王阳明来白鹿洞问学，或许受教于朱子"博学之、笃行之"，尔后"知行合一"。毛泽东也未必不是从先贤思想中汲取营养，一生重视学习与实践。当然，朱熹理学，生动不足，迂腐有余，虽然对"存天理，灭人欲"理解不同，为后人诟病，但朱熹治学精神令人钦佩，教育理念值得传承。

千百年来，圣贤辈出，无一不谆谆教导：做人，要做有德有义的君子，修身、齐家，然后治国、平天下。"不知命，无以为君子也。"君子的使命就是：为天地立心，为生民立命，为往圣继绝学，为万世开太平！安身立命，以德为本。中国知识分子有内圣外王的抱负，内圣，涵养德性，外王，报效国家。这些价值观已化入中华民族的血脉，绵延不绝，代代相传。

现在，国家既重视增强国力，也重视传统优秀文化的传承，中华文明和中华民族的复兴为期不远。

网络是个好东西，也是个坏东西。纵观当今社会，无论何时何地，几乎人人低头看手机，不相往来，鲜有读书，鲜有笑语交流。那真是令人窒息的景象。那张大网，已紧密地把我裹在里面，吞噬了我的工作、学习和生活。现在，我很少读完一整本书，大多是浏览，感到自己缺少文气了。三日不读书，便面目可憎。我劝与我有相同感觉的读者诸君，抽时间到这些古老的书院走一走，看一看，一定会挣脱一些束缚，增强一点文化自信。真的，我感觉到了。

白鹿洞书院被誉为海内第一书院，我倒觉得，更美妙的是在白鹿洞书院读书，那才是天下第一境界：朱子"傍百年树，读万卷书"，王贞白"读书不觉已春深，一寸光阴一寸金"的得意之情，美妙之景，越过数百年，仍令人神往。

朱子当年手植的丹桂还开得茂盛，书院门前，那一株株高耸挺拔的水杉、银杏、松树，如那一个个来过此地的先贤身影：颜真卿、白居易、周敦颐、朱熹、陆九渊、李梦阳、王阳明、徐霞客……

2014 年 5 月 9 日《光明日报》

读书人心灵的殿堂

田晓明

白鹿洞书院大门

电影《庐山恋》里有个镜头：主人公第一次相识，在清澈的溪水边，男主人公读书的身影进入了女主人公的视线。接着水中一块巨石特写，镌刻着"枕流"二字。

庐山风景区管委会新闻办主任涂长林告诉我："这是朱熹所书，在五老峰下的白鹿洞书院。"

在山上牯岭，听了一夜雾雨，先是沙沙，如轻风吹过林梢。继而滴滴答答，后又林吼流急。灯下翻看《老庐山画册》，窗外，庐山雾雨，声声入耳，颇有一种"风声雨声读书声"的曼妙意境。

涂长林一大早就来接我下山，去参观"天下书院之首"的白鹿洞书院。五老峰下的书院四面环山，清幽深邃，它与衡阳石鼓、长沙岳麓、商丘应天并称为中国四大书院，曾被誉为"海内书院第一"，迄今已有千年历史。

读书人的理想

"白鹿洞"三个字，传闻是因为唐代学者李渤曾在此隐居，豢养白鹿陪伴读书而得名，人称其"白鹿先生"。南唐时，这里被称为"庐山国学"，或白鹿国学，兴盛一时。北宋时，此处更名为白鹿洞书院，但因执政的宋真宗规定："不入官学不能应举"，书院不属于官学，因而日渐凋落，风光不再。

及至公元1179年秋天，49岁的朱熹来到这座荒废了125年的白鹿洞书院时，只剩残砖断壁，杂草丛生。虽洞门犹在，却盛名不副。于是，他上书朝廷：庐山佛堂数百，废坏者无不有人修复，而儒生读书之地，只白鹿洞书院一处，却破败百年，无人过问，实在可惜。恳请重修。

朱熹虽两次上书，得到的却是帝王的冷淡和同僚的讥讽。所幸的是，朱熹并没有因此而停止复兴书院的理想，他决心凭一己之力重修白鹿洞书院。从置田筑屋到筹集资金，从延请老师到发榜招生，朱熹事无巨细，亲力亲为。这就是读书人的理想：十年树木，百年树人。

朱熹把一个人的教育分为"小学"和"大学"，他认为，道德习惯如不在儿童阶段培养，不仅贻误个人，还有害于社会，因此，儿童教育在于培养"圣贤杯璞"，即雕琢璞玉。他提出"小学教育"在于"教事"，小到穿衣戴帽的规矩，大到孝悌忠信的纲常。当学子15岁以后，即要接受"大学教育"，重点在于"教理"，即探求事物之所以然。朱熹推崇的"循序渐进"、注重伦理道德等思想，即便对于今天的人们，仍不失为最有价值的治学和处世理念。

走进书院简朴的教室，正面墙上赫然在目的是朱子白鹿洞教条："为学之序：博学之、审问之、慎思之、明辨之、笃行之。"

朱熹不仅复兴白鹿洞书院的教学，而且，还有效地把推广理学和书院教育结合起来。其亲自制定的学规，即今天我们看到的《白鹿洞书院教条》，是中国教育史上，第一个集教育目的、形式、法则于一体的教育方针。它体现了朱熹坚持以儒家经典为基础的教育思想，要求学生先明义理，尔后正其心、修其身，然后，行之于事，再推己及人，进而齐家、治国、平天下。这是一个理学家的理想人生。至今，它还被日本、韩国、新加坡等东南亚地区的学校奉为教书育人之圭臬。

读书人的胸襟

在白鹿洞书院南侧，沿溪流而上，是一座简易的石坊。石坊旁，有一个六柱六面六翘角的亭子，叫独对亭。涂长林说："这是书院的正门，往里是读书圣地。进书院的文武百官到此下马，正衣冠恭敬步入，书院先生送客也就到此止步。在书院里，不论富贵贫贱，学问为高。"抬眼望去，溪水中，刻着："踏实""砥柱""枕流""自洁"等警字格言。

林风阵阵，涛声不断。在这风清气正之地，读书人的浩然之气凛然而生。

曾在此工作过8年的涂长林讲了一个朱熹与陆九渊的故事。早在1175年，也就是朱熹重修白鹿洞书院的4年前，朱熹与陆九渊在鹅湖寺进行一场"心性应该约束，还是应该释放"的争论，以弄清渐修和顿悟之别。由于观点上的极大分歧，朱熹与陆九渊、陆九龄兄弟激烈辩论3天，最后不欢而散，这就是史称的"鹅湖之会"，它揭示了朱熹代表的理学与陆氏兄弟倡导的心学两大思想体系长达百年的争锋焦点。

在白鹿洞书院的碑廊中，有一块格外醒目的石碑，题为："白鹿洞书堂讲义"，作者竟是陆九渊。他的讲义怎么会出现在这里？朱熹为什么要替这个学术宿敌的言论树碑立传呢？原来白鹿洞书院重张之初，朱熹自任洞主，主持书院教学，他不断邀请多方学者来讲学，以增添学子们的见识。其中，有一个人如约而至，令朱熹惊喜万分，这就是心学掌门陆九渊。陆九渊讲演的题目是"君子喻于义，小人喻于利"，讲到深处，朱熹感动得泪流满面，令人记下内容，刻石铭记。

这段轶事，与古希腊哲学家亚里士多德名言"我爱吾师，但我更爱真理"，有异曲同工之妙。真正的读书人追求真理，尊重知识，绝不应以人废言。我反对你的观点，但绝不会无视你的研究。后世之人，常把百年争辩的理学和心学视为水火不容。其实，朱熹与陆九渊在学术上都具有严谨的学风和宽阔的胸怀，他们一代宗师的视野和气度已经超越了俗世间孰是孰非的狭隘争执。这才是读书人应有的胸襟。

书院之魂

站在独对亭前的枕流桥上，我陷入沉思。此处遥对五老峰，悬崖峻峭，下临深涧，溪流湍急。一夜山雨，涛声震耳。朱熹那首富有哲理的诗篇涌上心头："问渠哪得清如许？为有源头活水来。"

1996年联合国教科文组织世界遗产委员会官员考察完白鹿洞书院后，德席尔瓦这样评述："为了全人类和将来，要保护文化和自然。我非常喜欢这个地方。"吉姆·桑塞尔说："我希望我们的学校也有如此学习和反思的环境。谢谢你们给我的回顾！"

2014年11月21日《人民日报》海外版

仰止白鹿·万仞葱茏访圣心

高伟俊

白鹿洞书院位于江西省九江市庐山五老峰南麓，是世界文化景观。在历史上，江西庐山白鹿洞书院与湖南长沙的岳麓书院、河南商丘的应天书院、河南登封的嵩阳书院，并称为"中国四大书院"；但白鹿洞书院享有"海内第一书院"之美誉，并被评为"中国四大书院之首"。1988年列为全国重点文物保护单位和国家二级自然保护区。庐山白鹿洞书院文化研究所所长郭宏达先生称赞它：白鹿洞书院是一幅画，一幅绚丽多彩的画；白鹿洞书院是一支歌，一支清新悠远的歌；白鹿洞书院是一首诗，一首千古绝唱的诗；白鹿洞书院是一座丰碑，一座优秀道德品质薪传的丰碑！

风景雄秀之处

我早就耳闻庐山白鹿洞书院的名声，第一次拜访白鹿洞书院的时间是乙未年（2015）二月底，那是我们大学同学毕业二十年的一次聚会。我们冒着阴冷迷蒙的细雨，沿着高低起伏的山路，乘车来到了秀美雄奇、林荫茂密的庐山五老峰南麓，叩访了中国古代著名四大书院之一的白鹿洞书院，此行也终于实现了我心仪已久的一个美好夙愿。

当我们的车行驶到九江市距离庐山市不到三公里的道路边，在路途的一个拐弯处，我们看到了耸立在路边的一座高大灰青色的石牌坊，上书"白鹿洞书院"几个沧桑遒劲的大字。于是我们顺着石牌坊所指示的方向，车子驶进一条弯曲幽深的山路。山路两边松林密布，苍翠挺拔，环境幽雅至极；这里林木葱茏，溪水潺潺，加上雨雾朦胧，一股沧桑古朴之气扑面而来。我想大抵中国古代书院都建创在茫茫林野之中，守望在丛林山野或溪泉江畔。

在蜿蜒曲折的山路上，我不禁回想到古代多少学子为了求学问道，在当时交通条件极为不方便的情况下，翻山越岭，披星戴月，或骑马或步行，来到自己向往已久的书院学习交流，是需要多么坚强的毅力和多么强大的求知力量啊！

为什么古代书院大多建在偏僻山野之地呢？来到这里，我才醒悟到：古代读书不光是为了考取功名，更重要的是为了修身、养性。因为读书最需要的就是心静，读书人在此能够达到物我相忘，心无旁骛，一心读书，方有所得。另外从风水学来说，白鹿洞书院藏风纳气，地理位置可谓绝佳。它背岭临溪，后屏山、卓尔山、左翼山三山相拥，贯道溪一水中流，真是读书修学的好地方。

"昔人读书处，町疃白鹿场。"遥想唐朝初期，白鹿洞书院还未建成之时，洛阳士人李渤同其兄李涉远游来到此处隐居读书。《新唐书·李渤传》亦载："（李渤）刻志于学，与仲兄李涉偕隐于庐山。"这一记载将李渤背离仕途隐读庐山的原因说得很清楚。李渤兄弟二人隐读之处就是后来的白鹿洞书院。关于白鹿洞名称的由来，一是说李渤隐读时曾养有一头白鹿，它深通人性，出入随行，甚至可以受命独自前往南康（今庐山市南康镇）为主人购买纸笔和生活用品，当地百姓以为神鹿，于是称李渤为"白鹿先生"；二是说因为这里山岭环合、树林葱茂、中间低洼、溪水中流，别有洞天，故李渤的居所被称为"白鹿洞"。

李渤兄弟在此隐读数年后，又隐读河南嵩山。元和九年（814）李渤经人推荐为朝廷库部员外郎等职务。后因他见当时某地政治黑暗，愤而上书抨击苛政，被贬迁江州刺史。时隔15年之后，李渤再次来到江州（今江西省九江市），而他没有忘记那一片心灵的净土，于是他"种花植木""创建台榭"，使得白鹿洞成为一处名胜。当时的四方文人学子纷纷前来谈经论道，吟咏唱和。后来朱熹在《延和殿奏事》中曾说："当时学者多从之游，遂立学舍。"可见当时这里已经成为大唐帝国江南地区的学术交流中心。所以，如果没有李渤的二到江州，白鹿洞也许从此就湮没在历史的长河之中，白鹿洞书院也很难说能够形成历史上那样重要的影响力。

白鹿洞书院是自南宋以来最受中国古代读书人崇敬的四大书院之一，它类似中国当代的"北大""清华"等一流的高等学府。因此，当我们一踏进白鹿洞书院前的宽广场地时，我们的心里也不由自主地生发出一种无限景仰之情。

世界文化景观

白鹿洞书院的大门是一座双层飞檐单门，门楣上方的"白鹿洞书院"四个苍劲有力的字体是明代大学者李梦阳的亲笔题写。左侧略显斑驳的围墙上镌刻着"世界文化景观"六个红色大楷体字和联合国教科文官员来此考察的几则感言。因为是用多种语言书写，加上字迹上的红漆也剥落了不少，一时难于辨认。我们尊敬的李老师在白鹿洞书院大门前深情地告诉我们：如果没有白鹿洞书院的文化底蕴做支撑，庐山也不可能被列入《世界遗产名录》，可见庐山白鹿洞书院在当今国际文化的地位有多么崇高。

白鹿洞书院之所以被誉为海内第一书院，也归功于它宏伟的规模。这个隐藏在深山的建筑群，背山临溪，整齐排列着五座院落，分别为"先贤书院（朱子祠）""礼圣殿（文庙）""白鹿洞书院""紫阳书院""延宾馆"。因早期的建筑已毁，它们现在大多是明清的遗存。

这些院落的前面有一条宽阔的水泥石子路，道路对面就是一条不到五米宽深的沟谷，清澈的贯道溪水跨越岁月的时空流淌了几千年还是几万年？不得而知。但是安心静听潺潺的溪水，如倾听着千年以来在这里读书的古代学子们诵读经史的声音，那是一首首典雅动听的国学文化的歌谣，它们长久弥漫在这片静谧安静的世界中，与雨露共消长，同山林齐绿黄。路边高大的杉树林长得参天入云。这时林木顶空正弥漫着一团团云雾，它们就像一支支饱蘸水墨的豪笔，在白鹿洞书院上空书写着中华民族千年的儒家经典。伴随着丝丝细雨，它们也无声地滋润着中华民族的心魂，这真是"川水逝如斯，山形高可仰"。

先贤书院的大门右边高墙上挂有中央政治局委员李铁映手书"朱熹纪念馆"金字黑漆竖匾。进门可见两棵粗壮茂密的丹桂树站立在庭院中央的两侧，如两位穿着宽大衣袍的古代书生在迎接我们的到来。据说这两棵丹桂是朱熹亲手栽培的，已经有七百多年的历史了，寄寓"蟾宫折桂"之意，是古代读书人"学而优则仕"的梦想象征物。而丹桂亭后方的朱子祠里立有一块硕大的青石碑刻："朱子白鹿洞教条"。我们听李老师讲：朱熹兴复白鹿洞书院无疑是中国古代教育史上的一件大事。但他在白鹿洞书院制定的"朱子白鹿洞教条"更是为古代书院教育提供了明确的教育指针，成为历代书院办学之圭臬。正因为朱熹的介入和他亲手制定的"教条"，才使得白鹿洞书院成为新儒书院一个辉煌的象征。

我们顺着先贤书院（朱子祠）右边侧廊一直向前走去，来到了一个飞檐斗拱的宽大房子里，这就是"明伦堂"。明伦堂正厅中央摆有一块三四平方米的木板，上面涂满黄色颜料，并用黑体隶书竖行书写了上百个字，正是"朱子白鹿洞教条"的具体文字内容。我们尊敬的班主任李老师正微笑地坐在这块字板前，他示意我们一行学生都坐在正厅十几张黑漆方桌前，想亲自为我们讲授一节解读"朱子白鹿洞教条"的思想文化课。

"朱子白鹿洞教条"的内容是：五教之目（父子有亲、君臣有义、夫妇有别、长幼有序、朋友有信）；为学之序（博学之、审问之、慎思之、明辨之、笃行之）；修身之要（言忠信、行笃敬、惩忿窒欲、迁善改过）；处事之要（正其义不谋其利、明其道不计其功）；接物之要（己所不欲，勿施于人；行有不得，反求诸己）。"朱子白鹿洞教条"相当于现在所有的学校里的校训和学生行为道德规范等条例。李老师告诉我们：这些"教条"看似是从《大学》《中庸》《论语》《孟子》等儒家经书中摘录下来并进行罗列的几则格言警句，但是它每一条言辞中的"微言大义"都是蕴涵着中华传统儒家文化的精髓。这些教条的内容几乎涵盖了一个人的伦理、为学、修身、处事、接物等人生行为的全部要求。它的核心是"人文道德教育"；它也非常突出地确定了"以人为本""以德育人为主旨"的"明道""传道"的育人目标。

因为李老师现任江西省九江学院庐山文化研究中心的常务副主任，他也是"庐山文化研究丛书"的编著人之一，而《朱子白鹿洞规条目注疏》一书正是他的编著，所以此时先生为我们解读讲授"教条"的内容是最合适不过的了。我本想"朱子白鹿洞教条"主要内容才只有5个条目，79个字，何况很多句子都是我们已经熟知的内容，没有什么新意。没想到，经过李老师结合生活实际进行一条条深情诚恳地讲述解读后，我才感悟至深、受益匪浅；真有茅塞顿开、醍醐灌顶之感。中国传统教育的核心精髓"如何做人"的思想像一束束阳光照射进我的灵魂，又如春风细雨一般无声滋润着我的心田。对照教条中一些做人的道理，让我反省到自己在工作和做人方面的偏差和不足，我仿佛感到一把寒光闪烁的尖刀直刺自己的肺腑，让我虚汗淋漓，畏惧难堪。

听完李老师的讲课后，我们来到了紫阳书院。紫阳书院的庭院很深，庭院一块空地上耸立着一座连底基一起高达六七米的朱熹塑像。他正身穿黑袍，面容柔慈，右手捧经书，左手掌伸展。似乎在向我们来访者谆谆善诱地叙说着什么。他是在讲述着他的理学经典，还是在诠释着他的教育思想？我不由地想起了朱熹在兴复白鹿洞书院后不久，他不计"鹅湖辩会"的前嫌，特邀请南宋著名理学家陆九渊来此升堂讲学的往事。陆九渊在此就"君子小人喻义利章"发表议论，朱熹认为他的讲述"切中学者隐微深痼之病"，就特请陆九渊将讲稿书写下来，并请人镌刻入石，这就是著名的《白鹿洞书堂讲义》。另外他还致书请当时的著名理学家吕祖谦撰写了《白鹿洞书院记》。如今这些宝贵的思想文字都刻印在白鹿洞书院的青石碑上，它们伴随日月星辰，永远绽放着璀璨的思想光芒，也使得白鹿洞书院不仅成为教习之所，也变成了理学的杏坛。

"紫阳学接千年统，白鹿名高万仞山。"白鹿洞书院积淀了上千年中华儒家文化的精髓，成为中国书院文化的经典之作。我想在当今这个崇尚功利的时代，大家走进白鹿洞书院，都来重新感悟中国古代儒家教育中"如何做人"的思想精髓，你定会沐浴圣道、受益终身。

书院人才辈出

书院，是中华文化历史上一颗颗醒目的星辰，是中国教育历史上一种独特的文化现象；它记录了诗书中国，记录了中国古代多少文人学子们超世绝俗的精神追求，也涌现出无数的文人士子和名流墨客，可谓人才辈出。

北宋太平兴国二年（977），自江州知州周述将白鹿洞书院的办学情况向朝廷作了专门的汇报和请求赐书后，宋太宗从其所请，诏令将国子监刻本《九经》"驿送至洞"供生徒研读。这是白鹿洞书院历史上第一次皇帝赐书。书院也因此而位列宋初"四大书院之一"。此后，真宗、仁宗两朝对白鹿洞书院的兴办也十分重视。相关史志记载，白鹿洞书院于皇祐末年毁于兵火。

南宋淳熙六年（1179），著名理学家、教育家朱熹（1130—1200）受命知南康军（治在今庐山市南康镇）。他上任伊始就开始着手筹措修复白鹿洞书院事宜。1180年三月，"重营旧馆喜初成，要共群贤听鹿鸣。"（《次卜掌书落成白鹿佳句》）朱熹亲自率军、县官吏和贤达赴白鹿洞举行开学典礼仪式，并亲自登坛开讲《中庸首章》，从此开创了白鹿书院历史上的又一次辉煌。

于是在一千余年的薪火相传中，白鹿洞书院这座圣殿的讲坛上有多少乡贤先哲执教于白鹿洞书院。淳熙八年（1181）二月，宋明两代"心学"的开山鼻祖陆九渊登上了白鹿洞书院的讲坛，应邀开讲《论语》"君子喻于义，小人喻于利"一章。宁宗嘉定十一年（1218年），南宋大教育家、南康军建昌（今江西省永修县）人李燔应邀主持白鹿洞书院，"讲学之盛，他郡无比"，他使白鹿洞书院二次鼎盛成为全国书院之首。元顺帝至元初年（1337年左右），著名理学家、教育家陈澔（南康军都昌人）也曾任教书院。明正德年间，江西提学副使、著名文学家李梦阳（1473—1530）数次赴白鹿洞书院讲学、视察。正德十六年（1521）五月，著名思想家、理学家、教育家王守仁集门人讲学于白鹿洞书院。万历中期，意大利传教士利玛窦也曾来白鹿洞书院讲学……另外还有清朝诗人袁枚游过白鹿洞书院；晚晴和民国时期，康有为三游白鹿洞；民国十七年（1928）近代学者胡适考察过白鹿洞书院……历史上多少学者名流来这里传道授业解惑、游学考察吟诗，他们那铿锵有力的声音至今还回荡在白鹿洞的梁宇、苍穹之间。

在一千多年的磨砚研墨苦读中，白鹿洞书院这座名不虚传的学院中又走出了多少光耀乡俚、名震朝野的功成名就之士。根据可考历史记载，从白鹿洞书院走出的第一位状元是庐州庐江（今安徽省庐江县）的伍乔，另外有史可考的状元还有刘式、戴衢亨、马适、汪鸣相等四人。

在一千余年的寒窗苦读间，出自白鹿洞书院的进士举人数以万计，最著名的当首推南宋著名爱国丞相、民族英雄江万里。江万里（1198—1275），字子远，号古心，南康军都昌（今江西省都昌县）人。在宋嘉定年间，江万里于白鹿洞书院求学于朱熹弟子林夔孙。嘉定十五年（1222）江万里贡入太学，宝庆二年（1226）进士及第。他一生出仕50年，担任91种职务，三度为相。江万里在担任吉州（今江西吉安市）知军期间创办的白鹭洲书院，前后培养出文天祥等17名状元，2700多名进士，从而使白鹭洲书院成为"江南四大书院"之一。这位曾求学于白鹿洞书院的南宋宰相江万里的一生可堪称古今完人，先贤模范。

白鹿洞书院是中国古代文化历史上一部厚重的文化典籍，它孕育的历史文明，也是中国文化遗产中的瑰宝。历史上有多少先贤英才走进这里，登坛传授中华经典儒学之理；又有多少古代莘莘学子孜孜不倦，从这里考取功名后走上社会为国出力、荣耀史册；更有数不胜数的诗文赋记在这里吟诵千古、享誉古今。据九江学院庐山文化研究中心的学者李宁宁教授和高峰教授合编的《白鹿洞书院艺文新志》一书编撰的关于白鹿洞书院诗文篇目，总数达到了448篇，当然还有许多关于白鹿洞书院的其他诗文因无从考证而湮没在千年历史的长河中。其中一首诗歌是曾求学于白鹿洞书院的晚唐边塞诗人王贞白所写的《白鹿洞》，它真实地记录了当时白鹿洞书院的教学读书情景：

> 读书不觉已春深，一寸光阴一寸金。
>
> 不是道人来引笑，周情孔思正追寻。

该诗其中一句"一寸光阴一寸金"已流传千古、家喻户晓，被后人编入《增广贤文》训导童蒙。在200年后，大儒学家朱熹在复兴白鹿洞书院时也写有《劝学》诗一首：

> 少年易老学难成，一寸光阴不可轻。
>
> 未觉池塘春草梦，阶前梧叶已秋声。

吟诵着这两首惜时劝学的诗篇，我的心灵仿佛穿越了千年时空，感觉在白鹿洞书院里，一阵阵琅琅的读书声在苍茫的天穹中响亮起来，经久不绝……

2016年《九江教育》第三期

论文

白鹿洞书院与世界文化景观

闵正国

提到古代的教育，不能不提到作为官学重要补充的书院教育。提到古代的书院，不能不提到白鹿洞书院。

白鹿洞书院，坐落在庐山东南五老峰下，占地1.5万平方米，有山林3千亩，有建筑面积6000平方米，五大院落错落有序地分布在贯道溪北岸。这里三山夹岸，一水通，"无市井之喧，有泉石之胜"，风光秀丽，环境幽静，是古代读书讲学的好去处。

新中国成立后，白鹿洞书院得到很好的保护和维修，1959年列为江西省文物保护单位，1988年列为全国重点文物保护单位，1990年划入庐山一级自然保护区域范围，1996年被联合国世界遗产委员会列为庐山世界文化景观中的主要景区。现在这里已经成为重要文化旅游的胜地和学术研讨交流的场所，每年接待前往参观游览的国内外游人8万人次。

一、白鹿洞书院的历史沿革和现状

早在唐代贞元年间（785—805），洛阳学者李渤与兄李涉就来到这里隐居读书。李渤养白鹿自娱，白鹿甚驯，出入相随，人称李渤为白鹿先生。长庆年间（821—824），李渤出为江州刺史，便在此地修建台榭，广植花木，成为文人墨客聚会的场所。五代初期，颜真卿之裔孙颜翊率弟子三十余人受经于洞，寓居于此三十余年进修不息。

南唐升元四年（940），李氏朝廷在此创办庐山国学，这是一所与金陵秦淮河边国子监（938年开办）齐名的高等学府。从这时办学算起，至今已有1060周年的历史了。国子监九经教授李善道是白鹿洞首任洞主。庐江籍学生伍乔是白鹿洞的第一位状元。南唐中主李璟还曾亲临白鹿洞视察，以示垂青。

北宋初年，先贤明起聚众讲学，正式称为白鹿洞书院。太平兴国二年（977），江州刺史周述从请赐书，宋太宗赵光义从其所请，赐国子监印本《九经》于洞，至此白鹿洞享有宋代"四大书院"的美称。

南宋淳熙六年（1179），朱熹出为南康知军，任上他重振白鹿洞书院，做了八件实事，即修建房屋，聚集图书，延聘名师，招收生徒，订立教规，设立课程，拨给学田并亲自登台讲学。他还曾邀请另一位哲学大师陆九渊来院讲授义利之辨，广开学术争鸣之风。他所订立的《白鹿洞书院揭示》，后来成为封建社会教育的准则和圭臬，影响极为深远。

元代白鹿洞书院继续办学并有所发展，明代初年大学士解缙也曾说过："白鹿洞书院在元尤盛。"《礼记集说》的作者、都昌先贤陈澔就曾主洞讲学，他所作《礼记集说》是明代以来各类学校御定的教材和科考的统一标准。史学家马廷鸾、马端临父子也多次在著作中提到白鹿洞书院。

明代正统、成化年间，白鹿洞书院达到鼎盛时期，有房屋360多间，亭台20多座，生员千余，最为确切的记载有学生527人。张居正、魏忠贤两次禁毁天下书院，白鹿洞仍得到很好的保护，只是改换名称一时停办而已。其时，著名的学者解缙、胡俨、王守仁、湛若水、罗洪先、李梦阳、李贤、李龄、邵宝等纷纷来院讲学、游览。

从明代到清末，白鹿洞书院较大规模的维修有九次，称得上是屡毁屡建，长盛不衰。康熙皇帝曾专门为白鹿洞朱子祠题写匾额"学达性天"，并赐"十三经""二十一史"等儒家经典，书院为此而专建御书阁用以藏书。乾隆皇帝也为白鹿洞题匾"洙泗心传"并制御诗称赞。光绪二十九年（1903），白鹿洞书院停办，为南康中学堂接管。宣统二年（1910），江西省在此创办林业高等学堂。1923年，天津臧佑宸在此创办高等小学两年。1927年八一南昌起义前夕，刘少奇以养病为名在这里从事革命活动，为他以后著作《论共产党员修养》一书作了思想准备。1933年，蒋介石把庐山军官训练团团部以及德国顾问住所、伤员医院和军械库设立在这里。日军侵华期间，把这里当作临时仓库，书院的山林和古建都受到很大损毁。抗战胜利后，蒋介石曾有把这作为中正大学分部的设想，但不久即化为泡影。

新中国成立后，白鹿洞书院真正得到保护和利用。1954年，人民政府就派员收集散落各处的历代碑刻140余通，建东西两碑廊以陈列，总长逾200米。白鹿洞先后为庐山茶场、农科所、共大庐山分校的驻地。

1979年庐山文教卫生处正式接管白鹿洞书院，紧接着，国家投巨款进行了大规模的维修，使古老的书院又重新勃发了生机。解放以来，党和国家领导人刘少奇、朱德、周恩来，越南人民共和国主席胡志明，以及李立三、李铁映、李锡铭、吴官正、杜平、向守志、张太恒、朱穆之、邓力群、孙轶青、吕济民、任质斌、陈达山、胡立教、夏征农、邓兆祥、廖汉生、罗青长、叶选平、黄菊、荣高棠、白栋材、万绍芬、姜恩柱、绿原、罗哲文、李国豪等各界人士、专家学者都来书院参观，书画家周谷城、赵朴初、冯友兰、蔡尚思、史树青、李铎、冯大中、张森、周志高、郭子绪、姚雪垠等也纷纷为白鹿洞题词题诗。

白鹿洞的自然资源：白鹿洞坐落在一个四面环山的小盆地中，俯视如洞，故名。门前有小溪一道流灌始终，源发庐山五老峰之凌霄峰。占地由五个山坳构成，前有卓尔山和卓尔湖，后有后屏山，左有左翼山。这里"山林环合，草木秀润"，温度凉爽，风光绮丽，野趣天成，是旅游、观光、消夏、避暑的极佳场所。这里保存了庐山最为古老的原始森林和原生植被，是一块未被开垦的处女地。有300年以上的古松106棵，有千年古松18棵，有柳杉、水杉、鹅掌楸、紫荆、丹桂、红枫、银杏、梅花、昙花、山茶、紫玉兰、方竹、铁树、珍珠黄杨、红叶继木等国家保护植物和奇花异草。还有大鲵、獐麂、锦鸡、蟒蛇、花面鹊、果子狸以及蝶类、鸟类、蛇类等珍稀动物。这里的地质地貌也很有特色，保存有瓷土、砚材、釉石等丰富的矿产资源，每年都吸引着大批来此进行科学考察和实习的大学地质地理系、林学系、生物系的师生以及科学工作者。

白鹿洞的文化资源：白鹿洞书院现存有历代碑刻 157 通，贯道溪的岩壁上有历代石刻 57 方。朱熹亲题的四处："敕白鹿洞书院"，"枕流"，"漱石"，"钓台"保存完好。最早有确切纪年的摩崖石刻是南宋嘉定十一年（1218）陈宓所题"流芳桥记"，最早的石构建筑是棂星门（明代成化年建），最大的单体木构建筑是礼圣殿，现存最早的木构建筑是御书阁（清代康熙年建）。最有代表性的碑刻是明代万历年间紫霞真人题书的"游白鹿洞歌"。最具代表性的文物是明代嘉靖年间所雕的石鹿。全院有国家一级保护文物七件即王守仁所书的《大学》《中庸》和修道说碑，有胡俨、李贤、翟溥福、李梦阳等人所书的碑刻以及清代光绪年间试卷。还有清代道光年间烧制的粉彩"白鹿古洞"瓷盘。

白鹿洞书院历史上曾编写院志十余次，存志书十一种，这在全国的书院中是罕见的。近年来，又收集到党和国家领导人、各界名人、社会贤达的题词、题诗及书画作品 400 多件，有各类藏书 3000 多册。

白鹿洞书院 1979 年成立文物管理所，1991 年成立管理委员会，下设办公室、园门管理所、林业管理所、文物管理所、文化研究所、保卫科以及延宾馆等职能部门，已形成结构合理、职能完善、文化层次较高的管理科研队伍。

近年来，为提高工作效率，改善工作环境，书院引进十余名大学生和专业技术人才，开通了程控电话，架设了高压电线，购置了工作用车，增添了电脑微机，新修了消防水池，加强了硬件建设。

为改善职工的生活条件，书院又新建了三幢宿舍，新修了水泥路，接通了自来水，基本上解决了职工住房难、吃水难、行路难的问题。

在文化研究上，已整理出版了系列丛书九种，主要有《白鹿洞书院古志五种》《白鹿洞书院碑刻摩崖选集》《宋元明清理学研究索引》《半边天诗词选》

《白鹿洞书院》《白鹿洞书院的传说》《白鹿洞书院楹联诗词选》等，并编辑出版了《白鹿洞书院学报》十五期共 100 万字。近年来还组织各种学术研讨会数十次。《白鹿洞书院新志》也正在编辑审稿中。

在古建维修方面，已修复了延宾馆、春风楼、中华女子诗词碑苑、朱子铜像、新牌坊，以及办公室、林管所、商店等基础设施，大部维修了现存的古建筑群体。为庐山申报世界遗产立下了大功，被授予十佳贡献奖单位之一。

在森林保护和防火方面，除了添置风力灭火机、机动消防水泵、对讲机，提高科防水平之外，还组建了专业和业务消防队，加大力度做好森林防火防盗防蚁工作。高 20 米的防火瞭望塔也在加紧建设中。

在文物保护和利用工作中，划定了保护范围，建立了保护档案，树立了保护标志。白鹿洞书院先后更新了"书院史陈列展""朱子祠陈列展""礼圣殿陈列展""明伦堂陈列展""刘少奇生平事迹陈列展"和"白鹿洞与历代名人蜡像馆"等。1996 年成功地组织了"白鹿洞书院碑刻、摩崖石刻拓片展"上北京进故宫展出。近年来，还成功地引进各类临时性展览六次，为文化旅游、为宣传自身作出了积极的努力。

二、白鹿洞书院的历史地位和影响

原江西省社科院院长、省社联主席、省委宣传部副部长周銮书同志曾经多次指出："在江西历史上，现在能到世界上去比一比，能走出国门的，只有两件东西，一是景德镇的瓷器，第二就是白鹿洞书院。"这话虽不尽然，但还是有一定道理的。

近代大学者胡适 1928 年对庐山进行了三天的实地考察，他以独具慧眼的洞察力概括了庐山的三个主要文化景点，提出对庐山的断言："庐山三处史迹代表了三大趋势：（一）慧远的东林寺，代表中国'佛教化'与佛教'中国化'的大趋势；（二）白鹿洞书院，代表中国近世 700 年宋学即理学的大趋势；（三）牯岭，代表西方文化侵入中国的大趋势。"他的话语深刻地揭示了这三处文化景观的历史内涵，确立它们在庐山文化史上的崇高地位和巨大影响。

明代周伟所编《白鹿洞书院志》卷八中刊有大学士彭时所撰重修书院记云："江右名山以十数，惟匡庐最胜。庐山古迹以十数，惟白鹿洞最胜。洞即唐李渤隐居之所。南唐始立学馆。至宋表章为书院，而其规制大备于晦翁朱夫子，此其所以最胜于庐山有存名于天下后世也。"

清代康熙癸丑年（1673），南康知府廖文英在《白鹿洞书院志序》中第一次提出了"白鹿洞为名教乐地……是为天下第一的书院"的论断。清代乾隆学者王昶在《天下书院总志序》中更进一步明确指出：白鹿洞书院为"天下书院之首"。

在中国古代，提到教育尤其是私学，首推孔子，然后就是朱子。朱子是继孔子之后我国著名的哲学家、思想家、教育家。朱子一生为官仅九年，做京官才四十多天，但创办书院、精舍，讲学著述却长达四十多年，一生以教育为己任，传播理学，培养人才，注释儒家经典，殚思极虑，身体力行。他重振白鹿洞书院，为后世书院形成了一套完整、严密的书院教育制度，包括办学宗旨、教学内容、教育方式、组织管理、经费来源、图书收藏、师长选聘等。他在白鹿洞书院的办学实践，为理学思想的形成、传播、发展打下了坚实的基础。为儒学的社会化作出了突出的贡献。当时天下著名的书院，没有不留下朱熹足迹的。他曾在鹅湖寺与陆九渊当面论战，他曾为石鼓书院作序，曾到过岳麓书院讲学，曾创办过紫阳书院，武夷精舍。他所作《四书集注》是御定的必读教材和科考的唯一标准。他所写的《朱子家书》是后世私塾必备课程。可以说，他的思想对封建社会后期的政治统治、文化教育都产生过深远的影响。而白鹿洞书院是为开始，是为重要的基地：

（一）白鹿洞书院是我国古代的延续漫长、影响深远、体制完备的千年学府：它比世界上公认最早的大学埃及的爱资哈尔大学要早半个多世纪（从庐山国学 940 年算起）。它比英国牛津大学早 228 年（1168 年创），比剑桥大学早 269（1209 年创）。可以说白鹿洞书院在中国书院史、教育史上都留下重要的一页，它从南唐办学以来，经两宋，元明清从未间断。在中国，它比天下著名书院——岳麓书院、嵩阳书院、石鼓书院、睢阳书院、茅山书院办学的时间还长。岳麓书院创办于宋开宝九年（976）。嵩阳书院创办于后周（956）前后。石鼓书院创办于宋至道三年（997）。睢阳书院创办于后晋后期（943）以后。茅山书院创办于宋天圣二年（1024）。现今只有岳麓书院是为国家级文物保护单位，坐落在湖南大学校园内。嵩阳书院面积较小，现为河南省级文物保护单位。睢阳书院即应天府书院，今为河南商丘市委党校所在地，文物遗存很少。石鼓、茅山两书院今已荡然无存矣。

（二）影响波及海内外：白鹿洞书院，无论过去，还是现在都有一定知名度。朱熹所创立的闽学，其根基就在江西，就在白鹿洞。朱熹与江西的心学（以陆九渊为代表）、湖南的湘湖学（以张栻为代表）也有很深的渊源。究其原因，一是朱熹祖籍江西婺源，对家乡故里有热爱怀恋之情；二是朱熹未出道（指未创立理学）之前，在江西为地方官，为重建白鹿洞书院呕心沥血。后又遍访天下书院，所到之处，人们翘首以盼，奉若神明。清代厦门鼓浪屿也曾创办白鹿洞书院，这可以看作是真正白鹿洞教育思想与实践的延伸。在国外如日本、韩国、朝鲜、新加坡、马来西亚及台港澳地区，白鹿洞书院也被视为理学的正源、真脉，是学子们向往的圣域和贤关。近年来，慕名来访和朝拜者纷至沓来，不绝于途。香港孔教学院院长、化工实业家汤恩佳先生1998年就捐赠一尊朱子铜像给白鹿洞书院，铜像高3.3米，重约一吨。日本国冈山兴让馆是一所有150多年办学历史的高等职业学校，它与白鹿洞书院已结为友好馆，双方来往交流不断。该校的校训就是白鹿洞书院教条，置日本国旗之下令学生背诵奉行。近年来，世界朱子联谊会会长、韩国钢铁实业家朱昌钧先生，世界朱子联谊会副会长、马来西亚木材实业家朱祥南先生，美国国家森林公园代表团，美国粉画协会代表团，台湾书法家协会代表团，香港中国书院文化之旅代表团纷纷访问白鹿洞，所到之处，称赞不已，印象极佳。

（三）在中国书院史、教育史上的位置：1996年，国家邮电部发行了一套《庐山》纪念磁卡，共六枚，其中一枚就是白鹿洞书院。1998年4月，国家邮政总局又发行了一套《中国古代书院》的特种邮票，共四枚，其中一枚也是白鹿洞书院。以上国家名片的发行，人们可以想见它影响之大了。可以说它是中国理学发展的一座里程碑。

1. 倡导了学以致用的学风。学生自学为主，辅导次之。诸生质疑问难，教师释义解惑。明代万历年间，白鹿洞书院还多次邀请外国传教士利玛窦来书院讲授天文、历法、数学、机械等理工科知识，受到学生的一致好评。可知白鹿洞书院并不封闭排外。

2. 倡导了学术争鸣的学风。白鹿洞书院首创会讲式的教学方法。朱熹摒弃门户之见，邀请另一学派大师陆九渊来白鹿洞讲学，陆以义利之辨发论，学生听了感动不已，为之动容流泪。朱熹将陆九渊的讲义刻成石碑，以广流传，在中国思想史、教育史、书院史上留下了精彩的一页。在此之前，朱熹曾应吕祖谦之邀，赴铅山鹅湖寺与陆九渊争辩，两人后来长期论战不休，为后世树立了百家争鸣学术讨论的楷模，他的大家风范为人们所称道，争鸣之风也为后来各地书院所继承。

3.倡导了德育为先的思想。朱熹所订白鹿洞书院揭示，其核心是要求人们尤其是青年学生从小就规范自己的言行，维护封建统治秩序，提倡道德修养，提倡三省吾身，提倡做好人、做贤人、做正人，提倡思想品质的磨炼和砥砺，这正是当今教育所应效仿的。

4.倡导了爱国的精神。纵观朱熹一生，是个稳健的爱国者，对抗金大业极表赞同，积极筹划，并多次上书言战，还曾一度出任武职。后来由于朝廷腐败、兵不堪战、军备废弛、财政枯竭，才力主守势，力主安内。他之弟子秉承衣钵，主张对外御侮，挽救民族危亡。江万里就是他的二传弟子，后赴水殉国。文天祥又是江万里之嫡传弟子，也慷慨就义，他们是中华民族的光辉榜样，不知激励过多少仁人志士。从朱熹到江万里到文天祥，从白鹿洞到岳麓到白鹭洲，确实有一种爱国精神贯穿始终。

5.为封建社会培养了大批人才。千百年来，白鹿洞书院培养了一大批为封建社会所需要的有用人才。其学生在白鹿洞学习做人、做学问、研理探经之后，主要出路有三条：A.从此步入仕途，为官各处，多少为民众，为时代做过一些好事、善事，有劣迹、背骂名的贪官污吏者少见。B.终身从事教育事业，成为受人尊敬的师长。C.隐匿林泉，著书立说，不乏著作等身者。如都昌朱门四友，大余西江四戴，武宁三盛，星子五吕，修水的余玠、万承风等。

当然，书院教育的弊端很多，死读书，读死书，崇尚空谈，不学真本事，不学理工医农，远离政治斗争，禁锢人们思想，实施奴化教育，为历史所淘汰是必然的。这主要是制度不行，多数为官府控制，成为科举的附庸，非大、中、小学教育，亦非职业师范教育。教材不行，唯九经、十三经、二十四史是从，空洞、枯燥、不实用。方法不行，填鸭式教学为主，争议讨论少，思想僵化。方向不明，无严格的规模和统一模式，学了不知做何用？

三、庐山世界文化景观主要景区

全世界已有500多家文化和自然遗产列入《世界遗产名录》。我国已有23家榜上有名。在全世界被定为"文化景观"的，迄今为止不到10家。在偌大的一个中国，仅庐山一家而已。物以稀为贵，应视为殊荣。曾有人断言，庐山如果不申报或者一时申报不成功，白鹿洞也有资格和希望单独去申报世界遗产。因为白鹿洞书院是一块文化研究、历史研究、教育研究的富矿。联合国世界遗产委员会对庐山被确定为"世界文化景观"有一段评语："庐山的历史遗迹以其独特的方式，融汇在具有突出价值的自然美之中，形成了具有极高美学价值的，与中华民族精神和文化生活紧密相连的文化景观。"

1996年5月6日到5月7日上午，联合国世界遗产委员会专家小组对白鹿洞书院进行了全面考察并下榻于此，他们对白鹿洞书院积淀丰厚的文化资源，优美典雅的自然风光，保存完好的古代建筑留下了深刻的印象，给予了高度评价。

桑塞尔教授的题词是："我希望我们的学校也有如此学习和反思的环境。谢谢你们给我的回顾。"德席尔瓦博士的题词是："为了全人类的将来，要保护文化和自然，我非常喜欢这个地方。"德席尔瓦夫人的题词是："这个地方有优美的自然环境和古代建筑，是中国文明的标志。"桑塞尔在题词后，还专门画了一朵小花，以表达他喜悦的心情和首肯的态度。这朵小花就是联合国自然和文化遗产保护的标志。这是国际机构的权威认证。

至此，白鹿洞书院作为庐山申报世界遗产联合国专家考察的第一站，就获得了满分和通过。白鹿洞书院为庐山申报世界遗产赢得了头功，被省人民政府授予十佳贡献奖是当之无愧的。

原江西省委书记吴官正同志曾经说过："江西旅游要打庐山牌。"有人发展了他的思路，更进一步明确提出："庐山旅游要打文化牌。"这是有一定道理和科学依据的。

庐山自有人类活动以来，就有文化沉积，就有文人活动，它是一座政治名山、宗教名山，更是一座文人名山、教育名山、诗的山、画的山。新加坡作家周颖南把庐山和泰山作过比较，说："如果说泰山的历史景观是帝王创造的，庐山的历史景观则是文人创造的。"国家文物局古建专家罗哲文更是慧眼识山，他概括了庐山的四大特色——文物、冰川、植物、别墅。这文物，首推白鹿洞书院。白鹿洞书院作为庐山著名的风景旅游景点，又作为中国儒学发展的主流——理学的圣域和贤关，是文化遗产和自然遗产结合得最为完美的地方。在这里，文化与自然，人文与山景，紧密相联，互为依存，不可分割，相得益彰。白鹿洞，如果院外没有五老峰，没有圣泽源，没有贯道溪，没有那云遮雾盖的三千多亩原始森林，那至多是一个有文无景孤立的学校。反之如果没有白鹿洞书院那一百多块碑刻，五十多处摩崖题刻，没有那五大院落 6000 平方米的古建筑群，也不过是一处略有景色的山林而已，是不会令人流连忘返、乐不思归的，是不会令文人墨客面壁数年、话题不尽的。这就是文化的魅力，这就是文化的积淀，这就是白鹿洞书院人们一眼无法看透的地方，这就是白鹿洞书院作为文化载体、历史载体是史学工作者、教育工作者、文物工作者长期研究不完的地方。

文化是文明和进步的象征，是人类创造的共同财富，它是一个历史的范畴，不同的时代有着不同的文化。但文化却又是可以超越历史的。优秀的古代文化经过了长期的积累，有着顽强的生命力，它沉积于民族精神之中，形成强大的传统力量，曾为人类的昨天作出过不可磨灭的贡献，也是人类走向明天和未来的起点与基石。文化景观是文化遗产的一部分，多数是以自然景观为其依托，它与文化两者不可或缺，它又是以人文景观面貌出现并以此为特征的。所谓世界文化景观就是世界上著名的文化景点和景致，它曾给世界文化宝库增添过光彩，是值得世界人民尤其是中国人民自己应着力加以保护和利用的共同遗产。在我们这样一个有着五千年的文明史，有着优秀灿烂古代文化的泱泱大国里，像庐山这样闻名天下的"自然与人类的共同作品"不是多了，而是太少了。这就是庐山之所以有别于中国的其他文化遗产和自然遗产之处，这就是为什么一提到天下书院人们就对白鹿洞书院津津乐道的地方。只有文化，才是庐山的灵魂，才是庐山的主脉，才是庐山的依托。只有文化才能使庐山具有活力，具有生机，具有取之不尽，用之不竭的源泉。

在走向 21 世纪的历史时刻，在继承民族优秀文化，弘扬民族伟大精神的具体实践中，在保护好庐山，利用好庐山，让庐山再创辉煌的同时，也要让白鹿洞书院这颗庐山的文化明珠重显光彩。这就是我们乃至于后代共同的历史责任。

谁是白鹿洞诗作第一人？

张国宏

唐贞元年间（785—805），李渤偕兄李涉来庐山五老峰下隐居读书，人称白鹿先生，名其所居为白鹿洞。长庆年间（821—824），李渤出任江州

（今九江）刺史，"即所隐地创台榭以张其事"，前来白鹿洞畅游赋诗者方渐有，但并非"盛闻于人"，见诸史志的有关白鹿洞的唐人诗作仅白居易《重过江州，题别遗爱草堂，兼呈李十使君》和杨嗣复《题李处士山居》二首，这是目前公认的有关白鹿洞最早的诗作。但依据有关史料，白鹿洞当有更早的诗作和撰写者，此人便是唐代著名高僧灵彻。

灵彻，俗姓汤，会稽人。一生云游四方，到过许多名山大川，与一批文人名士如包佶、李纾交往频繁，深相结纳。据唐人李肇所撰：《东林寺经藏碑》记载："元和九年（814）云门僧灵彻流窜而归，栖泊此山"，寓居东林寺。在此期间，与时任江西观察使的韦丹有密切交往，曾致书韦丹，希望他鼎力相助，收集佛经，建造经阁，以补东林寺藏经之缺，共振东林寺禅学之风。韦丹"应之如响"，将良田数顷变卖为资，"琱函饰轴，清蘖磨墨，僧谋而吏书，暑往而寒就"，建修多罗藏一所，使东林寺佛经有藏。值得一提的是，两人心神相契，唱和酬酢频繁。灵彻来山不久，韦丹即《寄灵彻寓东林》诗一首："王事纷纷无暇日，浮生冉冉只如云。已为平生归休计，五老峰前必共闻。"灵彻也酬诗一首："年老心间无俗虑，麻衣草坐亦容身。相逢尽道休官去，林下何曾见一人。"此后二人诗书不断，往来回答。韦丹曾作序言："彻公近以匡庐七韵见寄，皆丽绝于文圃。七韵者，莲花峰、石镜峰、虎跑泉、聪明泉、白鹿洞、铁船峰、康山湖。"不难看出，灵彻居山期间撰诗不少，这也为白居易诗所印证。白居易尝题《读灵彻诗》："东林寺里西廊下，片石镌题数首诗。言句怪来还校别，看名知是老汤诗。"遗憾的是，目前留存的灵彻庐山诗作仅《远云墓》《寄包侍御》《西林寺杨公》三首，灵彻与韦丹的酬诗之作仅一首，观窥其全貌。但所幸韦丹序言证明灵彻居山期间确实撰有白鹿洞诗作。

灵彻《匡庐七韵》系在山期间寄韦丹之作，而灵彻元和四年（809）始来庐山，韦丹元和五年（810）即去世，据此可以肯定灵彻匡庐七韵作于元和四年（809）至元和五年（810）之间，这较之前面所提到的白居易和杨嗣复白鹿洞诗作更早。据史载，白居易（772—846）两至江州。一为元和十年（815），因越职言事，而贬谪江州为司马，前后待四年，元和十三年（818）冬天离浔处忠州刺史任，时年46岁。二在长庆二年（822），白居易转道江州去杭州赴任，到自己草堂留宿一夜。并与时任江州刺史的李渤相遇，由此而留下《重过江州，题别遗爱草堂，兼呈李十使君》一诗，这年他正好五十岁，与该诗中"五旬方暂至，一宿又须回"深相契合。很显然，白居易所作白鹿洞诗写于长庆二年（822），晚于灵彻诗作十余年。

杨嗣复，字继之，贞元年间（785—805）进士。历任中书舍人、户部侍郎、尚书右丞，长期在京城为官。而李渤在杨嗣复中进士时还在白鹿洞隐居读书。唐宪宗在位的元和年间（806—820）方移居嵩山，且在元和初，以右拾遗召，不拜。昌黎韩愈遗书劝之，"渤始出"，说明李渤在宪宗朝方出仕为官，有可能在此时与杨嗣复熟络。杨嗣复《题李处士山居》一诗中"卧龙决起为时君"，进一步说明此诗写于李渤出仕之后。更引人注目的是，杨诗为《题李处士山居》，"题"者应为亲历之作。而杨最有可能到白鹿洞的时间就在宣宗朝，即公元847—859年，因为据《新唐书·杨嗣复传》记载："宣宗立，起为江州刺史。"这时已距灵彻诗作晚三十余年。

目前，虽尚未发现灵彻诗作全文，但至少可以肯定早在白居易和杨嗣复之前白鹿洞就已为文人关注且留有诗作了。

《中国书院论坛》第三辑

《游白鹿洞歌》及作者的思考

张国宏

《游白鹿洞歌》被公认是白鹿洞书院保存最完好、最有艺术价值的珍贵碑刻，更因其作者的身份扑朔迷离及书法的飘逸潇洒而备受关注，以现存的碑文及落款来看，此诗当作于明代辛巳年，作者为紫霞真人，但确切时间及作者身份不详。剑川先生认为罗洪先作于万历辛巳（1581），罗时叙先生则认为可能是王守仁作于正德辛巳（1521），出入很大，但笔者以为两说多有疑点，值得商榷。

罗洪先是明代一位知识渊博的学者和著名理学家。嘉靖八年（1529）中进士第一，授修撰。嘉靖十八年（1539），召拜春坊左赞善。次年以直谏罢官，归隐家乡吉水县黄澄溪石莲洞，"谢客屏居"，潜心理学，直至终老。罗洪先曾先后二次亲历庐山，游观了庐山许多人文胜迹，写下了大量有关庐山的诗文，仅毛德琦《庐山志》中就收录有15首，其中《天池次韵·访仙台》一诗写道："竹林寺下访仙台，千里云扉一望开。白鹿不逢空自笑，为谁两度入山来?"明白无误地说到他二入庐山。有关入山情况他在《题僧石峰卷》和《游庐山记》中均有详细记述。《题僧石峰卷》记道:"嘉靖壬辰,余与从兄东渠行过圆通,至浔阳,余别北上京师,东渠西入汉中。明年余以忧归,而东渠亦遭伯父丧。又明年,以赢疾卒。每念对佛参礼,夜闻钟磬四发,与僧石峰问道济往躅及两亭,恍若隔世,悲伤继之。癸丑夏,趋龙溪王子之约,重至法堂,僧石峰已不识余颜面矣。明年夏,复留天池,石峰持卷索诗,感生死大事及三生之说,为之惘然,用作数语遗之。"嘉靖壬辰,即公元 1532 年,罗洪先初至庐山,夜宿圆通寺。癸丑即公元 1553 年,因赴龙溪之约再至圆通寺,此事他在所作《游庐山记》中有详尽记叙:"去岁,予入匡庐,胡练溪欲偕不果。甚喜僧话,不啻与故交叙契阔。今适与练溪燕坐,钟斑田郡过遣报,龙溪同沈古林邀会海天。次日,余四人拂曙下天池山,练溪独坐阁中。俟秋,入武当、刘龙山、赵子良次灵隐,余与道舆如海天,至则陈柳亭、毛青城咸聚。二十六日晡时,斑田饯别于海天舟中。是夜,龙溪舟从湖入。余以龙山、子良留灵隐,明日与道舆趋东林径圆通宿。次朝命舆马,由面阳山谒靖节祠。披榛莽展墓,墓前正见面阳山,立诵挽词,良苗远风,如侍公侧……"很显然,罗洪先二入庐山的时间是公元 1552 年,寄住在天池寺。直至公元 1554 年,足足在庐山呆了三年。他在《对庐山》和《望庐山》二诗中有"三年庐阜历千峰,莲社花宫处处逢","三年事斋沐,精祷靡变惑"之句,也充分证实了他二至庐山寄居了三年时间,目前虽然不知此后罗洪先是否还来过庐山,但可以肯定的是,罗洪先在嘉靖壬辰(1532)以前没有到过庐山。倘若《游白鹿洞歌》作于正德辛巳(1521),罗洪先绝不是作者。

查《白鹿洞书院古志》五种,《游白鹿洞歌》首见于天启二年(1622)李应升撰,清顺治年间编修的《白鹿洞书院志》,作者为紫霞道人,未署年代。依罗时叙先生的看法,不载于嘉靖四年(1525),嘉靖三十三年(1554)和万历二十年(1592)版《洞志》的原因,一是王守仁不同意把他所有作品都刻印,诗作必然散失;二是正德十六年(1521)之后,武宗明令禁止王阳明的学说,撰者惧怕录入;三是王守仁逝世后,朝廷臣宰攻击诬蔑而遭世宗封杀。个中原因虽有其合理性,但亦值得推敲。一是五种版本的《白鹿洞书院志》均录有王守仁诗作《登独对亭望五老》,与其同时及稍后文人作者有大量的次韵诗,因政治原因只录此诗而不录《游白鹿洞歌》的理由并不充分。二是御史唐龙和邹守益均有次王守仁《登独对亭望五老》韵诗。唐龙"首谒洞学"在正德庚辰（1520），建大意亭，并奏疏于次年（1521）起蔡宗兖为洞主。该年王守仁恰在白鹿洞，"遗白金五十两为创公署"，并将《大学》《中庸》古本"遣门人蔡宗兖，收嵌书院宗儒祠东廊砖壁"，与唐龙、蔡宗兖当熟络。可是唐龙仅有次《登独对亭望五老》韵诗，王守仁仅遗《大学》《中庸》古本，独不见《白鹿洞歌》就颇令人费解。而邹守益系王守仁门人，又是王守仁文稿和《王阳明年谱》编者，仅收录《登独对亭望五老》一诗且次韵，更令人疑窦。这仅归结于王守仁不同意刊印所有诗歌而散失有点牵强。笔者认为，《游白鹿洞歌》并非作于正德辛巳（1521），王守仁亦非作者。从现存白鹿洞书院《游白鹿洞歌》碑刻及附记来看，康熙九年至十二年（1670—1673）任南康知府的廖文英和咸丰十年（1860）任南康知府的曾省三是见过此诗拓本或摹本乃至碑刻的，现存碑刻落款为"辛巳三月"当为可信，既然作于正德辛巳（1521）不可能，诗作当作于万历辛巳（1581），所以嘉靖四年（1525）、嘉靖三十三年（1554）版《洞志》不可能收入此作也合乎情理。更引人注意的是，万历二十年（1592）由周伟编撰的《洞志》虽未收录《游白鹿洞歌》，却收录了南康知府彭梦祖的《冬日过白鹿洞次紫霞道人壁间韵》一诗。既为次韵，彭梦祖当看过或读过《游白鹿洞歌》，既在壁间，当有碑刻或拓本或摹本，由此可见，《游白鹿洞歌》当作于万历年间，而此时罗洪先早已去世。为进一步弄清问题，有必要对彭梦祖作一番考察。

彭梦祖，字应寿，安徽全椒人。万历版《洞志》收录有其诗5首、文1篇。万历版《洞志·沿革志》载："至万历己卯，张江陵议禁书院，洞学亦在禁中，而洞田官鬻。岁癸未，给事中邹元标题复，参政程拱宸檄知府潘志伊修祠宇，赎田亩，规制粗定，经书尚缺。至己丑知府延平田琯经理书院，遂申请提学朱廷益礼聘南昌布衣章潢来洞，讲明理学，揭示洞规。"从这段记载来看，万历己卯（1579）以后，潘志伊、田琯先后出任南康知府，复兴书院，而田琯直至万历二十年（1592）仍为南康知府，依此可见彭梦祖当为田琯的继任者。那么为何万历版《洞志》独载彭诗而不录《游白鹿洞歌》呢？一是万历版《洞志》并非成书于万历二十年（1592）。从田琯所作《洞志》序来看，只称周伟为"星子周司训"，《洞志》则称周伟为主洞，实际上田琯在任时聘任的主洞为章潢，说明成书在万历二十年（1592）之后，所以万历版

《洞志》录入了彭诗。有趣的是，嘉靖三十三（1554）版《洞志》却录入了嘉靖戊午（1558）、乙未（1559）、甲子（1564）之事，也说明成书是有一个过程及下限的，往往作序在前，成书在后。二是即使《洞志》成书于万历二十年（1592），恰逢彭梦祖出任南康知府，所以将其诗补录《洞志》中，而编撰者又未见过《游白鹿洞歌》或疏漏未载。稍后编撰的天启版《洞志》增录了彭梦祖建太极亭和改"前修逸迹坊"为"古国学"事，也说明彭梦祖是在万历二十年（1592）之后出任南康知府。康熙版《洞志》更明确记载：万历二十二年（1594）知府彭梦祖题流芳桥西坊为"古国学"。种种迹象表明，彭梦祖是最近距离接触过《游白鹿洞歌》的人，其次韵诗是有根有据，真实可信的，据此可以推定，《游白鹿洞歌》作于万历辛巳年（1581），作者为紫霞道人。所以毛德琦在《庐山志·游白鹿洞歌》后附录道："万历辛巳，有道人至白鹿洞，索笔墨于洞中，诸生咸不与。遂拾蒲书屏，墨色灿然，末自署云'紫霞道人编蒲为书'"。

《中国书院论坛》第三辑

白鹿洞书院藏书述略

吴怿

藏书是中国古代书院不可缺少的一项事业，它与讲学、祭祀、学田维系着书院的生存和发展。藏书文化又是中国文化的重要组成部分。具有千年文化遗产和号称"海内书院第一"的白鹿洞书院，其藏书历史悠久，文化灿烂，值得一书。

一

白鹿洞书院始于唐朝李渤的读书处。贞元（785—805）时期，李渤与兄李涉隐居在庐山五老峰下，读书习文。李渤养了只白鹿，常伴随左右，人称白鹿先生。825年，李渤任江州刺史，他在当年读书地方"创台榭"，名"白鹿洞"。一时名声大起，人们纷纷来洞中求学。颜真卿后裔颜翊率弟子三十余人授经洞中。到了南唐升元（937—942）中，即鹿洞建学，聚徒置田，成立了"庐山国学"，洞主为国子监九经李善道。从此私人学堂成为国家正规学校，标志着白鹿洞书院的诞生。进士刘过、状元伍乔等均在白鹿洞学习过。到了宋咸平五年（1002）命名为"白鹿洞书院"，与睢阳、石鼓、岳麓并称为四大书院。"至崇宁末乃废"。到了南宋淳熙六年（1179），朱熹又振兴了白鹿洞书院，名列四大书院之首，成为各地书院的楷模。

李渤兄弟的读书堂，实际上就是藏书读书的地方，后来又成为讲学的讲所，但藏书的职能未曾改变。成立"庐山国学"后，生徒日众，藏书日丰。《孟子》、《管子》等书为"洞中日课"，《汉书》为所必读之书，因此当时藏书以经书为主，兼蓄史书和名人文集等。

宋朝建立后，重视文化教育事业。太平兴国二年（977），应江州知府周述请求，诏国子监印本《九经》，并"驿送至洞"，时洞中还藏有《九经释义》、《九经义疏》、《史记》、《玉篇》、《唐韵》等书。

南宋朱熹守南康，访求白鹿国学旧址，"崇庙貌，表形胜，置典籍，立科条，增学田"，对白鹿洞书院贡献最大，对白鹿洞书院的藏书极为重视。他动用社会关系，向四方征求图书。《与黄商伯书》中说："白鹿成，未有藏书，欲于两漕求江西诸郡文字，已有札子恳之……"求书之诚，溢于言表。朱熹向各界征书得到了广泛的支持。私人方面：刘子和将其先祖刘过的藏书《汉书》送到洞中收藏。还从朋友处得到了《伊川与方道辅贴》、邵雍《诫子孙文》、《天道物理》、《和靖帖》、《包孝肃诗》等，朱熹将这些帖、文、诗，一一刻石，"以示学者"。官方也积极响应。朱熹《答白鹿洞长贰》中云："闻又得宣城书籍及建昌庄田。"又"承本路诸司及四方贤大夫发到书籍，收藏应付学者看读。"可见此举收效颇大，各地捐书源源不断涌进了书院。不仅如此，朱熹还上书给孝宗皇帝，要求赐御书《石经》及印本《九经》、《论语》、《孟子》。后孝宗皇帝赐高宗御书《石经》拓本一套与国子监印本《九经》一部，这些书成为白鹿洞书院藏书的镇阁之宝。

面对多方搜集而来的图书，朱熹还致力于藏书楼的建设，他亲自规划书楼，虽未能建成，但朱熹对白鹿洞书院藏书建设功不可没。开禧二年（1205），山长李琪之创建了藏书楼，位于讲堂东侧，因洞中所藏高宗御书《石经》，名为"云章阁"，以志其崇，后宝庆丁亥年（1227），因旧阁卑隘，又重修了"云章阁"，"书院伟矣，阁崇且广矣"。云章阁的修建、扩建，既表明了对藏书的重视，又扩大了书院的名声，增加了书院的声誉，有利于书院的蓬勃发展。为此，白鹿洞学子曹彦约撰写了《白鹿洞书院重建书阁记》。

白鹿洞云章阁所藏的图书，"不仅云章所刻而已"。"凡经籍所载见诸简册，先儒之所归重者。手之所抄，家之所藏，市人之所摹勒……下至于诸子百家之说，编年传记之载，与夫微言党论，有益于身心，有利于世道者。"收藏范围极广，上至天子，下至平民，经史子集无所不包。版本亦多种多样，拓本、手抄本、家藏本、官府本、摹勒本等均在此列，藏书丰富，"师生讲习得所资"。

宋代白鹿洞还自刻书籍，据史载有《论语集注》十卷、《孟子集注》十四卷、《中庸章句》一卷或问二卷、《中庸辑略》二卷、《大学章句》一卷或问二卷。朱熹主持白鹿洞还刊刻了《论孟要义》等，淳祐十年（1250）南康知府方岳"主藏山之遗书"，整顿书院规制祠祀名儒，讲学聘师，印造书传，留有诗文，表理方岳曾刻印书籍。白鹿洞这些自刻书籍是洞藏书的重要部分。宋代白鹿洞书院的藏书刻书从一个侧面反映了书院的繁盛景象。

二

元至正二十四年（1287），南康路总管陈炎酉修缮书院，"度材鸠工"，"旧日规制乃大复兴"。元大德（1297—1307）年间，南康路总管崔冀之为书院"增置上壤田百亩"。据解缙《庐阳书屋》称："白鹿洞在元犹盛"。虽然现在典籍中，难寻元代藏书情况，但依旧制，书院必兴藏书阁，因此有一定数量的藏书。当时书院又被称"晦翁书院"，孔孟周朱儒家经典是洞中所藏，还有史书文集等。后"屡经丧乱，书院遂废，殿堂斋舍，鞠为茂草"。

明正统元年（1436）翟溥福守郡，修复白鹿洞书院。成化六年（1465）李龄重修书院，辟书楼藏书，整理藏书，"置学田、祠器、书籍"。他还严格了藏书的管理，制定了一系列的规章制度，有利于书籍的保管和借阅。他在《禁约》中特明书籍一款，规定："原有书籍若干，其洞志书目今现有若干，应补若干，查明造具收管，除现在四柱清册交洞中管干收管，其书有缺失，当事及四方绅衿愿送收藏者听，仍入册，注月日，收于新取项下，在洞生徒借读者写一票于管干处，领出以便稽查，缴书销票，不许沉搁延捱，致误后来人借阅，损失者勒限赔补。"以上文字虽不多，但说明白鹿洞藏书丰富，管理相当完善。首先，藏书有目录和"四柱清册"，书目后收入弘治十年（1494）初刻的《白鹿洞书院志》中，为后世提供参考。其次藏书有专门的管干管理，负责收管清册，登记入藏新书，办理借还手续等。最后生徒借还书要凭统一的借书票借书。借书票样式为：某于某月某日借洞内藏书某样一部，计几本，看阅缴书销票，损失赔还，不致久淹时日，此照。《禁约》还规定："不许借出洞外。上司游客亦不得用势勒取，管干亦不许擅发一本。"管理制度严格，对于我们今天仍有积极的借鉴作用。

"本洞储书专以教迪士类"。尽管如此，由于书院的名声及收藏丰富，藏书在社会上颇有影响，因此江西道府县及游客，往往慕名而来，借洞书观看，江西科考所用书籍大多出自书院，书院藏书在一定程度上担负起为社会服务的职能。这种服务却引起了一个不良的后果，就是"洞书残落大半由此"。万历间巡抚邵锐鉴于此，不得不规定："今后江西科场书籍布政司自备，该府勿得辄取鹿洞书籍送用，以致遗失。"又针对书籍"残缺遗亡十者五六"情况，誊写书院藏书目录四本，一本送交江西道，一本留本府（即南康府），一本府学收管，一本归书院保存，每月每年检查有无损失，目的在于增强责任感，减少书籍遗失。

明代藏书处仍为云章阁，"讲修堂（文会堂）后为云章阁会藏书其中。"（葛寅亮《重修白鹿洞书院记》）藏书近万卷，数千册。明袁忠彻白鹿洞诗曰："青灯黄卷饱三余，缥帙牙签盈万轴。"形容藏书之多。正德十五年（1520）唐龙访查白鹿洞书籍田亩，后嘉靖四十三年（1564）分守冯谦也重修了书院，清理学田，完缮了经史子集。当时主洞府学训导陈汝简在王畿《重修白鹿洞书院》一文附跋中写道：仍将在洞书籍发匠修整一千一百余本。"经各任地方官的"置产益书"，到明代万历十一年（1583）"山塘田地至二千柒百亩有奇，藏书亦无虑数千卷"，可谓典藏丰富而有序。

明代藏书亦有相当一部分为洞自刻书。江西提学副使邵宝于弘治十四年（1501）、十六年（1503）亲刻《易经》、《书经》、《春秋》、《礼记》等书，刻板就在白鹿洞，共有板片达四百七十七片。正德十年（1515）江西提学佥事田汝籽刻《史记集解》一百三十卷于书院。嘉靖三年（1524）江西提学佥事王崇庆刻印《遵道录》等书于洞，嘉靖九年（1530）南康知府刻《礼教仪节》等书于洞。洞壁还石刻教材如《喻义章》、《心性图说》、《四勿总箴》等。王阳明"游匡庐，一憩鹿洞，手录《大学》、《中庸》古本及独对亭题咏，镌石立洞，兼置养士"。洞内的这些石刻拓本，是白鹿洞藏书的一大特色。

三

清初，政府官员"访存胜迹，纠萃典籍"，又建殿建亭，修复书阁，"卓尔前亭，斗魁北面，云章后阁，文昌帝临。"白鹿洞书院得到了恢复和发展，尤其是康熙皇帝的赐匾赐书，大大地提高了书院的地位。书院在入门处特建御书楼一座，以供奉钦颁书籍。康熙二十六年（1687）康熙亲书"学达性天"匾额和御书《十三经注疏》、《二十一史》送洞，此外地方行政官吏也纷纷捐赠，藏书迅猛增加，陆续入藏的有：钦颁书籍《十三经注疏》、《二十一史》、《渊鉴古文》、《朱子全书》、《周易折中》以上御赐书37种720册。

巡抚张伯行捐书有：《周濂溪集》、《二程文集》、《二程语录》、《二程粹言》、《濂洛风雅》、《谢上蔡语录》、《尹和靖集》、《张横渠集》、《朱子文集》、《熊勿轩集》、《许得斋集》、《陈剩夫集》、《吴朝宗闻过斋集》、《陈清澜学部通辨》、《薛文清读书录》、《薛敬轩集》、《胡文敬集》、《朱子学的》、罗整庵《存稿》、《困知论》、陆稼书《读朱随笔》、《读礼志疑》、《问学录》、张武承《王学质疑》、张孝先《养正编》、《学规类编》、《道统录》、《濂洛关闽书》、《诸儒讲义》、《松阳讲义》、《续近思录集解》、《广近思录》、《耿逸庵文集》、《陆桴亭文集》、《闲辟录》、《吴徽仲文集》、《陈克斋文集》、《道南源委》、《朱子语类》、《古文载道编》、《方正学文集》、《道命录》、《思辩录辑要》、《谢文节文集》、《陈北溪文集》、《伊洛渊源录》、《陆宣公文集》、《诸葛武侯集》、《司马温公文集》、《韩魏公文集》、《李延平文集》、《文文山文集》、《胡敬斋居业录》、《吕东莱文集》、《真西山文集》、《黄勉斋文集》、《张南轩文集》、《杨龟山文集》、《范文正文集》、《杨椒山文集》、《海刚峰文集》、《魏庄渠文集》、《杨大洪文集》、《勒文正宗》共计66种约300本。

太守周灿捐书为《忠孝经》、《易经大全》、《书经大全》、《诗经大全》、《春秋大全》、《礼记大全》、《四书大全》、《性理大全》、监本《易经》、《书经》、《诗经》、《春秋》、《礼记》、《愿学堂集》，14种276册。

提学冀霖捐洞书有：《四书集注》、《字稿》、《古文觉斯》3种42部270册。

主洞原敬送洞书有：《原鸣喜存业十编》、《正谊堂语录》、《鹿洞汇录》3种16册。

知府毛德琦送洞书有：新修《白鹿洞书院志》、《庐山志》、《史学提要笺释》3种约14本。

太安张维屏送洞书：《国朝诗人征略》、《国朝岭南文钞》2种18本。

总计藏书达129种约1614册，为洞中藏书的一部分，但从中可窥见清代白鹿洞藏书的大致情况。经史子集无所不包，以四书五经及理学思想的著作及正史收藏尤多，还有少量的地方史志，体现了书院藏书服务的宗旨。

白鹿洞书院至同治以后"渐就荒圮"。光绪二十七年（1901），令全国书院改为新式学堂，书院即废。宣统二年（1910），白鹿洞改办高等林业学校。据从前书籍典守自言"不戒于火，历代所存书籍，亦荡然灰烬"。藏书虽不复存在，但白鹿洞书院藏书文化将永驻而光大。

《中国书院论坛》第三辑

白鹿洞书院的环境特色

刘昌兵

白鹿洞书院与嵩阳书院、岳麓书院、睢阳书院并称古代四大书院。白鹿洞书院处于典型的山水环境之中，又被誉为"天下书院之首"。它位于世界文化景观——庐山的东南，现存明清古建筑面积8000多平方米，所处四面环山，俯视似洞。唐代江州（九江）刺史李渤曾在此隐居读书，养一白鹿自娱，故名白鹿洞。南唐在此兴办"白鹿国学"，北宋时更名为白鹿洞书院。书院坐北朝南，前有一溪，名贯道溪，水自五老峰的凌霄峰来，汇入鄱阳湖，溪南有卓尔山为屏障，书院后有后屏山，左有左翼山和回流山，可远眺五老峰顶。

白鹿洞书院的环境是古代士人孜孜以求的理想境地。

著名理学家、教育家朱熹（号紫阳）第一次来到白鹿洞遗址时，对它的环境赞美有加，感叹"白鹿洞四面山水，清邃环合，无市井之喧，有泉石之胜，真群居讲学遁迹之所"，并自任洞主，广招门徒，制定学规，振兴白鹿洞书院。有趣的是，联合国世界遗产委员会专家评估庐山申报世界遗产，首先考察的就是白鹿洞书院。他们对书院古建筑幽美的山林赞不绝口，认为它最能代表庐山"以其独特的方式，融会在具有突出价值的自然美之中，形成具有极高美学价值、与中华民族精神和文化生活紧密相联的世界文化景观"的特征。为什么白鹿洞书院的环境既得到朱熹这样一位与孔孟并称的鸿学硕儒的赞叹，又能得到世界文化景观的美誉？

中国自古就有依傍山水环境营建居所的传统，"居山水为上"是儒家士子的理想环境观。儒家经典之一的《诗经·小雅》就有"秩秩斯干，幽幽南山"的宫室选址记载。儒学崇尚天人合一、自然比德、人与自然的亲和。儒学之祖孔子在《论语·雍也》中"智者乐水，仁者乐山。智者动，仁者静。智者乐，仁者寿"，以自然山水来比喻君子"智"和"仁"的品德。山水本无情，而从儒家道统上，山水映照人之智和仁，充满哲理和寓意。因此，书院前溪流借孔子"吾道一以贯之"而名"贯道溪"。书院之泉名"圣泽泉"。北宋欧阳修《醉翁亭记》中"醉翁之意不在酒，在乎山水也"，明代文震亨《长物志》称"居山水为上，村居次之，郊居又次之"。

白鹿洞书院"傍山带水，尽幽居之美"，充满诗情画意，是隐逸清淡之士咏颂的绝佳境地。中国的逸士高人讲究"道法自然"。"傍山带水"在南朝大诗人谢灵运眼中极尽幽居之美。南朝哲人宗炳认为"圣人含道映物，贤者澄怀味像，至于山水，质有而趋灵，是以轩辕、尧、孔、广成、大隗、许由、孤竹之流，必有崆峒、具茨、藐姑、箕首、大蒙之游，双称仁智之乐焉。夫圣人以神法道而贤者通，山水以形媚诞而仁者乐"。他晚年不能出行，还将山水之景绘于四壁以作"卧游"。陶渊明在《归去来兮辞》中以"既窈窕以寻壑，亦崎岖而经丘。木欣欣以向荣，泉涓涓而细流"。王羲之在《兰亭集序》中以"此地有崇山峻岭，茂林修竹，又有清流激湍，映带左右"咏叹山水环境。白居易在《别草堂之三》诗中以"三间茅舍向山开，一带山泉绕水回"思念他在庐山香炉峰下所筑草堂。佛家讲究四大皆空、净土修行，对类似白鹿洞这样的"四面山水，清邃环合，无市井之喧，有泉石之胜"的环境当然也是积极推崇的。中国的古代哲学一方面以儒为主流，另一方面实质上是儒道佛互补，道佛的世界观和隐逸思想深深地影响了中国的士人。朱熹曾潜心研究佛学与道学，曾编撰《周易本义》《太极图说解》《通书解》，注解了《易经》和周敦颐的《太极图说》《易通》。儒士富达则入世"治国平天下"，退隐则"独善其身"，耕读于林野。朱熹对白鹿洞书院环境的赞美实际上体现了包括儒道佛在内的中国传统哲学对建筑之山水环境的推崇。从白鹿洞书院现存的"列嶂成垣，永护考亭之遗迹；环溪作泮，遥通泗水之真源"的对联以及御书阁"泉清堪洗砚，山秀可藏书"的檐柱之联中也可知其中所蕴含的山水之理。

白鹿洞书院的环境颇得堪舆之法。山南水北在堪舆说中是风水宝地。白鹿洞书院的环境就是如此。水是很重要的，是堪舆之法的第一要素。《尚书》

中称"五行一曰水"，管子水地篇说："水者地之血气，如筋脉之通流者也。"三国郭璞《葬书内篇》称："风水之法得水为上，藏风次之。"无水不成景，无水不成境。得水之要，就环境生态而言，既在生活生产便利和安全，也在调节环境温度和湿度，也在营造水景水趣等人文精神环境，是古代文人精神的泉源之一。殷商建都小屯村，就在洹河边。北宋司马光的庭院"独乐园"中最得意之处就是"弄水轩"。白鹿洞书院外有贯道溪，内有泮池、莲池和泉水数泓，可谓得水。堪舆之法的"藏风"也就是聚气。书院北有环抱的山峦，阻挡了北风的侵袭，南面有水，稍远处以山为屏，东西侧面仅以小路连接外界，书院周围森林茂密、草木华滋，如此的环境正合藏风聚气的道理。

古人对白鹿洞书院的环境营造体现了浓厚的文人气息。由于儒道、堪舆均追求优质的山水林环境，尤其是水环境，古代文人对白鹿洞书院的环境进行了特别的营造。贯道溪是白鹿洞书院水环境的主体，历代管理者围绕着贯道溪大做文章，建桥、题刻、建亭。宋元时曾在贯道溪上建有多座石桥，如"流芳桥""枕流桥""贯道桥""濯缨桥""原石桥"等。"枕流桥"首建于朱熹，桥下溪水奔流，大石枕之，石上有朱熹手书题刻"枕流"字。朱熹在溪涧中题刻"漱石"，在溪边岩上题刻"钓台""白鹿洞""敕白鹿洞书院"和"隐处""观澜""听泉""流觞""观德""风雩"等（后几处今不存）。溪涧中和岸壁上还有"白鹿幽径""自洁""文行忠信""仰思""清如许""源头活水""悟说""千古不磨""洙泗分流""不在深""逝者如斯""广心""在其中""荒游""清泉漱玉""静观""琴意""有本如是""引人入胜"等。贯道溪水不深，没有大鱼，明代刘世扬在旁题"意不在鱼"，道出古代文儒意在山水，意在"逝者如斯"的流水。这些石刻大多寓意道学与流水的哲理关系。白鹿洞书院发展史的重要人物——明代江西提学副使、文学家李梦阳对贯道溪倍加关注，见有一巨石竖立贯道溪中，想到河南三门峡的"中流砥柱"巨石，也在石上刻"砥柱"两字。他还在传说当年李渤养白鹿的石洞旁题刻"鹿洞"二字。根据白鹿洞书院志记载，白鹿洞先后建有亭28座，这些亭大多建在贯道溪附近，建亭的意义大多与贯道溪有关，如自洁亭、枕流亭、闻泉亭、原泉亭、钓台亭、寒泉亭等。钓台亭在白鹿洞之西的贯道溪畔。正德六年（1511），李梦阳游历白鹿洞，见"钓台"石，即兴吟诗道："终日钓石坐，清波闲我钩。掷竿望山月，回见众鱼游。"他认为治学之人要努力参悟道学，而"钓可以喻学"，遂命人在石上作"钓台亭"。

白鹿洞书院历代山长均注重山林环境的营造。由于白鹿洞书院藏掩于山林之中，实为芸芸士人就学之地，不可不使人识得其途，为此李梦阳倡议星子知县崔孜在进山口之前的场地稍宽处建"白鹿原坊"。书院之西的贯道溪南的一片较平坦之地，曾被书院改林为场，辟为供学生习"六艺"之一射箭的射圃。在山崖上建亭造景、渲染书院的人文气氛是白鹿洞书院环境艺术的一大特色。李梦阳对朱熹甚为崇敬，他在"陟亭西向，适与五老峰对"的书院之东枕流石北崖上，建独对亭。他认为"仁者寿，五老峰寿，朱子仁，是宜独对"。在他眼中，朱熹代表儒家理学高峰，堪可与五老峰对峙耸立。南康知府刘章曾在书院之东的回流山颠建亭。亭成，请名于李梦阳。李认为此山四面崭峭，而其上平，正合《庄子·齐物论》称"六合之外，圣人存而不论""天下四方，是曰六合"之意，取名"六合亭"。由于书院因李渤隐读养鹿得名，为了呼应这段脍炙人口的历史，烘托气氛，明代对局部环境进行了修饰。嘉靖九年（1530），南康知府王溱在明伦堂后祭山凿洞，以弥补白鹿洞书院无洞之缺。嘉靖十四年（1535），南康知府何岩命工琢石鹿于内，以弥补白鹿洞书院有洞无鹿之憾。白鹿洞之上高岩耸立，可俯视全院，为书院内自然地形之最高处。为倡导白鹿洞书院的文风，此处筑有"思贤台"，其上建"文昌阁"（又名"云章阁"或"思贤亭"）。又在贯道桥南高岩上建魁星阁、高美亭。在白鹿洞书院明伦堂后屏山建"太极亭"，"遥与高美亭相主宾"，亭两旁有"鹿鸣亭踞其左""喻义亭踞其右"。亭名"太极"是为了烘托朱熹编集注解周敦颐的《太极图说》这段历史，曾是书院的一处重要点缀景观。白鹿洞书院林木的种植受儒家自然比德思想的影响。院内外最多的林木是松树，后山有竹林参布其中。袁甫的《白鹿洞君子堂记》还记载宋代白鹿洞书院曾作莲池、君子堂。君子堂"瞰莲池也，并题濂溪爱莲语，匾以是名"。袁甫感叹："先生（指周濂溪）之学说贯天地万物，而独爱莲，何哉？"他自己解释："莲亦太极也，中通外直，亭亭净植，太极之妙具于是矣"，把莲与太极相提并论，把周濂溪和莲这两位"君子"推上最高的境界。棂星门内泮池内曾种荷莲，取周濂溪所作《爱莲说》的微言大义，寓意"荷莲中空外直，出污泥而不染"。朱子祠前有"丹桂亭"，其左右花坛中有两株桂花树，亭中有一石碑书"紫阳手植丹桂"（紫阳即指朱子）。松以寿长之生生不息、竹以正直之节节攀高、莲以高洁之君子之态为儒家所崇尚，而桂则与贵谐音，折桂成为科举入仕的象征。康熙二十年（1681），御赐白鹿洞书院《十三经》《二十一史》《古文渊鉴》《朱子全书》《周易折衷》等书，南康知府周灿建御书阁珍藏，并于阁前种两株桂花树，干粗叶茂，距今已有300多年。

白鹿洞书院的环境较之江西古代其他著名书院如吉安白鹭洲书院、弋阳叠山书院、铅山鹅湖书院更胜一筹。白鹭洲书院位于赣江的滔滔江水之旁，无山林之美；叠山书院面对信江，远有山障，但无背山。鹅湖书院倚鹅湖山，一派田园风光，惜无清流环于前。

对营造白鹿洞书院环境艺术的新设想。尽管白鹿洞书院现状环境"美在其中""妙在其中"，但它较历史上却有所弱化，尤其是在水环境方面，造成其历史人文环境未能充分体现。"得水为上"，首先改善书院的水环境。现今，贯道溪因上游水源不足而水面变窄，秋冬时几近枯流，溪旁自洁亭、枕流亭、钓台亭等重要的点缀不复存在，院内莲池也难蓄水。可考虑在书院往东的贯道溪下游设滚水坝，在保持贯道溪水流动的同时保证贯道溪充盈的水量，枕流亭、钓台亭、太极亭及莲池、射圃应予恢复，以尽可能表现原有的人文环境。进入书院道路北侧与院墙之间的空地北侧山坡上有竹林一片，遗憾的是旁边的卫生间未作遮掩过于暴露，可扩大该竹林，以遮掩卫生间，卫生间只从旁隐出一角以示存在。枕流桥往东的大片曾作苗圃的平坦空地，现几近荒芜，可种桂树，突出古代读书人入仕而贵的寓意。自古以来，儒家以兰香为尚，诗经中多有咏唱，孔子论语云："芝兰生于幽谷，不以无人而不芳"，固有"兰为王者香""天下第一香"之誉。礼圣殿前院，可广泛布置盆植兰花。书院崇德祠曾供奉陶渊明，陶渊明在庐山隐居多载，以采菊为乐。崇德祠前可种菊花数丛。白鹿洞书院教学中对儒家中庸之道多有讲究，棕树和榕树与中庸谐音，又是江西的固有树种，可种于书院延宾馆与春风楼间较为开阔的庭院。根据南宋著名心学大师陆九渊曾受朱熹之邀来白鹿洞书院讲学，并深深打动了听课学生的历史，可在文会堂前树立陆九渊的小型塑像。历史上白鹿洞书院曾广有学田，学田是维持书院运转的重要经济来源，也是古代文人高士重视"耕读"的重要体现。离院门一里外及书院以东的道旁、平地应恢复大片的稻田景观。

清初桐城派名士戴南山曾在《意园记》中描绘士人理想的精神家园，

"山数峰，田数亩，水一溪，瀑十丈，竹万根"让白鹿洞书院能成为这样的理想之园。

《中国书院论坛》第三辑

鹅湖书院与白鹿洞书院朱子传说的文化意蕴

林振礼

尝读顾颉刚（1893—1980）《孟姜女故事研究》，有感于顾氏作为成就卓著的历史学家，时人尚有"小题大作"之讥。是故斟酌再三，两年前试作"从逸事传说与笔记小说看朱熹的双重形象。"所幸如今学界风气日新，提倡多维文化透视，经典文化固然重要，民俗文化亦备重视，俾宏观把握与论证日趋全面。此题目系已故著名朱子学家、美籍华人陈荣捷（1901—1994）开其端，然陈氏远隔重洋，于耄耋之年偶赴大陆，来不及深入探讨。笔者近年亲访其地，收集新资料，钩沉索隐，阐发传说的文化意蕴，揭示程朱提倡妇女守节的社会原因，论证朱熹（1130—1200）在民间的第三重形象及其本质。

一、赣南鹅湖、庐山白鹿洞书院的传说

——失意士人对科举制的情绪反弹，纵逸之辈放浪形骸的辩护谈资

朱熹与陆九渊（1139—1193）辩论（我国历史上有名的鹅湖之会）的江西铅山鹅湖书院一带，流着朱熹与狐仙胡玉莲的传说：

《鹅湖山朱熹遇怪》

相传朱熹有一次来到铅山鹅湖地面，见环境清静幽美，则寓居于山麓的一座古寺中，潜心研究学问。一天晚上，朱熹秉烛夜读，一时烦闷，推开窗户，触景生情，顺口吟道：

微风细雨打芭蕉，朱熹独坐也无聊。

忽然，窗外有人续道：

若不嫌奴容貌丑，愿伴夫子度春宵。

窗外之人，乃山中千年狐狸精化形为父母双亡、投亲无着的年轻女子胡玉莲。面对脸罩愁云，目含悲戚的胡氏，朱熹顿生恻隐之心，便以茶饭款待。饭后，女子伏地哭道："多谢先生救助之恩，但奴举目无亲，还乞先生垂怜，容奴留下服侍先生。"朱熹虽觉不妥，但念女子欲归无门，便点头应

允了。从此，女子留在寺中，烧茶做饭，悉心照料朱熹。

光阴荏苒，一晃便是半载。此地一害人的黑鹅精化形老道，说朱熹脸带晦色，定有妖孽缠身。将信将疑的朱熹照着老道暗示的办法一试，果见女子熟睡时鼻中流出两条清涎，朱熹俯身将其吸入口中。女子失去了命根——鼻中流出的元精，临终之际表达了对朱熹的慕才真情，恳求朱熹为之掘一穴殓葬，并示朱熹除害方法，遂现形而毙。

回到寺中，适老道来访，朱熹按照狐仙所示之计斩除黑鹅精。

淳熙六年（1179）三月，朱熹知南康军（治所在今星子县），十月复建白鹿洞书院，八年辛丑（1181）闰三月去任东归。在南康两年，任内政事繁忙，不能常赴白鹿洞书院（荐杨日新为堂长主其事）。然庐山白鹿洞一带，则流传着对朱熹不无嘲讽的狐仙故事：

狐狸墓（从略）

——朱熹教导学生严守礼法，自己却明知美女是来自五老峰的狐仙而与其结为百年之好。

——朝廷派礼部侍郎来查处朱熹。在抉择功名与爱情之际，朱熹既无法舍弃爱情，又同时为功名所惑，以致使狐仙失去命根绿色衣裙（不再是从鼻孔中流出的元精）而毙。

——庐山白鹿洞后山上，朱熹埋葬了狐仙，立碑上刻：胡氏夫人之墓。

《鹅湖山朱熹遇怪》发生在朱陆论辩的所在地。有朱陆鹅湖之会，而后有鹅湖书院。鹅湖山传说朱熹已初露微讽——"朱熹独坐也无聊"。而庐山白鹿洞书院的《狐狸墓》对其嘲讽尤甚。兹录该传说（前述从略）借化形女子之口嘲弄朱熹的诗一首：

孔门弟子莫轻狂，此是读经学圣堂。

休趁夜深人静后，逾墙扮演凤求凰。

窃以为渗透于传说中这种戏谑不敬的言辞，以及《狐狸墓》传说的整体构建与基调，如朱熹既难舍爱情，又同时为功名所惑等等，乃是失意士人对于科举制的情绪反弹。

书院是培养读书人的地方，亦即士人聚集之所。若谓"负笈而来，学成而归"是多么轻松的话语。实际上，同是读书人，在科举制度面前却命运悬殊，余秋雨先生《十万进士》已将其"悬殊"说得淋漓尽致。"二十八人初上第，百千万里尽传名"虽是唐人诗句，同样适用于明清时代。一旦得中则平步青云，佼佼者甚至"朝为田舍郎，而暮登天子堂"。但终生困守场屋，郁郁不得志者亦比比皆是。吴敬梓（1701—1754）笔下的范进是中举前后生活境遇反差巨大的典型，鲁迅（1881—1936）小说中的孔乙己，则是读书人穷愁潦倒的真实写照。南宋哲人们洞察科举流弊，故朱熹力倡"为己"之学，陆九渊于1181年在白鹿洞书院讲席上以"君子小人喻义利"发论，朱熹以为"切中学者隐微深痼之病"。元代蒙古贵州统治者科举取士"明经内四书五经，以程子、朱晦庵注解为主"，开明人八股之先河。明成祖朱棣及其臣子们更是确立以程朱理学作为科考的价值标准。随着时间的推移，科考由"悉去汉儒之说"演变为"专尊程朱之学"，后来则干脆"尽扫百家而归之宋人，又尽扫宋人而归之朱子"。朱熹《四书集注》等著述逐渐异化而为读书人入仕的敲门砖，作为活学的朱子学变成主宰士人命运的僵化教条，造成士子们依朱注等旧文字便可中进士获高官，而刻苦体认经书者却穷年白首，饥冻老死。这种手段（科举）与目的（圣学）的颠倒，使考中者未必有德有才，而才德过人却抱憾终生者亦不乏其人。这从书画家文徵明（1470—1559）为科举失意士人撰写的《戴先生传》《顾春潜先生传》，以及杜允胜、王履吉等墓志铭中可以窥见。明季屡试不第的小说家凌濛初（1580—1644），以《硬堪案大儒争闲气，甘受刑侠女著芳名》，借前代野史笔记敷衍故事，将朱熹作为丑化贬抑对象，从另一侧面说明这种情绪反弹。

既然朱熹其著历久不衰地成为支配科举考试的魔棒，愚弄了士人的命运。那么，负笈而来鹅湖书院、白鹿洞书院的一代又一代士人，其中也不乏德才兼备又屡试皆绌者，科举制度的不公使他们痛心疾首，将满腔悲愤炮制幻化成为挪揄、讥讽圣贤的传说，并将诸如功名与爱情都难舍弃而更重功名的价值追求融入朱子传说这一民间文学的动态载体之中。

举凡关涉人生、人性、人世的题材，都能得到人们的普遍关注，朱子传说即属于此，传说同时适应纵逸之辈的心理需求，这也是传说有生命力而得以形成流布的原因之一。

朱熹生前有感于三代之世天理流行，三代而下人欲流行、故以继承千年不传的道统，整顿世道人心自欺。然而北宋开国以来，太祖赵匡胤杯酒释兵权，笼络臣下以广置田产，多蓄奴婢，纵情享乐。统治阶级竭泽而渔，沉迷声色之风，至南宋之世有过犹而无不及。朱熹以天理论匡时济世，其"理欲之辨"的目的，在于规谏统治阶级减赋恤民，以缓和阶级矛盾。宋季以降的统治者一方面神化吹捧朱熹，一方面抛却其"正心诚意"的修身之学说而对劳动人民施以"忠孝""贞节"家族伦理之教化，对民间节妇烈女以树碑立传的方式加以宣扬。然而，历代帝王嫔妃成群，臣僚们三妻四妾，依旧纵情声色；明清新兴市民阶级冲破压抑个性的伦理樊篱，他们希望打破禁锢去寻找异性的慰藉。这可从皇室、士大夫秘传的房中术，以及适应明清时代初崛市民阶级商业文化生活和精神需要的言情小说大量涌现得到证明。

纵逸之辈放荡形骸必须寻觅偶像作为效法的型范，于是他们把审美眼光投向妇孺皆知且倡言"存天理，去人欲"的朱夫子，从朱熹与狐仙的情爱故事中获取最有说服力的辩护谈资。其心理轨迹可以归结为：圣贤尚有老夫少妻的艳福，吾辈岂无享受人生之尊贵。

二、变异于清末的传说

——聊斋先生笔下鬼狐的转换移植，反叛传统审美取向的合璧之作

根据陈荣捷先生记载，民国前一年有美国人士数人，游庐山白鹿洞。归美后发表文章，报告白鹿洞书院情况。其中一段叙述狐狸精故事，虽甚简短，然意义颇深，兹录于下。

《白鹿洞狐狸精》

历史未明言朱夫子在此工作若干年，惟历代相传，则彼终身居此书院，死则葬於书院后之丛林。传说又以为洞悉其超人智慧之原自。当彼来驻山洞之时，有一狐狸精换形少女与之同居而朝夕侍奉。此女带来一贵重宝珠，强朱子吞之。在其苦求之下，朱子难却，于是此珠遂为彼智慧之源泉，而非生灵所能有者。不久又有青蛙精换形少女来与朱子同居。可惜两女不能相得。某日吵闹，青蛙精曰："你只是一个狐狸精而已。"狐狸精反驳之曰，"你非青蛙精而何？"翌日二精失踪，狐尸与蛙尸均见于书院旧桥之下，乃依礼葬于书院之丛林，立石为碑。

陈荣捷先生认为："在民众心目中，朱子道巍德尊可以感化鬼神。故一精以至两精前来服侍也，乡人其愚可怜，而其志则可嘉也。"然而，根据笔者不同之发现，可证"乡人其愚"未必。

清初蒲松龄（1640—1715），也是小说家，也是屡试不第的失意士人，同样终生怀抱不为世用，仅成"孤愤之书"郁郁情结，经他在路旁设摊，亲自收集，又有朋友们"四方邮筒相寄"而"所积益多"，终于写成不朽奇书《聊斋志异》。

蒲松龄《聊斋》中有这样两个人物——莲香与李氏，同侍穷书生桑生。有次两女相遇不合争吵，互揭对方为鬼狐。后来桑生身体日衰，莲香送药为他治病。这个故事与陈荣捷博士所记"民国前白鹿书院两精化形少女同侍朱熹"（狐精强朱子吞下宝珠）的传说"何其相似乃尔"。请看《莲香》之梗概：

穷书生桑生接连碰到两个夜晚来访的美女，一位叫莲香，另一位叫李氏。前者自称"西家妓女"，后者自诩为"良家女"李氏，桑生先后与二女"绸缪甚至"。莲香因视桑生神气萧索，相约十天后再会。李氏却每夜必至。后来莲香告诉桑生，李氏是鬼，李氏则揭莲香为狐，桑生疑为妇人之妒使然。桑生与李氏欢会日久，身体日衰。莲香送药为他治病，一天夜里李氏与她相遇，二女争吵时，桑生才明白他们分别是狐和鬼。莲香让李氏用嘴给桑生喂补药，使他亏损元气的身体逐渐恢复……

再读聊斋先生笔下的《青蛙神》：

江汉之间，俗事蛙神最虔。祠中蛙，不知几百千万。有大如笼者，或犯神怒，家中辄有异兆……

庐山白鹿洞书院地濒长江、鄱阳湖，民间祀蛙神。由此可见，两精同侍朱子传说中的青蛙精由此而来。

因此，陈荣捷先生记载关于民国前一年之传说，则是蒲松龄笔下鬼狐的转换移植。

纵观我国古代小说以及故事传说的发展史，狐狸在文学领域的"活动"屡见不鲜，描写刻画狐狸，并不是朱子传说的发明创造。诸如葛洪《抱朴子》、干宝《搜神记》和《初学记》《太平广记》等诸多关于狐精淫乱作恶的记载。唐初以降，民间多事狐神，房中祭祀以乞恩，故时谚曰："无狐魅，不成对。"钱锺书先生说："古来以狐为兽中黠而淫之尤，传虚成实，已如铁案。"审视叙述狐狸的文学传统，绝大多数从"狐狸善以媚态惑人"的角度出发，将化形美人的狐精们描绘成狡诈、淫荡的妖物。于是，对狐狸的审美价值取向形成了固定的模式——狐狸精等于淫乱妖媚的女人。例如害死英雄后羿的黑美人玄妻，被称为"纯狐"；导致商纣亡国的美女妲己是一个具有妖媚祸乱本性的九尾狐精。总之，在尚礼仪、重伦理，父权制文化占主导地位的古代中国，无数个情节大同小异的故事重复着狐狸精就是"害人精"的话题。作为千夫所指的唾骂对象，狐狸在审美领域的价值取向只能是"丑恶"而已。

朱子传说一反狐性恶的文学传统，打破了流行千年的"铁案"，跳出了"丑恶"这一传统的审美窠臼，为美女狐精翻案。白鹿洞来自五老峰的狐仙，聪明贤淑，既为朱熹带来欢愉，又以其超乎常人的识见，帮助朱熹著书立说；铅山鹅湖的美丽村姑胡玉莲，悉心照料朱熹，为朱熹解除了孤寂。而当玉莲、胡氏失去命根子——鼻中流出的元精、绿色衣裙时，她们临终表达的是未能长久侍候朱子的遗憾，以及揭露怪异——黑鹅精的害人行径，使朱熹奋起铲除祸害。狐精们的最后乞求，仅仅是一抔葬身的黄土，何其微薄。如此本性善良的狐精，简直是深明大义！陈荣捷先生记载关于白鹿洞的狐狸精，带给朱熹一贵重宝珠，成为其超人智慧的源泉。这与文学传统中朝逝夕至使书生精气亏损而身体日衰的狐狸精相比较，非善而何？在朱子传说中，女性害人的"丑恶"嘴脸消失殆尽，"狐狸精"成为"可爱女性"的化身，其审美倾向彻底转化成为"美善"。狐精们凄然而逝以身殉圣的结局，颇具悲剧色彩，使传说产生长久的艺术魅力。

《聊斋志异》虽然也写了害人的狐怪狐精，如《贾儿》《刘海石》《农人》等，但毕竟是少数。更重要的是，聊斋先生锐意求新，在继承传统的基础上大胆反叛，将狐狸化美女这一题材推陈出新，写出大量赞美狐狸的篇章。因此，我们可作出这样的窥测，早期的朱子传说——狐性善、反叛传统的审美价值取向影响了清初的蒲松龄。陈荣捷先生所记清末的朱子传说在转换移植聊斋先生笔下鬼狐的同时，对于蒲公《莲香》与《青蛙神》的审美价值选择则既有所接受又有所改造。这样，历经变异的朱子传说，自然就成为反叛传统审美价值取向的合璧之作了。

三、从传统看朱熹在民间的第三重形象

——其本质是人们深层婚姻文化心理及伦理价值选择的折射反映

笔者曾从逸事传说与笔记小说中勾画出朱熹在民间的双重形象，即"感通天地物类的神化形象"与"偏执卑劣暴虐的小人形象"。从本文二三个相

对独立又相互联系的传说故事中，我们看到的是朱熹理性与情感相矛盾的第三重形象。透过程朱提倡守节的社会原因，从本质上说，这种人妖怪异悲喜剧所隐喻的正是人们反叛数百年封建礼教的深层婚姻文化心理及伦理价值选择的折射反映。

朱子而后即南宋以后七百年间，就整体而言，官宦士人本身就是社会的精英与权力的实际掌握者，因而这个社会所制定的种种制度与政策也必然会以保证他们的利益为前提（君主皇室自不待言）。随着社会的发展变迁，达官贵人追求利禄欲望的膨胀，使得这种集权的制度必然导致具有修身意义的"存天理，去人欲"的理念，逐步演变成"酷吏以法杀人，后儒以理杀人"的治人之术，即戴震（1723—1777）所抨击的后期理学。这是"理欲之辨"成为尊者、长者、贵者的统治工具，而对于卑者、幼者、贱者则不无禁欲主义色彩的真正原因。必须指出，玩弄于统治阶级股掌之上的"理欲之辨"与朱熹的初衷有着质的区别。朱熹的本意并非要灭绝人间情欲，他著《诗集传》，一反《毛诗》"温柔敦厚支教"，而以"思无邪"为《诗》教。对其中诸多爱情诗作了新颖的解说。如《野有死麕》："野有死麕，白茅包之；有女怀春，吉士诱之。"解为："吉士以白茅包其死麕，而诱怀春之女也。"麕即獐鹿，一位美男子以白茅包裹猎得的死鹿，去讨好他的女朋友。这同汉儒说的"南国被文王之化，女子有贞洁自守，不为强暴所污者"思想明显要解得多。朱熹所冀望的是不失法度。换言之，即要适度。这个"度"，也就是《中庸》所说的"致中和"，《书》所说的"允执厥中"。这种"致中""厥中"之"度"推及伦理道德规范，绝非一成不变，它是随着社会的变迁而改变的。诚如朱熹所言："今礼文觉繁多，使人难行。后圣有作，必是裁减了，方始行得。"

然而，研究者往往将明清的节烈现象与朱熹的"理欲之辨"相提并论。汉唐之世虽也彰扬"舍生取义"的志士仁人，但并不鼓吹节妇烈女。朱熹并非不谙汉唐史事。他曾经评论唐史说："唐源流出于夷狄，故闺门失礼之事，不以为异。"现代史学家陈寅恪认为："即此简略之语句亦含有种族及文化二问题。而此二问题实李唐一代史事关键之所在。"从近10多年来新发现朱熹为诸多民间谱牒撰写的序跋（其中亦有伪作）看，他慨叹族氏派系湮沦，惟恐昭穆失序，寄望谱学宗法与道统同时兴复。说明朱熹洞悉汉民族的宗族社会结构及其深层思想文化脉络，深知要整顿纲常，重建伦理，必须从家族宗法入手，在强化"孝""忠"观念的同时，又强调事夫以"节"——伊川有"饿死事极小，失节事极大"之语，为朱熹与吕祖谦（1137—1181）合编《近思录》采用。这样，经朱熹强化了家庭宗法伦理模式为：事夫以节（不二）—事父以孝（事兄以悌）—事君以忠以节（不二），则全面强化了男权制的家族宗法伦理，对于巩固封建统治产生了极为深远的影响。然而，如果没有适应"贞节"观念的社会文化土壤，程朱的话力量再大也产生不了有宋以后六七百年的风俗礼教。"五四"以来对理学的批判有其进步意义，但若将作为一定历史时期的节烈现象归罪于程朱理学则未必恰当。窃以为提倡妇女贞操守节，是以家庭、家族的利益和稳定为出发点的。它是生产力低下、生产方式单一、超稳定的农业社会亦即宗法制度的产物，与夫权的消长共存亡。由于理学家的气节理念对宗法社会的伦理需求具有张力，故明清时代节烈尤甚。随着历史的发展，生产力的不断提高，产生这种伦理需求的生产方式不复存在，节烈牌坊就成为一种文化遗迹供人凭吊了。

鲁迅生当清算批判旧道德，整合重建新文化的清末民初。就在"五四"运动后的1924年，他以如椽大笔写下了愤世嫉俗的《祝福》。读其著则令人解悟：即使不像明清时代礼教桎梏下的众多妇女那样，用青春与热血换取冰冷的节烈牌坊，而像祥林嫂那样顽强地苟活于人世，也无补于改善自己的处境。理学老监生鲁四老爷及其周围的人们还是鄙薄她，只因她是寡妇，连普通人祭祀的物品经她拿过也被视为不吉利。婆婆为了让小叔子娶妻而逼她改嫁，她反抗得一头撞在行案上险些丧命，也难逃被人们取笑的命运，这样风俗礼教致使祥林嫂由挣扎而麻木，终于沦为乞丐，穷死于鲁镇。因此，对于节妇烈女，鲁迅发出"只要平心一想，便觉得不像人间应有的事情，何况说是道德"的慨叹。同时他还仗义执言："男子决不能将自己不守的事，向女子特别要求。"从反叛封建礼教的意义上说，鲁迅的节烈观及其《祝福》与朱子传说故事有着异曲同工之妙。

《鹅湖山朱熹遇怪》中父母双亡的胡玉莲投靠朱熹，明知不妥（违背礼教）朱熹还是收留了她；《狐狸墓》说朱熹总是谆谆告诫学生要品格端正，"非礼勿视，非礼勿听，非礼勿言，非礼勿动"。然而，当他自己身处空谷寒夜（学生们都回家过年）之际，竟向来自五老峰的狐仙美女求百年之好。先是狐女心有灵犀，吟诗挑逗：

> 夜静更深人未眠，心犹聊诵《有狐》篇。

> 缘何圣化痴情在，欲海贤关一线牵。

"欲海贤关一线牵"摒弃了理与欲的对立，点明了两者的统一。有生命力的伦理学应以理性原则制约感性原则，否则，将会导致快乐主义。为什么人们要使传说故事中的朱熹在理性（宗法礼教）与情感（生命需求）冲突之际，作出情感高于理性亦即感性原则驾驭理性原则的价值选择？其深层原因是随着社会的发展进步，既有的道德规范与现实不相适合，人们要求冲破传统的宗法礼教与贞节观念。但是，当批判旧道德，整合新伦理的契机尚未到来之际，人们将自己的意志渗透于朱子传说之中，借助朱熹的幽灵消解郁闷情绪，以隐喻的方式宣扬追求两情相悦的幸福婚姻生活理想。其心理轨迹则可这样诠释：作为创立礼教的朱夫子自己都已背弃那压抑人性的礼教了，难道芸芸众生还要再枯守身殉吗？

《中国书院论坛》第三辑

庐山国学与白鹿洞书院的课程设置

邓刚　李淑兰

白鹿洞的教学活动始于中唐李渤。然而作为一所学校，有组织地开展教学活动却是从南唐开始的。南唐升元四年（940），李氏朝廷在白鹿洞建起了一所官办学校——庐山国学，并派遣国子监九经博士李善道前来庐山国学主持行政和教学工作。从此，白鹿洞的教学活动进入了一个新的阶段。

从南唐朝廷创办庐山国学至晚清宣统年间把白鹿洞书院改为江西高等林业学堂止，白鹿洞书院开设的课程主要有儒家思想学说、历史、诗词文赋、礼乐、诸子百家、实用技术和写作。

这几门课程，虽然在《白鹿洞书院志》中没有明确记载，但可以从白鹿洞书院教授生徒的资料和其他历史文献中得到证实。

一、学习儒家思想学说

儒家思想是我国封建社会的正统思想，不能不学，因此对儒家思想的学习，又可以分三种：

（一）学习儒家经典著作

学习儒家经典著作，在白鹿洞书院极为盛行，在南唐时，它就是庐山国学的重要课程。在五代十国时期，不少国家的政局混乱，"废君如吴越，弑主如南汉，叛亲如闽楚。乱臣贼子无国无主。唯南唐，兄弟辑睦，君臣奠位，监于他国，最为无事，此亦好儒之效也"（马令《南唐书·朱弼传》）。虽然这是赞美之词，但儒家"三纲五常"的伦理道德观对南唐的影响是很大的。作为培育人才的学校，对儒家经典的学习，自然更为重视。因为"学校者，国家之矩范，人伦之大本也"（马令《南唐书·朱弼传》）。

为了使生徒很好地学习儒家经典著作，历代帝王和朝廷要员往往把这些书赐或赠给书院，以便让生徒很好地学习。

北宋太平兴国二年（977），江州知州周述把白鹿洞书院办学的情况向朝廷作了报告，宋太宗赵光义在批准他的请求后，并下令将国子监刻印的《九经》（系五代中冯道等人主持刻印的《九经》包括《诗》《书》《易》《礼记》《仪礼》《周礼》《左传》《公羊传》《谷梁传》）等书赐给书院。

咸平四年（1001），宋真宗赵恒又给全国各地的学校、书院颁发了国子监刊印的经书。

南宋淳熙八年（1181）三月，朱熹在离开南康军前夕，曾向孝宗赵昚报告了兴复书院的前因后果，并要求皇上赐书、赐额。（王懋竑《朱子年谱》、朱熹《延和殿奏事》）同年十一月得到批准，并诏国子监把刊印的《九经注疏》《论语》和《孟子》等书，赐给了白鹿洞书院。（马廷鸾《庐山白鹿洞书院兴复记》）

明正德十三年（1518），金都御史王守仁巡抚赣南，并亲自编撰《大学古本》和《中庸古本》等书，派人送到白鹿洞，并刻于石碑上（郑廷鹄《白鹿洞志》）至今尚存书院碑廊中。

清康熙二十四年（1685），江西巡抚安世鼎上疏，请求康熙皇帝赐书和匾额，至二十六年（1687），便赐了《十三经注疏》等书，以后又陆续赐了《周易折中》等书给书院。乾隆帝虽没有赐书，但在乾隆九年（1744）赐"洙泗心传"匾额一幅，即表达了他对白鹿洞书院的重视和对孔孟的敬重，也表达了他对白鹿洞书院生徒的厚望，希望他们学好孔孟之道，以便将来为朝廷佐使。

为了使学生能够读懂这些儒家经典著作，白鹿洞书院的教师们还经常跟他们讲解。据史记载：庐山国学生徒刘式精于《春秋》，"试三传状元及第"。其五世孙刘清之曾藏其手抄《孟子》等书，据称是当年国学日课。（见毛德琦《白鹿洞书院志》《同治清江县志》《同治南康府志》）

南宋淳熙六年（1179），朱熹知南康军，并着手修复白鹿洞书院。淳熙七年（1180）三月，白鹿洞书院初步修复。开学典礼后，朱熹升堂讲学，第一讲题为《中庸首章》（朱熹《答吕伯恭书》），以后又讲了《大学或问》。同年又刊了《论孟要义》一书。他还说："学问须以《大学》为先，次《论语》、次《孟子》、次《中庸》。"（《朱子语类》）嘉定年间，黄榦为洞主，也曾经在书院讲了《乾坤》二卦（《宋史·黄榦传》），元至元初（1337）朱熹四传弟子陈澔任书院洞主时，也曾讲过"易""书""礼"等。

后来，来学的生徒多了，为了解决经书不足的问题，书院并自行刻书。如明弘治十四年至十六年（1501—1503），江西提学副使邵宝在白鹿洞书院刻了《易经》板59片，《书经》板53片，《春秋》板68片，《孔记》板297片。（见郑廷鹄：《白鹿洞·志镂版》）正德十年（1515）江西提学金事田汝籽在白鹿洞书院刻了《五礼图》。（见郑廷鹄《白鹿洞志·镂版》）

综上所述，白鹿洞书院生徒所学的儒学经典著作有《诗》《书》《易》《周礼》《仪礼》《礼记》《公羊传》《谷梁传》《左传》《论语》《孟子》《孝经》《尔雅》。

（二）学习宋明理学

所谓明理学是指宋朝程灏、程颐、朱熹、陆九渊以及明朝王阳明的学说。在封建社会里，土地兼并严重，富者阡陌相连，贫者无立锥之地，阶级矛盾尖锐。为了缓和这种矛盾，统治阶级认识到"存天理，去人欲"的宋明理学是规范人们行为的准则，可以缓和阶级矛盾，于是自南宋宁宗嘉定元年（1208）开始，程朱理学备受推崇，此后，它也成为白鹿洞书院的一门重要课程。如朱熹的《白鹿洞书院揭示》和陆九渊的《白鹿洞书堂讲义》就是白鹿洞书院历代生徒学习的重要教材，其旨在于要求学生辨明君子与小人，要想成为君子，就应当"博学、审问、慎思、明辨而笃行之"，还要"正其谊，不谋其利；明其道，不计其功"，"存天理去人欲"，总之，要学生成为忠君孝亲的有用人才。

为了使学生能够很好地学习宋明理学，也跟学习儒家经典一样，统治阶级不是在书院刻书，就是赐书，以满足教学的需要。

明正德年间，王守仁手书《大学古本序》《修道说》，派人送至洞中，刻于碑上。江西提学副使高贲亨在书院刻《伊洛渊源录》板。

清康熙皇帝曾赐《朱子全书》给白鹿洞书院。

为了使宋明理学深入人心，教师们在白鹿洞书院还常讲解阐扬宋明理学的精义。如明弘治年间洞主周耜，讲授朱子语录，"至老不倦"。后来魏良器（曾从学于王守仁）为洞主，讲授良知良能的学说，使学生数百人皆习王学。府教授杨日升（崇拜朱熹），后做洞主，与诸生讲授朱子语录所谓修齐治平的心性之学。解元邵良杰为洞主，经常对学生说："朱子的学说是积德之本，人道之门。"

（三）学习洞主、官员和学者来白鹿洞书院讲学的讲义

这些讲义是阐释孔孟之道和程、朱、陆、王理学思想的，因此也成了白鹿洞书院学生学习的重要参考资料。如：

南宋，朱熹弟子陈文蔚，字才卿，与克斋先生，曾主讲白鹿洞书院，有《白鹿洞讲义》二则。其一则讲"义利之辨"，又一则讲"信仁"。

明成化年间，胡居仁，字叔心，号敬斋，著名的理学家。应江西提学佥事李龄之聘为白鹿洞主，有《白鹿洞讲义》一则，主要是讲穷理、修身、治国之事。

嘉靖三十一年（1552），提学副使郑廷鹄视察白鹿洞，登台讲学，也有《白鹿洞讲义》，次年洞主崔伯把它刻在石洞中。

嘉靖年间，著名理学家王畿应知府张纯和洞主陈汝简之邀，在白鹿洞书院讲学，讲义利之辨与致知难易，有《白鹿洞书院续讲》传世。

清康乾年闻，魏定国，字步千，号慎斋，官至吏部侍郎。乾隆十七年（1752），以高龄出掌白鹿洞书院讲席，有《励学约言小引》《魏慎斋夫子讲义》至今留在书院的碑刻中。

二、学习历史

学生在白鹿洞书院学习的历史著作有《左传》《公羊传》《谷梁传》《尚书》，还有《汉书》。朱熹《跋》言：朱为"刘子和作传，其子仁季致书，以其先人所藏《汉书》四十四通为谢"。熹以"白鹿洞新成，因送所藏以备学

者看读"。还有《史记》《战国策》。明正德十年（1515），江西提学佥事田汝籽在白鹿洞刻《史记集解》一百三十卷。当时的学生嗜好《史记》《汉书》，猎取战国策士之雄谈，"以发挥孔孟旨趣"（《为学次第八条》）。

据史料记载，白鹿洞书院的生徒比较系统地学习中国古代历史，可能是从清朝开始的。如康熙二十六年（1687）四月，白鹿洞书院收到康熙皇帝所赐的《二十一史》。

三、学习诗词文赋

（一）学习诗赋的教材有《诗经》《楚辞》

《诗经》《楚辞》是几千年来文人学者所必读的文学作品，因此也是白鹿洞书院生徒所必读的课程，早在南唐所办的庐山国学时，就是如此。如生徒李中在《送相里秀才之匡山国子监》诗中说："气秀情闲杳莫群，庐山游去志求文。已能探虎穷骚雅，又欲囊萤就典坟。"诗中"骚"，指《楚辞》，"雅"，指《大雅》《小雅》，借称《诗经》。明万历间洞主章潢也说：那些希望中举的学生"所嗜反在班、马、庄、骚……"（《为学次第八条》）。

南宋时，白鹿洞书院的生徒还学习过邵雍和包拯的诗。邵雍，字尧夫，北宋著名理学家，屡聘不仕，卒谥康节。他开创的先说理，然后再用比喻来印证此理的"康节体"文风在南宋理学界颇为流行，朱熹也很喜欢他的诗。包拯，字希仁，天圣进士，官至枢密副使。知开封府时，以廉洁著称，执法严峻，不畏权贵，当时称为"关节不到，有阎罗包老"。朱熹也敬重他。当时教材比较缺乏，为搜集教学参考资料，朱熹从芗林向氏那里得到了邵雍《天道》《物理》二诗，又从蔡廷颜、吴唐卿那儿辗转得到了包拯青年时代的诗，并亲自书写，或照旧摹拓，书《跋》并刻之于石碑上，以供学习阅读。

朱熹的诗赋，也是白鹿洞书院学生学习的教材。据黄榦称："先生殁，学徒解散，勒守旧闻……独康庐间，李敬子燔、余国秀宋杰、蔡元思念成、胡伯量泳兄弟帅其徒数十人，惟先生书是读……"（《黄勉斋集·周舜弼墓志》）朱熹的《白鹿洞赋》，更是倍受白鹿洞书院的学生李燔、胡泳、缪惟一与江西的张琚、罗思、姚鹿卿，福建的张绍燕、潘炳等人推崇，他们在白鹿洞书院流芳桥旁举行会讲，结束后，一起吟诵"文公之赋"。（陈宓《流芳桥志》）

元大德年间，虞集（字伯生，官至圭章阁侍书学士）曾在白鹿洞书院讲学，并准备将《白鹿洞赋》请"善工模之，而勒诸石，以补洞中之阙，庶后之览者有所观感"（田琯《白鹿洞书院志》）。明嘉靖间，知府张纯、教授李资元，洞主陈汝简又重刻这首赋予石碑上。

清乾隆间，乾隆皇帝为了表示自己崇尚儒家学说，重视白鹿洞书院，于是赐诗和赋各一首。他的诗赋也成了白鹿洞书院学生学习的参考资料。

《白鹿洞诗》原文：

> 李渤结庐后，绛帐开紫阳。
>
> 经纶归性命，道德焕文章。
>
> 剖析危微旨，从容礼法场。
>
> 只今传鹿洞，几席有余香。

《白鹿洞赋》原文：

流鄱阳之洪浸，峙五老之奇峰。星分翼轸以上耀，境接吴楚而旁通。谅地灵之所萃，实间气之攸钟。吾闻山苍苍其含翠，水渺渺其如油，松蒙蒙而黛蔚，石磊磊其云浮。伊眠鹿之町疃，乃是创（"乃"字当为衍字）而修。架（"而是"两字当为衍字）修椽以为屋，耸高构而成楼。聚群英以游息，惟古怪之研求。陆有登邹之屐，水有泛泗之舟。想前修其未远，知遵路之所由。是地也，李氏为之开先，晦翁为之善后。讲一理之渊源，致四方之奔走。既道薮而学渊，亦书左而史右，绛帷卷处，月霁阶前，书带抽时，翠迷洞口。缅遗迹于匡庐，仰先贤之启牖。此向风者所以争先，而至今长留为不朽也。

除此之外，不少名人学者洞主游白鹿洞或在白鹿洞书院讲学时留下来的诗赋也都是白鹿洞书院生徒学习的参考资料。

（二）学习散文、议论文、传记文

学习散文、议论文的作品有《春秋》《尚书》《战国策》《史记》《汉书》《庄子》等。洞主和名人学者、朝廷官员在白鹿洞书院的游记等文章，也都是白鹿洞学生学习的参考资料。如：

明正德间，江西提学副使李梦阳（字献吉，号空同子，庆阳人）曾多次来白鹿洞书院讲学，还重修了《白鹿洞新志》。他在书院留下了不少诗文，其手书《宗儒祠记》全文刻于石碑上，现在仍保留在书院碑廊中。嘉靖间，敖铣（字纯之，高安人，历官国子祭酒）曾游白鹿洞，他的记文《大明宗室养士田记》的石碑也保存在白鹿洞书院的碑廊里。

至于白鹿洞书院的学生，特别是在明清时期，是否学习过唐宋诗文，虽然没有直接的资料证明，但可以从某一方面得到证实。如李梦阳是明清著名的文学家，为前七子之首，他的文学主张"文必秦汉，诗必盛唐"，在当时又极为流行，他又多次讲学于白鹿洞。后七子之一的吴国伦，其文学主张与李梦阳一样，他原任兵科给事中，因忤严嵩而贬为南康推官，主白鹿洞书院教事。王慎中嘉靖进士，曾任江西左参议。他最初主张"文必秦汉"，后转为"唐宋派"，推崇欧阳修、曾巩之文，此派的文学主张，在当时的文坛上也很盛行。他也来过白鹿洞书院。他们都有诗文留在白鹿洞书院，又在那里讲学，他们的文学主张必然会被洞中的学生所接受，学习唐宋诗文也就是很自然的了。

四、学习礼乐

学习礼乐，可能在庐山国学时就开始了。其教科书就是《仪礼》。明正德年间江西提学佥事田汝耔在白鹿洞书院还刻过《五礼图》，以供生徒学习示范。弘治年间，江西提学副使邵宝在白鹿洞书院讲学，题为《谕习士相见礼》，专门谈了这个问题。然而系统地学习礼乐，就是从清康熙年间开始的。康熙四十四年（1705），刘炎（字介庵，阳谷人，康熙三十年进士）任江西提学道，曾置田白鹿洞。他在任职期间，鉴于"列郡文庙礼乐多缺"，曾"刊《圣门礼统》一书散布学宫，俾修举之"。既然是将此书散发给各学校，白鹿洞书院当然也不例外。

五、学习诸子百家

在庐山国学时，生徒曾学习过《管子》等人的书。好几种版本的《白鹿洞志》均记载有庐山国学生徒刘式（他的后代刘清之所藏）手书的《管子》等书，据说是"洞中日课"。

在明朝，白鹿洞书院的生徒还读过《庄子》等人的书。洞主章潢说，当时的学生虽然想中举，但"所嗜反在班、马、庄、骚。甚至猎战国策士之雄谈及空门话柄，以发挥孔孟旨趣"。(《为学次第八条》)

六、学习实用技术

为了适应社会的发展，白鹿洞书院开设一些实用技术的专业。在清朝，白鹿洞书院采用了北宋教育家胡瑗的分斋教学法。(《白鹿洞书院史略》，教育科学出版社)所谓"分斋教学"，就是把学校分为"经义"与"治事"两斋。"经义"斋的生徒学习研究儒家经典著作,"治事"斋则分科授徒,学科分为治民、讲武、水利、算数等专业。生徒可主修一科,也可兼修数科。由于开设了实用技术专业,为社会培养了大批各类急需的专业人才,对社会的经济发展起到了一定的促进作用。

七、学习写作

学习写作,也是白鹿洞书院的一门重要课程。这门课在庐山国学时就开设了。当时的生徒大都擅长写诗。如江为(祖籍宋州,寄居建阳)是一个很有才华的诗人。他在读书时,向洞主陈贶等人学诗,得真传。他曾在庐山国学题壁诗:"吟登肖寺旖檀阁,醉倚王家玳瑁筵。"表现了他胸有名成功就,蔑视佛门和王家的豪迈气概。建隆二年(961),南康中主李璟由金陵迁都南昌时视察了庐山国学,看见此诗极为赞赏。(马令《南唐书》《同治星子志·江为传》)伍乔在送祝秀才回故乡时,写了诗送给他,诗名为《庐山书堂送祝秀才还乡》:

> 束书辞我下重巅,相送同临楚岸边。
> 归思几随千里水,离情空寄一支蝉。
> 园林到日酒初熟,庭户开时月正圆。
> 莫使蹉跎恋疏野,男儿酬志在当年。

到了明代泰昌年间,关于这门课就有明确的记载。当时每月初二、十六两天,生徒要"课文二篇"(方大镇《白鹿洞悟语》)。既然要"课文",平时生徒就必须写作,否则如何应付"课文"呢?

至清朝,写作同样是少不了的。因为在清朝,白鹿洞书院的学生是要参加科举的。康熙年间省批定为每逢岁、科考定取四名,永为定例。(毛德琦《白鹿洞书院志》)如果不学习写作,又如何参加科举考试呢?

总之,从中唐李渤至晚清宣统年间,白鹿洞书院的教学活动延续了千余年。在这千余年的时间里,历代生徒在白鹿洞主要是学习儒家学说和诸子百家学说,其中不少生徒成为封建社会的栋梁,对封建社会的政治经济文化教育等方面的发展起到了一定作用。

《中国书院论坛》第三辑

浅谈朱陆白鹿洞之会

正国　筱菊

大凡了解中国哲学思想史、书院教育史的人，对朱陆鹅湖之会，恐怕不知道的人很少。可是一提到朱陆白鹿洞之会，恐怕知道的人并不是很多。其实，无论鹅湖之会，还是白鹿洞之会都是中国古代哲学史、书院教育史上的大事。是先贤们探求真理，广博学问，摒弃门户之见，倡导百家争鸣的善举。是中国学术思想史上的佳话与美谈。值得后人津津乐道，没齿难忘，必将永载史册，千古流芳。

白鹿洞之会始末

南宋淳熙六年（1179）三月，著名理学家、教育家朱熹受命出任南康知军。下车伊始，他就打探白鹿洞书院遗址，闻知"白鹿洞学馆，虽起南唐，至国初时犹有旧额，后乃废坏。未悉本处目今有无屋宇……"同年秋天，朱熹历尽艰辛，由樵夫引路找到了白鹿洞书院的遗址，仔细地进行了实地察看，认为该地："无市井之喧，有泉石之胜，真群居讲学、遁迹、著书之所也。"他"因复概念庐山一带老佛之居以百十计，其废坏无不兴葺。至于儒者旧馆只此一处，既是前朝名贤古迹，又蒙太宗皇帝给赐经书，所以教养一方之士，德意甚美。而一废经年不复振起，吾道之衰既可悼怯。而太宗皇帝敦化育才之意亦不著于此邦，以传于后世，尤长民之吏所不能不任其责者。其庐山白鹿洞书院合行修立。"不久，朱熹就开始了艰难的白鹿洞书院兴复工程。任内，主要做了八件要事，即修建房屋，筹置学田，征集图书，延聘师长，招收生徒，制定教规，设立课程并亲任洞主登堂讲学，开展各种形式的教学、讲学活动，吸引了四方莘莘学子。其主要形式有升堂讲学，质疑问难，展礼祭祀和讲会。白鹿洞书院讲会制的倡导和推行，对后世书院的教学产生了极大的影响，在中国书院教育史上有着非常重要的意义。

限于历史久远和资料匮乏，朱熹在白鹿洞书院讲学的具体情况难于考证，但书院实行了讲会制却是勿庸置疑的。一有朱熹遗诗和朱子高足李蟠遗句作证，二有陆九渊受邀请在白鹿洞登堂讲学之实。朱熹的《白鹿洞讲会次卜丈韵》云："宫墙芜没几经年，只有寒烟锁涧泉。结屋幸容追旧观，题名未许续遗编。青云白石聊同趣，霁月风光更别传。珍重个中无限乐，诸郎莫若羡腾骞。"讲会"个中无限乐",就连青云、白石、霁月都别有风光,可以与之聊以同趣。在朱子看来,这是一种多么美好的境界,而李燔则直截了当提到:白鹿洞"学者云集,讲学之盛,他郡无比。"

说到陆九渊为何会到"论敌"的领地去讲学,还真是颇费周折。据白鹿洞古志记载:正当朱熹任职南康军守,主持白鹿洞书院后的第二年(淳熙七年)二月,陆九渊带领他的弟子朱克家、陆麟之、周清叟、熊鉴、路谦亨、胥训实等从金溪县来到南康军访问朱熹。朱熹面对昔日论坛上的对手,显露出前所未有的愉快和兴奋。他们先是泛舟鄱阳湖上,游览湖中的落星墩,品尝庐山的云雾茶。后又来到秀峰参拜开先寺,眺望从天而下的香炉峰瀑布水。大家有说有笑,亲密无间,朱熹倍感欣慰,发出了由衷的感叹:"自有宇宙以来,已有此溪山,还有此佳客否?"二月十日,是个春光明媚,乍暖还寒的日子,朱熹又诚邀陆九渊到白鹿洞书院讲学,"请得一言以警学者。"陆九渊闻之,欣然从命。他稍作准备,运筹胸臆,即席以《论语》中:"君子喻于义,小人喻于利"发论,他敞开心扉,直抒见解,旁证博引,深入浅出,以其雄辩的口才和广博的学问,痛快淋漓地阐述他对君子与小人的理解,对义与利的看法。揭示君子行义避利对治国齐家,立德重教的重要意义和重大作用,向学生们灌输优良的道德品质和优秀的文化传统。这一天,南康军下属星子、都昌、建昌乃至安义等地的学子们都来了,朱门弟子及新招院生也都来了,大家正襟危坐,洗耳恭听,全场称为之肃然后又为之轰动。陆九渊针对世风日下与学风日败的现状强调了"义利"之间的辩证关系,进而论及"辩志"的重要性。他指了:"学者之志不可不辩。""志乎义,则所习者必在义,所习在义,斯喻于义矣。志乎利,则所习者必在于利,所习在利,斯喻于利矣。"强调只有认清人生目的与教育目标,才能朝着正确方向发展。强调发挥教育引导人生,服务人生的功能与作用。倘若忽视"义利之辩"以"钓声名于禄利"为目的去求学、去求官,"惟官资崇卑,禄廪厚薄是计"则断然不能自觉地承担起道德责任和社会责任。白鹿洞书院东碑廊中至今仍存有明代嘉靖二十七年(1548)所立《二贤洞教》碑。二贤一指朱熹,一指陆九渊。一刻朱子《白鹿洞赋》,一刻陆子《白鹿洞书堂讲义》。碑文由书院学生赵龙所书,南昌府教授、白鹿洞书院主洞、广东番禺冯元所立。讲义只是一个提纲,但内容丰富,逻辑严谨,论证有力,极含哲理。碑之最后，陆九渊对于学子尤其是出仕当官者发出忠告："由是而仕，必皆共其职，勤其事，心乎民，心乎国，而不为身计，其得不谓之君子乎。"碑文如下：九渊虽少服父兄师友之训；不敢自弃，而顽钝疏拙，学不加进，每怀愧肠，恐卒负其初心。方将求针砭镌磨于四方师友，冀获开发以免罪戾。此来得从郡侯秘书至白鹿洞书堂，群贤毕集，瞻觌盛观，窃自庆幸，秘书先生，教授先生不察其愚，令登讲席，以吐所闻。顾惟庸虚，何敢当此？辞避再三，不得所请，取《论语》中一章，陈平日之所感，以应嘉命，亦幸有以教之。

子曰："君子喻于义，小人喻于利。"

此章以义利判君子小人，辞旨晓白。然读之者苟不切己省，亦恐未能有益也，某平日读此，不无所感。窃谓学者于此，当辨其志。人之所喻，由其所习，所习由其所志。志乎义，则所习者必在义，所习在义，斯喻于义矣。志乎利，则所习者必在利，所习在利，斯喻于利矣。故学者之志不可不辨也。

科举取士久矣，名儒钜公皆由此出。今为士者固不能免此。然场屋之得失，顾其技与有司好恶如何耳，非所以为君子小人之辨也。而今世以此相尚，使汩没于此而不能自拔，则终日从事者，虽曰圣贤之书，而要其志之所乡，则有与圣贤背而驰者矣。推而上之，则又惟官资崇卑，禄廪厚薄是计，岂能悉心力于国事民隐，以无负于任使之者哉？从事其间，更历之多，讲习之熟，安得不有所喻？顾恐不在于义耳，诚能深思是身，不可使之为小人之归，其于利欲之习，但焉为之痛心疾首，专志乎义而日勉焉，博学、审问、慎思、明辨而笃行之。由是而进于场屋，其文必皆道其平日之学，胸中之蕴，不诡于圣人。由是而仕，必皆共其职，勤其事，心乎国，心乎民，而不为身计，其得不谓之君子乎。

秘书先生起废以新斯堂，其意笃矣。凡至斯堂者，必不殊志，愿与诸君勉之，以毋负其志。（《陆集》275—276页）

陆九渊能言善辩是出了名的。其一生不喜立言，故遗稿不多。但喜躬行，力主在践履中体味感悟做人求学的道理。对于"义利"这个千古都在争辩的话题，他确实有着不同旁人的精到见解。由于演说"恳到明白，而皆有切中学者隐微深痼之病""听者莫不悚然动心焉"。以至于听讲中"至有流涕者"。而朱熹也以学生身份在听讲之列，深感"天气微冷，而汗出挥扇"。对于陆九渊的这番高论，朱熹当场表示："熹当与诸生共守，以无忘陆先生之训""熹在此不曾说到这里，负愧何言？"后来，朱熹又在杨道夫面前称赞陆九渊讲课的特殊魅力："子静来南康。请说书，却说得义利分明，是说得好。"对于那些"今人只读书便是利，如取解后，又要得官；得官后，又要改官，自少至老，自顶至踵。无非得利"的行为，朱熹也予以批驳。为了将此次演讲传之后世，以广流传；以垂永远。朱熹复请陆九渊"笔之于简，而受藏之"。要求"凡我同志，于此反身而深察之"。并将这篇《白鹿洞书堂讲义》刻之于石，亲自为之作了跋言，文曰：

淳熙辛丑春二月，陆兄子静来自金溪。其徒朱克苏家、陆麟之、周清叟、熊鉴、路谦亨、胥训实从。十日丁亥，熹率僚友诸生，与俱至于白鹿洞书院，请得一言以警学者。子静即不鄙而惠许之。至其所听者莫不悚然动心焉。熹犹惧其久而感忘之也，复请子静笔之于简，而受藏之。凡我同志，于此反身而深察之，则庶乎其可迷于入德之方矣。新安朱熹谨识。

历经沧桑，陆九渊手书；朱熹令刻的原碑今已不复存在。到明代嘉靖年间，又重刻《二贤洞教》碑，以纪念朱陆的这一次不同寻常的白鹿洞之会。《二贤洞教》碑今已列为国宝级文物，至今仍耸立在白鹿洞书院的东碑廊中。陆九渊的木刻画像也和周敦颐、二程等先贤的木刻画像一同陈列在朱子祠内，受到游人的尊崇和景仰。陆九渊当年演讲的神韵和风采，朱熹与学子环立听讲肃然的场面又似乎展现在人们的眼前，他们之间那种文人相亲的高尚情操和动人情景将永远留在人们的记忆中。

白鹿洞之会的历史意义和影响

朱陆的白鹿洞之会可谓盛况空前，既是一次大型讲学会，也是一次快乐的文人集会。通过讲学和学术交流，不仅广开了学术争鸣的良好风气，而且有力地推动了讲会制的传播，更加融洽了朱陆之间的友情。其历史意义和影响是：

一、确立了陆九渊作为演讲大师的地位。

在我国漫长的历史画卷中，演说家、演讲大师不乏其人，春秋战国时的苏秦、张仪是也，蔺相如是也，三国时诸葛亮是也。苏秦、张仪口若悬河，舌如利剑，用的是纵横捭阖之术，使的是远交近攻的计谋。蔺相如在秦王跟前面不改色，大义凛然痛斥霸权靠的是浩然正气，诚实守信。诸葛亮的《隆中对》与《舌战群儒》为的是匡扶汉室，挽救危亡。这些著名的人物以其出色的口才演绎了一个个脍炙人口的故事。人们不得不佩服他们的胆略，他们的才华，他们的执着。

演讲是一门学问，也是一门艺术，它是以学识、胆识为基础，以口头表达、语言表达为表现形式的，包括口齿、声调、语气、逻辑、表情、手势等诸多因素。一个成功的演说家、演讲大师必然能做到唇枪舌剑，滔滔不绝，口齿伶俐，语调铿锵，表达清晰，层次分明，表情丰富，逻辑严谨，无懈可击，通俗易懂，极富鼓动性，会产生强大的轰动效应和良好的宣传效果。

陆九渊出生于江右文化教育世家，从小就受到严格良好的家庭教育，自幼"勤学好问"、"精思笃行"，又能以批判的眼光来对待古人与古书。四岁时就发出："天地何所穷际？"的疑问，八岁读《论语》时就怀疑有子言语与孔子说法有异。听别人诵读程颐语录，也心存疑虑。提出"小疑则小进，大疑则大进。"中进士后在家候职三年避槐堂书屋聚众讲学。除国子正时，又登台讲《春秋》，"士争从之游，言论感发，闻而兴起者甚众"淳熙十三年奉祠归，又还乡讲学，"每诸城邑，环生率二三百人，至不能容。"十四年，在贵溪应天山讲学，定名象山精舍，"郡县礼乐之士，时相谒访，喜闻其化，故四方学徒大集。居山五年，阅其簿，往见者逾数千"之多，有"非从学象山，不得为邑寓贤"的传闻。"户外屦满，耆老扶杖视听""听者贵贱老少，溢塞途巷，从游之盛，未见有此"。讲学出现如此壮观的场面和情景，这在当时学者中是屈指可数的，也是元明清以后不多见的。弟子多出自江西、浙东两地。从以上记载中，我们可以想象出陆九渊演讲的水平和感人的魅力。

陆九渊一生奉行"做实事，说实理"，是勇于探索、勤于思考的教育家和政论家。一生致力于教育，以培育造就人才为己任，学识渊博，诲人不倦，极富独创性和开拓性。他讲学不立学规，又不喜著述，只强调自我反省，注重道德品质的砥砺与磨炼。他之讲演尤其注重"发明本心"。"首诲以收敛精神，涵养德识性，虚心听讲，诸生皆俯首拱听。非徒讲经，每启发人之本心也，闻举经语为证，音吐清响，听者无不感动兴起"。可见影响之广远也。

陆九渊在白鹿洞书院的演讲，听众能为之流泪、冒汗、动心、挥扇乃至于拍案叫绝，确实不同凡响，颇具感召力。

江西人民出版社所出的《中国演讲大师评传》等书都把陆九渊在白鹿洞书院的精彩演讲列入其中，是公允的，是恰当的。陆九渊的白鹿洞之行也奠定与成就了他作为演讲大师的崇高地位。

二、体出了朱熹虚怀若谷，文人相亲的大家风范。

朱熹、陆九渊、吕祖谦都是南宋理学三大学派的首要代表。据《宋元学案、东莱学派》载："宋乾淳以后，学派分而为三：朱学也，吕学也，陆学也。三家同时，皆不甚合，朱学以格物致知，陆学以明心，吕学则兼取其长，而复以文献之统润色之。门庭径路虽别，要其归宿于圣人，则一也。"

自鹅湖之会后，朱陆两人在思想论和方法论上长期进行了探索和争辩，打了很长一段时间的"文仗"，双方来往书信不断，笔墨官司不断，其结果是谁也没有说服谁。朱陆之辩是宋代哲学史上的重大事件，对后世学术界产生过深远的影响，当今学人陈来先生在其著作《朱熹哲学研究》中，认为朱陆之争的主要分歧在于：

温和的性善论与极端性善论的分歧。朱熹主张心不能自善，而陆九渊主张"胸中流出自然天理"。

义务与良心的对立。朱熹强调对外的学习和服从，认为这是一个长期的渐进过程，而陆九渊夸大良心在道德调节中的作用，以为顿悟本心就可达到道德的完成。

理性主义与神秘主义的对立。朱熹强调由认识具体事物入手，经过从特殊到普通的飞跃而由真之善，而陆九渊把认识局限于对本心的体任，把静坐澄心当成发明本心的手段，忽视客观知识的学习和获取。

古往今来，文人相轻嫉妒，心胸狭窄是为陋习，是为丑恶，除了口诛笔伐，还不乏同室操戈，政治陷害。不知窒息了多少学问？浪费了多少人才？损害了多少友情？制造了多少冤案？但是朱熹面对往日的"论敌"，面对陆九渊在白鹿洞的演讲却表现了少有的大度和坦荡，言词中充满了对陆九渊的赞语，既检讨了自己义利方面研究与关注的不足，又为演讲没有陆夫子这么深刻感人而惭愧，表达了"要与诸生共守""无忘陆夫子之训"的心情。朱熹年长陆九渊七岁，学术观点又大不相同，但并没有妨碍他们的友谊，没有割断他们的联系，在他们几十年的交往中，既是论敌又是挚友，可谓严而不私，和而不同，不见人身攻击，不见文人相轻，不见功利色彩，不见诋毁诬陷。有的只是能者为师，只是文人相亲，只是谦恭向学，只是善意"讥讽"。可以说，朱熹请陆九渊在白鹿洞书院登堂讲学的本意是诚恳的，是胸怀广阔的，是虚怀若谷的，是为平息论争的，是有大家风范的。

朱熹与陆九渊之间有许多诗歌和作，记载了他们之间的交往与友谊，朱熹的《怀象山诗》："川原红绿一时新，暮雨朝晴更可人。书册埋头何日了，不如抛却去寻春。"确有抛弃宿怨，抛弃书本，一同投身大自然优美风光的良好愿望，读来亲切感人，明白如话。

南宋绍兴三年（1193）十二月，陆九渊在湖北荆门军任上呕心沥血，终于病倒，不治而逝，享年仅五十四岁，他的"治荆八政"享誉天下，荆门人民盛赞陆知军德政。朱熹闻其逝世，亲率门人寺中祭奠，沉默良久，潸然泪下曰："可惜死了告子！"陆九渊生前已经预言，"伪学之禁"定会兴起，只可惜朱子已听不到他的忠告了。九年之后，朱熹也在一片咒骂声中悄然去世，可见他俩的心是相通的。

三、弘扬了百家争鸣，学术讨论的良好风气。

朱熹与陆九渊都是南宋博学笃行，治学严谨的一代宗师。是客观唯心主义和主观唯心主义的代表人物。两人在理、气、心等主要概念或范畴上均有着不同的理解，在认识事物的态度和教学方法上也展开过针锋相对的论争。朱熹要的是"先泛观博览，而后归之约"。主敬，以敬为涵养功夫。而陆九渊同则"先发有之本心，而后使之博览。"主静，提倡简易功夫。即在"道问学""尊德性"上的分歧，朱熹批评陆九渊教人太简，陆九渊则指责朱熹教人太支离。

朱熹勤于著述，留下著作达千万言，便于后世仿效遵从，有利于文化的传播。陆九渊则大胆怀疑，语出惊人，更具警醒作用，有助于思想的解放。陆子影响虽不及朱子，除了英年早逝而思想体系不够完备精密之外，还同他践履务实，只重立学不重立言有一定关系。但两人所开创的学派对后世的影响都是巨大的，深远的，有助于百家争鸣的。

朱熹请陆九渊来白鹿洞讲学，是继朱张（栻）岳麓之会，朱陆鹅湖之会以后又一次大的聚会，开了名儒学者讲学书院之风气，独创书院学术讲会制度的先河，使会讲成了书院重要的教学形式，促进了书院教育的发展和学术思想的繁荣。尊从了儒家教化育才的根本宗旨，延续了教学相长的一贯传统。陆九渊的白鹿洞书院讲义，也因此成为理学家颇具有纲领性的文件，弘扬了"不囿成见，兼容并蓄"百家争鸣，学术讨论的良好风气，各地著名的书院莫不成为理学家演讲的阵地和学术研讨的中心，并影响到元明清以后。明代之江右，王学盛行，门徒众多，会讲成风，著名的学者无不讲学，听众随从动辄几百上千，有力地推动陆王心学的传承和程朱理学的普及，书院也因之成为教与学、论与辩、讲与听一体化的教育基地与载体，这不能不追溯到南宋会讲的开创，朱熹、陆九渊两位对此功莫大焉。

明代嘉靖十五年（1536）八月，与王守仁齐名的理学家湛若水重访白鹿洞，留诗三首，其中一首尽道当年朱陆之会："朱陆当年此讲闻，晓然义利一时分。要知义利真消息，物我心生纵火焚。"

清代道光十五年（1835），广东番禺张维屏出任南康知府，常到白鹿洞与诸生讲论；作《白鹿洞示诸生》诗："名教有乐地，洞辟匡山陲。二李去已远，荒榛掩颓基。南唐至南宋，沧桑几兴衰。紫阳来守郡，修复教在兹。当年陆象山，相善亦相资。后儒讲异同，辩论成支离。大道若大路，奚必可两歧。实学在躬行，口说徒尔为。果为君子儒，往哲皆为师。"诗中既叙述了白鹿洞书院的发展史，也揭示了朱陆之会对后世的深远影响。

朱熹、陆九渊均是南宋思想界的巨擘，也是中国哲学史上的双星。他们开一代论学之风，创千古理坛之苑，必将垂范后世，昭示后人。

《中国书院论坛》第三辑

白鹿洞书院旅游刍议

郭宏达

胡适先生说过，白鹿洞"代表中国近 700 年宋学大趋势"。

白鹿洞书院坐落在风景秀丽的庐山东南麓，是一处风景优美，文化积淀深厚的宝地。它开基于晚唐，办学于五代，定名于北宋，弘大于南宋，元、明、清办学不断，素有"天下书院之首，海内书院第一"的美称。

本文拟从白鹿洞书院的历史文化、自然环境、建筑风格、文化研究及旅游功能谈些看法。

一、历史沿革

历史追溯到唐贞元年间，洛阳人李渤与其兄涉在此隐居读书，渤养一头白鹿"自娱"，鹿通人性，跟随出入，人称"神鹿"。这里本没有洞，因地势低凹，俯视似洞，称之为"白鹿洞"。后李渤为官江州（今九江）刺史，为纪念他青年时代在此读过书，广植花木，建亭、台、楼、阁以张其事。

南唐李氏朝廷，在此办"庐山国学"又称"白鹿国学"，与金陵秦淮河畔国子监齐名，学者争相往之。

北宋初年，宋太宗重视书院教育，御赐《九经》等书于书院，因有朝廷重视，地方官史予以重视，书院得以发展。南宋淳熙六年（1179），理学宗师朱熹知南康军（今星子），率属官造访书院，当时书院残垣断墙，杂草丛生。朱熹非常惋惜，责令官员，修复白鹿洞书院，并自任洞主，制定教规，延聘教师，招收生员，划拨田产，苦心经营。朱熹制定的《白鹿洞书院揭示》又称《白鹿洞书院教规》影响后世几百年，其办学的模式为后世效仿，传至海外的日本、韩国及东南亚一带，白鹿洞书院誉享海外。

清末宣统二年（1910），清廷废白鹿洞书院名称，改称江西省高等林业学堂。

新中国成立后，白鹿洞书院得到很好的保护和利用，各级政府先后拨巨款进行三次大的维修，再度兴盛。1959 年列为省级文物保护单位，1988 年列为全国重点文物保护单位，1996 年在庐山申报世界"文化与自然"的遗产过程中是联合国专家考察下塌首选第一站，专家对这里的文化遗产和自然保护如此之好啧啧称赞，称白鹿洞书院是中国古代文明的标志。白鹿洞书院为庐山申报成功荣膺头功，是庐山"世界文化景观"的重要组成部分。

二、自然环境

白鹿洞书院位于庐山五老峰东南麓，山峰至此汇成环状，别具一种格局，一泓清泉从庐山凌霄峰来，由西向东经书院门前贯道溪注入鄱阳湖。辖区内森林 3000 余亩，是国家一级自然保护区。古木参天，百花争艳，百兽出没，百鸟争鸣，是讲学、读书、学习、观光、休闲好去处。恰如朱熹所言"有泉石之胜，无市井之喧"。

秀美是白鹿洞书院自然风景中的一种形态，弯弯的溪流，潺潺的流水，长长的垂柳，青青的翠竹，苍老的古松。山石很少裸露，线条柔和流畅，既有枯藤老树乌鸦，又有小桥流水人家，陶渊明笔下的"田园风光"，在这里充分展现，令你向往。

幽，是书院一种意境。曲曲折折的鹅卵石小路，让你体验到"曲径通幽"，山间小路，碧绿成荫，溪泉淙淙，清澈见底，鱼儿悠闲地游动，水声、鸟鸣声、松涛声，让你感到无限的安逸舒适，悠闲自得。

幽的另一种表现在于藏景，景藏得越深，越富于情趣。书院的景点掩映在森林环抱中，让你不能一览无遗，引起你的好奇、探寻、让你体验庭院深深，在曲径通幽的感觉中找到答案，得到享受。

三、书院建筑

白鹿洞书院建筑，1949年前已是满目疮痍，又经"文革"劫难，大部损坏，仅存石碑坊，御书阁，明伦堂等明清建筑。改革开放给书院带来了新的生机，1979年起经过四期工程耗资几百万元修复。经修复后的书院建筑占地面积13000多平方米，建筑面积5000平方米。整个建筑布局依山势而建，以五组建筑平行布列，即先贤书院、礼圣殿、白鹿洞书院、紫阳书院、延宾馆。每一组建筑均坐北朝南，中轴成展开布局，单组建筑既独立又和其他建筑融为一体，形成白鹿洞书院固有的建筑特色。整个建筑风格古朴典雅，与绿山秀水相映，呈现古代书院的风貌。

书院建筑讲究结构形式，群体组合，浑厚、质朴、端庄大方；建筑的排列组合、空间安排、造型式样，能从中体会奥妙。

书院建筑是木构架，主要采用梁柱式结构。所谓梁柱式结构就是在地面上立柱，柱上架梁，这种木构架建筑层顶的全部重量，是通过椽、梁传到立柱而最后到这地面，而墙壁不受房屋上部的重量，只起到分割重量和保护作用。木构架建筑，有许多优点，门窗安排比较灵活，多开一些或少开些门窗都可以。门窗可以开大些，也可开小些，这种结构可以充分满足人们使用房屋的不同需求。而且具有"墙倒屋不塌"的特征，书院木构架建筑屋顶造型也十分丰富，有歇山、悬山和硬山顶。以"礼圣殿"为例。书院古建筑的木结构一般都采用榫卯安装的办法，把各种不同形状的木构件组合在一起非常坚固。建筑物中使用斗拱，这是我国古建筑所特有的建筑形式，斗拱是较大建筑物的柱与屋顶之间的过渡部分，其力用在承受上部伸出的屋檐，将其重量或直接集中到柱上，斗拱外形有一种错综精巧的美，还可以起到建筑的装饰作用。

群体组合，是由一个一个的单位建筑合成一个大的群体建筑，书院是一个完整的组群布局。在平面布局以"间"为单位，再以"间"组成房屋，由房屋组成庭院，再由庭院组成各种形式的建筑群，在设计上，大都采用对称和对比的手法。书院五个院落建筑都是在一条南北向的中轴线上展开，每个院落在中轴线上的主体建筑由西向东依次是报功祠、礼圣殿、御书阁、行台、春风楼、在布局上显示出整齐和对称的美，主体建筑两侧的建筑都采用低矮的厢房、碑廊，同主体形成高低、大小的对比，好像一幅有层次的立体画面，这是书院建筑的一大特色。

书院建筑上的石柱抱对，楹联内容厚韵，寓意深远，书法飘逸，对装点景物起到了点睛作用。旅游者能从游览历史文化遗迹中了解文明的创造和发展，以提高自己的修养，陶冶性情，丰富文化和精神生活。

四、文化研究

文化是白鹿洞书院之魂，白鹿洞书院传承文明，除了保护责任外，还肩负了弘扬文化重担，试想白鹿洞书院如果没有了文化活动的气息和生机，谁又愿意来看，即便慕名而来又凭什么能让他留恋呢？文化古韵如何展示，如何挖掘、整理、创新，这都有赖于书院文化研究。

白鹿洞书院与宋代理学研究有关，宋以后理学被封建统治者所利用，且占据教育统治地位，此后书院学术研究理学之风大盛。今天提出书院研究功能自然并非复古，乃是继承书院传统的学术风气，利用书院为场所开展书院学术研究活动，带动旅游活动，以扩大社会效益、提高经济效益。其学术研究体现在以下几个方面。

（一）开展古书院专题研究。白鹿洞书院近年来在这些方面研究活跃并有成效，今后更应加强。白鹿洞书院已聘请国内外八十余名专家、教授为顾问，由专家、教授带着研究课题，或以他们为桥梁邀请国内外的文化人到书院开展学术活动，产生了较大影响，我们探索着以白鹿洞书院为中心带动古书院研究，带动历史资料的征集，陈列及相关文化活动的展开。

（二）以书院为基地，扩大交往，开展活动。白鹿洞书院遗存本身就是文物，文物内涵丰富、包括历史名人遗迹，书院建筑风格，碑刻的文学内容、书法艺术，此外涉及教育、学术文化史的研究领域，因而开展相关研究活动可丰富内涵扩大影响，开展学术活动，扩大中外文化交流以及深化书院的研究，争取古代书院研究方面能有作为。

（三）利用书院幽雅环境，开会、办班、休养。白鹿洞书院的自然环境得天独厚，古人择胜地，群居讲学、读书、著书、优游山水，有泉石之胜，无市中之喧。我们可以接待各类的学习班、研讨班、学术会议及休闲度假，这样丰富了书院学术活动的内容，拓展了书院学术活动的内涵，又能增加一些经济收入投入到文化建设上来，使之增强自身发展的能力。

五、旅游功能

白鹿洞书院旅游历史悠久，古文献中就记载了一些名人游历书院，诗兴勃发留下了不少雄文华章和优美的诗词歌赋。现存的书院碑刻中的碑刻亦可证实。真正意义上的旅游、观光、休闲是随着社会发展而逐步呈现出来。书院旅游因有庐山依托而蓬勃发展，使之成为庐山旅游乃至江西旅游的一个重要特色。

白鹿洞书院遗存的名人遗迹、碑刻、建筑群体风格，以及在此基础上进一步发掘出来具有丰富内涵的项目，如举办陈列，出版刊物，拍摄电影、电视，举办各种旅游专题活动。丰富书院旅游的文化内容，让游客在快乐中获得教益，受到我国传统历史文化的熏陶。

白鹿洞书院的文化之旅与自然景观有不可分割的联系。

古代书院文化遗墨与自然景观相融，自然景观是与错落有致的古建筑群体相映成趣，塑造了静美典雅的环境特色。

书院旅游的发展应遵循继承传统、保护古迹、因地制宜、文景结合的原则，笔者以为应做好以下几方面工作：

（一）以书院古建群落为主体兼采园林艺术，利用几千亩森林的优势，开发自然景点。

（二）开发建设要保存古书院的原貌，对已毁的建筑在掌握必备的原始资料，有重建的依据和理由，同时在不违背文物原貌的情况可考虑重建，以完备书院的建筑布局，切不可新建添建。

（三）要保护好书院的山林、水源、草木植被，特别要研究古松的保护，不要乱植树种，特别是那些易生虫的树木，以利古建筑的保护。

（四）文化始终是人们精神需求的动力，挖掘古文化的内涵，服务旅游。

六、结束语

白鹿洞书院千百余年，历经兴衰，衰而再兴，自有他的精神气脉，"秀美是白鹿洞书院的景，文化是白鹿洞书院的魂"。作为全国重点文物保护单位和世界文化遗产，它博大深厚的文化内涵，丰富多样的文物，值得品味、欣赏、研究。丰厚的人文知识和秀美的自然风景带给你的是向往。与其坐而想之，不如行动起来，到白鹿洞书院去，亲身体验文化的熏陶，感受历史的厚重，享受潺潺流水、松涛阵阵、鸟鸣蝉唱的幽趣，那是何等快乐啊！

白鹿洞书院沉睡千年的石鹿和呦呦长鸣的白鹿昂首欢迎你的到来。

《中国书院论坛》第三辑

《白鹿洞书院揭示》

——一篇短小而宏伟的教育学文献

朱杰人

坐落在庐山五老峰东南的白鹿洞书院是宋代四大书院之首。书院，有点像后代的私立大学或由所在地官府办的地方性大学。白鹿洞书院始建于南唐，承继于北宋，而办得举世闻名，成效卓著，影响深远，则始于朱子。宋孝宗淳熙六年（1179），朱子奉命知南康军（今江西星子县），甫一到任，即特别留意白鹿洞书院，然而寻访故址，已成废墟。于是申报朝廷，礼聘堂长，网罗书籍，订立制度，就把一所书院从废墟上红红火火地办起来了。国有国法，学有学规。朱子为白鹿洞书院制定的学规叫《白鹿洞书院揭示》，内容如下：

"父子有亲，君臣有义，夫妇有别，长幼有序，朋友有信。

右五教之目。尧舜使契为司徒，敬敷五教，即此是也。学者，学此而已，而其所以学之之序，亦有五焉，其别如左：

博学之，审问之，慎思之，明辨之，笃行之。右为学之序。学、问、思、辨，四者所以穷理也。若夫笃行之事，则自修身以至于处事、接物，亦各有要，其别如左：

言忠信，行笃敬。惩忿窒欲，迁善改过。右修身之要。

正其义不谋其利，明其道不计其功。右处事之要。

己所不欲，勿施于人。行有不得，反求诸己。右接物之要。"

这篇《揭示》影响极大，后来成为很多书院、学校的学规，其影响甚至远播海外。究其原因，除了其简约、经典的特色之外，更主要的是它体大思精的内涵。《白鹿洞书院揭示》只有短短一百多字，正文部分只有五句话，且全部是儒家经典中的旧语，但是经过朱子的简择，涵盖了从教育目的、教学内容，到学习方法、学习顺序，以至最基本的道德行为准则等一系列教育中的重大问题，构成了一个宏大而严密的体系。

《揭示》中的"五教之目"，语出《孟子·滕文公上》："饱食、暖衣、逸居而无教，则近于禽兽。圣人有忧之，使契为司徒，教以人伦：父子有亲，君臣有义，夫妇有别，长幼有序，朋友有信。"朱子认为这五者就是《尚书·舜典》中契为司徒"敬敷五教"的内容。这五教既是人类社会赖以存在的基本伦理次序，也是每个人之所以为人的根本道德属性。教育的目的是培养人，是人的自我完善。任何试图脱离人的社会关系和道德属性的教育，都只会造成个人的沉沦迷失和社会的混乱失序。这样即使物质再丰富，技术再先进，也还是"近于禽兽"。把五教作为教育的基本内容，把"人"作为教育的终极关怀，体现了朱子对教育本质的深刻理解。

要实现人的良好道德和社会的美好次序，光靠说教是做不到的，需要循序渐进的学习和实践。《揭示》中的"为学之序"就是达成"五教"的不二法门。"为学之序"的五句话出自《礼记·中庸》，涵盖了认识与实践、学习与思考、知识与道德，是对人类认识规律的高度总结。朱子认为，这五句话，前四句讲的是一个意思，即"穷理"，也就是如何千方百计地去明白道理；第五句讲的是另一个意思，即"笃行"，也就是如何把已明白的道理坚定不移地付诸实行。这五句话对后世影响很大，时至今日，仍然被不少大学作为校训，奉为圭臬。在"笃行"方面，朱子提出了三"要"，也就是为人处世的基本准则。三"要"中，"修身"是根本，"处事""接物"是"修身"的展开，三者在本质上是一致的。"修身之要"中，"言忠信，行笃敬"，语出《论语·卫灵公》："子曰：言忠信，行笃敬，虽蛮貊之邦行矣；言不忠信，行不笃敬，虽州里行乎哉！"说话不诚实、做事不踏实，就算在家乡也无法立足；说话诚实、做事踏实，就算在外国也行得通。可以说这是做人的普遍准则，无论在哪里都适用。"惩忿窒欲，迁善改过"出自《周易》。《周易·损卦·象传》："山下有泽，损，君子以惩忿窒欲。"《益卦·象传》："风雷，益，君子以见善则迁，有过则改。"王弼注："迁善改过，益莫大焉。"愤怒和欲望对人有害，所以要惩戒和控制；见贤思齐，有过则改，才能不断进步。一损一益，构成了自我完善的两翼。"处事之要"，语出《汉书·董仲舒传》。不管做什么事，如果怀有功利的目的，甚至为了这个目的不顾道义、不择手段，其结果必然造成"失道寡助"的局面，就算侥幸取得一时的成功，最终也必然会失败。只有遵循道义，按规矩办事，才是一条宽阔大道。这样做看似笨拙迂腐，却是以几千年历史做注脚的智慧真谛。"接物之要"中，"己所不欲，勿施于人"出自《论语》，也就是"恕"道。自己所不愿接受的事情，就不施加给别人。这其中蕴含着对他人最真诚的尊重，无怪乎孔子说这是可以终生奉行的了。而今这句话已成为全球普遍认可的"道德金律"。"行有不得，反求诸己"出自《孟子》。自己感觉对待别人还不错，却得不到对方的回应，这时首先要问问自己哪里做得不够，而不是指责对方。如果大家都相互指责，就会没完没了。只有从自己做起，反躬自省，这个世界才可能太平。

从《白鹿洞书院揭示》的内容可以看出，朱子将人的自我完善作为教育的本职，这同当时的科举制度有着天壤之别。在这个学规后面，朱子自己有一个解释，其中说："熹窃观古昔圣贤所以教人为学之意，莫非使之讲明义理以修其身，然后推以及人，非徒欲其务记览、为词章，以钓声名、取利禄而已也。"可见朱子主张的是人的素质教育，而不是功名利禄教育，当然也不是什么升学教育。即使放在今天来看，《白鹿洞书院揭示》仍然有其深刻的现实意义，散发着历久弥新的光辉。

状元、宰辅与白鹿洞书院

闵正国

白鹿洞书院是中国古代历史上最负盛名的千年高等学府，它的创办是世界上最早的，且教育体制最为完备的，其在海内外的影响也是最为深远的。同时更是庐山文化教育研究的一座富矿。千百年来，白鹿洞为传播文化，发展教育，培养人才作出了突出贡献，是文人学子景仰的"圣域"与"贤关"，慕名来访者纷至沓来，络绎不绝，吸引着四方的莘莘学子，更吸引众多的名人贤士。白鹿洞书院现存历代院志十一部，宋元以后的摩崖石刻五十多处，明代以来的碑刻一百五十多通，诗词歌赋一千多篇，楹联对子五十多幅，有姓名可考的山长洞主达八十多位，已培养出状元三名，进士不计其数，受到历代皇帝敕封九次，受到历代状元、宰辅青睐、关注二十多次，与匡山、彭蠹一道誉为"三不朽"。

关于状元

状元，科举考试名列第一者。始于隋唐，沿于宋元，到明清两代时更为规范。明清会试以后，考中的贡士须参加殿试，分三甲取士，一甲三名，头名即为状元，第二、第三名分别为榜眼和探花。进士及第是古代学子一辈子所追求的崇高目标，也是入仕做官的唯一途径。

白鹿洞书院历史上就曾出过三名状元，他们分别是五代南唐时期的伍乔、刘式和清代的戴衢亨。

伍乔，生卒年不详，主要活动于南唐时（937—975），庐江郡浔阳人，他是白鹿洞书院的第一位状元，仕至考功（相当于吏部）员外郎。伍乔是升元年间（938—943）入白鹿洞书院的前身——庐山国学的，他少有志向，曾"以淮右无出己右者，遂渡江"。

"性嗜学，后苦节自奋，力攻于诗。"且精于《易》经。据传，他考状元时，作《画八卦赋》《霁后望钟山说》两篇。按惯例，凡先交卷者，主考必请之升堂饮酒。宋贞观先交卷，张泊紧随其后，考官看中张泊的考卷，请张坐于西，宋坐于南。酒过数巡，伍乔才交卷，主考见之，叹为杰作，乃徙宋贞观席北，张泊席南，而以伍乔居宾席。不久发榜，伍得第一，张泊、宋贞观列二、三名。伍曾在白鹿洞作诗一首《庐山书堂送祝秀才还乡》："束书辞我下重巅，相送同临楚岸边。归思几随千里水，离情空寄一枝蝉。园林到日酒初熟，庭户开时月下圆。莫使蹉跎恋疏野，男儿酬志在当年。"可见颇有志向和抱负。后来，伍乔见仕途无望，遂醉心于诗，所作语言清新，色彩瑰丽。《全唐诗》中存诗一卷。题材广泛，功底厚实，多为题赠咏物之作，以七言见长。伍乔对庐山山水情有独钟，多有题咏，尤以《题西林寺水阁》最为出名。

刘式（949—997），字叔度，江西新喻（一说樟树）人，南唐时就读于庐山国学，精于《春秋》，试《三传》状元及第。入宋后，太宗重其名望，任以鸿胪、大理寺丞，出监通州丰利监，创"三年磨勘"之法，权奸为人慑服，又建议设收支司，监管财赋，以堵塞漏洞，制止违法，受到推崇。淳化年曾奉命往谕辽之三韩（今内蒙古赤峰），说服酋长归服不叛。至道年，主领三司都勾院，转工部员外郎、太常博士，迁刑部郎中，曾奏免江淮所欠积税，百姓感激不已。生前在朝掌财政十余年，死后家徒四壁，仅图书数千卷，其妻指曰：此是你父所谓"墨庄"也，后人以刘墨庄代指他。五子皆有父名，又都进士及第。其孙刘敞、刘攽以经学、史学、文学著称。刘敞，庆历进士，曾奉使契丹，拜翰林侍读、集贤院学士，判南京御史台等。他学问渊博，自佛老、卜筮、天文、方药、地理、历史、金文等，皆究知大略。刘攽，著名史学家，官至中书舍人，助司马光修成《资治通鉴》。五世孙刘清之（子澄）为著名理学家，后曾与朱子同时讲学于白鹿洞书院，以祖上刘式手抄《孟子》《管子》诸书示人，旧为庐山国学"日课"矣。

戴衢亨（1755—1811），字荷之，号莲士，江西大余人，清高宗乾隆四十三年（1778）状元。戴与兄心亨、父第元、叔均元同称"西江四戴"，均进士及第，又都入翰林院，可谓满门显赫。

戴衢亨少年时与兄心亨就学于白鹿洞书院，时间大约2—3年。其父第元是书院山长，曾重修春风楼，并留有"涵养性灵，强勉学问"题字和《初至白鹿洞》诗碑，又引双泉至窗下，号为"双玉泉"。

戴衢亨状元及第后，官至礼、兵、户、工四部尚书，后晋太子少师、太保、协办大学士、体仁阁大学士，凡大典礼诸巨制，悉出其手。还曾会同纪昀编定《四库全书》，他先后入中枢长达三十多年，是清代名臣之一，时号贤相。

与白鹿洞书院相关的状元还有南宋浙江宁波的袁甫、明代江西永丰的曾棨、安福的彭时、铅山的费宏、进贤的舒芬、吉水的罗洪先和清代江苏太仓的毕沅等七位。

袁甫，字广微，号蒙斋，南宋庆元府鄞县（今浙江宁波）人，袁燮次子，杨简门人，为陆九渊再传弟子，南宋嘉定七年（1214）状元。历知徽州、知衢州、吏部侍郎兼国子祭酒、权兵部尚书。为政重教化、重学校、重义理。绍定间为江东提举兼提刑时，曾建象山书院于贵溪，重建白鹿洞书院于庐山，又在番阳建番江书院。他会同知军史文卿重建白鹿洞是南宋末期继朱熹、朱在之后的最重要的一次维修。他还先后延请张洽、汤巾主持洞务，和会朱陆两家之说。又改文会堂为君子堂。自撰文《重修白鹿洞书院记》和《白鹿书院君子堂记》，进一步明确阐述了理学家们对于教育目标、教育社会作用的基本观点。还自称此举是"起六十年之废坏"，"广六十年之未备"。

曾棨（1372—1432），字子棨，明代江西永丰人，永乐二年（1404）中状元，历官翰林院修撰、《永乐大典》副总裁、侍读学士、《天下郡邑志》副总裁。后迁右春坊大学士、詹事府少詹事并入直文渊阁，历事三朝，三修实录、二扈北巡，典两京文衡，三主会试。存《游白鹿洞诗》："昔人爱山住幽谷，上山下山骑白鹿。一朝振袂入长安，出为唐家秉钧轴。功成佛衣归故丘，还与白鹿山中游。朝拂香炉之紫烟，暮饮瀑布之清流。沧桑一变成烟落，书堂重构弦歌作。紫阳赋罢三百年，从此文光照岩壑。"

彭时（1416—1475），江西安福人，明英宗正统十三年（1448）状元，初官翰林院修撰，累官至兵部尚书、太子少保、太保兼文渊阁大学士，是为首辅。彭时历事三帝，在阁二十年，忠于职守，办事公正，顾全大局，生活廉俭。又擅长笔记小说，著《可斋杂记》《彭文宪公集》等，还工书法，已收入王世贞《国朝名贤遗墨》一书。

彭时于成化二年（1466）除夕前二日，途经南康星子，遇北风，阻舟行，得以游览白鹿洞书院。第三年又应书院山长、星子教谕吴慎之请求，为书院重修撰写记文，文一开头云："江右名山以十数，惟匡庐最胜。庐山古迹以十数，惟白鹿洞最盛。洞即唐李渤隐居之所，南唐始立学馆，至宋表彰为书院，而其规制大备于晦庵朱夫子，此其所以最胜于庐山而有名于天下后世也。"在记文里，彭时还抨击科举之弊端，感叹书院之兴盛。指出："书院教养宗古法，自可专于性命道德之学也。夫科举之习盛，则外重内轻，超浮华而忘本实者有矣……则士习正而真才出，道明德立，无所用而不宜。进可行道于当时，退可著书立言，垂范于来世。科目得失，有不足言也。"

费宏（1468—1535），字子充，号健斋，江西铅山人。明宪宗成化二十年（1484）状元，历事五朝，三入内阁，曾为首辅。仕官礼部尚书兼文渊阁大学士，后加封太子少保、少师兼太师，武英殿大学士，进户部尚书和华盖殿大学士。

他曾力劝武宗，"勤政、务学、纳谏、报闻"以振兴朝纲。又曾不畏刘瑾当道，与之理论和争斗。还曾婉拒钱宁和宁王的拉拢贿赂。为此事遭两人记恨、陷害，罢归乡里。宁王死后，世宗即位他才得以还朝辅政。费宏为人持重，为政宽和，能识大体，顾大局，有《鹅湖摘稿》二十卷。对家乡的鹅湖书院，他出力尤多，尽心扶持，讲学其中。明弘治二年（1489），他应白鹿洞书院洞主娄性之请为《白鹿洞学田记》书丹，碑今仍存白鹿洞书院之西碑廊中，字体正整清秀，笔划端庄遒劲，已列为国宝级文物。

舒芬（1484—1527），字国裳，人称"梓溪先生"，江西进贤人。明武宗正德十二年（1517）状元。

舒芬一生没做上什么大官，但其刚正不阿气节却是罕见少有的。历任翰林院修撰、福建市舶司副提举。他为官敢于言事、不畏生死，曾劝阻武宗南巡，被罚跪阙下五日，廷杖三十，险些丧命。后又因哭谏世宗被廷杖下狱，最终被罢官夺俸，放归山林。他一生著述很多，有《梓溪文集》十八卷。只可惜英年早逝，死时才44岁。他生前曾游览白鹿洞书院，并赋诗纪念，题为《过白鹿洞次韵》："孤蓬出吴城，五老仿佛见。兜舆上南康，乃获徒青巇。有开云古初，今始识颜面。屹然东南镇，不逐沧桑变。匡生竟何在，白鹿却留传。藏修更巨儒，烟霞入情眷。黉宇既振作，诲言重箴劝。咫尺濂溪水，源流许谁辩。"这是一首和王守仁"独对亭望五老"的诗，诗中对白鹿洞充满了情感和眷恋，对诸生不逐沧桑之变，一心埋头读书，求学上进表示了敬意。

罗洪先（1504—1564），字达夫，号念庵，江西吉水人，明世宗嘉靖八年（1529）状元。

罗洪先童年有大志，中年有孝名。一生成就在理学和方志，但在文学上也颇有造诣。为人性格端直，为官不趋炎附势。虽有济世之才，却终不为上所用。曾官拜左春坊左赞善。但不久就因上疏劝帝被罢官。其后半生潜心研究阳明之学，遍访名山大川，讲课授徒，推崇"良知"之说，是江右王门的代表人物。曾两次考察白鹿洞并留下诗作，《白鹿洞》诗云："圣贤生不数，五百斯其期。获麟事已遥，白鹿乃在兹。濂溪指迷途，朱陆分两歧。其人虽不作，其言尚可师。嗟予不自量，独往矢不疑。元精惑异趣，难闻悲后时。荏苒历二纪，仿佛见津涯。望望足莫前，如有神鬼司，日月宁再与，虚知竟何裨。感此未遑安，三虚恒所须。揭来遵故躅，庶几或见之。精爽俨如在，荆榛多蔓枝。在昔义利谈，闻者曾涕洟。悠悠今古心，岂伊异所思。川谷耀馀彩，竹树含新滋。披衣冈阜巅，濯缨溪水湄。怀哉只于役，日夕伤迟迟。"

罗洪先作学问底气足，涉猎广，是个全才。我省书院史研究专家李才栋指出："嘉靖年间对白鹿洞书院建设有贡献的，还有罗洪先、刘世扬、王慎中……"

毕沅（1730—1797），清代大臣、学者，字纕蘅，号秋帆，自号灵岩山人，江苏太仓人。乾隆二十五年（1760）状元。历官按察院，陕西、河南巡抚，湖广总督等，素喜延请学者、名士助其编书，故遗著颇丰。以好士知名，章学诚、钱大昕等皆出自幕中。著《续资治通鉴》二二〇卷，记载白鹿洞书院史实多处，很具参考价值。

关于宰辅

宰相是我国封建社会主管政事的最高行政长官，其职务是辅佐帝王总揽国政，统率群僚，可说是一人之下，万人之上。但古代封建帝王是至高无上，总揽一切的。宰相有时也是名不副实，徒有虚名。且伴君如伴虎，仕途险恶。宰相之设历代各朝均有变化，并无统一模式。秦汉时以相国或丞相命名。隋唐时以三省长官中书令、侍中、尚书令、仆射为宰相。中叶后，须加中书门下三品及平章事等衔，方可入围。宋代则以平章事为宰相官称，以副职参知政事合称宰执。南宋时以左、右仆射为左右宰相。元代以中书省丞相、平章政事为宰相，左右丞和参知政事为副相。明代洪武年间，太祖废丞相，亲揽政务，分六部为办事机构。此后宰相位置无定员，仅以内阁大学士或军机大臣充任，统称宰辅，领头者称首辅。

自宋以来，与白鹿洞书院有关联的入阁拜相者除了前面提到的状元彭时、费宏、戴衢亨之外，还有宋代江万里，元代马廷鸾，明代解缙、胡俨、张位、李贤，清代朱轼、白潢、戴均元、李鸿章、刘坤一等。

江万里（1198—1275），字子远，号古心，江西都昌人。江万里幼年时曾肄业于白鹿洞书院，是朱熹弟子林夔孙的学生。宋宝庆二年（1226）中进士，历官池州（今安徽贵池）教授、累迁著作佐郎、刑部侍郎、资政殿学士、福建安抚使、左丞相兼枢密使。元兵破饶州之日，他赴水就义殉国。他年轻时求学于白鹿洞书院、东湖书院及太学，中年创办过白鹭洲书院、宗濂书院和周程书院，两次出任国子监祭酒。一生以教人育才为己任，培养了文天祥、刘辰翁、邓光荐等一大批爱国者，其学生文天祥既是状元，又是入阁的右丞相，更是千古传颂的民族英雄。

马廷鸾（？—1290），字翔仲，饶州乐平人。宋淳祐进士，宋末大臣，官至右丞相兼枢密使。主持编修《武经要略》一书，后为贾似道猜忌，罢归。屡召不至，有《六经集传》等传世。马廷鸾曾游历白鹿洞书院并撰文《庐山白鹿洞书院兴复记》，这篇记事文记叙了自朱熹兴复白鹿洞书院以后至元代至正二十四年（1364），一百年间白鹿洞发展的历史，是一篇弥足珍贵的历史资料。其子马端临，宋亡不仕，教授乡里，博览群书，曾任衢州路柯山书院山长。积二十年之功编成《文献通考》，是著名的史书《三通》之一，其卷四十六，收录宋初四大书院建置本末并以白鹿洞为最。可见父子两代与白鹿洞书院的渊源。

解缙（1360—1415），明初大臣，字大坤，号春雨，江西吉水人。洪武进士，历官御史、翰林待诏、侍读，入直文渊阁，参预机务，进翰林学士兼右春坊大学士，主持纂修《永乐大典》。曾游庐山、过星子，作《庐阳书屋记》，记述了明洪武二十三年（1390）时白鹿洞书院的面貌："瓦砾丘墟，榛莽弥望，而白鹿洞已无径可通往。"但文中着重提到"白鹿洞书院于元代最盛"的情况。解之外祖父高若凤，曾为南康路推官，对白鹿洞书院建设兴盛是有功之臣。"喜为古文歌诗，时出其所作以示诸生。"并有《送人读书白鹿洞》诗一首："碧瓦参差俨杏坛，白云深锁洞门闲。不宗朱氏原非学，看到匡庐方是山。十里松风潮汹汹，一溪泉雨佩珊珊。便当卜筑书堂近，五老峰前任往返。"本来解缙是专意拜访白鹿洞的，一慕白鹿洞之名，二访外祖父教化之地。只可惜此时无径可通而作罢也。

胡俨（1361—1443），字若思，号颐庵，江西南昌人。明永乐二年九月，以翰林检讨入直文渊阁，朝廷大著作皆出其手，后两任国子祭酒。洪熙元年（1425），胡俨曾偕友人同游白鹿洞遗址，其时"殿堂斋舍，鞠为茂草，瓦砾荆榛，翳于丘荒"。"周览故迹，徒有感慨而已"。正统三年（1438），翟溥福由刑部员外郎出任南康知府，率僚属捐资倡建书院，使"白鹿洞书院之名复闻于天下"。奠定了明清以来建设的规模和基础。胡俨对此倍感欣慰，应翟所请，为重建的白鹿洞书院作记，记中叙述了白鹿洞的环境风貌，历史发展，修建经过，盛赞此举"美哉轮奂，灿然一新，郡邑士民莫不欣戴"。这通石碑乃白鹿洞现存最早的一通石碑。（今存东碑廊）此外，胡俨还留有《游白鹿洞三首》（1387）、《慕白鹿寄余侍讲》（1368）等。当年与他同访白鹿洞的多位知名学者都有和诗。"竹林寺下访仙台，千里云扉一望开。白鹿不逢空自笑，为谁两度入山来？"

《游白鹿洞》三首：

骑从金笳发，肩舆画戟开。路穿芳草径，山倚白云隈。

秋色净如洗，晴岗翠作堆。昔贤遗教地，寻访洞中来。

路入匡山里，遥遥五老峰。绿崖披绿草，涉涧转苍松。

野果堪时落，岚烟积处浓。平生林壑兴，今日得从容。

访古来精舍，萦回石洞幽。何人今养鹿，有客共骑牛。

云谷千年境，风泉万壑秋。剪茆荐芳醑，胜友喜同游。

张位（1533—1605），字明诚，明隆庆二年（1568）进士，江西新建人。历官吏部侍郎兼东阁大学士，后晋太子少保、太保、吏部尚书、武英殿大学士，为《明会典》副总裁。南康知府田琯于万历十九（1591）年重修白鹿洞书院庙宇，请时为礼部侍郎的张位作记，今石碑尚存白鹿洞书院（西碑廊中），碑由兵部侍郎万恭篆额，国子祭酒郑以赞书丹。记文提到"教以人而兴，地以人而胜，会以人而盛，言以人而传。然则今日之举，余所嘉叹而乐与之者"。并回忆自己做诸生时，从师王宗沐来游白鹿洞情景，言语中流露出缅怀之情。

李贤（1408—1466），字厚德，河南邓县人，明宣德进士，历任兵部、户部、吏部侍郎。英宗复辟后，命兼翰林学士并入直文渊阁，参预机务。未几，又进为尚书、华盖殿大学士，应是实际上的宰相。彭时很赏识他，称其："李公有经济才，若去，时不得独留。"他还曾奉旨编定《明朝一统志》。有《古穰集》《古穰杂录》《天顺日记》传世。成化二年（1466）秋九月，李贤应南康知府何浚之请，为重修的白鹿洞书院作记。今碑仍竖于白鹿洞书院碑廊中，在记中他指出："书院于今为尤著者，实由大儒朱文公兴起之也。"他希望："必使是郡，人伦明而风俗美，才贤济济见用于时，庶臻实效而不为虚文矣。"

朱轼（1665—1763），字若瞻，号可亭，江西高安人。清代康熙三十二年（1693）中举，次年成进士。历官陕西学政、光禄寺少卿、奉天府尹、通政使、浙江巡抚，倡奖廉惩贪，黜奢崇俭，筑钱塘江两岸海塘以保民居农田并力行之。入值南书房，加太子太傅衔、官吏部尚书、文华殿大学士、兵部尚书、翰林院掌院学士、协同总理朝务等。平生崇尚理学，工古文，编著甚丰。曾作《白鹿篇赠毛心斋诗》："峨峨鹿洞讲堂开，万古精灵发越来。圣主崇儒垂切问，清时选收必良才。光风霁月君新领，古检苍松地旧栽。从此洪钟时一叩，不教庭庑翳莓苔。"毛心斋即毛德琦，康熙年间南康府星子县令，任上整理洞务，课士评文，修葺房屋，清理田亩，整复规制，并修成三志：

《院志》《县志》《庐山志》。

白潢（？—1737），字近微，清汉军镶白旗人。考授内阁中书，康熙间历官贵州、江西二省巡抚，官至文华殿大学士。所至兴利除弊，在江西湖口浚江口，修堤防，尤于地方有益。特别为白鹿洞书院的振兴出力良多，"正学日昌"。在康熙五十九年（1720）夏时为毛德琦所撰《白鹿洞志》作序，序文中说："白鹿洞书院由来旧矣。肇于唐，盛于宋，沿于明，迄我朝。有御书之赐，而制益大备……孔孟之道，惟朱子集其大成。而白鹿洞书院为朱子说教之地，精神所萃，登斯堂而遵斯教，可为学道之津梁……余览其于前志七则外广为十则，繁简得宜，去留各当，则李峄峒先生所言晦者晰，脱者补，遗者备，乱者统，兹集已无遗憾。""其各体圣主崇儒至意，道朱子之规，以进于圣贤之学，实不能无厚望焉。"

戴均元（1746—1840），字修原，号可亭，江西大余人，与兄第元、侄心亨、衢亨为"西江四戴"，被誉为"叔侄两宰相，一门四翰林"。清乾隆四十年（1775）进士，与侄心亨同榜，历官学政、鸿胪寺、光禄寺、大理寺少卿、工部、刑部、礼部侍郎兼内阁学士、礼部尚书、吏部尚书、太子少保、协办大学士、军机大臣、文渊阁大学士、晋太子太保，是为三朝元老。曾有和兄戴第元的题白鹿洞《双玉泉》长诗。

李鸿章（1823—1901），字少荃，安徽合肥人，清道光进士历任巡抚、两江总督、直隶总督兼北洋大臣，掌国之军政外交大权，又是著名的洋务派首领，反对抵抗侵略，力主妥协投降。但军旅之余，也曾专访白鹿洞书院并留下诗篇。

刘坤一（1830—1902），清末大臣，湘军将领，字岘庄，湖南新宁人。历官广西布政使、江西巡抚、两广总督，调任两江总督兼南洋通商大臣长达二十多年，曾与李鸿章等倡办洋务。1900年八国联军发动侵华战争时，他策划所谓"东南互保"与之呼应。他在同治八年（1869），就职江西巡抚时，亦曾来白鹿洞书院视察并拨款嘱知府刘清华维修白鹿洞书院，也算是做了一件功德事。

《中国书院论坛》第四辑

明末西学与白鹿洞书院

徐光台

一、前言

从中国教育史来看，白鹿洞书院是理学传统教育的一个重据点。明末耶稣会士来华传播基督教义，因而传入西学，使得理学与基督教义化下的亚里斯多德式宇宙论产生遭遇。在首次西学东渐的过程中，明末的南昌曾出现过两位传播西学的极为重要人士。一位是耶稣会士利玛窦，他曾于南昌停留三年；另一位则是比利玛窦小二十七岁的豫章进贤人熊明遇。前者在十六世纪末停留于南昌期间引入西学；后者则通过科举，在京任官期间，接触西士，转而受西学影响，撰述《则草》（1619—1626）与《格致草》（1630年后期—1648）传播西学。本文将围绕着利玛窦与熊明遇两人间的对比发展来看西学传播与当时白鹿洞书院间的关系，进行一项初步的探讨。

过去曾有过一些研究，譬如在有关利玛窦的资料中，记载着他曾和南昌白鹿书院的师生间来往，就人生与身后问题交谈与讨论。

对我感到满意的是白鹿书院的读书人，他们待我十分客气与景仰，对人生与身后重大问题常和我辩论，但最后他们常是认输。

林金水在《利玛窦在中国》一书中，也提到利玛窦与白鹿洞洞主章潢间的关系。不过，令人好奇的是，位于庐山的白鹿洞书院，距离南昌有段不短的距离，利玛窦是否经常前往该处与章潢师生进行对话？如果利玛窦经常前往该处与章潢师生进行对话，显示西学似乎已进入白鹿洞书院的活动中，可是，现行已知的记录中，似乎缺乏积极证据支持此一说法。如果不是，利玛窦又在何处与章潢师生进行对话，则值得探究。

另一方面，1597年利玛窦亲眼见到万人参与南昌乡试的盛况，当时的熊明遇成为生员虽有两年，似乎尚未准备好下一阶段的乡试。直到1600年中举，次年北上会试，进士及第，观政吏部。1602年授长与县令。七年后，行取礼部主事。根据王应熊的记载，在京期间他曾与利玛窦交往。由于熊明遇任职礼部主事，西士在其职掌范围内，两人会面当在此一期间。1610年4月熊明遇考选兵科给事中，利玛窦过世。

母王氏于十月过世，熊明遇丁艰返里。1613年4月，期满赴京后补，直到 1615 年 12 月补实。其间两年多，他曾与耶稣会士多有往来。1619 年完成的《则草》已经大量引用《浑盖通宪图说》、《泰西水法》、《表度说》、《天问客》等书的资料来表彰西学。他所彰显的西学是否传回江西？他与白鹿洞书院间有没有直接或间接的关系？过去似乎没有任何专门研究处理熊明遇与白鹿洞书院间的关系，遑论他传播的西学与白鹿洞书院间的可能关系。

关于上述问题，笔者认为章潢虽为白鹿洞书院的主持人，不过，在此之前，他已在南昌东湖建"此洗堂"讲学，利玛窦极可能在此与白鹿洞书院的章潢师生对话。其次，十七世纪前半，豫章熊明遇有可能将西学带回南昌。白鹿洞书院的主持人中不止章潢（1527—1608）与西学有关系，舒曰敬（1558—1636）也有可能，另外两位后继者李应升与李明睿，他们皆与熊明遇有段交往。舒曰敬曾为熊明遇《绿雪楼集》写序。此外，过去的研究曾指出，宋应星的著作中显示他曾受过西学的影响。不过，至今似乎尚无法确认其来源。由于宋应星曾追随舒曰敬，而舒曰敬为熊明遇《绿雪楼集》写序，加上帮宋应星出版《天工开物》的涂绍奎，也是熊明遇的朋友，因此，熊明遇作品成为宋应星接触西学的来源之一，存在这种可能。

在进行的步骤方面，首先介绍利玛窦南昌的历史背景，特别是他与章潢间的交往。其次，分析章潢的《图书编》中的西学。接着处理舒曰敬。

二、利玛窦在何处与白鹿洞师生对话

利玛窦曾于 1595—1598 年间在南昌，过去的一些研究似乎提到他与白鹿洞师生间有些对话，给读者一个直接印象是他似乎去过白鹿洞书院，在那里与章潢师生对话。笔者认为，章潢虽是白鹿洞书院洞主，不过从现有的资料来看，章潢先是在南昌会城内东湖此洗堂讲学，倡导南昌士人不止一位徐孺子，而后才被聘为白鹿洞书院洞主。因此极可能在南昌东湖旁此洗堂，利玛窦与章潢师生有过一些对话与辩论。

利玛窦在 1583 年随罗明坚（Michael Ruggeri，1543—1607）入广东肇庆建倦花寺传播基督教义。1589 年 8 月利玛窦迁移至韶州。在韶州期间，他经由瞿汝夔（字太素，1549—）的介绍，开始着儒服，学习儒家经典。1590 年代早期，利玛窦已经将《四书》译为拉丁文，并请士人教导五经。1595 年利玛窦移居人文气息浓厚的南昌，他结交了许多朋友，其中一位就是明代理学名儒章潢（1527—1608），两人交往密切。在《利玛窦中国札记》中，记载着他与南昌文坛交往。

和另一类人的亲密交接，同样或者更加提高了利玛窦的声望。这些是……文坛的领袖……当时这个团体的首领是年已七十岁的章。

章潢，字本清，号斗清，江西南昌人，在六十三岁时，也就是万历十七年，提学朱延益官司聘布衣章潢主洞事。这年是1589年，利玛窦还在韶州，外形开始从佛僧的袈裟转变为儒服，内涵则学习中国典籍。此时的熊明遇才十一岁，还在追随二哥熊明远，由进贤北山，由鄱阳湖，经抚河，进南昌会城东湖畔读书。

根据门人万尚烈的《章斗津先生行状》，章潢祖先是临川人，"先世有伯强者，以元至正间馆于南昌，遂卜宅居器溪"。他的诞生也涉及异梦。父亲白城公与母求子心切，为此事常至庙中祈祷。嘉靖丁亥（1527）年初，父亲白城公至姑苏，夜间做梦在银河遇一老人，告诉他积德则可得子。二月，白城公梦到在月光下手抱一赤子。不久，章潢来到世间。他年幼时就展现特殊的领悟力，父亲知其不凡，乃移居城中万寿官旁。

十六岁时，章潢为督学苏舜泽所拔，补郡弟子员。他一生为追求功名，以圣贤自任，对读经则了了。有位老师曾针对读经之事，提出疑问：

与谈经辄了了。曾有宿师问曰："子近日谈经甚觉简当何如？"先生对曰："请以镜喻。昔读书，如以物磨镜，磨以而镜得明。令读书，如以镜照物，镜明而物自见。有疑必思，以思而悟，疑其悟之门乎？悟其疑之开乎？语曰：大疑大进，小疑小进，信其然也。"

读经譬如磨镜，简单而需时久才能明镜，如以疑思方式来学习，领悟后就像以明镜照物。

父殁弟亡后，章潢为圣贤之学的志向愈坚。他为学系"以义文周孔为宗，首揭仲尼，祖述尧舜，宪章文武"。取法伏义氏"上律天时，下袭水土……仰则观象于天，俯则观法于地，观鸟兽之文与地之宜，近取诸身，远取诸物"。因而强调"通天地人曰儒"。

章潢虽在1589年成为庐山白鹿洞书院洞主，在此之前，他已在儒学界相当活跃。根据《明史》，章潢是先在南昌会城东湖畔建"此洗堂"讲学，而后才成为白鹿洞书院洞主。"此洗堂于东湖，聚徒讲学，又曾主白鹿洞书院。"

根据陈弘绪（字士业）《江城名迹》的记载，章潢在南昌会城内的东湖旁，建"此洗堂"，成为江城名迹。

此洗堂，在东湖之滨。明章斗津先生潢建，每月集诸友人及弟子于堂中，讲习开发，指湖南谓众友曰："今南昌人品动称徐孺子，岂孺子后南昌遂空无人耶？今构此堂，南峙徐亭，庶几成人，勿使笑插薄之域，于千载耳。"

看来章潢有意针对豫章名人徐稚（徐孺子），他是东汉时豫章郡灌城县楼里人，为东汉著名高士，博学多识，淡泊名利。王勃的《滕王阁序》提到"人杰地灵，徐孺子下陈蕃之榻"。县楼里又称高士坊，即今青云谱区徐家坊村。"高士亭"指的是豫章西湖湖心纪念东汉"南州高士"的孺子亭。南唐时建有"孺子台"。明初太宋许方在此立有"高士祠"，嘉靖年间，徐樟建亭于祠北，以祀其先人徐孺子。

章潢期望南昌出圣贤，他不认为南昌在徐孺子之后就无人，因此在东湖徐孺子亭之北建此洗堂，希望通过讲学来培养出像尧舜般的圣贤。

又于东湖之滨，构此洗堂；为每月念五之日，集诸友人及弟子于其中讲习，开发期人人而尧舜焉。始之日告于案曰："此堂此德业相劝，过失相规，乃大意也，愿人生百年，年如此年，年十二月，月如此月，月三十日，日如此日，日十二时，时如此时，心思可对天日，精神可格鬼神，更期时习日新，庶可希贤希圣。"且引杂记一颂歌云："十字路头身立的，四边任射箭俱收。索垢索瘢予日望，矢心暴濯外何求。"噫壮哉！先生谓之天挺非耶，今先生往矣。予犹及记先生此日语众之时，指东湖曰："今南昌人品动称徐孺子，岂徐孺子后，南昌遂无人耶？"为建此堂，南峙徐亭，庶几成人与徐孺子争口气耳！噫壮哉！先生谓之天挺非耶？此洗堂成每月念五，期不辍，聚讲其中者，日益众，与起者日益多，四方之士且辐辏至。

章潢在此洗堂的讲学活动声名远播，在万历十七年，提学朱廷益，礼聘未具科举功名的章潢主洞事。最初三个月，他留在白鹿洞授课，"凡三关月，洞人士感发兴起，蒸蒸郁郁，声闻豫章"。

章潢是位不时检讨自身所为的儒者，七十岁生日时，他不但杜绝寿觞，反而"三复蓼莪，昊天九我，耿耿于怀，再诵小弁，怙恃无存，益为伤悼。遂用小弁，韵成数千言，命曰《古衡篇》"。七十至八十间，仍然勤励于生平格物知天之学。1604 年（甲辰），七十八岁的他主持在南昌北方龙沙的盟月，还手书与管东溟论易，与涂镜源论学。万历三十三年（乙巳，1605），时年七十九岁的章潢获授顺天府（今北京市）儒学训导。这似乎是一项荣誉。

章潢勤于以身作则，在过世之前，仍论学不辍。章潢的讲学活动不限于此洗堂，还延伸到南昌许多地方，如豫章书院、石冈、胡氏家祠、直养斋、胡粼堂、万寿宫等地。

将没之年亦未尝言勤。此洗堂念五之未尝辍，今日豫章书院，明日石冈，今日胡氏家祠，明日直养斋，今日有邻堂，明日万寿宫，谆谆倡导，殆无虚日。

根据门生万尚烈所述，章潢在此洗堂的讲学活动曾被简略地记在《此洗堂语略》中。

先生有《此洗堂语略》，先是尚烈与丁右成已刻于燕邸，及先生殁，友人朱以功又即其堂为之记。总之，不能忘也。因併刻於左，志不忘云。时万历辛亥中秋，书于闽昭武清政堂。

就像传统的中国士人章潢的作品反映经典诠释。其中最值得注意的是《图书编》，此书原名《论世编》，有一百二十七卷。它不但"爱自古太极图、河图、洛书、易卦，以及天道地道人道，皆以类编"。由于他取法伏羲氏仰观天象与俯法于地，加上对经典持有疑思精神，所以，在天地形状方面，他受到利玛窦的影响，在《图书编》中采用利玛窦的地图说。第十六卷中，刻有两幅"昊天浑元图"，一幅"九重天图"。前者在一球面上表达世界五大洲的地理，用"昊天浑元图"来表达，有些名实不符。后者则为亚里斯多德式的宇宙结构图，它表达九重天的次序是由最外的宗动天向内。无论前者或后者都没有提供任何解说。在《图书编》第二十九卷之中，刻有《舆地山海全图》、《舆地山海全图叙》、《地球图说》与《舆地图图考》。

最后，值得注意的是，《图书编》一书直到万历四十一年（癸丑，1613）由其门人万尚烈付梓成书。出面刊刻者为1604年与其论学的涂镜源。涂宗浚，字镜源。江西南昌人。明万历（神宗朱翊）十一年进士。山东道御史，巡按广西、河南、山西、顺天，后擢升大理寺卿、兵部右侍郎、兵部尚书、加太子太保、封顺义王。著有《阳和语录》、《证学说》、《延诗草》等。熊明遇不但与涂镜源认识，在万历四十二年（1614）时为太子太保兵部尚书涂宗浚由宣大总督调回部管事，撰诗两首为贺。

三、舒日敬《录雪楼集序》

在利玛窦离开南昌后，无论是南昌或白鹿洞书院与西学间的关系，改由南昌出身的中国士人熊明遇来承担。他早年在《则草》中彰显西学，或许通过他与白鹿洞书院洞主舒日敬的关系，而与白鹿洞间发生某种间接关系。此外，李应升和李明睿皆与他认识。

舒日敬，字元直，号碣石，南昌豫章石马人。他与熊明遇同为南昌人，在科举上两人皆为连第。舒日敬在万历十九年（辛卯，1591）乡试中举，次年（壬辰，1592）进士。熊明遇则是万历二十八年乡试中举，次年进士及第。不过，熊明遇与舒日敬两人在仕途发展不可同日而语。舒日敬进士及第后，授泰兴知县，因为杖毙巨窝张耀，触怒了太守吴某而归里。熊明遇成为进士的次年知长兴县。经过七年，1608年行取礼部主事，1610年4月考选兵科给事中。旋因丁艰而归里。1613年4月服满，赴京代补，直到1615年12月补实。从礼部主事与候补期间与西士游。根据熊明遇的独子熊人霖（1604—1666）所述，他父亲与庞迪我、阳玛诺（Emmanuel Diaz，1574—1659）、徐光启（1562—1633）、毕方济（Franciscus Sambiaso，1582—1649）等人交游，并在《则草》中始彰西学。

万历四十四年（1616）熊明遇在仕途上遇到一些麻烦，礼科给事中齐党元诗教（字可言，号静初，1557—崇祯末年）等疑熊明遇与东林党通，而上书弹劾他，建议将其外调。万历四十五年四月初九，他仍以兵科给事中身份上《丁巳请告疏》，乞请返乡养病。这年六月，发布升兵科给事中熊明遇福建佥事。熊明遇旋即缴教授。就在这年南昌知府袁懋贞聘舒日敬为白鹿洞书院洞主。次年闰四月十九日，熊明遇又上《戊午请告疏》，仍以旧疾未痊为由，肯乞恩准再延一年，暂缓赴福宁上任。直到1619年春夏之交，才携子人霖动身赴福建福宁上任。这段长达约两年的等待外放期间，或许促成熊明遇对西学的理解与撰写《则草（一）》。

1619年的《则草》不但彰显西学，还藉以考证中国传统自然知识，其内容包括三十三小节：（01）占理虞论、（02）占理演说、（03）天地定体（格言考信、渺论存疑）、（04）定天列象（格言考信、渺论存疑）、（05）定天重数（格言考信、渺论存疑）、（06）日月交食（格言考信、渺论存疑）、（07）昼夜长短（格言考信、渺论存疑）、（08）经星位置、（09）二十八宿定度、

（10）浑仪图说（格言考信、渺论存疑）、（11）平仪图说（格言考信、渺论存疑）、（12）二五变化、（13）风云雨露（格言考信、渺论存疑）、（14）雷电（格言考信）、（15）彗孛流星陨星日月晕、（16）雪（格言考信、渺论存疑）、（17）雹（格言考信、渺论存疑）、（18）虹（格言考信、渺论存疑）、（19）天河（渺论存疑）、（20）蟾影（渺论存疑）、（21）雨土雨粟（格言考信）、（22）天开天鸣（渺论存疑）、（23）地震（渺论存疑）、（24）山飞地陷（渺论存疑）、（25）海、（26）海潮汐、（27）海监（格言考信、渺论存疑）、（28）江河（格言考信、渺论存疑）、（29）山泉（格言考信、渺论存疑）（30）井泉（格言考信、渺论存疑）、（31）温泉（格言考信、渺论存疑）、（32）野火（格言考信、渺论存疑）、（33）雨徵（格言考信、渺论存疑）。

《则草》被收入《绿雪楼集》中，在万历末年出版。其中包括豫章进士与白鹿洞书院洞主舒日敬在1619年的《绿雪楼集序》，提到《绿雪楼集》有八种作品。

《绿雪楼集序》社弟舒日敬选……良儒有作，不轻示人。顷从闽署梓《绿雪楼集》成，问叙于馀，始纵观其大全，而舍然喜曰：风雅未沦，时事犹可为也。集凡八种……己未至日，书于只立轩。

只立轩是舒日敬读书处。"只立轩，在东岳庙侧，明舒碣石先生日敬建。先生以制艺名海内四方，问业履满户外，家食数十年，荆门书掩，博极群书。"1619年，《绿雪楼集》初次刊刻时只含有八种内容。其中包括《则草》、《素草》、《掖草》、《台草》、《剑草》、《屐草》、《琴草》、《觳草》等著作。由于身为白鹿洞洞主，舒日敬《绿雪楼集序》无疑地通过个人关系将明末西学与白鹿洞书院间接地联系在一起。

四、宋应星的西学可能来源

以《天工开物》闻名的宋应星，曾在《论天》一书谈到西学，不过，至今缺乏有关他接触西学来源的讨论。他是白鹿洞洞主舒日敬的学生，在此节中，笔者试着提出熊明遇表彰的西学有可能是其来源之一。

宋应星（1587—1661），字长庚，江西南昌府奉新县人。万历四十三年（1615）举人。他曾五上公车不第，乃走经世致用之路。崇祯七年（1634）任江西分宜教谕，举世瞩目的科技名著《天工开物》写成于任职期内。崇祯十一年（1638）任汀州（今福建长汀）府推官，十四年（1641）任亳州（今安徽亳县）知州。明亡返乡，弃官不出，卒于清顺治康熙之际。他最著名和最有影响力的著作是《天工开物》。宋应星的著作甚多，有《天工开物》、《画音归正》、《卮言十种》、《野议》、《观象》、《乐律》、《美利笺》、《春秋戎狄解》等。这些书大都在任分宜教论时写。

宋应星与其兄宋应升两人参加万历四十三年（1615）乙卯科乡试，分别为第三名与第六名。同年中举有涂绍煃（字伯聚，1582—1645）。次年北上京师应丙辰科会试，未中。两年后，万历四十五年舒日敬受聘成为白鹿洞书院洞主。宋应星乃投师舒日敬。1619年第二次上公车，宋应星又落榜，涂绍煃进士及第。其后宋应星又三上公车不第，乃走经世之路，将其数次上京赴考中所见，撰写《天工开物》，1637年涂伯聚出钱帮宋应星刻印出版。

很巧的是，熊明遇与涂伯聚也有段交往。天启三年（癸亥，1623），四十五岁的熊明遇时任南京都察院右都御史，当时涂绍煃为吏部中水部郎。三月十八日，两同游南京牛首山。"〈牛首烟恋〉癸亥，暮春既望三日，偕涂吏部伯聚游，因记其略。"四月十二日，熊明遇与谢宁罗和涂绍煃同游南京摄山楼霞寺。"《摄山棲霞》癸亥，初夏望前三日，偕谢大理宁萝、涂吏部伯聚游，因记其略。"同年六月，熊明遇为涂绍煃母史太安人六十寿，撰《寿涂母史太安人六十序》为贺。

此外，熊明遇在1632年从兵部尚书位退隐，回到南京京山华日楼。数年后，将早先的《则草》扩增为《格致草》，基于亚里斯多德式两个圆球的宇宙论，在《天中辨》、《周髀辩》与《浑注辨》中，对中国传统天中说、《周髀算经》的盖天说，以及浑天说提出批评。很巧的是在《论天》一书中，宋应星也质疑天中的看法。

五、结语

本文尝试通过利玛窦与熊明遇两位南昌有渊源，来看明末西学与白鹿洞书院间的关系，至今我们只发现两者间的间接关系。利玛窦与白鹿洞主章潢间的交往，反映在《图书编》中受到地图说之影响。熊明遇与舒日敬间的情谊，也反映在他为熊明遇的《绿雪楼集》写序，其中包括《则草》这本彰显西学与考证中国传统自然知识的作品。

事实上，熊明遇不只在西学传承方面接上利玛窦引入的西学，他与白鹿洞书院间的关系也不限于舒日敬，还与李应升（字仲达，号次见，1593—

1626）与李明睿熟识。天启二年，舒曰敬推请李应升主洞事。李明睿在崇祯十三年任白鹿洞书院讲席。

天启壬戌，舒以读礼还推官李应升主洞事。崇祯十三年，提学侯峒曾与抚按请翰林李明睿主讲席。

1623 年，担任南京都察院提督操江佥都御史熊明遇与时任福建道御史李应升通信，李应升赞赏明遇所为，撰《答熊坛石公祖》回复。

长江一带，鲸鲵为窟，而敝邑下当其冲。若奸宄鼓楫，如君山聚兵之谋，则父老子弟不得安枕卧矣。幸藉台台握锁钥之重运，帛胜之奇，使群妖授首江上，安澜徙薪之功，勒之彝鼎。某托契契芬之末。窃邀梓谊之馀，备员言责，抚心莫语，惟是邪萌之尚伏，视群妖而易蔓。台台澄清南部，正人所依，何以明教愚蒙，使鼓螳臂乎？

李明睿在南昌购弋阳王之旧邸建阆园，藏书颇富，有一专门的宋版书阁，成为江城名迹之一。

阆园，在永和门内，李太虚宗伯明睿构弋阳王之旧邸也。有山腰宫阁，古石堂碧栏、池浣、花池、天池诸迹。公自言，阆园以池胜，以竹胜，尤以松胜，他园不敢望焉。建圣沙楼，藏书其中。甲戌，自华亭归，得宋板书一船，皆上海潘文恪家旧藏。每部有文怡公小像，董少宰手书子孙宝藏等字于壳，宗伯特构一小阁庋焉，署曰宋板居。

阆园所在，最先是由光禄萧士玮（字伯玉）先购弋阳王府废园，再转手给李明睿，熊明遇有诗两首为记。

弋阳王府废园一石，萧光禄伯玉购以六十金就辇矣。李宫论太虚用百金留玩，皆韵事也——

其一

片月孤云赏识稀，王孙春草静相依。

忽如和璞连城剖，怪似灵峰一夜飞。

驾海应无秦帝铎，寻河空跋汉滨机。

平泉别墅连东第，牛李当年可是非。

其二

燕语朱门旧苑荒，胧胧曙色拂长杨。

空留片碣轻苔锁，故比兼金重辇装。

箭射雁门思李广，书传圯上忆张良。

细推物理难平准，闲煞云根特地忙。

熊明遇本人曾到过庐山白鹿洞书院，并写过一首《白鹿书院》的诗。

新安留此迹，少室旧书门。地以风徽著，堂因名胜尊。

石梁横大壑，烟坞带孤村。修竹猗猗秀，清流曲曲潭。

山高月益小；林静鸟逾喧。俎豆羞苹藻，香炉韵荘苏。

传经人已徃，肄业道今存。灵壤兼幽敞，登临欲尚论。

从此诗被收入《华日楼·言意草》中来看，熊明遇约在 1630 年代中撰写此诗。那时他已从兵部尚书位退隐。显示他似乎只是过此一游。

整体而言，与基督宗教结合的亚里斯多德—托勒密世界观，虽经利玛窦引入南昌，后经熊明遇在京与耶稣会士交游，成于《则草》，它与理学的遭遇，反映十六世纪末、十七世纪初东西两大文明交流。在此交流中，西学似乎并未对白鹿洞书院产生内容方面的实质影响，而是白鹿洞书院因其历任洞主或讲席与利玛窦和熊明遇间的个人关系，在西学传播上扮演了某种角色。

利玛窦初入中国肇庆，随着罗明坚着僧服。在韶州期间开始转学儒家典籍，南昌期间则通过与所谓"白鹿洞师生"对话，来进行跨文化的西学传播，往后将此一时期的成长经验应用到南京时期。

至于熊明遇所彰显的西学，通过他与舒曰敬间的关系而有《录雪楼集序》。至实质的影响，还有待进一步探讨。

《中国书院论坛》第五辑

儒家书院是弘扬儒学儒教的重要阵地

——纪念白鹿洞书院 1030 年暨全国书院理学与传播学术研讨会上讲话

汤恩佳

白鹿洞书院居中国古代四大书院之首，与当时的睢阳、石鼓、岳麓书院齐名，合称"天下四大书院"。白鹿洞书院至今已经走过了 1030 个春秋，长期以来是弘扬儒学儒教的重要壁垒，在我国教育史和思想史上有着极其重要的作用。白鹿洞书院是中国古代书院中保存和修复得比较完好的书院，大小院落，排列有序；亭台楼阁，古朴典雅；碑额诗联，比比皆是。西历 1999

年6月1日，我曾来到白鹿洞书院，参加由本人所赠的朱熹大铜像的揭幕仪式。今天，我又来到白鹿洞书院，再次感受儒家文化的氛围，体会历代大儒在此修身讲学的心境，并能同各位一道，共同探讨儒家文化，感到非常高兴。在此，我代表香港孔教学院祝会议取得圆满成功。

在中华民族伟大复兴之际，以儒学儒教为主体的中国传统文化正在走向复兴之路。邓小平先生提出"要建立真正有中国特色的社会主义国家"，江泽民先生提出"以德治国"，胡锦涛主席主张"以人为本"，主张建立"和谐社会"。国家决定在世界各地建立100所孔子学院，这是中国文化输出的重要里程碑。

2005年，全球三十四个国家和地区的孔庙同时祭孔，中央电视台做了现场直播。祭孔的真正用意，是培育中国人尊崇孔子的感情。中国社会科学院成立儒教研究中心，并在广东从化召开了首届全国儒教研讨会，对儒教在过去和将来的伟大作用取得共识。现在，各种形式的读经活动方兴未艾，各种儒学研讨会如雨后春笋，越来越多的年青人和知识分子摆脱了偏见，认真学习儒家文化。

国务院总理温家宝于2003年12月10日在美国哈佛大学发表题为"把目光投向中国"的演讲，总理在讲话中说"从孔夫子到孙中山，中华民族传统文化有它的许多珍贵品德，许多人民性和民主性的好东西。比如强调仁爱，强调群体，强调和而不同，强调天下为公。特别是'天下兴亡匹夫有责'的爱国情操，'民为邦本''民贵君轻'的民本思想，'己所不欲，勿施于人'的待人之道，吃苦耐劳、勤俭持家、尊师重教的传统美德，世代相传。所有这些，对家庭、国家和社会起到了巨大的维系与调节作用。"总理还提出："人类正处在社会急剧大变动的时代，回溯源头，传承命脉，相互学习，开拓创新，是各国弘扬本民族优秀文化的明智选择。"

今年4月，胡锦涛主席向耶鲁大学赠送四书五经等书籍。胡主席在耶鲁大学演讲时，盛赞"中华文明历来注重以民为本，尊重人的尊严和价值……注重自强不息，不断革故鼎新……注重社会和谐，强调团结互动……注重亲仁善邻，讲求和睦相处"。这四个重要观念都是儒学儒教的传统思想，胡主席阐述了儒家的四个重要观念在现代社会的运用及其现代意义。

胡主席最近提出的"八荣八耻"，就是对儒家的"仁、义、礼、智、信"

五常作了现代诠释。如果要进行"八荣八耻"教育，孔子历代儒家的经典就是最好的教材。中共十六大报告中明确指出："面对世界范围各种思想文化的相互激荡，必须把弘扬和培育民族精神作为文化建设极为重要的任务，纳入国民教育全过程，纳入精神文明建设全过程，使全体人民始终保持昂扬向上的精神状态。"孔子就是中华民族的精神导师，孔子儒家思想就是中华民族精神的集中体现，因此，要将民族精神纳入到国民教育中去，实质上就是应当将孔子儒家思想纳入到国民教育之中。

为了表达我本人对先贤的仰慕之情，我向白鹿洞书院敬献了朱熹大铜像。朱熹是我国宋代大哲学家，是儒家发展史上承前启后的重要人物。自南宋以后直到清代，他的《四书集注》始终都确定为学校的教材和国家开科取士的标准答案。他综合了周敦颐、邵雍、张载、程颐、程颢等经学大师的学说，集理学之大成，建立了完整而精密的理学思想体系，把儒家思想发展到新的高度，在中国思想史上形成了第二理论的高峰（第一理论高峰是先秦的百家争鸣）。他的思想在日本德川时代，广泛流行于日本、韩国等东亚各国，甚至影响到欧洲。英国著名学者李约瑟博士就认为德国大哲学家莱布尼兹（G. W. Leibniz，1646—1716）很可能受到过朱熹思想影响。莱布尼兹是辩证大师，他的思想后来又影响到黑格尔（G. W. F. Hegel，1770—1831）以至于马克思。由于朱熹对中国哲学和中国文化，特别是对儒家思想发展的里程碑式的重大贡献，后人把朱熹的牌位也供进了孔庙，成为圣人孔子的从祀者。

朱熹还是一个大教育家。朱熹生活的时代，是国家民族灾难深重的时代。南宋是一个偏安南方的小朝廷，内忧外患不断，北方强敌压境，随时有覆灭的危险。朱熹一生坎坷，他十四岁就丧父，以后宦途也很不顺。他的学说得到官方的承认，也是他身后的事。他一生中前后做外官五任和宁宗皇帝的侍讲四十六天，为官一共也不过九年，而私人讲学就长达四十多年，即使为官期间，也不忘办学，使人民受到礼仪教化，移风易俗。

先师圣人孔子开私学之先河，有贤人七十二，弟子三千。战国末期在齐国国都设立的稷下学官成为先秦教育发展的里程碑。秦汉以后，官办学校、民间私学、公私并存的书院等形式成为中国古代教育的基本模式。唐代李渤及其兄李涉曾在白鹿洞读书，该处山川秀美，特别幽静，是读书治学的好地方。李渤担任江州刺史后，又在此处兴建台榭，广植花木，形成一景。但成为学馆则是南唐升元年间（938—943）的事。当时称为"白鹿国庠"，是私人读书的地方，以后才发展到聚徒讲学。但当时规模很小，影响也不大。直至朱熹兴复白鹿洞书院才名声大噪，大力推动了南宋书院的发展，形成了各地纷纷兴建书院的局面。

我国具有教学功能的书院始于唐末，它的产生与雕版印刷技术的发明，以及当时天下大乱"士病无所于学"这些因素分不开。由于印刷术发明，书的生产量大增，使书院教学突破了多由教师"口授"的局限，士子大可"视简而诵"，读书求学。书院作为古代大学的产生，开始既可补当时官学数量不足，亦有助于克服官学教学方式上"皆用口授"局限，从而进一步促进教育事业的发达与学术思想风气的转变。

北宋产生了理学，理学的产生与书院的教学方式的刷新有着密切关系，而理学的产生促进了书院教育指导思想和教学内容的变化。正是周敦颐、朱熹倡导的"歌颂先王之道"，提倡"为己之学"，主张"学圣希贤"的理念，以及"讲明义理，以修其身，然而推己及人"的教育目标，成为书院教育的指导思想而刷新了书院的面貌。而理学家的著述，包括理学家们注释的四书五经等著作，亦成为书院教学的中心内容，理学与书院结合起来了。理学与书院的结合，是从周敦颐在分宁（今江西省九江市修水县）、芦溪（今江西省萍乡市芦溪县）、德化（今江西省九江市庐山区）创建书院开始的。经二程、杨时、罗仲彦、李侗几代师徒的努力，由朱熹来完成。而其完成的标志就是朱熹对白鹿洞书院的复兴。朱熹在白鹿洞书院树立了书院办院与教学的模式。这种模式影响及后七八百年书院教育的发展。

由于官学趋于腐败，教学方式陈腐呆板，学子重功名利禄，远离儒家精神。朱熹批评说："若读书上有七分志，科举上有三分，犹自可；若科举七分，读书三分，将来必被他胜却，况此志全是科举！所以到老使不著，盖不关为己也。"（《朱子语类》卷十三）他大力提倡"为己之学"，就是以儒学作为自己的修身之道，而不是作为获取名利的工具。创办书院，就能很好地实践自己的理想。当时，"老佛之宫遍满天下"，相比之下，"先王礼义之宫"却如此颓坏。朱熹是主张通过兴办书院，使儒家内圣外王的思想能够教化人民、深入人心。

南宋淳熙六年（1179），朱熹获任命为南康军地方官，他看到，庐山境内佛寺道观"以百十所计"，相比之下，作为儒学儒教的场所，却已是一片野草丛生、瓦砾成堆的废墟，但是，这个地方"山川环合，草木秀润，真闲燕讲学之区"。他感慨万分，决定加以修复。他在呈报朝廷的《白鹿洞牒》中恳切地说："至于儒生旧馆，只此一处，既是前朝名贤古迹，又蒙太宗皇帝给赐经书，所以教养一方之士，德意甚美。而一废累年，不复振起，吾道之衰既可悼悼惧，而太宗皇帝敦化育才之意，亦不著于此邦，以传于世。"朱熹为兴复白鹿洞书院，他集资兴建屋宇 20 余间，部分资金用以购置学田，复向各地征集图书以充实书院。朱熹还亲为导师，躬自讲学，同时还召请几个朱门弟子执教。朱熹建立了书院的教学课程体系，将四书作为生徒的基本课程，同时也要学习五经等书以及古代诗文。他制订了《白鹿洞书院揭示》，最重要的学规是这样两条：一是教学目的，"父子有亲，君臣有义，夫妇有别，长幼有序，朋友有信"。二是教学方法，"博学之、审问之、慎思之、明辩之、笃行之……"这可以算作是书院的教育理念和教育方针。书院教育充分体现了儒学"知行合一"的特色。朱熹主张，不仅仅要学习儒家经典，还要身体力行。

朱熹在白鹿洞书院开展了"升堂讲学""互相切磋""质疑问难""展礼"等多种形式的教学活动，并指导学生采用科学的学习方法。朱熹指导学生读书方法，后概括为《朱子读书法》六条："循序渐进""熟读精思""虚心涵泳""切己体察""看学用力""居敬持志"。传统书院所形成的教育方式至今还有借鉴的价值。在当代教育中，对于经典，最有效的办法就是诵读。因为，经典所含的深刻意义并不是初学所能深刻理解的，但这决不能成为放弃诵读的理由。我们提倡儿童在理解经典字面意思的前提下进行诵读背记。通过背记，儒家经典即能入脑入心，进入儿童的意识深处，转化为儿童的人格。日后遇到某一境况，经典语句就会从意识深处呈现出来，引导人的思想与行动。如果读经典就像读小说、读散文那样，读一遍就放在一旁，经典的价值就很难体现出来。

朱熹在白鹿洞书院倡导了一种极为可贵的学术自由精神。陆九渊与朱熹学术观点不同，曾在地处江西铅山县境内的鹅湖书院发生过激烈的论辩。但是，朱熹并不持有门户之见，邀请陆九渊前来白鹿洞书院讲学，开书院"讲会"制度的先河。陆九渊讲的是《论语》中"君子喻于义，小人喻于利"一章，深受白鹿洞书院师生们的欢迎，朱熹特意把陆九渊所讲内容刻石立于院门。说明了儒学以其博大的胸怀包容各种观点，儒家众多流派的形成与发展，遂促成儒学儒教大盛。

书院通常是由私人创办的，并常常由私人提供经费支持，特别是当书院由具有原创精神的儒学大师主持之时，就能以书院为阵地，维护儒家文化的独立品格。书院具有相对的独立性，当它对在朝政治势力进行评议时，往往又会遭到在朝政治势力的打击和破坏。理学就曾被打为"伪学"，受到了压制，由顾宪成重新建立的东林书院，倡导"风声、雨声、读书声，声声入耳；家事、国事、天下事，事事关心"，并且"讽议朝政，裁量人物"，议论朝政得失，在朝廷之外逐渐形成一个颇有影响的政治舆论中心。最终触怒阉党，遭到了统治者的迫害。明天启五年（1625），魏忠贤下令"刊党籍，尽毁天下书院"。

20世纪初，我国的政治、经济、文化发生急剧变化，全盘西化的思潮对传统书院冲击甚大。清光绪二十四年（1898），清帝下令变法，改书院为学堂。清光绪二十七年（1901）后，全国省府州县书院纷纷改为学堂，也有少数改为图书馆、纪念馆。曾经在历史上鼎盛辉煌过的书院最终又成了历史。白鹿洞书院于光绪二十九年停办，洞田归南康府（今星子）中学堂管理。1903年颁布的《奏定大学堂章程》中将大学分为经学、政法、文学、医学、格致、农、工、商八科。在学堂教育中，还保存着经学一科。清宣统二年（1910），白鹿洞书院改为江西高等林业学堂。1913年颁布的大学规程规定大学分文、理、商、医、农、工、科，废除了经学科。从此，儒家经典不见于学堂。直至今日，儒家经典教育还未能作为一门正式的课程列入学校科目。中华民族在长达近一个世纪的漫长岁月里，同自己的文化经典相隔离，分裂了56个民族思想，这是中华民族最大的损失，是中华民族认同感缺失、道德水平下降、人文素质低落的重要原因。

弘扬儒家文化，必须依托孔庙、书院、祠堂等物质实体，才有立足之地。各地书院的修复，不仅仅是用于旅游观光，更重要的是作为弘扬传统优秀文化的场所。在书院里，不仅仅有传统的园林，还必须有大量的儒家文化典籍，必须有孔子及历代儒家的圣像，必须有儒家文化的传道之人，必须有儒家文化经典的诵读之声。

弘扬孔儒思想可以通过多种途径，以下两个途径是最主要的：一是用学术的途径推广。但这种途径局限在学校和科研机构，局限于少数专家学者及校园范围内，而约占百分之九十的人民群众看不懂四书五经，那么国人就很难全面分享孔子儒家思想的精华。正如现在开会的只是为数很少的人，而在会场之外的千万民众，就没有环境条件来认识、接受儒教思想。二是在以学术推广的同时，用儒学作为宗教来推广。这是一条更广大的渠道，易于普及，易于推广，使儒教大众化、普及化，让全民都可以分享孔儒的精华，从而提高人民大众的人文素质，增强中华民族的自信心和自尊心，容易达到国家统一的局面，能将孔儒思想传播到世界每一个角落。仅仅是倡导儒学，受益者在全国的比例太少，这些年来的事实已证明这一点。儒教是在全民中推广的，具有全民性，信教者在全国的比例将会大增，全国人民普遍受益。

社会上有儒学、儒教、儒官、儒将、儒商、儒医等各个类别的儒家，他们散布在社会的各个阶层，按照孔子儒家思想，在自己的岗位上敬业乐业，同时，又身体力行，共同把孔子儒家文化发扬光大。

本人坚信孔子儒家思想有六大主要功能：

一、能促进世界和平；

二、能提升全人类道德素质；

三、能与世界多元文化共存共荣；

四、能维系中国 56 个民族、13 亿人民的凝聚力；

五、能促进中国统一；

六、能促使世界各宗教文化平起平坐。

孔教学院已经向特区政府申请定万世师表孔圣诞日（夏历八月廿七日）为教师节公众假期，我们恳请在座各位给予精神上的大力支持！如同心同德表示赞成，则请热烈鼓掌。

谢谢各位，并祝各位事业进步，身心康泰！

《中国书院论坛》第五辑

弘扬白鹿精神，传承书院文化

——白鹿洞书院发展趋势初探

高峰

中国的书院兴于中唐，晚唐至五代已初具雏形，鼎盛于宋、元，延续于明、清，是中国士人围绕着书开展包括藏书、读书、教书、讲书、校书、著书、刻书等各种活动，进行文化积累、创造与传播的文化教育组织。历经千余年的发展，流行甚广，据不完全统计，全国大小书院至少有7000余所，它为中国教育、学术、文化、出版、藏书等事业的发展，对民俗风情的培植和国民思维习惯、伦常观念的养成等都作出了重大贡献。明代开始，书院又走出国门，传到朝鲜、日本、东南亚各国，为中华文明的传播和当地文化的发展做出了贡献，成为交通中西文化的桥梁。至今，全国至少还有400余所书院以各类学校、图书馆、博物馆、纪念馆、文物保护单位等形式在为今天的文化教育事业服务。

白鹿洞书院作为古代最为有名的书院，而被誉为"天下书院之首""海内书院第一"，是我国目前少数保存得最好的书院之一。本文拟从自然环境、文物保护、文化研究、休闲旅游四个方面与南宋并称为四大书院之中的岳麓、嵩阳作个比较，找出优劣态势，弘扬书院文化，以服务于整个庐山的精神文明建设。

白鹿洞书院辖地三千余亩，古建筑8000平方米，清雅淡泊的古建筑群坐落在大山的深处，这里三山夹岸，一水中通，山林环合，草木秀润，是个四面环绕的小盆地，俯视如洞，保存有庐山最为古老的原始森林和原生植被。

岳麓书院坐落在历史文化名城长沙城西岳麓山麓，大江横前，碧波粼粼，山中古树参天，素以"泉润盘绕，诸峰叠秀"的自然景色称胜，水声山色之中，弥漫古朴、典雅、超凡之气。

嵩阳书院在河南省登封市北3公里的嵩山南麓峻极峰下。与驰名中外的禅宗相庭少林寺毗邻。因地处嵩山之阳，故名。它面对清澈的双溪河，背靠嵩山主峰峻极峰，山峦环拱，溪水长流，松柏参天，景色宜人。

不难看出，白鹿、岳麓、嵩阳三个书院都是依托名山而建，且都是四季如画，景色诱人。但是岳麓、嵩阳的优势是在城市里，可谓闹中求静之处，优越的地理位置给这两所书院带来了很好的发展机会，从这一点上看，白鹿洞书院就没有了这优势，给它的发展，特别是旅游经济发展造成了局限，随着环山公路的修建，白鹿洞书院也是遇到了一个很好的发展机会，如果多方面地下功夫，我想三个书院的地理优势都会慢慢趋于平衡。

河南省是文物大省，仅登封市的国保单位就相当于整个江西省。因此它的文物保护工作是比较好的，更有镇院之宝——《大唐碑》，汉封将军柏为其扬名，还有"程门立雪"之典故为其增色。尽管它馆藏的碑刻不多，但有9米高、2米宽、1米厚、重86吨的"大唐碑"已足以让人叹为观止了。近年登封市政府又投巨资把周边的山地全部征收下来，面积足以再建一个嵩阳书院，大大改善了文物保护的环境，尽管河南是历代将相君侯盘踞之地，但嵩阳书院的整个建筑并不宏伟，也不高大，做法沿袭北方建筑风格，但布局有似南方建筑，小巧玲珑，曲径通幽。

岳麓书院在文物保护上可谓有独到之处。首先它的管理者，据了解就是一位专家，因此他历年的维修都有一个通盘的考虑，具有规范性和延续性的特点。整个建筑风格一致、协调、没有太多的漏洞，碑刻、石刻数量不多，但每一件都当宝贝似的爱护，特别是在古籍上的保护整理更是精心备至。岳麓书院陆续投资八百多万元，进行了整体的保护规划，在这一点上可谓当今书院之首。

白鹿洞书院自1979年划归文物部门管理以来，20世纪80年代初也逐年开始维修，但它的维修缺乏专家的指导，整个建筑群风格各异，有闽南风格，有徽派建筑等，其投资也不大，现有古建的维修总投资在三百万元左右。白鹿洞书院的碑刻数量在所有的书院中名列前茅，但它的保护费用几乎为零。在经费困难的情况下，只是采取了一些简单的保护措施，根本谈不上科学保护，现在有些碑刻已经有风化的现象了。在近几年的维修中，白鹿洞书院已逐步在纠正过去的错误，书院整体保护规划也在进行当中，碑刻风化现象已引起各级部门的重视，相信在不久的将来会有所改变的。

在文化研究方面，岳麓书院排第一，白鹿洞书院居中，嵩阳书院稍后。

岳麓书院首先是它得天独厚的优势，它直接归湖南大学管理，因此它的研究人员较多，人员素质较高，不仅湖南大学把它当作品牌来炒作，湖南省也把它当作"湖湘文化"的代表。近年来出版了《中国书院》系列丛书，编著了《中国书院辞典》《中国书院史》《中国书院制度研究》等大型图书。还邀请了国内外知名学者如李敖、余秋雨、张朝阳等来院开设讲坛，影响甚大，在学术界曾轰动一时，取得了良好的效果。每个学者讲课都由湖南电视台现场直播，这才是真正的大手笔。

白鹿洞书院借助外界的学术力量，十几年来出版了大型图书《白鹿洞书院古志五种》，同时编撰了系列丛书七本，并且一直坚持每年出版一本《中国书院论坛》，这一点确是难能可贵。在人才与经费共缺的情况下，白鹿洞书院还一直坚持不放弃文化研究活动，说明所有的管理者深刻地知道：文化才是书院的灵魂！

嵩阳书院在文化研究方面依托的是河南大学，但好像成果还是较少，现有的一些成果都是管理者在日常的工作中整理出来的，数目不多，也未开展很多的学术交流活动，这一点恐怕与白鹿洞书院缺乏专业学术人才相似。

从休闲旅游方面来讲，白鹿洞书院可算是走在前列的。20世纪80年代初，白鹿洞书院依托大庐山的名声，在旅游景区中是佼佼者。那时，岳麓书院、嵩阳书院都未正式向外开放，只有白鹿洞书院一边维修一边开放，从1毛、2毛到1元、2元直至今天的30元门票，白鹿洞书院的旅游人次由最初的每年20万人次，递减到今天的每年4万至5万人次。单从旅游经济来说，白鹿洞书院是从辉煌走向没落。而岳麓书院、嵩阳书院依靠优越的地理优势（在市中心或市边），从后直追白鹿洞书院，甚至将白鹿洞书院抛在身后了。

综合上述四个方面的情况，笔者认为：

一、白鹿洞书院的自然环境，岳麓、嵩阳无可比拟，尽管岳麓、嵩阳在周边征收了不少的地，但短期内的环境培植达不到白鹿洞书院的效果。因此，白鹿洞书院必须花大本钱保护好三千亩的林地，不可随意招商引资开发。中科院文学所所长杨义先生说过，全国的书院他都到过，最后来白鹿洞书院，尽管建筑有些破烂，但你们的自然环境一点都没有遭到破坏，难能可贵，必须坚持。在白鹿洞书院划归文管部门所走过的二十几年，所有的森林都是靠本院的人力、财力死守硬看，有些护林人员在夜间巡山时被盗伐者打得遍体鳞伤，而到冬季防火时更是举全院之力，干部职工一连几个月无休息日，巡护在山周边，二十年就是这样走过来的。近年庐山管理局投专款十万元，在白鹿洞书院开辟了近六公里的防火隔离带，这是一件功在当代，利在千秋的好事。但笔者认为这只是一个良好的开端，还应该继续投入，诸如白蚁防治、夜间巡护科技手段等方面。

二、白鹿洞书院的文物保护工作主要是古建的维修和碑刻的保护。前文已说过，整个书院的维修才300万元，而岳麓、嵩阳都是800万元乃至1000万元不等，并且他们大多数是地方投资。特别是在维修上，白鹿不如岳麓和嵩阳的手笔大，有时只是为了维修，哪里破修哪里，缺乏大的投入，年年一个老样子，没有新的变化与起色。福建武夷山的武夷精舍，只剩半壁残垣，但当地政府投资八百万元，硬是把一个残缺文物修建得比真古董还强。白鹿洞书院的碑刻是镇院之宝，比古建筑更有价值。但多年来一直还没有科学地保护好，除了缺乏专业技术人员外，更缺乏的还是钱，因为有钱可以请人来搞保护规划，可以用高科技手段采取措施，防止碑刻的风化等，庐山管理局各级领导都已关注到了这个问题，嘱咐书院到北京请专家来院。

三、白鹿洞书院的文化研究工作任重道远。首先要在院内注重培养研究人才，其次可借助外力帮助研究。目前书院走的基本是第二条路，到外面临时聘人帮助研究。白鹿洞书院职工总数52人，在岗职工32人，其中专科只有12人，中级职称的3人，并且没有一个历史、哲学专业方面的人。初中及以下文化24人，几乎占了一半。在这样一种文化结构下，想完全靠自己的力量从事研究，几乎是没有可能的。因此，引进人才，势在必行。而在书院这么艰苦的条件下，留住人才也是一个不容忽视的问题。

四、上层建筑离不开经济基础。旅游创收工作在当前的白鹿洞书院是第一项工作，因为没有门票收入，52号人就没有饭吃，没有钱买油米，谈何工作？而岳麓、嵩阳两个书院，他们不为油盐柴米着急，因为他们都是全额拨款，而且他们的门票收入也非常可观。而白鹿洞书院就远远不同了。首先，52号人里面有20个农垦工，财政是分文皆无，剩下的25人也只是差额拨款，一年只有区区的三十万元。近十几年来因为投入的不足，加上新景区、景点的开发与竞争，领导思想观念跟不上形势发展，白鹿洞书院旅游创收就好比王小二过年似的一年不如一年，特别是近两年，简直到了捉襟见肘的地步，让我们这些在千年学府工作的人，出门便有无颜见江东父老之感。

总而言之，白鹿洞书院要发展，首先必须要更新观念，打破陈旧的腐朽思想，要创新发展，要树立"观念就是财富、思路决定出路"的观点，广开言路，广纳人才，开拓进取，不能总是躺在过去的辉煌里，不能总是说过去怎样怎样的出名。记住历史，就是要开创未来。其次要树立"大投入才有大产出"的指导思想，再不能小打小闹，拆东墙补西墙了。再者要在职工中开展思想教育活动，不能让职工有消极悲观情绪；要让职工看到希望，看到出路；要让职工知道为什么北京世纪坛唯独只有白鹿洞书院；要让每位职工认为在白鹿洞书院工作是无上的光荣。

2005 年在庐山管理局党委、管理局和文化处的关心支持下，书院新领导班子组建。我们总结过去的经验教训，结合外出考察的体会，外树形象，内练基本功，加强职工思想教育，改变工作作风，创新思维，谋求发展，大力整治环境，增加旅游项目，加大旅游促销力度，改善服务设施，提升服务水平，多渠道争取资金，实施文物保护和森林防火工作，加强与大、中院校及研究机构的联络，广泛开展学术研究和学术交流活动。通过一系列的举措，2005 年我院全年旅游收入达 60 万元，比 2004 年增加 165%，维修了古建筑 900 平方米。2006 年全年旅游收入达到 90 余万元，比 2005 年增长 60%，维修古建筑 400 平方米。

如今的白鹿洞书院班子团结实干，职工面貌一新，正以一种积极向上的态势在发展着。

以上浅显分析，纯属个人观点，不当之处定有许多，旨在抛砖引玉，以引发关心书院发展的仁人志士的金玉良言。

《中国书院论坛》第五辑

国学与传统文化

主讲：刘梦溪

（2008 年 4 月 28 日于白鹿洞书院）

大家上午好！

我很荣幸来到庐山、来到白鹿洞书院，并且有机会、有时间和大家交流我的学习心得。我能够来到此地，是因为有一个特殊的因缘。这位因缘人就是庐山管理局的郑翔先生。我完全不知道为什么他对我个人的学问竟然能够有一种了解，或者说还有一定的喜爱。他和他的同事，开始的头两次是他的同事，后来是他本人，加起来三次到我北京的寒舍往顾。一开始他们的意愿是希望我能够担任庐山的文化顾问，我婉辞了。因为我不敢当，因为我和庐山没有那样深的渊源。后来，郑先生亲自到我家，把聘书放到我的桌子上，我最后还是婉辞了，我不应该承担这份荣誉。但是他们后来提出来，如果有机会到庐山、到白鹿洞书院有一次演讲，如果我再推辞就不近人情了。可是我还是不明白庐山郑翔先生为什么跟我会有这样一种因缘？直到昨天我来了以后，到昨天晚上，到现在，这个谜解开了。原来郑先生对大自然、对古典的人文、对在学术史上有贡献的"大家"，他有一种难以想象的"礼敬"（礼貌的"礼"，尊敬的"敬"）。因为他讲到了他在植物园工作期间，对大自然的礼敬和注目。他可以坐在那里看大自然，看三个小时，恰好植物园有"三老"的墓：胡先骕、陈封怀，还有一位是秦仁昌。陈和秦是两个植物学家，胡先骕不仅仅是植物学家，也是大学问家。郑先生在他们的墓前给他的员工、游客讲他们的故事可以讲两个小时，有时候他在墓前注目，看着三老的墓，可以在那里宁静看着三老的墓两个小时。哦！我知道了，原来他对文化、对人文、对大自然的礼敬与我的内心居然是相合的。

当然远远不止如此，还有一个直接的原因。我近20年主要是研究陈寅恪。由于研究陈寅恪，进而研究他的祖父陈宝箴、他的父亲陈三立。而陈家是修水人，原来是义宁，民国以后改为修水。我很荣幸这次会有机会到修水。还有一个难以想象的渊源，郑先生居然是陈寅恪夫妇骨灰在庐山下葬的直接的组织者。还有发生了很奇特的我们都解不开的谜，我在这里不便多说。我想就是这样的一些渊源把我和郑先生连在了一起。

昨天我来此地，先看白鹿洞书院的庭院、碑刻、匾联、一点一点地看，在院中，在整个山上来回地行走，直到晚上晚餐，我有两个字，其实一下飞机就有——"喜""敬"，欢喜的"喜"，尊敬的"敬"。我在白鹿洞书院这里两个字："喜、敬"。我和郑先生讲起我的心情，他也是这样的心情。

一、儒家思想的变迁

我为什么在这里会有一种敬？因为这是中国书院之首，是朱子讲学的地方。我早期并不研究宋学，但是近10年，我在研究学术史、写学术史的时候，对宋学这一块格外注意。我的真正喜欢原来是阳明学，读阳明的书内心喜悦而感到激情满怀。后来我又读朱子，读朱子，我也为他的学问而赞叹，他是大学问家。因为只有到朱子的时候，中国的学术思想才形成了一个体系。因为在先秦时期，那是思想家的思想，孔子的思想、孟子的思想、荀子的思想。那是百花竞放、百家争鸣的中国学术思想的源头，那是一个了不起的时期——春秋战国时期。那么多的思想家在那个时期出现，那个时期在世界文化史上，按照西方一个哲学家雅思贝尔斯的观点：那个时期是世界历史的轴心时代。恰好在各个文化系统当中，在公元前800年至公元前400年的时期，全世界第一流的思想家都产生在那个时代。比如说：释迦牟尼、苏格拉底、亚里士多德、柏拉图，他们的时间恰好和孔子的时间不约而同。所以雅思贝尔斯讲公元前 8 世纪到公元前 4 世纪是世界历史文化轴心时代。中国的春秋战国时期就是这样一个时期。

我们研究文化史，我觉得有三个时期特别重要：晚周，我说的春秋战国时期就是晚周；还有一个是晚明，这个时代的文化有大的冲撞；再有一个是晚清。晚清，当西学大规模进入以后，中国文化进入了蜕变再生的一个转折时期。这"三晚"都是中国历史文化最重要的时期，也可以称作最重要的历史时刻。文化史家就讲究"历史时刻"这个概念。春秋时期就是这样一个重要历史时刻，也是儒家思想早期的发端。孔、孟、荀就在这个时代，但是春秋时期的儒家思想还是思想家的思想。可是到了汉代，汉武帝听从董仲舒的建议"独尊儒术"，汉代开始，儒家思想成了占统治地位的思想，而且它跟社会制度结合起来，这是汉代思想的特点。汉代儒家思想在表现上主要是经学，对经学的解释成了汉代儒学的一个主要特征。但是，当然又经过晋、隋唐，可是到了宋代的时候，中国的学术思想发生了一个大的学术变迁。因为在宋代的时候，中国学术思想的三家开始合流。因为在东汉的时候，佛教开始传入中国，也在东汉时期，道教开始发展。所以，在中国思想史上，儒、释、道三家是一个多元并立的，但是它们有矛盾，可是大体上都合作得很好。所以从唐开始，就有三教合一的思想。但是它的真正的合流、对流、融合在宋代。因为宋代以程朱为代表的儒家，他们的思想里面已经不是单纯的儒家思想，他们的思想里面已经吸收了佛教特别是禅宗的思想，也吸收了道教和道家的思想。所以程朱的思想里面不单纯是儒家思想，这是跟先秦的儒学跟两汉的儒学都是不同的。因此，宋代的儒学又叫作新儒学，它的思想是"三教合一"的汇流。但是，程朱自己尽管吸收了佛、道思想，可是在他们的书信、文章和著作里面，常常对佛道的批评也是很严厉的，也不是为了完全斩断源流，虽然吸收了佛、道两家的一些理念，但还不能够完全认可。

对于这种情况，到 20 世纪的时候有一位大学者——马一浮，他是浙江绍兴人，出生在四川，因为他父亲在四川做官，五岁的时候，他父亲不做官了，所以就回到浙江。在 20 世纪的学人当中，马一浮的学问几乎无人能比。他的学问特点就是：儒学跟佛学是他的两根支柱。因为我们讲二十世纪的学术思想，有三个人不能不提：马一浮、梁漱溟、熊十力。梁漱溟、熊十力都是北京大学的教授，都是蔡元培先生请他们担任北京大学的教授，但是他们都没有完整的学历。在"五四"前后批评儒家思想成为主潮的时候，梁漱溟先生他在《中西文化及其哲学》这本书里面重新衡定、重新确立儒家思想，特别是孔子的位置。这种用心是非常难能的。他这本书就是在北京大学的一个演讲，为了他这个演讲，他专门写了一个通告，他写信给蔡先生，觉得北京大学讲西学太多了，也应该给东方的学术，给中国的学问留一个余地。另外一个人是熊十力，熊先生是湖北人，早年曾参过军，辛亥革命前后参过军，但后来归于学问，他的学问以佛学作为奠基，以儒学作为支柱。熊十力、梁漱溟、马一浮被称为新儒学的"三圣"。

我刚才讲，宋儒已经被称为新儒学了，是和先秦、两汉的儒学相比而言的。为什么在二十世纪还有一个新儒学？因为在二十世纪，当晚清到民国，西潮大量冲击中国文化的时候，这样一些学人重新起来。他们想重新确立中国文化，特别是儒家思想的位置，想重新振兴儒学，重建文化传统。这里面，熊十力、马一浮、梁漱溟三人是特别有代表性的。所以被称为二十世纪新儒学的"三圣"。后来在香港、台湾的几个人唐君毅、牟宗三、徐复观、张君劢等四人是"三圣"之后，在新儒学的方面有重大建树的人。唐君毅先生著作等身，牟宗三先生也有大量的著作，他们又建立了二十世纪新儒学的体系。

熊十力、梁漱溟、马一浮这三个人的特点虽然是研究儒学，但都有过佛学的经历。梁漱溟和熊十力，他们一开始接触佛学，梁漱溟先生还出过家，梁漱溟是由佛皈依儒学。熊十力长期在南京金陵刻经处跟着欧阳竟无先生学佛。熊十力虽然在南京刻经处内学院学习，但他的第一本著作是《新唯识论》。他对唯识学作了一个反思和批评。他这个批评不是佛学的批评，而是哲学的批评。因此，熊十力先生如果说他是一个佛学家的话，还不如讲他是一个哲学家更确切。熊先生是一个哲学家。他们两人都经过由佛返儒的过程。但是马一浮先生不同，学术界很多研究他们的人，当然我也认识他们，他们说马先生（因为研究马先生的人很少）的学问太深，他们也讲马一浮也经历过由佛返儒的过程。我在研究马一浮，我正在写这本书，他没有返，儒和佛始终是他的两根学术支柱，直到他晚年去世，写的那首诗《临别告诸亲友》，皈依的不是儒，而是佛，他的学问真的是了不起。

我刚才讲中国学术的发展，讲儒学，以程朱为代表的宋代的儒学是三种思想合流的产物，可是他们对释、道又有严厉的批评。我为什么要提马先生？提到二十世纪的新儒学的"三圣"？马先生对宋学最有研究，他在研究宋学的时候，对两程、朱子有很高的评价，也很敬仰他们。但是他说，其实即便吸收了释、道的思想，也不能那样严厉地斩断源流。他提出一个观念：一个学者如果不是从佛学翻过身来的人，他也不能够真正懂得儒学。你看，马先生这个观点！我为什么讲到宋、春秋、先秦、汉，主要是宋代？陈寅恪先生讲："宋代是吾国思想、文化的最高峰。"为什么是最高峰？因为有了理学。就是朱子建立的这个"理学"。如果说两汉是经学的话，制度化的儒学的话，那么到宋代，朱子的理学是一个系统的哲学思想。因为中国的学问，从先儒开始，从先哲开始，他们不追求体系化。而西方的学人，只要是做学问的人，就要建立自己的体系。从柏拉图、康德、黑格尔以及二十世纪哲学家都是这样，有自己的一个体系。可是，中国的春秋战国时期的思想家，他们不追求体系。可是到了宋代，朱子也绝对没有刻意追求体系，可是朱子的学问是一个系统的体系，它是一个哲学思想。因为在看待中国思想史的时候，晚清以来有一个争论："中国有没有哲学？"有人讲是没有的，因此很多人写历史、写这段思想史他就叫"中国思想史"。其实对中国这方面学问来讲，学术思想来讲，叫思想史是非常确切的。但是你不能不承认，到了宋代朱子开始，有了系统的哲学思想。宋代一个哲学思想、一个很高的成就。而到明清以后，朱子的思想更受到格外的重视。而特别是清代考试的时候，四书文是考试出题的渊源。因为清代推崇理学，朱子的地位很高，这是一个历史的状况。

　　可是我们不能不看到，中国的儒家思想、中国的学术思想特别是儒家思想，到晚清的时候发生了一个很大的问题。当西方潮流大规模进入的时候，中国的历史在晚清的时候开始发生了一个变迁。当时一些出色的人，思想家、开明的官吏把这大的变化叫作"大变局"。曾国藩、李鸿章、张之洞、郭嵩焘，他们很多人都提出了大变局的思想。有的说，这一时期是3000年没有的大变局，也有的讲是4000年没有的大变局，5000年没有的大变局，还有人说是亘古未有的大变局……而这大变局最主要的标志就是西方人进入中国。当然，西方人进入中国不是从晚清开始，但是这个时候，西方人进入中国和历史上任何时期都不同。早一点的，比如说佛教的进入中国，当然它不是来自西方，是在唐朝的时候，主要是西域，不同于中国的异质文化进入中国，但那个时候进入中国，中国的文化主体没有遭到破坏，因为中国国力强盛。而在明朝的时候，天主教进入中国，这是西方大规模进入的一次。早期的时候，从利玛窦开始进入中国，通过澳门进入中国，但是利玛窦这个传教士，他不得不向中国文化妥协，他交了很多中国儒家的朋友，而在礼仪方面，在拜天和祭祖方面，他甚至也参与这个活动。所以他在传教过程当中，是向中国文化妥协的。因此，他和中国文化处理得比较好。但是后来发生了一个问题，罗马教廷干预，说传教士在东方，不能向东方的礼仪妥协。发生了这个礼仪之争，在发生这个争论以后，在雍正、乾隆时期后，开始慢慢关上了大门。

我们要讲中国历史的变迁，清代也是一个很大的关键。明清的变化，在文化有一个很大的冲突。因为在清初曾经剃发易服，你们可以想一想，一个民族在社会政治变迁中，再也没有比他的衣冠要改变更令人痛苦的事了。而这个改变是一个文化的改变。所以顾炎武讲：有亡国，有亡天下，明之亡，是亡天下，也是亡文化。

但是清代也有他的特点，清代并不是完全反对中国文化传统的，恰好他的地位稳固之后，甚至一开始进入之后，他以正统自居，他要继承中国文化的传统。因此，你看清朝的康熙到乾隆，他们喜欢读书，也提倡儒学，甚至推崇朱子学。因此清代的文化，不是一个反统，而是一个继统。尽管这里有许多问题。比如说，修《四库全书》，这是一个文化的举措，我们现在觉得它有很大的好处，但是也有缺陷，把不符合它意图的书去掉，所以尽管保存和传承了典籍，也砍杀了一些典籍。清代有很严厉的文字狱，对知识分子的摧残也很严厉。

清代有一个最大的问题是他的闭关锁国，其实在康乾时期，当时中国的国力和西方不相上下，如果此时采取开放的态度，历史将是另一种写法。特别是当乾隆80岁的时候，英国派特使马戛尔尼到中国，以给他拜寿为名义，其实想建立稳定的商务关系。但是清朝没有接受他这个想法，而首先在礼仪上发生争论。因为当时清政府提出，如果见乾隆可以，要行跪拜之礼，而英国的特使不能接受。争论了40天，最后才在承德避暑山庄见了马戛尔尼，礼物收下了，大概有 16000 英镑左右，在当时的 16000 英镑，一船的礼物，但是没有达成任何文字上的协议，没有建立关系。现在书都出来了，所以，马戛尔尼在回顾这段历史的时候，他说：以我们的观点看，再没有比这样的错误更大的了。其实，早期的西方人到中国，也并不是想占有你的土地，他是想获取利益。清代的闭关锁国造成了国势的软弱。而西方，在康乾以后，在 18 世纪以后这个时期，发展得日新月异，各种新的科技发明创造大体都在这个时候出现了，像珍妮纺织机、瓦特的发明，等等，都是在这个时期。

清朝的闭关锁国是后来中国国力越来越弱，当西方来了之后，不能应付的一个很主要的原因。由于不能应付，当西方大规模进入的时候，对中国固有文化的冲击是难以想象的。这一时候的社会，特别是到 1911 年，连最后一个皇帝都不存在了，这个时候，传统社会已经开始往现代社会转移了。

在这个转变过程当中，那么传统的价值还能继续发挥作用吗？首先的问题：皇帝已经没有了，当时的社会体制和结构已经没有了，已经变成了一个往现代社会结构转型的历史阶段。中国传统文化的基本观念、基本价值还能继续发用？特别是"三纲"和"五伦"。因为讲中国文化，在传统社会在中国最基本的就是"三纲五伦"。"三纲"：君为臣纲、父为子纲、夫为妻纲。特别是"三纲"，在现代社会还能继续发用？总不能讲现在的领导者和最高领导者是"忠"的关系，总不能说最高领导者和下面这些领导者说，我是你的纲，这话不好提。而特别是在家庭里面，父子的关系还是那种简单的纲的关系？儿子所有的事情能都听他父亲的？父亲能够都是对的吗？至于夫妇的关系，那更不是这样的情况。如果有一个男性和他的太太讲："我是你的纲。"太太可能也要离婚了。所以，在现代社会，"三纲"——中国文化的基本概念，你不能不承认发生了危机。而"五伦"呢？五伦是处理家庭和家庭以外包括师、友这样关系的，可以处理整个社会关系的。对于"五伦"，二十世纪的新儒学学者马一浮、熊十力、梁漱溟，他们都有自己的解释。后来的学者，唐君毅、牟宗三、徐复观，也有自己的解释。再往后的学者，像杜维明先生（哈佛大学东亚语言和文明系系主任，燕京学社社长），他在哈佛大学讲儒家伦理，他试图给"五伦"重新解释，试图想要"五伦"在现代社会继续发用，这是他的一个想法。还有一个研究传统文化的学者也持这一观点。

二十世纪一个普遍的观念：传统文化在今天需要转化。为什么？因为传统文化的东西完整的拿到今天来发用，会感到有问题。就像我说的"三纲五伦"简单地拿到今天都有问题。但是要有一个现代的转化。美国威斯康辛大学的一个历史学家，叫林毓生，他研究思想史，他就提出了"传统的现代转化"。刚才我讲的唐君毅、牟宗三、徐复观，这三个现代的大儒，他们在对待这个问题时提出的"内圣开出外王"。在传统社会，这不是个问题，儒家思想是一个主流思想，儒家思想完成内圣，使每个人变成圣人，使人的道德达到最高境界。但是儒家思想不仅要完成内圣，还要开出外王，所谓外王，就是在社会的政治结构方面，儒家思想继续发用。当然在传统社会，儒家思想当然是发用的。那么在现代社会，所以像唐君毅、牟宗三他们就提出，我们不仅要完成内圣，还应该开出外王，可是在怎样开出外王这个问题上，他们遇到了困难，常常觉得开不出来。因为儒家思想在现代社会政治结构当中怎样发用，是个问题，所以，开出外王遇到困难。而传统的现代转化，同样遇到了困难。这里我开始要讲传统文化和国学和儒家的关系。

我刚才的叙述，大体讲学术思想，特别是儒家思想的演变，特别到晚清所发生的危机，这是第一个问题。

二、传统文化和国学和儒家的关系

我们经常讲传统文化，一般容易混淆两个概念。这两个概念就是传统文化和文化传统。一般不研究的人不区分，反正就是中国文化，传统文化。实际上讲中国文化的时候包括两个内容：一个是传统文化，还有一个是文化传统，这两个概念不同。传统文化概念比较好理解，当然取决于你对文化这个词、这个概念怎么解释。什么是文化呢？20世纪50年代的时候，美国有两个社会学家、人类学家写了一本关于文化概念探讨的书——《文化：关于概念的探讨》。在这本书里面列出了西方关于文化的160种定义。所以你们要留心谈文化问题，有时候你会听到说文化的定义很多，有100多种，来源于此。在20世纪70年代，西方符号学盛行，所以对文化的定义更多。所以你现在说，什么是文化？千奇百怪，怎样说的都有。我个人由于从事学术研究，对这个概念我做了一个梳理，不是我的发明，我没法发明一个新的文化概念。我常常在写东西时用的一个概念：文化是指一个民族的整体生活方式和它的价值系统。假如这个定义大家接受的话。那么传统文化就是中国传统社会中华民族的生活方式和它的价值系统。而在中国的传统社会，我为什么使用这个概念呢？因为过去一个概念叫封建社会，近20年学术界开始对封建这个概念有质疑。

我的一个朋友武汉大学的冯天瑜教授，前不久，我收到他的一本书《封建考论》。我主编的《中国文化》5月15日出版的这期，有他的一篇文章《中国社会封建论驳议》。他觉着这个封建社会这个概念不一定非常适合，在历史状况都作了很详细的考察，可把这个社会叫成什么社会，他开始叫作皇权社会。他和我在电话里探讨，我说：我这些年叫它传统社会，这是最不容易产生争议的。那么传统社会的文化，就叫作传统文化。这个时间段大体上应该从周秦开始直到晚清最后一个皇帝退位，这样一个历史时间都叫传统文化时段。

当然，中国文化的文明，他有文明和文化的概念。文明的发生比文化要早。因为我们讲不同的文明，才能推到五千年、六千年、七千年、八千年、三星堆文化。传统社会的文化就是传统文化。什么是文化传统？它是指传统文化背后那根精神连接链。传统文化是一个时期、一个时期的，有先秦的、两汉的、唐的、宋的、明的、晚清的；可是文化传统是传统文化背后的精神的连接，精神的连接它主要体现在精神、规则、理念和信仰。特别是文化传统的形成。跟信仰有极大的关系。如果没有信仰的参与几乎传统都不容易形成。即便没有信仰的参与，崇拜也需要参与到传统的构建当中。这方面我有心得，我的讲法跟别人不同。总之，信仰的因素在传统的构建当中非常重要。

传统文化和文化传统不同的概念。而讲传统文化，它是不同的时期有不同的状况。特别是中国，文化历史这么悠久，每个时期都有不同的代表性的文化作为它的标志。比如：在秦汉时期，最突出的是制度文化，学历史你会知道，汉承秦制，就是秦的制度到汉代给完成了，大体建构了传统社会早期的基本制度。而在唐朝的时候，中国文化的表现是多元的繁荣。唐代真是一个开阔繁荣的时期，各个方面的繁荣，思想也很开阔。在对外交流方面，西域的人，胡人可以直接到长安来做官，当时很多外面的文化传到中国，到现在为止，很多带"胡"字的名称还存在，胡椒、胡琴都是那时进入中国的。唐代到宋代主要是思想文化。明代主要是城市生活，到明代时候，中国文化很精微的东西开始物化了，所以城市文明大为提高。所以为什么到现在为止，为什么明式的家具大家那么喜爱，实际上在明式家具结构上已经带有现代性的特征。比如说一个家庭，当然首先需要有资源，如果你把明式家具和欧式家具放在一起，居然是协调的。从这一点你可以看出，明式家具已有现代的气息了。明代的很多东西都非常精致。而清代中叶主要的学术是朴学、考证学，一大批学者把中国的传统重新翻了一个个儿，每一部书、每一部典籍都重新加以检查。看哪些有问题，哪个字不对，所以清代学者的总体成就也是相当之高的。所以在学术上走得那么深，文字狱使他们不得已而为之。那个统治压迫太厉害了。他们只好在书本里讨生活，而没法对社会发表意见。反而成就了这些学者。因此从学术思想发展角度来讲，清代的学术已经开始有现代的学术因素在里面了。这个现代因素主要表现在他们对学术的兴趣，好像已经开始有了为学术而学术的思想，研究一个学术，就全方位地想，没有想到其他。不为任何一个目的研究学术，这个学术已有了现代的观念，在清代里面有这个。所以，我讲传统文化，不同时期都有着代表性的文化特征。

但是我今天讲传统文化我需要提醒一点：以前讲中华文化的时候我们容易讲中国是一个黄河文化、黄土文化、黄土地文化区，这种说法已经落后了，如何如何。我告诉大家一个学术信息，近15年学术界有比较一致的看法：中华文化的发生也是多元的。如果说，儒释道三家学术思想并立是多元的话，那么中华文化的发生也是多元的。不仅仅有黄河文化，还有长江文化。大家比较一致的看法：长江文化是跟黄河文化不同的另外一元。所以讲中国文化的发生好像也是两河文化。所以你会知道河流，大的河流对一个民族来讲，常常是它的文化的发祥地。长江也是中华文化的一个发祥地。可长江文化的特征和黄河文化不同，甚至长江的上游、中游、下游的文化也不相同。你看，长江上游，很多年前，在离成都不远的地方，广汉地区发现了三星堆文化。不知道你们看到没有，在三星堆遗址里面出土了大量的青铜器，而青铜器的造型非常特异，像面具，千里眼的眼睛凸起来，顺风耳，两只大耳朵，甚至学者们怀疑，这是中国人的源头吗？当然是！所以你看到长江上游的文化、三星堆的文化，也看到今天四川人的文化结构。讲这个问题时我常讲，四川人就整体而言啊，四川人的性格里面有一种刚性，与青铜器有一点关系。而武汉地区，楚文化，近10年楚文化大量出现。很多年前在楚地出土的大量的编钟，因为我们艺术研究院有音乐研究所，他们关注这件事。大量的编钟、古乐器的出现，大量楚地出土的文化使你可以看到长江中游的文化。不仅不同于黄河，而且上游、下游各不相同。

去年，我第一次到河南博物馆，它的收藏之丰富令人赞叹！特别使我感兴趣的是大量的钟鼎青铜器，一看，黄河流域出土的、河南本地出土的青铜器，造型非常浑厚。可是，馆长带我看另外一个，也是青铜器，也是鼎，这鼎腰身非常苗条，然后上下放开，他笑着说：你应该明白，我们念的典籍里说"楚王好细腰"，这个审美的理念已经在青铜器的造型上表现出来了。真是有意思！楚地生产的青铜器和黄河流域生产的青铜器不同。当然，黄河中游楚地还是浪漫诗歌的源泉。黄河流域的诗歌代表是《诗经》。而楚地，楚地诗歌代表是《骚》。所以你讲中国文学时，我们讲中国是《诗》《骚》两个传统。既有《诗》的传统，又有《骚》的传统。所以屈原这个浪漫诗人，他不是生活在黄河文化地区，而是生长在长江流域。

可是，你再到长江下游，到杭州地区，到浙东地区。十几年前，那里出土的大量玉器，是良渚文化。它的玉器出土的持续时间非常长，所以考古学家有一个想法，甚至相信，在中国古代还有一个"玉器时期"。它出土的玉器不光是装饰品，而很多玉器是工具，有斧、凿、刀、剑，都是玉器。因此考古学家怀疑在中国远古时期是不是也有一个玉器时期。同样，在现代浙江人的文化性格里面是不是也能看到一点玉的特征？因为浙江人的性格跟上海人、跟苏南人的性格真是不相同。我没有仔细想，我对江西有点陌生，我想在长江流域文化里，江西和湖南这两个地区，一个连着鄱阳湖，一个连着洞庭湖，这个文化性格需要研究，我没有下过功夫。学者们喜欢这个问题可以仔细想想。所以，讲中华文化，它的发生是多元的，既有黄河文化，又有长江文化。而它的学术思想也是多元的。

我刚才讲的问题，这样一个悠久文化的传统国家，可是在晚清发生了一个危机。这个传统的基本价值还能够存在吗？实际上从晚清到民国，一直到现在，我们现在所致力的就是中国文化传统的重建。因为，在"五四"前后，当时包括第一流的学者，都觉着中华文化没有什么用，觉着中国的学术也没有什么用，完全不能适应现代的潮流。所以当时"五四"对传统的批评是非常严厉的、不留情面的。陈独秀当时就讲：如果你认为欧化是对的，你就认为你自己的东西是错的，没有调和余地。陈独秀，共产党最早的创始人，他是北京大学的文科学长，蔡先生当北京大学的校长是 1916 年，很快就把陈独秀请来当北大的文科学长，不久又把胡适之请来当北大的教授。这两位新潮人物到了北大之后，以《新青年》作为阵地。《新青年》创办于1915 年，1915 年在上海创办时叫《青年杂志》，1916 年改成《新青年》。胡适、陈独秀在《新青年》上发表文章，当然还有鲁迅的文章，他们掀起了一个批评旧文化、旧礼教的，建立新文化的高潮。北京大学就成为新文化运动的摇篮。本来，蔡元培先生一开始没有想请陈独秀，他想请马一浮先生担任北大文科学长，蔡先生浙江人，他知道马先生学问大，马先生一生没有多少著作，因为他不发表著作，但是所有的人都知道他的学问大。原来在绍兴考试的时候，马一浮考第一，鲁迅和周作人一个第十一、一个第十九。浙江人文太厉害了，他考第一，所有人都知道他。所以当时的浙江总督汤寿潜就想把女儿嫁给他。三次到他家请求此事，第一次被马一浮的父亲拒绝了，他说我们是寒门，不敢高攀；第二次又去，又拒；最后一次因为传统礼仪，再不答应就矫情了，便同意了。答应后，马一浮的父亲生病，本来不应该那么早就结婚，为了冲喜，所以马一浮和汤女结婚了。可是结婚不到一年，其父去世，将近一年左右汤女也去世了。汤女去世的原因，我们还没完全研究出来。有一个传说：他们的感情特别好，结果就怀了孕，可是在守制期间怀孕，这是不孝的，也许在这期间吃各种不合适的药，就去世了。后来马一浮终身未娶。当然，马先生年轻时也想过再娶，他说如果要娶，就娶汤寿潜的另外一个女儿，小女儿，可是小女儿没有同意，后马一浮终身未娶。我对马一浮有难以想象的情感，二十世纪我尊崇的两个人，他们是我生命的一部分，一个是陈寅恪，一个是马一浮。我研究陈先生 20 年，研究马先生近 10 年，但是我每次到杭州，必到蒋庄。前不久，我又去了一趟杭州，很忙很忙的，但我还是抽了一个空，到蒋庄，到马先生住的地方站会儿、坐会儿、前后走一下，我的感情稍微有点安慰。我没有一次不到那里，我到杭州几十次，每次必到蒋庄。

蔡先生想请马一浮做北京大学的文科学长，马一浮给他拍了个电报，电报 8 个字："古有来学，未闻往教。"他说：你怎么会请我到北大当老师，按照古代的礼仪，要学，你们要到我这里来学啊，我怎么能到你那里去教啊。

大名士的语言。现代人已经不好理解，如果照此，我到此地来讲，完全违背了古代的规则，应该你们到我家里去，我给你们说去。所以，实际上马先生不来的原因在于他和蔡先生在对待古代文化和传统方面有分歧。蔡先生基本是个新派，所以当他执掌北京大学的时候，北京大学在新文化运动当中，不仅有陈独秀、胡适之，还有一位人物——古文字学家钱玄同，钱玄同提出要废除汉字。胡适先生讲：基本上我认为传统文化在现代是没有用的，我主张全盘西化。当然，后来批评他，他解释：中国传统太守旧了，只有全盘否定，然后一折中，可能还是一个中学为体，西学为用。但是不管怎样讲，陈独秀的言论、胡适之的言论，还有胡愈之的言论，批评孔子的言论，甚至包括鲁迅的言论，在当时批评传统的言论非常激烈。你可以设想，按照美国一个社会学家希尔斯的观点：传统传承的重要条件是要得到拥护，得到大多数民众的拥护。五四时期，这么多的人物，第一流的思想家站出来批评传统，我觉得他会减少传统受民众拥护的程度。但是"五四"的反传统，基本上是理性地反传统，它是对传统作检讨，它所检讨的对象主要是传统文化的大传统。因为讲传统文化，有两个传统，一个是大传统，是指主流的意识形态，像中国就是儒家思想，它是中国文化的大传统；还有小传统，小传统指的是民间文化和民间信仰。如果说"五四"时期的反传统主要批评的是大传统的话，但是我们中国在20世纪50年代之后，特别在10年动乱期间，小传统所受到的伤害是难以想象的。很多的民间文化，更不要说民间信仰几乎不存，也正是在这个意义上，我们近30年以来，随着国家的改革开放，我们开始重建传统的努力，并且收到成效。最大的成效是民间小传统的重建得到效果。因为小传统破坏不容易，因为联系紧，跟以前联系紧，好像都破坏了，但它还是在联系。所以二三十年间，你就看到，在一些地方，小传统开始恢复。那么，今天我们在重建传统的过程当中，小传统在恢复，但也有问题。在小传统的恢复当中，由于对文化理解得不深，容易杂乱无章。本来中国宗教文化信仰、民间信仰问题是比较泛的。所以，现在你看供的神，什么神都有，你到酒店里看，供奉的常常是关公的像。所以在这个重建当中也不是没有问题，有些地方原来的古物、古迹、建筑拆掉了，又新建了一些东西，我们有时称之为假古董。所以这样的重建，有时容易使人走入迷途。传统的重建并不是一件小事情，我曾经在文章里讲过，就像给心脏病人做搭桥

第十二章 艺文

手术，需要慎之又慎，中国这样一个有传统的国家，经过近百年的批评传统以及后来小传统的破坏，在中国人的心中传统因子留下的痕迹已经很少了。20世纪90年代初期，我在香港跟香港中文大学校长金耀基先生，他是一个文化社会学家，我们有过一个关于文化的对话，这个对话后来发表在我主编的《中国文化》杂志上，金先生就讲：中国的文化，20世纪20年代不想看，20世纪80年代看不见。20世纪20年代为什么不想看呢，因为大家都在批评传统，因为20年代以批评传统为时髦，好坏也不分，不想看，这样的结果是，到了20世纪80年代你想看传统都看不见。你回忆一下，实际上我们这个传统的重建是在20世纪90年代以后，真正在二十世纪七八十年代，我们身上的传统以及我们看到的传统太少了，所以这个任务现在非常艰巨。

那么在这些传统重建当中，有哪些问题值得我们格外注意。我觉得有一个问题，就是礼仪问题格外值得我们注意，中国古代号称礼仪之邦，是特别讲究礼仪的，可是在现代中国，晚清到民国以来，特别是近七八十年以来，在我们中国大陆礼仪常常受到轻忽。我常常举中小学生的校服做例证：学校的学生穿校服，他是一种礼仪，不是为了取暖、保暖，是一种礼仪。你要到日本、韩国看，他们男孩子的校服一般都是深颜色的，类似于西装，还打着领结，下面配着皮鞋；女学生穿的都是深蓝的裙服，都是设计得很好看的，下面都是白袜子、黑色的皮鞋。因为我在大钟寺，东京很有名的寺庙，恰好碰到一队一队的学生，他们一到休息日，他们老师就会带着这些学生穿着他们的校服到这些庄重的场合去瞻仰，他们校服都很好看。但是，你看我们的校服，从南到北，都是一样，实际上我们很多校服都不是礼仪之服，而是运动服，特别是北京，孩子胖胖的，再加上窝窝囊囊的运动衫，那哪是校服，我曾经多次呼吁此事，但是都没有回音。有一次，在一个很重要的会议上，恰好朱丽兰在，我不太熟悉她，我以为她是教育部部长，我说朱丽兰，你是教育部部长，我这意见你若同意的话，你看能不能实行。她说：对不起，我是科技部的，我不负责这件事。这个问题没人关注，这其实就是学生的礼仪。

还有就是中国的这种称呼，互相之间的称呼，近百年以来，特别是20世纪50年代以后，有些称呼开始紊乱，不懂得对对方称什么，现在也没有解决。在北京，譬如我要打个出租车，他们倒很有礼貌：老师傅，您到哪里呀？然后走了一段他又说：老师傅，看起来您学问不错。我说：谢谢！他称我师傅，我也称他师傅。你看这改不过来，你看对不对呀！其实，师傅这个称呼带有帮会色彩，可是谁来改呢？中国重名特别多，我有一个数字，比如说，四川叫"李勇"的有三十几万，等等。起名字也不大讲究，可是名字是一个人的符号啊！你不能说跟你一生的命运毫不相干，它的不断重复，就会在你的精神世界留下印记。所以晚清的时候，中国往美国送第一批留美的幼童，这批幼童主要是广东和福建人，都是十二三岁，曾国藩、李鸿章在他们出国前给广东巡抚写信说：看看那些孩子，有哪些名字不够雅逊的，给他们取个好名字。你看看这样的官员，你看看李鸿章、曾国藩。

讲到这里我想说说李鸿章，他其实是一个被冤枉的人，我们过去在学历史时都觉得李鸿章是个卖国贼，可实际上不是如此，他是一个爱国者。他肯定有很多错，甲午战争时期他的北洋舰队一定有很多错，用人以及内部的腐败问题，但他绝对不是卖国贼。甲午战争这一役，是中国近现代历史的转折点，这件事日本图谋了将近20年，因为中国晚清的改革从1860年开始，一直到1890年共30年，终于建成了北洋舰队，当然还有一些兵工厂，30年努力建成的舰队，可是在1894—1895年的甲午战争中覆灭。所以，很多人把矛头指向了李鸿章，我们历史都是这样学的。因为我研究陈寅恪，他的祖父和父亲陈宝箴和陈三立。可是有一个人，对甲午战败中李鸿章的责任有另外的解说，1895年，陈宝箴才当湖南巡抚，当时官位不高，官位虽然并不高，但是陈宝箴、陈三立父子在晚清的政、学两界有很高的清望。曾国藩在第一次见陈宝箴的时候，就说"海内奇士也"，说"转移风气，端赖吾公"。陈宝箴、陈三立父子在各界的影响力都很大，没有人敢轻视他们。在1895年《马关条约》签订之后，陈宝箴父子通电全国的督抚：要杀李鸿章，要"诛合肥"！晚清的习惯以地望来称人，李鸿章是合肥人，所以称李合肥；陈宝箴、陈三立父子是江西义宁人，所以叫义宁父子；曾国藩是湖南湘乡人，所以叫曾湘乡；张之洞是河北南皮人，所以叫张南皮。当然，他们得是有重大影响的人物，才以地望称，不能随便一个什么人都称，那就不好意思了。陈宝箴、陈三立父子在电文里批评李鸿章说，你该杀，该杀的理由，史学家现在还没看到，由于我研究他们，所以对此有关注，该杀的理由居然讲，说李鸿章的错误不在于不当和而和，而在于不当战而战，你作为这样的大臣，你知道打不过日本，你就应该宁可一死也要说服慈禧和光绪不打这一仗。这个解释很厉害，实际上李鸿章在给光绪的各种奏折里面讲得非常清楚，因为中国能称为战舰的只有6艘，6艘当中能够动的只有2艘，而这2艘都缺炮弹，中国的战舰时速15海里，日本的战舰23艘，时速23海里，他23艘，你2艘，速度差这么多。所以李鸿章讲，海上如果发生战争，恐无胜算。他是不愿意打的。但是，主战派像翁同龢、文廷式这些人，正好找到一个排挤李鸿章的机会，向他进攻，所以在不得已的情况下中国才打了这场仗，结果全军覆没。可是陈宝箴和陈三立觉得，你知道不能打，那你无论如何都不要打，宁可死在朝廷上，它不就打不成，北洋舰队归你管啊。

很多年前，我在中央部级领导的讲座上，就讲过，我当时对国家的命运有一点担心，特别是日本的问题、台海问题，时不时还有美国呀。我有一个看法，就是不要轻易上别人的当，轻易打这一仗，得想办法避免，应当积蓄力量，只要到2015年，我觉得他们就打不过我们了。我当时这么想，我当然不懂军事，所以他们让我给部长们讲，我就专门研究甲午战争，专门讲这一段，而且我还加了一段话，我在讲了这段历史过程之后，我说中国从传统走向现代的历史上，一共有三次现代化的努力，第一次是晚清政府迫于列强的挤压，自己做的现代化的尝试，成果是30年的努力建立的北洋舰队，可是这一次现代化的努力，通过1894—1895年的中日甲午战争，被日本人阻断；第二次现代化的努力是国民政府的现代化努力，这次的努力在1937年日本全面侵华战争，再一被日本打断；我们这一次的现代化进程是共产党领导的成效最显著的现代化进程，全世界都很瞩目，成果显著，可是这个进程没有完成。我对那些部长们说，这次的现代化的努力还会被打断吗？我当时还加了一句：还会被日本人打断吗？当然我很欣慰现在的国际局势有了新的变化。特别是马英九上台后，台海会平静几十年，如果没有太大的意外，当然也不敢说，但只要平静到2015年，就没有人敢动我们了。所以，我讲到李鸿章这个人物，现在安徽教育出版社出版了一套收集最全的李鸿章全集，学术界、史学界开始重新看待李鸿章。他们研究地很细，在晚清时期，在同光时期，这一批大吏，曾国藩、李鸿章、张之洞、郭嵩焘、陈宝箴，这一批大吏学问都极强。

我跟此地的因缘，一个重要的因缘就是义宁陈氏。我研究陈寅恪20年了，我也研究他的家世，也研究陈宝箴和他的湖南新政，20年来我写了一些文章，书还没出来，但我今年会完成这本书，到时候请大家指教。所以我对陈寅恪的钟情，还有对马一浮的钟情。这是20世纪他们是在我心中生根的两个人物，陈先生的学问当然是在史学，当然他不是一般的史学，他是文化史学，他不是一般学者，他还是一个大思想家，这里有区分。很多做学问的人不见得就是思想家，学者而已，也写了很多书，但是不见得就有那么多的闪光的思想。但是陈寅恪不同，这样一个大史学家，居然是一个思想家，而他对于思想史所提出来的见解，到今天仍然值得我们检讨、反思。

三、国学与儒学的关系

我下面进入第三个问题。关于国学和儒学的关系，在儒学当中我特别会讲到宋学，会讲到一个概念，这是我最近的一个研究心得。要讲传统文化和国学的关系，国学是传统文化的学术思想，传统文化这个概念包含很广，国学是指思想的一部分。国学这个词出现得很早，周礼里面就有。在白鹿洞书院初建的时候也有国学这个词，叫庐山国学，在公元937—943年的时候。但这个国学跟我现在所讲的国学概念完全不同，这个国学指的是国立学校。我谈的这个国学概念起源于1902年，我们看到梁启超跟黄遵宪的通信里，黄遵宪的信现在还保留，梁启超的信看不到。梁启超在日本提出要办《国学报》，黄遵宪说时机还未到。不管他们办没办，国学这个概念他们都在使用。而在1905—1906年，梁启超在《中国现代学术史变迁大事》这篇文章中，再次使用国学这个概念，他使用这个概念，是跟西学相对应的。还有一个人最早使用国学这个概念的是章太炎，他在1906年到日本，孙中山先生请他办《民报》，后来那个报纸办不成，他就在东京讲国学；第二次1915到1916年，在北京钱粮胡同，袁世凯把他软禁起来，他在那里讲国学；第三次1922年，他在上海，讲了十次国学，他的弟子曹聚仁，把演讲整理成书，就是章太炎的《国学概论》，曹聚仁就是现在香港凤凰台一个主播曹景行的父亲；章太炎先生晚年住在苏州，还讲国学，他一生四次讲国学，因此要讲谁是国学大师，真正的国学大师是章太炎。其实我们在讲国学的时候，有两条最重要：一个是经学一个是小学。现在到处讲"国学热"，我觉得用这个概念还是要审慎，特别是"国学大师"这个称呼，要慎用，现在没有国学大师了。章太炎先生是最早的国学大师，现在没有了，为什么呢？主要是国学要明经学，通小学。而现代学者中最缺乏的就是经学和小学。小学包括三个方面的内容：文字学、训诂学、音韵学。在今天的学人当中，包括我个人在内，小学的根基太差。如果还懂一点点文字的话，训诂你没法不懂一点，但是你能懂音韵学吗？所以在称呼国学大师这个问题上，我们一定要慎重。章太炎先生的弟子黄侃，北京大学教授，一生没有著作。但在他死后，章太炎对他的评价极高。黄侃是真国学大师，他不写东西，同事跟他讲：黄先生您学问这么好，你是不是写点东西。他说，我50岁以后再说吧，结果50岁他死了。马一浮先生也不写东西，甚至也不出来演讲，他只有两次不得已出来演讲。浙江大学在杭州，竺可桢先生——大气物理学家——当浙江大学校长之后，立刻请他到浙大来演讲，他不讲。后来，日本人打来了，战乱发生了。马一浮跟他的好朋友丰子恺先生说：杭州在战乱中，不得不转移，非常辛苦，而这时浙江大学也离开杭州，到了江西泰和，马一浮跟丰子恺商量，如果这时到浙江大学，跟他们一起逃难，我们是不是稍微困难少点，马先生这时候同意到浙江大学开讲座，他开的讲座就是国学讲座。一开始在江西泰和，后来浙江大学又到广西宜山，在宜山也讲过。再后来到1939年的时候，国民政府的最高领导者蒋公，请他到乐山办一个书院，他就办了复性书院，他也不当院长，也不当山长，他只当讲师、讲席。他就这么几次，所以，他出来的东西很少，在泰和这里，叫《泰和会语》，在宜山，叫《宜山会语》,《复性书院演讲录》。他的著作只有这些，他真正的学问在他的诗里面，在他的书信里面。他的三厚本的《马一浮集》都出来了，里面学问无穷。所以，我们讲国学，这些人是真正的国学大师，但是即便是这样，像马一浮先生在第一次开课的时候讲，"国学"这个词是"依它而起"，马先生懂易理，他说"依它而起"是指国学这个词是跟西学相比较才存在的，所以认真说来，国学这个词值得分晓，就像"西学"一样。你要碰见一个研究外国哲学或者研究外国文学的，他敢自称我研究西学的吗？况且西学指谁呀！还是法国、德国、意大利呀，还是美国呀！笼统的概念，甚至国学这个概念也显得有点笼统。

　　什么是国学？也再也没有哪一个教授敢讲！说阁下，您治何学问哪？他说：本人研究国学。没有一个人敢这么讲。在北京大学，你比方碰见邓广铭先生，他是研究宋史的专家，当然他故去了。说，邓先生研究什么学问？他回答：宋代，做得不好。我亲自听讲，他宋史大专家，他说，宋代，还加一句，做得不好。我就没见过一个人说，阁下研究什么？他说，本人研究国学。所以，就连国学这个概念，用起来也要审慎。可是现在流行起来，它也叫国学讲座。到今天来讲，国学这个词，没有办法去制止它。

那么，我们需要厘定国学这个概念，我认为国学主要是指六经、六艺之学。对不起说错了，不是我说，是马先生说的，马先生讲如果一定要讲国学的话，他应该是六艺之学，他在泰和讲的。我非常赞同马先生这个观点，六艺嘛，就是孔门的六科、六经，而四书是通往六经的一个桥梁。所以我有个想法，就是在小学、中学设一门学科，就是国学。一个礼拜一次，每次45分钟，随意一点，先选四书的白文读本，慢慢地到中学再加多，到大学一、二年级，会把一些研究国学的基本文献还可以传授，还可以做研究，这样的话，百年之后，六经四书（五经四书，因为《乐》经失传了），五经四书会变成中国儿女的文化识别符号。这个有用，就是说我念的书，我当然对《大学》《中庸》《论语》《孟子》都熟悉，但是真正讲，我不是后来念的，是小时候念的，是解放前上私塾念的，有一段时间，它在我这里也死了，我记不住了，突然大家一讲，我也讲，很多句子都来了。所以我觉得对国学的含义要厘定清楚。当然一开始这个概念，是建立在章太炎先生提出的一个"国故"的概念，章先生一本书就叫《国故论衡》。所以胡适之讲，自从章先生提出"国故"这个概念，国故这个词就可以成立，胡先生讲，研究国故的就是国学，这是最早的，可是学术界后来大家比较一致的看法。什么是国学呢？国学就是中国固有学术，就是中国的学术思想，它的历史进程，各家各派之说，研究固有学术，就是国学。所以，你看今天我讲传统文化、学术思想、国学、儒学。那么现在我觉得，中国的固有学术这么复杂，哪有从小就能学，难道小学就能学学术史吗，一般的民众也没法研究学术史啊，但是，他可以阅读这些基本经典，所以我赞成小学设国学一科。后来，金耀基先生，香港中文大学校长，他给我来信了，他看到我这个观点，说你这个想法非常好，他引用我的话，然后他说，为什么不可以在中学、大学也还继续这门课呢？这信是前不久的事情，我有一点同意他的意见。所以国学是传统文化的学术思想部分，国学真正的精义是在六经，或者说《乐》经不传以后，是在五经和四书，《论语》《孟子》《大学》《中庸》是通往五经的一座桥梁，一个通俗的读本，我觉得经学和小学是国学的基本课程。

又回到刚才我讲的陈寅恪先生，他是一个思想家，他的研究不仅仅包括史学，还包括思想史，他特别是在给冯友兰先生《中国哲学史》写的审读报告当中写道，这个报告有两篇，他在这个报告中提出两个非常重要的思想，他曾经讲：中国思想的发展，如果要吸收北美或东欧的思想，一定要和中国的固有思想相结合，才能生根。如果不是这样的话，它的结果就有可能像大乘佛学。大乘佛学也是唯识佛学，它是从唐代玄奘开始的，但是唐以后，唯识佛学不传了，因为佛理太高、学问太深了，反而没法传。到晚清的时候，唯识学又有个重振。重振的原因，熊十力想跟西方的实证主义有个互相阐释。所以晚清唯识学的重振是和当时的思想环境有关系。但总体来看，唐以后的唯识学不再传，原因是它没有跟中国的实际结合。所以，陈先生提出这样一个重要的思想，然后他还说了两句话，就更加重要了，他说："中国的思想发展，真正说来应该是道教的真精神和新儒家的旧途径。"什么叫道教的真精神？道家是中国本土宗教，可是道教的发展过程中，他还吸收了佛教的思想，当然道家是没有问题，它的思想是大量吸收了，甚至还吸收了摩尼教的思想，它也是广为吸收，融合成自己的思想。然后他还有一句话，新儒家的旧途径。什么是新儒家的旧途径？就是刚才我讲的，新儒家的旧途径，它的构成是三教合一的，吸收了佛教的特别是禅宗的思想，还吸收了道教和道家的思想，这个旧途径就是一个融合，而儒家思想最大的特点就是它的包容性。儒家居然是包容的，所以当佛教刚传来的时候，来反对佛教的，不是儒家思想，来最先反对佛教的是道家。大家一定知道范缜，南北朝时期的范缜，他写过《神灭论》。《神灭论》是对佛教的基本理义的一个反弹批评，而《神灭论》的作者范缜，他的曾祖、祖父、父亲一直到他，都信仰天师道。天师道是道教的一支。这些问题的发现都是陈寅恪先生，他在《陶渊明的思想和清谈之关系》这篇文章中讲到这个问题，他在《天师道和滨海地域的关系》这篇文章里更详尽地讲了这个问题。所以，可以看出陈先生在思想史上有多么大的贡献。陈寅恪先生还讲，佛陀出世是大事因缘，就是说释迦牟尼的出世是文化史上的一个大事因缘，佛教的产生不得了，影响至今啊！他还有句话，宋代新儒家的出现也是思想史上的一个大事因缘。所以它大，成为一个因缘，它改变了中国的思想史，甚至改变了中国的文化，它开始多元吸收。所以，你可以看到儒、释、道三家思想的合流在中国思想史上具有怎样的重要地位。但是我这里要说明一个问题，儒家是不是宗教？我们看到现在学术界有很多人都主张儒家是宗教，包括我的一些朋友，但是我内心是不赞成的。儒家不是宗教，因为它不是宗教，才具有我刚才说的那么大的包容性，如果它是宗教就没有那么大的包容性。因为那么多人都主张是宗教，我讲起来都有困难，我幸好在陈寅恪的著作当中，陈先生明确地讲，儒家不是真正的宗教，所以现在我在写一篇系统的文章，这篇文章会在《文汇报》发表，儒家不是宗教。当然儒家也"宗教"，"教"这个义涵在儒家中非常突出，可是儒家中所提到的教，应该是教化的教，不是宗教的教，这一点非常重要。那么儒家靠什么来立？当然从孔、孟开始，它有一整套的思想。

我现在回到我一开始提出的问题。学者们在探讨中国传统文化在今天可发用的部分时，遇到一个困扰，所以提出如何做到现代的转化，甚至新儒家还提出来，如何开出"外王"？其实在一开始我还提出来像"三纲五伦"这些基本的价值，在今天的社会还能继续发用吗？如果不能发用，应该用什么东西来解释？还有哪些东西可以发用？我找到了一个东西，不是我找到的，先儒都讲，但是现代学者当中，把它提到这么高的位置，是我，这个东西就是"敬"，尊敬的敬。儒家虽然不是宗教，但是我们从孔子开始，他就对宗教对信仰对象有一个态度，大家知道《论语》里孔子讲"祭神如神在"，这个怎么解释呢？宗教信仰是不能假设的，假如一个天主教的信徒，你跟他说，假如上帝存在，他不以为然，他说上帝本来就存在，你不能假设。但是孔子在这里作了一个假设，"祭神如神在"，不祭的时候神在不在呢？孔子没说。但是在你祭祀的时候，不管神是不是真的存在，你也得假设他这个时候在，只要你假设这个神存在，你才能有虔敬之心来行"敬"这个礼仪。所以我们把拜佛称之为敬佛、礼佛，你看在中国文化背景下，对佛，中国人是这样一种态度，我对你很有礼貌，礼佛、敬佛。从孔子开始的"祭神如神在"，表示的是虔敬之心。但是持久的庄严和礼敬，我觉得信仰有可能存在其中。如果一个人，持久的庄严和礼敬，占据他的整个身心和他的精神世界。郑先生，你对大自然的这样一种礼敬，对先人之墓的礼敬，你会觉得内心里有一个不明白的信仰存在，有一个信。不过信在我心，不求祭验，而信，源于诚，诚信这个概念，又源于本身。这"诚"恰好就和儒家思想的基本理论是异而能同的，好像不同，实际上是能同的。

孔子在《论语》为政篇里答子由的话，子由向他问什么是孝，孔子说，现在谈孝的人，以为能养就是孝，孝敬老人，你要能养就是孝，他说不对。如果能养就是孝是话，这和犬、马有什么区别呢？犬、马也能养啊！有意思吗？下一句他说"不敬何以别乎"，孔子在谈孝的时候把"敬"提到了核心最高的位置。如果我们假设这个"敬"是孝的核心，就能解决今天这种父子关系，如果你把孝的内容全部搬到今天来不行，但是，子女后辈对长辈能有一个敬，这就是孝的开始。而这个敬是可以操作，是可以培养的。朱子讲过"涵养须用敬"，如果我们承认敬是孝的核心，可以通过涵养敬来达到这个实现。另外，孔子还讲过"为礼不敬，何以观之哉？"各种礼仪和祭祀场合，如果这个时候你不敬还有什么看头。其实《论语》还讲到，"止事敬"，"修己以敬"，"行笃敬"。孟子在解释"义"，行以敬而已。所以早期儒家就已经把敬当作社会人伦的基本价值。我觉得"敬"这个概念是中国传统文化和儒家思想里面的基本价值，核心概念。而到宋代时，从程子（明道和伊川两先生）到朱子，你只要翻开他们的著作，语录也好，敬这个词反复出现，他们直接提出了"主敬"这个概念。朱子说，"敬字工夫，乃圣门第一义，彻头彻尾，不可顷刻间断"。说敬是圣门的第一意思。他还说，学者当知孔门所求仁的方法，日用之间以敬为主。"仁"当然是我们的一个理想，"仁"是孔子哲学思想的一个核心啊！可是仁的内涵非常丰富，现在我们都说要做一个仁者，你能做到吗，你不知道从何说起。但是朱子讲，行仁的方法，在于以敬为主。你要做到了敬，已经开始往仁的道路上走了。这个思想真是正确。而两先生（明道和伊川两先生）也说，"人道莫如敬"，几乎把敬看成全部的人道。他还说，君子遇事，没有巨细大小之分，唯有一敬字而已，学者不必求远，近取诸身，明人伦，敬而已。这是两先生和朱子的话。另外，程灏还讲："天地设位，以易行乎其中，只是敬而已，敬则无间断"。他还说，诚者天之道，敬者人事之本，敬则诚，没有敬就不能诚。程颐也说，入何为主，敬而已。这就是宋儒的"主敬"观念。他还说，"主一之谓敬"，还有说，"若要久，君臣朋友皆以当敬为主也"。

　　敬这个概念，在当前，是我们可以触及的，是家庭、朋友、同事甚至最高领导、次要领导、一般领导他们之间关系的一个准绳，是一个基本道德，是应该我们来做的，就是要用敬。所以说"仁"者，它目标太高了，我没法达到，有一点点内涵可以。说你要成为孝子，这个要求也太高了，孝子是什么呢？同事当中的关系，说你怎么对我这样呢，为什么不和我友好呢？你怎么这样地和我说话呢？你怎么那样的态度呢？你要知道，所有的这些关系，你要抓住一个敬字，就可以迎刃而解。这是我最近的学习心得，我豁然开朗。

传统的资源能不能在今天发用呢，你要完全找到儒家那些很高的理想，像宋代张载的名言："为天地立心，为生民立命，为往圣继绝学，为万世开太平。"这样的话你跟一般知识分子讲，说你应该做到为天地立心，他做不到。说为生民立命，他有那么大吗？为往圣继绝学，你有那么大的学问吗？为万世开太平，你有那资格吗？但是，你应该敬，这是基本的伦理道德。所以，以二程和朱子为代表的宋儒直承了孔孟的思想，又有所发挥，认为敬这个字，可以作为人伦、人事、止事、日知、日用的常是常德，同时也是大义流行以及人道效示的枢纽。而且"诚"、"敬"相连，"敬"为条件，"敬"则"诚"，既是道德伦理，又是中国人和中国社会普遍的人文指标，因此不妨看作是中华文化化为理念具有永恒价值的道德底线。先儒或者宋儒提出敬或是主敬，目的就是要让中国人文化性格庄严起来，如果说在宗教信仰层面儒家思想留有空缺的话，那么主敬的思想，是一种恰如其分的补充，从孔子开始对信仰的对象有一点马虎，但是他们提出主敬的思想，实际就是对信仰庄严性的一种补充，没有那些绝对性的信仰，使得中国没有宗教冲突，不像阿拉伯的原教旨主义，像西方过去多次的宗教战争。中国没有发生宗教战争，跟儒家思想的包容性有很大的关系。敬的反面是"肆""怠"。"肆"是指一个人的言论放纵而不约束；"怠"是懈怠、轻慢的意思。讲反面是为了让你知道什么是敬，不应该放肆，不应该怠慢。古人讲圣和狂的分野，就在"敬"和"肆"的一念之间。所以，马一浮先生在复性书院开讲之时，他特别提出先儒主敬的思想，他企图恢复我中华人性之庄严，他提出来，"何以次至，主敬而已。"另外，他引用两先生的话，涵养须用敬，涵养，敬就可以次至。以率气言，谓之主敬；以不迁言，谓之居敬；以守之有恒言，谓之伺敬。居敬、伺敬、主敬，所以他把敬的理念提升到文化的自觉层面。而主敬、居敬、伺敬，并不是虚刻之义，因为精神摄纵，自然宽舒通畅。这是我个人非常敬仰的现代大儒马一浮先生对"敬"这个字的解释。

恰好我们在白鹿洞书院，你看白鹿洞书院洞规里，其中修身之要就有

"言忠信、行笃敬"。所以我觉得，我们要抓住一个"敬"字，古和今，传统的思想，今天你就不会感到干戈不通，它们一字就能打通传统和现代，而我们现代人所缺乏的、人与人之间关系所缺乏的，是敬字。

我今天就讲这些，谢谢大家！

《中国书院论坛》第六辑

海纳百川　有容乃大
——有感于朱高正先生白鹿洞书院讲座
杨则峰

孩提时，曾游历白鹿洞书院；少年时，曾就学于五老峰脚下、白鹿洞书院之侧的九江市海会师范学校，时常沿着白鹿洞书院古老的院墙，一行一行读着碑廊上的文字，诵读着《白鹿洞书院揭示》。那时年少，还不能完全明白其深意，只是朦朦胧胧地感受到中国传统文化的深奥。

2010年10月22日是朱熹880周年诞辰。我有幸在这个具有特殊意义的日子，又一次步入心中的圣殿——白鹿洞书院，参加"中国庐山白鹿洞书院讲座"，聆听了朱文公第二十六代裔孙朱高正先生题为"朱子学对现代人修身的意义"的演讲。

朱高正先生着重谈到《朱子家训》。此前，读过清代朱伯庐的《朱子家训》，诸如"黎明即起，洒扫庭除，要内外整洁""一粥一饭，当思来处不易；半丝半缕，恒念物力维艰"。这类训导，至今记忆犹新。今再读朱文公《朱子家训》，"人有小过，含容而忍之；人有大过，以理而喻之""人有恶，则掩之；人有善，则扬之"，这类箴言却似一阵清风从心头拂过。

朱文公《朱子家训》，全文385字，通篇充满了朴素的、淡泊名利的人生观，是对儒家仁、义、礼、智、信思想的继承和传扬，值得每一个现代人阅读和珍藏。熟读"朱子家训"，谨遵朱先生的教诲，你可能得不到荣华富贵，但你却可以得到内心的安宁与平静。

如今我重读《朱子家训》，不仅仅看到"修身齐家治国平天下"的至理，更体验到《朱子家训》对自己心灵的净化。先贤们说的话，穿越沧桑，传到今天，让我受益匪浅。这让我想到《论语》所载，子贡问曰："有一言而可以终身行之者乎？"子曰："其恕乎！己所不欲，勿施于人。"（《论语·卫灵公》）。"恕"，即宽恕。也就是说，你自己不想干的事，就不要强迫别人干，不要强人所难，不要给别人造成伤害。言外之意，假如他人给你造成了伤害，你也应该尽量宽容。西方有句名言与此意类似：只有当人能为别人牺牲自己时，爱才是真实的。只有当人可以为别人忘却自己，为另一个生命而活，这种爱才能称为真爱（托尔斯泰）。我认为，"己所不欲，勿施于人"更简明、更清晰。"己所不欲，勿施于人"被朱子录入《白鹿洞书院揭示》，与《朱子家训》之"人有小过，含容而忍之""人有恶，则掩之；人有善，则扬之"其意相通，既包含了对别人的尊重、理解和宽容，也体现了仁慈之心。每个人都有自己的尊严、志向、行为方式和利益需求，这些都是需要别人尊重的。因此，以"恕"道来对待利益关系，处理利益矛盾，是一种有效的方式。同时仁慈也是"己所不欲，勿施于人"内在要求。孔子说"仁者爱人"，其中的"爱"，就有仁慈与同情的含义。儒学具有宽容博大的胸怀，"己所不欲，勿施于人"是最集中的体现。承认现实的不足之处，并通过自己的努力去弥补这种不足，这就是朱子学告诉我们对待生活缺憾的态度。

宽容别人，其实也是给自己留下一片天空。真正做到宽容其实不易。做到"拿得起，放得下"，才是君子。成年人面对不喜欢的人或事，往往会"克己"，即"忍"。但"忍"了，心中的"结"总还是在的，久而久之，心中的一个又一个"结"，就会变成身体的疾病。正如于丹所言，宽容就是忘却，宽容就是忍耐，宽容也是潇洒。宽容意味着尊重、理解、信任和沟通，但不是放任，不是纵容，不是消极地无所作为。宽容别人，就是善待自己。怨恨，让我们的心灵寄生于黑暗之中，而宽容，却能够让我们的心灵得到放飞，让我们的身心得到愉悦。

人往往是自私的。只是有的人私心大，有的人私心小而已。但这个世界是公平的，太自私的人永远是不受欢迎的。世界是由许多人组成的一个整体，人与人之间需要尊重和理解。然而现实中，很多时候，人总是站在自己的立场做事情、思考问题，虽然有时也会为别人着想，但也总是以自己为中心，替自己眼中的别人做事情、思考问题。

有一个故事，讲的是清代著名学者唐甄在《潜书·良功》中的一则趣闻。其妻小时候和姐姐同睡一张床，一日，姐姐要她驱赶蚊帐里的蚊子，她很不情愿，进蚊帐后，只赶走她这边的蚊子就塞好帐子睡觉。别人看了觉得很有趣，问她原因，她说："哪有闲功夫帮姐姐赶蚊子呢？给自己赶走就行了。"此事的确有些好笑，二人同睡在一张帐中，蚊子又不认识人，怎么知道咬姐姐而不是咬她？

其实想一想，社会就好比这个蚊帐，把自己讨厌的蚊子赶到别的地方，但它还是存在的。所以很难创造出大家都满意的结果。只有为别人着想，考虑到别人，从别人的角度出发，进行换位思考，才可以找到互相理解的切入点，与此同时，别人也会为你着想，真诚才能换真心。生活中如果人人都能做到这一点，人与人之间才会更加和谐，并充满快乐。

偶读香港心理学导师梁继璋《给孩子的备忘录》，他在信中说："对你不好的人，你不要太介怀。在你的一生中，没有谁有义务要对你好，除了我和你妈妈。至于那些对你好的人，你除了要珍惜、感恩外，也要多防备一点。因为，每个人做每件事总有一个原因，他对你好，未必真的是因为喜欢你。你必须搞清楚，而不必太快将对方看做真朋友。"还有，"对人要好，但不能期待人家对你好。你怎样对人，并不代表人家就会怎样对你。如果看不透这一点，你只会徒添不必要的烦恼"。其实，这也是仁恕观念的体现。

于丹说："很多时候，人们对于生活中的不如意，多有抱怨，其实究其原因，就在于我们的内心不够宽容，更多的时候，我们生气，生气则是拿别人犯的错误来惩罚自己。"这些道理人人都懂，但听着朱高正先生的演说，读着《朱子家训》，读着《白鹿洞书院揭示》，心里的感悟是另一番境界。就像罗丹大师说的一样："美是到处都有的，对于我们的眼睛，不是缺少美，而是缺少发现。"同样，生活中也不是缺少幸福，而是缺少让幸福通行的宽容。很朴素的语言，但却是经世不衰的真理。人首先要能够正确面对人生的遗憾，不要纠缠在里面，否则只能加重你的痛苦。如果你无力改变，那就努力去适应它。

朱子学深刻厚重的思想价值，传承着中国古代文化的博大精深，传递着一种朴素、温和的生活态度。今天我们学习它，品味人生，修养性情，可以让我们找准自己的方向，在匆匆的人生旅途上，多一份艺术与智慧，多一份快乐与宽容，多一份享受生活馈赠的心情。

《中国书院论坛》第七辑

朱熹复兴白鹿洞书院之动机及影响

刘佩芝

书院是我国古代特有的一种教育组织形式，它不仅是师授生学的教学机构，而且是士人研究学术、传承文化、实施教化的重要基地。朱熹作为我国书院制度的建立者、书院传统的开创者和书院精神的奠基者，他致力于创建恢复书院及从事书院教育，一生创建复兴的书院有67所之多，使书院的发展在南宋出现了第一个高峰，书院教育作为一种有组织、制度化的私学体系也因而在宋代正式形成。江西是书院最发达的省份之一，并数度"独领风骚"。尤其是南宋时期，江西书院数量多、规模大、地位高、影响广，这与朱熹复兴白鹿洞书院有直接关系。

关于朱熹复兴书院的目的，《元代书院研究》作者徐梓先生的观点颇有代表性，他认为"朱熹及其弟子们之所以从事如此广泛的书院活动，也是为形势所逼，当道者的摒斥和攻击，政治的严酷，只给了他们的学术活动这么一个舞台……朱熹及其弟子在其学被禁的情况下，不可能利用官学的阵地来传播学术，只能自创书院，自立讲坛，以沿习学问，明确学统，传播理学"。

但综观朱熹一生所创建、复兴的书院和从事讲学著述活动，不难看出朱熹复兴白鹿洞等书院的动机不尽如上所述。且理学的被禁已是朱熹晚年的事情，而此时朱熹创建兴复书院工作已基本完成，所以所谓理学被禁不得已而创建书院之说值得商榷。我们认为其动机主要有以下几方面：

一是朱熹深感当时官学衰落、科举腐败，不能为国家培养人才，期望以书院教育来补救官学的不足，纠正科举的弊端；二是朱熹受佛教禅林的刺激和影响，想以书院为基地，发展儒学，宣扬理学，与佛教争夺在政治思想和学术文化上的地位；三是朱熹为了弥补官学社会教化功能的缺失；四是从朱熹自身来说，是为了有一个合法的场所与阵地来讲学与传播自己的学说。

一、朱熹复兴白鹿洞书院，是为补官学之不足，纠科举之弊端

朱熹对官学唯科举是教的办学宗旨非常反感，他在《学校贡举私议》中尖锐地批判了官学："所谓太学者，但为声利之场，而掌其教者不过取其善为科举之文，而尝得隽于场屋者耳。士之有志于义理者，既无所求于学，其奔趋辐辏而来者，不过为解额之滥、舍选之私而已。师生相视漠然如行路之人，间相

与言，亦尝开之以德行道艺之实……殊非国家之所以立学教人之本意也。"

州县之学亦是如此，朱熹说道："今郡县之学官，置博士弟子员，皆未曾考其德行道艺之素，其所受授，又皆世俗之书，进取之业，使人见利忘义。""其师之所以教，弟之所以学，则皆忘本逐末，怀利去义，而无复先王之意。以故学校之名虽在，而其实不举，其效至于风俗日蔽，人才日衰。"因此他在《白鹿洞书院揭示》的跋语中特别强调："熹窃观古昔圣贤所以教人为学之意，莫非使之讲明义理，以修其身，然后推己及人，非徒欲其务记览，为辞章，以钓名声，取利禄而已也。今人之为学者，则既反是矣。"

从上述中可以清楚地表明朱熹强烈反对"务记览，为辞章，钓名誉，取利禄"的官学风气，主张树立"讲明义理，以修其身，然后推己及人"的学风。也可以看到朱熹坚持以德育为主旨的"明道""传道"办学宗旨的根本原因。为此朱熹特邀请陆九渊到白鹿洞书院讲《论语》中"君子喻于义，小人喻于利"一章，陆九渊说："科举取士久矣，名儒巨公，皆由此出，今为士者，固不能免此。染场屋之得失，顾其技与有司好恶如何耳，非所以为君子小人之辨也……而要其志之所向，则有与圣贤背道而驰者矣。推而上之，则又唯官资崇卑、禄廪厚薄是计，岂能悉心力于国事民隐，以无负于任使之者哉？……由是而仕，必皆供其职，勤其事，心乎国，心乎民，而不为身计，其得不谓之君子乎？"

这番话也是教育士子不要做追求"官资崇卑、禄廪厚薄"、唯利是图的"小人"，而作一个"专志乎义"，"供其职，勤其事，心乎国，心乎民，而不为身计"的"君子"。朱熹对这段话赞赏不已，把所讲的内容写成讲义，刻在石碑上。这些都说明朱熹复兴白鹿洞书院是希望把书院办成确有"德行道艺之实"的教育机关，为封建社会造就合用的统治人才。

朱熹严厉地批评科举制度下的官学教育，主要是集中在科举取士制度重艺不重德所引发的官学教育的弊端上，并不是反对科举制度本身，相反，朱熹认为士人参加科举考试是当时社会条件下的必然选择，认为是"父母责望，不可不应举"。他在长期的书院活动中，从来没有禁止书院生徒应举，他自己也是进士出身。

朱熹严厉批评科举制度，又允许生徒在掌握足够的儒家经典知识后应举，这种似乎自相矛盾的观点恰恰反映了朱熹的学术理想与社会之间的不协调性。一方面，南宋朝廷的频繁禁学运动，使以朱熹为代表的大多数新儒家只能处于政治的边缘，他们以书院为大本营，将学术重心牢牢地控制在自己手中，使南宋再次出现了政治重心和学术重心分离的现象。为规避禁学的压制，他们只能在学术上坚守高调的道德理想主义，而科举和官学是与士人关系最为密切的制度，多数新儒家对科举与官学制度都相当熟悉，很容易从自己所信奉的理想的角度出发窥观其中的纰漏，按照自身或本学派的信仰来批评它，并试图按照新儒家所坚持的理想模式改造它。同时朱熹也认识到宋代科举取士制度已经成为士人实现儒家修身、齐家、治国、平天下的必经之途径，科举制度已经成为士人终身追求的目标。因此，朱熹绝对不可能反对或禁止生徒读书应举，只是要求生徒将德行修养摆在首要的位置，其主要想法还是理想地希望科举制度能按照他们所设计的模式进行相应的改革。

二、朱熹复兴白鹿洞书院是受到佛教禅林的刺激和影响

朱熹复兴白鹿洞书院是受到佛教禅林的刺激和影响，想以书院为基地发展儒学，宣扬理学，与佛教争夺在政治思想和学术文化上的领导地位。

唐宋以来佛教兴盛，有识之士认识到儒学的地位被佛老抢占去了，国家非常危险，政府不应过分尊崇佛教，陈舜俞在《都官集》卷六《说教》指出："为之华馆宇以居之，为之制衣服以文之……奈何天下不胥而为夷也。"这种排佛尊儒的风气盛极一时。儒士们为自固壁垒，乃仿佛教禅林的形式，创建书院，宣传儒学，对抗佛教的影响。朱熹复兴书院，就是在这种背景下酿成的。他在庐山复兴白鹿洞书院，请皇帝为书院题额、赐书的奏折《乞赐白鹿洞书院敕额》中，就显示了这种同佛教对抗的思想。他说："考此山（庐山）老佛之祠，盖以百数，兵乱之余，次第兴葺，鲜不复其旧者。独此儒馆莽为荆榛，虽本军已有军学，足以养士，然此洞之兴，远自前代，累圣相传，眷顾光宠，德意深远，理不可废……而先王礼乐之官，所以化民成俗之本者，乃反寂寥稀阔，合军与县，仅有三所，然则复修此洞，盖未足为烦。"起初皇帝不许，朱熹再次申诉其理由："今佛老之宫遍满天下，大都至逾千计，小邑亦或不下数十，而公私增益，其势未已。至于学校则一郡一邑，仅一置焉，而附郭之县或不复有，盛衰多寡之相绝，至于如此。则邪正利害之际，亦已明矣。"（《白鹿洞志》卷二）他在《申修白鹿洞书院状》中说明白鹿洞书院创建经过和历代帝王的重视和书院所起的作用之后也指出：

"窃惟庐山山水之胜，甲于东南。老佛之居，以百十数。中间虽有废坏，今日鲜不兴葺。独此一洞，乃前贤旧隐儒学精舍。又蒙圣朝恩赐褒显，所以惠养一方之士，德意甚厚。顾乃废坏不修，至于如此，长民之吏不得不任其责也。"字里行间流露出他对朝廷只重佛老、关心寺庙而尊儒不力、忽视书院的不满，委婉地提出了批评。他在《再韵四十文白鹿洞之作》诗中写道："多少个中名教乐，莫谈空谛莫求仙。"告诫诸生精学儒家名教，不要谈论佛老之学，进一步表明了他复兴白鹿洞书院的目的。

三、朱熹复兴白鹿洞书院是为了弥补学校社会教化功能的缺失

两宋之际，科举导致官学的空疏，"师之所以教，弟子之所以学，则皆忘本逐末，怀利去义，而无复先王之意。以故学校之名虽在，而其实不举，其效至于风俗日薄，人才日衰"。南宋政权发生的政治危机，统治者无暇顾及学校的教育，官学日益衰落，其社会教化功能也日趋弱化。南宋朝廷对官学也极为失望，转而支持书院的发展。书院以成人为首务，在国难当头之际，书院士子往往能挺身而出，充当社会的中流砥柱，因此书院的复兴，也得到民间的热情响应和积极支持。

书院社会教化，就是教师以书院为阵地，以书院的士子为载体，以各种方式和途径向社会各阶层成员尤其是下层民众进行的道德品质教育，通过书院士人的道德品质的培养而引导社会，产生教化效果，对当地其他社会成员直接进行社会教化。所以，它面向士庶，宣传民众，敦族睦友，稳定乡里，祭祀先贤，承传精神，培养学生，表率社会。

朱熹为白鹿洞书院订立的《白鹿洞书院揭示》，明确地提出了他的教育方针和培养目标。朱熹认为书院教育的根本方针是实施"五教"：父子有亲；君臣有义；夫妇有别；长幼有序；朋友有信。

朱熹说：尧舜使契为司徒，就是敬敷这"五教"，显然他把封建统治阶级维护封建秩序的伦理道德标准和道德规范说成是古代帝王早已确定的固有的教育方针。朱熹企图以此来纠正当时官学"务记览，为辞章，钓声名，取利禄"的流弊，贯彻其"德行道艺之实"的精神，甚是可取。

为实现上述教育方针，朱熹又提出了为学之序："博学之；审问之；慎思之；明辨之；笃行之。"这五个步骤，实际构成了儒家教育、教学的一个完整过程。这本是儒家传统的教育思想，早在《大学》一书中就已明确提出

了，朱熹重新加以肯定和强调，当然是为实现其教育方针服务的。但是其中包含的学思并重、知行统一的思想，却是符合教育规律的，尤其在道德教育中，学、问、思、辨、行构成了一个完整的教育过程，特别是其中贯穿自学、自我修养的精神，更是儒家教育的经验之谈。他还提出了修身、处事、接物的要目："修身之要：言忠信，行笃敬；惩忿窒欲，迁善改过。处事之要：正其谊，不谋其理；明其道，不计其功。接物之要：己所不欲，勿施于人；行有不得，反求诸己。"

这些都是儒家道德修养的基本原则和方法，包含着合理的因素，如言行一致、改过迁善、不谋私利、不计近功、宽以责人、严以律己，等等，就是在当今社会的道德品质修养中也是应该提倡的。

20世纪40年代，杨家骆先生曾高度赞扬了朱熹复兴白鹿洞书院以成人为首务的优点。他说："近世之世，少有严肃有守之操，令坚贞不移之节，肥身鬻国，至有觍颜事寇而不为耻者。朔其成因，则三十年学校偏重知识传授而忽视人格之陶冶，盖亦不能辞其责焉。书院之设，将以培植特立独行之士，以药苟且贪冒之风。试观南宋节烈，晚明遗恩，多由书院讲学所至。"

四、从朱熹自身来说，是为了有一个合法的场所与阵地来讲学与传播自己的学说

朱熹复兴白鹿洞书院的一个重要目的就是给自己讲学论辩、传播自己的思想学说开辟一个合法的场所，尤其是对于他这种跨地区讲学的学者来说，更为需要。淳熙五年（1178），朱熹差知南康军，第二年即呈文朝廷乞求修复白鹿洞书院。在申请状子中，朱熹叙述白鹿洞历史时首先强调了宋太宗的恩赐旌表，继而提出："除已一面计置，量行修立外，窃缘上件书院功役虽小，然其名额具载国典，则其事体似亦非轻，若不申明乞赐行下，窃虑岁久复至埋没，须申闻者。"

这个合法性身份的争取，表面上看似乎无大的意义，但如果联系后来林栗对朱熹的攻击、周密对南宋后期的朱学后人立书院的攻击，便可知道朱熹的申请是有预见的，是深谋远虑的，是以恢复书院作纪念为名义，实质上是为了传播他的思想与学术，并且是要使他的活动合法化，得到朝廷的认可。恢复白鹿洞书院，朱熹是以相当于保护古迹的名义得到国家的认可的，而实际上是进行儒学教化的民间场所。关于教化的内容和宗旨，朱熹在晚年讲得很清楚："盖闻古之学者为己，今之学者为人。故圣贤教人为学，非是使人缀辑言语、造作文辞，但为科名爵禄之计。须是格物致知，诚意正心、修身而推之以至，于以齐家治国，可以平治天下，方是正当学问。"(《朱文公文集》卷74《玉山讲义》)

朱熹复兴白鹿洞及其他书院，一方面是为了儒学理论层面的教育，传播其理学思想，另一方面是为了在社会上的其他层面广泛地营造尊崇儒学的社会风气。但是到了朱熹的晚年，他的学说仍被定为"伪学"而遭批判和追究，这恐怕是朱熹当年始料不及的，对一生都致力于讲学、办学的他来说无疑是个沉重的打击。

五、朱熹复兴白鹿洞书院的影响

朱熹通过复兴白鹿洞书院，为书院确定方针，建立制度，置田建屋，延请名师，充实图书，并亲自与学生质疑问难，为南宋书院的发展奠定了基础，树立了榜样。尤其是朱熹为白鹿洞书院订立《白鹿洞书院揭示》，是我国第一个系统完整的书院规章制度，也被称为"学规"，后来成为历代书院共同依据的范本。"学规"重视立志、存心、穷理、察微、克行、接物等，重视生徒的品德修养。它概括了封建社会教育的基本精神和要求，成了南宋以后书院统一的教规，且影响了各级官学，成为封建社会教育的共同准则。如《宋元学案》载，叶武子调彬州官学教授，"一以白鹿洞学规，为诸生准绳。"

对于白鹿洞书院的影响，当时学者王应麟曾有评述："古者乡有庠，党有序，闾有塾，里居有父师、少师之教，是以道德一而礼义明。书院之设，意尤近古、睢阳、白鹿为首。若周、朱、吕治教之地，文献尤盛，天典民彝之统纪，赖以不坠。"(《深宁先生文钞》卷一《四明丛书》)

王应麟在此指出"睢阳、白鹿"为首，既是指白鹿德教甚力，犹如古代学校之教，"是以道德一而礼义明"。正由于白鹿洞书院继承了古代以德育人的教育传统，所以"天典民彝之统纪，赖以不坠"。接续了道统，人伦道德连绵，其教化之功不可泯灭。

朱熹复兴白鹿洞书院，将德育置于教育的首位的主张，为南宋学者和教育界所认同，几乎普遍地提出了以起先王之意，以"明道""传道"为办学宗旨，好像书院就是为了"明道"而设，南宋学者袁甫也说"书院之设，为明道也"(《蒙斋集》卷13)。所以以德育人为主旨的书院教育引发了宋代教育的深刻变革，极大地推动了宋代教育的发展，使宋代教育达到了它建国以后最高水平。

白鹿洞书院不仅成为南宋书院的模范，影响后世书院的发展，而且其影响还远播东南亚国家。在注重祭祀的朝鲜书院中，我们可以窥见朱熹对中国以至整个东南亚书院发展的影响。研究朝鲜书院的金相根曾作过统计，在57所奉祀书院中，奉祀19位中国的先贤名儒，其中奉祀朱熹的书院有25所，占所有奉祀中国先贤书院总数的42.8%，位居第一。而被尊为至圣先师的孔子，只有8所书院奉祀，屈居第二。所以朝鲜著名教育家李弘祺先生说："宋代书院发展成为中国教育史上最伟大的传统，可以说完全是朱熹一个人的功劳。"而这一切的发展与成就，皆因朱熹复兴白鹿洞始。

《中国书院论坛》第八辑

明代唐宋派首领王慎中与白鹿洞

吴国富

王慎中（1509—1559），字道思，号遵岩居士，福建晋江人，唐宋派的代表人物之一。他说为文的关键在于"义法"两字，文学法度不能背于古，文义则要取前人之所未发，"道其中之所欲言"，"卒归于自为其言"，"直抒胸臆，信手写出"，以表达真实的思想感情。他认为复古主义的要害就在于"病于法之难入，困于义之难精"。王慎中与唐顺之一道，提出师法唐宋而力求"文从字顺"的主张，既推崇三代、两汉文学传统，也肯定唐宋文的成就，并将大量唐宋文作为范本，从此逐步确立了"唐宋八大家"的历史地位。

王慎中与唐顺之开创唐宋派，得力于阳明心学。据李开先的《遵岩王参政传》，王慎中于嘉靖十一年（1532）或稍晚之时，在南京任职，公事闲暇致力于学问，并通过王畿接触到阳明心学，掌握了心学的基本思想："曩唯好古，汉以下著作无取焉。至是始尽发宋儒之书读之，觉其味长，而曾、王欧氏文尤可喜，眉山兄弟犹以为过于豪而失之放。以此自信，仍取旧所为文如汉人者悉焚之。但有应酬之作，悉出入曾、王之间……未久，唐亦变而随之矣。"王慎中在《与唐荆川》中说："《大学》之所谓致知者，信在内而不在外，系于性而不系于物，而龙溪君之言为益可信矣。"在心学思想的影响下，王慎中开始背离前七子"文必秦汉，诗必盛唐"的创作主张，从推崇秦汉散文转变为推崇唐宋散文。

嘉靖十六年（1537），王慎中担任江西参政。到了江西之后，王慎中推崇心学，追寻王守仁的旧迹，经常往来于白鹿洞、鹅湖之间，与欧阳德、邹守益、罗洪先、聂豹等心学巨子交游讲学，阐发经学新义，这些都促进了其学术思想的定型，对白鹿洞的学风亦产生了重要影响。

王慎中来到江州，到了王阳明的祠堂，看见栩栩如生的塑像，按捺不住"愿学之志"，于是作《宗儒祠告文》，感叹"夫子殁而微言绝"。直到千载之后，才有聪明睿智的王阳明真正做到了对圣人之言的心领神悟，"使绝者复续，其功伟矣"，为当时无数学者所望尘莫及，而自己则愿意虔诚追随之。据"分部江州，睹先生之祠"之语，可知王守仁在死后不久就已经得到江州的祭祀。上述评论，与作者在《送陈员溪先生之任永定序》中对王阳明的推崇一致，文章说王守仁的理论"发新论于久蔽之余，伸特见于群骇之中"，并对绍兴、吉安、潮州一带王学的兴盛大加赞叹。出于对心学的喜好，王慎中对阳明后学也推崇备至。如《得邹东廓书》说他得了邹守益的书信，珍爱之至，"百遍讽吟开匕筯，八行珍重比琼琚"。又《得罗念庵书》云："疲曳已非希骥乘，殷勤犹费记鱼肠。未由蹑履追游辙，门下将谁最简狂。"称罗洪先为王阳明门下高足。

当然，王慎中接受心学的影响，在内容上是有选择性的，其实用目的也很明确。按照他的说法，他是想借助心学理论来荡涤心中的尘垢，使之恢复到空明状态。《与罗念庵》云："以为此心少有所明，便倚此小明随处把照，如兄视之，乃是昏昏耳……此事非脱出乡井网罟，与兄相从掊击刮洗，使尘肠腻脏，荡涤无余，庶得真气再生，丹元复返，不然此昏昏之体，终日为主，何由得见大明中天也。"

这些话体现了王慎中偏爱心学的实用目的。其中的"尘肠腻脏"指什么，值得细究。

王慎中曾与正学人物蔡清的门人蔡烈发生过争辩，作《与蔡鹤峰》云："来教云：顾存心力行何如？仆正欲反诘公：如何存心力行也？且夫说心而不知存，说知行合一而不能行，固非学者。今有自谓存心而实强制，自谓力行而实冥趋，公亦有以辨之否？……正由名为学者，而皆牵缠文义，拘滞形器，天载之神，未尝一时呈露于出王游衍之间，故终日习行而卒谓之不知道也。"

蔡烈主张"存心力行"，王慎中就反问之："如何存心力行？"王慎中指出，很多人都说"心"，实际上根本不懂得存心；很多人都说"知行合一"，实际上根本不能力行。他们并非不愿存心，不愿力行，而是不知道正确的存心力行方法。蔡烈就是如此，他把"强制"等同于存心，把"冥趋"等同于力行，实在是大错特错，"其所存者，非其本心，行其所行，而非吾之所谓行也"。具体而言，"牵缠文义"，是为"强制"；"拘滞形器"，是为"冥趋"，其结果是"天载之神，未尝一时呈露"，终日力行，却根本不知"道"为何物。

王慎中曾作《论学示友人杂诗十首》，其中之一云："埋没精神钻故纸，世儒拘陋信堪羞。专从事业尊尧舜，直以能多识孔丘。悬想一生思出位，劳心终日困旁求。沉绵此疾真成痼，苦口良方谁为投。"

将这首诗和《与蔡鹤峰》结合起来看，可知"埋没精神"等于"天载之神，未尝一时呈露"；"专从事业""直以能多"等于"拘滞形器"；"钻故纸"等于"牵缠文义"；而"悬想一生"等于"冥趋"。《论学示友人杂诗十首》又云："充盈象器极高深，要识惟微是道心。何处天明非出王，未形神鬼已昭森。尸居寂寂偏龙见，暗室冥冥有日临。请验此时真太宇，岂容一物妄相侵。"

可见这种无一物相侵的心灵世界乃是王慎中追求的目标。

王慎中《宗儒祠告文》云："今学者不能内信其心，自得于己，割裂于章句之末，矫揉于形迹之似，皆弃于先生者也。某早无师传，为学已晚，不揆固陋，窃尝尽心于先生之遗言，岂敢谓能得其所以言哉？惟知求之心而庶几有以自信耳。"

王慎中说王阳明是继孔子之后的第一大儒，因为有了他，儒学才不至于成为绝学。从表面上看，王阳明的心学理论，莫不从圣贤经典出，"皆得之于书也"；然而千载之间，诵习儒家经典的人不知其数，阐发儒家精义的成千上万，却只有王阳明一人能在浩如烟海的典籍中得其精髓。这精髓就是："圣人之所以言者，不外于吾心之所同。"圣贤所说的万千道理，都与我心暗合，这也就是"心即理"的意思。含英咀华的王阳明，与那些没有自信也没有创建，只知割裂章句、拘泥于形似的俗儒完全不同。

总之，王慎中对当时众多的"学者型"儒人甚为不满。这些儒人，成天沉溺在故纸堆中，纠缠于章句训诂，穿凿经义条文，把古人的行为准则当作教条，邯郸学步，不但为此消耗了无穷的精力，也扼杀了自己的思想。所有这些，都形成了心头的"尘垢"，而积满污垢的心灵，根本无法呈露"天载之神"——先天的性灵。

由此可见，王慎中接受心学理论，并不打算做一个学问型或者"玄谈"型的学者。心学家虽然不喜欢正学派的章句之学，却喜欢就自己的理论作"章句"，由此演绎出无数的"玄谈"。写文章需要独立思考，更需要真性情，王慎中借助心学反对章句之学，只是想做一个出色的文章家。历史已经证明，光靠学问是写不好文章的，堆砌学问更是文章之大忌。王慎中当然明白这一点，所以他汲取心学营养的目的也很明确。

当然，纯粹意义上的"天载之神"不可能作为创作的灵魂，它无知无识，完全空白，一片混沌，根本没法利用。王慎中看到了儒学陈腐风气对作文的不利影响，却没有打算去现实中寻找独立思想或真性情，将之作为创作的主脑。他只是抛弃了儒学那些琐碎的知识，并没有抛弃儒学的核心理论；他依然需要用"天理"来支撑自己的创作大厦。《论学示友人杂诗十首》："充塞乾坤惟此理，更无古往更无今。"又云："充盈象器极高深，要识惟微是道心。"理学家说的道心、天理，就是王慎中说的"天载之神"。"心即理"之说指出此身性理完备，不须外求，不须死钻故纸，若苦论外物，则会导致见多识广却劳而无功，章句愈精而性理愈晦。对于王慎中而言，这是心学的最大用处。

正因如此，王慎中并不打算与正学人物彻底决裂。他与蔡清的弟子发生过论辩，但对曾经任教白鹿洞书院、以固守程朱理学著名的蔡清却很敬重。王慎中代其师易愧虚作《刻蔡虚斋太极图解序》说蔡清"尽心于朱子之学者，我朝一人而已。盖朱氏之尽心于孔子，无所不该，而于易为大；故虚斋之尽心于朱子，亦无所不究，而于易为深"。对蔡清作了高度的评价。曾经巡按江西的唐龙，极力反对阳明心学，王慎中《上唐渔石尚书》则云："某少不知学，徒有狂简之志，径行冥趋，触株抵埳，失道知返，又不得闻大人君子之论……不谓明公兼听广览之下，不遗猥鄙，破流俗之谤议而察之，毁言薰耳而不信……且因谬自喜，以为自此或可望收于大人君子，播其嘉惠，指迷途而就大道，谢昔者之悲以竟致其志，则为幸孰大焉。"

王慎中说自己少不知学，一味狂简，迷而不返，幸亏唐龙不为流俗谤议所动，提拔赏识自己，使他十分感动。想到他与唐龙没有任何关系——既不是门生徒弟，也不是亲旧故交，王慎中对唐龙的赏识之恩就更加感激了。在白鹿洞书院，王慎中看见正学派人物张元祯的留题，也禁不住和之，《白鹿洞见张东沙壁上留题》云：

> 登高能赋者，到处有新诗。草木留光宠，云峰发咏思。
>
> 护持山鬼力，指说野僧知。大贤难继作，吟玩但嗟咨。

诗中称呼张元祯为大贤，并深表崇敬。

王慎中反对前七子的文学主张，却又表现了对前七子之首李梦阳的崇敬。《访空同先生故宅》云："久欲求遗草，今来访故庐。北窗存卧席，东壁有藏书。墨沼春苔长，琴台夜月虚。年年桂花发，人拟子云居。"又《吊李空同先生》序云："空同先生之风，予慕之久矣。"诗歌云："大梁竣罪异长沙，托赋河流比汨罗。明月投人遭按剑，阳春惊众寡赓歌。"到了庐山，王慎中寻访李梦阳的旧迹，赞叹不已。《和李司业懋钦登庐山石耳峰读空同先生之诗作》云："同声殊世易怀思，惆怅风流不在兹。真迹爱从苔刻认，旧题多是野僧持。张衡不负扬云待，屈子能令宋玉悲。流落当年何足恨，斯文今见后贤知。"足见王慎中反对前七子的复古主张，却很尊重李梦阳的人格气节。

这些诗文，当然不能表明王慎中逢迎于心学派、正学派及复古派之间，全无思想操守，而是表明王慎中已切实看到了三派之间的统一。他在《明伦堂记》中说，尧舜设五品之教，振民于饱暖之余，使民免于禽兽之患。这种教化的形迹是容易把握的，但其精妙之处却很难领悟。于是后代出现了两种情况："习其教而不知其所以教，由是会其高者，以为发挥于性命而不悟其为人伦之本，先王之道使其高也而出于人伦，是乃所以为异端而非所以为性命也。守其卑者，以为该贯乎事物，而不察其为人伦之用、先王之道使其卑也而外于人伦。"

这两种人，一种是只谈性命而不及天理，近于佛老，看来指的是心学人物；一种是逐物不反，天理沉沦，这当然就是指朱熹后学及正学派了。那么，是哪种人得了先贤遗教的精髓呢？王慎中云："先王之教，使之凝神默化，致其心知志意，以善其内，又为之设其文采，备其容器，制其度数，使有以禁防开发，谨其耳目手足，以善其外；其通于性命者，行乎事物，其由于事物者，合乎性命，其学于事物性命者，贯乎人伦。"

从性命、心意出发，贯通一切，这就是王阳明的"心即理"；但联系

"先王之道使其高也而出于人伦"一语，可知他并不完全同意心学理论。王慎中指出，发挥于性命的"良知"，其实渊源有自，乃是"先王之道使其高也"，并不是说在先王之道之外别有"良知"；而能做到"学于事物性命者，贯乎人伦"，则格物也是可取的。王慎中在《科目题名记》中又说："果其纯乎性而明于心，则讲习读诵之用于诂训而词章之拘于格法体制者，亦不病于陋且俗，而皆可以谓之道德、之文学。"这与心学派反对"格物"的观点不同。在《大学衍义补序》中，王慎中又对"格物致知"作了解释，说心正物自格："著乎心，动乎身，应感之所成，莫不有物为焉，而不执也，接焉而不留也，而物之格在是矣。是之谓意诚，而心谓之正，身谓之修矣，而天下国家，无不得其理矣，此之谓明明德，此之谓止至善，而尧舜禹汤文武性反之学归是矣。"王慎中以心学反对正学，是因为正学派"格物而执着于物"，而不是因为他们追求天理；他不完全赞同心学，是因为心学只讲"心即理"而不讲理的来源是圣贤经典、先王之道。在王慎中看来，理学与心学并无本质上的差异。这种认识，与湛若水比较接近，所以王慎中对湛若水颇为敬佩。在《灵雪篇上湛甘泉、费锺石二公，时久无雪，礼部祈雪雪降》中，他说湛若水"秩宗美德合纯精，并操联辉雪比清"。到了江西，他又热情邀请湛若水来白鹿洞讲学，却没有邀请其他心学人物，由此可见他的思想倾向。在他主持学政之时，白鹿洞的山长为薛应旂，此人既反对心学，也不同于固守程朱的正学中人。

由先王之道而产生天理，由天理的熏陶而出良知，以良知驾驭格物而不是让良知迷于格物，这是王慎中的思路。就理论而言，这种思路是比较准确的。而有良知者，在处事接物的时候，必然会与不合天理的人事产生矛盾，在这种矛盾中坚持良知，就成为"正"。只有做到"心正"，才能保持良知。这种"心正"，就属于性情的内容，它可以作为创作的灵魂；而刚正不阿的李梦阳，也就可以作为王慎中的学习对象了。

王慎中为王阳明弟子陈九川作《明水文集序》，先叙述王阳明倡道东南，江西之士从之如云，其中最贤而能得其真传者，不过数人，陈九川就是其中之一。当时反对王守仁的人很多，"惟公与数人慕悦而勇从之"，"其志可谓卓而其功可谓勤矣"。反对者指斥陈九川为"异学"，"谓其妙已篦物，内究而外遗，目击端拱而曰已存矣"，王慎中却不这么认为："惟其学之不谬，故著为古文词，吟咏性情，敷扬事理，莫不有古作者之法。虽宗统指授，谨守师传，步步趋趋，如恐或失，而见于文词之间，则自有机杼，未尝规规仿合形似而以为传也，此其所以为明水之文与！吾所谓数公，故宗伯欧阳南野文庄公、今司马聂双江公、司成邹东廓公、给事魏水洲公，与公其最著于师门者也。"

九川在文学理论上并无多少建树，王慎中对其文章规矩的阐述，基本上反映了他自己的见解。他说，只要学不偏倚，坚守正道，就能做到从心所欲写文章而不逾天理之矩，而从心所欲就是自出机杼，直抒胸臆。可见唐宋派的师心自用，乃是在天理的规矩中自由奔放，并不是脱离理学正规的旁逸斜出。又《送诗人沈青门序》云："诗人之不偶者，有性灵触发之能，而无物役拘纠之害，此天民之佚乐者矣。其视富贵之人，宜如槛狙牢豕，闷然于中而不足，近名器，宠数俗，所谓尊华者，皆瓦砾涂炭琐屑而朽秽也。"

具体而言，王慎中说的"性灵触发"，就是指不用儒家经典的词句来组织文章，但也不用凡庸琐碎的生活内容来组织文章，如此才能做到既高又正，而且直抒性情。然而在理学极度排斥物欲、人欲的情况下，这种性情奔放的范围是非常有限的，如同在木桩上跳舞一般，而且最终会让人觉得"既高又正"者，又何必再作文章？如陈琛，字思献，别号紫峰，学生称为紫峰先生，从正学派人物蔡清学，王慎中为之作《陈紫峰先生传》云："先生之书，其天趣极诣，神机妙契，在于言语文义之外，而已至于言语文义之所存……其超然心会，离去形迹，而遗忘物累，庶几所谓不枝叶于道而全其真者。"

文章说明，只要在超然领会天理的同时又离去形迹、遗忘物累，就已经把握了道，不必再用"言语文义"去阐述了。况且这种感觉跟佛道所说的心性差不多，很难用文字表达出来。因此，王慎中在这方面的追求，最终会将文学引上不归之路。

王慎中在江西时，经常品味这种心性呈露的境界。《章江校士六月十七夜月有作因示诸属》云："日入群动息，予亦遂休兹。稍喜喧浊屏，徙步临前墀。仰见明月出，忽与心赏期。湛旷神俱王，虚明意自宜。况逢时雨霁，宿润含华滋。品物各怀荣，因得静中窥。始寤玄寂理，宁为躁竞知。亦有盈樽酒，屡进不一持。非为莫与同，真赏岂因之。"

又一首云："欣兹吏牍阕，久已尘营弃。淡泊道心生，简编非我累。"《南康公署》云："城荒民俗简，理事日恒余。寂寂公门静，苍苍高树疏。庭阴深昼晚，山气淡秋初。迹有浮名累，心空自宴如。"《南康公署十五夜月》云："积水生凉气，空斋兴晤歌。心微千念寂，室浅一灯多。不酌盈樽酒，其如月出何。"《灵溪观》云："混俗因知性，过时始养蒙。石池涵谷水，山径满松风。欲悟观心理，桃花几树红。"

这些诗歌，都是本心与天理合一的表现。其中代表"心"的意象是"明月"，它具有"湛旷""虚明""玄寂""淡泊"等特点，并且合乎"道"；其中代表"物"的意象或与物相关而必须摒除的"心象"是"群动""喧浊""躁竞""千念"等。在这种品悟中，抽象的"良知"得到了形象化的展现。

当然，既要心存天理，又要心地空明，还是到白鹿洞书院修养最为合适。

王慎中《游白鹿洞》云："素婴丘壑情，况禀英贤想。寤寐悬宿心，游盘得兹赏。重阴始晦蒙，杲杲旋开朗。揽胜据巉岩，探奇历榛莽。境闲百虑空，意惬二仪广。野色净巾衣，秋容成物象。菊含露下英，泉作山中响。柔叶稍朝零，刚条非夏长。景光易流徙，今古同俛仰。踌躇怅回轸，何时还独往。"

《六合亭》云："亭宇凭虚空，结构出妙境。攀援藉葛藟，毫末凌光景。豁达四天通，夷犹双目骋。云生当正襟，风起吹方领。泉脉散千峰，湖波澄万顷。烟霏自开敛，鱼鸟各翔泳。即事天机深，忘言外物屏。始知世上日，不比山中永。"

《游白鹿洞归道中作》云："岩壑变阴晴，归途风物清。斜阳衔绝壁，微雨过高城。草动含秋意，虫鸣急暮声。明朝劳簿领，应自想兹行。"

《白鹿洞书院》云："昔贤敦雅尚，设教托灵壤。妙得高深理，非关山水赏。道因名胜尊，神以流行养。时去迹空留，风存化犹广。宏基茂草余，巍构浮云上。无事鸟频飞，有怀予独访。林芳郁纷敷，庭木自成长。泉石有余清，弦歌辄遗响。川水逝如斯，山形高可仰。徘徊西日斜，惆怅前人往。"

《高美亭怀徐少湖》云："林麓莽苍苍，亭幽人独上。萦回瞰岩岫，沃衍观田壤。嘉卉散异芳，珍丛发新爽。微阴益峰高，始霁壮泉响。迹羡鱼鸟闻，心忻草木长。不谐意所钦，终未极兹赏。"

这些诗歌的表达重点都是德性范围内的心性。其中最能体现这种心性的是"妙得高深理，非关山水赏。道因名胜尊，神以流行养"。这几句的意思是说古人将书院设在名山胜水之间，并不是为了欣赏山水，而是要借助山水的力量，清除心头的灰尘，洗涤污垢的五脏，让此心变成百分之百的"天理之心"。按照王慎中的理解，人的心灵世界可以分为本心（本心中充满了天理）、外心（着物染物之后的心），他在书院中就是要着力去掉外心，显露本心，所谓的"境闲百虑空，意惬二仪广"，"即事天机深，忘言外物屏"是也。

实际上，王慎中在白鹿洞书院获得的这些感悟，与他在庐山佛寺的感受并无太大区别。他常去庐山东林寺、天池寺、开先寺等处，也有不少诗作，如《宿东林夜月》："等是诸峰里，到此居然别。莲池鉴净心，竹径疏玄发。前岭敛浮云，中天吐华月。轮浸千流满，镜悬万景灭。魄岂缘朔生，光非从夜发。仰视步庭中，一与山僧说。"

又《宿东林寺雨》："过林悟本空，行天觉无著。能令执热人，歊郁忽如濯。""歊郁"，炎热烦闷之意。《发东林寺登庐山绝顶还过寺中留止》："年来知静理，在世比虚舟。偶此同生灭，因之任去留。色空庐阜起，禅定虎溪流。"读了这些诗歌，不得不佩服王慎中在践行心性修养方面是如此的勤勉：他几乎做到了触境悟心。在东林寺看见月亮，他就联想到"轮浸千流满，镜悬万景灭"的心象；在东林寺遇雨，一洗烦热之苦，他就想到了洗涤本心；看见虎溪边禅定的僧人，他就想到了一任万物去留的心境。此外如《开先寺龙池》："空谷逃人足，澄潭湛我心。分流常活活，积气自阴阴。一濯清凉水，都忘名迹侵。"《酌开先寺泉》："香共昙花散，凉疑觉露侵。已知无内热，且复一瓢斟。"《宿天池寺明日下山寺僧相留予愧其意爱题西壁》："释子相期无以答，未除妄想为微官。"《宿天池寺示同游薛仲常》："理发晨光窥石镜，焚椒夜气对香炉。一心生灭元无取，不语但应尔与吾。"《暮雨投圆通寺宿》："一院燃灯通暗路，满空香雨沐尘衣。斋心愿学无生理，汉绶婴身叹迹非。"也以澄净的泉水、禅定的僧人带来的清静感比喻洗涤外心的快乐。

按照王慎中的说法，他在庐山佛寺中体味到的万虑皆空、心地空明之境，当然属于心学所说的"心"；但实际上这种"心"与禅佛之心没有什么区别。这些在佛寺中的心灵感悟，看起来甚至比在书院中产生的还更亲切、更真实、更鲜明。因为在佛寺中，他不必将本心与天理生拉硬扯地结合在一起，只要直取空无就行了。在佛家眼里，万象皆空，理也是空，空也是空；

651

第十二章
艺文

在心学家眼里，他们心存天理，并不虚空，事实上这种天理也极度虚无缥缈，只是一种幻象。诚然，在"天理流行"而不考虑任何人间事务之时，天理是没有任何依托的；强迫自己念想一种幻象，倒不如直接感受虚无更为自然，更为真切。因此，王慎中在庐山佛寺中体验天理与心性合一的境界，也就更为成功，虽然他本人绝对不会承认这一点。

由此看来，王慎中引进心学来反对复古主张，这是成功的，他至少做到了不用经典中的陈词滥调来写诗文；但他只能用心学来"破"，而没法用心学来"立"，从根本上实践自己"直抒胸臆"的文学主张。其根本原因是心学家说自己的本心里包罗万象，什么都有，事实上什么都没有；他们的本心，倒更像佛教四大皆空后的心灵境界。这种境界，当然很难用文学作品来表现，而在其中添加一点抽象的天理，也毫无裨益，反而显得陈腐古板。一般人欣赏的性情，莫不因事而发，随物而生，染上了外物的种种特征，但它们都在心学家排斥之列，也不符合王慎中"天理流行、心性虚空"的审美标准，不能成为创作源泉，王慎中也没有勇气把这些性情作为文学的内容吸收进来。他追求的文道合一，其实是一条非常逼仄的小路。出于这种原因，王慎中在促进白鹿洞书院的心学传播方面，取得了一定的成就，而他的文学主张，却未必有太大影响。

《中国书院论坛》第八辑

从白鹿洞书院走出去的一代帝师——万承风

李学军

享有"天下书院之首""海内书院第一"美誉的白鹿洞书院，其历史可以上溯到唐贞元中李渤读书的白鹿洞，南唐升元四年（940），李氏朝廷在此建起了庐山国学（又称"白鹿国学"）。南宋淳熙六年（1179），理学家朱熹知南康（今江西星子县）军时重建书院，亲自讲学，确定书院的办学规条和宗旨，并奏请朝廷赐额，因此名声大振，成为宋末至清末数百年间中国一个重要的文化摇篮，与岳麓、睢阳、嵩阳并称"天下四大书院"，"与匡山、彭蠡屹峙为三不朽"。白鹿洞书院为中国封建社会中后期造就了一代又一代的优秀人才，一代帝师万承风便是其中一位。

"帝师犹是作人师，思不辱斋绝妙词。冷看红尘成与败，丹青亦可拓新枝。"这是贵州省诗人余廷林先生对万承风发自内心的赞誉之词。

万承风（1752—1812），字卜东，亦字和圃，乃"濂溪弦铎之地，山谷桑梓之乡"、素有"文章奥府"之称的宁州（今江西修水县）人。他既是清嘉庆年间著名的"良臣之首"、道光帝的老师，也是文学家、教育家、书法家和诗人。

清乾隆十七年（1752）四月初一，万承风出生于宁州安乡长茅汤桥万家脑"养幼堂"（今江西修水县黄沙镇汤桥）。自幼警悟聪慧，"赋质端凝"。外祖父是万承风的启蒙老师，不仅教授《三字经》《百家姓》《千字文》等传统蒙学，而且还传授诗词和书法的要诀。可以说，万承风的书香世家之风为其日后通仕、掌教立说奠定了坚实的基础。万承风七岁入读万家三义祠"义学堂"。十三岁师从祖姑丈、检讨杜墨田先生，后又师从缪文凤先生，与邱芷房、徐筠亭同窗，时州人称其"管邴三龙之目"。在老师的谆谆教诲下，其学业大进。万承风十五岁便中了秀才，后在外祖父私塾掌教，以诗文鸣世。祖父曾多次寄语万承风："吾家世鲜科名仕宦，今汝年少学浅，当益励志读书，为文学臣宜娴习词章，博览掌故。故毋自弃自满，尤不可躁而动，汝其识士，吾惟勉为善而已矣。"

万承风十七岁与刘氏完婚。其父秋山以红签令其自书，援笔书成："立脚怕随流俗转，留心学到古人难。"足见其志趣不凡。清乾隆三十五年至三十七年（1770—1772）间，万承风师从乾隆进士、后为少宗伯的汪持斋先生。夫人理解万承风的好学上进之心，质奁田十亩支持丈夫他乡求学。他先后就读于庐山白鹿洞书院和南昌豫章书院，师从"高才溢其门"的侯学诗先生，奖许尤多。

豫章书院位于南昌府进贤门内（今江西南昌第十八中学），始建于南宋，为清代江西省城书院。它以理学祠、孝廉堂和书院等形式出现，为古代江西学术思想传播、人才培养的著名官学机构。时与白鹿洞书院、白鹭洲书院和鹅湖书院并称为"江西四大书院"。

乾隆四十二年（1777），万承风参加本省秋闱，录举人。据《万承风行述》载：其时在他汤桥所住卧室的东北柱基下长出一朵灵芝。四年后，也就是乾隆四十六年（1781）的春天，正值万承风参加会试，他的卧室东角地面呈浅绿色，那朵灵芝也呈浅绿色，且高约一寸。正当他要参加殿试时，灵芝突然长成箕斗那么大，形如莲花。父秋山大喜："新进士戴九叶荷花顶，抑金莲撤炬翰林大院。"这是吉祥之兆，于是匆匆北上州城迎候孩儿进谒。果不其然，万承风竟在会试中举进士，殿试获三甲第一名，朝考获一等第七名而改庶吉士，散馆一等第五名授职检讨入直翰林院，从此踏上青云之路。

这故事虽是笑语并存劝勉之意，但也说明万承风的学业入仕非一朝一夕之故，其所由来渐矣。其间适逢中秋，万承风乞假侍奉回乡。父秋山喜出望外，谆谆教诲承风："天恩高厚，极称维难。翰林为文学官，宜娴习词章，尤不可稍有躁进心，汝其之勉。"

据《清史稿》载，万承风初选为庶吉士入翰林院。清乾隆五十三年（1788）应授检讨著尚书房行走，与协办大学士刘墉、编修秦承业一起地侍读旻宁，即后来的道光帝，这一侍读就长达二十余年。可谓尽心尽职。

乾隆末年，万承风充任云南副考官，颙琰即后来的嘉庆帝在潜邸赐诗于万承风并为他送行："滇省抡才膺宠命，碧鸡玉马景初探。霞明玉尺星辉北，云护轺车路指南。远播鸿名时雨化，宏宣文治圣恩覃。搜罗珊纲登贤士，冰鉴高悬万里涵。"由此可见，君臣关系非同一般。

清嘉庆三年（1798），万承风调任江南副考官。次年又督广东学政，又于嘉庆九年（1804）督山东学政，任期未满即被委任礼部右侍郎。清嘉庆十二年（1807），又督江苏学政。

清嘉庆十四年（1809）嘉庆五十大寿，万承风奏请欲解任回京祝寿，仁宗对此十分不满，加以严斥并改迁其为内阁学士，调任安徽学政。其后再度返京任兵部侍郎，又入充经筵讲官，后又为工部右侍郎兼管钱法堂事。

清嘉庆十八年（1813）十二月二十一日寅时，万承风因患风痹在京邸瞑目长逝，享年六十一岁。仁宗命智亲王（即宣宗）祭奠并赏银二百两用于治丧。万承风逝世后，安葬于故里长茅芦花垴，后其名入祀乡贤祠。

清道光元年（1821），宣宗登基后于正月十二日赠万承风礼部尚书衔，谥文恪，御制祭文、碑文，并派瑞州（今江西高安市）知府韩桐、义宁知州曾晖春诣墓致祭。清道光六年（1826），又拟旨将万承风生平事迹和祖辈、父辈的邀封赠以及子孙官职——造册呈缴国史馆存档，以便备查采用，万承风所著的《赓飏集》三卷、《思不辱斋诗集》《思不辱斋文集》和《思不辱斋外集》一十二卷也呈缴国史馆，并进呈宣宗御览。清道光十二年（1832），宣宗又加赠太傅衔，赐建尚书牌坊于万承风故里，以示对恩师的敬重。官府奉旨在他的汤桥祖居前侧立有两排文武官员石像，文官经此下轿，武官过此下马，可见先生所受皇恩之隆。

作为"良臣之首"，万承风一生治学处世，光明磊落，正气凛然，始终保其节操。仁宗密谕他查访大臣居官行事，凡有所察都据实上奏。万承风督广东学政时，"申明学校成规，切实考核，严饬教官，举行月课。对包揽词讼、抗延钱粮、不守卧碑者严惩不贷。爱惜身名，怀刑绩学。琼州试毕，海盗出没大洋，大肆掠夺，万承风恐海疆废弛，立专折参劾，命总督吉庆查问惩办；又奏总兵西密扬阿等人胆小害怕，不敢除寇，请吏部处罚"。调任安徽学政时，因为定远的学子与凤阳官吏有旧嫌，每届试期均发生矛盾，而凤阳官吏多偏袒县吏，考生气愤不平。万承风明察实报，使县吏受到惩处。不仅如此，他非常爱惜人才，广收人才为朝廷所用。乾隆末年，权臣和珅为笼络人心，扩大党羽，欲招其为部下，万承风风骨峥嵘，不附权贵，拒不从命。仁宗即位后，览其奏折时赞云："实心勉力，报多年知遇之恩；益励廉隅，为一代群臣之首。可见风骨峥嵘，不附权贵者，权贵亦莫可如何也。"

万承风热心家乡的公益事业，会试留京期间，获悉家乡在京师没有会馆，对士子赴京赶考和在京经营生意的乡绅交流极为不便，于是与同州余桂岩、荣鲁峤、袁甘圃、余仞山、胡禹梢、王稢堂、陈曙轩等诸先生捐资兴建宁州会馆。清嘉庆六年（1801），因乡勇剿灭白莲教匪有功，万承风请求仁宗褒扬乡民，以慰民心，奏《钦改宁州为义宁州谢表》，获赐义宁州名。清嘉庆九年（1804）督山东学政期间，听说乡民欲重修文峰塔一事，万承风积极响应，倡议缪广文、查淡轩、胡星坦、五月亭等诸公率先捐资，并作《重修文峰塔记》。

作为一代帝师，文学家和诗人，万承风不仅治学严谨，讲席从容，而且才思敏捷，学识渊博。他的藏书极为丰富，其书斋名为"古瓦山房"，计藏书近六千册，法帖和名人字画多部（种）。万承风的古文可以和欧阳修相媲美，律赋文质并茂，特别在羁旅、山水、题画和咏史方面更是有所作为。比如，他的诗词《中秋家园赏月》："万里浮云净，长空挂玉盘。魄随人意满，烛傍酒杯残。桂老花常馥，衣单露觉寒。故园秋色好，醉倚碧栏看。"读来朗朗上口，思乡心切，耐人寻味。

作为一名书法家，万承风致力于乡邦文献的整理刊刻，他的书法造诣很高，非常推崇故人黄庭坚，嘉庆十三年（1808），他从其姻亲处获悉宋刊本《山谷刀笔》和明写本《黄律卮言》，遂将这两种罕见的乡邦文献先后刊行传世，并刻印黄庭坚的书法字帖集。通读海内孤本《黄律卮言》，不仅可以通过其书法的展现形式把握江西诗派始祖的风格特色，而且更有助于了解其生平思想及创作道路的发展变迁，对黄庭坚研究有一定参考价值。这一切功劳完全得力于万承风。

此外，对于清代乾隆年间编纂的、素有"典籍总汇、文化渊薮"之美誉的《四库全书》，万承风也立下了汗马功劳。清乾隆四十六年（1745）十二月经过纪昀和众多纂修官近十年的辛勤工作和不懈努力，第一部《四库全书》终于告成。三年后，抄缮的第二、三、四部也相继告成。由于这套丛书全系抄录而成，虽然在编撰过程中反复校对，严格核查，层层把关，但终因卷帙浩瀚，参与人员众多且工作程序繁杂，仍不免有疏漏讹误之处。清乾隆五十二年（1787）五月，高宗在翻阅丛书时，发现"其中讹谬甚多"，遂下令复核。万承风时任翰詹官，由于他才学渊博，也参与全书的核校工作。万承风在核校中洞悉问题所在，奏请酌议："《四库全书》为高宗纯皇帝命辑，乃稽古右文，此次缮补，宜以乾隆六十年以前告成者为界，以昭美备。"仁宗遂谕令全面审核。《四库全书》最后一部分空函书籍的缮写、校勘、排架等事宜至嘉庆九年（1804）全部结束。这是一项大规模的文化工程，前后历经30多年的努力，终于画上了一个完满的句号。

历经乾隆、嘉庆、道光三朝宰相的曹振镛评赞万承风："年兄遇事详审精密，宽严得中，遇奉特旨核议案件持论必公；整饬士习，扶植善类不遗余力，而厘奸剔弊已抉摘若神明；任侍郎八年与同官和衷共事，论思讲习从容；于学无所不窥，古文尤有法度，嗜乡先辈欧阳公而醇茂渊懿；诗慕唐宋而得其中温厚和平；书法从颜柳入手，喜临摹山谷遒劲驺宕，往往神似，在翰林时，日课小楷如初写黄庭，得者珍之寡。"

宣宗亦盛赞万承风："尽心讲贯，深资启沃"。可见在帝王的眼中，万承风是何等地受人敬重。

万承风先生，不愧为一代帝师！

朱子《白鹿洞书院揭示》的成因与解读的系统

李宁宁

在中国古代书院教育的发展进程中,《白鹿洞书院揭示》(通称《朱子教条》或《白鹿洞规》)的影响极为深广。朱熹复兴白鹿洞书院,不是一个单一的文化事件;而《白洞鹿书院揭示》的制定和产生的影响,不仅确立了宋以后书院教育的总体要求和精神格局,也引领了"宋学七百年发展的大趋势"(胡适《庐山游记》)。事实上,《白鹿洞书院揭示》不只是一个简短的书院学规,而是整个书院乃至儒家教育的指导方针和思想灵魂。它不仅明确和强调了儒家教育以"明人伦"为根本目的价值旨归,而且成为一个人身心修养的基本原则,即按学、问、思、辨、行的"为学之序"去穷理、笃行,并将道德理念扩展到日常行为中的修身、处事、接物诸方面。这是中国古代教育突出"道德本位"和追求"知行合一"之教育目标的精神要点。因此,《白鹿洞书院揭示》作为儒家教育理念的精要汇聚,我们对它的研读,不仅可作为了解和把握朱熹教育思想的一个切入点,而且可以作为系统梳理和分析整个儒家教育脉络和面貌的一个重要途径。这个学规形式上是儒家古代圣贤语录的汇集,却饱含着朱熹丰富的教育实践经验和深邃的哲学思考。正是这样一种"述而不作""以经写经"的表现形式,使我们对中国传统学术思想的特色有了非常真切的体验。为此,全面梳理和分析朱熹与《白鹿洞书院揭示》的内在成因与关联,系统地讨论《白鹿洞书院揭示》的精神寓意与结构,深入分析和全面描述《白鹿洞书院揭示》的国内外传播和影响,讨论《白鹿洞书院揭示》及其书院教育的现代转型,就是非常有必要的。

一、朱熹与《白鹿洞书院揭示》的成因与渊源

作为"新儒学"的领袖和集大成者,朱熹无疑是继孔子之后最有影响的哲学家、思想家与教育家。如果说孔子以"有教无类"打破了"学在官府"的藩篱,开启了影响深远的私学教育的传统,那么朱熹则将书院教育的形制与文化精神提升和凝成了一种"道德为本""知行合一"的教育理念和思想。作为思想家与教育家,孔子将他的思想和精神主要留在了与弟子们对话的《论语》之中,而朱子与孔子有所不同的是他不仅留下了一百四十卷的《朱子语类》,同时他还通过"集注""集句"的方式,对儒家经典进行了深入、

系统地解读和诠释。他所作的《四书章句集注》不仅实现了对先秦儒家思想的创造性诠释，而且建构了以"天理论"为中心的理学思想体系。朱汉民认为："朱熹通过重新注释《论语》《孟子》《大学》《中庸》，以继承、确证先秦儒学中奠定的信仰，并进一步以理性主义的思想方法与哲学化的逻辑体系，来解决人文准则与终极实体的内在联系，建立一条以道德理性、日用实践而实现终极关怀的程式化途径，以真正完成儒家人文信仰的建构。""儒家人文信仰的完成"，正是宋代思想家们需要面对和解决的重大时代课题，也体现了朱熹对儒学的杰出贡献。正因如此，《四书集注》对后代儒家乃至中国文化史产生的影响是极为深广的，尤其是在宋理宗以后，《四书集注》成为御定的官学必读教材和历代科考的标准答案，而朱熹和他的《四书集注》已成为每一个读书人必须熟悉、理解和掌握的圣人经典。在一定程度上，"四书"及《四书集注》已超越"五经"而成为在中国文化思想史上影响最为广泛的儒家经典，享有本源性和典范性作品的崇高地位。从这个意义上说，朱熹不仅是儒家思想的集大成者，而且是开启儒学近现代转型的奠基人和开拓者。正如学者所述："在中国学术史上，有三个伟大人物：孔子集唐、虞三代以来的学术之大成，郑康成集汉学之大成，朱晦庵又集宋学之大成。但其影响于教育思想上面的，除了孔子外，朱氏较郑氏更为伟大，郑氏死后，他的学说虽盛行于魏、晋南北朝，不过机械的记问之学，于民族思想无大关系；而朱子的学说支配社会的思想历元明清三朝，六百余年而不衰，这算孔子以后孙中山以前第一人。"

而朱熹所以成为集大成者，其贡献不仅在于建立了像《四书集注》那样的阐发义理的体系，即注重阐发"四书"中蕴含的精神和义理，改变亦步亦趋注疏儒家经典的"汉学"传统，把对"四书"的诠释纳入自己的理学轨道；而且在于在承继传统经典的基础上，注入时代个人之精神创获的解经方式。从王弼的《老子道德经注》开始，已有了义疏的滥觞，而《四书集注》的意义和价值所在，不只是对某一部或某一家的义理诠释，而是挖掘和构建了儒学比较完整的思想体系。朱熹处在急需建构和能够去建构儒家思想的时代，因此无论是哲学本体论的关注，还是对自身理论观点的逻辑展开，他都试图以理性主义精神，以《大学》《中庸》《论语》《孟子》为思想基础，建立一个具有普遍哲学意义的宋代儒家人文信仰的体系。正因如此，朱熹对儒家历代文献的理解和运用，就有许多独到的视角和眼光。他用"集句"的形式，将儒家圣者们的语录编选成经典文选，也就不再是简单的语汇和句子的集合，而是在结构顺序、繁简、编目上，作出了非常缜密和深入的考量。其中《近思录》（与吕祖谦合编）和《白鹿洞书院揭示》，则无疑因为朱熹成功的编选而成为使儒家先贤思想从此得以发扬光大的名篇。应该说，朱熹的《近思录》和《白鹿洞书院揭示》是将孔子以来"述而不作"的儒家传统发扬光大的一个典范。所谓的"述"，实质上是一种借助对儒家经典的注解和诠释来阐发自己思想和理论的创作方式。朱子正是利用这种方式，成为构建自己理学体系的最成功和最活泼的学者。如果说，《近思录》成了后人学习和理解"四书"的台阶，成为中国古代儒家思想文化发展成熟的理论形态，那么《白鹿洞书院揭示》无疑是儒家教育思想走向成熟的标志，也是古代书院教育从形制的初创到教育理念和教育方法形成鲜明特色的一个重要里程碑。

《白鹿洞书院揭示》看似朱熹随手拈来、拼缀成文的书院教育的规范，其精神实质却对儒家精神和儒家教育思想的高度凝练和概括。一方面，它反映了朱熹对孔孟以来儒家伦理教化、德行修养和行为原则的深切洞察；另一方面，也体现了他身体力行兴办和推行书院教育实践的整体思考和总结。朱子一生为官仅九年，做京官才四十六天，但创办书院、精舍及讲学著述却长达四十多年，一生以教育为己任，热心于传播理学、培育人才。朱熹一生对书院一直怀有独特的情愫，他不仅亲身参与创办了寒泉精舍、云谷晦庵草堂、武夷精舍、考亭书院等四所书院，而且通过题额、题记和前往讲学的方式，广泛扶持各地的书院，可以说他以其一生的努力，并以其声誉和威望，为南宋时期书院的繁荣作出了卓越的贡献。

正是这种著书授业的书院生涯，使朱熹在淳熙五年（1178）知南康军时，产生了重振白鹿洞书院的心愿，具备了编纂《白鹿洞书院揭示》的机缘。作为古代教育形制中最具学术气息的书院教育，宋明时期之所以在庐山及赣北地区兴盛并影响深远，既源于这一地区浓厚的读书修身的氛围和深厚的隐逸传统，也与这一时期一批著名理学家在这一地区的讲学活动密切相关。庐山虽未列"五岳"之尊，却因其优美的自然风光和地处长江与鄱阳湖交汇的交通便利，成为鸿儒大德、文人墨客方便登临的名山，也成为修身养性、设校育人和传播思想的理想之所。自魏晋以来，庐山一直是各类名士心目中的隐逸之地，其中"翟家四世"（翟汤、翟庄、翟矫、翟法赐）和"寻阳三隐"（周续之、刘遗民、陶潜）在当时都非常有名。而慧远所创立的庐山东林寺，陶渊明辞官归隐和他创作的清新淡雅、返璞归真的田园诗作，在僧俗两界都产生了广泛的影响。唐代文人在庐山结庐读书的风气甚盛，促使各种书堂或书院相继设立，如李太白书堂、刘轲书院、费君书院等。唐朝李渤在白鹿洞隐居读书，后来担任江州刺史，便在江州、德安等地建立了几处书院，使之成为庐山地区书院教育的正式开端。尽管这类书堂大都属个人性质的修业之所，但庐山自唐末起就成为山林习业的中心，则是不争的事实。南唐升元四年（940），李氏朝廷在白鹿洞建起庐山国学，为白鹿洞书院日后成为一个延续千年的著名学府奠定了基础。庐山国学虽然存续时间不长，但作为南唐时期的最高学府，其规模和影响都堪称彼时重要的文化学术中心，这种兴盛成为日后朱熹复兴白鹿洞书院所强调的理由之一。

朱熹倾尽全力复兴白鹿洞书院，既不像宋代理学家们创建个人的"精舍"那般随意，也不是为了恢复"鹿洞往昔颇被圣泽"这份遗址的荣耀，而是在"科举既成终南捷径，官学必唯名利是瞻"的社会背景下另有一番深意："此深意凝结于《学规》，转述于东莱，散见于歌赋，荟萃斯洞，赞襄斯文，遂成为一独立恒久之精神，与世风陋习殊甚，而为后世来学遵循。若以一言蔽之，则为理想主义。此理想远绍孔孟余绪，遥承《大学》启迪，由内圣而及于外王，由格致诚正而进于修齐治平，由一人克己复礼而至于天下仁爱大公。其出发点实乃道德人格之陶铸，而非功名利禄之追求。"正是基于这种"理想主义"的精神，朱熹为白鹿洞书院的兴复所做的规划和安排，既是非常切实的，也是非常周密的。

《白鹿洞书院揭示》的设计和提出，就不单单是为某一个书院生徒制定的学则，也不是细致和繁复的生徒们应该遵守的日常行为规范，而是一个为解决由孔孟开启的儒家教育传统、在南宋偏居一隅的社会情势下，培养能够堪当大任的理想人格和济世之才的"济生方"。朱熹在《白鹿洞书院揭示》中采用"集圣贤名句，秉述而不作"的方法，对儒家教育思想进行了总结性的概括。这种提纲挈领、融会贯通、借圣贤立言的书院教规，既深思熟虑，又不同凡响。尽管其中都是先哲们简明的语录，但无疑是朱熹长期经营书院教育和教学实践深思熟虑的结果，用心良苦的智慧结晶，也是朱熹面对社会和时代顽疾，高屋建瓴、直达育人真谛的教育宣言与纲领。有学者指出："观朱熹所持政论，于乾道隆兴年间，已臻于成熟，至淳熙六年，其所望于天下人心之条目，荟萃于鹿洞学规，一举昭揭世间。天下四大书院，朱熹曾讲学其中者二——白鹿、岳麓，而皆以《白鹿洞书院揭示》为准绳，其在朱熹心目中之地位，可以窥知一二。"

　　总之，朱熹复兴白鹿洞书院，不仅在于恢复了一处前朝的先贤古迹，更重要的是他尝试了建立理学思想与书院教育相结合的理想模式，从而为宋明理学依托书院的教育体制形成不同的派系和思想体系并最终达到中国古代思想和古代教育发展新的高峰奠定了坚实的基础。《白鹿洞书院揭示》的诞生，则为书院教育提供了明确的教育指针，为历代书院办学创造了圭臬。有研究者指出，白鹿洞书院的修复本身必须被看成是南宋初期在江西兴起的新儒学书院运动的一部分。从长远看，白鹿洞书院修复的声誉巨大，之所以这样，更多的要归功于象征意义而不是历史。因为朱熹的介入以及他的《教条》，才使得白鹿洞书院成为新儒学书院的一个有力象征。

二、《白鹿洞书院揭示》的内涵与结构

　　学规是中国古代学校规章的总称。它是教育者为受教育者制定的具有纲领性、引导性和强制性的教育规范和章程。它不仅集中体现了统治阶级的教育理念和意志，而且反映出一个时期教育的基本面貌和特征。就教育的本源看，演习礼仪是教育的最初形态。先秦之前的教育，由于其"祭政合一"的社会形制，祭祀和军国大政的活动均集于宗庙，而宗庙中的祭祀活动就是重要的教育活动和教育场所。发展到先秦的儒家教育，同样不是"只是实施文字或书本教育而已，如孔子之六艺教育所示，实兼具文武礼乐等教养，尤其是礼乐熏陶"。因此，让弟子们研习礼仪不是单纯的读经，应该是先秦教育的主要内容之一。比如形成于齐国稷下学宫的《弟子职》，就是中国教育史上第一个比较完备的学生守则。它的重点在于明确学生入学受业、事师应遵循的一套详尽的礼仪规范。"先生施教，弟子是则。温恭自虚，所受是极。见善从之，闻义则服。温柔孝悌，毋骄恃力。志无虚邪，行必正直。游居有常，必就有德。颜色整齐，中心必式。夙兴夜寐，衣带必饬。朝益暮习，小心翼翼。一此不解，是谓学则。"（《弟子职》）这些需要学习者应该懂得和遵

守的"事师、受业、馈馈、洒扫、执烛坐作、进退之礼",既是学习的内容,也是修养的基础和要点。

这样一类以"规训""守则""约禁""晓示"等名目出现、以外在强制和约束为特征的学规,发展到明清时期,则越发偏重对学生思想行为作出严格的规范和限定,如《钦定卧碑文》和《圣谕广训》等。应该指出的是,明清出现的钦定"卧碑""圣谕"这些御制学规,不仅严格规范了学校事务,更涉及社会生活的诸多领域,成为统治阶级实施社会教化的重要依据和标准。

与这些相对消极的禁令惩戒以及具有权威和惩罚性质的学规相比,书院学规的诞生无疑具有里程碑式的意义。吕祖谦分别于1168年和1169年为丽泽书院制定的《乾道四年九月规约》和《乾道五年规约》,已是理学家们为自己创制的书院提出的办学规范,两篇学规依然带着强烈的禁止语气。到淳熙七年(1180),朱熹制定《白鹿洞学院揭示》,则开启了一种"劝谕式"的书院学规传统。特别值得一提的是,朱熹刻意避免了有着官学气息的"规"或"约"等生硬和强制性的字眼,而是选择了"揭示"这样一个语气温和的标题,并将"圣贤所以教人为学之大端"的劝诫与引导作为书院教育的特色和宗旨。朱熹认为,书院教育的目的在于明理修身、由己及人而至于经世济民,绝非为了科考之声名利禄。因此,教育的理想境界,是引导学生"明人伦"和"求事理"。"当世学规"那些刻意于"规矩禁防"的要求,不仅失之浅薄,而且不得要领,"近世于学有规,其待学者为己浅矣;而其为法,又未必古人之意也",因此,需要一个既简明又能贯通儒家教育精神、成为"示学者立心之本,用力之要,言下便可持循,终身以为轨范"(马一浮《复性书院学规》)的学规。朱熹所以提出要根据"圣贤所以教人为学之大端"另定一套学规的出发点,当然是要改变"当世学规"的僵化和浅薄,将教育的着重点落实在学生的内在潜能和主体自觉性;而他选用孔孟等大儒的格言警句作为学规的内容,这种博采众家又寓意明确、角度各异却又主题鲜明的"集句",在朱熹所设置的"五教之目""为学之序""修身之要""处事之要""接物之要"的体例、结构和纲目化的解读中,那些被刻意转述的格言、警句,就很自然地成为借圣人之言表自己之思的再度创作。从这个意义上说,这种"集句"的创制,不仅仅是"述而不作",而是"述而有作",并进而达成"以述为作",从而获得既尊重传统又超越传统的"文献引证"和

"创造性诠释"的理想境界。这恐怕是朱熹的《白鹿洞书院揭示》所以有如此大影响力的重要原因之一，也是《白鹿洞书院揭示》所以不同于历代其他学规的根本之处。无论从它的视野和境界，还是整个作品的构想与用意来看，它都不仅仅是为一时一地的书院设定的学规，而是对整个儒学教育全局性和纲领性的建构。王阳明说："夫为学之方，白鹿之规尽矣。"恐怕也是基于这样的认识。

王阳明说："朱子白鹿之规，首之以五教之目，次之以为学之序，又次之以处事接物之要，若各为一事而不相蒙者。斯殆朱子平日之意，所谓'随事精察而力行之，庶几一旦贯通之妙也'欤？然而世之学者，往往遂失之支离琐屑，色庄外驰，而流入于口耳声利之习。岂朱子之教使然哉？"《白鹿洞书院揭示》是朱熹作为儒学的集大成者对中国书院教育乃至古代教育的一大贡献，其价值不只在精要和概括，不在于通过只有5个条目、79个字，加上几百字的说明和按语就能够将书院的办学宗旨和目的、方法讲得十分全面和清晰这种让人钦羡的学养功夫。同样，《白鹿洞书院揭示》所以能成为儒家教育的指针和圭臬，也不在于将先哲们几句格言进行摘录和罗列就可以获得如此崇高的地位和影响。我们可以不断地寻求和诠释每一个言辞中的"微言大义"，并不断注入我们的感悟和体验，以丰富其内涵，但如果缺乏必要的理论背景和解读路径，就会如王阳明所言，陷入"支离琐屑，色庄外驰，而流入于口耳声利之习"这种不得要领的境界。因此，面对这样一个"既熟悉又陌生"的经典文本，我们似乎只有将《白鹿洞书院揭示》放在朱熹这样一位"致广大、尽精微、综罗百代"的儒学思想集大成者那深厚的学业背景中，放在朱熹整个儒学教育丰富而又复杂的思想体系中，才能看清它的历史和文化的轮廓，理解和把握其深刻的寓意和内涵，才能准确地评价它的价值与影响。

有研究者提出，朱熹之所以成为儒家教育思想的集大成者，在于他的教育思想有一个明确的精神主题，这就是实现儒家的"内圣外王"的教育理想，即通过心性修养，通过格物致知，把尊德性和道问学统一起来，实现三代之治的伟大理想。就其思想体系的构成来看，朱熹的教育理念切实回答了他所处的那个时代的根本问题，即培养什么样的人的问题。通过对"理""气"关系的讨论，也解决了教育的可能和必要性的问题。通过高扬"为己之学"，又解决了学什么、为什么的问题。通过"理一分殊"理论的建构，解决了为学与为道的关系问题，并提出了下学上达、格物致知的为学之方。通过"心兼体用""心统性情"的中和新说，提出了主敬的功夫论，奠定了朱熹道德教育思想的基础。通过义利之辩，提出了"人心与道心""天理与人欲"的问题，解决了道德意识与感性意识、道德原则与功利原则的关系问题。

依照这样的理解框架，不仅可以把《白鹿洞书院揭示》作为朱熹教育思想的有机组成部分，而且可以把《白鹿洞书院揭示》看成是儒家人文信仰的具体描述和概括。有了这样的高度和视野，就能够帮助我们比较好地看出其中的眉目、结构与蕴涵。

《白鹿洞书院揭示》的第一条是"五教之目"，即"父子有亲，君臣有义，夫妇有别，长幼有序，朋友有信"。朱熹为"四书"确立的进学次第是："先读《大学》，以定其规模；次读《论语》，以立其根本；次读《孟子》，以观其发越；次读《中庸》，以求古人之微妙处。"（《朱子语类》卷第十四），由此理解其渐进的逻辑，可知《白鹿洞书院揭示》中的五个"纲目"是一个有机的整体。但它所不同的是，它不是一个循序渐进的过程，而是体现了一个立本举纲、纲举目张的立论方式。因此，"五教之目"就是首先需要确立的为学的根本目标。所谓"君子务本、本立而道生"（《论语·学而篇》），这个根本就是道德伦理之本。朱子说："学者学此而已。"而荀子说，学"始乎诵经，终乎读礼"（《荀子·劝学篇》）。先秦儒家的意思是很明确的，学习的根本目的是要学做人，即人之所以为人，也是人之当然和必然需要懂得和遵守的道理。将伦理本位作为一个人思想和行为的出发点和价值导向，是儒家立说的基础。就人的伦理本位的描述和定位来看，孔子提出了"君君、臣臣、父父、子子"的要求，《尚书》有"父义、母慈、弟恭、子孝"的记载，《中庸》有"君臣也，父子也，夫妇也，昆弟也，朋友之交也，五者天下之达道也"的论断。到了北宋，二程为这些规范提供了本体论的论证，他们说："父子君臣，天下之定理，无所逃于天地之间"，"道之大本，君臣、父子、夫妇、兄弟、朋友。"（《二程遗书》卷五、卷八）对此，朱熹有同样的阐发，他说："昔者圣王作民君师，设官分职，以长以治，而其教民之目则曰：父子有亲，君臣有义，夫妇有别，长幼有序，朋友有信五者而已。盖民有是身，则必有是五者，而不能以一日离，有是心，则必有是五者之理，而不可以一日离也。"(《朱子学的》卷下）他在《孟子集注》中亦强调，学校教育要以"明五伦"为根本目的和要求：父子有亲，君臣有义，夫妇有别，长幼有序，朋友有信，此人之大伦也。庠、序、学、校，皆以明此而已。

从父子、君臣、夫妇、兄弟、朋友这"五伦"的伦理规范，发展到仁、义、礼、智、信这"五常"的道德准则，儒家的社会伦理本位的思想架构已从日常的社会伦理演变为由天命决定的、具有先验的绝对意义的"天理"。"且所谓天理，复是何物？仁义礼智，岂不是天理！君臣、父子、兄弟、朋友，岂不是天理！"(《晦庵文集》卷五十九）但在《白鹿洞书院揭示》中，朱熹却仍然选择了孟子的原意而不是董仲舒的"三纲五常"的表述框架，这是值得注意的。当然，这并不表明朱熹对"三纲"的不重视，在朱熹看来，"仁莫大于父子，义莫大于君臣，是谓三纲之要，五常之本，人伦天理之至，无所逃乎天地之间"(《晦庵文集》卷十三）。在朱熹看来，"三纲"是无须讨论而人人都要遵守的"天则"，而"五常"之德是需要不断地引导和教化的。尤其是在书院教育中，更需期待的还是对人的伦理道德养成和塑造。而有了"五伦"和"五常"之德这个根本，一个人的品性和行为规范就有了保障。儒家的教育宗旨，就是努力地达成一个人德性伦理的塑造。这就是为什么几乎所有古代书院的教学场所大都被冠以"明伦堂"作为醒目的标志的主要原因。据说当年文天祥为元军所俘戴枷北上小住南京时，为复建的夫子庙撰写"明德堂"三字，众人以为错，文天祥解释说："德就是忠信，忠于国家，取信于民。文天祥生不能救国，死亦为鬼雄，雪九庙之耻，复高祖之业，誓不与侵略者同生。故改伦为德。"可见，在国难当头，民族危亡之际，"明德"比"明伦"来得更为急迫和切要。

儒家所以强调"明人伦"的教育目标，一个更为深切的原因是来自儒学的一个基本假设：人首先是天地、族群序列中一个有机的单元，而不是孤立的个体。因此，准确地理解和把握"五伦"的关系与内涵，是一个人成为有道德的个体的前提和终生都需奉行的行为准则。正是这样一种有着深厚的宗族血缘因素的伦理本位，构成了中国文化非常突出的人文特性和伦理色彩。事实上，构成中国古代教育人文特性的内在依据，不仅深深地源自"中国是一伦理本位底社会"（梁漱溟语），而且在这一个以"己"为中心，不断向外扩展的"差序格局"结构中，"己"的个人修养成了决定和提升整个伦理关系和境界的核心。因为"己"不是一个独立的个体和单位，而是一个被"家族和血缘"裹着的关系体。教育在中国自古以来就是家庭社会的纽带和社会政治生活的核心。"教"字按许慎《说文解字》的解释是"从孝从文"，"上所施下所效也"，古孝、效通用，作"仿效"解。对"育"字的解释则是："养子使作善也"。按段玉裁的说法，育字上面是一个倒写的"子"字，"正谓不善者可使作善也"。显然，教育在中国首先是家庭教育，即长辈对晚辈"上施下效"的垂直式训育，而家庭教育的核心则是"孝"。学会将这"孝"道扩展为对天地鬼神的敬畏，对尊长的忠顺，对朋友和他人的诚信，则是学校教育应该接续的内容和要求。这样一种以个人的道德修养为目标的"做人"教育，既是家庭教育的延伸，也是学校、书院等社会教育机构需要首先明确和着力完成的教育目标。在一个宗亲为大、伦理为本的传统社会里，道德伦理的教化几乎是教育的全部内容。

如果说"五目之教"确立了教育的道德伦理目标，那么"为学之序"就是实现这个目标的基本路径。"为学"所以在儒家伦理道德体系的建构中具有举足轻重的地位，是因为绝大部分儒家的人生是以"为学"为中心的。儒家的"做人"也是在"做学问"，"做学问"也是在"做人"，学和行、学术和人格修养两位一体，这既是儒家学术精神的实质所在，也是儒家的人生所追求的理想境界。自孔子确立为学为己的原则以后，儒家关于"为学之道"的讨论，就不单纯是具体的读书方法和途径，而是和人的德行修养相关联。比如明代"江右四君子之一"章潢在主持白鹿洞书院时，颁布了《为学次第》，对"为学"的要义作了全面的界定："学以立志为根源"，"学以会友辅仁为主意"，"学以致知格物为入路"，"学以戒慎恐惧为持循"，"学以孝弟谨信为实地"，"学以惩忿窒欲、迁善改过为检察"，"学以尽性至命为极则"，"学以稽古穷经为征信"。可见，"为学"就是"修德"，"为学"的过程就是一个人磨砺品性的过程。朱熹将《中庸》第十九章中的"博学之，审问之，慎思之，明辨之，笃行之"作为"为学之序"，既是对学习过程中"学、思、行"三者之间辩证关系的重视，也是对"为学"在整个儒家伦理体系建构中的特殊作用的强调。朱熹认为"学、问、思、辨四者，所以穷理也"，而"穷理"的过程就是要循序渐进，"穷理"的目标就是要学以致用。这样的"为学之序"既是一般的学习方法，也是整个学习行为的思想原则。它既是循序渐进、由浅入深、由博归约的有关学习的客观要求，也是虚心涵养、博采众长、去伪存真从而达到知行合一的实践原则。在儒家看来，会不会学，不只是一个方法问题，同时也是身心修养的原则问题，因此"为学之序"便具有形而上的含义和要求。这也是为什么朱熹只选取《中庸》"为学"的前一部分而略去后一部分的原因之一。实际上，《中庸》接着"学、问、思、辨、行"之后还有一段话："有弗学，学之弗能，弗措也；有弗问，问之弗知，弗措也；有弗思，思之弗得，弗措也；有弗辩，辩之弗明，弗措也；有弗行，行之弗笃，弗措也。人一能之，己百之；人十能之，己千之。果能此道矣，虽愚必明，虽柔必强。"就为学的要求与形成正确的态度具体要求而言，后一段话更有针对性。但作为"为学之序"的根本原则，"学、问、思、辨、行"的系统要求则更能清晰地揭示出为学的大要。这足以显示出朱熹抓大放小、盯住根本的眼光。

按照《白鹿洞书院揭示》的内在逻辑，"立了为学之本"，"明了为学之序"，接下来便要阐明"修身之要"："言忠信、行笃敬、惩忿窒欲、迁善改过。""言忠信、行笃敬"，这是对待他人时应达到的修养要求。"忠"是恳切深挚，"信"是真实不虚。"笃"是行为稳重、做事踏实，"敬"是收敛不放肆。要真正做到忠信、笃行，必须要有内心的"笃敬"，因而这个敬是涵养的灵魂，儒家的修养功夫全靠这个"敬"字。"敬"的本意是什么呢？按程伊川的说法，"敬"是主一。什么叫主一？他用四个字"整齐严肃"来描述。马一浮说，"主敬为涵养之要"。"惩忿窒欲"出自《易·损》："君子以惩忿窒欲。"惩，惩戒；窒，堵塞、抑制、遏止，即克制愤怒、抑制情欲之意。俗谚说，怒是猛虎，欲是深渊。故惩忿窒欲为历代圣哲先贤和养生家所重视。曾国藩曾在《求阙斋日记·颐养》写道："养生家之法，莫大于惩忿、窒欲、少食、多动八个字。""迁善改过"语出《易·益》："君子以见善则迁，有过则改。"王弼注："迁善改过，益莫大焉。"迁，迁移，转变，即是要见善则迁，知过则改。唐朝陆贽亦有"惟以改过为能，不以无过为贵"的名言。

仅就为学的逻辑而言，朱熹晚年还有一个精辟的概括："为学之道，莫先于穷理；穷理之要，必在于读书；读书之法，莫贵于循序而致精；而致精之本，则又在于居敬而持志。"(《朱文公文集》卷十四《甲寅行宫便殿奏札二》)据黄榦《朱子行状》称：先生"其为学也，穷理以致其知，反躬以践其实"。对于一个儒生来讲，能够始终坚持"穷理与笃行"这两个方面的身心实践，必须在身心修养上确立一个正确的态度和理念，那便是"居敬"与"持志"。用黄榦的话说："居敬者，所以成始，成终也。"但对于学习者来说，"居敬""持志"的过程，也是一个不断"迁善改过"的过程，而这其中关键是能"守诚"。"诚"既是一种修养方法也是一种境界。周敦颐说："君子乾乾不息于诚，然必惩忿窒欲，迁善改过而后至。"(《通书·乾·损益动第三十一》)君子终日自强不息，只为求得内心的"诚"，前提是要先制止自己内心的愤懑，抑制自己的私欲，一心向善，勇于改过，如此才能达到"诚"的境界。无论"诚意"还是"诚心"，先秦儒家的思孟学派，都把"诚"提高到整个道德体系的核心地位，这是成就理想人格、理想人伦所不可或缺的要件。一个人有了纯粹的"不染""不垢""不偏"的内心修养的境界后，他的外在行为同样需要一个明确的原则和逻辑的出发点。这就是《白鹿洞书院揭示》所提出的处事之要。

"正其谊不谋其利，明其道不计其功"，是汉儒董仲舒提出的处理个人私利与社会道德、社会整体利益之间关系的一项一般原则。这个命题所关注的"义利之辨"，是儒家德性伦理学的核心命题，也是为学者德性修养的基础。朱熹把它作为"处事之要"提出，表明从一个人的内在修养境界(内圣)到实现社会价值目标的事功(外王)之间，需要明确由内而外的价值原则，也就是一个人的社会行为应该坚守的道德原则。儒家认为，一个人追求内心的"至诚"境界是无止境的，但一个人的外在行为的价值准则是有现实要求的。因此，个体的修养目标不是寻求自我的解脱和证道(实现一己之私)，而是通过个人修养的外化途径，影响和带动社会群体现实生存和道德的提升、改善。在儒家看来，为己与为人不是简单对立，也不是绝对割裂的。但在这对矛盾中，必须提倡和坚持的根本原则是：每个人追求私利的欲望，必须以服从社会道德和社会整体利益为前提。所以朱熹说："义利之说，乃儒者第一义"，"孟子没，而义利之说不明于天下。中间董相仲舒、诸葛武侯、两程先生屡发明之，而世之学者莫之能信，是以其所以自为者，鲜不溺于人欲之私，而其所以谋人之国家，则亦曰功利焉而已尔。"事实上，对于如何看待"义与利"的关系，儒家阵营内部就有很多争议，比如叶适则认为："仁人正谊不谋利，明道不计功。此语初看极好，细看全疏阔。古人以利与人，而不自居其功，故道义光明。后世儒者，行董仲舒之论，既无功利，则道义者，乃无用之虚语尔。"（《习学记言序目》卷二十三）清代颜元就批评这个命题："'正谊'便谋利，'明道'便计功，是欲速，是助长；全不谋利计功，是空寂，是腐儒。"而朱熹请陆九渊到白鹿洞书院讲学的讲题便是"君子喻于义，小人喻于利"一章，朱熹认为"（子静）至其所以发明敷畅，则又恳到明白，而皆有以切中学者隐微深痼之病，盖听者莫不悚然动心焉。熹犹惧其久而或忘之也，复请子静笔之于简，受而藏之。凡我同志于此反身而深察之，则庶乎其可不迷于入德之方矣"。随后请人刻之于石，留下陆九渊《白鹿洞书院讲义》这通著名的碑刻。实际上，正如《荀子·大略》提出的那样："义与利者，人之所两有也。虽尧舜不能去民之欲利，然而能使其欲利不克其好义也。虽桀纣亦不能去民之好义，然而能使其好义不胜其欲利也。故义胜利者为治世，利克义者为乱世。"义利之辨是中国古代思想史的重要命题，在"义利之辨"中，各家各派都不能否认强调和追求"公利"的优先性和正确性，但如何能够在承认"利"的正当性的同时，以"义"来调节引导"利"，仍然是一个沉重的时代话题。

《白鹿洞书院揭示》的第五个纲目是"接物之要"："己所不欲，勿施于人，行有不得，反求诸己。"这两句话分别来《论语·雍也》和孟子《孟子·离娄上》。"己所不欲，勿施于人"被后世誉为"道德黄金律"，这是儒家所倡导的"忠恕"之道。1993 年世界宗教议会发表《走向全球伦理宣言》，提出了建立能够协调人类行为的规范——全球伦理，同时也提出把"己所不欲、勿施于人"作为最基本的道德金律。这个道德金律，强调的是对他人的尊重和对自己行为的限制，即不将自己不喜欢的行为强加于他人，这是如孔子所说的"我不欲人之加诸我也，吾亦欲无加诸人"（《论语·公冶长》）。这样一个以限制自身的行为，尊重他人的权利和选择，尊重不同文化的差异为行为前提的伦理精神，是这一法则所体现的根本价值所在。在古代儒家的思想体系中，推己及人的"忠恕之道"，含有积极和消极两个方面的因素。朱熹有言："尽己之谓忠，推己之谓恕。"因此，尽己之心就是尽自己之力，做到"己欲立而立人，己欲达而达人"。而推己及人就是"己所不欲，勿施于人"，设身处地，为他人着想。但"忠""恕"并不是割裂的，而是并立而存，因为"尽己之忠"与"推己之恕"，其本质都是仁的表现。无论立人、达人还是推己及人，都是仁道推之于外的结果，也是忠恕之道的实际构成。应当看到，在先秦儒家那里并不否认人的欲望的合理性，同时也强调尊重个人的差异性。孔子的恕道观强调"己""人"关系，以爱人为外在前提，以严以律己、宽以待人为内在原则，蕴含着深厚的人文主义的思想精神，这与现代社会以人为本、尊重个人的主体性和价值观多元化的现实有内在契合之处。另外，儒家的"忠恕之道"以注重人的社会属性为前提，也就是说个人的存在是不能也不可能脱离群体的，所以如何处理好人与人的关系就非常关键了。因此，儒家的伦理精神中蕴含着这样一个既从个人价值出发塑造个人人性品质，又尊重他人的自由和个体独立；既要求个人的自我理性约束，又强调人与人之间仁心拓展的人际关系的理想规范，这无疑是现代社会建立"全球伦理"的思想资源和基础。"己所不欲，勿施于人"是一个人人都可追求和实现的价值理想，是人类伦理道德中最具普适价值的道德典范。这种把自我的爱欲推及于人的伦理主张，就如孟子所说的"老吾老以及人之老，幼吾幼以及人之幼"，是一个人人可以体察和效仿的心理期许和行为原则，倘若真能在全社会实现，这个社会一定是充满爱意和温暖的理想社会。

"行有不得，反求诸己"是儒家道德伦理精神中同样具有普适价值的行为规范。儒家的伦理精神以个人为出发点，也以个人为归宿，最终要让每个人自主地发展为"成人"的逻辑推演过程。因此道德的实践说到底是个人的自我完善，道德实践需要以个人的道德自觉为枢要，即个人的"自得"为基础。对此，孔孟都有精到的阐发。在孔子看来，即便有通行的道德规范，但个人的道德行为最终还是由他自己选择，取决于他自己内心的"安"与"不安"，也即取决于个人的道德自觉和自律，别人无法强迫，也不可以强迫。孔子说"为仁由己"，实践仁义，那是每个人自己的事，只有当其出于个人的自觉选择时，才有意义。孔子说："君子求诸己，小人求诸人。"（《论语·卫灵公》）个人行为取向的选择，不只是能不能自觉与自律的问题，更是一个人的精神品质和境界的问题。孟子强调道德修养的个人责任，将孔子的"修己之道"中"约之以礼"的他律要求，强化为"为仁由己"的自律要求。他认为，人天生具有使自己成为圣人君子的欲求和能力，因而修己主要是一种自主行为，不必外求，人们只需对自己所固有的善性及其所体现的良心进行存样扩充的活动，具有探讨"养气""思诚""先立乎其大"等一系列修养功夫，并强调这是自我心性存养扩充的必经环节。孟子不仅强调"反求诸己"的道德自律意识，相信人具有自我完善的能力，寄希望于心中仁义礼智的自我扩充，从而深化了孔子的修己之道；而且，孟子认为"存心养性"是修己的主要内容，而道德修养的目的是形成理想的人格，就是"养浩然之气"。在这样一个由至善目标引领下的追求自我完善的过程中，必须坚持自我探求、自我反思、自我提高的原则。"爱人不亲，反其仁；治人不治，反其智；礼人不答，反其敬；行有不得者皆反求诸己"，"其身正而天下归之"。（《孟子·离娄上》）这说明人们将体仁行仁践仁的功夫作为自己的目标时，就必须时时刻刻要反躬自省自己的行为，而不是将行为不得的原因归结于外界的因素。孟子将这一点比作射箭一样，能否射中，是自己造成的，不能抱怨别人。"仁者如射，射者正己而后发。发而不中，不怨胜己者，反求诸己而已矣。"（《孟子·公孙丑上》）当人在反省内求的过程中，如果没有达到预想的效果，则要从自己身上找原因，要不断地反省自己。孔子也说"吾日三省吾身"。足以见得，反求诸己，对一个人理想境界的实现和君子人格的塑造，起着至关重要的作用。因为，一个人道德修养提升的过程，是一个自我反省和磨炼的过程。反求诸己，不仅有利于驱除心中的杂念，时刻以仁义礼智充实其心，找出自身存在的不足，予以改之；而且，君子时刻反求诸己，才能有助于实现超越有限身心的限制，达到"天人合一"的理想境界。儒家认为，人要实现与自然、社会以及自我身心内外之和谐而达到"超凡入圣"的境界，无法也不能够期待神力和奇迹，而只能依靠人的自律和内在修养。把人看成是具有超越自我和世俗限制能力的主体，是儒家道德修养最为显著的特点。

如果说，"己所不欲，勿施于人"是儒家对待他人的道德情怀，而"行有不得，反求诸己"则是儒家要求自己的精神境界。追求做到"严于律己，宽于待人"，这便是儒家君子的精神品质与道德风范。传统书院教育乃至儒家教育的目标与理想，就是培养一批有远大志向、有仁德情怀、有社会担当的谦谦君子。《白鹿洞书院揭示》到此应该说已将儒生为什么读书、怎样读书以及读书的境界这些"教人为学之大端"明确地勾勒出来，而读书与一个人道德修养过程的合一，则是儒家道德为本教育理念的育人要求。无论是从外在道德规范的明示，还是就内在的道德境界的引领，朱熹《白鹿洞书院揭示》的立意都已不是生徒日常学习生活的规范和指引，而是深刻地表达了儒家教育的理想与信念。"为天地立心，为生民立命，为往圣继绝学，为万世开太平。"（张载）这是儒者也是儒家教育的宏愿。也正是在这个意义上，《白鹿洞书院揭示》被称为书院乃至儒家教育的总纲。

从总体上看，儒家教育的人文本位，正是体现在对士人的人格要求、价值观体现和实践这种价值的方式方法中，即儒家的道德理想目标和道德理想的追求。书院是以"道德修养"为核心的人文精神的主要践履者。书院将道德教育摆在教育活动的首要位置，并按照儒家的道德理想模式来设计书院的人才培养模式，并将道德教育渗透到教育教学活动的每一个环节，将其制度化为章程、学规等形式。朱熹的《白鹿洞书院揭示》便是书院道德教育的建构模式与指针。

三、《白鹿洞书院揭示》的传播与影响

作为书院教育乃至中国古代学校教育的指导方针和教育纲领，朱熹的《白鹿书院揭示》无疑是最具影响力和示范性的。教育史家们有一个明确的概述："这是一个典型的以理学为指导思想的封建高等教育的总纲领，南宋之后，元、明、清各代书院差不多都以白鹿洞书院为楷模，白鹿洞书院教规几乎成为各级各类学校的基本教育纲领。"当然，最初将朱熹《白鹿洞书院揭示》作为"公共事件"予以关注和造成巨大影响的关键人物是宋理宗赵昀。事实上，从朱熹复兴白鹿洞书院，制定《白鹿洞书院揭示》到《白鹿洞书院揭示》被奉为皇帝钦点并颁布天下的"学规"，这其中朱熹的人生和思想经历了巨大的跌宕起伏的转化。1196年"庆元党案"发生，朱学被诬为"伪学"，朱子学被斥为"伪学之魁"，遭到朝廷的封禁。宋宁宗嘉定元年（1208）诏赐朱熹遗表恩泽，谥曰"文"，称朱文公。南宋嘉定五年（1212）将朱熹的《论语集注》《孟子集注》列入官学，作为法定教科书。宋理宗宝庆三年（1227）诏赠朱熹为太师，追封信国公。理宗绍定三年（1230）改封朱熹为徽国公。直至宋淳祐元年（1241），宋理宗赵昀视察太学，手书《白鹿洞书院学规》赐示诸生。其后，或摹写，或刻石，或模仿，《白鹿洞书院揭示》遍及全国书院及地方官学。于是，一院之"揭示"遂成天下共遵之学规。尽管导致朱熹被贬黜和被尊崇的直接缘由，往往是人为的，受统治集团内部派系斗争的影响，但朱熹及其思想所以能迅速由朝廷"罪臣"和"伪

学"转变升迁为国家的"精神楷模"和"圣学"的崇地位，一个非常重要的原因，不是由于统治者个人的偏好，而是朱子的学说能够非常好地满足统治者教化百姓、维护社会安定的需求。无论是"内圣外王"的教育格局，还是"德育为本"的"伦理为要"的教化理念，这些儒家的教育精神与整个封建国家的意识形态是非常吻合的。尽管，朱熹提倡书院教育理念的初衷，是试图纠正官学教育唯"科举功名"的那些短视和空疏的实用功利，但其根本的为学宗旨与目的是与统治者对教育的需求相一致的。这也是为什么朱熹的教育思想能够被历代的统治者所普遍推崇、《白鹿洞书院揭示》能风靡天下的主要原因。

朱熹在制定白鹿洞书院教规的时候（1178）已年近五旬，并且有近三十年的教育生涯。数十年间，他耳闻目睹南宋王朝官学的衰落、人才的匮乏和国势日益颓疲的现状，就不得不考虑这样一个问题：如何培养效忠朝廷、匡扶济世的人才？朱熹认为当时教育上存在"其所以教者，既不本于德行之实，而所谓艺者又皆无用之空言，至于甚弊，则其所谓空言者，又皆怪妄无稽，而适足以败坏学者之心志。是以人才日衰，风俗日薄"的问题，所以要发扬先王之教，以使其担当起"成人才而厚风俗，济世务而兴太平"的重任。淳熙七年（1180）三月，朱熹主持白鹿洞书院开学，释菜开讲，自任洞主，作《白鹿洞赋》，定《白鹿洞书院学规》，既有通过创办书院来实现"立学教人"的目的，也有宣扬理学思想、培育理学队伍的用意，同时也含有排除佛道影响、恢复传统儒学的独尊地位的要求，所以《白鹿洞书院揭示》的问世，既是一篇朱熹用心良苦、构思缜密、创意高远又充分显现传统儒家的教育精神与教育精髓的佳构，同时也是一部朱熹继《论孟精义》《八朝名臣言行录》《西铭解义》《近思录》以及《论语集注》《孟子集注》《大学章句》《中庸章句》等重要典籍完成之后，化繁为约、"易简"为上、学问日臻成熟、修养水到渠成的杰作。《白鹿洞书院揭示》所达到的这种深刻而又"易简"的境界，是可以与儒家的许多经典相媲美的。《周易·系辞上传》指出："乾以易知，坤以简能。易则易知，简则易从。易知则有亲，易从则有功。有亲则可久，有功则可大。可久则贤人之德，可大则贤人之业。"因为简易，所以易知、易从，因为易知、易从，所以有亲、有功，而因为有亲、有功，所以可久、可大。而圣贤的德业，便是以格言警句表现出的那些既非常亲切、简易又深刻持久的道理。显然,《白鹿洞书院揭示》便是先秦儒家的诸多思想经过朱熹的编定和再创造,成为文字简易而影响深广的儒家教育经典。宋绍熙五年(1194),朱熹任潭州知州改建岳麓书院时,将《白鹿洞书院揭示》颁布于岳麓书院,史称《朱子教条》,流传于湖湘地区,足见朱熹对在白鹿洞书院完成的这份《白鹿洞书院揭示》的重视和用心。

《白鹿洞书院揭示》的影响与传播所以如此广泛而深远,既是与白鹿洞书院声名与影响相关联,同时也是朱熹与《白鹿洞书院揭示》之间,朱熹的教育理念与《白鹿洞书院揭示》的精神主旨之间,尤其是作为儒家思想的集大成者与作为儒家教育总纲之间所产生的相互映射、相互诠释和相互佐证的文化与精神效应,使得《白鹿洞书院揭示》成为儒家教育思想的标志,成为朱熹教育思想的标志,从而成为朱熹的标志。集名人、名院、名规于一体的《白鹿洞书院揭示》,便具有了超越时空的文化影响力。特别是在东亚儒学文化圈中,随着明清时期书院制度的普及和推广,《白鹿洞书院揭示》对邻国的朝鲜、日本和越南也产生了不同程度的影响。至今,日本与韩国的乡校仍有悬挂和集体吟诵《白鹿洞书院揭示》的活动。日本兴让馆山长每天早上召集生徒一同齐诵《白鹿洞揭示》,申明义理,结束后再吃早饭。这已经成为兴让馆的传统。经过一百四十多年,至今还保持着齐诵《白鹿洞书院揭示》的传统,可见其影响的深远。

据《中国书院学规集成》记载,韩国与朝鲜的书院以"朱子学派为宗主",而在其众多的书院中,朱熹的《白鹿洞书院揭示》是普遍遵奉的教条,尤其是一些知名的书院,至今都存有白鹿洞书院学规,比如韩国笔岩书院的朱子白鹿洞学规、武城书院的白鹿洞规、西岳书院的白鹿洞规。伊山书院存有的李滉绘的白鹿洞规图和白鹿洞规图后叙,不仅对白鹿洞书院的由来有简明的介绍,同时对朱熹复兴书院"聚徒设规,倡明道学""书院之教,遂盛天下"的历史给予记述,并且点明书院教育的目的和要求:"盖唐虞之教在五品,三代之学皆所以明人伦,故规之穷理力行,皆本于五伦。"显然,其教育理念深得朱熹的真传。

《白鹿洞书院揭示》在日本的传播,不仅体现为它被当作教育纲领和教育经典被记诵,而且历代都有学者对《白鹿洞书院揭示》进行专门的解读和研究。据《中国书院学规集成》附《白鹿洞书院揭示在日本的传播》记载:

"明清之际，《白鹿洞书院揭示》始传于日本，其后数百年，据日本平坂谦二先生不完全统计，东洋儒者刊印 70 余种阐释《白鹿洞书院揭示》的著作，其著名者，集注类的有昌平簧佐藤一斋（1772—1859）所作的《白鹿洞书院揭示》、浅见絅斋（1657—1711）所作的《白鹿洞书院揭示考证》，解说、讲义类的有三宅尚斋的《白鹿洞书院揭示解说》和《笔记》、浅见絅斋的《白鹿洞书院揭示师说》和《白鹿洞书院揭示讲义笔记》等。"可以想见其影响的深度和规模。

在《白鹿洞书院揭示》的传播过程中，宋代以后各地书院都有直接将《白鹿洞书院揭示》作为本书院学规的情况，但《白鹿洞书院揭示》的称谓可谓千差万别。据《中国书院学规集成》提供的全国各书院学规的资料中，有据可查的明确以"白鹿洞书院揭示"为书院教规的有：湖南岳麓书院的晦庵先生教条，玉潭书院的朱子白鹿洞教条，云山书院的朱子白鹿洞书院教条，湖北紫阳书院的紫阳书院教条，河南明道书院的朱子白鹿洞书院学规，江西豫章书院的朱子白鹿洞规，信江书院的朱文公白鹿洞书院揭示，鹅湖书院的朱子白鹿洞学规，江苏东林书院的朱子白鹿洞规，浙江仁文书院的朱晦庵先生白鹿洞学条，安徽紫阳书院的白鹿洞学规，福建鳌峰书院朱子白鹿洞教条，共学书院的朱晦翁先生白鹿洞学规，青海三川书院的朱子白鹿洞规，甘肃柳湖书院的朱子白鹿洞书院揭示，陕西关中书院的朱文公白鹿洞教规。而无论是"学规""教条""揭示"，朱子与白鹿洞这两个核心概念是不可或缺的。

《中国书院论坛》第九辑

朱子兴复白鹿洞书院动机之辨析

——兼及宋朝书院官学化的问题

李劲松

南宋淳熙六年（1179），朱子"玉成"兴复之白鹿洞书院，不是官学，而是"知南康军"朱熹以朝廷命官身份倡办（重修）的"民间私立大学"（即所谓"乡党之学"）。但就朱熹兴复该书院的起始动机而言，他确实是想将其办成政治地位高于"乡党之学"的"州县之学"（即官学）的，但形格势禁，只好退而求其次。于是，白鹿洞书院于淳熙六年的兴复因了其主持者理学集大成者——朱熹，成为宋代书院发展史上与睢阳书院并列的佼佼者，而他本人因此又成为"书院集大成者"。

这就产生了一个问题。朱子由兴复白鹿而成为（严格来讲是"被称为"）有宋"乡党之学"——书院之"大成就者"，但他此举的"初发心"却是将其办成官学。也就是说，在朱熹的心目中，官学高于书院，但又不得已而办成书院。这个"悖论"促使我们不得不根据有关文本的解读，将朱子兴复之举放在有宋政教体制与相关政治文化的大背景中，放到宋朝官学与书院的相互关系中去进行观察思考，以期透过朱子兴复白鹿之初始动机的剖析而对宋代"书院官学化"问题进行更深一层次的解释。

淳熙六年（1179）三月，朱熹为秘书郎权知江南西路南康军。刚到任不久，便连续行谍、放榜，"广为询究陶渊明、义门洪氏、白鹿洞学馆等项遗事往迹，以凭稽考，别行措置"。（当年）秋天，又亲临书院遗址视察，并决定白鹿洞书院应即刻修复。

关于兴复该书院的动机，在朱熹、吕祖谦反复商定主旨与措辞，最后由吕祖谦撰写的《白鹿洞书院记》中有着清晰的表述："淳熙六年……郡守新安朱侯熹行抵陂塘……得白鹿洞书院废址，慨然顾其僚曰：'是盖唐李渤之隐居，而太宗皇帝驿送《九经》俾生徒肄业之地也……我太宗于迅扫区宇、日不暇之际，奖劝封殖如恐弗及，规模远矣。中兴五十年，释老之宫圮于寇戎者，斧斤之声相闻，各复其初，独此地委于榛莽。过者太息，庸非吾徒之耻哉……'乃属军学教授杨君大法、星子县令王君仲杰董其事。"

赵匡胤以"道理最大"为建国纲领，强调"右文"政治，并着力与士大夫（包括在朝和在野）共建二者"共治"天下的体制。宋初诸帝自然心领神会，于是有如太宗"圣眷"白鹿之举。朱熹在考察书院遗址一开始便强调此事，无非是想抬高自己兴复白鹿举措之"政治地位"——是符合本朝"祖制"与"祖训"的。换句话说，为官一任积极办官学或书院讲学治学、教化一方，就是积极配合"治统"来扶翼"道统"，并巩固和优化"共治"。

接着讲"中兴五十年，释老之宫圮于寇戎者……各复其初，独此地委于榛莽。过者太息，庸非吾徒之耻哉？"

"吾徒"，主要指的即是贯穿两宋直到朱熹在内的理学家们。"中兴五十年"指的是建炎元年（1127）至淳熙六年（1179）五十余年。在此时段内，趁绍圣间理学被王学（指荆公学）压制的惯性以及建炎后秦桧的影响，除在绍兴初年一度受到执政者推崇外，基本上处于被庙堂"压抑"的"在野"状态，而没有"政治地位"；同时间段内，佛道两家在庐山的遗址"各复其初"，而受到太宗眷顾的白鹿洞书院，却"委于榛莽"，无形中导致"教化权力"拱手让与"异端"！实在是以"道统"自任的理学家之耻。

具体而言，这种"尴尬"显现于两方面。其一，理学自周敦颐、二程开创以来，理学家们一直未能像"睢阳诸子"（代表人物为范仲淹）与"荆公新学"诸子（代表人物为王安石）那样取得在政治上的"教化权力"，也可以说未取得在官学的"话语权"；其二，自北宋仁宗以来，在学术文化乃至整个社会生活的许多方面，都实际存在着契嵩所说的儒佛"共治"（也就是"一君二教"，儒佛两个"道统"互相借鉴、共同教化天下）的局面。北宋时期理学的开创者们（尤其二程）已开始自觉在"共治"中"借力打力"，在借鉴对方的同时建立本门形而上"本体"（在周子为"诚"，在二程为"天理"），以抵抗、消弭佛教对新儒学"教化权力"的争夺。但一直到南宋，效果一如朱熹在南康军之亲眼所见。

接着，《白鹿洞书院记》进一步回忆："国初……学者尚寡，海内向平，文风日起……大师多至数十百人。嵩阳、岳麓、睢阳及是洞尤为著，天下所谓四书院也。""国初"大约是指"庆历新政"前的"宋初八十年"这一阶段，在"祖宗尊右儒术……所以宠绥之者甚备"的氛围下，以（朱熹、吕伯恭所认可的、均为理学家或理学前驱所创办或讲学的）"四大书院"为主要代表的"乡党之学"撑起了宋初八十年民间大学教育的天空（是时官学未兴），也基本承担了学术传承与更新的使命。

正因如此，才有了"庆历、嘉祐之间，豪杰并出，讲（学）治（学）益精"这样的人才、学术双丰收的大好局面。而这些"豪杰"当中最为突出的、真正继承了孔孟"道统"的当然是北宋理学先驱二程、张载等人："至于河南程氏、横渠张氏相与倡明正学，然后三代孔孟之教始终条理于是乎可考。"

在"庆历新政"期间，与理学先驱"宋初三先生"渊源极深的"睢阳学派"（代表人物为范仲淹）在朝取得了"政治"与"教化"两方面的"话语权"，"庆历兴学"实际为其所主导。这就不仅为庆历后"学统四起"打开了局面，而且为二程、张载等人"倡明正学"做好了铺垫。

然而，到熙宁年间事情开始发生了微妙的变化："熙宁初，明道先生在朝建白学制、教养、考察、宾兴之法，纲条甚悉。不幸王氏之学方兴，其议遂格。"熙宁间，由于王安石在中央主持变法，并由此获得了自上而下的"政治教化权力"。与其政见相左的程颢"建白学制"之意见自然不受待见，而代之以"王氏之学"主导的"熙宁兴学"。于是乎，"有志之士未尝不叹息于斯焉"。

"建炎再造，典刑文献浸还旧观，关、洛绪言稍出，毁弃剪灭之。余晚近小生，骤闻其语，不知亲师取友以讲求用力之实，躐等凌节……未能窥程、张之门而有王氏高自圣贤之病，如是，洞之所传道义者或鲜矣。"

元祐以后一直到南渡以前，官方一直支持的是王安石新学。以程颐为代表的理学家处于在野讲学状态。崇宁元年（1102），徽宗御书"党人碑"于"端礼门"，程颐与苏轼、文彦博等列入"奸党"；次年，又有旨"追毁文字"，"尽逐学徒"。但程颐与乃徒张绎、尹焞等讲学不辍。

"宋室南渡以后，程氏之学受到的压力曾短期松弛，甚至在绍兴初年一度受到主政者的推重，但朝廷之上禁伊川之学的呼声屡屡不断，以致秦桧后来严厉打击道学，道学之禁严峻。直到秦桧死、高宗退，道学才迎来孝宗前期的发展机遇。"

南渡以后，理学虽一度短期内受到庙堂重视，有问鼎朝廷"教化权力"的苗头。但由于"王学"在朝堂与官学的势力根深蒂固，故而如同刚从水下出头呼口气又重新被摁下去一样，在官方"全局性的教化"层面只是"惊鸿一瞥"。所以，而长久领受"王氏高自圣贤之病"影响的"晚近小生""骤闻其语"，自然"不知亲师取友以讲求用力之实"，而"躐等凌节……"致使"洞之所传道羡者鲜矣"。

所以，吕伯恭在《白鹿洞书院记》的最后顺理成章地道出了朱熹兴复书院的真正内在动机："然则书院之复，岂苟云哉！此邦之士盖相与缉先儒淳固愨实之余风，复《大学》离经辨志之始教，由博返约，自下而高，以答扬熙宁开启迪乐育之大德，则于贤侯之劝学，斯无负矣。"

"贤侯"兴复白鹿洞书院真实之"核心"动机就是要"答扬"先师程颢于"熙宁开启迪乐育之大德"。而朱熹、吕祖谦"语境"中的大程之"启迪"体现在教育教学方面，就是要求书院师生一定要认真克服"王氏高自圣贤"之"浮躁"，踏踏实实地"相与缉先儒淳固愨实之余风，复《大学》离经辨志之始教"；体现在学术上，即是"义利之辩"这一"大是大非"问题；体现在政治上，就是要将当年（熙宁间）"王氏之学"乘着"熙宁变法"的"东风"而"硬生生"获得的从"中央到地方"的"教化权力"夺回来！这就是为什么朱熹于南康军走马上任伊始就想先将白鹿洞书院办成"地方性官学"的原因——首先在南康范围内使得理学获得官方性质的"教化权力"，然后再图大举！

由此，我们似乎可以窥见些许宋代书院官学化的基本底蕴。一般认为，所谓书院的官学化，"就是书院受制于政府，被纳入官学体系"。这种倾向在宋代已经明显发生，"其表现形式主要有两种：一种是私人将所建书院斋舍、所购置的藏书及田产等设施，捐献给政府，以谋得一定的官职，即所谓'以学舍入官'。朝廷对书院或赐院额，或赐书、赐田等，并任命书院学官。这类书院已改变私立性质，变成由政府管理。有的（最后）直接被改为地方官学，如应天府（睢阳）书院等；另一种是州郡长官直接利用地方官府财力兴建，嗣后或由朝廷赐院额，或赐书，或赐学田等，成为地方官学，如石鼓书院等。（其实就朱熹兴复白鹿洞书院之行状与动机而言，与此极类似！）"

应天府（睢阳）书院被吴澄称为北宋书院"首称"："予考前代义塾之设，睢阳为首称……好义之家所自为而不属于官府，其后遂最天下四书院之号。"（吴澄《儒林义学记》）吴草庐讲的这个"首称"是睢阳书院作为北宋最早的、纯粹作为民间私立大学当中（民间留意斯文者所办）的"佼佼者"。但根据后来睢阳书院"官学化"的"行状"，我们甚至也可以称该书院为北宋书院"官学化"行列之中的"首称"！

宋大中祥符二年（1009），应天府民曹诚"愿以所建学舍捐赠入官，府奏其事，诏赐'应天府书院'匾额，命戚同文孙子戚舜宾主持，曹诚为助教"。这表明，应天府书院的"官学化"一开始就是书院创办者自身主动发起"运作"的。

宋天圣三年（1025），枢密院直学士、应天府知府李及主动奏请"增解额三人"，得诏准，这是北宋书院有科举名额的开始。

宋天圣五年（1027），南京（应天府）留守晏殊聘范仲淹执掌书院。范仲淹后在《南京书院题名记》对"皇宋辟天下"后该书院一系列"官学化"行状予以高度赞扬："祥符中，乡人曹氏，请以金三百万建学于先生之庐……故太原奉常博士渎时举贤良，始掌其教……学士划一而上，真宗皇帝为之嘉叹，面可其奏。令端明殿学士盛公侍郎度文其记，前参知事陈公侍郎尧佐题其榜。由是风乎四方，士也如狂，望兮梁园，归欤鲁堂。"范文正实际是认为，南京（应天府）书院的"官学化"（《题名记》为天圣六年所作，此时该书院尚未完全成为官学）大大提高了自身在学术、教育乃至政治上的品位与知名度。该书院已实际成为一个地区的"教化中心"。因此，它获得朝廷赋予的正式的政治上的"教化权力"是理所当然的事情。

果不其然，庆历四年（1044），在范仲淹主持"庆历新政"期间，已经成为"应天府学"的原"应天府书院"，被进一步拔为"南京国子监"，获得了中央一级的政治上的"教化权力"。

所以，应天府书院官学化的"顶峰"就是变为官学，"官学化"的终极目的，是获得政治上的"教化权力"。

因此，结合应天府书院对"庆历新政"和"庆历兴学"在学术、人才等方面的重大影响以及它对宋初八十年书院讲学"开风气之先"的巨大贡献，我们可以说如果作为北宋书院官学化的"首称"可以成立的话，这种"官学化"的学术、政治、教化以及社会效应基本是正面的！甚至可以看作整个宋朝书院官学化的"榜样"。

朱熹兴复白鹿洞书院的"官学"动机当然无例外的是受其影响。朱熹既是"南宋书院发展的集大成者"，同时也是"南宋书院官学化"的"标杆"。

这看上去似乎是由自熙宁以来宋代理学家近一个多世纪的寻求政治上的"教化权力"的不懈努力所决定了的。但往深一层看，宋朝书院官学化的内在动力或最终目标定位为政治上的"教化权力"，不仅仅是"天子命之教，然后为学"的传统使然而且某种意义上和有宋政治体制及相关文化的重要影响有关。

宋太祖以"道理最大"作为大宋朝的"建国纲领"，与士大夫一起共同构建了"皇帝与士大夫共治天下"的政治体制。即由人主掌握"治统"（即"天子之位"），士大夫掌握"道统"（即"圣人之教"）。尽管名义上仍然是"君师合一"，即皇帝是天下最大的教化之主，但由于"共治"体制的内在精神是"道理最大"，所以"道统"的实际权力很大程度还是在士大夫手中。而"道统"运作的实际承载体在宋朝就是民间私立大学——书院（官学名义上也是，但学术与教化的实际效果远不能和书院相提并论）。

但是，正如王夫之《读通鉴论》卷十五"东晋文帝十三"条所云："儒者之统与帝王之统，并行于天下……其合也，天下以道而治，道以天子而明。及其衰，而帝王之统绝，儒者尤保其道以孤行而无所待，以人存道，而道不可亡。"也就是说，尽管士大夫在宋朝确实具有在"道统"方面的"政治权力"（或者是"政治话语权"，是受到共治体制保障的），表现在书院讲学上是具有相当大的自主权，但在终极意义上，士大夫的这种"道统"方面的"政治权力"是要为天下最大、最高的"教化权力"——人主的"教化权力"所支配并为其合法性服务的。人主的"教化权力"也就是朝廷的"教化权力"，具体体现于中央到地方各级官学的"教化权力"。

因此，"道统"再独立，也要与其并行的"治统"相和合。这种"和合"即是王船山讲的"道以天子而明"！只有"道统"真正与"治统"相合"一"了，"道统"才算真正"功德圆满"。也就是说，书院的学术成果"创新程度"再高，人才再优秀，也一定要得到朝廷和官学的认可，也即是书院要取得存在于朝廷和官学中的政治上的"教化权力"。

这即是宋朝书院官学化和朱熹兴复白鹿洞书院"官学"动机的体制原因，也是为什么以白鹿洞书院为代表的诸多宋朝著名书院在"官学化"显得特别"主动"和"执着"的根本性原因。

《中国书院论坛》第九辑

第四节　楹联

楹联，一种独特的艺术文体，从起源至今，已有千百年的历史，是悬挂或粘贴在墙壁和楹柱上的联语。白鹿洞书院的建筑古代均有联语，院志均有记录。

一、1901—2016 年白鹿洞书院门柱新增楹联

（一）崇德祠楹联：

祠尊紫阳，院纪白鹿；道致广大，学尽精微。

——冯友兰撰书

（二）春风楼楹联：

先贤握发延宾在澄心明道；后学折经问难求格物致知。

——孙家骅撰联，张鑫书

（三）西碑廊楹联：

十步之内有芳草；广厦所育皆英才。

——姚公骞撰书

（四）独对亭楹联：

洗耳枕流荡涤尘世污垢；厉牙漱石咀嚼儒家经书。

——孙家骅撰联，苏士澍书

二、1901—2016 年白鹿洞书院其他楹联

（一）鹿逐慨中原，叹戎马仓皇，忍令械朴菁莪，百代作人沦雅化；

洞深迷古道，喜森林阴翳，从此梗楠杞梓，十年树木长良材。

——刘洪辟撰联

（二）紫阳名垂百世；丹桂香飘万里。

——吴光才撰联

（三）吸理学精华；去封建糟粕。

——李国豪撰联

（四）振儒家正脉；集理学大成。

——佚名撰联

（五）源头活水长流不断；心地严师久仰常思。

——许剑峰撰联

（六）白云苍狗认前朝，接洙泗真传，咸推夫子；鹿洞鹅湖评哲学，穷格知至理，应数先生。

——徐声扬撰联

（七）龙门物色千寻海；鹿洞文章万里山。

——佚名撰联

（八）白雪曲何孤，五老为邻同唱和；鹿门翁已去，山泉流韵候知音。

——石道达撰联

（九）文公思想，礼垂不朽；海东后裔，勿忘恩源。

——朱昌均撰联（韩国）

（十）持敬以存其体；穷理以致其用。

——朱祥南撰联（马来西亚）

三、白鹿洞书院门柱原有楹联

（一）礼圣殿楹联：

书院中，你讲一场，我讲一场，众言淆乱折诸圣，宗门大启；

庐山上，释家几处，道家几处，二氏逃归斯受之，庙貌赫临。

——此联挂礼圣殿内。明周相撰联，河南大学石如灿补书

德冠生民，溯地辟天开咸尊首望；道隆群圣，统金声玉振共仰大成。

——此联挂礼圣殿外柱。清雍正皇帝撰联，江西省计委骆凤田补书

诏有格言，求真才于正学；教无异术，体至理于常行。

——此联挂礼圣门外柱。明邵宝撰联，陈尚秋补书

古往今来，先圣后贤同脉络；天地高下，四时百物共流行。

——此联挂礼圣门内柱。明胡松撰联，江西省文化局刘俭补书

无丝竹之乱耳；乐琴书以怡情。

——此联挂正学之门后，庐山吴光才补书

（二）朱子祠楹联：

列嶂成垣，永护考亭之遗迹；环溪作泮，遥通泗水之真源。

——此联挂朱子祠。明高贲亨撰联，中国军事博物馆李铎补书

（三）明伦堂楹联：

鹿豕与游，物我相忘之地；泉峰交映，智仁独得之天。

——此联挂明伦堂。明虞守愚撰联，江西省社科院姚公骞补书

（四）报功祠楹联：

白鹿无踪，与唐文宋理都成陈迹；青山常在，共民生国运大启新图。

——此联挂报功祠，姚公骞补书

（五）御书阁楹联：

泉清堪洗砚；山秀可藏书。

——此联挂御书阁外柱。宋朱熹撰联，庐山吴光才补书

傍百年树；读万卷书。

——此联挂御书阁厢房外柱。都昌李秀峰撰联

雨过琴书润；风来翰墨香。

——此联挂御书阁外柱，九江职大吴小京补书

（六）文会堂楹联：

白鹿洞开，泉谷烟霞竞秀；紫阳道在，圣贤师友同归。

——此联挂文会堂。明张寰撰联，中国军事博物馆李铎补书

（七）西碑廊楹联：

千里余波流圣泽；四围深翠护儒关。

——此联挂西碑廊之廊柱。明林俊撰联，国家文物局夏桐郁补书

（八）状元桥楹联：

一帘风雨王维画；半壁云山杜甫诗。

——此联挂状元桥西外柱，中国书画家协会杨明臣补书

诗写梅花月；茶烹谷雨香。

——此联挂状元桥东外柱。林俊撰联，中国书画家协会苗培红补书

第五节　题辞

白鹿洞书院存有的 1901 至 2016 年间的字画题辞作品：

白鹿洞书院名人字画（选）

编号	姓名	数量	作品
1	许德珩	书法一幅	李白《望庐山瀑布》
2	赵朴初	书法一幅	《白鹿洞书院》
3	周谷城	书法一幅	《白鹿洞书院》
4	廖汉生	书法一幅	《古为今用，推陈出新》
5	李尔重	书法一幅	《大学之道在明明德》
6	朱穆之	书法一幅	《更想读书》
7	荣高棠	书法一幅	《批判地继承中国优秀文化传统》
8	许涤新	书法一幅	《白鹿洞书院名满天下》
9	冯友兰	书法一幅	《紫阳书院》
10	姚雪垠	书法一幅	《曾是先贤讲学地》
11	陈荣捷	书法一幅	《朱陆融合，义利分明》
12	邹荻帆	书法一幅	《忽惊春梦秋桐声》
13	姚公骞	书法四幅	《好学深思》＋三幅对联
14	史树青	书法一幅	《到婺源》
15	蔡尚思	书法一幅	《书院宗师》
16	李国豪	书法一幅	《吸理学精华；去封建糟粕》
17	朱家潽	书法一幅	《白鹿洞书院》
18	王文元	书法二幅	《春风楼》《鹿鸣伴书声》
19	曾卓	书法一幅	《经书万卷千卷》
20	刘仁甫（绿原）	书法一幅	《彗柜吻之秋》
21	杨洁篪	书法一幅	《白鹿腾飞，承前启后》
22	李铁映	书法一幅	《朱熹纪念馆》
23	叶选平	书法一幅	《为弘扬中华文化再努力》
24	白立忱	书法一幅	《正学之院》
25	张保庆	书法一幅	《洞贤天下》

编号	姓名	数量	作品
26	袁伟	书法一幅	《天开白鹿洞；山抱紫阳关》
27	吕济民	书法一幅	《发扬优秀传统；建设精神文明》
28	潘云鹤	书法一幅	《状元桥》
29	蒋子龙	书法一幅	《仁智之源》
30	叶辛	书法一幅	《煮书》
31	陈来	书法一幅	《千年学统》
32	王禹时	书法一幅	《人来思白鹿；我去忆梅香》
33	乔榛	书法一幅	《先贤遗泽垂千古》
34	梁常	书法一幅	《白鹿栖贤著今名》
35	季啸风	书法一幅	《继承遗产，借鉴外国》

白鹿洞书院字画名人（选）

编号	姓名	数量	作品
1	冯其庸	书法二幅	《江西书院进士榜》《礼圣殿》
2	孙轶青	书法一幅	《自古神州重读书》
3	黄绮	书法一幅	《书声宛然》
4	陶博吾	书法一幅	《元晦笔底出哲理》
5	彭友善	书法一幅	朱熹诗《观书有感》
6	谢伯子	画一幅	《渊明采菊图》
7	傅尧笙	画一幅	《白鹿洞全景图》
8	傅梅影	书法、画各一幅	《阳春三月寻幽境》《兰竹图》
9	欧阳中石	书法一幅	《文会堂》
10	李铎	书法二幅	《列嶂成垣，永护考亭之遗迹；环溪作泮，遥通泗水之真源》《白鹿洞开，泉谷烟霞竞秀；紫阳道在，圣贤师友同归》
11	夏桐郁	书法一幅	《千年余波流圣泽；四围深翠护儒关》
12	霍春阳	书法一幅	《明月出沧海；青天展片云》
13	漆伯麟	画一幅	《兰竹图》
14	吴光才	书法二幅	《紫阳名垂百世；丹桂香飘万里》《空中楼阁；静里乾坤》

编号	姓名	数量	作品
15	吴齐	书法二幅	《丹桂亭》《先贤风范，源远流长》
16	米南阳	书法一幅	《万世师表》附落款
17	钟明善	书法一幅	《天开白鹿洞；山抱紫阳关》
18	刘艺	书法一幅	《空中楼阁；静里乾坤》
19	丁振来	书法一幅	《傍百年树；读万卷书》
20	苗培红	书法一幅	《诗写梅花月；茶烹谷雨香》
21	倪文东	书法二幅	《泉清堪洗砚；山秀可藏书》 《天开白鹿洞；山抱紫阳关》
22	张伯义 （石竹）	书法一幅	《书院之首》
23	林峰	画一幅	《古松》
24	石如灿	书法二幅	《壮美匡庐》《书院中你讲一场，我讲一场，众言清乱折诸圣，宗门大启；庐山上释家几处，道家几处，二氏逃归斯受之，庙貌赫临》
25	喻贵森	书法一幅	《正其谊不谋其利；明其道不计其功》
26	曹晓	书法一幅	《上善若水；厚德载物》
27	陈尚秋	书法一幅	《诏有格言求真才于正学；教无异术体至理于常行》
28	刘俭	书法一幅	《古往今来，前圣后贤同脉络；天高地下，四时百物共流行》
29	骆凤田	书法一幅	《德冠生民溯地劈天开咸尊首出；道隆群圣统金声玉振共仰大成》
30	范曾	书法一幅	朱熹《观书有感》诗一首

附　书画欣赏

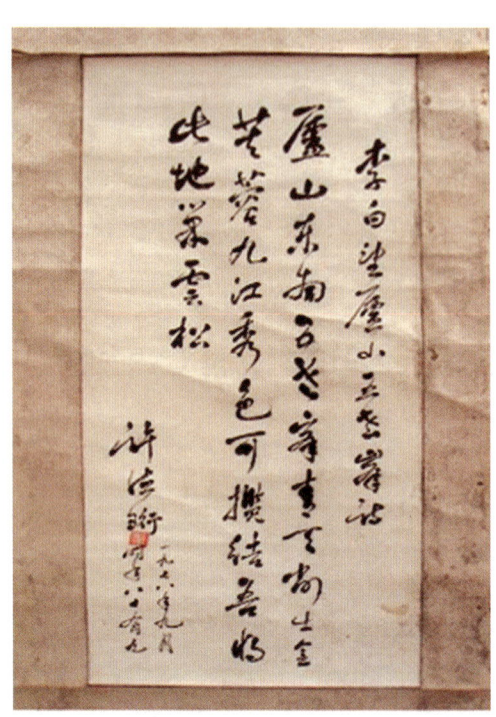

许德珩书

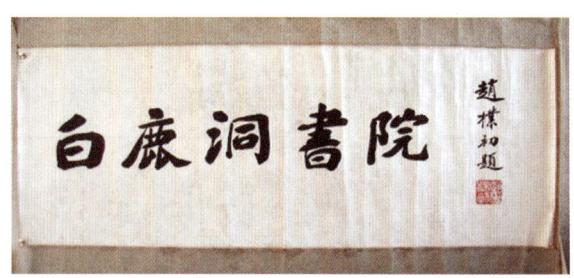

赵朴初书

周谷城书

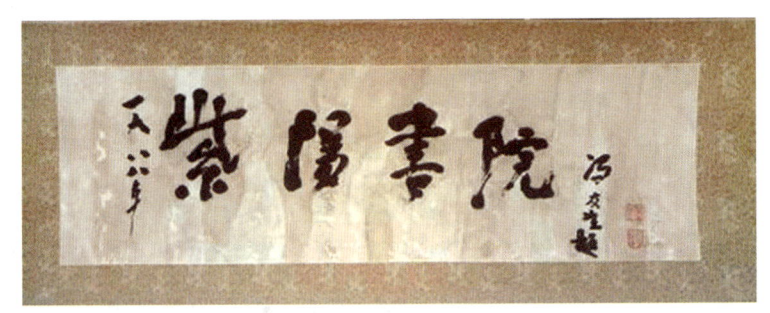

冯友兰书

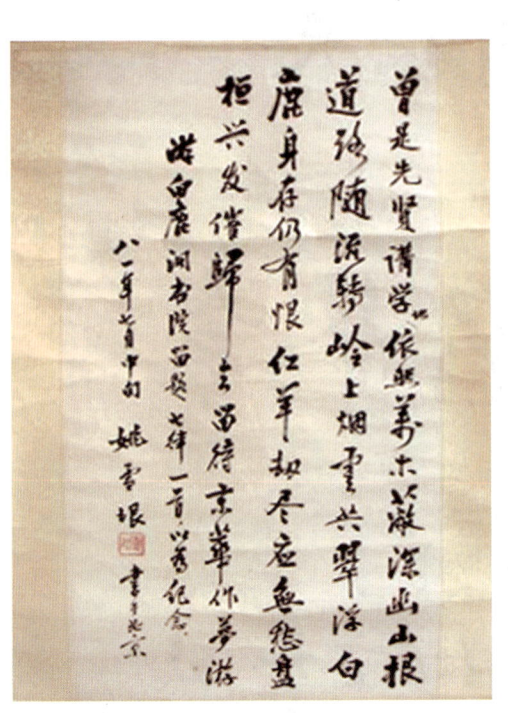

姚雪垠书

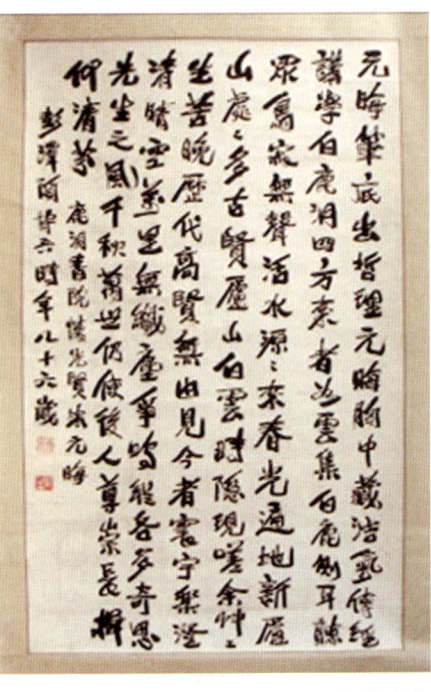

陶博吾书

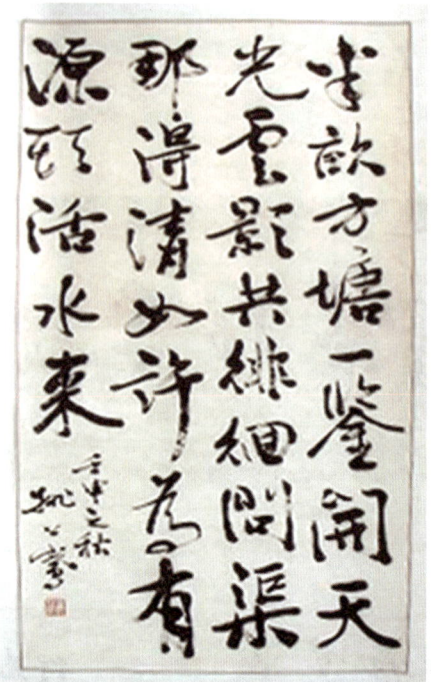

姚公骞书

黄绮书

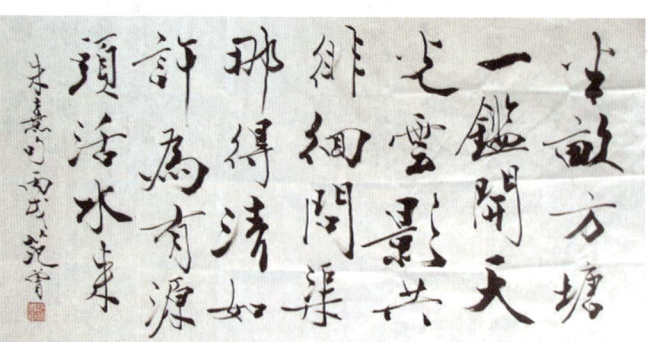

范曾书

彭友善作

漆伯麟作

白鹿洞全景图　傅尧笙作

第六节　匾额

匾额是悬挂于厅堂或亭榭之上的横牌。白鹿洞书院 1901—2016 年匾额有以下几种：

一、赵朴初题书："白鹿洞书院"。

二、冯友兰题书："紫阳书院"。

三、欧阳中石题书："文会堂"。

四、姚公骞题书："憩斋"。

五、曹晓题书："报功祠"。

六、李铎题书："朱子祠"。

七、张森题书："崇德祠"。

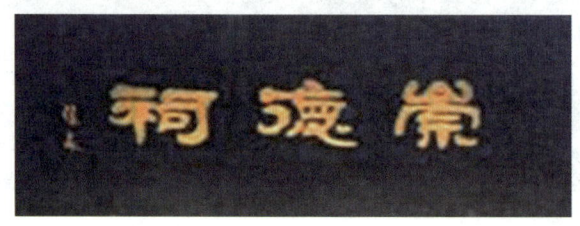

八、1992年5月3日，中央政治局委员、国务委员、国家教育委员会主任李铁映题书"朱熹纪念馆"。

九、2003 年 3 月，教育部副部长张保庆考察白鹿洞书院，并题词："洞贤天下"。

十、1987 年 6 月 10 日，中顾委委员、南京军区政委杜平，到访白鹿洞书院。随后题写："生民未有""正学之门"，于 7 月 29 日赠予白鹿洞书院。

十一、1988 年 11 月 16 日，白鹿洞书院总顾问、全国人大常委会副委员长周谷城，留题"白鹿洞书院"匾额。

十二、中顾委委员、中共江西省委原书记白栋材，为白鹿洞书院朱熹陈列馆题写馆名。

第七节　影视

白鹿洞书院深厚的文化底蕴、典雅的古代建筑、优美的自然风光，吸引大批中外影视机构、新闻媒体前来拍摄采访。如电影电视剧《庐山恋》《聊斋》《苏东坡》《魔鬼世界》《红杏出墙》《星火》等，都从不同角度在书院取景摄制。

1979 年，《庐山恋》电影摄制组在白鹿洞书院拍摄。

1980 年，电视连续剧《敌营十八年》摄制组在白鹿洞书院拍摄。

1988 年 5 月 25 日，白鹿洞书院邀请北京科学教育电影制片厂拍摄以白鹿洞书院为题材的《千年书院》专题片。编导：郁向晨。顾问：李才栋、王炳如。

1996 年 6 月 9 日，中日合拍的电视系列片《中华五千年》在白鹿洞书院拍摄。6 月 24 日，中央电视台"中华文明之光"摄制组在白鹿洞书院拍摄第 98 集专题片《书院》。

1997 年 2 月 21 日，中央电视台科教电影制片厂导演程晔一行在白鹿洞书院考察，筹备拍摄庐山文化专题片。3 月 14 日，香港中文卫视在白鹿洞书院拍摄专题片《朱熹与白鹿洞》。4 月 11 日，杭州电视台《红杏出墙》摄制组在白鹿洞书院拍摄。

1998 年 2 月 13 日，电视剧《云梦庐山》摄制组在白鹿洞书院拍摄。7 月 1 日，香港凤凰卫视在白鹿洞书院拍摄。10 月 12 日，中央电视台《人与自然》摄制组在白鹿洞书院拍摄专题片。11 月 2 日，九江有线电视台在白鹿洞书院拍摄专题片《李渤与朱熹》。11 月 17 日，江西卫视《故事》栏目组在白鹿洞书院拍摄专题片《文化与名人》。11 月 17 日，江西卫视国际旅游部在白鹿洞书院拍摄。

1999 年 1 月 10 日，中央电视台电视片《今日中国》摄制组在白鹿洞书院拍摄《白鹿洞书院》专题片。12 月 16 日，江西省电视台《千年的故事》摄制组在白鹿洞书院拍摄《千年书院》专题片。12 月 18 日，江西省电视台《千年之光》栏目组在白鹿洞书院拍摄专题片。

2000 年 4 月 5 日，北京电视台"世界遗产地"摄制组在白鹿洞书院拍摄《白鹿洞书院》专题片。5 月 11 日，北京电视台受世界教科文组织的委托在白鹿洞书院拍摄世界遗产地电视专题片。9 月 13 日，《发现金赣》摄制组在白鹿洞书院拍摄专题片。

2002 年 9 月 10 日，国家广电总局、中华广播影视交流协会组织日本民俗映像社《长江纪行》摄制组在白鹿洞书院拍摄。

2003 年 8 月 26 日，由九江电视台拍摄的《千年学府——白鹿洞》获得第 16 届全国电视文艺"星光奖"专题节目三等奖。

2004 年 10 月 21 日，中央电视台新影艺术中心《星火》摄制组在白鹿洞书院拍摄。

2005 年 7 月 18 日，白鹿洞书院部分干部、职工到江西电视台录制《绝对英雄》节目，推介白鹿洞书院。8 月 1 日，中央电视台十套《科技之光》栏目组在白鹿洞书院拍摄。

2006 年 9 月 7 日，《寻找庐山恋》摄制组在白鹿洞书院拍摄。

2007 年 1 月 23 日，台湾省东森电视台在白鹿洞书院拍摄电视专题片。1 月 25 日，江西电视台《畅游江西》栏目组在白鹿洞书院拍摄。11 月 4 日，江西省靖安县地方戏《十五贯》剧组在白鹿洞书院拍摄。12 月 15 日，中央电视台四套《走遍中国》栏目组在白鹿洞书院拍摄。

2008 年 5 月 22 日，江西电视台《解密南昌》节目组在白鹿洞书院拍摄。11 月 4 日，中央电视台《欢乐中国行》栏目组在白鹿洞书院拍摄。

2012 年 8 月 1 日，中央电视台纪录频道在白鹿洞书院拍摄《科举中国》专题片。

2014 年 9 月 28 日，江西电视台、湖南电视台、河南电视台，在白鹿洞书院举行全国"四大书院"联合直播活动。

第一节　书院主要负责人

陈鹤兴

汉族，1923年6月7日出生于江西省九江市濂溪区高垅乡，高小文化。

陈鹤兴出身于贫苦农民家庭，自小就帮家里干农活，为解决父母的压力，1933年至1938年帮人放了五年牛，1939年至1942年在九江市某商店做了三年饭。1945年1月被抓为壮丁，在国民党四十九军七十九师二三七团一营二连当兵，先后当过二等兵、一等兵、上等兵，还当过一个月的下士副班长。解放战争时期，于1947年9月在东北辽宁杨杖子战斗中战败，通过收编参加人民解放军，在中国人民解放军四十五军一三三师三九八团历任战士、副班长、班长。朝鲜战争爆发后，参加志愿军，奔赴朝鲜战场，因在战场上表现突出，于1953年3月5日在朝鲜分土洞光荣入党，同年9月转正，1955年5月复员回乡。

1955年6月至1957年担任星子县第五区九星乡乡长，从1958年至1979年先后任东风公社武装部长、东风卫生院副院长、庐山万头畜牧场负责人、青山垦殖场党支书、庐山林科所党支书、庐山砖瓦厂副主任。1979年9月担任庐山白鹿洞书院文管所所长。1982年离休。2005年8月11日因病去世，享年83岁。

李学语

汉族，1929年12月19日出生于河南省新蔡县河坞乡瓦屋村李庄，高中学历。1949年3月参加革命，同年6月加入共青团，1979年12月加入中国共产党。

参加革命前在家务农。1949年4月在河南开封中原大学学习，同年8月毕业，被组织派到武汉军区通讯学校学习，1950年10月学习结束后，分配到湖南军区司令部工作，为见习报务员。1951 年 4 月调至广州中南空军十八师机要台担任报务员。1952 年 8 月至 1953 年 10 月因病在江西横峰第一康复医院修养。1953 年 10 月病愈转业到江西庐山管理局秘书处担任副处长。1958 年 5 月至 1960 年 10 月担任庐山酒精厂负责人。1960 年 10 月至 1969 年 12 月担任共大庐山分校处长。1970 年 1 月至 1972 年 4 月下放至海会、温泉、四新等大队。1972 年 4 月至 1982 年 9 月在海会粮管所工作。1982 年 9 月调往庐山白鹿洞书院文管所担任书记兼所长。1986 年获江西省文化厅"文博系统先进工作者"光荣称号，1989 年 12 月离休。2010 年 2 月 23 日因病去世，享年 81 岁。

孙家骅

汉族，1955 年 12 月出生于江西省德安县，中共党员。1990 年 2 月，任庐山白鹿洞书院文物管理所党支部书记、所长。1992 年 4 月任庐山白鹿洞书院管理委员会党支部书记、主任。1993 年 3 月，任庐山文教卫生处副处长、党委委员，继续兼任白鹿洞书院管理委员会党支部书记、主任。1996 年 11 月，任庐山文化广播电视处党总支书记、处长。1996 年 5 月 17 日，晋升为文博副研究馆员。后转行政机关公务员。1998 年 1 月，调任江西省文物局副局长，主持工作，同年 6 月兼任江西省博物馆馆长。2000 年 3 月，任江西省文物局局长。2013 年 8 月，任江西省文化厅副巡视员。曾任江西省政协第十一、十二届委员，中国博物馆协会常务理事，中国文物保护基金会博物馆专业委员会副主任，江西省旅游规划专家库成员。现为江西省人民政府文史研究馆馆员，国家艺术基金评审专家，江西省博物馆学会理事长，江西省文化艺术发展促进会名誉会长。发表各类文章百余篇（本）。

闵正国

汉族，1949 年 6 月出生于江西武宁县城，中共党员，毕业于江西师大历史系文博专业。曾任武宁县文化馆革委会副主任（副馆长），县文物管理所所长，荣获县专业技术拔尖人才称号。1995 年 7 月调往庐山白鹿洞书院，1997 年 5 月任庐山白鹿洞书院管理委员会副主任、党支部副书记，主持工作。2000年晋升文博副研究员。2005年6月调九江市博物馆，2008年11月晋升文博研究员。社会兼职主要有江西省社联七届委员，省书院研究会常务副会长（法人）、顾问，九江学院庐山文化研究中心兼职研究员等。有专著4本，参编《九江市志》（第二轮）、《庐山志》（首轮）等书稿多部，发表有关文物考古、书院研究、地方史志人物的文章约200万字。

在白鹿洞书院主持工作期间，书院曾两次被评为庐山管理局十佳文明单位、四次获得全山森林防火先进单位称号。个人先后荣获庐山管理局党委、庐山管理局直属机关工委"优秀党员"，省社联先进工作者，庐山管理局总工会"优秀职工之友"，庐山文化处"先进工作者""十佳职工"等称号。

高峰

汉族，1966年2月出生，安徽桐城人。1985年参加工作，1993年加入中国共产党。

1985年12月至2009年12月，在白鹿洞书院工作，先后从事讲解员、资料员、文物管理员工作，历任白鹿洞书院管委会副主任、主任。其间，于1991年3月至1993年7月，受组织委派到湖北省艺术职业学院文博班学习。1996年4月至1998年10月在南昌大学中文系公关文秘自考班学习。2003年3月至2004年12月在上海师范大学行政管理研究生班在职学习。

2009年12月，调庐山会议旧址，任党支部书记，同时兼任庐山《大梦落九天》文化发展有限公司总经理。2010年11月晋升为文博副研究馆员。2014年12月调庐山文物管理所任所长。2016年，文物管理所改为庐山世界遗产保护研究中心，任中心主任。

1995年获"全国文物安全先进个人"称号，曾兼任江西省书院研究会常务副会长、九江学院庐山文化研究中心兼职研究员。现为九江市人民代表大会法制委员会和市人民代表大会常务委员会法制工作委员会立法专家库成员、九江市文物局专家库成员。合编《白鹿洞书院艺文新志》，主编《中国书院论坛》2辑。各类论文散见《南方文物》《江西教育学院学报》《九江学院学报》《中华民居》《星火》《中国书院论坛》等刊物。

黎华

汉族，1968 年 9 月出生，江西省武宁县官莲乡西湾村坛塘人，中共党员。1990 年毕业于南昌工学院（原赣江大学）工艺美术专业，1990 年 4 月在庐山白鹿洞书院参加工作，1998 年加入中国共产党，一直从事文博管理，先后担任白鹿洞书院管委会工艺美术厂技术科科长、文管所副所长、所长。（1991 年 9 月至 1994 年 7 月接受江西师范大学政教专业教育。）1996 年 10 月至 1999 年 3 月担任白鹿洞书院管委会办公室主任。1999 年 3 月至 2005 年 4 月担任白鹿洞书院管委会副主任（2002 年 8 月至 2004 年 12 月接受中央党校法律专业本科函授教育）。2005 年 5 月担任白鹿洞书院管委会书记兼副主任。2009 年 10 月至 2014 年年底主持白鹿洞书院工作，2015 年 1 月担任白鹿洞书院管委会主任、书记。

在院期间，参与或主持书院的文物保护、古建维修、陈展提升、旅游及文化交流等方面工作。担任中国书院学会副会长、江西省书院研究会常务副会长、江西省王阳明研究会常务理事等职。并先后担任《中国书院论坛》副主编、主编，与李科友合著庐山白鹿洞书院丛书之九《白鹿洞书院》，与吴国富合著中国书院文化丛书《白鹿洞书院》，主编《白鹿洞书院的秘密》，为《新纂白鹿洞书院志》课题组主要成员，发表论文 40 余篇。

第二节　领导班子成员

1970 年，江西共产主义劳动大学庐山分校编制为一个营，白鹿洞书院为四连。指导员张先明，连长吴国柱，副连长但玉生。

1979 年 9 月，陈鹤兴任庐山白鹿洞文物管理所所长。

1982 年 9 月 1 日，中共九江市庐山区委员会任命李学语为庐山白鹿洞文物管理所所长。

中共九江市庐山区委员会文件

庐发〔1982〕55 号

关于李学语等同志职务任免的通知

庐山区文教卫生局：

区委决定：

李学语同志任庐山区白鹿洞文物管理所所长；陈鹤兴同志因本人年事已高，要求退居二线，经区委常委研究同意免去其白鹿洞文物管理所所长职务。

一九八二年九月一日

抄送：区部、委、办、局、文教卫生局下属各管（所）

1986 年 10 月，任赣生任庐山白鹿洞文物管理所副所长。

1990 年 2 月 15 日，德安县高塘乡党委副书记、纪委书记孙家骅调任庐山白鹿洞文物管理所党支部书记、所长。

1992 年 4 月 29 日，中共庐山风景名胜区管理局党委任命孙家骅为庐山白鹿洞书院管理委员会党支部书记、主任。

中共江西省庐山风景名胜区管理局委员会文件

庐干字〔1992〕11 号

关于孙家骅同志任职的通知

文教卫生处：

经管理局党委研究决定：

孙家骅同志任庐山白鹿洞书院管理委员会党支部书记、主任。党支部书记须按党章有关规定通过选举产生确认。

一九九二年四月二十九日

抄送：党委各部门、局直有关单位

庐山管理局党委办公室印发（共印 60 份）

1993 年 3 月 24 日，孙家骅调任庐山风景名胜区管理局文教卫生处副处长，兼任庐山白鹿洞书院管理委员会党支部书记、主任。

1993年10月，高峰任庐山白鹿洞书院管理委员会副主任。

1996年11月，孙家骅调任庐山风景名胜区管理局文化广播电视处党总支书记、处长，不再担任庐山白鹿洞书院管理委员会党支部书记、主任。

1997年5月，闵正国任庐山白鹿洞书院管理委员会党支部副书记、副主任，主持工作。

1999年3月，黎华任庐山白鹿洞书院管理委员会副主任。

2005年4月30日，中共庐山风景名胜区管理局组织部任命：闵正国任庐山社会科学联合会副主席（未到任）；高峰任庐山白鹿洞书院管理委员会主任；黎华任庐山白鹿洞书院管理委员会党支部书记、副主任；涂长林任庐山白鹿洞书院管理委员会副主任。

2007年4月，黄赞华、郭宏达任庐山白鹿洞书院管理委员会副主任。

2009年12月，高峰调任庐山会议旧址党支部书记，黎华主持庐山白鹿洞书院管理委员会工作。

2015年1月16日，中共庐山风景名胜区管理局任命黎华为庐山白鹿洞书院管理委员会主任。

第三节　贤士

姚公骞

1924—2000年。江西南昌市人，出生于鄱阳县。早年求学于福建厦门大学中文系，河南中原大学中文系，毕业后执教于鄱阳中学、乐平中学、德兴中学。1957年由南昌师范专科学校调入江西师范学院（今江西师大）历史系，为中国古代史教研组组长。1981年调江西大学（今南昌大学），任历史系主任、教授。1984年调省社科院任副院长、名誉院长。曾为省人大常委会常委。社会兼职主要有省历史学会会长、省书院研究会会长、省书法家协会名誉会长、《江西诗社》名誉社长、省方志编委会副主任等。他幼继家学，文史兼通，好诗词、工书法，涉猎广泛，多有建树。主编参编著作多部，主要有《王安石的知变与司马光的守常》《江西人与南北曲》《先驱者——中国历代改革家》《中国百年留学精英传》（四册）、《爱我中华三部典》（三册）等。在江西诸多名胜古迹中都留有墨宝。

姚公骞与白鹿洞书院结缘三十年。20世纪八九十年代，几乎每年都要到白鹿洞书院，或考察，或陪友，或赴会，或讲学，其中有一年来了五次，每每期许白鹿洞书院应在新时期薪火相传，发扬光大。他是当代在白鹿洞书院题联、题匾、题诗最多的人。在春风楼，他题书"憩斋"匾额。在报功祠外廊，他写楹联："白鹿无踪，与唐文宋理都成陈迹；青山常在，共民生国运大启新图。"在西碑廊中，他题楹联："十步之内有芳草；广厦所育皆英才。"在明伦堂外柱，他补书明代御史虞守愚楹联："鹿豕与游，物我相忘之地；泉峰交映，智仁独得之天。"他还题诗一首："登高要登庐山高，岭上秋风如海涛，雾隐云收天地阔，笑迎红日兴如潮。"作联一副："事业铸千秋，白鹿导前迎白鹭；忠贞搏万里，丹楹启后育丹心。"以颂扬庐山白鹿洞书院和吉安白鹭洲书院。晚年的他还向白鹿洞书院馈赠图书百余册。

姚公骞是江西省书院研究会的首任会长、名誉会长，对研究会寄予厚望，指出："中国古代的教育特色在私办而不是官办。孔子是个大教育家，他是办私学的。而私学、书院在教育史上都有特殊的地位，要研究古代教育的理论和实践，就离不开研究古代书院。中国古代文化博大精深，是东方文化的典型形态，历几千年持久不衰，是什么精神、办法在支撑着它？值得研究，是个重大课题。"又说："研究古代书院既要从宏观上把握，也要从微观上入手。不要见到书院就去研究，书院有大学者主持的，有大官僚主持的，也有中空先生、南郭先生支持的，其结果大不一样。有以学问为主的，有以研究理学为主的，有以做人为主的，有时好时差的，大家要学会鉴别，分析清楚，目的何在？教的是什么？宣扬的又是什么？要发掘书院教育中优秀的东西，好的传统、好的学风，找到各自的特色，为当今教育提供有益借鉴与启示。"对于古代教育和古代书院的研究成果，他曾经为之出版奔走呼号，为之撰写序言书名，激励后学，不遗余力，如李才栋《江西古代书院研究》，胡青《吴澄教育思想研究》，孙家骅、李科友《白鹿洞书院碑刻摩崖选集》等。

周銮书

1933—2007年，江西吉安市人。1950—1952年就读于南昌大学历史系，毕业后留校任教。1956年夏在中国人民大学马列主义研究班中国革命史专业进修。曾任江西师范学院（今江西师大）历史系主任，《中国大百科全书·军事卷》顾问、全国社科"八五"规划小组社会学评议委员。从1983年起，历任江西省委宣传部副部长、省社科院院长、省社联主席、省政协常委兼文史学习委员会主任等。主要从事中国现代史、人民共和国史研究，尤其致力于江西优秀传统文化的研究与整理，主编参编书稿十余部，个人出版专著有《兵略·兵制·兵争》《庐山史话》《景德镇史话》《千古一村——流坑历史和文化考察》《天光云影——江西卷》《天光云影——史学卷》《天光云影——江西历史文化教育散论》《众妙之门——中华传世作品三百篇编注》等。

自1983年始，他分管全省理论学习和文化工作，分管全省社会科学的管理和研究，致力于江西古代文化典籍的整理、哲学社会科学的规划、重大课题的完成与出版。倡导在江西建立"十大历史名人"纪念馆，挖掘"千古一村——乐安流坑"的历史文化，关注江西文博事业，特别是吴城遗址、贵溪崖墓、新干大洋洲商代大墓的发掘研究。主持编纂《江西古文精华丛书》《江西通志》《江西省文物志》《江西历代名人传》《江西名山志》《千年学府——白鹿洞书院》以及圆满完成中共中央宣传部"五个一"工程的评选。

周銮书对江西婺源的朱熹素有研究，多次以朱熹《观书有感》第二句"天光云影"为自己文集作书名；对朱熹所振兴的白鹿洞书院情有独钟，往来不止，凡请必到，乐此不疲。他曾指出："在江西古代历史上，现在能拿到世界上去比一比，能走出国门的，只有两样东西，一是景德镇的瓷器；二是庐山的白鹿洞书院。""庐山如果来申报世界文化遗产，或一时申报世界文化遗产不成功，白鹿洞书院也有资格单独立项申报世界文化遗产。"在省委宣传部副部长任上，他曾想将白鹿洞书院收归旗下管理作为江西古代文化教育对外开放的窗口，可惜这一愿望未能实现。1996年初，白鹿洞书院延宾馆维修竣工，有逸园一处，请他为之作记。先生欣然应允，一挥而就。《逸园记》写得文辞典雅，神采飞扬。

在庐山申报世界文化遗产时，他出任申报领导小组专家组组长，住山半年之久。他大胆提出：申报工作要决心一定下足，经费一步到位，申报一次成功。要有"壮士断腕"的勇气和胆略抓好环境整治、景观出新、修旧如旧。在这一思想指导下，庐山一举夺得"世界文化景观"的桂冠，此后他又为三清山、龙虎山、景德镇等地申报世界遗产，流坑等地申报全国重点文物保护单位出谋划策、尽职尽责。

李科友

1929—2020年，江西宜春市人，江西省文物工作队（今省文物考古研究所）队长、副研究员。1951年毕业于江西萍乡师范高师班，后进入江西省委宣传干部训练班，复转江西八一革命大学学习。毕业后分配到省委宣传部编审科，1952年并入江西人民出版社，先后担任出版组、发行组组长，科技编辑等。1958年调任江西省博物馆历史组组长、历史部副主任，主要负责江西人民革命史的陈列展览，同时辅导各地、市博物馆、纪念馆的展览陈列工作。1971年参加由国务院文化部举办的"中国出土文物展览"工作，以专家和展出组长身份出访奥地利、瑞典等欧洲国家。1974年回任省博物馆负责人。1981年任省文物工作队队长直至1990年退休。其间参与省内诸如贵溪崖墓、明代藩王墓、德安南宋女墓等重大考古发掘工作。社会兼职主要有中国考古学会会员、中国古陶瓷研究会理事、中国明代藩王研究会会长、江西省书院研究会副会长、省考古学会名誉会长、省文物鉴定小组副组长等。

李科友一生从事宣传文化、文物博物工作，撰写文章近百篇，主编参编书稿多部，主要有《江西历史文物》《贵溪崖墓》《江西红色画集》《中国出土文物图录》《中国名人胜迹辞典》《江西名胜古迹旅游博览》《白鹿洞书院碑刻摩崖选集》《白鹿洞书院》《千年学府——白鹿洞书院》《白鹿洞书院的秘密》《古陶瓷鉴定指南》（第二辑）《中国古陶瓷鉴定》等。

1990年7月，李科友应聘到白鹿洞书院为顾问、教授，专注于书院文化的研究与弘扬，在院十年，直至2000年春节前才回到省城。临行前的1999年2月，白鹿洞书院专为先生举行70寿诞以为纪念，并出资赞助其出版《江西古代文明探索》一书，该书由江西科技出版社出版，全书30万字，共分五篇：一、民族溯源；二、地下遗珍；三、人物述评；四、白鹿书声；

五、赣地旅游。由白鹿洞书院原主任孙家骅作序，省文化厅原厅长钟建华题词："探远古之源，悟历史之道。"

李科友来白鹿洞后，一直从事文化研究方面工作且卓有成绩。每年都带头走出去，或参加学术讨论会、诗会，或参观各大书院、博物馆。同时在院组织学术交流，编辑学术刊物，引进各式展览，推出新的陈列。在庐山申报世界文化遗产时，他是专家组成员，建言献策，仗义执言，为此荣获银质纪念章。他先后出任《白鹿洞书院通讯》（3—6 期）、《白鹿洞书院学报》（7—15 期）、《中国书院论坛》（1—2 辑）的副主编，工作中恪尽职守，一丝不苟，不计名利，乐于奉献，活跃学习氛围，启迪青年学子，扩大白鹿洞书院在外的影响。此外，在导游讲解、整理文献、拓印碑刻、拍摄图片、建设碑园、维修古建、陈列布展、审定大纲等方面也出力尤多，如进入故宫举办"白鹿洞书院碑刻摩崖石刻展"，列入省社科研究文库资助出版的《千年学府——白鹿洞书院》。

朱瑞熙

上海嘉定县人，1938 年 10 月生。1956 年至 1961 年就读于复旦大学历史系。毕业后，考入四川大学历史系，为著名史学家蒙文通教授的研究生，专攻宋代历史。1965 年 5 月分配至北京中国科学院（现中国社会科学院）近代史研究所，先后任范文澜和蔡美彪的助手，参加《中国通史简编》的续写工作。1985 年调至上海师范大学古籍研究所，1986 年至 1988 年任该所所长。为上海师范大学古籍整理研究所研究员、四川大学历史文化学院博士生导师。学术兼职为庐山白鹿洞书院院长，曾任中国宋史研究会会长。

个人专著有《宋代社会研究》（中州书画社和台北弘文馆版）。集体著作有《中国通史》第五、六、七册，《中国历史大辞典·宋史卷》，《中华民族杰出人物传》第 2 辑，《中国大百科全书·辽宋夏金史》，《白鹿洞书院古志五种》等。论文有《宋代幕职州县官的荐举制度》《宋代佃客法律处位再探索》《论宋代商人的社会地位及其历史作用》《王安石〈字说〉钩沉》《宋代的婚姻礼仪》《宋代的避讳习俗》《宋代的押字或花押》《朱熹是投降派、卖国贼吗？》等，著作有《中国政治制度通史（宋代卷）》《辽宋西夏金社会生活史》（第一作者）《嫏嬛集》《宋史研究》（第一作者，与程郁合著）等。

为使曾在中国教育史上有过重要影响的千年学府焕发出新的生机，庐山管理局恢复了"白鹿洞书院"建制。从全国聘请了一批著名学者和有关领导为顾问，聘请了一批具有副高级职称以上的专家学者为教授，由全国人大常委会副委员长、著名历史学家周谷城老先生担任总顾问。1988年11月，庐山白鹿洞书院召开"重建白鹿洞书院大会暨首届顾问教授座谈会"，上海师范大学古籍整理研究所研究员朱瑞熙先生被推选为白鹿洞书院院长。朱瑞熙先生就重建白鹿洞书院的重要意义和书院的性质、任务、发展前景作初步设想，提出白鹿洞书院今后的任务是开展以朱熹、陆九渊为重点的中国古代思想史、哲学史的研究，开展以书院为重点的中国古代教育制度史的研究，开展中国传统文化的研究。同时，组织国内和国际学术界的专家学者到此讨论有关他们感兴趣的种种问题，为促进祖国的四化建设、发展祖国的文化教育事业作出了应有的贡献。

第四节　职工

（1979.1.1—2016.12.31）

姓名	性别	籍贯	政治面貌	来院工作时间	备注
徐广忠	男	安徽省泗县		1968.11	1993.03 退休
陈明兰	女	安徽省泗县		1971.11	1986.12 退休
罗运喜	男	江西省九江市庐山区		1973.01	1994.11 退休
户柳英	女	江西省九江市庐山区		1973.01	1990.03 退休
陶时顺	男	江西省九江市庐山区		1974.12	
虞功玖	男	江西省九江市庐山区		1978.01	1988.09 去世
彭欣华	女	江西省九江市庐山区		1978.01	1997.01 退休
罗会春	女	江西省九江市庐山区		1978.12	2011.02 退休，2014.02 去世
陈鹤兴	男	江西省九江市庐山区	中共党员	1979.08	1982 年离休，2005.08 去世
杨枝德	女	江西省九江市庐山区		1979.08	1984.04 退休
陈里英	女	江西省九江市庐山区		1979.08	2006.07 退休
陈里华	女	江西省九江市庐山区		1979.08	2008.02 退休
干正柱	男	江西省九江市庐山区		1980.07	1989.09 去世

（续表）

姓名	性别	籍贯	政治面貌	来院工作时间	备注
赵金娥	女	江西省九江市庐山区		1980.07	1989.09 去世
陈里姣	女	江西省九江市庐山区		1980.10	2012.02 退休
汪金保	男	江西省九江市庐山区	中共党员	1980.10	1985.04 调出
杨霖	男	江西省九江市庐山管理局		1980.12	1981.07 调出
陈世坤	男	江西省九江市庐山区		1981.01	
徐根礼	男	安徽省泗县		1981.01	1985.12 去世
罗会香	女	江西省九江市庐山区		1981.01	2013.09 退休
李学语	男	河南省新蔡县	中共党员	1982.09	1989.12 离休，2010.02 去世
任赣生	男	江西省九江市庐山区	中共党员	1983.02	1998.01 退休
周金华	男	湖北省黄梅县	中共党员	1983.05	2005.01 退休
高峰	男	安徽省桐城县	中共党员	1985.12.	2009.12 调出
陈星梅	女	江西省九江市庐山区		1985.12.	2015.07 退休
陈青萍	女	江西省九江市庐山区		1986.12.	
裴盛亚	男	江西省九江市庐山区		1988.03	2008.03. 退休
陈礼	男	安徽省泗县	中共党员	1988.12	
任朝辉	男	江西省九江市庐山区		1988.12	
虞静霞	女	江西省九江市庐山区		1988.12	
邹秀良	男	江西省九江市庐山区	中共党员	1990.01	2013.06 退休
孙家骅	男	江西省九江市德安县	中共党员	1990.02	1993.03 调出
虞成峰	男	江西省九江市庐山区		1990.03	
任奇志	男	江西省九江市庐山区	中共党员	1990.03	
裴凌云	男	江西省九江市庐山区	中共党员	1990.03	
汪松林	男	江西省九江市庐山区		1990.04	
黎华	男	江西省九江市武宁县	中共党员	1990.04	
石明发	男	江西省金溪县	中共党员	1990.04	
李学军	男	江西省九江市修水县		1990.04	
郭宏达	男	江西省九江市永修县	中共党员	1990.05	
陈冬花	女	江西省南昌市新建县	九三学社	1990.05	
裴乐丰	男	江西省九江市庐山区		1990.12	
徐安民	男	江西省九江市庐山区		1991.03	2012.07 退休
吴小珍	女	江西省九江市修水县		1991.12	
杨金凤	女	江西省九江市庐山区		1991.12	2007.04 退休
陈里荣	女	江西省九江市庐山区		1991.12	2012.12 退休

（续表）

姓名	性别	籍贯	政治面貌	来院工作时间	备注
李革民	男	江西省九江市瑞昌市	中共党员	1992.09	1999.04 调出
黄风雷	男	江西省九江市都昌县		1992.10	2005.12 调出
陈里中	男	江西省九江市庐山区		1992.11	
张 林	男	江西省九江市九江县	中共党员	1993.04	2016.03 退休
周小康	女	江西省九江市庐山区		1993.05	
王满林	男	江西省九江市星子县		1993.06	
闵正国	男	江西省九江市武宁县	中共党员	1995.07	2005.06 调出
涂长林	男	江西省九江市星子县	中共党员	1995.10	2006.12 调出
张林霞	女	江西省九江市九江县	农工党	1995.10	2009.10 调出
陈志茂	男	江西省九江市庐山区		1996.01	
黄赞华	男	江西省九江市星子县	中共党员	2007.04	
付柳青	女	江西省高安县		2014.02	

第五节　挂职锻炼人员

1992 年 2 月 19 日，江西省社会科学院樊宾、俞晖两位青年学者在庐山白鹿洞书院文化研究所挂职锻炼两年。

第六节　聘用人员

（1979.1.1—2016.12.31）

姓名	性别	籍贯	政治面貌	聘用时间	备注
翟火南	男	江西省九江市星子县		1984.01	1989.01 离职
李平兴	男	江西省九江市星子县		1984.01	1993.12 离职
葛三星	男	安徽省		1984 年	1988 年离职
伍金保	男	江西省九江市星子县		1984.10	1991.06 离职
翟宗梅	男	江西省九江市星子县	中共党员	1985.01	1995.07 离职
翟宗清	男	江西省九江市星子县		1986.10	1994.08 离职

姓名	性别	籍贯	政治面貌	聘用时间	备注
李平耀	男	江西省九江市星子县	中共党员	1988.10	
刘永进	男	江西省九江市庐山区		1989.01	2014.09 退休返聘
胡喜凤	女	江西省浮梁县		1990.05	1991 年离职
张人伟	男	江西省九江市星子县	中共党员	1990.06	1998.12 离职
李科友	男	江西省高安县	中共党员	1990.07	2000.12 离职
万学平	男	江西省九江市庐山区		1990.07	1993.12 离职
沈家溪	男	江西省九江市九江县		1991.05	1993.04 离职
谢璐	女	江西省南昌市		1990.08	1991 年离职
夏阳	男	江西省宜春市		1990.08	1991 年离职
许焰超	男	湖北省罗田县		1991.01	1994.12 离职
干正年	男	江西省九江市庐山区		1991.03	1997.12 离职
李代桃	男	江西省九江市庐山区		1991.03	1997.12 离职
梅世金	男	江西省九江市庐山区		1991.03	1997.12 离职
余璐	女	江西省南昌市新建县		1991.11	1997.12 离职
邓达松	男	江西省南昌市新建县	中共党员	1992.01	1997.12 离职
陶水印	男	江西省九江市星子县		1992.01	
余琴	女	江西省金溪县		1992.02	1994.02 离职
许卫祥	男	湖北省罗田县		1992.02	1994.12 离职
潘荣	女	江西省崇义县		1992.03	1994.03 离职
王先鹏	男	江西省瑞金市		1992.03	1993.03 离职
张维琦	男	江西省安义县		1992.03	1992.10 离职
许贵生	男	江西省乐平市		1992.03	1993.03 离职
陈波	男	江西省鄱阳县		1992.03	1992.08 离职
伍火观	男	江西省九江市星子县		1992.06	
吴玉京	男	江西省九江市星子县		1992.06	1994.12 离职
林春燕	女	江西省广丰县		1992.08	1995.05 离职
周彩霞	女	湖北省黄梅县		1992.08	1997.12 离职
陈妹礼	女	安徽省泗县		1992.08	1997.12 离职
汪水英	女	江西省九江市庐山区		1992.08	1997.12 离职
罗会红	女	江西省九江市庐山区		1992.08	1997.12 离职
李谊	男	江西省九江市武宁县		1993.01	1995.08 离职
干正杰	男	江西省九江市庐山区		1993.03	1997.12 离职
杨述泉	男	江西省九江市庐山区		1993.12	1997.12 离职
田绍垚	男	江西省九江市瑞昌市	中共党员	1996 年	1997 年离职

（续表）

姓名	性别	籍贯	政治面貌	聘用时间	备注
翟玉莲	女	江西省九江市星子县		1996.06	1997.12 离职
李传华	男	江西省九江市星子县		1999.01	
陈裕华	男	江西省九江市星子县		2003.04	2005.03 离职
熊传礼	男	江西省九江市星子县		2005.03	2006.08 离职
伍代绪	男	江西省九江市星子县		2005.04	2010.11 离职
饶启梅	男	江西省九江市星子县		2005.11	2006.08 离职
吴吉云	男	江西省九江市修水县		2006.08	2008.09 离职
陈南英	女	江西省九江市星子县		2007.04	
陈述富	男	江西省九江市星子县		2008.10	2010.05 离职
向友火	男	江西省九江市星子县		2010.06	2016.12 离职
艾诗昌	男	江西省九江市星子县		2010.06	2014.12 离职
陈维和	男	江西省九江市星子县		2010.11	
谭捡婆	女	江西省九江市星子县		2012.10	2016.03 离职
伍仁中	男	江西省九江市星子县		2013.01	
郭燕	女	江西省九江市庐山区		2014.11	
张小桥	女	江西省九江市九江县		2015.01	
张云英	女	江西省九江市星子县		2015.01	
陈清霞	女	江西省九江市庐山区		2015.01	
陶杏春	女	江西省九江市星子县		2015.01	
谭艳英	女	江西省九江市星子县		2015.01	
陈晶	女	江西省九江市庐山区		2015.01	
孔仕珍	女	江西省九江市庐山区		2015.01	2016.03 离职
伍水保	男	江西省九江市星子县		2015.10	
翟宗竹	男	江西省九江市星子县		2015.11	2016.04 离职
程加红	男	江西省九江市星子县		2016.01	
郭珊珊	女	江西省九江市星子县		2016.04	

附录

一、白鹿洞书院老照片

老照片说明

白鹿洞书院的历史图片，目前发现最早的是 19 世纪 70 年代上海出版的《远东》杂志上的插图，拍摄的是当时白鹿洞书院的正门，门前贯道溪里的游人以及大门的联对清晰可辨。这大概与摄影技术的传入以及庐山的开发密切相关，且图片资料多见于导游书籍与休闲类报刊之中。其中，以 1920 年出版的（日）金丸健二拍摄《老照片·长江旧影（1920）》与 1921 年出版的 *Historic Lushan* 以及 1941 年常盘大定、关野贞等出版的书籍中，存有数十幅之多，不仅有书院外景还有院内的建筑以及室内主要雕塑等。在《亚细亚大观 1928—1932 年》《亚东 1924—1944 年》与当时在庐山旅居的外国人所拍摄的作品亦多有留存。最为可贵的是 1933 年《良友》杂志上刊登了题为"白鹿洞书院志清趣"的彩色照片以及同年《南洋友声》杂志上出现的音乐家、教育家沈心工的留影，这是白鹿洞书院老照片中所鲜见的。

需要说明的是，这里所说的白鹿洞书院老照片，特指 1949 年以前所拍摄的，同时留存了部分新中国成立以后具有代表性的建筑或者有历史价值的活动等内容的图片资料。

1. 白鹿洞书院老照片

白鹿洞书院正门与贯道溪
（19 世纪 70 年代《远东》杂志插图）

白鹿洞
（1906 年《东方杂志》插图）

白鹿洞书院
（1910 年 6 月《神州日报》附送写真）

白鹿洞书院
（1906 年《东方杂志》插图）

白鹿洞紫阳书院
（1910年《图画日报》插画）

白鹿洞书院
（1911年《进步》插图）

白鹿洞紫阳书院
[1914 年《大同报（上海）》插图]

白鹿洞书院门首
[（日）金丸健二《老照片·长江
旧影（1920）》插图]

白鹿洞书院内十贤像
[（日）金丸健二《老照片·长江旧影
（1920）》插图]

白鹿洞
（1921 年 *Historic Lushan* 插图）

白鹿洞书院
（1921 年 *Historic Lushan* 插图）

白鹿洞书院门首
（1921 年 *Historic Lushan* 插图）

白鹿洞书院孔子像
（1921 年 *Historic Lushan* 插图）

白鹿洞书院
（1921 年徐珂《庐山指南》插图）

洞鹿白山庐

白鹿洞书院名教乐地牌坊
（1924 年《国闻周报》插图）

江西高等林业学校
（1925 年黄炎培撰
《庐山》插图）

(24) The "White Deer" Cave" College　　　　　院書洞鹿白（四十二）

辦停今　校學林農等高爲改季清　所之學講儲諸陸朱宋爲　院書洞鹿白

贯道桥
（1925 年黄炎培撰
《庐山》插图）

(25) The "White Deer" Cave　　　　　洞鹿白（五十二）

名故　娘白鹿白著常　此隠渤李　下峯老五南東山庐在洞

(25) Temple of Chu Tz'u, "White Deer" Cave

白鹿洞朱文公祠（二十五）

白鹿洞在宋初为书院大四之一 朱文公知南康军 阖舍置田 讲学其中 时称极盛 祠在书院之左 供文正偶像

朱文公祠
（1925年黄炎培撰《庐山》插图）

贯道桥
（1925年《进德季刊》
照相凹版）

枕流石刻
（1927 年《亚细亚大观 1928—1932 年》插图）

白鹿洞
（1927 年《亚细亚大观 1928—1932 年》插图）

贯道桥
（1927 年《少年（上海 1911）》插图）

白鹿洞演习林事务所
（1930 年《旅行杂志》插图）

白鹿洞书院
（1931 年《亚东印画辑 1924—1944 年》插图）

白鹿洞
（1931年《旅行杂志》插图）

白鹿洞书院
（1931年《旅行杂志》插图）

白鹿洞书院内景
（1932年澳大利亚籍庐山侨民摄）

棂星门
（1932年澳大利亚籍庐山侨民摄）

音乐教育家叔逵先生（沈心工）留影
（1933年《南洋友声》插图）

白鹿洞书院之清趣
（1933年《良友》杂志插图）

名教乐地牌坊
（1933年《前途》插图）

贯道桥
（1934 年《美术生活》插图）

白鹿洞书院门首
（1934 年《柯达杂志》插图）

白鹿洞书院牌坊
（1936 年《江西年鉴》插图）

棂星门
（1937 年张佚凡
《庐山导游》插图）

白鹿洞书院溪流
（1939 年《亚细亚大观》插图）

白鹿洞
（1940 年《亚东印画辑
1924—1944 年》）

白鹿洞
［1941 年（日）常盘大定、关野贞著
《支那文化史迹》插图］

白鹿洞书院
［1941 年（日）常盘大定、关野贞著
《支那文化史迹》插图］

贯道桥
［1941 年（日）常盘大定、关野贞著《支那文化史迹》插图］

白鹿洞书院志续编
（1901—2016）

孔子像
［1941 年（日）常盘大定、关野贞著
《支那文化史迹》插图］

朱子像
［1941 年（日）常盘大定、关野贞著
《支那文化史迹》插图］

被日军破坏的碑刻
（1944 年刻画）

白鹿洞书院门首
（1954年《人民的庐山》插图）

独对亭
（拍摄年代不详）

棂星门
（拍摄年代不详）

白鹿洞书院
（拍摄年代不详）

白鹿洞
（拍摄年代不详）

名教乐地牌坊
（拍摄年代不详）

白鹿洞思贤台（拍摄年代不详）

贯道桥（拍摄年代不详）

白鹿洞书院内景（拍摄年代不详）

已拆除的白鹿洞书院牌坊
（1992 年拍摄）

已拆除的白鹿洞书院山门
（1992 年拍摄）

2. 国内外交流活动

1985 年，日本兴让馆高等学校第一次访问白鹿洞书院

1990 年，庆祝白鹿洞书院立学 1050 周年大会暨学术研讨会

1992年，庐山白鹿洞书院文化旅游开发新闻发布会

1993年，孙家骅、李才栋、张宜南访问日本

1993 年，江西省书院研究会成立大会暨学术研讨会举行，与会人员合影

2011 年，韩国绍修书院代表团访问白鹿洞书院

二、白鹿洞书院大事编年

约唐德宗贞元十四年（798）至唐顺宗永贞元年（805）前后，李渤隐居白鹿洞。

李渤《辨石钟山记》："贞元戊寅岁七月八日白鹿先生记。"

李逢吉《折桂庵记》："吾顷年奉家君牧九江，得从白鹿先生浚之游观焉。贞元辛巳岁六月十五日李逢吉述。"

张君房《云笈七签》卷五引李渤《真系》："时贞元乙酉岁七月二十一日，于庐山白鹿洞栖真堂中述。"

唐穆宗长庆二年（822），李渤任江州刺史，于白鹿洞创建台榭，杂植花木。

《通鉴·长庆二年》：四月，"平叔又奏征远年逋欠。江州刺史李渤上言"云云。《全唐文》卷六三七李翱《江州南湖堤铭并序》："长庆二年十二月，江州刺史李君浚之截南陂筑堤三千五百尺。"

王应麟《玉海》卷一百六十七："唐李渤与兄李涉俱隐白鹿洞，后为江州刺史，即洞创台榭。"

南唐升元四年（940），先主李昪于白鹿洞创建庐山国学。以国子监九经李善道为洞主，置学田，聚图书，教授学子。

吴任臣《十国春秋》卷十五："（升元四年）是时建学馆于白鹿洞，置田供给诸生，以李善道为洞主，掌其教，号曰庐山国学。"

江少虞《宋朝事实类苑》卷六十一："江州庐山白鹿洞，李氏日常聚书籍，以招徕四方之学者，有膳田数十顷给之。选太学中通经者，授以他官，领洞事，以职教授。自江南北，为学者争凑焉，常不下数百人，厨廪丰给。"

王应麟《玉海》卷一百六十七："南唐升元中，因洞建学馆，置田以给诸生，学者大集，以李善道为洞主，掌教授，当时谓之白鹿国庠。"

建隆二年（961），南唐中主李璟迁都洪州（今南昌），途中巡视庐山国学。

《江南野史》卷八："初嗣主南幸落星渚，遂游白鹿国庠。"

同书卷二："建隆二年春，嗣主入南都，立吴王从嘉为太子，监国。所过郡邑，慰劳守宰，存问高年疾苦。次于庐山，与从臣游于山中寺观，遍览胜境。"

南唐时，伍乔、江为、孟归唐、魏羽、杨徽之等人皆读书于庐山国学。

陆游《南唐书》卷一五："伍乔，庐江人。居庐山国学数年，力于学，诗调寒苦，每有瘦童羸马之叹……入金陵，举进士……及覆考榜出，乔果为首，泊、贞观次之，时称主司精于衡鉴。元宗亦大爱乔程文，命勒石以为永式。"

《江南野史》卷八："江为者，宋世淹之后。先祖仕于建阳，因家焉。世习儒素。少游庐山白鹿洞，师事处士陈贶，酷于诗句二十余年，有风雅清丽之态，时已诵之。"

马令《南唐书》卷二三："（孟）归唐，亦能诗，肄业庐山国学。尝得《瀑布》诗云：练色有穷处，寒声无断时。邻房生亦得此联，遂交争之。助教不能辨，讼于江州，各以全篇意格定之，而归唐为胜。"

《江南余载》："（魏羽）肄业于白鹿洞，临赴举大醉卧百花峰下。稍醒，忽有鬼物十数辈环侍其侧，羽惊问之，对曰：'以公贵人，故奉守耳。'其后羽以昭文馆校书起家，过江，至三司使、工部侍郎。"

太平兴国三年（978），以知江州周述请，朝廷赐白鹿洞书院九经。时白鹿洞书院声闻远近，与岳麓、嵩阳、睢阳并称四大书院。

王应麟《玉海》卷一百六十七："宋朝太平兴国三年三月庚寅，知江州周述言：'庐山白鹿洞学徒数千百人，请赐《九经》书肄习。'诏从其请，乃驿送之。"

吕祖谦《白鹿洞书院记》："国初……儒先往往依山林、即闲旷以讲授，大率多至数十百人。嵩阳、岳麓、睢阳及是洞为尤著，天下所谓四书院者也。"

太平兴国五年（980），以江州白鹿洞主明起为褒信主簿。明起建议以书院学田入官，故爵命之。白鹿洞书院由是渐废。

洪迈《容斋三笔》卷五《州郡书院》："太平兴国五年，以江州白鹿洞主明起为褒信主簿。洞在庐山之阳，尝聚生徒数百人。李煜有国时，割善田数十顷，取其租廪给之；选太学之通经者，俾领洞事，日为诸生讲诵。于是起建议以其田入官，故爵命之。白鹿洞由是渐废。"

王应麟《玉海》卷一百六十七："五年六月己亥，以白鹿洞主明起为褒信主簿，赐陈裕三传出身。起、裕以讲学为业，故有是论。"

江少虞《宋朝事实类苑》卷六十一："太平兴国初，洞主明起建议以田入官，而齿仕籍，得蔡州褒信簿。既然乏供馈，学徒日散，室庐隳坏，因而废焉。"

咸平五年（1002），敕有司重修白鹿洞书院，塑宣圣十哲之像。

王应麟《玉海》卷一百六十七："咸平五年，敕有司重修缮，又塑宣圣十哲之像。"

皇祐五年（1053），孙琛于白鹿洞故址建书堂，教读子弟。

郭祥正《书堂记》："祥符初，直史馆孙冕，以疾辞于朝，愿得白鹿洞以归老，诏从之。冕未及归而卒。皇祐五年，其子比部郎中琛，即学之故址为屋，榜曰书堂，俾子弟居而学焉。四方之士来者，亦给其食。"

熙宁（1068—1077）时，白鹿洞已荒废。

陈舜俞《庐山记》卷二："咸平五年，敕重修，仍塑宣圣十哲之像。今鞠为茂草。"按：陈舜俞《庐山记》作于熙宁五年（1072）前后。

淳熙六年（1179），朱熹知南康军，遂议兴复白鹿洞书院，发布《白鹿洞牒》，上《申修白鹿洞书院状》。

《朱熹文集》卷二十《申修白鹿洞书院状》："契勘庐山白鹿洞旧属江州，今隶本军，去城十有余里，元系唐朝李渤隐居之所。南唐之世，因建书院，买田以给生徒，立师以掌教导，号为国学，四方之士多来受业，其后出为世用，名迹章显者甚众。至国初时，学徒犹数十百人。太宗皇帝闻之，赐以监书，又以其洞主明起为蔡州褒信县主簿，以旌劝之。其后既有军学，而洞之书院遂废，累年于今，基地埋没。近因搜访，乃复得之。窃惟庐山山水之胜甲于东南，老佛之居以百十数。中间虽有废坏，今日鲜不兴葺。独此一洞，乃前贤旧隐儒学精舍，又蒙圣朝恩锡褒显，所以惠养一方之士，德意甚厚。顾乃废坏不修，至於如此，长民之吏，不得不任其责。除已一面计置，量行修立外，窃缘上件书院功役虽小，然其名额具载国典，则其事体似亦非轻。若不申明，乞赐行下，窃虑岁久，复至埋没。须至申闻者。

右谨具申尚书省及尚书礼部，伏乞钧旨，检会太平兴国年中节次指挥，行下照会，庶几官吏有所遵守，久远不至埋没，谨状。"

淳熙七年（1180）三月十八日，白鹿洞书院落成，释菜开讲，朱熹兼任洞主。

《朱文公文集》卷八十六《白鹿洞成告先圣文》："维淳熙七年岁次庚子三月癸丑朔十八日庚午，具位敢昭告于先圣至圣文宣王"云云。

《朱文公文集》卷三十四《答吕伯恭》："十八日已入院开讲，以落其成矣。讲义只是《中庸》首章《或问》中语。"又《朱文公别集》卷六《与黄商伯》："此间白鹿洞已毕功，前日往释菜开讲矣。"

朱熹《白鹿洞赋》自序："白鹿洞赋者，洞主晦翁之所作也。"

朱熹又订白鹿洞书院学规。遍请江西、江东两路诸使赠书于书院。

《朱文公文集》卷七十四《白鹿洞书院学规》。

《朱文公别集》卷六《与黄商伯》："白鹿洞成，未有藏书。欲于两漕求江西诸郡文字，已有札子恳之。及前此亦尝求之陆仓矣，度诸公必见许。"

淳熙七年（1180）九月，朱熹请杨日新任白鹿洞书院堂长。

《朱文公别集》卷九《南康军请洞学堂长帖》："本洞旧制，洞主之外，更有堂长名目。今睹学录杨日新年德老成，在洞供职，纪纲庭事，表率生徒，绩效可观。合行敦请，须至牒者：右给牒付贡士杨日新，准此充白鹿洞书院堂长职事。淳熙七年九月某日。"

淳熙八年（1181）二月十日，朱熹邀请陆九渊至白鹿洞书院讲论"君子小人喻义利"章。

《朱文公文集》卷八十一《跋金溪陆主簿白鹿洞书堂讲义后》："淳熙辛丑春二月，陆兄子静来自金溪，其徒朱克家、陆麟之、周清叟、熊鉴、路谦亨、胥训实从。十日丁亥，熹率僚友诸生，与俱至白鹿洞书堂，请得一言以警学者。"陆九渊讲义见《陆九渊集》卷二十三《白鹿洞书院论语讲义》。

淳熙八年（1181）三月，朱熹上状乞赐白鹿洞书院敕额、高宗御书《石经》、国子监《九经注疏》及《论语》《孟子》等书。同年十一月，朱熹奏事于延和殿，复言白鹿洞书院，请赐书额。诏从之。

《朱文公文集》卷十六《缴纳南康任满合奏禀事件状》。

黄榦《朱熹行状》："其七，言白鹿书院，请赐书额……白鹿书院事，本不暇及，前期执政使人谕以且宜勿言，先生因念主上未必有鄙薄儒生之意，而大臣先为此言，不可。及对，卒言之。上委曲访问，悉从其请。"

《碧梧玩芳集》卷十七《庐山白鹿洞书院兴复记》："谨按国史：淳熙八年十一月辛丑，礼部言'知南康军朱熹奏：庐山白鹿洞书院在本军星子县界……欲望继述两朝圣人遗意，特降敕命，仍旧以"白鹿洞书院"为额，诏国子监仰摹御书《石经》、印造《九经注疏》《论》《孟》等书颁赐。'事下国子监，勘当，监上礼部奏闻，从之。"

绍熙三年（1192），知南康军曾集以郡廪资白鹿洞生徒。

杨万里《荐举王自中、曾集、徐元德政绩同安抚司奏状》："朝散郎知南康军曾集，胄出名家，躬服寒素，少从名儒张栻讲学……其政一遵朱熹之旧，如请于朝，乞均减星子一县预买，如辍郡廪以教育白鹿书院生徒，皆朱熹欲为而未及尽行者。"

庆元二年（1196），知南康军赵公修缮白鹿洞书院。

白鹿洞摩岩石刻："庆元丙辰之腊月，太守广陵赵公修白鹿书院，十有六日，知县梁翊以督役至此。教授吴中、堂长吴尧佐、学录余坦、直学赵规。"

嘉定十年（1217），知南康军朱在重修书院。

黄榦《南康军新修白鹿书院记》："嘉定十年，先生之子在以大理正来践世职，思所以扬休命、成先志，鸠工度材，缺者增之，为前贤之祠、寓宾之馆、阁东之斋、趋洞之路；狭者广之，为礼殿、为直舍、为门、为墉；已具而弊者新之，虽庖湢之属不苟也。又以先生尝著跪坐之制，闻于朝，请厘正之。其规模闳壮，皆它郡学所不及。于康庐绝特之观，甚称于诸生讲肄之所，甚宜宣圣朝崇尚之风，成前人教育之美，皆可无憾矣。"按，朱在为朱熹之子。

嘉定十一年（1218），陈宓知南康军，修缮书院。

李清馥《闽中理学渊源考》卷二十九："出知南康军，岁大祲，奏蠲田赋，使流民筑江堤而给其食，造白鹿洞与诸生讲解。"

熊德阳《重修礼圣殿记》："厥后陈宓、朱端章、黄桂、刘传汉次第修举。"

正德《南康府志》："陈宓咸淳间知南康军，创白鹿洞贡士庄，修流渐桥，善政居多。"

陈宓《上勉斋黄先生》（节选）："某皇恐拜覆。某秋间天界幸会，得与白鹿诸生执经座下。但拘辍朱墨，心意不专，不能于传注外出意以求指教。为日非不久，开发非不多，而性与天道，未尝敢躐等求闻焉，又不能数侍杖履于石泉佳处。及今思之，岂可复得，而轻易违离，可不恨耶！"

嘉定十四年（1221），知南康军黄桂修缮白鹿洞书院。

同治《星子县志》卷七："嘉定十四年，军守黄桂增辟三门，又以没入庄田三百亩置西源庄。"

绍定六年（1233），江东提刑袁甫、知南康军史文卿重修书院。

袁甫《重修白鹿书院记》："甫无状，将指江东且五年，建象山书院于贵溪，兴白鹿书院于庐阜，岂徒然哉？正欲力辨道谊功利，使士心不昧所趋，以庶几实有益于国家耳。"

同治《星子县志》卷七："绍定中，军守史文卿建五经堂。"

玉渊石刻："绍定壬辰秋九月甲申，知南康军石窗史文卿领事之初，躬诣白鹿洞学，释菜先圣先师，礼成，全签书判官厅公事天台张萃、军学教授四明任襃然来游。"

淳祐年间（1241—1252），南康知军陈洽有增建。

同治《星子县志》卷七："淳祐间，军守陈洽建友善及文昌宫。"

淳祐十年（1250），知南康军方岳整顿书院，清田、讲学、聘师。

方岳《与蔡宪论南康事件》："某假守于此，事有崇台之欲知者，辄二一条件之。一、白鹿书院，实先贤讲道之地。水木幽茂，雅宜藏修。而比年以来，师道不立，士之处其间者，亦多粥饭僧耳。某初至，见学校不肃，令之曰：'紫衫戎服，凉衫凶服，恐不可以见先圣先师。自今以来，不具襕幞者，其勿与殿谒；不具深衣者，其勿与听讲！'则皆不以为是。有一寄居者曰陶教授，持文公《家礼》来，曰：'凉衫，盛服也。文公自言之矣，何不可之有？'某笑指旁一虞兵而谓之曰：'若此辈祭其祖先亦着襕幞，岂非怪事！'文公《家礼》，为祭祖先言也，不为拜先圣言也。故曰：'凡言盛服者，官员公裳，士人襕幞，庶人凉衫。'市井小人亦有祖先也，则凉衫其盛服矣。文公之礼，士人犹不可以凉衫见其祖先，而谓可以凉衫见先圣先师乎！盖礼文之粗浅者，其议论尚如此，则其所讲明可类推矣。一、近准使牒，差请饶堂长以领袖学者，此白鹿之所甚幸也。某即日遣人籲礼币，乃承缴至省札及辞免公状，某以其免牒，必不容，但已即与缴申乞札催供职矣。此中久无堂长，事体放纷，其于义利之间，恐有界限未甚分晓者。至于今日要取某人之田，明日要扑某处之渡，亦非好气象耳。与之则民怨，不与则士哗，非有以淑其心，又何以革其习也？"

咸淳年间（1265—1274），知军刘传汉增置洞田且有兴建。

《万姓统谱》："传汉咸淳间知南康军，首行淳熙荒政，捐己俸以赈贫，节用买田，置惠民仓，拨废寺田谷助星子月解军粮，创白鹿洞贡士庄，修流渐桥，爱民重士，兴利补弊，善政为多。"

至元二十四年（1287），白鹿洞书院毁于火灾，嗣后即重修。

马廷鸾《白鹿书院兴复记》："谨按国史：淳熙八年十一月辛丑，礼部言知南康军朱熹奏：'庐山白鹿洞书院在本军星子县界，恭闻先朝尝赐之国子监《九经》，又尝敕有司重加修缮。考此山佛老之祠以百数，兵乱之余次第兴葺，而先王礼义之宫所以为化民成俗之本者乃反寂寥。臣蒙恩假守，始即其故基度为小屋，教养生徒，欲望继述两朝圣人遗意。特降敕命仍书以'白鹿洞书院'为额，诏国子监仰摹御书石经、印造《九经注疏》《论》《孟》等书颁赐。'事下国子监勘当，监上礼部奏闻，从之。于是，东莱吕成公为之记。后三十有八年，南康守臣重修，而勉斋黄公记之。又后十有六年，江东宪臣重修，而蒙斋先生袁公记之。后五十有四年，斋藏不戒于火，百年儒宫一夕烟灭，斯文之厄极矣。于是，领生徒、尸讲习者尽然动心，任藩侯、为师帅者慨然出。披荒拨烬，度材鸠工，爰界之人徒焉，赋之财粟焉，旧日规制乃大复兴。"

泰定元年（1324），南康路总管汪从善大修书院，榜曰"天下大书院"。

邵亨贞《元故嘉议大夫邵武路总管兼管内劝农事汪公行状》："公讳从善，字国良，姓汪氏。五季时，有自歙之黄墩徙婺源还珠者，子孙家焉。宋末分派，来杭之新城。泰定元年，宰相奏公为南康郡，大修白鹿洞书院。洞自朱文公为守时，正其山园疆界。岁久，乡民寺僧掩为己有。公亲往访问，尽得文公所刻界址字于石上及洞水中。民僧率服，疆界如初。洞有大松数百万计，无赖军士，每刍荛焉，院莫敢与争。山长乐杞以闻，公捕樵者。未责以罪，遽命斋厨饭之。食已，始谕以移牒军府治罪。众感激，乞就公受罪，公与之约法而舍之，皆拜谢去。迄今洞无樵扰。又重广文公祠宇。院既讫工，公乃大书榜曰'天下大书院'，至今过者指之曰：'此吾汪使君绩也。'"

至正十一年（1351），白鹿洞书院毁于兵火。此后荒废近百年。

王祎《游白鹿洞记》："余到郡已数月，欲至白鹿洞甚渴。左右为余言：往时荆棘塞路，不可往，顷因伐大木，往者众，路乃始通。然路上虎纵横，苟欲往，非多拥驺从不可，用是欲行辄复止。会行省符檄郡府取大木，余因挟星子令及都昌主簿彭能，领丁夫与同往。去郡北行十五里，至罗汉寺，路分两歧，由东入栖贤谷，西则至白鹿洞也。比至，两山势回合，当其合处，洞水出焉。过涧，逾小岭，岭有缺，若关门然。入关，路循洞北，并山，转洞南，皆良田也。约二三里，乃至书院遗址，正当五老峰下。书院毁已十五年，树生瓦砾间，大且数围，前有石桥曰'濯缨'，其左又有石桥曰'枕流'。过枕流，则从列女庙登北冈。冈上有大杉木，六七百年物也，有司今尽伐为御殿物矣。于是书院所存者，独此二桥。从卒指殿堂斋庐及风泉云壑楼故处以告，甚历历。慨想昔日规制不可见，惟闻山鸟相呼鸣，山谷虚，余韵悠扬，恍类弦歌声。"按，至正二十六年（1366）丙午，王祎出任南康府同知，前推十五年，当为至正十一年（1351）。该记文记述详细，可资考证。

正统三年（1438），南康知府翟溥福重建白鹿洞书院。

胡俨《重建白鹿洞书院记》："正统元年，东莞翟溥福来守是郡，考图阅志，喟然叹曰：'前贤讲学之所，乃废弛若是，岂非吾徒之责哉！'于是率僚属捐俸入以为之倡，而三邑义士叶刚、梁仲、杨振德等闻风而起，或出资费，或助力役，刬秽除荒，取材就工，先作礼圣殿、大成门、贯道门，次作明伦堂、两斋、仪门、先贤祠，以及燕息之所，凡为屋若干间。兴事于三年秋七月，讫工于同年冬十二月。

罗亨信《中顺大夫南康郡守翟公墓志铭》（节选）："正统丙辰春，大司寇魏公荐擢南康郡守……因访匡庐古迹，至白鹿洞，见考亭文公所建书院遗址尚存，与僚属捐俸市材，重建宣圣殿，两庑讲堂，焕然一新。延师简民子弟，受业其中，朔望躬谒，命诸生讲论经史，有切于纲常伦理，则反复诲论，郡人来观者百十计。"

成化元年（1465），江西提学佥事李龄与南康知府何浚重修书院。

李龄《重修白鹿洞书院记》："成化纪年乙酉，龄奉命督学至南康。翌日，谒书院，仰瞻其陋，谋欲修之。适知府中州何君浚抵任，且在国学素有师弟之好，因以命之。君乃谋于推官沈瑛、知县周让，募义民广延华等，得谷五百斛，鸠工聚材，命主簿曹升，耆民廖笙、高鉴，教读唐维祯董其事。邑人闻风慕义，捐资财、施砖瓦、助力役者比比。经始于是岁八月朔日，以明年二月讫工。既重修其旧，复增建两庑、棂星门、贯道桥，划除荒秽，周以墙垣，树以松竹，殿堂祠宇，焕然一新。乃聚在泮诸生朱晖、梁贵等，与郡人子弟之俊秀者，讲学讨论。继先贤之遗教，而兴学于当时，诚书院之再兴也。"参彭时《重修白鹿洞书院记》、李贤《重修白鹿洞书院记》。

成化四年（1468），学者胡居仁主白鹿洞书院，制定《续白鹿洞学规》。

弘治七年（1494），南康知府郭瑃刊鲁铎所编《白鹿洞志》。

张元祯《白鹿洞志序》："《白鹿洞志》八卷，南康郡侯瑃所刻也。《志》乃吾老友鲁铎号春室者，因游白鹿，搜访而编集之。时袁举人端，以硕学为藩宪，延请分教于洞学，复从而校正焉。久之，铎捐馆，端亦出就教职，不禄，其书但笥于铎家，士夫咸以未及传布为惜。或以闻于郭侯，侯雅欲表章洞学者，亟遣人持书币往求之金川，铎子稷遂奉之献侯，以成兹美。维白鹿洞学名天下，名古今，肇于唐，盛于宋，重于我朱子，复盛于我朝。此《志》之编与刻，不皆自有洞学以来旷数百年未举之缺典欤？始自今凡有志于斯者，不必身其地，目其胜，第一披阅焉，了然尽在是矣。侯，山西涑水人，为政知所崇重，惟继治先贤过化之邦，拳拳思承其绪，如刻周、朱二先生《年谱》、《四书或问》及积粟垂万石于紫阳遗惠仓，皆前政之未及云。弘治七年甲寅六月。"

弘治十年（1497），江西提学佥事苏葵重修白鹿洞书院。延清学者娄性主洞，前来问学者五百余人。

何乔新《重建白鹿洞书院记》："弘治八年，岭南苏君葵，由内翰迁按察司佥事以董学政，尝过书院，悯其隳废，思更新之，告于巡按王君元善，又谋于按察使陆君衍、金事沈君清、沈君锐，协图起其废。宗室上高贤王闻之，助以白金百两。诸公又钩校羡财，节缩冗费，以供工匠之食、材瓦之需。乃属刘守定昌撤其敝腐，酌为规制。中为文庙，旁为两庑，明伦、文会二堂以次居左，各有仪门，以时启闭。文会堂之前，为延宾馆，东西斋舍六十余间。经始于弘治丁巳年八月旬日，至明年十月七日，始用少牢告于先圣先师而落成焉，时兵部郎中娄君性罢政家居，诸公延请以典教事。

张元祯《重修白鹿洞书院记》："苏佥宪葵以内翰迁提学来，巡按王侍御宗锡谋诸一二宪臣，更为大新之，而某人亦佐其费焉。院制中为文庙，为重门；左为明伦堂，为文会堂，堂前为延宾之馆。规皆仍旧，而栋宇坚壮数倍。两隅列诸生书舍凡二十楹间，则多新增者。明伦堂左故有三贤祠，以祀李宾客，周、朱二夫子，而祔以陶、刘诸贤，位各以世列。侍御深谓非宜，特创祠尊二夫子，而陶、刘诸贤则别祠于其西焉。"

正德六年（1511），江西提学李梦阳编纂《白鹿洞书院新志》。

李梦阳《重修白鹿洞书院志序》："李子至白鹿洞书院，周览山川故物，询其创继颠末，见其兴之者圮焉，完者缺焉，条理紊焉，散失渐焉，寂欲坠焉。考之文记，则乱焉而无统，遗焉而不备，举乎细而脱所巨，辞繁复而义弗晰，于是取而笔削之。删繁以章义，提纲以表巨，分注以收细，拾遗以定乱，使比事有则，立言有例，是故首之以沿革，则兴亡之本著矣；次之以形胜，则地道昭矣；又次之以创建、剟刻，则兴继者可考矣；又次之以田租，则养之者具矣；又次之以姓氏、文艺，则观程之要义寓矣；又次之以典籍、器用，则日用不匮矣……大明正德六年岁次辛未秋九月壬戌，赐进士出身、中顺大夫、江西按察司副使奉敕提学、关中李梦阳撰。"

正德十年（1515），白鹿洞书院刊刻《史记集解》一百三十卷。

田汝籽《刊刻〈史记集解〉序》："按南监《史记》凡三本，本多亡失，此中本稍存，然缺字种种，殊苦难看。余携自京师，初在南昌令学官考校，得补什二；在建昌求本再考，得补什八九；及南康校院本《史记》，亦半磨灭，得数字补缺；余本至是，盖可观矣，遂选郡学生誊录，命举官监勘，付郡守陈霖提调刻焉。或曰：'何不刻经籍？'夫经籍有善本，四方广矣，不如刻《史记》。或曰：'《史记》有蔽夫？'若其序事辩而不华，质而不俚，其文直，其事核，不虚美，不隐恶，古人有称焉。学者阅其事可识古今，法其文可善叙述。是故君子有往迹遗行世罕见闻者，无述者也；述而弗善，犹无述也；是亦弗传。故曰：'言之无文，行之不远。'刻成，阁架书院，诸郡县守令若印给毕生，穷经之后，得览是载籍，岂曰无益哉！"

正德十六年（1521），王阳明（守仁）集门人于白鹿洞讲学。王阳明曾手书《修道说》《中庸古本》《大学古本序》等，刻石置于白鹿洞书院。

钱德洪《阳明先生年谱》："（正德辛巳）五月，集门人于白鹿洞。同月，先生有归志，欲同门久聚，共明此学。适南昌知府吴嘉聪欲成府志，时蔡仲兖为南康府教授，主白鹿洞事，遂使开局于洞中，集夏良胜、舒芬、万潮、陈九川同事焉。"

嘉靖九年（1530），南康知府王溱辟建白鹿洞。

嘉靖十四年（1535），南康知府何岩凿石鹿置洞中。

何岩《石鹿记》："自唐以来，白鹿洞名天下久矣。然历世既远，则鹿弗存而洞亦圮，是诚有名而无实也。嘉靖庚寅春，郡守王玉溪慨失其故，改筑是洞于书院明伦堂后。虽规模仿象，圆莹可观，然特有洞而无鹿也。嘉靖乙未夏，予承乏来守南康，及秋祭次丁谒洞，觉其寥寥无意趣，乃命工琢石鹿于内，攸伏厥状。"

嘉靖二十三年（1544），江西巡按魏谦吉修葺书院。

郑守道《重兴白鹿洞记》："嘉靖二十有三年，大巡魏槐川翁奉圣天子敕来按大江以西，维夏五月，阅尔南康，入疆，观其民醇，其俗朴。乃叹曰：'真儒过化之邦，不诬哉。'既而激扬振肃，百务以厘，乃寻匡庐之遗迹，访白鹿云谷，追思晦翁率教立规之意。乃曰：'噫嘻！先生之功，天地悠久矣。'因历大意亭，考志书之遗，大怯废兴无恒，洞学将德无以承晦翁之志而造君士也。乃命下吏，鼎宗儒祠七间，修号舍五十余间，整理器用，诸物悉具。而洞田散没者，清租输府。其冈或沉，遂合南康、九江之士，选其英且锐者三十余人入洞，丁宁诚明之学，指点青衿正脉，唯欲其无狥虚名，无负此心云云。"

嘉靖三十三年（1554），江西提学副使郑廷鹄修《白鹿洞志》。

郑廷鹄《白鹿洞志序》："《白鹿洞书院志》成，凡十篇，计一十有九卷，志山川者什二，志书院者什八……嗣岁癸丑，予以巡历再至，守固申前请，予大恐有负守志，不获已，忘其谫陋，乃就诸生问故实焉。以春室旧《志》，究其耳所及闻；以空同新《志》，稽其目所及见；以朱子诸书，补旧《志》所不及闻；以石刻图册，补新《志》所不及见。访郡倅汪君伊、星子尹吴乾养，以案牍之政廉。问主洞崔柏、马锡，以故老遗耆之旧闻。引诸生袁友德、张文瑞、吴儒、邹鸿、张文明辈，置之笔砚之间，广所摭言，以尽其变。又檄都昌承杨晒、新建承刘葵，亲行阡陌，正学田之经界而授佃焉，以为百世之计。于是节文分类，述而不作，敷言引义，究其始终……嘉靖甲寅春三月朔旦，赐进上出身、中顺大夫、奉敕提督学校、江西按察司副使琼山郑廷鹄书于洪都之崇本堂。"

嘉靖三十七年（1558），白鹿洞书院刊刻《秦汉书疏》十八卷。

聂豹《刻〈秦汉书疏〉序》："校刻为南康推吴国伦。申监察命以速予言，则吉安守黄国卿。刻板藏洞学，使士之游学于洞者获纵观焉，率监察意也。监察姓徐，名绅，字思行，号五台，以名进士起家建德，奉命按江右，兹得代，行矣。"

嘉靖四十三年（1564），分守道冯谦重修书院，清洞田，置书籍。

王畿《重修白鹿书院记》："九江分守少参伯益川冯公，四明儒族，以明进士起家，历宦以至于此。懋学饬法，廉己爱民，尤切切以教化为己任。视洞规之废弛，庙貌圮而典籍散，学田侵而廪饩薄，来学者无所兴起以先细民，惕然动心，谋诸守土及主洞者。以其余力捐廪斥羡，鸠工庀财，举以次第，庙堂墙垣，焕然改饰，经史子集稍以完缮，侵田逋赋渐为清理，耸石表刻象山讲义，以示为学之则，迪士以倡化于民，不惟其具惟其本，可谓知缓急之宜，而不眩于难易之迹者矣。"

万历七年（1579），大学士张居正请禁伪学，诏毁天下书院，鬻学田以充边需。御史张简以白鹿书院有敕额，不便拆毁；有先圣贤遗像，量留田三百余亩备祭祀。巡道王桥随请留星、都二县田地七百六十亩有奇；其建昌县千余亩变价解司。生徒随之星散。

万历十一年（1583），给事中邹元标请复书院，诏从之。巡道王桥修复白鹿洞书院。

潘志伊《兴复书院记》："近因故相建议，以天下郡县既有圣庙学宫，而所在复有书院，徒以开倖途、饰虚名，皆令毁革。以是洞有先圣贤遗像，仅留田三百余亩供祭祀，余悉令分市诸民，收其直以为国需。是何一时所遭之厄也！……幸天子明圣，寻悟其非，用言官奏，遂诏复之。时殿宇亭榭，与昔名贤诸祠，及栖士肄习之所，多颓圮不支，或窗阖不庇。而洞田之分属于诸县者，惟星子、都昌二县价尚逋半可复，建昌县田价，民既悉输而用之公矣。余因议以二县田咸归之洞，以其价还之民，尚得田七百六十亩有奇，入其税以充诸费，稍增其中佣役，专选一郡博士主之。又计前用羡余租与尚逋于民者，并得七十九两有奇，以鸠工庀材，凡栋楹梁桷之腐黑挠折者，盖瓦级砖之破缺者，赤白之漫漶不鲜者，或易或葺，或整或除，或垩或塓。以至图书器皿之类，皆检理而重籍之。使于前无侈，于后无废，于诸监司之隆委少称，而余夙愿亦幸获酬焉。实经始于万历癸未十二月三日，至甲申六月七日乃毕。"

万历十九年（1591），知府田琯改宗儒祠，迁文会堂，颇有建置，张位有记。时学者章潢主白鹿洞书院，制定《为学次第》，从学者甚众。

张位《白鹿洞重修庙宇记》："直指陈公之观风江右也，拳淑人心维世教为亟。若所甄举，所抨斥，一持公论，自行其意，靡徇流俗以希世合。风采谋猷，亭亭物表矣。一日巡行抵白鹿洞，慨然叹曰：'名山胜地，先贤遗风未远，顾舍宇倾圮，庙貌不肃，曷以兴起期文伸仰之思？'由是发镪若干金为修葺费，南康田使君乃承陈公意指，复捐俸佐之。遂新殿堂，改学门，饰宫墙，建贯道桥，创忠节祠，葺士舍及鹿鸣诸亭。以辛卯十二月兴役，九月落成。使君吉月必率僚案躬释奠，与诸生商榷名理。值督学使嘉兴朱先生来，朱先生端方蕴藉，海内名师也，拳拳以兴教造士为念。行部来斯，先橄海语，迪励诸生，复为讲章，阐明性命、修道、格物之旨，多所独得，诵之者俱有省悟。既命博士君卿领洞教士，又从豫章范府君荐，延请布衣章君来主讲席。取诸郡俊髦士有志者，会聚其中，声应气求，欣然响往。名山胜地，林峦草树，蔚然一时生色焉……朱公名廷益，嘉善人。田公名琯，延平人。万历十九年辛卯岁孟冬月。"

万历二十年（1592），田琯、周伟编纂《白鹿洞书院志》十二卷。

田琯《新修白鹿洞志序》："琯也生同文公乡，而宦趾其后，不忍缓视其颓废也。既次第修葺宫墙矣，又徼颜家山神灵之惠，购田七百亩附益之，听舆论为请于当道，许附入洞《志》。适旧锲剥蚀不可读，亦一更新之会也，乃命星子周司训及二三文学纂修之，而不佞亦时为删繁正谬。盖惟缮写旧文而增其所未备，非有所专僭于其间也。刻成，为之纪岁月，以告来者。若夫崇正学以端士习，励实践以祛虚谈，辩义利以淑人心，以无忘周、朱之教而为兹洞光，则端有望于同志诸士，而亦不佞之修洞缮志意也，观美云乎哉。万历二十年岁壬辰孟冬之吉，知南康府事闽延平田琯撰。"

万历四十二年（1614），参议葛寅亮与南康知府费兆元大修书院。

葛寅亮《重修白鹿书院记》："以公事入省会，辄纡道逾吴章，直趋五老峰前，小憩白鹿洞……其殿楹学舍，皆颓然就圮，周遭危垣败桷，且岌岌不支矣。诸文学以为请，余敬诺。随约郡守费君、掌洞事刘丞，商度资值该几何，为役书甚具。则尽发镪金之在南康者，不给，费君益捐资佐之，期为山南了此公案，亦一快事也……经始于万历癸丑仲冬月，工将告竣，而余适有遂初之念，以请告行矣，复过洞中……是役也，南康知府费兆元，同知刘汝芳，通判黎衷，推官朱之屏，星子县王成位，皆踊跃从事，故能功成不日也。又星子主簿张伟董其役，例得附书。"

天启二年（1622），南康府推官李应升兼理白鹿洞书院，颇有建树。重修《白鹿洞书院志》。

李应升《修志序》："《白鹿书院志》，李岵峒先生尝笔削之。读其《序》，义例可观也。今所存者，仅学博周君伟所续编，而壬辰去今又三十年矣。余不敏，佐理是邦，奉学使者檄，兼理洞事，既已阐一时之秀，定课程，申功令，谬珍清心二语，以通文章山水之趣，其于学道津梁，茫乎未也。昔胡平一与朱子书云：'时文之外，别无可相启发者。'余于时文犹属侏儒之见，而况乎道乎己，时时洗涤垢肠，参寻哲训，翻阅旧志，手自抄录，标紫阳疏札以原始，萃先正之论说以明教，残碑遗简，颇为缀缉，芜牍滥词，憯从删汰。盖韦弦之佩，庶几不忘，而诸生请曰："旧刻蚀矣，愿梓之，得卒业焉。"余窃惟书院之重也，道也，而文章山水乘权而递旺。夫山水以渊静开心，文章以芳华泽性，学道之士不作殊观，试涵咏斯编，反观自得，有正襟危膝，卓然示我以高山者乎？有流觞浩歌，旷然坐我于春风者乎？有冥心寂照，悠然对我于屋漏者乎？夫教与时移，学随资化，入山思静，友鹿成群，将以医俗息争，则斯编也，岂非学道之津梁哉！虽然，音成空谷，不免径借终南，必有执崆峒先生之言为余罪者。天启壬戌清明日。"

顺治七年（1650），知府徐士仪修葺白鹿洞书院。

李长春《重兴白鹿书院记》："庚寅，聂君乃以商之今守徐君士仪、司马黎君民贵、司理胡君淑寅、星子令薛君胤隆，咸唯唯，允余指。于是协虑陈谟，遴材鸠工，先新殿庑，次造文会、讲修之堂，计阅数月而竣。虽规模如前，而筠几霞幔，雅涤山灵矣……时顺治七年庚寅八月中秋日。"

顺治十二年（1655），巡抚蔡士英倡复书院，清理洞田。

熊维典《重兴白鹿书院记》："少司马大中丞蔡公来抚江右，创见雕残，首先约法，重道崇文，百废偕兴。公方运筹戎马，揽辔榛荒，请命扶伤，日不暇给也，然已访存胜迹，纠萃典坟。至于小儒虫鱼之技，犹不惮折节旁搜，珍于珙璧。诸书院在境内如鹅湖、白鹭、濂溪等处，并檄委重兴，意惓惓也，而于白鹿尤笃矣。维时臬司李公执德清劭，与公同趣，而尝为南康守，雅意兴复。于是禁侵溷，谕洒扫，清旧田，增新亩，谋修筑，糇糒粮，延师儒，立章条，规讲课，公一与李公手咨笔画而施行之。经综周密，移札填委，悉心锐意若此者……公讳士英，字伯彦，辽东锦州人，以治绩高等，转本部左侍，督漕之淮。诸生感公之德，谋诸郡丞龚君，请予文勒之书院，以贻久远。李公讳长春，字卉圃，辽阳人，是春擢粤藩，随以荆楚需才，超迁左辖。南康守高君讳民望，字兴宇，辽阳人。龚君讳蕃锡，字福求，密云人。别驾闵君讳子奇，字汉卿，锦州人。司理胡君讳淑寅，字石林，山西榆社人。星令薛君讳胤隆，字伯祥，韩城人。皆奉公与李公之檄，以有事于白鹿者，应备书之。"

康熙七年（1668），江西提学道吴炜、南康知府廖文英修复书院。

吴炜《重修白鹿书院记》："戊申之秋，校士南康军，偕郡邑守令出郭十五里，抵白鹿洞。首谒先师，次先儒、先贤祠，进郡邑诸生于文会堂，讲说经义。散步岩谷，仰观俯听于风泉云壑之间，想像昔贤过化之盛，低徊久之不能去。顾近岁大中丞蔡公所檄修者，若礼圣殿诸处已半倾圮。于是庀鸠材工，腐者新之，缺者补之，漫漶者丹垩之。又念两庑诸贤像为风雨侵蚀，甚不敬，余慨语郡守令诸君曰：'紫阳遗书钱太守闻诗，不云乎'设木主，不为塑像'，钱之不从，非公志也，曷易？'诸金曰：'善。'遂易以木主。"

康熙十二年（1673），廖文英重修《白鹿书院志》。

廖文英《白鹿洞书院志序》："旧《志》李忠毅公重订，迄今五十余年，多所阙遗。爰补缀旧文，增葺迩事，授剞劂而登于新。虽修举之绪未云大备，而经营匠意，于育材养贤之籍，亦略可镜矣。是为序。"

康熙十七年（1678），布政姚启盛、学道邵吴远、知府伦品卓重修白鹿洞书院。

伦品卓《修鹿洞完工报文》："为鹿洞落成，谨报完工事。窃惟白鹿书院原系庐山国学，君子过化，代有名贤，俎豆千秋，兵燹一旦，学府日遂倾塌。心恐湮芜，于本年四月内详请各宪俞允重修，卑府凛遵宪批，仰体重新国学，尚道崇文至意，随经鸠集工匠，择吉于八月十三日起工修建，除选委首领捕官，亲分督率，卑府必亲经洞中，区划布置。所存大成殿另换板椽筒瓦，门窗墙壁，在在重新。宗儒堂、三公祠，大加修葺，其彝伦堂、宗儒堂之东，各添号舍一十三间，先贤祠后，新添号舍两重共十间。旧存号舍，仍加整理。独对亭从新易建，重修卓尔亭于前山。添架楼板，塑祀奎星像于楼北向，重修云章阁于后山，添塑文昌像于阁南向，三公祠前添设大门三间于棂星门之右，起龙亭鼎建，武侯祠重修，周围缭垣，深浚水沟，冒以板石。凡鼎建新添堂亭号舍计七十四间，重修整理计六十五间，以上通共一百三十九间，用过瓦石木料工匠，谨将清册呈缴。卑府三月以来，晨夕经营，捐费添补修建，罔敢暇逸。今幸先圣先贤厥灵澡濯，实赖各宪台胁继往开来之责任，举衰修废之功泽，庙貌重光，古址弗坠，庶灵光景福，昭代聿新。圣德贤功，千秋永企。卑府庆幸雀跃，理合于本月某日完工之期，具文申报，伏乞照验施行。"

康熙二十六年（1687）四月，清圣祖玄烨颁赐白鹿洞书院御书"学达性天"匾额及《钦颁十三经注疏》《钦颁二十一史》。

康熙五十一年（1712），提学冀霖重修白鹿洞书院，至康熙五十三年（1714）毕工。

冀霖《重修白鹿书院记》："岁庚寅，奉命视学江右，巡试十一郡外，惟南、九二郡限于辛卯宾兴之期，不及周历。是岁之十月，始补行科试，驰节南康。校士后即至鹿洞。白石凿凿，清流潺潺，竹籁松涛，与山禽相上下。余悚然异曰："真名教乐地也！"幸一莅止，窃寄目得遂所慕望足矣。入洞门，谒至圣先贤，率在洞诸生行释菜礼毕。见其庙貌将废，榱桷迨圮，凡诸斋室屏庑讲堂学舍，湿气熏蒸积久，几委腐蠹，周遭中外，低回扼腕者久。欲谋所以新之，然试竣例即还朝，惧不克竟所愿也。辛卯冬，荷大中丞郎公疏讲复任，蒙恩俞允，余因得再督学事。此固皇仁优渥，亦先圣先贤灵爽在天，假手于余，以为修废举坠地也。余能一日已哉？爰竭俸钱，庀材鸠工。又十三郡学田例赋所入，今悉输以充工料之费。又恐委贷他人，奉行虚假，乃就南昌署中购木石瓦砾，募匠斫削成材，载以舟，致之鹿洞，命役董其事。于时先圣殿旁及两庑，以次而讲斋，而学舍，凡栋楹梁桷之腐黑挠折者，盖瓦级砖之破缺者，赤白之漫漶不鲜者，增以整饬，泽以黝垩，而轮奂灿然一新。是役也，经始于康熙壬辰九月朔二日，讫工于甲午六月望日。"

康熙五十七年（1718），毛德琦重修《白鹿书院志》。

毛德琦《白鹿书院志序》："甲午，琦补授星子令……抵任，即索志遍览。释菜有器，惧其隘也，则称之；禄士有田，惧其漏也，则清之；核书籍，惧其逸而不备也；严考课，惧其荒而不奋也；一皆于志焉取之。顾志修于廖太守文英，垂四十余年，而版毁于火。奉宪令刊行，乃稍加订辑，别具例言，付诸梨枣……康熙戊戌春，星子县知县毛德琦谨撰。"

雍正四年（1726），巡抚裴㧑度、分巡道刘均、知府张景良重修书院。

刘均《重修白鹿书院记》："大中丞裴公开府此邦，政成多暇，雅意育才，于白鹿书院尤惓惓焉……周览堂宇，岁久不无倾剥，而诸生来者日众，学舍或不能容也，怦然引为己责，悉出余俸，得若干金，计犹不足，余闻而亦以余俸佐之。会余方司理浔阳，公遂属南康张君董其役，而余视其成。鸠工庀材，晨夜展力，于隙处构楼五楹，其前为讲堂，旁为学舍，总若干楹，而学田亦稍增于旧。其他倾者易之，剥者补之，厥工未毕，而公以内召行矣……公名㧑度，字香山，山西闻喜人。张君名景良，字又房，河南夏邑人。雍正四年孟秋月。"

乾隆九年（1744）五月己卯，清高宗弘历赐江西白鹿洞书院御书"洙泗心传"匾额。

乾隆十年（1745），巡道李根云主持重修书院，清洞田，聘靖道谟主洞事。

靖道谟《参政李公修复白鹿书院记》："参政李公持节分巡江右之广、饶、南、九四郡，百废俱兴，耆艾歌咏。提封所及，有白鹿书院，肇自南唐，为宋朱文公知南康军时，延陆象山讲学遗迹，即象山所谓秘书先生起废以新斯堂者也。自明以来，置膳田，增学舍，规模宏巨，为四大书院之冠。岁久弊生，田租多为豪民侵隐，祠庙学舍湮漫不治，生徒寥落。公于巡视之馀，慨然以兴复为己事，任劳任怨。清理旧所侵蚀田租若干石，凡栋宇墙屋之朽败者，即以所清田租，饬葺增新，朴斫丹垩，焕然改观，费几千锾。于是礼聘山长，虽如余谫劣，亦不远千里，使拥皋比，为诸生率。增诸生膏火较前数倍，计其能讲明经书大义者有奖，课艺居前茅者亦增奖，有差委学博一人督洞务，稽其朝夕之出入与诸费用盈缩之数焉。且颁示条规，惓惓望人士以敦行立品为先务。凡洞中诸事，下至山木槎桴，门户启闭，皆规画详审，可垂久远。举士之有志向学者，亲操冰鉴，遴选其优者而檄送之。犹惧其有遗才也，于甲子秋闱，请诸中丞塞公，将所辖四郡之士，荐而未售者，俱俾肄业其中。由是士皆云蒸霞蔚，来萃于兹，敬业乐群，晨夕唔咿，与石濑松涛相为答响……公名根云，字仙蟠，号苍崖，云南赵州人，由翰林院历官。时乾隆十年，岁次乙丑，仲秋月谷旦。翰林院庶吉士年眷侍生靖道谟拜撰。"

乾隆二十九年（1764），南康知府陈子恭修葺书院，亲莅课士。

顾镇《郡伯陈公教思碑记》："书院距郡城远，守不能以时至，春而集，秋未毕而散，岁以为常。公戒诸生以冬月归省而勤饬厉之，月必一至或再至，至则与诸生相接如家人。时其廪饩周，其服用无不具，远近闻者，云集响应。曾南丰谓：'教化之行，道德之归，非远人也。'岂不然哉！初白鹿生童有定额，廪给有定数，时负箧至者逾额倍，公力请于主者广额加饩焉。寻以堂事湫隘，更建文会堂五楹、贯道门一座。庭楹桷埴，规制闳厂。诸生乐群敬业，以时习礼其中，绰有余地。往例月再课，主教者甲乙之。公特亲莅而加课焉，而益之奖赉，士之习业于是益勤。史称文翁修起学宫于成都市中，招下县子弟明经饬行者为学宫子弟，吏民荣之。公今官朱子之官，修朱子所修之书院，将大振朱子之教，仅仅文翁云尔哉！诸生谋砻石志其感而请余记之。余谓之曰：'君等读书砥砺为有体有用之学乃以报公耳，曷记为？'诸生请不已，因即公所以教养诸生及诸生所以感乎公者为之记。余承乏主洞，义不涉他事，故不具公治绩。公名子恭，号肃庵，广东雷州府海康县人，赠尚书清端公孙，乾隆二十九年以刑部郎出守南康云。"

嘉庆九年（1804），江西巡抚秦承恩、观察阿克当阿重修书院，清理洞田。

秦承恩《重修白鹿洞书院记》："承宠命来抚是邦……振兴鹿洞实首务焉。下车后即面语广饶九南道阿君，议所以兴复者。阿君重文爱士，闻善勃发，随亲率僚倅，诣洞相视，并检一切出入经费，则洞中故有田租亏至七千余两，以致院长修缮有缺，生徒膏火不给，垣坏栋摧，将歌鞠草慨焉。□□愿捐廉助修，嗣与藩臬二司定议，先移借友教书院赢余银二千两，刻日兴工。随饬廉干倅员查田亩散置各县者，按籍稽核，无隐无漏，向时积负，严限追偿，并皆清理，详著简策。改议规条，一矫旧弊。今已庙貌重新，横舍整列，诸生鼓舞激励，各安所止，日起有功。而余之景慕前贤属望都人士者，亦藉以少成其志……是役也，前布政使，今调任安徽布政使邵洪实同与兹议，布政使□福，按察使衡龄，共筹修费，经始维勤，而属役赋功用告成事者，则三品衔管理九江关权务广饶九南道阿克当阿，僚吏请勒石纪事，并书于左。大清嘉庆九年，巡抚江西等处地方提督军门江宁秦成恩撰并书。

同治《星子县志》卷七："乾隆五十年后，田租渐亏，洞务稍替。嘉庆九年，大中丞秦承恩，观察阿克当阿，清理洞事及各县田租，捐俸筹款，大加修葺。"

道光三年（1823），江西巡抚程含章、南康知府狄尚絅修葺书院。

程含章《重修白鹿洞书院增添膏火碑记》："先是书院岁久不修，房垣多圮，膏火亦且不敷。道光癸未，章奉命巡抚豫章，檄行查覆。据南康守狄君尚絅绘图以请，乃发银八百两交星子绅士彭凤朝、刘□等大修而新之。又奏明每岁于盐务充公项下拨给银千两。将生监膏火之旧仅六十分者增为一百分，生童膏火之旧止给银五个月者增为八个月。重定条规，严立课程，士子愈彬彬乎向学矣。且夫庐山之崔巍如故也，彭湖之浩瀚依然也，朱子之教条具在也，陆子之讲义犹存也。诸生童处名区而希前哲，其毋以学术为钓具也哉。道光四年，岁次甲申仲春月，巡抚豫章使者滇西程含章撰。"

道光十八年（1838）至十九年（1839），都昌贡生余泰捐修白鹿洞书院。

余成教《重修白鹿书院记》："道光十七年丁酉春，都昌贡生余泰赴郡送考，见学宫各处损塌，即呈请太守王公，愿独力新修。是岁四月兴工，躬为经理，延其同乡戚友生员陈梦悦协力赞襄，至十八年八月工竣，费钱二千余缗。旋见白鹿书院殿宇楼阁、号舍墙屋倾圮朽蠹，复呈请太守王公，愿独力新修。于十八年九月朔日兴工，躬率长子廪生体仁、次子监生体仪经理，仍偕生员陈梦悦董其事。至十九年八月工竣，费钱一万余缗。"

咸丰三年（1853），因太平天国战事，书院毁坏严重。

咸丰七年（1857）始，白鹿洞书院渐次修复。

同治《星子县志》卷七："咸丰三年，贼扰南康，洞生星散。书院屋舍，有倒坏者，有被贼拆毁者。七年，星子举人潘先珍，拨本县团练费修葺春风楼、独对亭，并刻紫霞歌于石。八年，星子县举人郑奠邦禀县，酌拨洞租，修圣殿等处，构石柱四枝，未立，存于书院。十年，知府曾省三，见书院停课数年，大惧废坠，复行甄别。因洞租不敷，量取生课二十五分，童课十五分，照旧按月升降。"

同治年间（1862—1874），白鹿洞书院屡有修缮。

同治《星子县志》卷七："同治七年，知府王之藩札饬星子县，将本县洞租每月解银六十两，按十个月送府发给膏火，通详抚宪立为定案。每年膏火，定以九个月，遇闰年加增一月，为十个月。八年，署知府刘清华详请抚宪刘拨银一千五百两，修葺各处院宇，将存洞石柱四枝竖立大成殿。因费不敷，春风楼尚未完竣。九年，知府盛元详抚宪，复拨钱五百五十千文，修复大成殿三间，东西两庑共十间，大成门三间。棂星门三间，门内为泮池。两廊共十间。启圣祠三间，在大成殿右。祠前紫阳手植丹桂树下。校舍十间，朱子祠三间，在大成殿左。崇德祠一间，在朱子祠东。两旁校舍十二间。报功祠三间，在启圣祠右。两廊校舍十间。邵子祠三间，在报功祠右。祠前校舍十二间。土神祠一间，在大殿左。御书阁一座，在朱子祠前，阁前校舍三间。行台三间，在朱子祠左。仪门内上三间，东西两旁共八间，仪门外东西共六间，又其外为大门，匾曰"白鹿洞紫阳书院"。又行台东新八间，前三间，后五间。文会堂三间，在行台左。堂下为泮池，池前为贯道门，门内东西校舍共二十四间。门外东西共六间。又其外为头门，匾曰"先贤书院"。春风楼五间，在文会堂后楼下，两廊共六间。文昌阁在朱子祠后。下为洞，置白鹿于其中。魁星阁，在书院对面卓尔山。"

光绪九年（1883）八月，清德宗载湉赐白鹿洞书院"阐明正学"匾额。

光绪十年（1884），提督江西学政陈宝琛重修白鹿洞书院。

陈宝琛《重修白鹿洞书院碑记》："予按试南康，目击心恻，遂与中丞潘公、方伯边公筹巨款，加增经费，具奏入告，得旨报可，于是远延名师，且召各学高等与甄别入选者同授业。庶几拔十得五，讲明大义而知所以为学、所以为人乎。嗟呼！书院者，经明行修之区，而非以图利者也。自官博宽大之名，以人多为贵，院长率以请托为去就，诸生则希冀餐钱，不自省其学业之何如。鹿洞虽为四大书院之一，亦何怪其陵夷至此哉！虽然，院长有教士之责，而每苦于力之不及。稂莠不去，嘉禾不殖，则所以整齐划一之者非官不行，后之君子尚宜加之意哉！岁五月，予移节江南道，经庐山，谒院长，接见生徒，见其规模初具，气象维新。既望其成，复虑其败，因作此文以寄予无穷之思，属星子朱大令绍霞刻之石。书院学政所当问，况议创于予，作记予之分也。其当时承修之官吏与所用钱例载碑阴，且有籍在，此不书。"

光绪三十三年（1907），南康知府王以慜建议将白鹿洞书院改建为存古学堂，未果。

《申报》光绪三十三年十月二十五日《禀请书院改作学堂》："南康府王太守以慜现拟将白鹿洞书院改作存古学堂，禀请江督核示当奉。端午（桥）帅批示云：以先贤讲学之区，为保全国粹之地，以古学防新进之流弊，以学堂洗书院之陋习，温故知新，舍短取长，具有卓识。一切程度科条，悉仿湖北办法，尤见处心。现在宁省正筹设南洋大学法政学堂，财政竭蹶，深愧无力筹助。该守热心教育，必能力图厥成，殊深企望。仍候抚部院批示，缴。"

宣统元年（1909），白鹿洞书院停办，取消月课。

《江西省各类官田示例》："白鹿洞书院田租，本省惟南康府属之星子、都昌、安义、建昌等县向有此款，每年额征银一千七百余两。从前此款原为该书院祭费及肄业生童月课、膏奖之资。嗣于宣统元年将月课停止，其款除酌留祭费外，余均拨充南康府官立中学堂经费。"

宣统二年（1910），提学司王同愈在白鹿洞筹办江西高等林业学堂。

三、现存历代碑刻与摩崖石刻

现存历代碑刻

序号	撰者	题名	刊刻时间	备注
1	胡俨	重建白鹿洞书院记	正统七年	
2	李龄	重修白鹿洞书院记	成化二年	
3	李贤	重修白鹿洞书院记	成化二年	
4	周瑛	弘治辛亥同南康郡守诸公游白鹿洞谨次太史张东白先生韵	弘治四年	
5	陈铨	游白鹿洞、和时可周宪长先生韵、和李祭酒先生韵、和胡祭酒先生韵、和东白张太史先生韵	[弘治十一年]	
6	娄性	白鹿洞学田记	弘治十二年	
7	李梦阳	白鹿洞书院宗儒祠记	正德六年	
8	李梦阳	白鹿洞书院	正德六年	康熙六年重刻
9	王祎	游白鹿洞记	正德六年	李梦阳刻并跋
10	王俸	[题钓台亭]	[正德六年]	
11	屠侨	宿白鹿洞书院	正德十三年	
12	曾玙	正德己卯中秋游白鹿洞二首	正德十四年	
13	唐龙	大意亭记	正德十五年	碑残损特甚
14		白鹿书院割付	正德十六年	张愈严立石
15	王守仁	修道说、中庸古本、大学古本序、大学古本	正德十六年	共三块
16	朱节	谒白鹿书院次阳明先生韵、过三峡桥玉渊	正德十六年	
17	[唐龙]	再谒白鹿洞次阳明先生望五老峰韵得三首	[正德十六年]	原碑残缺
18	王纶	白鹿洞即事	正德年间	
19	杨廉	宗儒祠记	嘉靖二年	额题：白鹿洞宗儒祠记
20	徐岱	望庐山	[嘉靖五年]	署"鲁峰子"。
21	徐岱	视洞学用晦翁元韵二首	[嘉靖五年]	
22	严时泰	书院行释菜礼、观瀑布泉	[嘉靖七年]	
23	卢襄	嘉靖戊子九月之吉奉回宪励二山林先生游白鹿书院次韵得诗二首	嘉靖七年	
24	刘世扬	思贤台	[嘉靖九年]	开州王溱立

序号	撰者	题名	刊刻时间	备注
25	高公韵	白鹿洞赋奉次文公先生韵	嘉靖十二年	
26	陆深	入白鹿洞游眺	［嘉靖十二年］	
27	陈襄	过白鹿洞留题一首	嘉靖十六年	
28	涂相	戊戌仲春望日偕郡博西峰黄子二尹道亨丁子登庐山游白鹿洞	嘉靖十七年	
29	苏祐	游白鹿洞二首	嘉靖十八年	
30	杨绍芳	［题白鹿洞口］	嘉靖十九年	
31	王梃	己卯庚辰二诗	嘉靖二十一年	
32	郑守道	重兴白鹿洞记	嘉靖二十三年	
33	李时达	先贤书院	嘉靖二十三年	南康府同知金椿刻石
34		二贤洞教（象山陆子《白鹿洞书堂讲义》、晦庵朱子《白鹿洞赋》）	嘉靖二十七年	冯元立石
35	［孙慎］	登白鹿洞亭子望五老峰	［嘉靖三十一年］	碑残损严重
36	郑廷鹄	白鹿洞讲义四首示诸生	嘉靖三十一年	额题：白鹿洞书院讲义
37	汪伊	谒洞、秋祭	［嘉靖三十一年］	
38	萧端蒙	游白鹿洞	嘉靖三十二年	
39	邹守益	饶宗藩白鹿洞义田记	嘉靖三十五年	
40	敖铣	大明宗室养士田记	嘉靖三十五年	
41	王宗沐	朋来亭记	嘉靖三十六年	
42	王希烈	游白鹿洞一首、次魏槐川韵一首	嘉靖三十七年	门人叶蓁立石
43	万言	次敬所先生朋来亭韵	嘉靖三十八年	门生同立石
44	胡淑道	游洞中十四景记	嘉靖三十九年	
45	高暘	游白鹿洞次阳明先生韵、白鹿洞次晦翁先生韵五首	嘉靖三十九年	
46	胡松	［题白鹿书院］	［嘉靖四十年］	署"柏泉"。
47	［胡松］	天高地下四时百物共流行	［嘉靖四十年］	
48	黄国卿	白鹿洞用韵示诸生	嘉靖四十年	
49	王畿	白鹿书院续讲	嘉靖四十四年	
50	林应骢	游白鹿洞书院	嘉靖年间	
51	任维贤	白鹿洞纪游	嘉靖年间	
52	冯敏功	谕白鹿洞诸生	嘉靖年间	
53		理学渊源	嘉靖年间	署"衡厓"

序号	撰者	题名	刊刻时间	备注
54	熊俸	重修白鹿洞书院记	万历三年	
55	但贵元	清复山田记	万历十一年	碑残损过半
56		忠孝廉节	万历十二年	洞教刘守成勒石
57	沈九畴	白鹿洞示诸生	万历十五年	知县陈经立石
58	陈文烛	白鹿书院学田记	万历十五年	
59	张位	白鹿洞重修庙宇记	万历十九年	共立两通，文同
60	秦大夔	仰止处	万历二十年	
61	田琯	忠节祠记	万历二十九年	碑残损过半
62	于孔兼	游白鹿洞记	万历三十一年	巡按江西监察御史刻石
63	葛寅亮	重修白鹿洞书院记	万历四十五年	
64	张拱极	游白鹿洞和袁太府韵	万历四十五年	门人同立石
65	袁汝萃	高美亭	万历年间	
66	熊德阳	掌白鹿书院院事南康司理次见李侯去思碑	天启四年	额题：李公去思碑记
67	韩光祐	同梁县黎廉宪游白鹿洞	天启五年	
68	王养正	（失题）	［崇祯十六年］	碑残损太甚
69	余忠宸	主洞廖侯去思碑记	崇祯十六年	额题：廖侯碑记
70	谢宾王	重修白鹿洞文会堂记	顺治八年	
71	熊维典	少司马大中丞蔡公重兴鹿洞碑记	顺治十一年	
72	龚蕃锡	甲午夏日游白鹿洞	顺治十一年	
73	蔡士英	重兴白鹿洞书院记	顺治十二年	
74	朱雅淳	重建宗儒堂记	顺治十八年	
75	苗蕃	（失题）	约康熙三年	碑残损太甚
76	伦品卓	康熙丁巳岁十月甲子升白鹿洞彝伦梁喜雨霁口占咏怀	康熙十六年	
77	曹大护	康熙丁巳十月从宣明伦公游白鹿洞有引	康熙十六年	
78		朱子洞规（附湛甘泉先生心性图并序）	康熙二十一年	许延珣立石并跋
79	安世鼎	御书阁碑记	康熙二十五年	额题：新建御书阁碑
80	周昌	［游白鹿洞］	康熙二十五年	
81	刘其藻	白鹿书院四首	康熙三十六年	洞学门生立石
82	熊士伯	郡伯刘公教思碑记	康熙四十七年	

序号	撰者	题名	刊刻时间	备注
83	张象文	文公朱子专祠碑记	康熙四十九年	
84	郎廷极	郎大中丞送原先生赴鹿洞讲席诗、又集唐与鹿洞师生	康熙五十一年	洞学诸生立石
85	原敬	详请广额碑记	康熙五十一年	
86	熊士伯	督学冀公祠田碑记	康熙五十三年	
87	冀霖	重修白鹿书院碑记	康熙五十三年	
88	李凤翥	鹿洞公建冀公讲堂碑记	康熙五十三年	
89	李凤翥	郡伯叶侯教思碑记	康熙五十八年	
90	王承烈	丁未春日游白鹿书院即用朱子与象山韵成七言近体一章	雍正五年	
91	王心敬	和复庵方伯弟白鹿洞用朱陆二先生唱和韵有序	[雍正五年]	
92	储大文	金溪王夫子掌教白鹿洞书院碑记	雍正七年	额题：起衰式靡、模范千秋
93	干运昌	郡伯董大公祖白鹿书院教士记	雍正八年	额题：郡伯董公教思碑记
94	董文伟	[题白鹿洞]	雍正八年	
95		朱子白鹿洞教条（附录程董二先生学则）	乾隆三年	董文伟等全立
96	吴修龄 吴燧文	登庐山白鹿洞谒朱子庙	乾隆六年	
97	商盘 徐有常	登庐山白鹿洞谒朱子庙	乾隆六年	章诗书石
98	雷鋐	游白鹿洞	乾隆八年	
99	陈弘谋	陈大中丞讲义	乾隆十年	白鹿书院生员公立
100	靖道谟	参政李公修复白鹿书院记	乾隆十年	额题：参政李公教思碑记
101	熊直宋	南康太守赵公教思碑记	乾隆十三年	额题：郡侯赵公教思碑记
102	魏定国	励学约言小引	乾隆十七年	
103	魏定国	魏慎斋夫子讲义	乾隆十八年	肄业诸生公立
104	张映辰	题白鹿洞	乾隆二十年	
105	干建邦	原泉亭记	[乾隆二十九年]	干从濂重立并跋
106	陈子恭	白鹿洞书院童生加额增膏火碑记	乾隆三十一年	
107	查浩	虞东顾夫子教思碑记	乾隆三十一年	额题：虞东夫子教思碑记

（续表）

序号	撰者	题名	刊刻时间	备注
108	靖道谟	鹿洞书院续规	乾隆三十五年	史珥立石并跋
109	史桂芳	惺查先生语录 （附史乘古诗三首）	乾隆三十五年	史珥立石并跋
110	郭祚炽	体用一源、知行并进	乾隆五十年	
111	秦承恩	重修白鹿洞书院记	嘉庆九年	
112	程含章	重修白鹿洞书院增添膏火碑记	道光四年	
113	杨树基	重修白鹿书院枕流石桥碑记	道光十一年	
114	帅方蔚	重修白鹿洞流芳桥记	道光二十二年	
115	刘鹍	流芳桥	道光二十二年	
116	张凌云	帅子文夫子教思碑	道光二十二年	
117	余成教	重修白鹿书院记	道光二十二年	
118	邱建猷	重筑流芳桥碑记	道光二十八你	
119	冯洵	鹿洞书院、谒朱文公祠并跋， 回任吴城重望庐山放歌	咸丰十年	
120	紫霞真人	游白鹿洞歌	咸丰十一年	曾省三立石并跋。共六块。
121	郭杨薰	吴棣斋夫子教思碑	同治十一年	
122	曹秉濬	特授南康府正堂加十级记录十次 曹　为晓谕事	光绪三年	
123	曹秉濬	紫阳手植丹桂	光绪四年	
124	刘建德	寿	光绪九年	
125	陈宝琛	重修白鹿洞书院碑记	光绪十年	
126	陈邦曜	张翰卿夫子教思碑	光绪十四年	
127	戚扬	重修白鹿洞祠宇碑记	1920 年	
128	陈富庆	重修白鹿洞流芳桥记	1924 年	
129	周辉浦	鹿洞书院感咏	1932 年	

现存摩崖石刻 60 处

	内容	作者	年代
1	敕白鹿洞书院	朱熹	南宋淳熙
2	枕流	朱熹	南宋淳熙
3	白鹿洞	朱熹	南宋淳熙
4	漱石	朱熹	南宋淳熙
5	钓台	朱熹	南宋淳熙
6	枕流亭志	胡泳	南宋嘉定
7	自洁	陈宓	南宋嘉定
8	流芳	陈宓	南宋嘉定
9	流芳桥记	陈宓	南宋嘉定
10	圣泽之泉	陈宓	南宋嘉定
11	自洁亭志	陈宓	南宋嘉定
12	庆元丙辰之腊月（纪事摩崖）	不详	南宋庆元
13	风泉云壑	陈淳祖	南宋景定
14	忠信	陈绅	南宋
15	皇庆壬子八月重修	不详	元代皇庆
16	侍御王君铨……	娄性	明代弘治
17	钦差镇守江西御用监……	娄性	明代弘治
18	典学宪金苏君葵……	娄性	明代弘治
19	观澜	彭治	明代弘治
20	仰思	穆相	明代正德
21	白鹿洞	刘世扬	明代正德
22	悟说	刘世扬	明代正德
23	廻流山	李梦阳	明代正德
24	鹿洞	李梦阳	明代正德
25	砥柱	李梦阳	明代正德
26	王俸赠李梦阳诗	不详	明代正德
27	广心	何迁	明代嘉靖
28	闻泉	何迁	明代嘉靖
29	白鹿洞	林天骏	明代嘉靖
30	洞门重开	蔡可廉	明代嘉靖

（续表）

	内容	作者	年代
31	洞门深锁	蔡可廉	明代嘉靖
32	吾与点也之意	蔡可廉	明代嘉靖
33	千古不磨	蔡可廉	明代嘉靖
34	鹿眠处	蔡可廉	明代嘉靖
35	五老撑天地……	朱勋	明代嘉靖
36	蹲鹿坡	方豪 陆溥	明代嘉靖
37	嘉靖二年七夕……	方豪 陆溥	明代嘉靖
38	意不在鱼	罗辂	明代嘉靖
39	郡守罗半窗……	不详	明代嘉靖
40	静观	骥生	明代
41	枕石	钟撰	明代万历
42	逝者如斯	原元功	清代康熙
43	夏五月大水, 秋八月大风	原元功	清代康熙
44	踏实	陈琅	清代康熙
45	洙泗分流	陶思贤	清代雍正
46	义路	郭檏	清代雍正
47	源头活水	郭檏	清代雍正
48	有本	郭檏	清代雍正
49	在其中	郭檏	清代雍正
50	不在深	左观澜	清代乾隆
51	不息	左观澜	清代乾隆
52	琴意	谢启昆	清代乾隆
53	清如许	范溥	清代乾隆
54	有本如是	龚旭	清代嘉庆
55	白鹿洞	龚旭	清代嘉庆
56	清泉漱玉	彭玉麟	清代咸丰
57	访道名山	张集馨	清代光绪
58	小婤嬛	黄浦清	清代光绪
59	鹿游	不详	不详
60	引人入胜	永城	不详

图例

敕白鹿洞书院
（南宋朱熹）

枕流
（南宋朱熹）

白鹿洞
（南宋朱熹）

自洁（南宋陈宓）

钓台
（南宋朱熹）

流芳
（南宋陈宓）

《流芳桥记》
（南宋陈宓）

圣泽之泉
（南宋陈宓）

风泉云壑
（南宋陈淳祖）

忠信
（南宋陈绰）

侍御王君铨……（明代娄性）

钦差镇守江西……
（明代娄性）

源头活水（清代郭檈）
观澜（明代彭治）
悟说（明代刘世扬）

仰思
（明代穆相）

白鹿洞
（明代林天骏）

迴流山
（明代李梦阳）

鹿洞
（明代李梦阳）

砥柱
（明代李梦阳）

王俸赠李梦阳诗
（明代作者不详）

广心
（明代何迁）

蹲鹿坡
（明代方豪／陆溥）

洞门重开
（明代蔡可廉）

洞门深锁
（明代蔡可廉）

义路
（清代郭檬）

五老撑天地
（明代朱勋）

吾与点也之意（明代蔡可廉）
千古不磨（明代蔡可廉）

意不在鱼（明代罗辂）

嘉靖二年七夕……
（明代方豪／陆溥）

静观（明代骥生）

逝者如斯（清代原元功）　　夏五月大水，秋八月大风（清代原元功）

白鹿洞（清代龚旭）

踏实（清代陈琅）

访道名山（清代张集馨）、琴意（清代谢启昆）、不在深（清代左观澜）

有本如是（清代龚旭）　　　　　　不息（清代左观澜）

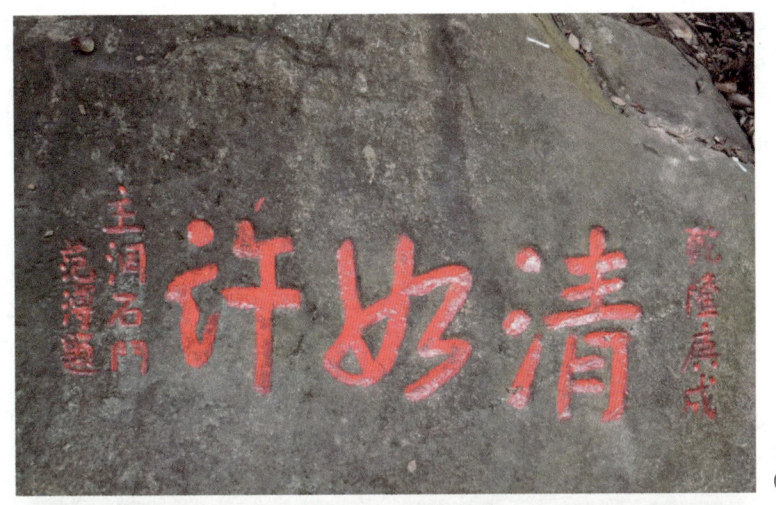

清如许
（清代范溥）

小嫏嬛
（清代黄浦清）

有本
（清代郭櫴）

引人入胜（年代不详永城）

清泉漱玉（清代彭玉麟）

四、历次志书介绍

志书是记录白鹿洞书院历史的重要形式，不仅有利于保存历史材料，总结历史经验，也为书院生徒提供了重要的教材。在修志的次数、规格和志书质量方面，白鹿洞书院都可以说是天下书院之首。

"宋元时鹿洞无志，书院之事亦多湮没。入明，修志之风大盛，而鲁铎、刘俊惓惓于修鹿洞之志，颇有首创之功，惜其书皆佚。正德间，提学李梦阳以旷世高才而从事于斯，遂成奠基之作，而踵事增华者继之，遂洋洋乎大观矣。"

按江西教育学院李才栋的考证，自明朝弘治七年（1494）第一本白鹿洞志出现后，又有正德、嘉靖、万历、天启各一次，清朝康熙两次，前后六次重新修志，从而形成民国以前七种白鹿洞书院志。此外，上述志书还有增补本、重刻本、递修本、补刊本，有十四五种之多。以下重点介绍七种初修和重修的白鹿洞书院志。

第一部：鲁铎《白鹿洞志》

明朝鲁铎撰写的《白鹿洞志》，是史料记载中最早的白鹿洞书院志书，共八卷，书成于明成化五年（1469），而未刊印。弘治七年（1494），南康知府郭瑺求之于其家，刊刻行世。这部志书散佚已久，仅在此后其他版本的院志中保存张元祯为这部志书写的序言，可使后人了解概要。张元祯是江西南昌人，官至吏部侍郎兼东阁大学士，存有《重修白鹿洞书院记》和有关白鹿洞的诗若干首。

另据《明史》和《千顷堂书目》记载，江苏句容人刘俊，字公伟，弘治、正德前后在世，曾修《白鹿洞书院志》六卷。其书久佚。

第二部：李梦阳《白鹿洞书院新志》

明朝正德六至八年（1511—1513），江西提学副使李梦阳重编、刻印《白鹿洞书院志》，自为序，后又充实为《白鹿洞书院新志》，共八卷。明嘉靖初年，江西提学副使周广和南康府知府张愈严续修重刻《白鹿洞书院新志》，补入李梦阳离任后至嘉靖初年的史料。正德年间成书的李梦阳版院志至少有四种版本。李梦阳志是目前发现存世最早的白鹿洞书院志书。现存美国国会图书馆。

第三部：郑廷鹄《白鹿洞书院志》

明朝嘉靖三十三年（1554），江西按察司副使郑廷鹄重修刊印《白鹿洞书院志》，亦称《白鹿洞志》，共十九卷。嘉靖四十五年（1566），南康知府张纯、教授李资元、主洞陈汝简复有校订、增补本，现存国家图书馆、清华大学图书馆等处。

第四部：周伟《新修白鹿洞志》

明朝万历二十年（1592），南康知府田琯命星子县司训、白鹿洞书院主洞周伟重修院志，洞生熊滨、袁炜、戴策献、黄希孔等参与修志，名《新修白鹿洞志》，共十二卷，田琯自为序。现存国家图书馆、浙江省图书馆和江西省图书馆。

第五部：李应升《白鹿洞书院志》

明朝天启二年（1622），南康府推官兼主洞事李应升重修《白鹿洞书院志》，知府夏炜资助刻印，共十七卷。李应升、陆梦龙、夏炜分别作序。清顺治十四年（1657），南康知府薛所习增补、重刻李应升《白鹿洞书院志》。李应升重修的院志有两至三种版本。现存故宫博物院、台北中央图书馆。

第六部：廖文英《白鹿洞书院志》

清朝康熙十二年（1673），南康府知府廖文英重修书院志，共十六卷，自作序。康熙二十八年（1689），提学道邵延龄命主洞钱正振校订、增补廖文英志。现存中国科学院图书馆、北京师大图书馆、上海图书馆。

第七部：毛德琦《白鹿书院志》

清朝康熙五十七年（1718），星子县知县毛德琦重修《白鹿书院志》，康熙五十九年（1720）刻成，共十九卷。江西巡抚白潢，翰林院检讨、提督江西全省学政王思训，江西布政使许兆麟，江西按察使石文焯，督粮道参议蒋曰广，分巡饶南九道副使龚嵊，南康府署府事同知蒋国祥和星子知县毛德琦八人作序。毛德琦《白鹿书院志》较为完备，传世也较广，但对元代以前史料记载非常简略，南宋史料缺漏。现存故宫博物院、中国人民大学图书馆和江西省图书馆等处。

此后至中华民国年间，白鹿洞书院志在毛德琦志的基础上，屡有补刻重刊，而无重修洞志之举。其间主要有八次重印、补刊。

第一次：清乾隆五十六至六十年（1791—1795），署南康府事周兆兰补刊《白鹿书院志》，共十九卷。周兆兰自撰序。该志今存略多。

第二次：清道光二十一年（1841），都昌绅士余泰（余秀泰）、陈梦悦，"以志板朽蠹，乃命梓人葺其残缺，计两百余页，重付剞劂"。

第三次：清道光三十年（1850），兼理星子县事署府经历章颖生（吴兴监生）重印并补版。

第四次：清咸丰九年（1859），署知县胡心庠重刊《白鹿书院志》，有《重修庐山白鹿洞志序》。

第五次：清同治十年（1871），知府盛元奉巡抚潘蔚之命重加补刊。

第六次：清光绪九年（1883），江西补用道权知南康府事刘锡鸿重刊书院志。自为序。

第七次：宣统二年（1910），南康知府朱锦、府学教授熊拜昌、训导邱全德检校残缺，补刊《白鹿书院志》，自为序。此时白鹿洞书院已停办。

第八次：中华民国四年（1915），星子县知事汪知本补刊。

改革开放以来，书院志书的整理、出版主要有以下几种：

1992年，为抢救、整理书院志书，庐山白鹿洞书院管理委员会在主任孙家骅主持下，组织"白鹿洞书院古志整理委员会"，向多家藏书单位搜集院志，委托上海师范大学朱瑞熙、吴绍烈、顾吉辰、陈慧星、吴以宁五位先生进行点校整理工作。1995年11月，《白鹿洞书院古志五种》由中华书局正式出版，向国内外发行。全书上下两册共110万字，成为当代研究白鹿洞书院的重要文献。

2015年11月，九江学院教授吴国富编纂的《新纂白鹿洞书院志》，由江西人民出版社正式出版。这部新志旨在较为完整地梳理、保存白鹿洞书院历史文献，在体例上充分吸收古志的长处，并就古志分类适当归并，合理增加，在《白鹿洞书院古志五种》的基础上，对1949年以前白鹿洞书院的史料进行系统的梳理、考证、汇集。全书80万字，形成资料较为完备的现代版书院志。

五、历次志书的序、跋

序、跋是志书的重要内容，通常介绍修志缘由、宗旨、经历以及遇到的问题和解决的办法，有的还包括志书的概要和规模。编纂者的修志理论、观点主张、编纂目的、修志经验均在序或跋中有所体现。白鹿洞书院志书的序和跋通常由主持编纂者、地方官员和名流宿儒撰文，收录在志书的首、尾。现将白鹿洞书院主要志书的序、跋整理如下，供参阅。

（一）鲁铎《白鹿洞志》

明朝鲁铎撰写的《白鹿洞志》，是史料记载中最早的白鹿洞书院志书，这部志书散佚已久，仅在此后其他版本的院志中保存张元祯为这部志书写的序言，可使后人了解概要。

1. 张元祯：《白鹿洞志序》

《白鹿洞志》八卷，南康郭郡侯瑶所刻也。《志》乃吾老友鲁铎号春室者，因游白鹿，搜访而编集之。时袁举人端，以硕学为藩宪，延请分教于洞学，复从而校正焉。久之，铎捐馆，端亦出就教职，不禄，其书但笥于铎家，士夫咸以未及传布为惜。或以闻于郭侯，侯雅欲表章洞学者，亟遣人持书币往求之金川。铎子稷遂奉之献侯，以成兹美。维白鹿洞学名天下，名古今，肇于唐，盛于宋，重于我朱子，复盛于我朝。此《志》之编与刻，不皆自有洞学以来旷数百年未举之缺典欤？始自今，凡有志于斯者，不必身其地、目其胜，第一披阅焉，了然尽在是矣。侯，山西涑水人。为政知所崇重，惟继治先贤过化之邦，拳拳思承其绪，如刻周、朱二先生《年谱》《四书或问》及积粟垂万石于紫阳遗惠仓，皆前政之未及云。弘治七年甲寅六月。

（原为鲁铎《白鹿洞志》序，现据毛德琦志整理，部分文字据郑廷鹄志内所载内容校正）

2. 袁端：《白鹿洞志后序》（节文）

白鹿洞书院为西江第一讲学之所，唐李渤耽其山水清幽，尝隐居读书其处。自是讲学于此者相仍，然皆未知所以学也。至宋淳熙间，紫阳朱夫子来守南康，因得故址，大肆修葺。工讫，奏请敕额，始倡率其类，相与讲明正学。当是时，赵宋所有者区区东南诸路，学校之设未为不备，夫子乃独拳拳于此者，岂不以宋之教化不明，士之游学者每沉溺俗学之陋，而不知所以自拔。幸据此地之清幽峻洁，判然别白正教以号于世，庶感慕兴起者犹知所以自反，而不终于醉梦也。洪惟我朝，文运诞兴，治教休明。繇正统戊午至今，此洞相继有作，愈久而愈备。且尝集师友于其间，俾之践朱子大明斯道之地，读其书，体其心，日夜澡雪淬励，犹古人之羹墙见尧而图以自奋，将见正学之明，如日中天。士习由是而日趋于淳，人心由是而日归于正，邪说诐行之不作，天常人纪之不隳，而此洞之修饬，自当与我国家隆运相为绵永不穷矣。端学识荒谬，叨主洞教，因鲁君《洞志》之成，滥与校正，敬拜手以序其后。成化己丑夏五月。

（原为鲁铎《白鹿洞志》后序，现据郑廷鹄志所载内容整理）

（二）李梦阳《白鹿洞书院新志》

明朝正德六至八年（1511—1513），江西提学副使李梦阳重编刻印《白鹿洞书院志》，自为序，后又充实为《白鹿洞书院新志》，共八卷。明嘉靖初年，江西提学副使周广和南康府知府张愈严续修重刻《白鹿洞书院新志》。

1. 李梦阳：《重修白鹿洞书院志序》

李子至白鹿洞书院，周览山川故物，询其创继颠末，见其兴者圮焉，完者缺焉，条理紊焉，散失渐焉，寂欲堕焉。考之文记，则乱焉而无统，遗焉而不备，举乎细而脱所巨，辞繁复而义弗晰。于是取而笔削之，删繁以章义，提纲以表巨，分注以收细，拾遗以定乱，使比事有则，立言有例。是故首之以沿革，则兴亡之本著矣；次之以形胜，则地道昭矣；又次之以创建、剜刻，则兴继者可考矣；又次之以田租，则养之者具矣；又次之以姓氏、文艺，则观程之要义寓矣；又次之以典籍、器用，则日用不匮矣。《志》成，门人问曰："窃闻之：志者，史之流也。夫史者，述往以诏来，比辞以该事，所以示鉴垂戒者也。是以古之圣贤，道有不行，则托史以寓志。故孔子退而《春秋》作，朱子遁而《纲目》修，皆伤道之不明不行焉耳。"李子曰："夫若是者，予岂敢哉！予岂敢哉！予为斯志，亦直使其晦者晰，脱者补，遗者备，乱者统耳矣。亦又欲堕者可举，散失者可缀，紊者可理，缺者可完，圮者可复耳矣。或乃游昭道之地，览兴亡之本，详创继颠末之因。养之有具，观程有要，日用有需，而乃犹不务实也。又或鲜情饰誉以干禄，附贤躅而阅厚利，则斯洞也，特终南之捷径焉矣。呜呼！斯则予伤哉，斯则道之不明不行也哉。

大明正德六年，岁次辛未，秋九月壬戌。赐进士出身、中顺大夫、江西按察司副使奉敕提学、关中李梦阳撰。

辛未之岁，予至白鹿洞书院，见其诸废坏不修也，业作志板行矣。惟田租等虽数尝勘报，而其数犹混也，会今年例造图籍，乃更勘，悉以其田租等入图籍，而改其志为"新志"云。

正德癸酉夏六月，梦阳志。

2. 周广：《续修洞志叙》

洞规，心象也，学者从事于斯，苟有得焉，象斯忘矣。宋晦翁先生知南康军时，患道之不明也，访唐李谏议遗迹而创此中条为规，礼象山而主之，一时学者翕然来游，洙泗重光。至今闻之，莫不兴起。我明观人文以化成，黉宫满天下，士之卒业成均，多尚词章、忽本质。夫道之绝续，非天也，人也。正德庚辰，今提学陕西副使唐虞佐按治江右，慨然有意晦翁之学，延教授南康蔡希渊以长院，希渊为图授诸其徒。夫观图可以知希渊之学矣。羽翼洞规，良有可睹。今二生犹虑夫一时之嘉会无述，取前李空同所修洞《志》而复校之，以补其逸，以续其余，请于余曰叙之。余愧非人师也，方议聘永丰夏敦夫以寻象山坠绪，值迁今秋。於乎！孔堂榛芜，白鹿云迷，意者其兴起斯文有在于今乎！后有作者，必识存羊之意，吾党念之。二生曰缪建和，曰黄美。

嘉靖乙酉季夏初八日，姑苏太仓州前提学副使、福建按察使周广撰。

南康府知府眉山张愈严重刊。

南康府儒学训导金华李大年□刻。

南康府学生余士皋写。

（三）郑廷鹄《白鹿洞志》

明朝嘉靖三十三年（1554），江西按察司副使郑廷鹄重修刊印《白鹿洞书院志》，亦称《白鹿洞志》，共十九卷。嘉靖四十五年（1566），南康知府张纯、教授李资元、主洞陈汝简复有校订增补本。

1. 郑廷鹄：《白鹿洞志序》

《白鹿洞书院志》成，凡十篇，计一十有九卷，志山川者什二，志书院者什八。先是嘉靖壬子，予以校士至南康，入书院，访白鹿之遗迹，而慨洞史之放失也。以问前守刘君廷诰，君曰："志事颇缺久矣，有郡者之忧也，愿撤试艺以劂定之，何如？"予曰："未易言也。白鹿者，名始于李宾客兄弟，天下之所为向往者，光景也。迨南唐建学，宋初置为书院，已开斯文之堂奥矣。至濂溪周子、紫阳朱子相继来守南康，倡明正学，至今学者宗之。其实正学之标帜也，岂惟光景而已哉！何以知之？方学院之初兴也，诸儒之学术尚多异途，故当其时，杨氏、王氏、苏氏之学，比周而起，莫知所谓正学者。自濂溪首发《太极图论》，而孔、孟如线之统赖以不坠。未几，王氏得政，其说大行，比诸苏、杨二家为甚炽，天下惟知有王氏之学，而高自圣贤之病，比比皆是也。及紫阳大兴洞学，一宗濂溪之道，于是正学始大明于天下。使熙宁之间，不有濂溪，人心与《新经》胥溺矣，何以正其源？淳熙之世，不有紫阳，虽关、洛绪言稍出，人且不深信矣，何以正其流？由是观之，书院之兴也，实斯文之堂奥，正学之标帜也。一部道学传，尽在是矣。是志也，岂徒载之空言，将以载道也。尚可以易言哉！"卒辞之。嗣岁癸丑，予以巡历再至，守固申前请，予大恐有负守志，不获已，忘其谫陋，乃就诸生问故实焉。以春室旧《志》，究其耳所及闻；以空同新《志》，稽其目所及见；以朱子诸书，补旧《志》所不及闻；以石刻图册，补新《志》所不及见。访郡倅汪君伊、星子尹吴乾养，以案牍之政廉。问主洞崔柏、马锡，以故老遗耆之旧闻。引诸生袁友德、张文瑞、吴儒、邹鸿、张文明辈，置之笔砚之间，广所摭言，以尽其变。又檄都昌丞杨晒、新建丞刘葵，亲行阡陌，正学田之经界而授佃焉，以为百世之计。于是节文分类，述而不作；敷言引义，究其始终。其事则书院之事也。然其义何居？其在正学乎？夫正学者，非他也，天理人伦之大致也，曰穷理，曰笃行，其序也；曰明诚，曰敬义，其功也。此濂溪、紫阳之志，正学之大端大本也。不然，不入于王，则入于苏，不入于苏，则入于杨，而道术裂矣。夫岂今日编劂之意哉！昔人有梦，尝执丹漆之礼器，随仲尼而南行者，自以为得圣人之道，而君子议其妄，谓仲尼之学，非雕龙之学也。予不佞，僭于濂溪、紫阳之学亦云。先予视学有可泉蔡公尝蓄纂修之志，昨以江右方伯擢都宪，将行，再四嘱予成之。愧予非其人也，而刘守方见属草，亦擢闽省宪副以去。今兹商画调度，独任其劳者，新守李君淳也，且数遣诸生，以序问予。予伤雕龙之学，方以刘彦和为戒，于诸生之请也，敬以正学相勖焉，遂书之简端，以识岁月。

嘉靖甲寅春三月朔旦，赐进士出身、中顺大夫、奉敕提督学校、江西按察司副使、琼山郑廷鹄书于洪都之崇本堂。

2. 朱资：《重刻白鹿洞志序》

道学之隆替，系世运之盛衰，往往当名山大川之胜，而斯道赖以常存而不亡，正学恃以既传而不朽者，是必有贤士大夫叠出乎其间，以继往开来，以昭前裕后，赞佐五百年鸿熙之运于无穷，乃今于白鹿洞志乎得之也。夫洞昉于唐，李宾客兄弟读书之所也。逮宋濂溪周子、紫阳朱子，相继倡明正学，因名曰白鹿书院。当是时，回风而向德者，代不乏人，固愿与二三童冠一至其地，以观山川之灵秀奇特，正学之堂宇妙奥，将必有独得之妙发于心目，而吾无从而得之也。乃癸丑年春，薄游兹郡，求读书于匡庐山之下，因得拜濂溪、晦翁二先生之祠于兹洞之中，以求其所以端士习而明道教者而未能也。值宗师郑公来视兹洞，著明讲义，因修洞史，命资校勘，宁不自庆其遭际，又况紫阳讲学之区，固平日所愿一至焉者。乃得叨升堂末，岂非平生之大幸欤。然窃尝闻之，夫志者，史之流也。古之君子，得位则行其道，不得位则托史以寓志，故孔子作《春秋》，凡以道之不明不行也。紫阳朱子集诸儒大成，摧陷而廓清之，其讲道于白鹿也，乃倦倦于父子五伦博学五目。至于陆象山义利之辨，尤加意焉。其所以示心学之传至矣。校披千载，入室几何，盖道非声音之可传，学非口耳之能赘，自唐而宋，自宋而今日，然而此洞常在，与日月而争光。前乎此而修之者，不知几何人，不有是志，以记于不朽，则后之人孰知斯道之常存常明而不亡也！是故濂溪之敦笃，晦翁之醇正，象山之渊沉，既擅绝于当时，而流风余韵于今犹可以想见。至于登眺声歌之徒，讲学倡道之辈，皆因以不没于后。则后乎此而修之者，皆将有记于公，而其名或因是以显，未必不大有功于兹洞也。是兹洞之胜，固非直山川之迹为可以供耳目之观已也。则兹志之修，又岂直词章记诵之末，以取便于科名，微图于利禄之乎！今观兹志，举坠收散，完缺复圮，摘精掞华，归之文考，规承则范乎世。因益损革，纤悉备举，兴亡著矣。山川田赋，婉附委陈，地道昭矣。五道四德，谆敷重谛，伦则表矣。诗歌颂纪，萃撷铺缀，人纪备矣。诚游艺之钜工，而摘藻之鸿匠也。资忝末裔，深慕正宗，因著夫洞之所以为教，其实有在，庶几得于紫阳之遗，以发学者之蔽，而有变乎其失之旧也，则斯道之统，由紫阳之说而明矣。

3. 陈汝简：《跋校正白鹿洞志后》

宪台古曹成公是秋代圣天子巡狩，由匡庐过九江，驺从悉减，单帷临洞，尽访前修之逸迹，且因以迪多士也。四顾亭台半就倾圮，诸生恳请修理，允词送藩侯冯公转行该府，委官估计。孟冬农隙，郡伯张公亲诣朋来、闻泉诸亭，取志披阅，咸未登录。叹曰："志者，所以纪载夫事物者也。亭坏若此，志尚不载，将焉用之！"谓汝简曰："志之弗修，守土者之忧也。方今严寒，未易率举。尔盍采集近时诗文，凡有关于是洞者，谅为增梓。其间差误纷杂者，核实厘正，亦预为异日重修之一助也。"汝简辞之不获，谨阅旧志，指其六事以告于公裁之。一曰考据失实。如《讲座铭》，文公簿同安时，兼领教事，作此以临诸生者，二泉郡公刻于洞座耳。《志》直书曰邵宝《讲座铭》，文公之文尚失考据，他可知矣。二曰校刻多讹。如《白鹿洞赋》，文公《全集》第一篇文字也。志刻脱误者五字，则他文又可知矣。三曰序次颠乱。洞名由文公始彰，则书院始事终事，宜在沿革之次，不应列于近时杂著之后。至于诗跋诸作，不甚关于始事者，宜为分类冠于诸卷之先，不应杂为两卷。若夫外志纷赜，尤为厌观。四曰诗文散逸。洞本道学渊源，游观者吟咏极富，近如梦山翁公、柏泉胡公、莓崖周公、淮海孙公、川楼吴公，海内名笔也，而使散于荒石败壁之间。又如《希贤吟》，敬斋自谓在洞得意之作，均不为之一录，可乎？五曰书籍宜载。如青崖胡公入书，次年已失，篁溪郑公深致不即登《志》易亡之叹。合无旁立一门，凡遇送入书目，即为登刻，庶免散失之患矣。六曰跋田宜录，如宗室永丰王、瑞昌王等入洞田租几四百亩，尽坐外县，虽有东廓邹公、梦坡敖公记文，久失登志。且师生变易靡常，交承罔稽。豪横侵剋之弊，所由起也。凡著此者，特其中之大者耳，其余不能悉数也。公闻之徐曰："修此六者，虽润色未加，不得据谓之全书，然亦便于观览矣。勉之哉！"汝简乃敢次其篇章，厘其谬误，更属洞生张文瑞等，备采诗文有裨洞事者，凡若干篇，以类附刻，旬日而成。其洞牒二卷，姑仍其旧，尚俟后之君子议拟重修，务使是志可爱可传，与兹洞并美于宇宙间可也。时嘉靖乙丑冬日，青田陈汝简撰。

（四）周伟《新修白鹿洞志》

明朝万历二十年（1592）南康知府田琯命星子县司训、白鹿洞书院主洞周伟重修院志，名《新修白鹿洞志》，共十二卷，田琯自为序。

田琯：《新修白鹿洞志序》

白鹿洞之名尚矣，肇于唐，为二李藏修游息所，似有待者。南唐侈为国学，聚生徒无虑数百人。然所业者诗赋词章，为俗学而已。宋兴，即斯地为书院，敕额赐书，而真儒周、朱二先生相继知南康军事，先后阐明正学。文公又修其废坠，请于朝，增设殿庑，以奉先圣先贤，如郡邑学校制，置田赡士，设馆延宾，集诸儒讨论圣贤实学。四方士翕然宗之，肆道学盛传于江右，迄于今为烈，而书院亦相沿不废，则地固以人重哉。余自束发为诸生时，稽载籍，见学士大夫侈谈白鹿洞名胜，心窃忻忻慕焉，思一向往而未由也。迩承乏南康，为斯地主，至则悯朱学为宗禅者所非，因上官命聘南昌高士，联师儒，相与讲明之，语具别集中。无论学术即文公概诸节所为，养士田亦籍入于官鬻之民。盖故相嫉私会书院者非议朝政，故厉禁之，而波及于斯，则奉行者之过也。幸天不遗斯文，上采省臣议，下守臣再造之，旧物稍稍光复，而缺略尚多。盖时绌举赢，势则然耳。琯也生同文公乡，而宦趾其后，不忍缓视其颓废也。既次第修葺宫墙矣，又徼颜家山神灵之惠，购田七百亩附益之，听舆论为请于当道，许附洞入《志》。适旧锲剥蚀不可读，亦一更新之会也，乃命星子周司训及二三文学纂修之，而不佞亦时为删繁正谬。盖惟缮写旧文而增其所未备，非有所专僭于其间也。刻成为之纪岁月，以告来者。若夫崇正学以端士习，励实践以祛虚谈，辩义利以淑人心，以无忘周、朱之教而为兹洞光，则端有望于同志诸士，而亦不佞之修洞缮志意也，观美云乎哉。

万历二十年岁壬辰孟冬之吉，知南康府事、闽延平田琯撰。

（五）李应升《白鹿书院志》

明朝天启二年（1622），南康府推官兼主洞事李应升重修《白鹿洞书院志》，知府夏炜资助刻印，共十七卷。清顺治十四年（1657），南康知府薛所习增补，重刻李应升《白鹿书院志》。

1. 陆梦龙：《白鹿书院志序》

教之所悬以求士者，其所得常不足以盈教。引五十犗之饵，临流而钓，时有鳟鲂，古之人其不敢鳟鲂以网之，固也。博士以文，周以前云乎哉。裂《诗》《书》、六艺之幅，组缀无用之言，而群天下敝敝焉，蝥蠢其中以图尺寸，唐以前云乎哉！夫既如是以求之矣，而后品其中正，而翘其地望，犹捐泉布之母以视息也。天下之学宫有科举而无证修，天下之书院名证修而实科举。夫既如是以求之，而亦如是以应之矣，而乃始倨级而累数曰："吾陟之峻而步之广，吾已奥周孔、扬唐虞，而溯羲皇，犹不病而载鬼也，其炎为烈。"虽然，古之人有伊尹者，处畎亩之中，而乐尧舜之道，而欲亲见之吾身，彼岂以上之求之者如是而应之，又岂待上之求之不如是而应之乎？白鹿洞书院盛于紫阳知南康军，而其时已不免进取之习。山藻圣贤，象山登席，摩疡而砭，痛斥喻利，以立君子小人之辨。胡敬斋主院，遗丘时雍、祁参政诸书，尤恺恺乎其言之。陈公甫谓君子之使人由其诚。夫由其诚而进之文章科举，亦载道之具；不由其诚而自居于圣贤道德之意，乃所为喻利之深者也。李君仲达修《白鹿书院志》，芟剔烦秽，而特扬明教一条以警多士，用意远矣。陶元亮贞心砺节，晋之伯夷，李太白狂简斐然，旷绝尘宇，若大鹏之视下，其人皆在科举未兴前。杨氏廉者何人？议别二公俎豆，而啗嗜声影，欲进所未考，陈师复彼哉，何足语此！李仲达名应升，江阴人，有文有政，而出之以养，余所矜式也。志成于壬戌之春，孟夏望日。会稽陆梦龙序。

2. 李应升修志序

《白鹿书院志》，李崆峒先生尝笔削之，读其《序》，义例可睹也。今所存者，仅学博周君伟所续编，而壬辰去今又三十年矣。余不敏，佐理是邦，奉学使者檄，兼理洞事，既已简一时之秀，定课程，申功令，谬珍清心二语以通文章山水之趣，其于学道津梁茫乎未也。昔胡平一与朱子书云："时文之外，别无可相启发者。"余于时文犹属侏儒之见，而况于道乎已。时时洗涤垢肠，参寻哲训，翻阅旧志，手自抄录，标紫阳之疏札以原始，萃先正之论说以明教，残碑逸简，颇为缀缉，芜梾滥词，僭从删汰。盖韦弦之佩，庶几不忘。而诸生请曰："旧刻蚀矣，愿梓之得卒业焉。"余窃惟书院之重也，道也，而文章山水乘权而递旺。夫山水以渊静开心，文章以芳华泽性，学道之士不作殊观，试涵咏斯编，反观自得，有正襟危膝，卓然示我以高山者乎？有流觞浩歌，旷然坐我于春风者乎？有冥心寂照，悠然对我于屋漏者乎？夫教与时移，学随资化，入山思静，友鹿成群，将以医俗息争，则斯编也，岂非学道之津梁哉！虽然，音成空谷，不免径借终南，必有执崆峒先生之言为余罪者。天启壬戌清明日。

（原为李应升《白鹿书院志》序，据毛德琦志整理）

（六）廖文英《白鹿洞书院志》

清朝康熙十二年（1673），南康府知府廖文英重修书院志，共十六卷，自作序。

廖文英修志序

古今气运之兴，有作之于上者，斯可成之于下；有开之于先者，斯可振之于今，代有由然矣。白鹿为名教乐地，曩有欲毁天下书院者，邹吉水力净之得复，非以李宾客隐居故也。有宋濂溪先生从道州来守南康军，二程夫子后先师事之，传至紫阳而扩大焉。盖孔、孟薪传实赖于此，是为天下第一书院云。往昔李忠毅公初司理官，人文蔚起。迨英承乏李署，偶见枯桂重花。既而李卉圃先生前守南康，后为臬宪使时，与部院蔡公买田修葺，礼延约生熊掌科，讲学洞头。兹其书规固犁然也。今上御极，英守是邦，行释菜礼毕，询知佃人租重多逃。星子令廉举其状上请，荷蒙巡抚董批允清除旧逋，蠲免新增。于是佃民渐归故土，荒芜益垦，湮没益登，学者负笈来游，校舍益增，垣墙益葺，一时戴岈嵘而颂闾泽，声应气求者，奚啻春风鼓荡，时雨滋灵也哉！爰就冰玉堂中、爱莲池上，集郡邑诸孝廉，会江楚之名彦，课文选义，惟康郡文艺，尤以静美见称，此非作养之明验欤！乃知文运关乎国运，固有作之于上，始可成之于下；有开之于先，斯可振之于今也。旧《志》李忠毅公重订，迄今五十余年，多所阙遗。爰补缀旧文，增葺迩事，授剞劂而登于新，虽修举之绪未云大备，而经营匠意于育材养贤之藉，亦略可镜矣。康熙癸丑嘉平日。

（原为廖文英《白鹿书院志》序，现据毛德琦志整理）

（七）毛德琦《白鹿书院志》

清朝康熙五十七年（1718），星子县知县毛德琦重修《白鹿书院志》，五十九年（1720）刻成，共十九卷。江西巡抚白潢、翰林院检讨提督江西全省学政王思训、江西布政使许兆麟、江西按察使石文焯、督粮道参议蒋曰广、分巡饶南九道副使龚嵘、南康府署府事同知蒋国祥和星子知县毛德琦八人作序。

清乾隆五十六（1717）至六十年（1721），署南康府事周兆兰补刊毛德琦《白鹿书院志》，共十九卷。周兆兰自撰序。清道光二十一年（1841），都昌绅士余泰（余秀泰）、陈梦悦补刊毛德琦志。

1. 白潢：《白鹿洞志序》

白鹿书院由来旧矣。肇于唐，盛于宋，沿于明，迄我朝，有御书之赐，而制益大备。幸值圣天子文明之世，一统有志，一省有志，郡邑各有志。至庐山亦辑有志，靡不载之甚详。兹复有书院志者何？曰："重道也"。孔、孟之道，惟朱子集其大成。而白鹿书院为朱子设教之地，精神所萃，登斯堂而遵斯教，可为学道之津梁。诚有如李忠毅所云者，则兹志不可以不重。顾旧志已弗可考，即前廖守遵忠毅原本，辑为一书，而版又不灭于火。今星子毛令，自铨选引见时敬承天语，即有志修辑，越五载而告成。余览其于前志七则外广为十则，繁简得宜，去留各当，则李崆峒先生所言晦者晰，脱者补，遗者备，乱者统，兹集已无遗憾。又余尝以事至院，与院中多士论文课艺，彬彬郁郁，皆有可造。其各体圣主崇儒至意，遵朱子之规，以进于圣贤之学，实不能无厚望焉。爰因毛令之请，而书于简端。

康熙五十九年岁次庚子夏六月，巡抚江西等处地方兼理军务、都察院右副都御史、加三级、盖平白潢序。

2. 王思训：《白鹿书院志序》

合宇内名山巨川及小丘绝壑，奇伟幽秀之观，皆佛、老之徒之所盘踞，而吾儒不与焉。以奇伟幽秀之观畀释、老之徒，使其穷土木，饰金碧，动糜千亿，而儒者所隶，祀典宫室有制，其斋洁祇事，自春、秋丁祭释奠、释菜外不数数然，其用力省而为礼简以略也。则是异教果足以胜儒者之正学，而人心之趋向，真怪僻不可知耶？非也！白鹿书院在庐山五老峰下，盖昔贤讲学之所也。其地背岭临溪，幽邃灵奥，实宇宙清淑之气渟蓄而蟠结于此，为圣域贤关之所寄，信不诬矣。夫庐阜周迴五百里，梵宇琳宫，金碧辉映，游人累月不能穷。然其时兴时废，如浮云之变幻，靡有常态。而鹿洞经朱子讲学，迄今六百年，俎豆弗绝。当事之兴贤育才者，修缺补废，日以增加。岁丁卯，我皇上亲洒宸翰，有"学达性天"之额，又以廷议跻木主于十哲，人人感动兴起，学惟朱民为趋。而中丞白公，以清德重望，建钺兹土，方将增学舍，益廪禄，为肄习久远计。其属史亦奔走效力，以后为羞。予乃愈信异教之不足以胜正，而斯道与天地无穷，果不以世为兴废也。始予校士南康，事竣，过白鹿洞，谒紫阳祠。星子令毛君，率肄业诸生，祗肃以俟。予知毛君盖竭心力于斯文者，因与商榷补葺，以绵力襄中丞公之一二而有未处也。会毛君《洞志》新成，寄正于予，予乐夫正学之日昌，而予之边际其盛也，为之序而归之。

赐进士第、提督江西等处学政、翰林院检讨、加一级、前纂修《大清一统志》《三朝国史》、奉敕分修近体唐诗、壬辰科会试同考试官、翰林院庶吉士、梁南王思训撰。

3. 许兆麟：《白鹿书院志序》

书院以白鹿名者何？重创始也。唐李宾客渤隐居于此，养白鹿以自娱，因以名洞。由唐以迄于明，其间兴废不一，而惟于宋为最盛。新安朱紫阳学宗孔、孟，道述唐虞，所以致知而力行者，无不得圣贤之薪传矣。淳熙六年知南康军，慨然以宣明教化、敦励风俗为己任，爰访白鹿故址，即有榜文、牒、状、札子以及奏请敕额之举，遂次第修葺，复其旧，扩其新，置田聚书，以为执经请业之所，一时名人如陆象山、刘静春辈皆讲学于斯，则于守先待后之学，大有裨益，讵谓文教之振兴不以其人哉？惟我皇上接执中精一之传，备神圣文武之德，于万岁余暇，博极群书，惟谓宋之朱子注明经史，得中正之理。丁卯岁，钦赐"学达性天"匾额。壬辰岁，又奉谕旨，将朱子升配十哲，随以《朱子全书》颁行天下，使学者有所适从。则所以表章先贤者如此其至。然不有斯志，何以信今而传后哉！按《白鹿洞志》特创始于弘治七年郭瑁之手，前此盖缺焉，而未之备也。厥后历有修补，大约择焉不精，语焉不详。康熙十二年，廖文英重修。后丁酉春，版复毁于火。星邑毛令职守斯土，身任其事，广搜遗编，细加订辑，于旧志七则外，又增三则，惟将朱子所撰榜文、牒、状、札子以及教规、策问诸条，不列于艺文之内，而特起"兴复"例，所以示尊崇也。盖细绎其言，勤勤恳恳，直以道统为己忧。学者一日三复，退可修己，进可治民，其有关于世道人心不浅，在业斯洞者，观程有要，楷模有资，日用有需，无不可以陶冶而成之。即未至其地者，读是编，了然在目，夫亦可以勃然兴矣！戊戌之秋，《志》成，请序于余。余久慕庐山鹿洞之胜，丁酉岁，奉简命承宣是邦，虽未遑至，心切向往之。披阅是编，而仰止之怀益深。但后之官斯土者，绵绵延延，其不致废坠不举，又为余之所厚望也。然则，书院之作，重创始又重守终也，不揣愚昧，因附数言于简端云。

时康熙五十七年闰八月望日，燕山许兆麟书于豫章之紫微堂。

4. 石文焯：《白鹿书院志序》

古圣王之作人也，家有塾党，术有庠序，国有国学。后世区区之南唐，亦建学馆。而天下之有书院，则自宋始盛。夫以天下之大，于江之北立嵩阳，于江之南立岳麓、石鼓、白鹿，为四大书院，号为"国学"，而白鹿为尤盛。先是唐宾客李渤所栖息，白鹿之名始著，后此而朱晦庵、陆子静所讲学，而从学者始多服。书院之修复，守先待后，使天下后世信之深而从之众，非朱子不至是。考朱子读书之地、讲学之堂，在江南者不一而足，而诵读其书者遍天下。问世之学者："白鹿在何地？""主讲席者伊谁？""得孔孟之薪传者有几？""私淑而传习者何人？""讲学之规何似？""须发而读者何书？"其瞠目赪颧，茫然不知所对不少也。之数者非大有关于学问，且无与于敦化育才之盛心，尚皆不能举，则所信之深者何所信？从之众者何所从？岂非所谓时文之外别无可相启发乎？嗟夫！奇伟名彦，匡坐一堂，接洙、泗、濂、洛之渊源，而窥其堂奥。况书院之大，名教乐地如鹿洞者，有自外于宫墙者，吾不信也。书院自朱子兴复，其洞规讲义、答问、戒谕，灼灼在人耳目，百年后代，有志书、图经、记序、诗文，可一览而神游于庐山瀑布之间，身厕于讲学修身之地已。然无如星子毛令之《白鹿洞志》之精核完备为善之善也。一流览而益知洞之所自兴，山川风物之代异，规模设施之不一，教养人才之各殊，且于文字之有关者，片语单词无不毕录，本末具而洪纤该，于以见书院之盛大，固无逾于白鹿矣。今皇上加意人才，新修经史，统千圣之心传者，皆颁发于鹿洞；都养又饩以饔飧，视古今之育英才又无逾于今日。则多士之游息于鹿洞也，居圣域贤关之名胜，思养之教之洪恩，而不抱希圣希贤之志者，其亦何以自立于天壤也哉！

康熙庚子菊月，江西等处提刑按察使司按察使、加四级，苏万石文焯撰。

797

5. 蒋曰广：《白鹿书院志序》

循环之运，能与天地参而无终极者，其为道也巨，而其所关亦必不轻。《庄子》曰："朝菌不知晦朔，蟪蛄不知春秋，此小年也。"日月之所以明，江河之所以流，有时风雨晦蚀壅决，虽极盛衰变化，而卒不熄。圣人之道不其然乎？庐山白鹿洞，唐宾客李渤隐居之所，至宋朱子始辟为书院，其间如颜鲁公、周濂溪、河南二程、象山、姚江后先相映，于戏，何其盛哉！当是圣教明，仁义著，而人知学问，士君子经明而行修，愚夫愚妇目见耳开，薰蒸于其中，不自知其所以然，而日与之化，故象山先生一登讲席，发明喻义利之旨，听者悚然，至山农野老闻之泣下。其所关于人心世道为何如也？按考亭奏事延和殿时，谆谆于异端佛、老宫院满天下，而先王礼义之宫反不及其万一，以此为请。余谓佛、老庙宇，夫人得而兴废之，于人心何关？于世道何补？爝火鬼磷，烘动煽惑，遇有知者不崇朝而灭耳。白鹿洞之有书院，千余年矣，屡废屡兴，而废愈久，则其兴往往益甚，岂非圣道之不熄，而学者薪传有自欤？今天子崇儒重道，为万世开太平，而于紫阳尤隆祀典。御书碑额，光耀书院，凡来守此邦者，必延见而奖励之。如星子大令毛君，皆蒙俞旨，诚恐非其人则书院废，书院废则圣教衰而道熄。呜呼，其用心何其至欤！士君子当圣道昌明之际，有在上者为之君，为之师，而百尔君子奉令承教，又为之增修学舍，治资粮，备器用，延名儒主持倡率，广招来学，森布规条，俾四方有志之士，怀仁慕义，乐育而裁成之。百年以来，日新月盛，不知视淳熙时之书院又何如也？初，考亭知南康军，值岁不雨，讲求荒政，多所全活。及提举浙东，立社仓法，民赖以安，至今遵焉。又尝读其两朝奏疏，修齐治平如指诸掌，向使当时能竟其用，岂不伟哉！故古今以来，有真儒必有实学；苟无实学，则无关于人心世道，如是，而谓能尽圣人之道，参天地而无终极，未之有也。今从事书院者济济矣，其能如林用中、蔡仲默、黄直卿十五人之从考亭，各得其学，以广其教于天下，垂之万世，则景星凤凰，争先快睹者，不独在唐之白鹿先生矣。予承乏南昌，未获往观书院之盛，然而庐峰五老，圣域贤关，悠悠我思，常随红鹤飞去。《诗》曰："高山仰止，景行行止。"虽不能至，心向往之，其予谓之夫！

时康熙五十七年戊戌岁冬月，江西等处承宣布政使司督粮道参议、加五级、京江蒋曰广序。

6. 龚嵘:《序》

道学之绪,开自尧、舜危微精一之言,递传至孔、孟,而斯道昭于述作,凡曰仁、曰义、曰性善,胥此志也。自后河南程氏得不传之学于遗经,及朱子挺生,而私淑程氏之学,大彰孔、孟微言,遂集诸儒之大成。尧、舜以来相传道学,乃复揭诸中天,而炳若日星,功莫巨已!我皇上道统远绍唐虞,心源直接洙、泗,登咸三五,以道化成,凡所以敦褒儒术者,靡不备至。特念朱子发明圣道轨于至正,既于全集沉研实践,更极表章崇奉之仪,升配十哲。皇哉理学昌明,真自生民所未有矣!庐山白鹿洞,由唐李宾客讲学于此。南唐创名"国学"。宋初为四大书院之一,兴废靡定。朱子知南康军,始修复故迹,辟殿庑,立学舍,置洞田,招四方生徒,聚业其中,一时学者粹然咸出于正。去郡后,犹惓惓来者,冀不废斯业。生平教育之苦心,诚有深萃于此者。曩蒙御书匾额,颁赍内院经史,充牣其中。远迩向学之士,感激奋励,日新月盛。而顷际在上大当事并操冰鉴,以振兴文教为己任。大江以西翕然丕变,鹿洞讲学之盛,尤当驾轶千百载而上。然则修志之举,又曷可少哉?观《志》中所载朱子规约,言简而义极谨严,其讲说精微明切,不惮谆复为学者告,而大旨总在穷理以致其知、反躬以践其实而已。所谓穷理反躬者何?即尧、舜危微精一之旨,具于吾心虚灵不昧之中,而周行乎达道达德之际,曰仁义,曰性善,胥一以贯之矣。昔贤读朱子《白鹿洞赋》"诚明两进,敬义偕立"之语,竦然如恐不及。学者诚能体此意,而一循朱子遗训,操存而践履之,驯序渐进,以入于圣贤之域,真道学斯真治术,于以上副圣天子崇儒重道之至意,不负当事鼓舞振新,则分巡斯土者,亦克与有荣施也。《志》适毁于火,星令毛君奉上檄,重加校订而梓之。其中详略增损犁然中则,并以年来殚竭心力,厘清洞田若干,附刊简末,意绝隐占,亦可谓用心于名教者矣!是为序。

康熙戊戌岁季夏日,江西按察使司分巡饶南九道副使、加一级、三山龚嵘敬题。

7. 毛德琦:《白鹿洞书院志序》

白鹿书院在星子县治五老峰下。宋淳熙己亥,朱子知南康军,拓址建学为讲习地,复置田以备久远,继往开来规模永定,而世有变迁,事有沿革,非大人君子以扶树道教为己责,莫能振而起也。我皇上崇儒重道,表彰正学。丁卯岁,以御书朱子祠匾额,并经史诸书颁发书院,自大吏及有司,亦各思仰赞文明之化，竭力兴复，由是书院日见昌起。甲午，琦补授星子令，引见澹宁居，天颜悦豫，顾铨臣曰："星子县尔等曾到否？朱子讲学在此。"复顾琦曰："此人去得。"琦自念一介小臣，藉先贤过化之所，邀圣恩之一顾，深以不克负荷是惧。抵任，即索志遍览，释菜有器，惧其隘也，则称之；禄士有田，惧其漏也，则清之；核书籍，惧其逸而不备也；严考课，惧其荒而不奋也；一皆于志焉取之。顾《志》修于廖太守文英，垂四十余年，而版毁于火。奉宪令刊行，乃稍加订辑，别具例言，付诸梨枣，用以敷扬皇上德教之弘，阐明朱子理学之正，俾天下向往者知所矜式。诚如李江阴所云"斯编为学道之津梁矣"。至于振作鼓舞，见生徒鱼鱼雅雅，旅进旅退，朝夕读书、习礼于其中，复有晦翁、子静其人者，互相辨论，益阐明先圣之道，以示来许，端在大君子之居高位者，有以倡率之，又非琦之绵力薄识所能效其万一也已！是为序。

康熙戊戌春，星子县知县毛德琦谨识。

8. 蒋国祥：《重修白鹿书院志序》

戊戌新秋，星渚令毛君手书致余，并新刊《白鹿书院志》一册，而问序于余。余作而叹曰："嗟乎！毛君诚当代循吏之最矣！"今之为吏者，非不知振兴文教乃长民者第一事也。顾治狱讼、征赋税，簿书期会，苟称厥职足矣，余非所及也。即兴行教化，崇尚文治，亦不过谨守具文，奉行故事而已。谁能取先贤之遗迹，实力而表彰之，竭蹶从事，惟恐后时？且星渚斗大邑，荒瘠为江右冠，官衙萧瑟，作空山寂。历观薪俸所入，尝不足以供厨传。毛君又廉吏，不名一钱。乃是《志》版毁于火，甫匝岁，复已剞劂告成，非以仰赞文明，作兴雅化为急者，谁能捐资付梓成功之速至此？及发策，伏而读之，见其编次详明，订辑精当，条理井然，足以补前贤所未及，匪惟弘文教于一时，亦且垂良法于后世，则又慨然兴叹，以为毛君更有过人之才略，以行其造士之盛心，不徒教思之无穷而已也。忆余佐郡时，亦以旧《志》不可无商，又岁久漫漶，为之删其繁、补其阙、正其讹，拟付之梨枣，以垂永久，而终以闲曹冷署力与愿违而止。旋以量移去，遂不果，至今欿然于怀。今毛君是《志》，刻期告竣，实获我心。而其增补删订之功，更有非余所能及者，尤为欣跃无已。昔班孟坚所谓以经术润饰吏治者，毛君有焉。将见毛君与诸生日夜讲肆于诗书俎豆之间，取紫阳之遗矩而暗修之，使皆蹈绳矩，习弦诵，彬彬如古之俊民髦士，使天下谓紫阳过化之区，实非凡为学者所敢望。于以绍往圣而开来学，其功复何可量！然则，当今治行第一，非毛君而谁？余虽匏系齐安，反复是编，实神游于风泉云壑之际焉。

时在康熙五十七年岁次戊戌新秋之望，知湖广黄州府事、前同知江西南康府事、加三级、暨阳蒋国祥撰。

9. 周兆兰：《白鹿书院志序》

白鹿洞书院为前贤讲学之所，甲于天下。康熙丁卯，我圣祖仁皇帝赐书、赐额，所以崇儒重道而绵教泽于孔长也。甲寅夏杪，兰奉檄代守南康，面奉宪谕，以振兴书院为首务。检阅旧志，修学若清洞租，凡延请主讲、甄录肄业诸事，以次递举，而志中残缺之处计共八十有六。窃以为方今皇上，文教覃敷，当代大人君子，又以主持风化为己任，不及今修辑，恐朽蠹日以滋甚，亟付梓人，残者补之，阙者修之，工省费约，遂成完璧。志修于康熙五十九年，距今七十余年，而重修之，则一衰辑可百年也。以兰弇鄙，赞襄文治，诚愧未能，而慎守前贤遗迹，以仰副圣天子寿考作人之雅化，并禀承大宪文翁化蜀之美谊，则不敢不以自责，且不敢不望之后之来者。用志数言，以附简端。

乾隆六十年岁次乙卯春三月，署南康府事、宁都直隶州知州、广陵周兆兰序。

10. 陈梦悦：《补刊毛志识》

按《庐山志》《白鹿书院志》皆修于康熙五十九年，迄今百二十余年，虽经重修补刊于乾隆五十八年，亦已五十余年矣，板多朽蠹残缺，以成书而为残书，阅者憾焉。岁辛丑，修书院之余，君喜见悦家二志俱有旧本，遂慨然捐费，购梨枣，雇梓人，禀明府宪，补刊二志。凡板有朽蠹者更之，残缺者补之，嘱悦代为校对。悦前以督修书院，幸邀议叙，兹事曷敢辞劳，但此日之翻刊，志复其旧，而二十年来之有益于山灵，有功于书院，皆有关风化者也，如之何其可弗识。悦因将戴太守之诗续刻于《庐山志》"艺文"后，狄太守之请银以增膏火及陈尚忠之建枕流石桥，吴应祥、吴峻之建鸿胪桥，余泰之大修书院，俱续刻于洞志沿革后。张太守之送洞书，续刻于洞志送洞书后，庶前志得有成书，而后之修志者亦得有所考云。

都邑陈梦悦谨识。

11. 朱锦：《重修白鹿洞志序》

南康白鹿洞志始修于康熙五十九年，日久朽蠹，继于乾隆六十年补其残缺，计八十六版，迄今又百余年矣。去岁熊、邱两司铎具禀：《洞志》《庐山志》及《府志》三版，向存府学，《府志》去修时未远，当称完备。余每朽蠹剥蚀，以如何设法修补为请。予愍然者久之，慨时势之变迁，惧斯文之欲坠。方今朝廷锐意变法，新政日兴，康郡地瘠民贫，集款匪易，所有洞租一项，已拨中学堂经费，书院自停课后，仅有洞斗数人值守，宫墙斋舍，风雨飘摇，半就倾圮。似此当务之急，岂惟区区一志版耶？每念诸子集诸儒之大成，发先贤之秘蕴，流风遗韵，至今未泯，书院为当日讲学之地，焉能日就衰落，鞠为茂草，将南宋以来数百年名迹，不从此废乎？日夜思之，责何能已，以致再三恳请筹款修葺，以为保存之计。近奉上宪迭次派员，相度经营，已有改办存古学堂及森林学堂之议。所存志版、典章文物、洞田亩数，但寄于此，允为文献之微，自未可少。饬即检查订校改镌字数版，更从补苴者近二百版，既竣工，特弁数言于首，以致使后之人毋忘紫阳之泽云尔。

宣统二年，岁次庚戌，重阳后五日，知南康府事、津门朱锦识。

（八）朱瑞熙、孙家骅《白鹿洞书院古志五种》

1. 朱瑞熙：《白鹿洞书院古志五种·前言》

〔一〕

本书是白鹿洞书院五种古志的汇集。

本书的价值在于比较完整地记录了白鹿洞书院一千余年的兴衰历史，是一部难得的中国古代书院的历史文献。同时，保留了中国古代教育史、思想史、科举制度史等方面的许多重要资料。有一些诗、文，不仅不见于其他古籍，而且为各诗文集所失收，足以弥补这些诗文集的不足。

〔二〕

白鹿洞书院位于江西庐山五老峰南，是中国历史上时间最为悠久、影响最大的一所学府。最早建立在南唐升元年间（937—943），称为"庐山国学"，距今已一千余年。南唐政府委派国子监九经教授李善道担任洞主，执掌教授，还购置了学田数十顷。宋太祖建隆二年（961），南唐元宗（嗣主）李璟途经庐山，专程到该学视察。入宋后，该学仍称"白鹿国庠"。宋太宗在太平兴国二年（977），批准知江州（治今江西九江市）周述的请求，下令将国子监刻印的《九经》驿送到白鹿洞，供学生肄习。同时，由学者明起任洞主，学生数百人。不久，为"劝儒业，崇乡校"，宋朝授给明起蔡州褒信县主簿的官阶。此后，屡经兴衰。南渡后，至孝宗淳熙六年（1179），理学大师朱熹知南康军，访求白鹿洞书院遗址，重建屋舍，并上疏请赐高宗手书《石经》和《九经》注疏；购置学田，招收生徒入学，延聘名师掌教；制订学规。还邀请另一位理学家陆九渊登坛讲学。白鹿洞书院复兴后，各地争相仿效，广建书院，蔚然成风。从此，各地书院都以白鹿洞书院为榜样，逐步形成一套完整、严密的书院教育制度，包括办学宗旨、教学内容、教学方式、校长和教师选聘、经费来源、组织管理、图书收藏等，皆有明确的规定。白鹿洞书院至此达到了鼎盛时期，成为全国四大书院中最为著名的一所书院。宋后，白鹿洞书院再度历经盛衰。至清末光绪二十九年（1903），白鹿洞书院停办。宣统二年（1910），书院旧址改建江西林业学堂。

中华人民共和国成立后，白鹿洞书院遗址被列为江西省文物保护单位，1979年成立庐山白鹿洞文物管理所，陆续修复或重建了书院的大部分建筑物，使书院基本恢复了原貌。这所曾在中国教育史上有重要影响的千年学府，再次以崭新的面貌出现在人们的面前。1987年，恢复白鹿洞书院建制，开始成为学术活动中心。1988年，被国务院定为全国重点文物保护单位。同年，为弘扬传统优秀文化，将白鹿洞书院作为全国性的、松散性的学术团体，聘请顾问、教授，设置院长、教务长、总务长，领导展开各种学术文化活动。1990年，成立庐山白鹿洞书院管理委员会，形成集文物管理、教学、学术研究、旅游接待、林园建设五位一体的综合行政管理体制。

在十个多世纪的历史长河中，作为一所著名的学府，白鹿洞书院造就了一批又一批适合时代需要的优秀人才，对中国的文化思想、学术、教育等起了很大的促进作用。无疑，白鹿洞书院的影响是十分深远的。同时，影响所及，不仅中国，而且还有亚洲的日本和韩国、朝鲜及东南亚各国。在有的国家，朱熹的《白鹿洞书院揭示》至今仍是有些学校的校训。

〔三〕

自明朝至清末，白鹿洞书院从第一部书院志编定、付梓后，几经增补、重刻，先后出现了十一种版本。

第一种，为明朝鲁铎撰《白鹿洞志》，共八卷。书成后，藏于其家，并未传世。南康知府郭瑁从铎子稷处取到书稿，刻印成册。明孝宗弘治七年

（1494），鲁铎之友张元祯撰写序言。该本今已失传。

第二种，为明朝提学江西副使李梦阳撰《白鹿洞书院新志》，共八卷。明武宗正德六年（1511）李梦阳写序，八年成书。至明世宗嘉靖初年，书院学生缪建和、黄美"虑夫一时之嘉会无述"，取李梦阳所修洞志"复校之以补其逸，以续其余"，又请福建按察使周广在嘉靖四年（1524）撰《续修洞志序》。缪、黄的补稿，最后由南康府知府张愈严重刊。该书现存美国国会图书馆。一函六册，实际是嘉靖四年的补刻本。

第三种，为明朝江西按察副使郑廷鹄撰《白鹿洞志》，共十九卷。明世宗嘉靖三十三年（1554），郑自序。该书今存北京图书馆，一函四册。另存清华大学图书馆。

第四种，为明朝星子县司训、白鹿洞书院主洞周伟、洞生戴献策等撰《白鹿洞书院志》，共十二卷。明神宗万历二十年（1592），知南康府田琯写序。该书今存北京图书馆，二函八册。另存浙江省图书馆和江西省图书馆。

第五种，为明朝南康府司理、白鹿洞书院主洞李应升撰《白鹿书院志》，共十七卷。明熹宗天启二年（1622）陆梦龙写序，夏伟刻。李应升自己亦曾写序，但不曾收入此本，仅见于其诗文集《落落斋遗集》卷十和《白鹿洞书院志〈康熙本〉》卷首。李应升初刻时即漏落一页，毛德琦估计其"既成书，或未再校"。该书今存故宫博物院图书馆，一函四册，另存台北中央图书馆、山东省图书馆。该书卷十七《沿革（公移）》《文翰（记）》等收录清世祖顺治十四年（1657）稍前巡抚蔡士英、臬司李长春延聘熊维典为白鹿洞山长的一些书信等，表明此卷系清初所刻。由此推断，该书实为明刻和清初增刻清印本。

第六种，为清朝廖文英重订、钱正振增修《白鹿书院志》，共十六卷。卷首有清圣祖康熙十二年（1673）廖文英自序。该书今存中国科学院图书馆，一函六册。另存上海图书馆、南京大学图书馆。

第七种，为清朝星子县知县毛德琦重订《白鹿书院志》，共十九卷。卷首有康熙五十九年（1720）毛德琦自序和白潢、石文焯序，还有康熙五十七年许兆麟、蒋曰广、蒋国祥、龚嵘序。该书今存放故宫博物院和中国人民大学图书馆、江西省图书馆。

第八种，为清朝署南康府周兆兰重修《白鹿书院志》，共十九卷。卷首有清高祖乾隆六十年（1795）周兆兰所撰序。该书今存略多。

第九种，为清朝毛德琦原修、周兆兰重修《白鹿书院志》，十九卷。清穆宗同治十年（1871）重刻。该书今存较多。上海师范大学图书馆藏本，一函八册，卷六、十一、十二、十九边栏均刻有"同治十年补刊"字样。中国科学院图书馆藏本，一函四册，仅存前十卷，后九卷缺，封面墨书："南皮张之洞手得来湖广。"

第十种，为清德宗光绪九年（1882）《白鹿书院志》补刊本，仍十九卷。除卷首第一篇列光绪九年权知南康府事刘锡鸿序外，其余均以原版重印。今存北京师范大学图书馆、日本东洋文库等。

第十一种，为清宣统二年（1910）《白鹿书院志》补刊本，亦十九卷。该书今存中国科学院图书馆，一函八册。

〔四〕

白鹿洞书院院志整理委员会提供了五种书院志的复印件进行整理点校。这些复印件原是江西教育学院李才栋先生提供给书院的。但复印质量不高，缺页、错简较多，且其中两种明本系请人手抄，错漏之处时有发现。有鉴于此，我们决定另外搜集各种版本。经过多方联系，美国纽约市立大学（The City College，New York）历史系李弘祺教授（prof. Thomas H. C. Lee），给我们寄来了美国国会图书馆所藏李梦阳《白鹿洞书院新志》的复印件，台湾清华大学历史系张元教授寄来了台湾中央图书馆所藏李应升《白鹿书院志》的复印件，香港中文大学历史系刘健明先生寄来了光绪九年补刊《白鹿书院志》的复印件（据李弘祺教授说，该复印件是他原在中文大学任教时搜集复印的，离港时留给中文大学图书馆）。在此，谨向李弘祺、张元、刘健明三位先生表示感谢。此外，我们还搜集了其他一些版本。

〔五〕

参加本书点校工作者，有吴以宁、顾吉辰、陈慧星、朱瑞熙、吴绍烈五位同志，分工如下：吴以宁负责正德本和嘉靖本、万历本卷首、卷一，天启本卷首、卷一至卷四及卷十七，康熙本卷首、卷一至卷三，顾吉辰负责正德本卷二、卷三、卷八（部分），嘉靖本卷三、卷四、卷十六（部分）、卷十七、卷十八，万历本卷三（部分）、卷四、卷十一、卷十二，天启本卷五、卷十五（部分）、卷十六，康熙本卷四、卷五、卷十八、卷十九。陈慧星负责正德本卷四、卷五，嘉靖本卷九至卷十二，万历本 卷七、卷八，天启本卷九至卷十一，康熙本卷十至卷十三。朱瑞熙负责正德本卷八（部分），嘉靖本卷五至卷八、卷十六（部分），万历本卷三（部分）、卷五、卷六，天启本卷六至卷八、卷十五（部分），康熙本卷六至卷九。吴绍烈负责正德本卷六、卷七，嘉靖本卷十三至卷十五、卷十九，万历本卷九、卷十，天启本卷十二至卷十四，康熙本卷十四至卷十七。最后由朱瑞熙统一整理定稿。

各本原有的目录皆较简略，不便读者查阅，为保持各本原貌，决定不另编细目，请何润香、李晨光编成三种索引：一、《列传人名索引》；二、《诗、赋作者篇名索引》；三、《文、铭作者篇名索引》。

在整理校点过程中，曾得到上海师范大学古籍整理研究所徐光烈教授、程郁副研究员、吴家正馆员、瞿维弟主任等大力支持和热情帮助，谨致谢忱。

陈立夫先生为本书题签；北京图书馆善本室，故宫博物院朱家溍研究员和图书馆为本书的校勘提供了许多帮助；中国史学会东方历史研究中心董金秀同志为本书的排版做了大量的工作；白鹿洞书院李科友顾问等曾提供书院《碑刻资料》抄本，帮助我们解决了刻本的某些疑难，在此一并致谢。

白鹿洞书院院长　朱瑞熙

一九九四年三月

2. 孙家骅：《白鹿洞书院古志五种·跋》

中国的书院教育，官办加民办，双轨进行逾千年，为当时社会培育了大量的优秀人才，创造了灿烂的民族文化，在中华民族史册上写下了光辉篇章。书院志是研究古代教育的重要文献，历来受到政府和有识之士的重视。

庐山白鹿洞书院，肇基于唐，弘大于宋，南唐为国学，北宋改今名。历来被誉为"海内书院第一"和"天下书院之首"。它的规章制度，给后人留下了优良传统，朱熹手定的《白鹿洞书院揭示》，至今被日本和东南亚不少学校称作"白鹿洞精神"，奉为校训。白鹿洞书院的影响，超越了时代和国界而垂之永久。

余乃樗栎之资，蒙上级雅爱，于 1990 年 2 月，由德安县调庐山主持白鹿洞书院全面工作。步入圣域，甚愧才疏德薄，但愿在先贤精神感召下，以百倍的努力来弥补自己的不足。自进入书院的第一天起，深感要弘扬传统优秀文化，开拓新的书院事业，首先要从古书院志中去探测先贤堂奥。而白鹿洞书院于近百年中历遭劫难，作为主要文献的书院志，院内竟片纸无存。孔子曰："夏礼吾能言之，杞不足征也；殷礼吾能言之，宋不足征也。文献不足故也，足则吾能征之矣！"没有院志，何能征之？于是我们向多家藏书单位搜集院志。江西教育学院李才栋教授向书院提供了五种不同版本院志的复印件和手抄本。细读之后，发现有的史实各版本互有异同，而文字之亥豕鲁鱼亦杂现其间，非一般读者所能辨识。这些院志，在国内外收藏不多，弥足珍贵，而有的已历时数百年，纸张渐趋枯朽。为抢救计，乃组织"白鹿洞书院古志整理委员会"，谋求整理再版。这一任务异常艰巨，又非一般单位和个人在短期内能完成。便请求受聘于白鹿洞书院教授的上海师范大学朱瑞熙、吴绍烈、顾吉辰、陈慧星、吴以宁五位先生，利用业余时间进行点校整理工作。朱瑞熙恩师又兼任白鹿洞书院院长，此一重任，由他总其成。诸位先生审慎认真，不惮其烦，向海内外广泛搜集《白鹿洞书院志》，获得上至明正德六年（1511）李梦阳撰，下止清宣统二年（1910）补刻的共十一种版本。经过比较，选择其中五种进行点校整理。

费时两年，点校整理工作完成。为使读者得窥全豹和收藏方便，合装成册，题书名为《白鹿洞书院古志五种》，由中华书局出版，向国内外发行。

庐山白鹿洞书院管理委员会主任　孙家骅

一九九四年三月

（九）吴国富：《新纂白鹿洞书院志》

吴国富：《新纂白鹿洞书院志·前言》

中国古代的书院文化，是了解中国儒学史、科举制度史及中国教育史必须涉及的一个内容。位于江西省庐山南麓的白鹿洞书院，被誉为"天下书院之首"，它具有一套完整的书院建设规制，成为各地书院的模板，同时也反映了宋明理学的发展趋势。重新修纂《白鹿洞书院志》，可以为深入研究、合理传承白鹿洞书院文化提供基本文献。

1. 再露峥嵘的白鹿洞书院

白鹿洞书院开辟于中唐时期的李渤（773—831），具有一千多年的历史。南宋淳熙年间，朱熹重建书院，延续至元末，毁于战火，中断了八十多年。明英宗正统年间，南康知府翟溥福重建书院，此后便一直延续不断，直到清朝末年停办。这一现象，表明白鹿洞书院具有植根于民族历史的合理性。近世以降，中华民族饱受列强侵略之苦，于是抛弃传统、全盘西化成为风潮，白鹿洞书院也渐渐沦为一处人们凭吊的古迹，失去了生命力。然而，"五四"以来对传统文化的批判，既是现代性与科学性的体现，也在很大程度反映了民族的自怨自艾情绪。从第一次鸦片战争开始，到抗美援朝结束，中华民族经历了一个世纪的内外战争，或国家几乎沦亡，或国力消耗殆尽，在这种情势下，无暇顾及历史，乃至批判传统，自然可以理解。一旦中国重新崛起于世界，恢复民族自信心，对待历史的态度就会发生改变，对待传统文化的态度就会显得客观而理性。

深入考察白鹿洞书院的文献，我们可以发现：即便在内忧外患、政局动荡的中华民国时期，大多数人对白鹿洞书院的荒废仍抱着一种深深的惋惜之情。中华民国九年（1920），江西省省长戚扬在《重修白鹿洞祠宇碑记》中指出："至于今日，群焉以诈力相高，以亡耻相导，至谓中国古学不适于时用，藉以自盖其荒陋，于此而与谈朱陆之指，义利之辨，真无异猿猱之冠服，爰居之钟鼓矣，可胜忾哉。"吴宗慈在他纂修的《庐山志》中指出："爰将唐宋以来兴废因革详著于篇，庶几后之人于毁弃蕲灭之余，幸而寖复旧观，相与挹先儒淳固悫实之余风，以救今日支离破碎之士习，岂非生民之大幸乎？"中华民国政府曾有将白鹿洞书院划归中正大学管理，或在这里建造一所综合性大学的设想。即便是极力主张打破孔教迷梦、全盘西化的胡适，在参观白鹿洞时也没有什么贬抑之词，反而给出了很高的评价，称它可以"代表中国近世七百年的宋学大趋势"。

1949年，新中国成立，中华民族在废墟中倔强地挺起身躯，白鹿洞书院也逐渐在荒草中显露头角。1978年，庐山管理局在国家文物局的支持下，着手筹划维修白鹿洞书院。1979年，白鹿洞书院文物管理所成立，次年即开始维修白鹿洞书院，至1996年，书院的大部分建筑次第修复，成为一处著名的文化旅游胜地。与此同时，有关朱熹及白鹿洞书院的学术活动蓬勃开展，1988年还成立了旨在恢复书院教育功能的学术机构。近三十年的文化活动，涉及各级各类学校、科研院所、民间文化团体，由地域向全国乃至海外扩散，由文化高层向大众扩散，还有不少企业也加入了这一合唱。虽然现任白鹿洞书院负责人的黎华先生曾说："白鹿洞书院的热闹是暂时的，寂寞是永远的。"但毕竟热闹的时间是越来越多了。一百年能消磨一切陈年往事，然而停办一百年的白鹿洞书院却没有销声匿迹，再一次显示它有扎根于民族沃土的合理性。为此，编撰一本资料较完备的《白鹿洞书院志》，也就不是节外生枝的举措。

2. 白鹿洞书院的文献整理

一千多年的历史，使白鹿洞书院积淀了内涵丰厚的文化。时至今日，承载书院文化的书面文献大致可分为三类：一类是有关书院本身的文献，以《白鹿洞书院志》为代表，附带记载白鹿洞书院的《庐山志》《南康府志》也可以归于这一类；一类是受白鹿洞书院影响而产生的著作，它们产生于书院之外，一般不收入书院志，如清朝王澍的《白鹿洞规条目》等；还有一类是研究白鹿洞书院的著作，如李才栋的《白鹿洞书院史略》等。这三类文献都值得整理，但就目前状况而言，整理得都很不够，即便是作为基本文献的《白鹿洞书院志》，也没有得到修补和完善。

自宋至清，白鹿洞书院都依托于南康府（宋朝称军、元朝称路），由南康府负责提供学田、监督管理诸事。同时，江西省的教育行政长官（如明朝的提学副使、清朝的学道等）也有责任管理书院并给予支持。这种行政管理方式使古代白鹿洞书院得以较好地延续，也使《白鹿洞书院志》得到多次重修、重刻。据《白鹿洞书院古志五种》（中华书局 1995 年出版）前言，明清两朝的《白鹿洞书院志》共有十一种版本，其中两种由江西提学副使负责纂修，即李梦阳志和郑廷鹄志；其他版本如周伟志、李应升志、廖文英志均由历任南康知府组织纂修。毛德琦志的纂修人毛德琦是星子知县，但实际上他也是在南康府的安排下奉命行事。上述之外的其他版本，基本上属于重印，也由南康府负责。由此可见，省、府两级的共同支持是白鹿洞书院文献得到整理的重要条件。

清朝灭亡以后，南康府的建制撤销了，接管白鹿洞书院的星子县、林业学校及林业部门等均难以胜任整理白鹿洞书院文献之重责。民国时期，对书院文献整理有较大贡献的是学者吴宗慈。他在撰修《庐山志》的同时，整理了不少书院碑刻，收入《庐山志副刊》《庐山诗文金石汇存》等。民国时期，庐山成为"夏都"，住在山上的民国军政要员给吴宗慈提供了有力的经费支持，这是他得以顺利整理庐山文献的物质基础。

白鹿洞书院文物管理所成立以后，其上级机构庐山风景名胜管理局为其提供了常规经费，使白鹿洞书院的文献整理出现了新的转机。

1989 年，李才栋《白鹿洞书院史略》一书出版，该书属于研究和文献整理兼顾的著作。1994 年，孙家骅、李科友的《白鹿洞书院碑刻摩崖选集》出版，该书对书院现存大量碑刻进行了整理。1995 年，白鹿洞书院古志整理委员会点校出版了《白鹿洞书院古志五种》，由中华书局出版（五种古志的撰修者为明代李梦阳、郑廷鹄、周伟、李应升及清代毛德琦）。此外《白鹿洞书院学报》《中国书院论坛》等刊物的创办，也为书院文献的整理作出了不少贡献。2010 年，庐山风景名胜管理局组织撰修了《庐山历代诗词全集》，收集上起六朝、下至民国的庐山诗词 16500 多首，其中白鹿洞书院的诗词有数百首。这些成果的取得，为重修《白鹿洞书院志》创造了良好的条件。

　　2006 年、2007 年，九江学院庐山文化研究中心、白鹿洞书院文化研究所相继成立，地理及文化上的亲缘关系使九江学院积极介入书院文化的研究，开展各项活动。2007 年，笔者参与了《白鹿洞书院艺文新志》一书的编撰（收入《庐山文化研究丛书》），在编撰过程中，深感重修《白鹿洞书院志》之必要。因为《白鹿洞书院志》自康熙五十七年（1718）星子县令毛德琦纂修之后，虽然也有数次重刊补板，却再没有重修过。从今天的眼光来看，明清各种版本的洞志都显得很不完备：一是康熙以后的史料近乎空白；二是古志所收资料有限，疏漏太多；三是古志修纂受各种因素影响，材料取舍颇有失宜，错误时有发生。近三十年的书院文献整理取得了很大成就，但较多局限于书院现存的资料，散见于明清文献中的大量资料没有搜集，同时也存在成果分散、流传不广、质量有待提高等问题。有鉴于此，笔者在参编《白鹿洞书院艺文新志》一书之后，继续搜集白鹿洞书院的文献，努力做到充分利用电子文献及已有成果，编撰了这部《新纂白鹿洞书院志》。

　　3. 关于《新纂白鹿洞书院志》的编撰体例

　　明清两朝，《白鹿洞书院志》屡有重修，每位重修者都意图在旧志的基础上踵事增华，郑廷鹄志凡例说："可因者一遵其旧"，"可并者并"，"可增者增之"，"求其归一，不为苟同"。但古代洞志的修撰，具有很强的实用目的，大致可以概括为"兴儒学、存典章、纪先贤、表功德"四点，也即修志是为了促进书院的兴盛，保存原有的规章制度以便后来者参照实施，追思先贤以继承传统，表彰兴复者的功德以启迪后世。这种目的，决定了古志的编撰体例与材料取舍。首先是有的分类很明确而且相沿不废，如学规、沿革、学田之类，有的分类则很模糊而且不固定，如人物一类，多半以记载名贤为主，洞主次之，诸生很少提及，且三种人物经常混杂在一起；其次是选择材料往往因人而异，或简或繁，很难做到搜罗备至。

本次重修洞志，旨在较为完整地保存书院文化遗产，以供研究和传承之用，因此与古志的修撰目的有所不同。本次重修以"不失旧志之真，突出新志之长"为原则，在体例上充分吸收古志的长处，并基本上与之保持一致，同时为了更清晰地凸显书院文化的各方面内容，编撰时对原有的分类进行认真研究，适当归并，合理增加，力图使每一分类都成为了解书院文化某一方面内容的线索。在材料方面，则尽量做到丰富，凡有关书院本身而不重复的材料，都尽量收入。鉴于1949年至1979年，书院实际上处于荒废的状态；改革开放以来，书院得到修复，但进入了另一处不同的活动状态，与古代书院迥然不同，各种文献也无法按古代志书的方式来归类，故而此次修志，时间上截止到1949年，新中国成立以后的材料不收入。

（1）《新纂白鹿洞书院志》的分类

在分类上，《新纂白鹿洞书院志》参考各种旧志的凡例，取其所长，弃其所短，采用了"大体继承，适当增加"的分类方式，试图较为全面地反映白鹿洞书院文化的内容，合理编排入选的材料，相对均衡地安排篇幅。

在五种古志中，李梦阳志的分类是：沿革、形势、建造、石劚、山志、田地塘、文志、书籍、器皿。郑廷鹄的分类是：山川、书院沿革、名贤、洞祠、洞规、洞牒、文翰、经籍（附器皿）、洞学田、外志。田琯、周伟志的分类是：沿革、形胜、人物（附经史子集）、祀典、文志、田地山塘、外志。李应升志的分类是：形胜、沿革、先献（附主洞）、明教、文翰、祀典、田赋、兴洞移札、题词。毛德琦志的分类是：形胜、兴复、沿革、先献、主洞、学规、书籍、艺文、祀典、田赋。

综合考虑分类的必要性、明确性（功能单一、界限分明）、材料配置的相对均衡，《新纂白鹿洞书院志》共设立"沿革""建筑""人物""学规""讲义""祀典""经籍""学田""诗歌""杂记"十类，篇幅较大的分为两卷。这个分类可以把旧志及新增的内容大体收罗进来。在各卷中，按照不同内容、不同类型的人物、不同时期的事件及诗文等，分为几个部分（相当于各卷中的"纲"），直接统领具体条目，再用具体条目统领原始文献。

①沿革：将古志的"沿革""兴复"归并为一类，仍用"沿革"之名，以不同朝代的书院修建为纲，相关事件及文章为条目，按编年体的方法编录，相关的原始文献放在各个编年纪事的条目之后。纲要大体上以吴宗慈《庐山志》所叙书院沿革为本，随宜增删。

②建筑：相当于原有的"建造"类。白鹿洞书院的建筑名目繁多，相关的记载也很多，故单列一类，以不同功能的建筑为纲，分为四大类，以相关文辞为目，集中叙述。另外，建筑部分还附载了"石刻"以及"楹联"两块内容。

③人物：旧志原有"人物""先献""主洞"等类，载录人物包括对书院有功之人、书院师生、书院祭祀的人物等，分类标准不统一，头绪也不清楚。书院为教学之地，载录人物当以师生为主，如廖文英说："书院主盟，学术所系，今遍查碑记故籍，刻其姓氏，以备参考。"（廖文英志凡例）就已经意识到洞主在人物志中应当占据主要地位。因此本志"人物"卷专门用于记载洞主、师长、诸生，其他人物，如有功之人，则随其事功归类所在，兼带记载；如列入书院祭祀行列之人，则放到祀典类记载；皆不入"师生"类，以免混杂。有关洞主、师长、诸生之文辞，分别载录于各人名目之下。

④学规：相当于旧志的"学规""洞规""明教"类，载录书院的规章制度、规定性的学习方法等，基本保持原来格局。

⑤讲义：旧志载录了不少讲义，但未作为明确的一大分类，现以"讲义"一类专门收录之，分为宋、明、清三部分。

⑥祀典：古志中"祀典"的分类较为明确，但内容比较单薄，本志采用这一分类，予以充实，将祭祀礼仪、祭祀文辞一并载录于此，分为祭祀人物、礼圣殿祭礼、先贤祭礼、祭器等四个部分。

⑦经籍：古志中有"经籍志"，但所载内容较少，本志将藏书、刻书、编书、修志及相关文辞、书目全部载录于此，以厘清头绪，充实内容。

⑧学田：将古志中的"田地塘""洞学田""田赋"等统一为"学田"类，专门载录学田的兴废史、田租管理及相关文辞。

⑨诗歌：古志中的"艺文""文翰"收罗太杂，篇幅太多，分类不明确。廖文英说："书院之设，本以教士，昭示典训，旧志举洞规、讲义概入文志，本末无等。今特类集先正格言，标为明教，而序、记、诗赋则仍入文翰云。"（廖文英《志》凡例）已指出其不妥之处。事实上，序记类文章也具有"教

士"之功能，与诗赋不同。现将"艺文""文翰"中的文章分解到上述各类之中，单独析出"诗歌"一类，韵体之赋、铭、联则归入"杂记"。

⑩杂记：杂记包括赋、铭及游记。游记只选择有裨补缺漏之用的篇章。旧志有"外志"之名目，或用以记载周边名胜，或用以记载方外逸民。第一种内容见于《庐山志》《南康府志》等志书，不必收入洞志，故廖文英志《凡例》说："旧志有《外志》一卷，旁及名胜，详载郡志，弗录。"今从之。第二种内容事关白鹿洞书院，但思想上属于佛道两家，归入上述各类则有违书院的儒学本位，一并舍弃则难免疏漏，故郑廷鹄志凡例云："本洞以道德性命之学启迪诸生，一切干名嗜进之说，尽当屏斥。其方外逸民之事，悉入《外志》。"今将属于"外志"性质的条文归并为一题，附载于《游记》之后。

（2）材料的取舍与编订

①材料的取舍。

《新纂白鹿洞书院志》在材料搜集方面务求繁富，凡目力所及，皆存以备用。各种版本的古志及古志之外所见资料（时间下限为1949年），原则上皆收入本志，实际取舍则有一定的原则。郑廷鹄志凡例说："其间有兼言他事者，不必尽载，或别束、别记有可载取者，录其节文，事竟而止。"为此本次重修洞志的材料选用原则也是"事关鹿洞、事竟而止"。反映白鹿洞本身包括人物、事件、建筑、教学等方面的材料，一般均予收录；不涉及书院本身者，如对白鹿洞书院的仿效、评价、研究等，一般不收入本志。游记类文章，也要求"事关鹿洞"，不相关以及重复叙述的游记，也不收录。基于"事竟而止"的原则，旧志脱漏的事实人物，作为搜集增补的重点。有些事实人物材料比较繁富，重复叙述较多，则酌情予以删减。有不少文章在记事之时也发表了一些对书院或儒学的评议，为保持文章的完整性，一般予以保留，过于繁冗或缺少思想价值的，则酌情删节。

关于洞志收录白鹿洞书院诗赋的问题，前人有两种意见。郑廷鹄志《凡例》说："其诸贤足迹所临，而留题其间，或向往所在，形之寄赠，其为仰止白鹿一也，搜访书之。其搜访所不及，以俟后之君子。"廖文英志《凡例》说："名家歌咏，劖刻几遍，宁简毋滥，敢辞罪我。"廖文英从文学角度出发，认为书院诗赋庸滥者多，不宜尽载；郑廷鹄则认为"洞牒所不能尽，故继之以文翰、经籍"，且"其为仰止白鹿一也"，故而遍加搜访，尽行载录。综观白鹿洞的诗赋，或歌咏先贤，或阐述教化，或借山水明理，一般不以文学见长，但大多数与书院教育有关，所以郑廷鹄的意见有理，本志基本上遵从之。

基于"事关鹿洞"的原则，无关鹿洞之材料理当删除，对待旧《志》也是如此。如毛德琦《志》中叙述周敦颐、二程、张载、朱熹生平事迹的篇章约有8000字，本志删除二程、张载的部分，增补了开山洞主李渤的传记。又如邵宝的《品士亭记》、蒋国祥的《重建二贤祠记》，亦与白鹿洞无关。旧《志》中还有22首歌咏鹿洞之外山水名胜的诗，也一并删除。

郑廷鹄《志》凡例说："本洞以道德性命之学，启迪诸生，一切干名嗜进之说，尽当屏斥。"受到官场习气的影响，古《志》中有一些歌功颂德、自我吹嘘的诗文，自然应当删除。如周敦颐的《圣寿无疆颂》，是一篇与鹿洞无关的谀辞；毛德琦《志》中有28首诗是给毛德琦捧场的。这些均无收录价值，一并删除。廖文英《志》凡例说："讲说剿腐，公移繁冗者删，庶免厌观。"这一意见也有道理，不过删节时须持谨慎态度，大抵公文之言之有物者、讲义之言之有理者，还必须保留。李应升《志》及毛德琦《志》中收录了21篇蔡士英、李长春的公函文牍，冗滥可厌，本志进行大幅度删节。另外郑廷鹄、葛寅亮等人的讲义见解有限，篇幅冗长，本志也酌情进行删节。旧《志》详载学田的清单，以备清田之用。本《志》保留了最详细的一份清单，即毛德琦《志》所载的田亩清册。总计上述各项，从古《志》中剔除者有一万余字。除此之外的古《志》内容，均予以保留。

就字数而言，《白鹿洞书院古志五种》收入五种洞志，每种约有10万字（其中毛志稍多，接近12万字）。而《新纂白鹿洞书院志》总字数接近60万，相当于每种古志的4至5倍。《新纂白鹿洞书院志》从《白鹿洞书院古志五种》采入各类文章272篇、诗歌485首、对联29幅、石刻54条、人物136个，新增补文章197篇、诗歌348首、对联20幅、石刻39条、人物175个（其中非师生类人物10个）。总计载录文章469篇、诗歌833篇、对联49幅、石刻93条、人物311个。其他零星材料不计在内。

②文字的处理。

修志不同于资料汇编或古籍整理，故必须对入选材料进行处理。书院存有大量碑刻，其正文部分一般均采入本志。脱漏太多、无法通读的段落，则酌情进行删节。郑廷鹄《志》凡例："旧《志》偶误，今有所据，即为删定，不为疑辞。""旧《志》所阙，或石剜所蚀，今不可读者，悉作阙文，不敢擅为增减，以备传疑之法。"这种方法只适合脱漏较少的段落，大部分不可卒读的段落则没有必要保留。篆额及落款中过于繁冗的官衔亦予删减。碑刻附载学生姓名，大部分不予登录，有参考价值的则放在脚注中加以说明。有些层层批转形式的公文，不便阅读，酌情予以改写。除个别明显的错字、避讳字之外，不做文字上的改动。古志记载学田亩数，采用大写数字"壹、贰、叁……"以免他人随意篡改，本志一律处理成中文数字"一、二、三……"

③文献的征引。

本志主体资料采自《白鹿洞书院古志五种》，又采用廖文英《白鹿洞书院志》，统一据《四库存目丛书》史部 246 册（齐鲁书社 2002 年出版），加上新增材料，其来源出处均在脚注中标明，不另列参考书目。孙家骅、李科友的《白鹿洞书院碑刻摩崖选集》对现存碑刻作了整理，本志将该书作为参考文献之一，落实到具体文章时，仍根据碑刻核对原文。

④史实的考订。

郑廷鹄《志》凡例说："旧《志》偶误，今有所据，即为删定，不为疑辞。"毛德琦《志》凡例说："祀典一条，止仍旧刻，未敢赘论。"两者相较，郑廷鹄的看法较为合理。本志尽力对材料加以考订，或以按语的形式放在材料后面，或以短篇的形式出现。考订范围包括：现有材料不足以清晰反映但又较为重要的事实人物；现有材料存在讹误之处，参考其他材料亦不足以正其误者；现有材料记载零散又须集中了解的重要事实。这些考订均作为案语放在相关内容之后。

参考文献：

1. 白鹿洞书院古志整理委员会整理，朱瑞熙、孙家骅主编：《白鹿洞书院古志五种》（上、下册），中华书局 1995 年 11 月第 1 版。

2. 吴国富编纂：《新纂白鹿洞书院志》，江西人民出版社 2015 年 11 月第 1 版。

3. 李宁宁、高峰主编：《白鹿洞书院艺文新志》，江西出版集团、江西人民出版社 2017 年 12 月第 1 版。

4. 李才栋：《〈白鹿洞书院志〉考述》，载《江西社会科学》1999 年第 9 期。

5. 彭定国：《中国书院档案的形成与发展》，载《湖南师范大学社会科学学报》1992 年第 5 期。

六、《白鹿洞书院志续编（1901—2016）》编纂人员

撰稿人	编撰任务		负责人
陈冬花　彭美娟	区位图	卷首	黎华
黎华	三千亩区域图		
陈冬花　彭美娟	交通图		
李剑涛	卫星航拍图		
黄凤雷	总平面图		
黄凤雷	建筑分布图		
黄凤雷	建筑群效果图		
李延国　李剑涛	现状照片		
李学军	清代"白鹿洞书院"瓷器		
李学军	邮票		
陈冬花	首次编委会照片		
孙家骅	序	卷首	陈冬花
孙家骅	凡例		
陈冬花	关于编志的文件		
孙家骅	目录		
陈炭	第一、二节	第一章	郭宏达
王满林	第三节		
伍火观	第一、二、三节	第二章	郭宏达
虞成峰	第四、五、六节		
郭宏达	第一、二节	第三章	郭宏达
黄凤雷	第三、四节		
黎华	第一、二节	第四章	黎华
陈冬花	第三、四、五节		
李学军	第六节		
高峰　黄凤雷　任赣生	第一节	第五章	高峰
陈礼	第二、三、四、五节		
李学军	第六节		
郭宏达	第一、二、三节	第六章	闵正国
陈冬花	第四节		

撰稿人	编撰任务		负责人
郭宏达	第一节	第七章	陈冬花
陈冬花	第二节		
任奇志	第一节	第八章	黎华
黎华	第二节		
陈冬花	第三节		
伍火观	第一节	第九章	郭宏达
虞成峰	第二节		
李革民	第三节		
黎华	第一、四节	第十章	黎华
陈冬花	第二、三节		
高峰　李革民　裴凌云	第一节	第十一章	高峰
李革民	第二节		
陈礼	第一、五、六节	第十二章	涂长林
李学军	第二节		
李学军　阮文圣	第三节		
涂长林	第四节		
陈冬花	第七节		
黎华	第一节	第十三章	黎华
陈冬花	第二节		
闵正国　郭宏达	第三节		
付柳青	第四、五、六节		
李延国　李剑涛　陈岌	第一节	附录	陈冬花
滑红彬	第二节		
陈礼	第三节		
樊宾	第四、五节		
陈冬花	第六节		
郭宏达	第七节		
俞晖　沈家溪	全书审核		
孙家骅	全书审定		

七、参考书目及文献出处

1.《四库全书》集部。

2.《四库存目》集部。

3.《文史资料选辑》，第 42 卷第 124 辑。

4.《正大校友》，1946 年。

5.《白鹿洞书院工作规范》1992 年。

6.《白鹿洞书院 1979—2016 年大事记》。

7.《白鹿洞书院 1997—2005 年工作总结》。

8.《白鹿洞书院 2007—2016 年工作总结》。

9.《庐山档案馆资料》(机构编制、人事任免等文件)。

10. 孙家骅：《白鹿洞书院通讯》，1989 年第一期。

11. 孙家骅：《白鹿洞书院通讯》，1990 年第一期。

12. 孙家骅：《白鹿洞书院通讯》，1991 年第一期。

13. 孙家骅：《白鹿洞书院通讯》，1993 年第一期。

14. 孙家骅 :《白鹿洞书院通讯》，1993 年第二期。

15. 孙家骅：《白鹿洞书院学报》，1993 年第一期。

16. 孙家骅：《白鹿洞书院学报》，1994 年第一期。

17. 孙家骅：《白鹿洞书院学报》，1994 年第一期。

18. 孙家骅：《白鹿洞书院学报》，1995 年第二期。

19. 孙家骅：《白鹿洞书院学报》，1995 年第一期。

20. 孙家骅：《白鹿洞书院学报》，1996 年第二期。

21. 孙家骅：《白鹿洞书院学报》，1997 年第一期。

22. 闵正国：《白鹿洞书院学报》，1998 年第一期。

23. 闵正国：《白鹿洞书院学报》，1999 年第一期。

24.《南洋官报》，1906 年。

25.《申报》，1907 年。

26.《大同报（上海）》，1907 年。

27.《时报》，1911 年。

28.《教育公报》，1921 年。

29.《民国日报》(江西)，1921 年。

30.《益世报》(天津)，1921 年。

31.《顺天时报》，1923 年。

32.《昌明孔教经世报》，1924 年第 2 卷第 12 期。

33.《江西省政府公报》，1932 年第 9 期、第 29 期。

34.《上海商报》，1932 年。

35.《农林新报》，第 10 卷第 16 期。

36.《中央日报》，1946 年。

37.《新闻报》，1947 年。

38. 国立武昌高等师范学校:《博物学会杂志》，1918 年第 2 期。

39. 学生杂志社:《学生杂志》第八卷第十一号，商务印书馆 1922 年版。

40.《民铎》，1926 年第 7 卷第 1、2 期。

41. 陈东原:《庐山白鹿洞书院沿革考》(节选)，《民铎》1926 年第 7 卷第 2 期。

42.《旅行杂志》，1931 年第 6 号。

43.《江西教育旬刊》，1932 年第 3 卷。

44.《前途》，1933 第 1 卷第 9 期。

45.《军政旬刊》，1934 年。

46.《南社湘集》，1936 年第 6 期。

47. 华南农学院农业历史遗产研究室:《农史研究》第一期，农业出版社 1980 年版。

48. 李才栋:《白鹿洞书院考略》，《江西教育学院学刊》1985 年第 A1 期。

49. 闵正国:《中国书院论坛》第一辑，中国文联出版社 2000 年版。

50. 闵正国:《中国书院论坛》第二辑，中国戏剧出版社 2001 年版。

51. 闵正国:《中国书院论坛》第三辑，中国文联出版社 2003 年版。

52. 闵正国、胡青:《中国书院论坛》第四辑，中国文联出版社 2005 年版。

53. 高峰、胡青、赖功欧、叶存洪:《中国书院论坛》第五辑，作家出版社 2006 年版。

54. 高峰、胡青:《中国书院论坛》第六辑，作家出版社 2009 年版。

55. 黎华、胡青、李宁宁、袁旭良:《中国书院论坛》第七辑，江西人民出版社 2011 年版。

56. 黎华、胡青：《中国书院论坛》第八辑，江西人民出版社 2013 年版。

57. 黎华、胡青：《中国书院论坛》第九辑，江西人民出版社 2015 年版。

58. 黎华、胡青：《中国书院论坛》第十辑，江西人民出版社 2017 年版。

59. 黄炎培：《黄炎培日记》，华文出版社 2008 年版。

60. 方树梅：《笔记二种》之《北游搜访滇南文献日记》卷四，云南人民出版社 2010 年版。

61. 王宇高、王宇正：《蒋中正总统五记·游记》，（台湾）国史馆出版社 2011 年版。

62. 张雷：《苍山牯岭·叔父日记一九三八年至一九四九年》，（香港）科学教育出版社 2015 年版。

63. 龙沐勋：《风雨龙吟室丛稿》，国立暨南大学文学院 1931 年版。

64. 陈云章、陈夏常：《庐山指南》，商务印书馆 1934 年版。

65. 黄九如：《中国名胜游记》，中华书局 1935 年版。

66. 高鹤年：《名山游访记》卷三，上海佛学书局 1936 年版。

67. 江西省农业院：《江西省农业院新院落成暨成立两周年纪念刊》，江西省农业院 1936 年版。

67. 庄俞：《我一游记》，商务印书馆 1936 年版。

68. 《中国近代农业史资料》第一辑（1840—1911），生活·读书·新知三联书店 1957 年版。

69. 中国社会科学院近代史研究所中华民国史组：《中华民国史资料丛稿·大事记》第 7 辑，中华书局 1978 年版。

70. 吴宗慈：《庐山续志稿》，江西省庐山地方志办公室 1992 年版。

71. 孙家骅、李科友：《白鹿洞书院碑刻摩崖选集》，北京燕山出版社 1994 年版。

72. 傅增湘：《藏园游记》卷十一，印刷工业出版社 1995 年版。

73. 李梦阳等：《白鹿洞书院古志五种》（上下两册），中华书局 1995 年版。

74. 吴宗慧：《庐山志》，江西人民出版社 1996 年版。

75. 陈衍撰，陈步：《陈石遗集》（下册），福建人民出版社 2001 年版。

76. 周銮书、孙家骅、闵正国、李科友：《千年学府——白鹿洞书院》，江西人民出版社 2003 年版。

77. 孙福熙：《孙福熙散文选集》，《庐山避暑》，百花文艺出版社 2004 年版。

78. 《校志》编纂委员会：《共大庐山分校海会师范学校校志》，作家出版社 2006 年版。

79. 李宁宁、高峰：《白鹿洞书院艺文新志》，江西人民出版社 2008 年版。

80. 朱偰：《漂泊西南天地间》，凤凰出版社 2008 年版。

81. 郑翔、胡迎建、江西省庐山风景名胜区管理局：《庐山历代诗词全集》，上海古籍出版社 2010 版。

82. 罗盛金、徐俊：《江西庐山常见鸟类》（第一卷），江西科学技术出版社 2013 年版。

83. 罗盛金，胡少昌：《庐山古树》，江西科学技术出版社 2014 年版。

84. 吴国富：《新纂白鹿洞书院志》，江西人民出版社 2015 年版。

85. 钱穆：《八十忆双亲·师友杂记》，九州出版社 2017 年版。

86. 孙家骅、陈岌、郭宏达、王昭勇、毛静：《白鹿洞书院百年纪事》（1901—2016），江西高校出版社 2020 年版。